Halldór Laxness

Salka Valka

Roman

Aus dem Isländischen
von Hubert Seelow

Steidl

Halldór Laxness Werkausgabe · Band 13
Herausgegeben von Hubert Seelow

Titel der isländischen Erstausgabe:
Salka Valka, Reykjavík 1931–1932

1. Auflage 2007
© Copyright für die deutsche Ausgabe:
Steidl Verlag, Göttingen 2007
Mit Genehmigung der Agentur Licht & Burr, Kopenhagen
Alle deutschen Rechte vorbehalten
Umschlaggestaltung: Klaus Detjen
unter Verwendung einer Fotografie von Gerhard Steidl
Gesamtherstellung: Steidl, Düstere Straße 4, D-37073 Göttingen
www.steidl.de
Printed in Germany
ISBN 978-3-86521-420-1

Erster Teil

Du Weinstock, du reiner

Erstes Buch

Die Liebe

1

Der Küstendampfer hält bei jedem Wetter seinen Kurs, gleitet in der Mitte des Fjordes zwischen den Bergen hindurch, richtet sich nach Sternen und Gipfeln und versäumt es nicht, am festgesetzten Tag Oseyri am Axlarfjord anzulaufen, sondern läßt seine Sirene durch das Schneetreiben heulen. Im Rauchsalon in der ersten Klasse unterhalten sich zwei gutgekleidete Reisende aus Reykjavik über die trüben Lichter in dem kleinen Ort, ungefähr in dieser Weise:

Wenn man in der winterlichen Dunkelheit an dieser Küste entlangfährt, dann hat man den Eindruck, nichts auf der Welt könne unwichtiger und bedeutungsloser sein als so ein kleines Dorf unter so hohen Bergen. Wie die Leute in so einem Ort wohl leben? Und wie sie wohl sterben? Was die Leute wohl zueinander sagen, wenn sie morgens aufwachen? Wie sie wohl sonntags einander ansehen? Und was wohl im Pfarrer vorgeht, wenn er zu Weihnachten und zu Ostern auf die Kanzel steigt? Ich meine nicht, was er sagt, sondern was er aufrichtig denkt. Ob er wohl nicht erkennt, wie trivial das alles ist? Und woran denken wohl die Töchter des Kaufmanns, bevor sie schlafen gehen? Ja, welche Freuden und welches Leid es wohl um diese kleinen, trüben Petroleumlampen herum gibt? Es kommt sicher oft vor an solchen Orten, daß die Leute einander an den Augen ablesen können, wie sinnlos ihnen das Leben scheint. Denn jeder Mensch muß doch zugeben, daß es völlig unnütz ist, an einem solchen Ort zu leben, denn hier gibt es kein Flachland außer diesem kleinen Tal, das seine Sohle der Anschwemmung des Flusses zu verdanken scheint. Kultur und Zufriedenheit entwickeln sich nur im Flachland. Von einem Ort, den man nie verlassen kann und wo man nie damit rechnen muß, Fremden zu begegnen, kann man auch sonst nichts erwarten. Was würde zum Beispiel geschehen, wenn der Pfarrerssohn keine Lust mehr hätte, in die Tochter des Kaufmanns verliebt zu sein? Ja, was würde dann geschehen? Ich frage nur.

Doch jetzt stößt ein Boot vom Land ab, und ein paar heisere, barsche Männer mit Bärten, die ihnen über den Mund herunterwachsen, versuchen, an der Längsseite des Dampfers anzulegen. Runter mit Post und Passagieren! brüllen sie in einem Ton, als würden sie die fürchterlichsten Verwünschungen aussprechen. Ein Handlungsreisender aus Reykjavik zieht sich die Otterpelzmütze über die Ohren, knöpft seinen Mantel zu und klettert vorsichtig die Strickleiter hinunter ins Boot. Ein halber Sack Post wird zu den Bootsleuten herabgereicht. Sonst nichts?

Doch, ruft jemand vom Deck herunter. Hier in der dritten Klasse ist eine Frau mit einem kleinen Mädchen. Sie sagt, sie will an Land. Fahrt nicht ohne sie. Die beiden sind gleich fertig.

Wir haben aber keine Anweisung vom Kaufmann Johann Bogesen, daß wir hier die ganze Nacht auf ein Frauenzimmer warten sollen. Die Passagiere müssen sich bereit halten, sagte der Anführer der Bootsleute.

Da wurde vom Deck herunter geantwortet:

Es war nicht möglich, die Frau früher aus der Koje zu kriegen. Sie war so seekrank, daß sie Krämpfe hatte.

Uns geht das nichts an, ob sie Krämpfe hatte oder nicht. Wir haben keine Anweisungen von Johann Bogesen, was das betrifft.

Aber obwohl sich keiner auf eine Anweisung von Johann Bogesen berufen konnte, erschien nach einer kleinen Weile doch die Frau mit ihrem Kind. Das Kind war leidlich gut in wollene Umschlagtücher gehüllt, die Frau selbst aber auffallend schlecht ausgerüstet für winterliche Reisen in diesen nördlichen Breitengraden, mit einem alten, verschossenen Konfektionsmantel, der ihr viel zu eng war, schmutzigen Baumwollstrümpfen und ausgetretenen, bis zur Mitte der Waden herauf geschnürten Stiefeln, wobei einer der Schnürsenkel gerissen war, so daß der eine Schaft lose am Bein hing. Um den Kopf hatte sie ein dünnes Tuch gebunden. An der einen Hand hielt sie ihr Kind, mit der anderen einen kleinen Sack, in dem sich ihre irdischen Güter befanden. Sie schaute angstvoll ins Boot hinunter, das sich in der Dünung hob und senkte.

Herunter mit dir, Frau, sagten die Männer.

Gott steh uns bei, liebe Salka, wenn wir da hinuntermüssen.

Es hilft gar nichts, dort herumzutrödeln wie ein Haifisch-köder im Schatten, sagten die Männer.

Einer der Matrosen auf dem Dampfer half dem Kind hinunter auf die Strickleiter, und einer von den Bootsleuten stieg bis zur Mitte der Leiter hinauf und holte es vollends ins Boot herunter.

Mama, ich bin schon da, sagte das Kind. Es hat fürcherlich Spaß gemacht.

Dann reichten sie die Frau auf dieselbe Weise ins Boot hinun-ter. Sie war recht schwer, breit um die Mitte, mit stämmigen Bei-nen und üppigen Hüften, kurz gesagt, eine ziemliche Maschine. Ihr Gesicht war grau und schlaff nach dem Erbrechen und der Übelkeit, alle Röte war in den Händen, die waren geschwollen wie frischgekochtes Pökelfleisch.

Mutter und Tochter wurden einem der Ruderer gegenüber auf eine Ducht gesetzt. Die Frau hielt ihr Gepäck auf dem Schoß, um es vor Nässe zu schützen. Es war nur ein gewöhn-licher leinener Fünfzigpfundsack, in dem ein kleines Kästchen und vielleicht ein paar Kleidungsstücke zu stecken schienen. Die Wellen hoben und senkten sich, das fast völlig leere Boot schau-kelte heftig, und die Frau blickte starr vor Angst hinaus in die Dunkelheit, während das kleine Mädchen an ihrer Seite sich völlig sicher fühlte. Und es fragte seine Mutter, als das Boot eben von einer Woge emporgehoben wurde:

Mama, warum gehen wir hier an Land? Warum fahren wir nicht weiter in den Süden, nach Reykjavik?

Die Frau klammerte sich verzweifelt an die Ruderbank, wäh-rend das Boot in das nächste Wellental hinuntersank, wandte ihr angsterfülltes Gesicht von Gischt und Schneegestöber ab und antwortete schließlich:

Wir versuchen, eine Zeitlang hier zu bleiben, und fahren dann erst im Frühjahr nach Reykjavik.

Warum fahren wir nicht gleich nach Reykjavik, wie du gesagt hast? Ich hatte mich so sehr darauf gefreut, in den Süden, nach Reykjavik zu fahren.

Das erste, was einem an diesem kleinen Mädchen auffiel, war, daß es mit einer tiefen Stimme sprach, die sich fast wie eine Männerstimme anhörte. Die Kleine hatte die Angewohnheit,

Augen und Mund zusammenzukneifen, ob sie sprach oder schwieg; manchmal zuckte sie mit dem Kopf, und sie konnte nie die Füße ruhig halten; der ganze Körper sprudelte vor unbändiger Lebenskraft.

Seitdem wir abgereist sind, habe ich mich die ganze Zeit darauf gefreut, nach Reykjavik zu kommen und die großen angemalten Häuser zu sehen und die feinen Zimmer und die Bilder an den Wänden, von denen du erzählt hast, Mama. Ich möchte in so einem Zimmer wohnen. Und alle haben immer Sonntagskleider an, Mama. Stimmt das denn nicht?

Doch, aber wir können fürs erste trotzdem nicht weiterfahren, liebe Salka. Mir ist so schlecht. Wir wollen den Winter über hierbleiben und versuchen, Arbeit zu finden. Und im Frühjahr fahren wir dann nach Reykjavik, wo all das gute Wetter ist.

Ist denn immer gutes Wetter in Reykjavik? Nein, Mama, wir sollten jetzt weiterfahren. Nur noch fünf Tage...

Mir ist so schlecht. Und für uns macht es doch keinen Unterschied, bis zum Frühjahr hier zu warten. Ich weiß, wir werden uns gemeinsam durchschlagen wie bisher. Du wirst deiner Mutter nicht böse, auch wenn sie nicht gleich mit ihrer kleinen Salka in den Süden nach Reykjavik fahren kann. Wir wollen immer gute Freundinnen bleiben.

Ja, Mama, aber es ist trotzdem fürchterlich schade.

Da ergriff der Ruderer, der ihnen gegenübersaß, das Wort und sah das kleine Mädchen an:

Wir müssen uns nach Gott richten.

Das Mädchen blickte ihn im matten Schein der Hecklaterne an, verzog das Gesicht und schwieg. Und mit dieser himmlischen Antwort fand das Gespräch über das Ziel der beiden Reisenden sein Ende.

Als aber die Antwort des Ruderers keinen anderen Widerhall zu finden schien, hielt er es offensichtlich für angebracht, sich dafür zu entschuldigen, daß er sich in die Privatangelegenheiten seiner Passagiere gemischt hatte:

Das ist aber nicht so zu verstehen, daß ich diesen kleinen und armseligen Handelsplatz Fremden empfehlen möchte. Ich sage das ja auch nicht aus mir selbst heraus, sondern wegen der Weisheit des Wortes, daß es unser milder Herr ist, der jedem von uns eine Schlafstätte zuweist. Es stimmt, dieser Marktflecken ist ziemlich armselig. Jetzt bin ich schon seit siebenundvierzig Jahren hier, entweder im Tal oder im Dorf, und hier ist nie etwas geschehen. Aber Gott hat uns trotzdem nicht vergessen. Er hat uns die gesegnete Heilsarmee unseres Herrn Jesu Christi hergeschickt, um uns die Möglichkeit zu geben, uns in unserem Erlöser zu freuen. Früher hatten wir nur den Propst, doch der ist schon alt und gebrechlich. Und wie armselig und unnütz das Leben in einer ländlichen Gemeinde auch sein mag, so läßt sich nicht abstreiten, daß dort, wo Seelen vor dem Kreuz Jesu das Knie beugen, ein wahres Kanaan der Herrlichkeit Gottes ist. Bist du vielleicht schon errettet?

Die Frau überlegte, während das Boot von dem starken Wellengang im Fjord weiter unsanft hin- und hergeworfen wurde, und antwortete schließlich:

Nein, aber ich hoffe, daß Gott mir hilft und sich meiner erbarmt und mir eine Arbeit verschafft, so daß ich das Essen für mich und die Kleine selber verdienen kann. Es gibt wohl keine Möglichkeit, hier im Ort vorübergehend Arbeit zu finden?

Wie heißt du? fragte der Mann.

Ich heiße Sigurlina.

Der Mann schwieg eine Weile, als dächte er darüber nach, ob ein Frauenzimmer mit einem solchen Namen Arbeit finden könnte.

Es ist ziemlich stürmisch, sagte der Mann.

Hör mal, Mama, sagte das kleine Mädchen. Ich hätte bestimmt mehr Erbsen gegessen, wenn wir mehr Zeit gehabt hätten; und mehr Pökelfleisch.

Sie ist überhaupt nicht schüchtern, die Kleine, sagte der Mann. Mit Verlaub zu fragen, sind Sie Witwe?

Nein.

Mit Verlaub zu fragen, weshalb sind Sie dann nicht nach Reykjavik weitergefahren?

Ich hoffe, daß Gott hier in Oseyri am Axlarfjord genauso ist wie in Reykjavik, sagte die Frau und schlug so den Mann mit seinen eigenen Waffen.

Hast du Verwandte hier?

Nein, aber ich hoffe, daß ich für heute nacht einen Platz zum Schlafen finde, denn ich kann dafür bezahlen.

Du solltest dich erretten lassen, sagte der Mann. Im übrigen weiß ich nicht, ob die Heilsarmee Frauen übernachten läßt.

Nun waren es nur noch wenige Ruderschläge bis zum Land.

Ob Sie wohl so freundlich wären, mir zu helfen und mir den Weg zur Heilsarmee zu zeigen?

Ich kann vielleicht rasch mit dir hingehen, sagte der Mann, auch wenn ich eigentlich anfangen muß, beim Entladen des Dampfers zu helfen.

Der Handlungsreisende aus der ersten Klasse stieg mit ein paar Scherzworten auf die Landungsbrücke, ging mit großen Schritten davon und verschwand. Die Frau aber wartete am Ende der Brücke, in der einen Hand ihren Sack, an der anderen das Kind, bis der Ruderer bereit war, sie zur Heilsarmee zu begleiten. Noch nie ist eine so unbedeutende Frau in einem so unbedeutenden Ort an Land gestiegen. Endlich gab er ihnen ein Zeichen, ihm zu folgen.

Es lag tiefer Schnee, der noch nicht festgetreten war, und man kam nur mühsam vorwärts. Der Gegenwind trieb ihnen den Schnee genau in Gesicht, wie das bei solchen Leuten immer geschieht. Sie gingen an ein paar Fischspeichern vorbei und bogen dann fjordauswärts nach links ab. Aus den kleinen Fenstern der Fischer- und Taglöhnerhütten schimmerte schwaches Licht. Der Begleiter dachte nicht daran, ihr anzubieten, den Sack zu tragen. Schließlich kamen sie zu einer niedrigen Holzbaracke mit allerlei Erkern und Anbauten und Licht in einigen Fenstern.

Dort geht es hinein, sagte der Mann. Und wenn du später hier im Ort etwas brauchen solltest, dann frag nach Kadett Gudmundur Jonsson. Ich bin auch beim Kaufmann Johann Bogesen gut angeschrieben, und ich an deiner Stelle würde mich zuerst an seine Frau wenden. Das ist eine großartige Frau. Grüß Kapitän Anderson von mir. Gute Nacht. Und falls du zu Frau Bogesen gehst, dann kannst du auch einen Gruß vom alten Kadett Jonsson bestellen, sie kennt ihn, die gute Frau.

Mutter und Tochter gingen einige Stufen hinauf, kamen in einen Vorraum und klopften sich den Schnee ab. Die Frau nahm ihr Kopftuch ab, schüttelte es aus und ordnete ihr bräunliches, glanzloses Haar. Aus dem Zimmer auf der einen Seite hörte man laute menschliche Stimmen, die nicht sehr freundlich klangen. Dennoch faßte sich die Frau ein Herz und klopfte dort an die Tür, und nach einer Weile wurde von drinnen gebrüllt:

Komm herein, zum Teufel.

Sie öffnete zögernd, wie hilflose Menschen dies zu tun pflegen, die Tür und spähte hinein. Auch das kleine Mädchen spähte hinein. Da saß eine ganze Anzahl von Männern in Tabaksqualm und Alkoholdunst an kleinen Tischen ohne Tischtuch, vor sich auf den Tischen Flaschen mit Etiketten, die in jeder Gastwirtschaft legal sind, aber obwohl keiner der Anwesenden wirklich betrunken zu sein schien, so deutete doch der allgemeine Gemütszustand darauf hin, daß sie schärfere Sachen in ihren Gesäßtaschen dabeihatten. Einige von ihnen schauten mißvergnügt zur Tür herüber, und keiner schien eine besondere Neigung zu verspüren, der fremden Frau behilflich zu sein.

Ist es vielleicht möglich, mit dem Vorsteher zu sprechen? fragte sie.

Tür zu. Es ist, weiß der Teufel, nicht zu warm hier.

Mutter und Tochter traten über die Schwelle und schlossen die Tür. An der Wand hing ein Bild des Generals Booth und ein anderes mit der Frau eines Trinkers, die ihre Kinder umarmt, um sie vor ihrem Mann zu schützen, der gerade völlig zerrissen und zerlumpt und sinnlos betrunken nach Hause kommt und alles kurz und klein schlagen will. Außerdem hingen dort Tafeln mit kunstvoll verzierten dänischen Bibelsprüchen. Die Frau griff sich wieder mit der Hand ins Haar und strich es etwas zurecht, damit niemand an ihrer weiblichen Würde zweifeln sollte: Dies war keine unhübsche Person, auch wenn sie von der anstrengenden Seereise mitgenommen war; und obwohl ihre Lippen im Augenblick blutleer waren, waren sie jedenfalls noch so blühend, daß nicht auszuschließen war, daß sie betrunkene Fischer, die wegen des schlechten Wetters an Land bleiben mußten, in Versuchung führen konnten; sie tat, als ob nichts wäre.

Was sucht sie? fragte einer aus der Gruppe.

Den Vorsteher, antwortete ein anderer.

Laßt mich mal, sagte der dritte. Er war ein hochgewachsener Mensch mit dunklem Haar, Pockennarben und kupferrotem Gesicht, etwa um die dreißig. Seine Züge waren regelmäßig und stark, und in den braunen Augen leuchtete eine barbarische, unbändige und wilde Glut, seine Stimme war kräftig und dun-

13

kel, hatte aber dennoch Klangfarben, die bisweilen an das Lyrische grenzten, so daß sie einen vollkommenen Gegensatz zu seinem groben, rücksichtslosen Benehmen zu bilden schien. Er trug blaue Hosen und einen grauen Pullover und hatte ein rotes Schnupftuch um den Hals.

Seien Sie mir gegrüßt, meine Liebe, sagte er und kitzelte die Frau gönnerhaft unter dem Kinn; das kleine Mädchen beachtete er nicht. Sind Sie mit dem Postdampfer gekommen? Nehmen Sie Platz, ich werde alles für Sie tun, was Sie wollen, und noch mehr, wenn Sie wollen, sowohl Böses wie Gutes.

Sie sind vermutlich nicht der Hausherr hier, und deshalb habe ich mit Ihnen nichts zu besprechen. Ich möchte Sie nur bitten, so gut zu sein, mich in Ruhe zu lassen. Ich muß mit dem Vorsteher sprechen.

Dem Vorsteher, wiederholte er langsam und grinste seine Kameraden an, als wollte er ihnen zeigen, wie man mit einem Frauenzimmer zu sprechen habe. Also eigentlich finde ich, daß ich ein genauso wichtiger Vorsteher bin wie jeder andere, ich meine, in diesem Dorf überhaupt, ich weiß überhaupt nicht, wie dieses Dorf ohne mich auskommen sollte. Ich bin auf Frachtschiffen nach New York gefahren und war auf Walfang in Afrika, aber wenn du es genau wissen willst, dann hat dieses Dorf mich wieder zu sich gerufen, weil es nicht ohne mich leben konnte, und ich habe es wieder zu mir gerufen, weil ich nicht ohne es leben konnte. Wenn Sie also etwas in diesem Ort zu erledigen haben, dann sollten Sie sich einfach an mich wenden. Wenn irgendein Fremder nach Oseyri am Axlarfjord kommt, dann kommt er in erster Linie zu mir. Dieses Dorf gehört mir, und ich gehöre diesem Dorf. Ausländer gebrauchen Messer, ich gebrauche nie ein Messer. Ausländer schleichen sich von hinten an dich heran, ich schleiche mich nie von hinten an jemanden heran. Das ist nicht so zu verstehen, daß ich aus Angst hierher nach Hause geflüchtet wäre. Nein, niemals. Ich habe mich ohne Messer mit sieben Ausländern um ein Paar Schuhe geschlagen, weißt du, mit hohen Absätzen und schmalen Spitzen und einem Riemen über den Spann. Genug davon. Willst du ein Bier?

Sigurlina hatte Schwierigkeiten, sich klar darüber zu werden, ob der Mann betrunken oder verrückt war, oder ob es tatsächlich so war, wie er behauptete, und er über alles hier im Dorf bestimmte. Er sprach so klar und entschieden über seine Macht, daß es schwer war, sich vorzustellen, er mache nur Spaß. Doch der Inhalt seiner Behauptungen, zusammen mit dem roten Schnupftuch, das er um den Hals trug, war doch zu seltsam, als daß sie es ganz hätte glauben können.

Das müssen ganz besonders wertvolle Schuhe gewesen sein, sagte einer seiner Kameraden. Steckte denn nichts in ihnen drin?

Natürlich steckte ein Frauenzimmer in ihnen, du Affe, und zwar ein richtiges Klasseweib.

Ich möchte mit dem Vorsteher hier sprechen, mit dem Kapitän. Will mir bitte jemand helfen!

Was soll denn diese Ungeduld? Natürlich steckte eine Mulattin in den Schuhen. Und wenn du es genau wissen willst, dann war sie eher schwarz als weiß. Ausländer können sich mit so etwas begnügen. Doch ich sagte mir: Oseyri am Axlarfjord. Und ich bin wieder zurückgekommen in meinen Geburtsort, und er gehört mir, und ich gehöre ihm. Johann Bogesen, sagt ihr – was zum Teufel geht mich Johann Bogesen an? Ich fange meine Fische, er zahlt meinen Lohn. Was weiß er darüber, wer ich bin? Er hat nicht meine Erfahrung, meine Seele, meine Kräfte. Ich mache mir nichts aus seinen Stuben, seinen Frauen, seinen Kindern, seinen Fischen. Ich habe diese Berge und dieses Tal und dieses Meer und dieses Dorf und diese Leute und dieses Haus – ich habe es nämlich hier, im Herzen, in der Lunge, im Blut. Was ist er? Er ist ein Zugereister, der dadurch groß geworden ist, daß er hier ausländische Handelsfirmen, die ihm anvertraut worden waren, in Konkurs gehen ließ. Ihm gehören nur Rechnungen auf Papier und Quittungen von Banken. Was ist er, wenn eine Bank in Reykjavik Konkurs macht? Ein Herumtreiber. Aber ich bin der, der ich bin, wie der Fjord und die Bergspitzen und die Fischgründe und der Strand und das, was am Strand geschieht. Glaubt ihr, ich sei wie diese Trottel, die ihn beneiden, weil sie kein Leben im Blut haben? Glaubt ihr zum Beispiel, daß der Fjord hier Johann Bogesen beneidet, oder der Berg Axlartindur, der fünfzig Stürmen widersteht in jeder Fangsaison? Mir gehört das Meer, mir gehört der Strand und das Dorf und der Himmel über dem Dorf mit allen seinen Unwettern, die kommen und gehen – und mir gehört auch Johann

Bogesen, wie er mit seinem Zwicker auf dem Stuhl sitzt und meinen Lohn ausrechnet.

Die Frau hatte nach diesen Behauptungen noch größere Zweifel daran, daß der Mann ganz bei Verstand war, und wußte sich keinen anderen Rat, als sich an seine Kameraden zu wenden mit ihrer Bitte, den Vorsteher sprechen zu dürfen.

Ach, mach kein solches Gedöns, sagte der Mann mit seiner schleppenden Stimme, die, wenn man es genau betrachtete, eine eigenartig hypnotische Wirkung hatte und sich wie eine eigene Welt mit Luft und Meer um seine Gesprächspartner legte, doch mitten in dieser bitteren, salzigen, grauen Kälte leuchteten seine Augen, wild und unbändig, wie der Inbegriff des unbefangenen Lebens, das keine Rücksicht nimmt und kein anderes Ziel kennt, als zu existieren, und weder nach der Vergangenheit noch nach der Zukunft fragt.

Was, glaubst du, kann dir ein bigotter Affe wie er nützen? Meine Mutter las ihr ganzes Leben lang in Postillen und konnte siebzig Vaterunser, und doch wurde sie, als sie bettlägerig geworden war, für zwei Schweine geopfert. Ich weiß nicht, woher du kommst und wohin du willst, aber es ist ein elender Glaube, an das Pferd zu glauben, und jeder, der sich dem frömmelnden Pack und den Evangelienschwätzern in diesem Dorf anschließt, wird enttäuscht, das wirst du früher oder später selbst erfahren, meine Liebe. Komm zu mir mit deinen Sorgen und geh vor mir in die Knie, und nicht vor dänischen Kreuzen oder Kreuznarren. Wenn du mir nicht sagen kannst, was du willst, dann wirst du bei den Irrgläubigen auch nichts ausrichten – ich bin das Meer, das gegen dieses Ufer brandet, ich bin der Wind, der um diese Gipfel braust, ich bin die Ebbe und die Flut, die diesen Strand beherrscht, komm in meine starken, ungläubigen Arme, meine Geliebte, und ich werde alle deine Hoffnungen erfüllen und alle deine Sorgen ertränken.

Und mit diesen Worten nahm er die Frau in seine Arme und küßte sie auf den Mund.

Doch das war mehr, als das Mädchen einfach so mit ansehen konnte, und noch bevor ihre Mutter sich aus der Umarmung des Mannes losgewunden hatte, fing die Kleine an, ihn zu schlagen.

Du bist scheußlich und dumm, laß meine Mama in Ruhe und scher dich fort von uns.

Oh, kleines Vögelchen, sagte er und entblößte seine großen, gelblichen Pferdezähne, die alle tadellos waren. Und er hob das kleine Mädchen hoch und umarmte es ebenfalls und küßte es auf die Wange, während die Kameraden schallend lachten.

Jetzt ist Essenszeit bei meiner Tante in Mararbud, und ich muß gehen, sagte er, als ob er davon überzeugt sei, daß dies allgemeines Bedauern hervorrufen müsse. Aber denkt daran, wenn ihr etwas brauchen solltet, dann bin ich der, der ich bin.

2

Es hatte sich aber jemand der Frau erbarmt und nach dem Kapitän geschickt, denn kaum war der unverschämte Mann zur Tür hinaus, erschien der Hausvorsteher. Er war einer jener mageren guten Christen, die eine natürliche Begabung für Verwaltungsaufgaben haben – die Stirnfalten des Realisten und die listig zusammengekniffenen Augen bildeten ein Gegengewicht zu dem andächtig frommen Konfirmandenblick und dem öligen Lächeln.

Er erklärte, daß es völlig ausgeschlossen sei, »unter den gegebenen Umständen« weibliche Personen zu beherbergen. Er sagte, diese Einrichtung sei ausschließlich ein Seemannsheim, und deswegen sei hier kein Platz für Damen.

Ich kann für mich bezahlen, sagte Sigurlina.

Der Kapitän zweifelte nicht daran, daß dem so sei, versuchte aber, ihr zu erklären, welche Räumlichkeiten es im Haus gab: Hier sehe sie den Aufenthaltsraum der Seeleute, diese Tür führe zum Versammlungssaal, jene zur Küche und zur Wohnung des Kapitäns und seiner Frau. Auf der anderen Seite des Ganges befinde sich der Schlafraum der Seeleute mit zehn Stockbetten, die im Augenblick alle belegt seien, und mehr als das – die Dienstboten hätten in den letzten Nächten ihre Betten zur Verfügung stellen müssen; jetzt kämen immer mehr Seeleute, die Fangsaison beginne bald.

Kadett Gudmundur Jonsson bat mich, Sie von ihm zu grüßen, sagte die Frau, und er war sicher, daß Sie mir helfen können ten.

Doch der Kapitän sah ganz und gar keinen Ausweg aus dieser schwierigen Lage und bat sie, Gudmundur Jonsson zurückzugrüßen.

Aber die Frau schien nicht ganz ohne Begabung für das Streiten und Diskutieren zu sein:

Auch wenn die Heilsarmee keinen Platz für mich hat, so weiß ich doch, daß sie nicht so hartherzig ist, einem unschuldigen kleinen Mädelchen wie meiner Salka die Unterkunft zu verweigern und sie mitten im Winter in Schnee und Dunkelheit hinauszujagen, und das nur gut drei Wochen nach dem gesegneten Weihnachtsfest des Erlösers.

Der Kapitän sah trotz des kürzlich begangenen Weihnachtsfestes keine andere Lösung in dieser Frage, als Gott zu bitten, in seiner Güte und seiner barmherzigen Weisheit Mutter und Tochter ein Nachtlager zu verschaffen. Er erwähnte, daß gleich nachher eine segensreiche Versammlung hier im Haus abgehalten werde, und wünschte von Herzen, daß Gott ihnen während der Versammlung einen gnadenreichen Einfall geben möge. Er sagte, nun werde gleich das Essen aufgetragen, und bat die Frau, in Jesu Namen Platz zu nehmen; dann verschwand er.

Die beiden aßen in einer Ecke, die Tochter mit richtigem Heißhunger, denn ihr konnten weder See noch Land den Appetit verderben, die Mutter zumindest so viel, daß wieder Ausdruck und Lebenskraft in das erschöpfte Gesicht zurückkehrten; Lippen und Wangen wurden wieder rot. Überhaupt kam nach und nach ein starker Ausdruck weiblichen Selbstgefühls über ihre ganze Person – sie knöpfte sogar ihren Mantel auf und trug darunter eine geblümte Bluse, die ihre Anziehungskraft nicht unwesentlich erhöhte, obwohl sie ziemlich zerknautscht war. Und je länger sich die Mahlzeit hinzog, desto öfter schaute sie zu den Männern hinüber, die sich ungestüm über ihr Essen hermachten und viel lachten und ihr immer verstohlene Blicke zuwarfen, wenn sie etwas Unanständiges sagten.

Das kleine Mädchen hatte die Tücher abgenommen, die ihr um Kopf und Schultern gewickelt gewesen waren. Sie hatte keine anderen Tischsitten als die, welche die Natur ihr eingab, ihre Hände waren grobknochig und unsauber, und sie beschmierte sie noch mehr mit dem gekochten Fisch. Sie hatte überhaupt viel zu große Knochen, wie ein Kalb oder Fohlen, und ihre langen, schlaksigen Glieder hatten keinen anderen Reiz als den, der von ihrem ruhelosen Wesen und ihren unbefangenen und unbewußten Bewegungen ausging. Ihr aschblondes Haar war zu zwei Zöpfen geflochten, ihre klaren, beinahe wasserfarbenen Augen liefen flink hin und her, und der breite Mund mit dicken, immer feuchten Lippen bewegte sich unnötig viel, wenn sie sprach; ihr Lächeln, das kräftige Kiefer mit starken Zähnen entblößte, glich fast einer Grimasse, und die Augen zogen sich zusammen und wurden zu zwei Spalten. Doch es leuchtete Temperament und auch Eigensinn aus diesem jungen, halbgeformten Gesicht, und wenn ihre Hände nichts zu tun hatten und sie nicht sprach, dann spähte sie umher, forschte, lauschte oder schnitt Grimassen und dachte über das nach, was ihr so in den Sinn kam; ihr ganzes junges Wesen war voller Lebenskraft.

Bald nach dem Essen ging man hinein in den Versammlungssaal: zehn Bänke ohne Lehne und am einen Ende ein Podium, am Giebel darüber das Wappen der Heilsarmee, an der einen Wand das Bild des langbärtigen Generals mit Ehefrau und an der anderen das Bild des kurzbärtigen Jesus Christus, des Königs der Herrlichkeit, der nicht verheiratet war. Auf Stühlen, die auf dem Podium oder direkt davor standen, saßen einige Offiziere mit ihren engsten Getreuen und unterhielten sich mit gläubiger Fröhlichkeit und gottgefälligem Lachen. Sigurlina und ihre Tochter nahmen auf einer der hintersten Bänke Platz. Immer mehr Leute kamen hinzu, manche aus dem Innern des Hauses, manche von draußen, Männer, die entweder feierlich und andächtig oder ungläubig und gleichgültig waren, und junge und nicht mehr ganz so junge Mädchen, die Werktagskleider trugen und mit raschen Blicken herumschauten, einander unterhakten und höflich tuschelten und vor sich hin kicherten. Sie setzten sich, und die Männer hinter ihnen schnitten Grimassen und konnten es sich nicht versagen, sie ein wenig in die gutgepolsterten Seiten zu kneifen, doch die Gottesfurcht, die in der Luft lag, erfaßte die Mädchen gerade in dem Augenblick, in dem ihre Stimmorgane in Hochspannung kamen, so daß das Kreischen im Keim erstickt wurde oder sich in eine Grimasse verwandelte, welche die heftige Abscheu und Verachtung ausdrücken sollte, die die keusche weibliche Natur bei dem schweinebiestischen Benehmen der Männer empfand. Man ging mit der neuesten Ausgabe des Kriegsrufes herum, die aus der Zentrale eingetroffen war, und einige kauften ein Exemplar und ließen es bei Johann Bogesen anschreiben, rissen es dann auseinander und formten Kugeln daraus, und im weiteren Verlauf der Versammlung bewarfen sie dann damit die anderen.

> Lobt Gott, lobt Gott. Das Ohr zu Gott hinwendet.
> Lobt Gott, lobt Gott. Die Freude niemals endet.
> Oh, kommt zum Vater durch den Sohn,
> preist singend Gottes Gnadenlohn…

Oh, was für ein wunderschöner Gesang. War es nach all dem nicht göttlich, so von draußen aus der Kälte, der Dunkelheit, dem Seegang und der Ungewißheit hereinzukommen und seine Sorgen und Ängste in den sanften Wogen der Tonkunst ertränken zu dürfen? Oh, es war ein wahrhaftiger Widerschein von Gott, diese seligen, erlösten Menschen mit ihren Musikinstrumenten droben auf dem Podium zu sehen. Sie kannte noch keinen von ihnen außer dem Kapitän, aber als sie einige genauer betrachtete, konnte sie nicht sehen, daß diese Leute bedeutendere Menschen waren als sie und ihresgleichen, vermutlich standen sie nur deshalb in so viel größerem Ansehen bei Gott, weil sie zu Jesus gefunden hatten. Welche Schönheit, Wonne und Kunst es mit sich bringen mußte, zu Jesus zu finden und die Fähigkeit zu erlangen, Mandoline zu spielen oder auch nur die Trommel. Welches Wunder, daß diese große rote Alte mit den vorstehenden Zähnen, die genau hinter dem Kapitän stand, auch zu Jesus gefunden hatte und dort auf dem Podium sein und singen durfte. Weniger schön dagegen war, zu sehen, wie die Mädchen und die Jungen sich aufzuführen wagten, die Jungen versuchten ständig, die Mädchen zu ärgern, und machten alle möglichen Dummheiten, und die Mädchen taten, als ob sie mitsängen und nichts bemerkten, dabei stachelten sie die Jungen nur auf; es war kein Ernst im Gesang der Mädchen, und manchmal sangen sie aus vollen Leibeskräften, um dann mit einem Kichern zu enden. Die Kleine beobachtete jede einzelne Bewegung im Saal mit gespannter Aufmerksamkeit und konnte kaum still sitzenbleiben, insbesondere hätte sie gerne einen häßlichen schwarzhaarigen Mann geschlagen, der immer versuchte, mit seinem Fuß eine Bank umzuwerfen, auf der vier Mädchen saßen. Sie war sich sicher, daß er dies aus reiner Boshaftigkeit tat, und konnte nicht verstehen, weshalb die Mädchen ihn nicht laut schimpften oder sich nicht beim Kapitän beklagten. Als das erste Lied zu Ende war und der Kapitän anfing, mit geschlossenen Augen ein herzergreifendes Gebet zu sprechen, in einer Sprache, die das kleine Mädchen nicht verstand, begannen die Männer auch noch, allerhand unanständige Geräusche von sich zu geben, worauf einige der Mädchen loskreischten und andere pfui riefen.

Wenn wild die Wellen brausen,
die Stürme wütend sausen,
meinen letzten Freund ich verlier',
dann flüchte ich, Jesus, zu dir.

Wenn laut vor Qual ich ächze,
da ich nach Freude lechze,
einsam auf eisiger Heide frier',
dann flüchte ich, Jesus, zu dir.

Wenn ich das Licht ersehne,
im dunklen Schatten stöhne,
eisigen Tau im Herzen spür',
dann flüchte ich, Jesus, zu dir.

Als nächstes trat an den vorderen Rand des Podiums eine dürre Frau mit hungrigen Augen, einer schneidenden Stimme und einem verbitterten Zug um den Mund, als ob auf ihren Lippen geschrieben stünde: »Oh, wie bist du hart, mein Gott.« Doch als sie zu sprechen begann, schloß sie, nach dem Vorbild des Offiziers, ihre hungrigen Augen und wandte ihr Gesicht nach oben, dem König der Herrlichkeit entgegen, damit das Lächeln der Erlösung aus den Höhen herab auf ihre von Sorgen geplagte Kopfhaut tropfen konnte:

Oh, ich bin so innig froh über meinen Heiland, daß er sein Blut in meine Seele hat strömen lassen. Ich bin ihm von Herzen dankbar dafür, daß er so wundersame Mittel verwendet hat, um mich zu seinem Kreuz zu führen. Es ist meine Freude, Zeugnis davon abzulegen, daß ich, als ich im Geist mit Gebet und kindlichem Glauben zu Jesu kam, wahre Gewißheit über die Vergebung meiner Sünden erhielt, Gewißheit über das Recht der Kinder Gottes, und daß er keinen davonjagt, der so zu ihm kommt als Kind, er wird ihnen dieselbe Gewißheit geben wie mir, ja unverdient aus seiner Gnade schenkt er den wahren Frieden, die wahre Freiheit, sucht ihn, solange er zu finden ist.

Gott sei Dank und Lob und Preis in Jesu Namen, halleluja, sagte der Hauptmann. Und die Kadetten, die Leutnants, die Fähnriche und die Oberstabsfeldwebel droben auf dem Podium stimmten ebenso ein wie die gewöhnlichen Soldaten, die neben den Sündern auf den Zuhörerbänken saßen: Halleluja. Zwei Sünder taten ihre Meinung mit der Speiseröhre kund. Anschließend kündigte der Kapitän an, daß ihre liebe Schwester in Christi, Kadett Thordis Sigurkarlsdottir, einige Worte an die Versammlung richten wolle.

Todda Trampel, Todda Trampel wurde im Saal geflüstert, und dann drängte sich die stämmige rote Frau mit den vorstehenden Zähnen vor den Kapitän hin und stieß eine Trommel und zwei Mandolinen um. Sie hatte weit offene Nasenlöcher, und als sie ihr Gesicht zum Herrn erhob, hätte es ihr direkt in die Nase hineinregnen können. Sie trug eine isländische Tracht mit leuchtend roter Schleife und schien bei jeder Arbeit, die sie in Angriff nahm, ihren Mann stehen zu können.

Oh, diese Seligkeit, begann sie in schleppendem Ton und schloß die Augen, wobei sie die Arme vor dem Bauch verschränkte, im siebten Himmel, wie ein betrunkener Erzbischof, der auf einer königlichen Fregatte in See gestochen ist. Oh, diese Seligkeit. Und dann, mit wachsendem Nachdruck: bei Jesus zu sein, zu seinen Füßen sitzen zu dürfen: dieses herrliche, dieses großartige, dieses weltberühmte Opferlamm, das für mich das Blut aus seinem Herzen hat schäumen lassen, wie wenn an einem Herbsttag unschuldige Schafe geschlachtet werden: Oh, diese Seligkeit, in den Genuß dieses Herzens zu kommen, das ihm aus der Brust gerissen wurde, voll von Gnade und Wahrheit, so daß Blut und Wasser herausquoll.

Und nach diesen farbigen, bilderreichen, sprachgewaltigen Eingangsworten fiel sie für eine kurze Weile in Trance und stand mit nach oben gewandtem Gesicht, in Gott ruhend, mit geschlossenen Augen auf dem Podium. Doch dann öffnete sie die Augen, und zwar sehr weit, sah den verstockten, leichtfertigen, ungläubigen Pöbel zu ihren Füßen scharf an, verzog den Mund und drohte mit den Fäusten, wie jemand, der bei der Viehscheide eine Schlägerei beginnen möchte, und erhob wieder ihre Stimme, diesmal zitternd vor heiliger Wut:

Doch ihr, ihr – donnerte sie –, die ihr hier dem Lamm gegenübersteht, mit den Herzen voller Schmutz, was habt ihr vorzuweisen gegenüber diesen gesegneten Innereien, aus denen Blut und Wasser quoll? Blut und Wasser! Ihr steht hier zu dieser Stunde vor dem Thron des Lamms, an dem schönen Blutbach, der allein euch reinwaschen kann von allen euren Seelenbeulendreckpestgeschwüren. Versucht ihr etwa, euch einzureden, der, der euch auf Herz und Nieren und Lunge prüft, kenne euer Herz, eure Nieren und eure Lunge nicht? Glaubt ihr jungen Frauenzimmer, die ihr unter dem Vorwand, ihr müßtet die Ascheimer ins Meer ausleeren, heimlich zur Armeeversammlung kommt und die Ascheimer hier unter den Fenstern unserer göttlichen Heilsarmee abstellt, während ihr zur Armeeversammlung geht, um dummes Zeug zu machen, seid ihr wirklich so einfältig zu glauben, der Herr sei so kurzsichtig, daß er nicht sehe, daß ihr nur deshalb vor sein heiliges Angesicht tretet, weil ihr hier Gelegenheit habt, den Männern schöne Augen zu machen… (Halt' die Klappe, Todda Trampel, ließ sich da einer der Zuhörer vernehmen und machte außerdem noch eine ziemlich unpassende Bemerkung darüber, daß es noch gar nicht so lange her sei, daß sie selbst bei jedem Mannsbild hier im Ort schwach geworden war, egal ob es ein Ausländer oder ein Einheimischer war.) Und ich sage, das ist gelogen, du dummer Kerl, du hast dein ganzes Leben lang noch nie zu irgend etwas getaugt und wirst nie zu etwas taugen, weder in dieser noch in einer anderen Welt! Die Beschimpfungen und Anschuldigungen der Welt kümmern mich nicht, denn ich bin so froh in meinem Heiland, der mich von den Genüssen der Welt und den Gaukeleien des Teufels erlöst hat.

Dann schwieg sie eine Weile, und als sie wieder zu sprechen anfing, war ihr Ton milder und angenehmer: Wenn ich meine Sünde betrachte, meine schreckliche Sünde vor Gott, dann wünsche ich mir, daß möglichst viele dieser Freiheit und wahren Freude teilhaftig werden mögen, der man teilhaftig wird, wenn man die Knie seines Fleisches und seines Herzens in wahrer Demut vor dem Kreuz beugt. Das Lamm hat mich zu sich genommen, und ich habe nichts mehr zu befürchten an jenem großen Tag, an dem es auf den Wolken schwebend kommt, um mich auf Herz und Nieren und Lunge und Magen zu prüfen. Und das möchte ich euch Männern sagen, das habe ich vorhin vergessen zu sagen, daß ihr nicht besser seid als die Frauen mit ihrem Schöne-Augen-Machen und ihrem Getue, ihr führt unanständige Reden im Angesicht des Herrn, ihr spielt Siebzehnundvier und veranstaltet Schlägereien vor dem Richtstuhl der Ewigkeit und liegt in Branntweinkrämpfen vor der heiligen Dreieinigkeit. Und wahrlich, wahrlich, ich sage euch, daß er der einzig wahre Branntwein ist. Und wer sich betrinken will, der soll sich an ihm betrinken. Seht den Arbeiter im Weinberg, der sich müht und plagt, den großen Jesus Christus, euren Erlöser, er tritt die Mostpresse Gottes, müde und erschöpft, der Schweiß perlt von seinem gesegneten Haupt. Kommt jetzt, ihr Frauen und Männer, herein in einen Weinberg, ehe es zu spät ist, kommt, ihr verirrten Seelen, zur Büßerbank hier am Podium und beugt eure Knie vor dem Herrn, ehe es zu spät ist. Denn es ist zu spät zur Reue nach dem Tod, wenn das Feuer der Hölle schon in euren widerlichen Seelengeschwüren lodert. Amen. Halleluja.

Während dieser glänzenden Rede, die sowohl mit himmlischer wie mit irdischer Kraft vorgetragen wurde und von Anfang bis Ende die Aufmerksamkeit Salka Valkas gefangenhielt, geschah es, daß die Augen Sigurlinas in Trance zu starren begannen und die Spuren, die eine harte Welt im Aussehen der Frau hinterlassen hatte, angesichts des Arguments der Ewigkeit getilgt wurden. Auf dieselbe Weise verschwand die Befangenheit, die in der Gegenwart von Männern eine bestimmte Spannung in ihrem Gesicht hervorrief, und es kam eine wortlose und angsterfüllte Hilflosigkeit über die Frau, ohne Erinnerung an Zeit, Raum und Erfahrung, ähnlich der Hilflosigkeit des Sterbebettes.

Und bevor die Frau die Möglichkeit hatte, wieder zu sich zu kommen aus dieser Trance oder sich darüber klar zu werden, was mit ihr geschah, da begann das nächste Lied, das Lied von dem einzig wahren Weinstock, welches offensichtlich aus Anlaß des Vergleichs gewählt worden war, den Todda Trampel kurz zuvor zwischen Jesus Christus und dem einzig wahren Branntwein gezogen hatte.

> Du Weinstock, du reiner, o ewiger einer,
> ein Zweiglein nur bin ich, das aus dir entsprießt.
> In Freude und Harm dein himmlischer Arm,
> mein herzliebster Jesus, mich immer umschließt.

> Du Weinstock, du reiner, o ewiger einer,
> der Saft und die Kraft deines Stamms mich entzückt.
> Aus dir sprudelt hell ein liebender Quell,
> mein süßer Herr Jesus, der stets mich erquickt.

> Du Weinstock, du reiner, o ewiger einer,
> nie wirst du verwelken, ich baue auf dich.
> Und schwitze ich Blut, versengt mich die Glut,
> mit kühlendem Schatten umhüllest du mich.

Jetzt singen wir alle, sagte der Kapitän rot und eifrig, mit funkelnden Augen, und es war etwas Lustvolles, beinahe Orgiastisches in der Stimme und dem Blick, die diese Aufforderung begleiteten – er hätte ebensogut sagen können: Oh, jetzt wollen wir uns alle betrinken an diesen süßen Weinen, denn morgen gibt es uns nicht mehr. Und alle stimmten ein, selbst die, die schwach im Glauben waren, und die Gottlosen wurden mitgerissen und wiegten sich begeistert im verführerischen Rhythmus von Melodie und Text und in vollkommener Übereinstimmung mit den Stimmen der Vorsänger und der Instrumente:

> Kein Weinstock je sich findet,
> der so ist, wie du bist für mich.
> Die Ewigkeit uns bindet,
> ich klammere mich fest an dich.

Diese unbedeutende Frau, die hier an diesem völlig unbedeutenden Küstenstrich an Land gegangen war, wie ein Stück Treibgut von irgendeinem unbestimmten Ort kommend und auch nicht auf dem Weg zu einem festgelegten Ort, natürlich hatte sie gegen Widrigkeiten ankämpfen müssen, wie andere auch in dieser schwierigen Welt, in der Gott dem einzelnen so viel auferlegt, natürlich hatte sie dies und das auf dem Gewissen, eine Frau, die weder ein Zuhause noch ein Kapital besaß, solche Leute sind immer sündenbeladen, schließlich hatte sie das lebende Beweisstück einer schicksalsschweren, gegen die Regeln der Gesellschaft verstoßenden Liebe, die sie hatte erdulden müssen, bei sich. Und was könnte schöner sein, wenn die Vergangenheit eines Menschen im Regen ist und seine Zukunft in der Traufe, was freudenreicher als der Trost des Glaubens, der die Erlösung durch das Blut Jesu verspricht? Je unbedeutender man sich diesem großen, feindlichen Universum gegenüber fühlt, desto herrlicher wird der Erlöser, und sie fühlte sich nun wirklich nicht bedeutend. Und da dieser und jener durch Jesu Verdienst erlöst worden war, warum dann nicht auch sie? Er war der ewige und eine, reine und wahre Weinstock der Geringen, und heute abend hatte sie die Möglichkeit, das Zweiglein zu werden, das aus ihm entsprießt und all seinen Saft und seine Lebenskraft ihm verdankt. Sie hatte spät am Abend an einer fremden Küste nach einem Nachtquartier gesucht, der Verzweiflung nahe, doch dann kam er mit offenen Armen und wischte alle Sorgen aus ihrem Gesicht weg, wie wenn bei frischem Ostwind die Mückenplage aufhört. Und so kam es dann, daß die Mutter Salka Valkas über der gesegneten, gnadenreichen Umarmung Jesu die ganze Welt vergaß und wie eine Schlafwandlerin auf die Büßerbank zustrebte, um dort zum ersten Mal die Knie ihres Fleisches und ihres Herzens vor ihrem Heiland zu beugen. Und das kleine Mädchen blieb mit offenem Mund zurück, kniff die Augen zusammen und zuckte mit dem Kopf. Unten auf der Betbank neben der Frau fanden sich verschiedene Seelen aus der Armee ein, beugten weinend und betend die Knie, um ihr Gesellschaft zu leisten, während die Musikanten auf ihren Instrumenten spielten und aus voller Brust dieses herrliche Siegeslied schmetterten:

> Selig, selig, stimmt ein in den Triumphgesang,
> selig, selig, denn Jesu Blut den Sieg errang.
> Da er, da er aus Liebe zu uns Armen starb,
> für uns, für uns den Weg zum Himmelreich erwarb.

Zieh mich näher zu dir, Herr,
daß an deinem Kreuz ich steh'.
Zieh mich näher zu dir, Herr,
hin zu deinem Wunden-See.

Als man mit dem Lied so weit gekommen war, bemerkte Salka
Valka, daß im Saal verschiedene Leute freudig zueinander gefunden hatten, und der häßliche schwarze Kerl, der vorhin
immer wieder versucht hatte, die Bank umzuwerfen, saß nun
zwischen zwei Mädchen und hielt beide umarmt, und was die
Kleine am meisten wunderte, war die Tatsache, daß die Mädchen dies gern zu haben schienen. Auf einer anderen Bank
küßte ein Mann ganz deutlich ein Mädchen auf den Hals, sie
aber tat, als ob nichts wäre, und sang einfach weiter. Die Kleine
hätte nie geglaubt, daß es in einer Kirche so unzüchtig zugehen
könnte.

Doch gerade, als die heilige Vereinigung der Seelen mit ihrem
Erlöser ihren Höhepunkt erreicht hatte, wurde es der Macht der
Dunkelheit zuviel, und die Eifersucht jenes Feindes, der sich in
den Abgründen aufhält, machte sich in einem heimtückischen
Angriff Luft, und zwar dergestalt, daß es im Saal plötzlich drek-
kige Ascheimer regnete, die voller Asche, Kehricht, Essensab-
fälle, Tang oder Schnee waren. Einige kamen durch ein Fenster,
das halb offengestanden hatte, hereingesegelt, andere durch die
Eingangstür, von wo sich der Türsteher vorübergehend entfernt
hatte, um am Singen und Beten teilzunehmen. Diese Störung
der Feier hatte zur Folge, daß die meisten jäh aus ihrer Andacht
aufgeschreckt wurden, der Gesang kam durcheinander, die
Musikinstrumente verstummten eines nach dem andern. Der
Kapitän sprang auf und mit ihm mehrere Soldaten, sie rannten
zum Eingang und spähten um das Haus herum, doch ohne
Erfolg, und nach einer Weile kamen sie wieder herein, ohne
etwas über die natürliche Ursache dieses bedauerlichen Zwi-
schenfalls herausgefunden zu haben. Salka Valka bekam einen
leichten Anfall von religiösem Herzklopfen und glaubte zuerst,
Gott habe die Jungen und die Mädchen für ihr vieles Herum-
schäkern strafen wollen. Doch der Kapitän hatte keinen Zweifel
daran, daß hier kein anderer am Werk gewesen war als Satan
selbst, und nach dem, was er sagte, würde es nie Gerechtigkeit

geben, solange Christus die Pforten der Hölle nicht gänzlich schloß.

3

Diese arme, fremde Schwester hatte sich jetzt schnell und unerwartet zu Jesu bekehrt, und da dem so war, konnte verständlicherweise nicht mehr davon die Rede sein, daß man ihr und ihrem Kind das Obdach verweigerte, zumindest nicht für diese Nacht. Also wurde sie samt dem Kind zu einem der Dienstmädchen der Institution ins Bett gesteckt. Am Morgen, als sie für die Übernachtung bezahlte, erkundigte sie sich, ob im Haus nicht vielleicht eine Stelle für ein tüchtiges Dienstmädchen frei sei, aber es war nicht möglich, noch mehr Leute einzustellen, und man riet ihr, es anderswo zu versuchen, zum Beispiel beim Kaufmann, beim Propst oder beim Arzt. Außerdem sagte man ihr, wenn sie nur irgendwo eine Unterkunft finden könnte, dann wäre es sehr wahrscheinlich, daß sie Arbeit als Fischwäscherin bei Johann Bogesen bekommen könne, sobald die Fangsaison begann. Doch heute war die Frau sicher und zuversichtlich, zum einen, weil sie sich immer besser von der Seekrankheit erholte, und zum andern, weil sie davon überzeugt war, daß ihr Jesus helfen würde. Sie war froh in ihrem Heiland und fand, daß es eigentlich gar nicht mehr so viel ausmachte, daß die Welt ein wenig böse war, denn sie war erlöst von deren schlimmen Qualen und Täuschungen und hatte den herrlichen Gesang über den reinen Weinstock vernommen, der ihr wachend und schlafend in den Ohren klang und dessen Duft ihr bei jedem Schritt in die Nase stieg.

Es herrschte Frostwetter, der Wind hatte Schneewehen aufgetürmt, der Ort wirkte abweisend. Die Taglöhnerhütten, von denen viele auf die alten Unterkünfte der Fischer aus den Zeiten des Fangplatzes, des Vorgängers des Dorfes, zurückgingen, diese unförmigen Behausungen mit einer oder zwei Wänden aus Torf, die noch aus den Fangplatzzeiten stammten, einem Fisch, der zum Dörren am Giebel aufgehängt war, und blattlosen und blütenlosen Zimmerpflanzen, halb tot in rostigen Töpfen hinter den Fenstern, oder uralten Frauengesichtern, sie duckten sich dort entlang einer Art von Straße in völliger Teilnahmslosigkeit gegenüber allen Fremden und wurden nur vereinzelt von einer neugierigen Hausfrau geöffnet, die ihre von der Kälte geschwollenen Hände unter die Schürze steckte und verwundert dieses heimatlose weibliche Wesen anstierte, das keiner kannte und dem nichts gehörte, außer Jesus und einem Kind. Hier gab es nur wenig flaches Land, es ging gleich bergaufwärts, und die Siedlung zog sich an manchen Stellen ein Stück den Hang hinauf. Auf der anderen Seite des Fjords waren sehr steile Berge, und an seinem Ende lag eine Gruppe von Häusern, die zur Landgemeinde gehörten. Hinter dem Tal begann das schroffe, schneebedeckte Gebirge. Unten an der Landungsbrücke stand der Kaufmannsladen, das Geschäft Johann Bogesens, mit dem Eingang von der Straße und einer Ansammlung unregelmäßiger Fischspeicher dahinter. Das Ladenlokal selbst war ein zweistöckiges Gebäude, um das herum es nach Petroleum, Kreolin, Fisch, Tabak und Kolonialwaren roch. Hier wohnte der Geschäftsführer im oberen Stock, doch auf der gegenüberliegenden Straßenseite, ein Stückchen weiter oben am Hang, stand das prächtige Steinhaus des Kaufmanns Johann Bogesen selbst, strahlend weiß wie der Schnee auf den Bergen, ohne Mansarde, mit zahllosen viereckigen Zinnen an den Dachkanten, ähnlich wie bei alten Festungsmauern. Dort sah man nirgends Eisblumen an den Scheiben, und in beiden Stockwerken hingen gelbe Seidenvorhänge, die halb zugezogen waren, vor den Fenstern. In der Mitte der Vorderfront des Hauses lag der prachtvolle Eingang mit einer großen Tür aus Eichenholz und einer breiten Freitreppe davor, fast wie auf den Bibelbildern, doch die Frau war nicht jemand, der einfach auf den Vordereingang solcher Häuser zusteuerte, sondern sie ging an die Rückseite des Hauses und suchte nach dem Hintereingang. Kurz danach standen Mutter und Tochter in einer großen, betriebsamen Küche, wo zwei singende Mädchen ihrer Hausarbeit nachgingen, umhüllt vom Duft schöner brauner Braten. Die eine hörte auf zu singen und fragte die Besucherinnen, was sie wollten, und Sigurlina bat darum, die gnädige Frau sprechen zu dürfen.

Die gnädige Frau? Ja, das sieht man gleich, daß Sie von weither kommen. Als ob die gnädige Frau jemals zu dieser Zeit des

Tages zu sprechen wäre, nein, das ist sie ganz bestimmt nicht, glücklicherweise nicht, ich sage nicht mehr. Bist du von droben in den Jökulsar-Tälern?

Nein, ich bin aus dem Nordland. Ich kam gestern abend mit dem Küstendampfer. Ob es wohl möglich ist, eine Arbeit zu finden in den Häusern hier am Axlarfjord?

In den Häusern? Was für Häuser gibt es denn hier? Es gibt hier nur ein Haus, das, in dem Sie im Augenblick stehen. Ich nenne das kein Haus, zum Beispiel beim Geschäftsführer Stephensen, auch wenn sie ein Dienstmädchen haben und ein junges Ding, um auf die Kinder aufzupassen. Ich bin nämlich aus dem Osten, aus dem Silisfjord, und ich muß sagen, daß ich nicht sehen kann, daß es hier im Ort anständige Häuser gibt, und wäre da nicht die Heilsarmee, über die sich alle lustig machen, dann könnte man es nicht aushalten in diesem elenden Nest – nie ein richtiger Ball, und daran ist nur Johann Bogesen schuld, denn er will den Leuten für so etwas nichts ausbezahlen aus der Rechnung, hier stehen nämlich alle in Rechnung, weißt du – einen Ball können sie hier bestenfalls am Ende der Fangsaison abhalten, denn dann sieht man eine Zeitlang Geld – ich sage für mich, und für uns natürlich, wir bekommen natürlich unseren Lohn ausbezahlt, wenn wir es wollen, aber das ist kein Lohn, und selbstverständlich können wir nicht damit anfangen, die Herren einzuladen. Aber um wieder darauf zurückzukommen, so glaube ich nicht, daß die gnädige Frau noch weitere Mädchen einstellt, (flüsternd) der Teufel hol's, wenn sie jemals vor Mittag aus dem Bett steigt, verstehst du, sie ist nämlich Dänin, mehr sag' ich nicht. – Ne-ein, ist das dein Kind, wie groß und gesund sie ist! Du lieber Gott, war das nicht gewaltig bei der Armee gestern, als diese verfluchten Burschen die Ascheimer hereinwarfen, ich könnte schwören, daß das unser Angantyr war, der Sohn des Kaufmanns, und die Jungen des Geschäftsführers und, wie heißt er doch, der Ziehsohn des alten Jon im Kof. – Ja, ehe ich's vergesse, ich gratuliere auch zu deiner Errettung, so etwas ist immer schön, aber ich für meine Person glaube nun einmal, daß Gott uns alle auf einmal erlöst, falls es ihn gibt. –

Ach, sei so nett und halt auch mal den Mund, Stina, sagte das andere Mädchen und hörte auf zu singen. Warum führst du sie nicht in das braune Zimmer, dort ist niemand außer Tyri, der für seine Stunde lernt. Es kann gut sein, daß die gnädige Frau etwas für dieses Mädchen tun kann, es ist nicht deine Sache, sie einfach wegzuschicken. Ich glaube, die Goldringe werden nicht von ihr abfallen, wenn sie einmal um elf Uhr geweckt wird.

Mutter und Tochter wurden also aus der Küche in ein Zimmer mittlerer Größe geführt, das eine braune Tapete hatte und reich wie die Säle des Himmels ausgestattet war, so daß die beiden ganz ehrfürchtig wurden. Es war nicht leicht zu erkennen, für welchen Verwendungszweck ein solches Zimmer gedacht war, am ehesten wohl, um zu lesen und zu rauchen, an den Wänden standen Schränke voller Bücher und mitten im Zimmer ein mächtiger Rauchtisch mit verschiedenen Tabakwaren. An den Wänden hingen altertümliche Bilder von ausländischen Landschaften, die bei Mutter und Tochter Erstaunen und Bewunderung hervorriefen. Unter den übrigen Möbeln fielen vor allem vier riesige, lederbezogene Sessel und ein zu ihnen passendes großes Sofa auf. Außerdem stand dort ein großer, geschlossener Mahagonischrank. Ein Heizkörper verbreitete wohlige Wärme, und an der Decke hing ein mächtiger elektrischer Kronleuchter. Mit einem Wort gesagt, es war fast so, als wäre man schon in Reykjavik. Auf einem kleinen Tisch am Fenster lagen ein paar offene Schulbücher, und in einem der Sessel saß ein Junge von schätzungsweise zehn Jahren, der eifrig damit beschäftigt war, einer grauen Katze, die ihm gegenüber auf einem anderen Sessel hockte und ihn mit grenzenloser Verachtung ansah, Grimassen zu schneiden. Im übrigen schien die Katze fürchterlich müde zu sein, denn sie schloß immer wieder die Augen. Doch jedes Mal, wenn sie sie wieder aufmachte, sah sie nichts anderes als die Grimassen des Jungen, die sie offensichtlich überhaupt nicht komisch fand, so daß sie sich stets dazu genötigt fühlte, das Maul aufzureißen und leise zu miauen über eine solche Geschmacklosigkeit. Der Junge trug einen neuen blauen Pullover und neue blaue Hosen. Er hatte rotbraunes Haar, helle Haut und leuchtend blaue Augen. Er strotzte geradezu vor jener feinen Lebenskraft, wie sie Kinder, die im Luxus leben, haben. Er schien die Besucherinnen überhaupt nicht zu beachten und sah die beiden nicht einmal an, sondern schnitt der Katze weiter Grimassen; es fiel ihm gar nicht ein, den Gruß der Besucherinnen zu erwidern. Das Dienstmädchen schaute im Zimmer nach, ob alles in Ordnung sei, wechselte aus Höflichkeit ein paar Worte mit Mutter und Tochter, war jedoch bei weitem nicht so gesprächig wie die andere, und dann wandte sie sich an den Jungen.

Das ist ja ein schöner Anblick, Tyri, sagte sie. Du hast wohl kein Mitleid mit deinem Vater, der einen teuren Hauslehrer für dich bezahlt, während dir nichts anderes einfällt, als der Miezekatze Grimassen zu schneiden.

Halt den Mund und verzieh dich, sonst hau ich dir eine rein, sagte der Junge ruhig und schnitt der Katze weiter Grimassen, das Mädchen aber sagte pfui und verließ das Zimmer.

Mutter und Tochter hatten sich auf das Sofa gesetzt. Sigurlina legte ihre roten, geschwollenen Hände in den Schoß und starrte vor sich hin wie eine Photographie, wie es einfache Leute tun, wenn man sie ins Wohnzimmer bittet. Es war, als habe sie sich vorgenommen, ihre Halswirbel nicht mehr zu bewegen. Im Vergleich zu den stabilen, schön verarbeiteten Möbeln wirkten diese beiden weiblichen Wesen wie Gerümpel, das man unten am Strand aufgelesen hatte – weit entfernt davon, irgendwie mit der Umgebung übereinzustimmen, schlechthin lächerlich. Doch das kleine Mädchen, das weniger Erfahrung hatte mit den Herrschenden in der Gesellschaft als ihre Mutter und deshalb nicht wußte, in was für einer Mausefalle sie sich befand, sah sich ungeniert und mit neugierigen Blicken im ganzen Zimmer um und bewunderte insbesondere den Kronleuchter; verständlicherweise richtete sich ihr Interesse aber vor allem auf die grotesken Übungen in der Kunst des Mienenspiels, die der Erbe des Hauses mit der Katze vollführte. Es war wirklich phänomenal, wie sich ein Gesicht mit so leuchtenden Augen und schöner Haut sowohl der Länge nach als auch in die Breite verzerren ließ: er verdrehte seine Augen, so daß man nur noch das Weiße sah, riß den Mund auf, so daß man seine Zähne zählen konnte und das Zäpfchen kerzengerade herabhängen sah, und schließlich steckte er die Fingerspitzen in Mund und Nase, schob die Haut unter den Augen herab, spreizte die Nasenlöcher auseinander und zog die Mundwinkel bis unter die Ohren, wobei er erbärmlich schrie. Das kleine Mädchen blickte immer wieder auf seine Mutter, um zu beobachten, wie sie auf eine solche Verrücktheit reagierte, aber die

Frau schaute nur verklärt ins Blaue, denn sie betete gerade zu Jesus. Endlich konnte die Kleine sich nicht mehr zurückhalten und sprach den Jungen einfach an:

Warum schneidest du der Katze solche Grimassen, Bub?

Bis dahin hatte der Junge nicht im Traum daran gedacht, die Anwesenheit solcher Gäste überhaupt zu registrieren; nun fiel er aus allen Wolken. Er vergaß für den Augenblick die Katze, sah das Mädchen mit großen Augen an und wiederholte:

Warum? Ich? Bub? Wer gibt dir das Recht, mit mir zu sprechen? Halt den Mund!

Halt selber den Mund! sagte das kleine Mädchen frech, ohne sich darum zu kümmern, was armen Leuten erlaubt ist in der Gesellschaft.

Still, Salka, mahnte die Mutter. Was bist du so unhöflich in einem fremden Haus? Kümmere dich nicht um das, was dich nichts angeht!

Doch das Mädchen war wütend darüber, daß man ihr grundlos den Mund verboten hatte, und dachte gar nicht daran, klein beizugeben.

Er hat zuerst gesagt, ich soll den Mund halten, dabei habe ich nichts Schlimmes zu ihm gesagt.

Der Junge schnitt wieder eine Weile Grimassen vor der Katze, dann stand er auf, blieb regungslos stehen, während sein Gesicht wieder normale Züge annahm, und sah die Kleine mit kühler Unverschämtheit an:

Ich werde dich verprügeln, sagte er gefaßt und ruhig.

Komm nur, wenn du es wagst, sagte das kleine Mädchen.

Friß einen Hund! sagte der Junge.

Friß ihn selber! sagte das Mädchen.

Dieser Wortwechsel ging so rasch vor sich, daß Sigurlina nicht die Möglichkeit hatte, einzuschreiten, bevor es zu spät war. Und der Junge wußte nicht, was er sagen sollte, so völlig überrascht war er darüber, auf jemanden zu treffen, der es im Gebrauch von Schimpfwörtern mit ihm aufnehmen konnte, bis er halb ratlos murmelte:

Du hast kein Recht dazu, mir das zu sagen.

Doch die Mutter legte die Hand auf den Mund ihrer Tochter und bat sie, um alles in der Welt still zu sein. Die Katze sprang auf den Fußboden hinunter, machte einen Kamelbuckel und gähnte ausgiebig. Schließlich wandte sich der Junge an Sigurlina und fragte:

Was willst du eigentlich hier?

Ich wollte gerne mit der gnädigen Frau sprechen, antwortete sie klanglos.

Der Junge trat dicht an sie heran, setzte Salka Valka die Faust auf die Brust und fragte:

Wo kommst du her?

Diesmal gab die Kleine keine Antwort, doch ihre Mutter antwortete, daß sie aus dem Nordland kämen.

Ich bin Däne, sagte der Junge.

Aha, sagte die Frau, doch das kleine Mädchen sagte nichts.

Sicher bin ich Däne, sagte der Junge mit Nachdruck und sah die Kleine an, als ob das Ganze an sie gerichtet sei. Meine Mama ist Dänin und ich bin selber schon dreimal in Dänemark gewesen. Ich kann Dänisch.

Schweigen.

Ich habe ein Pferd, sagte der Junge.

Da sah das Mädchen endlich wieder auf, richtete ihren Blick auf seine Haut und die glänzenden Locken; alles an ihm leuchtete vor Wohlbefinden.

Als ob mir das nicht egal wäre, sagte die Kleine: Aber es war ihr nicht egal; in Wirklichkeit beneidete sie ihn.

Ganz bestimmt, es ist drei Jahre alt. Frag Gudda.

Dann ist es nur ein Fohlen, sagte das kleine Mädchen.

Ein Fohlen, bist du verrückt? Du bist selber ein Fohlen.

Du auch.

Still, sagte Sigurlina.

Ich habe tausend Kronen, sagte der Junge.

Tausend Kronen? Du?

Ja, ganz bestimmt. Ich habe sie für Hering bekommen.

Du? Für Hering?

Ich betreibe Fischfang. Ganz bestimmt. Frag Papa. Er hat mir im Herbst eine Woche lang ein Netz geliehen. Ich habe tausend Kronen daran verdient.

Hast du denn selber mit dem Netz gefischt?

Ich bin zweimal mit dem Boot weit, weit hinaus auf den Fjord gefahren, die halbe Strecke ins Ausland. Ich war im Maschinenraum mit dem Bootsführer.

Hast du selber mit dem Netz gefischt, sage ich?

Bist du verrückt!

Da siehst du es –

Glaubst du, daß die, denen die Netze gehören, selber fischen? Esel. Natürlich habe ich die Männer mit dem Ringnetz fischen lassen. Ich war nur der Chef. Mein Papa fischt nie selber. Ihm gehört nur der ganze Fisch hier im Fjord und alle Schiffe. Ich hab' eine Zigarette vom Bootsführer bekommen.

Eine Zigarette? Du, so ein kleiner Junge! Daß du dich nicht schämst!

Ich kann rauchen.

Das kleine Mädchen sah ihn sprachlos an, noch nie hatte sie einen solchen Angeber getroffen.

Ich rauche oft. Ich habe gestern geraucht.

Meinst du, du darfst das, so ein kleiner Junge?!

Klein! Ich bin größer als du. Wie alt bist du?

Ich bin vor kurzem elf geworden.

Ich werde bald zwölf – im Ernst.

Wer soll das glauben?

Ich bin nicht kleiner als du.

Wenn du zwölf bist, dann nenne ich das klein.

Dann stell dich neben mich, damit wir sehen, wer größer ist!

Das Mädchen stellte sich neben ihn hin, und der Junge war um einen Zoll größer als sie, weil er sich auf die Zehenspitzen stellte.

Du stellst dich auf die Zehenspitzen.

Das ist gelogen, antwortete der Junge und reckte sich noch höher auf. Da stellte sich das Mädchen auch auf die Zehenspitzen und war gut einen Zoll größer.

Esel, sagte er. Ich bin doppelt so groß wie du im Verhältnis zum Alter, denn ich bin erst sechs.

Sechs, sagte das Mädchen. Und du willst der Chef auf einem Boot sein und rauchen können! Meinst du etwa, ich glaube nur ein Wort von dem, was du sagst?

Der Junge: Dann rauch doch mit mir, wenn du kein Feigling bist.

Das Mädchen: Meinst du, ich will etwas mit so einem Dreck zu tun haben? Nur böse Kinder rauchen.

Der Junge: Dir muß schlecht werden von einer Zigarette.

Das Mädchen: Muß mir nicht!

Der Junge: Dann probier es doch!

Das Mädchen: Dann bring eben eine Zigarette!

Still, sagte Sigurlina. Er ist ein vornehmes Kind und darf tun, was er will. Du brauchst das nicht nachzumachen.

Ja, sagte der Junge, dankbar dafür, daß die Frau für ihn Partei ergriff. Ich bin vornehm. Du bist nicht vornehm. Ich soll nächsten Sommer wieder nach Kopenhagen fahren. Du bist nur aus dem Nordland.

Als ob du meinetwegen nicht nach Kopenhagen fahren dürftest? Du bist nichts als Angeberei.

Der Junge: Du willst selber angeben, hast aber nichts, mit dem du angeben kannst. Du bist nur eine Schlampe.

Das Mädchen: Mit dir rede ich nicht.

Schweigen.

Doch der Junge wollte sich unbedingt weiter mit dem Mädchen messen und begann aufs neue:

Ich könnte wetten, daß du von einem Glas Portwein besoffen wirst.

Wetten? Portwein? Trinkst du auch Branntwein? fragte das kleine Mädchen, denn es hatte die Vorstellung, daß Portwein und Branntwein ein und dasselbe seien.

Ich kann Branntwein trinken, wenn ich will, aber Branntwein ist nur für Flegel wie die Seeleute hier. Branntwein ist fast so wie Glycerin und Brennspiritus. Ich gehöre zu den vornehmen Leuten. Ich trinke Portwein. Ich habe ein ganzes Glas Portwein in einem Zug ausgetrunken, sogar zwei Gläser, eine ganze Flasche. Ich könnte tausend Kronen wetten, daß du von dem, was ich trinke, sturzbesoffen würdest wie eine Ratte.

Schäm dich, glaubst du etwa, kleine Mädchen würden sich betrinken!

Meine Schwester trinkt oft. Sie ist erst fünfzehn. Ich habe sie so besoffen gesehen, daß sie genau wie eine Ratte war. Sie geht auch mit Jungen. Ich habe letztes Jahr zwei gesehen, die sie geküßt haben. Ich bin sicher, daß sie jetzt in Kopenhagen immer mit Jungen geht.

Schäm dich, so von deiner Schwester zu sprechen!

Meinetwegen kann sie das gern tun, das arme Kind. Ich gehe auch mit Mädchen. Ich bin verlobt in Dänemark. Das stimmt wirklich. Sie hat kohlrabenschwarzes Haar. Wir wollen bald heiraten. Und dann gehe ich hier diesen Winter mit einer anderen, aber mit ihr bin ich nicht verlobt, ich hab' nur was mit ihr. Sie ist die Tochter des Sattlers und heißt Bibba, aber sie ist nichts Besonderes. Diese isländischen Mädchen sind nichts Besonderes. Das sagt Mama. Und Papa auch.

Mit dir spreche ich überhaupt nicht, sagte das kleine Mädchen und drehte sich hochmütig der Wand zu, so empört war sie über diese Sittenlosigkeit.

Nun hatte der Junge viele seiner Vorzüge aufgezählt, doch er hatte noch einiges in petto. Wonach er als nächstes fragte, war, ob sie fluchen könne. Sie sagte nichts und bewegte sich nicht.

Ich kann fluchen, sagte er.

Sie sagte nichts.

Teufel in der Hölle, sagte er.

Sie kauerte sich noch enger an die Rückenlehne des Sofas.

Soll es der Leibhaftige holen, sagte der Junge.

Das kleine Mädchen hielt sich beide Ohren zu.

Möge ich in der Schwärzesten und Tiefsten schmoren, schrie der Junge mit solch übermenschlicher Kraft, daß Sigurlina voller Angst aufsprang und inbrünstig Jesus anrief.

Salka, Liebes, sagte sie, komm schnell in Jesu Namen. Wir wollen uns aus diesem Haus retten – und im selben Augenblick kam das zweite Dienstmädchen wieder herein mit der Nachricht, daß die gnädige Frau keine Lust hatte aufzustehen, zumal, da sie nichts mit der Frau zu besprechen hatte und nichts für sie tun könne.

Geht zum Teufel, rief ihnen der Junge nach.

Kurz darauf standen sie wieder unten auf der Straße, und der eisige Wind blies durch ihre dünnen Kleider und biß sie in die Wangen. Schließlich sagte das kleine Mädchen:

Das ist ein böser Junge.

Ich hoffe und bete zu Gott, liebe Salka, auch wenn ich arm bin, daß du dich nie dafür zu schämen brauchst, eine Mutter gehabt zu haben, die so war, wie die Mutter dieses Kindes sein muß. Gott schenkt manchen ein prächtiges Haus mit elektrischen Lampen und Zentralheizung und schönen Möbeln. Doch ich sage, das ist alles Tand, schließlich hatte Gottes eingeborener Sohn nie eine feste Wohnung, solange er hier auf Erden war.

Gott schaut nicht auf die Möbel. Aber mir hat er den reinen Weinstock geschenkt, und aus ihm schöpfe ich meine Kraft und meinen Saft zum ewigen Leben. Und einmal kommt die Stunde, da ich und die Mutter dieses Jungen vor dem Herrn stehen.

4

Als nächstes fragten sie sich zur Wohnung des Propstes durch, denn, wie die Frau sagte, er war ein Diener Gottes. Es war ein altes Holzhaus mit steilem Dach und grüngestrichenen Wänden und stand auf einer kleinen Anhöhe, allein inmitten einer Wiese. Eine alte, wortkarge Dienstmagd öffnete ihnen den Kücheneingang und fragte, was sie wollten. Sigurlina sagte, sie wolle den Pfarrer oder seine Frau sprechen, und die Magd kam bald wieder zurück mit dem Bescheid, der Pfarrer habe ihr aufgetragen, sie zu ihm hineinzuführen. Er saß an einem altertümlichen Schreibtisch auf einem mit Kissen bestückten Sessel. Er hatte einen rötlichen Kinnbart und fing schon an, grau zu werden, seine Wangen waren blaurot, er hatte hervorstehende Augen und darunter dicke Tränensäcke, doch im übrigen war sein Augenausdruck so, als käme er von einer hohen Kanzel herunter und blicke über eine große Kirche hinweg und sehe jeden und keinen an und brauche nicht zu denken, denn alles, was er sagen müsse, stehe in seiner Predigt geschrieben, und die Augenbrauen saßen ungewöhnlich weit oben, und auf der Stirn waren tiefe Querfalten bis zum Haaransatz hinauf. Möglicherweise ging dieser hochmütige Ausdruck der Augenpartie auf den Genuß von Schnupftabak zurück, denn vor ihm auf dem Tisch lag eine große silberne Tabaksdose, aus der er sich alle zwei Minuten bediente. Sein ganzes Gesicht war ausgesprochen würdevoll und amtsmäßig, und es war überaus schwierig, vorauszusagen, ob irgendein menschlicher Gedanke darin beheimatet war. Und als er zu sprechen begann, klang seine Stimme sehr eintönig, kalt und hohl und schien irgendwoher aus dem oberen Teil des Kopfes zu kommen. Und es waren auch keine Änderungen im Ausdruck seiner Augen oder seines Gesichts zu erkennen, wenn er sprach, so daß es ganz danach aussah, als entstünden seine Gedanken und Gefühle, falls es sich um solche handelte, gleichzeitig mit den Worten in seinem Mund, seine Nase hingegen war völlig verstopft.

Aus dem Nordland, soso, sagte er, als er die Frau nach ihrer Familie und ihrem letzten Wohnsitz gefragt hatte. Ja, es gibt verschiedene kleinere Geschlechter dort in den Tälern im Nordland, über die ich mir noch nie einen Überblick verschaffen konnte, so bedauerlich das auch ist, deshalb nehme ich an, daß Sie aus einer solchen Familie stammen. Doch um von etwas anderem zu sprechen, was führt Sie hierher in unsere Gegend, wenn ich fragen darf?

Tja, die Sache ist die, daß ich versuchen wollte, mit meinem Mädelchen nach Reykjavik zu fahren, aber wenn ich Ihnen sage, wie es ist, weil Sie Gottes Diener sind, dann reichte mein Geld nur bis hierher, und ich hatte noch ganze vier Kronen übrig, als ich heute morgen für unsere Übernachtung bei der Heilsarmee bezahlt hatte.

Vier Kronen, sagte der Propst und nahme eine Prise. Ä – ä. Ah, so. Vier Kronen. Sie hatten also nur vier Kronen. Was ich übrigens noch sagen wollte. Vier Kronen, ja. Das ist recht wenig. Dann fügte er unvermittelt hinzu: Tja, kann ich etwas dagegen tun?

Vielleicht wurde der Frau allmählich klar, wie absurd es war, daß sie, als Wildfremde im Ort, sich in das Büro des Propstes hineindrängte, ohne wirklich eine Vorstellung davon zu haben, was sie von ihm wollte, oder erwarten zu können, daß er sich für ihre Lebensumstände interessierte. Trotzdem spürte sie, daß sie irgend etwas herausstammeln mußte, um ihre Handlungsweise zu erklären.

Ich dachte mir, weil jemand den Vorschlag machte, und weil ich an Jesus glaube und seit gestern abend mit Sicherheit weiß, daß er sich meiner erbarmen wird, denn er ist der Gott der Armen und Geringen, da dachte ich mir, weil Sie der Propst hier im Dorf sind, und folglich der auserwählte Diener Jesu, da dachte ich mir, daß Sie vielleicht einen Platz für mich und meine Salka finden könnten, bis ich irgendeine feste Arbeit bekommen kann, zum Beispiel als Fischwäscherin.

Einen Platz für Sie wüßte? Ä – ä, da fällt mir ein, was der Herr in der Heiligen Schrift sagt: Bin ich denn ein Hund, daß du mit

Stecken zu mir kommst? Wie gesagt, wenn ich einen Platz für Sie finden soll, dann weiß ich von keinem anderen Platz als dem Platz im Nordland, von dem Sie kommen. Ä – ä, man vertraut Zugereisten nicht, denn ich und wir hier im Axlarfjord, wir haben so unsere Erfahrungen mit Zugereisten, und ich als Hirte dieser Gemeinde habe in erster Linie Pflichten gegenüber meinen Gemeindemitgliedern. Wir haben die Erfahrung gemacht, daß Zugereiste eher Verderbnis als Erbauung hierher in den Ort bringen, und es ist keine Garantie für Sittlichkeit, ständig vom Sohn Gottes zu sprechen, wie es sich ja auch sehr deutlich gezeigt hat mit diesem Narrenvolk, das sich Heilsarmee nennt und verschiedene Leute aus der Staatskirche herausgelockt hat und allerhand unsittlichen Klamauk hier im Ort veranstaltet, der gegen das wahre und unverfälschte Evangelium verstößt. Sie sehen also, wie zweischneidig es sein kann, wenn man sich als Seelsorger mit solchen Leuten einläßt, die wie Glücksritter mit leeren Taschen reisen. Nicht, daß ich damit etwas gegen Sie persönlich sagen möchte, denn ich kenne Sie nicht, oder, um von etwas anderem zu sprechen, weshalb sind Sie nicht im Nordland geblieben?

Das hatte seine Gründe.

Gründe, ja. Ä – ä, Gründe. Ja, wir hier am Handelsplatz haben gerade angefangen, uns daran zu gewöhnen, daß die Dinge Gründe haben. Ich nenne keine Namen. Aber letztes Jahr kam hierher ein Mädchen und fand Aufnahme beim Sattler, ohne dafür Gründe zu nennen. Sie war von den Westmännerinseln oder von irgendwoher aus dem Südland. Der Sattler und seine Frau, diese gesegneten, gütigen Leute, die von keinem Menschen Böses denken, hatten Mitleid mit ihr und stellten sie als Dienstmädchen an, weil ihr niemand helfen wollte. Und wie, glauben Sie, hat sie ihnen das gelohnt? Sie tat ihnen nicht mehr und nicht weniger als den kleinen Gefallen, im März ein Kind zu bekommen. Es ist also keine besondere Neugier Ihnen gegenüber, wenn ich sage, es gibt solche Gründe und solche. Wie es in der Heiligen Schrift steht: Ä – ä. Was ich übrigens noch sagen wollte. Natürlich geht mich die Vergangenheit von Leuten, die nicht zu meiner Gemeinde gehören, nichts an. Aber trotzdem kann ich nicht umhin, zu sehen, daß Sie ein Kind im Schlepptau haben, ich sage im Schlepptau, mehr weiß ich nicht, mehr sehe ich nicht, mehr will ich nicht wissen, mehr will ich nicht sehen. Ich weiß, Sie sagen, ein unschuldiges Kind, ja, ganz gewiß, wer würde das bestreiten, aber Sie können genausowenig bestreiten, daß ich ein alter und erfahrener Mann bin und seit fast vierzig Jahren für die Seelsorge in einem schlechten Pfarrsprengel verantwortlich bin und den schwierigen Weg übers Gebirge auf mich nehmen muß, um die Annexkirche im Norden im Barkarfjord zu versorgen. Ich weiß, Sie verstehen, daß ich nicht aus unchristlicher Neugier nach den Gründen frage, doch der Sünden sind viele, sowohl in Gedanken als auch in Worten und in Taten, und die Heilige Schrift stellt hohe Ansprüche im Hinblick auf einen soliden Lebenswandel des Dienenden gegenüber seinem Herrn, denn auf der christlichen Gesinnung des Dienenden in Wort und Tat ruht das Wohl des Herrn, und damit der Gesellschaft. Und ich habe keine Dokumente darüber, weshalb Sie Ihre Herrschaft im Nordland verlassen haben. Ich als christlicher Pfarrer, als wahrhaft christlicher Mensch... Denn, so aber das Salz dumm wird, womit wird man's würzen? spricht der Herr.

Gegen eine solche Flut von hochtrabenden Worten war die Frau völlig wehrlos. Schon ihre Ehrerbietung gegenüber dem Schweigen einer so großartig auftretenden Person hätte genügt, um sie ihre Sprache verlieren zu lassen, wie mußte da seine Argumentation wirken. Sie ahnte zwar, daß vieles von dem, was er sagte, ungerecht und manches ganz einfach boshaft war, doch wie sollte sie dieses ihr Gefühl zum Ausdruck bringen können gegenüber einem so vornehmen Herrn, der weder die Fähigkeit zu haben schien, gewöhnlichen Sterblichen zuzuhören, noch gar, sie besser zu verstehen als die Berge, die über diesem Fjord aufragten.

Tjaja, dann kann man nichts machen. Und, bitte, verzeihen Sie, sagte sie und stand auf.

Wie gesagt, sagte der Propst und erhob sich auch in all seiner Erhabenheit und Würde, und er war mindestens drei Ellen groß. Wie gesagt, wie es der Apostel formuliert, alles, was ich für Sie tun kann, ist, Ihnen in Gottes Namen viel Glück zu wünschen: Gold und Silber habe ich nicht; was ich aber habe, das gebe ich dir. Karitas, Karitas! Geben Sie dieser Frau einen Schluck Kaffee, wenn Sie einen in der Kanne haben, und vielleicht haben wir auch etwas dazu –

Nun wollte es der Zufall, daß, kaum hatten Mutter und Tochter das Zimmer des Propstes verlassen, sie auf seine Frau trafen. Die Pröpstin hatte ein rötliches Gesicht und war um die sechzig, würdevoll und resolut und trug isländische Tracht.

Ich hörte, daß mein Mann Karitas um Kaffee bat, sagte die Frau, aber ich glaube, wir haben leider nichts dazu, es wurde vorgestern alles aufgegessen, es sei denn, daß noch ein paar harte Schürzkuchen übrig sind, von denen ich weiß, daß ihr euch nichts aus ihnen macht. Und du kannst, liebe Karitas, einfach noch einmal auf das aufgießen, was heute morgen in die Kanne gegeben wurde, ich für meine Person sage, mir schmeckt der gesegnete zweite Aufguß immer am besten zwischen den Mahlzeiten. Bitte, setzt euch dort auf die Bank und erzählt, was es Neues gibt. Jemand sagte, ihr kämet von weit her.

Danke sehr. Ich glaube, wir müssen weiter. Man sagte mir, daß der Arzt vielleicht Hilfe im Haus brauche, und ich möchte es dort versuchen, bevor wir essen gehen.

Wo seid ihr untergekommen?

Wir waren heute nacht bei der Heilsarmee.

Bei der Heilsarmee, Sie, eine fremde Frau! Gott der Allmächtige stehe Ihnen bei, einfach so unter dem ganzen schrecklichen Pöbel und Gesindel, jetzt zu Beginn der Fangsaison. In diese Unanständigkeit. –

Es mag sein, daß Sie das finden, erdreistete sich Sigurlina zu sagen. Aber ich habe trotzdem meinen Heiland dort gefunden, und das ist nicht länger her als gestern abend.

Na, dann sind Sie also eine von diesen verdammten, erbärmlichen Gestalten?

Ich bin eine von denen, die an Jesus glauben. Es mag sein, daß Sie es sich leisten können, die Heilsarmee zu verdammen, ich kann es nicht.

Ja, aber Gott stehe Ihnen bei, gute Frau, was wollen Sie denn überhaupt hier? Ich hörte, daß Sie zu meinem Mann sagten, Sie besäßen überhaupt nichts. Meinen Sie, hier sei eine Art Schlaraffenland, wo man sich nur hinzulegen braucht und zu warten, bis gebratene Gänse mit Messer und Gabel im Rücken angeflogen kommen?

Dazu kann ich nichts sagen, sagte die Frau, aber wie bedeutungslos das Leben in einer Ortschaft auch scheinen mag, so läßt sich doch nicht abstreiten, daß dort, wo Seelen vor dem Kreuz Jesu das Knie beugen, wahrhaftig Gottes herrliches Kanaan ist.

Und es ist nun leider überhaupt nicht sicher, daß alle, die zu mir kommen und sagen: Herr, Herr! – Warum sind Sie eigentlich mit diesem Kind unterwegs?

Das ist ein Kind, das mir gehört, sagte Sigurlina.

Na, na, gute Frau, es ist wirklich nicht nötig, so beleidigt dreinzuschauen. Setzen Sie sich hier auf die Bank und trinken Sie eine Tasse heißen und guten Kaffee bei uns.

Doch nun hatte Sigurlina genug, obwohl sie arm war, und plötzlich trug die Unvorsichtigkeit wieder den Sieg über sie davon, so daß sie wieder in Sünde fiel: Trinken Sie Ihren zweiten Aufguß selber, sagte sie, nahm das Kind an der Hand und eilte zur Tür.

Diesmal sagte sie nichts zu ihrer Tochter, als sie wieder in die Kälte hinaus kamen, so schwer lastete die Verantwortung auf ihrer Brust nach diesem bedeutsamen Besuch.

Es gibt so viele Sünden. Und die Heilige Schrift stellt so hohe Ansprüche.

5

Aus der Apotheke des Arztes drang einem dieser unglaubliche Geruch in die Nase, dieser geheimnisvolle Duft, der einen zum Ausländer und Fremden gegenüber den Stoffen der eigenen Erde macht. Und mitten in dieser kleinen Welt aus Gläsern und Flaschen, Krügen, Töpfen und Büchsen, an denen Etiketten mit unverständlichen Beschriftungen klebten, stand der Arzt wie ein Zauberer in einem weißen Kittel und wog auf hauchdünnen Waagschalen Einzeldosen ab und schüttete sie in kleine Papiertütchen: ein hochgewachsener, grobknochiger Mann mit einem roten Schnurrbart. Er lächelte vor sich hin, verbeugte sich vor sich selbst und schloß die Augen, als er Mutter und Tochter ansah, als ob er sie kenne und alle ihre Geheimnisse wisse und ihnen zu verstehen geben wolle, daß er sie nicht verraten werde.

Das paßt ja ganz genau, sagte er und lächelte sie an, freundlich, geheimnisvoll, demütig, zauberkundig, und dennoch verriet seine Haltung unverkennbar jenes furchtlose Bewußtsein um die Eitelkeit der Dinge, das ein Mensch hat, der daran gewöhnt ist, mit der großen Krankheit in ihren unerhörtesten Formen konfrontiert zu werden, und weiß, daß es trotz all seiner wirksamen und geheimnisvollen Arzneien doch nur ein Heilmittel gibt, das alle Übel vergessen macht; deshalb war es beinahe so, als stehe er dieser seiner Welt etwas spöttisch gegenüber, in der die Essenz der irdischen Stoffe im Namen der Arzneikunst aus Töpfen und Büchsen herausriecht, ohne daß man weiß, ob damit irgend jemandem geholfen werden kann.

Ein Stuhl, sagte er. Zwei Stühle. Das paßt ja ganz genau.

Und es paßte tatsächlich ganz genau, dort standen zwei Stühle für Mutter und Tochter.

Dann vergingen einige Minuten mit Schweigen, und der Mann fuhr fort, sein Pulver abzuwiegen und zu lächeln und sich zu verbeugen und die Augen zu schließen und sie wieder zu öffnen und seine Papiertütchen zu füllen. Doch als er seine Arbeit beendet hatte, trat er vor zu seinen Besucherinnen, verbeugte sich tief vor ihnen, lächelte und reichte ihnen die Hand. Sein Blick war seltsam schläfrig und stumpf, doch bisweilen flackerte ein verständiges Leuchten in seinen Augen auf, das einen auf den Gedanken brachte, daß dies möglicherweise doch nur Verstellung war und er unter dem Schutz seiner Maske zumindest all das sah, was er sehen wollte, und vielleicht noch viel mehr.

Freut mich, freut mich außerordentlich, sagte er. Ich hoffe, Sie hoffen, wir hoffen. Der Magen, die Lunge, das Herz, die Leber. Ganz wie Sie sagen.

Vielen Dank, sagte Sigurlina. Wir sind glücklicherweise nicht krank. Ich komme in einer etwas anderen Sache. Ich und meine Kleine sind nämlich gerade erst im Ort angekommen. –

Gerade angekommen, ja. Ganz genau. Ich verstehe. Wie gesagt, gerade eben im Ort angekommen. Hähähä. Wahrhaftig erfreulich. Ich möchte fast sagen … wirklich. Ein kleiner Ort zwischen den Bergen, ein hübscher kleiner Ort, nicht wahr? Wie gesagt, ganz genau so, wie Sie sagen. Hähähä.

Und er lachte sie demütig und liebenswürdig an, schloß die Augen und rieb sich die Handrücken, als ob ihm kalt wäre oder als ob ihm viel daran läge, sich bei ihnen einzuschmeicheln.

Doch es kann ziemlich unangenehm sein für zwei arme fremde Frauenspersonen, die ganz auf sich allein gestellt sind, in einen Ort zu kommen, in dem man noch nie zuvor war, bei einem Wetter wie jetzt, und nach Arbeit zu suchen, ganz zu schweigen davon, wenn man kein Nachtquartier hat.

Ganz zu schweigen davon, sagte der Arzt, verzog den Mund zu einem breiten Lächeln, verbeugte sich und blieb lange so mit gesenktem Kopf vor ihnen stehen. Kann unangenehm sein. Ganz recht. Ganz außerordentlich. Das Leben, schauen Sie – ein kleiner Ort, schlechtes Wetter, man ist ganz auf sich allein gestellt, schwierig, eine Arbeit zu finden, kein Nachtquartier, hähähä. Das paßt ja ganz genau – ich verstehe, Sie verstehen, wir verstehen. Ich weiß, ich brauche nicht mehr zu sagen.

Ich bin heute morgen schon beim Kaufmann und beim Propst gewesen und habe um Arbeit nachgesucht, aber es ist, als ob es hier keine Arbeit gebe und niemand Zugereiste nehmen wolle. Jemand hat Sie erwähnt, daß Sie vielleicht ein Dienstmädchen bräuchten.

Ganz recht. Ganz wie mir aus dem Herzen gesprochen. Ganz genau meine eigene Erfahrung. Der Kaufmann, der Propst, niemand, überhaupt niemand. Der Ort ist vollkommen. Dem Ort fehlt nichts. Jemand spricht vom Arzt. Hähähä. Der Arzt, die Apotheke, bitte sehr – und er verbeugte sich, legte die eine Hand flach auf die Brust und deutete mit der anderen Hand an den Wänden herum und las vor: Tinctura digitalis aetherea, Tinctura nucis vomicae, Tinctura strophanti, Salicylas physostigmicus, Chloretum ammonicum sublimatum, Hexamethylentetraminum, Acidum salicylicum, Acidum sulphuricum, Acidum nitricum... Ich weiß, Sie verstehen mich vollkommen. Ich weiß, zwischen uns gibt es keinen Schatten. Und meine junge Freundin – er legte die Fingerspitzen unter Salka Valkas Kinn – mit Verlaub? Wie eine junge Blüte im Obstgarten der Jugend. Ich würde sagen zwölf.

Nun, sie ist erst gerade elf geworden, die arme Kleine, sagte die Frau.

Elf, rief der Arzt hingerissen und voller Freude aus und kreuzte die Hände vor der Brust. Reizend. Herrlich. Ich möchte fast sagen, unerhört. Was für ein Gesicht, so stark, so lebendig. Die Augen, die Lider, die Lippen, alles in Bewegung. Spaßeshalber würde ich das tremor pubertatis nennen. Wie der Dichter sagt: Jetzt erwacht die schöne Rosenblüte. Du schaust, du lauschst. Du siehst, du hörst. Ein Strand. Ein kleiner Ort am Meer. Wir gehen in den Ort hinein und rufen, das ist das Leben, wir rufen und gehen aus dem Ort hinaus – der Tod. Der Arzt, sagt die Dame. Arznei, sagt der Arzt. Und dennoch, nur ein Strand. Ich meine. Ich warte. Ich danke. Sie hoffen. Sie verstehen. Sie verzeihen.

Nichts von dem, was Sigurlina an diesem Morgen gehört hatte, hatte sie so verwirrt wie das, was sie hier zu hören bekam. Sie war völlig ratlos. Die Sprache und die Denkweise dieses Mannes waren mindestens so unverständlich wie der geheimnisvolle Geruch aus seinen Töpfen. Und sie dachte mit Entsetzen an den Schatten, der zwischen ihr und diesem Mann lag, trotz seiner Behauptung, daß kein Schatten zwischen ihnen sei. Vielleicht überlegte sie, ob sie noch einmal die ausgezeichnete Bemerkung über Gottes herrliches Kanaan und das Kreuz Christi machen sollte, aber wahrscheinlich kam sie zu dem Ergebnis, daß dadurch alles nur noch komplizierter würde, denn schon im nächsten Augenblick machte sie noch einmal einen Versuch, sich einen Weg aus all dem abstrakten Ideengestrüpp zu bahnen, in dem es den Individuen so schwerfällt, einander zu finden, und begann nun wieder dort, wo man zuvor aufgehört hatte.

Ich weiß nicht, ob Sie mich verstehen. Aber die Sache ist die, daß ich aus dem Nordland komme und auf dem Weg nach Reykjavik bin. Aber dann ging mir das Geld aus, und ich mußte hier an Land gehen, um mir eine Arbeit zu suchen. Sie wissen nicht vielleicht zufällig von einer freien Dienstmädchenstelle entweder in Ihrem Haus oder irgendwo anders, denn im Augenblick sitze ich auf der Straße, bei dieser Kälte. Das macht nicht so viel aus wegen mir selber, es ist schlimmer für mein gesegnetes kleines, unschuldiges Mädelchen –

Ja, ja, ja, fiel ihr der Arzt ins Wort, das ist genau das, was ich sage. Ich sehe, daß wir einander ganz richtig verstehen. So unschuldig. So klein. Eben das, was ich in Worte fassen wollte.

Wie gesagt, in der Kälte, wie Sie sagen. Hähähä. Nichts als Kälte. Das ist diese unverständliche Doppelarbeit. Zuerst Kälte und nichts als Kälte. Dann Tauwetter und nichts als Tauwetter. Kälte und Tauwetter. Winter und Sommer. Frühling und Herbst. Das versteht kein Mensch. Und trotzdem, wir beide verstehen einander. Aus dem Nordland, sagen Sie. Nach Reykjavik, sagen Sie. Genau wie mir aus dem Herzen gesprochen. Wir sind alle auf dem Weg nach Reykjavik. Stellen Sie sich vor: da ist ein Mädchen – ulcus uteri, verstehen Sie. Wir operieren sie auf gut Glück. Man mußte ihr einige Sachen herausnehmen. Es ist erst einen Monat her. Sie war keine Frau mehr, als sie wieder zu sich kam. Drei Tage lang sprach sie nur davon, daß sie heiraten wollte. Sie war auf dem Weg nach Reykjavik. Der Arzt half ihr, hähähä, er verstand sie und tat alles, was er konnte. Dann starb sie. Sie liegt in der gefrorenen Erde. Sie ist in Reykjavik angekommen.

Ich weiß nicht, ob ich Sie recht verstehe, sagte die Frau, aber wollen Sie damit vielleicht sagen, daß ich hinausgehen und mir das Leben nehmen soll?

Oh, niemals, niemals, niemals. Jetzt mißverstehen wir einander zum ersten Mal. Das wollen wir niemals wieder geschehen lassen, niemals, niemals. Ich bin nur Arzt. Alles, was ich tue, ist heilen. Alles, was ich kann, ist heilen. Aber wollen Sie mir verzeihen, daß ich frage – nur, nur eine Frage: Kennen Sie ein Beispiel dafür, daß der Tod sich anders benommen hat als ein Gentleman? Ich betrachte Ihre Gesichtszüge und weiß, daß ein alter Geliebter darin schlummert. Vielleicht schlummert er gar nicht. Vielleicht wacht er. Eine verliebte Frau weiß, wie der Geliebte mit ihrer eigenen Person verschmilzt, sie hat die Spannung und die Bewegungen, die dem Wesen des Geliebten innewohnen, eingesogen. Sie haben davon gehört, daß sich Eheleute immer ähnlicher werden? Ein biologisches Phänomen, wenn ich ganz ehrlich sein soll. Ich verstehe Sie vollkommen. Ich sehe Sie vollkommen. Zwischen uns gibt es keinen Schatten. Ich weiß, daß Sie einen Geliebten gehabt haben. Ich sehe seine Züge in Ihren Zügen. Ich weiß, daß er noch heute Ihr Geliebter ist. Und ich bin davon überzeugt, daß Sie noch einmal zu ihm nach Reykjavik gelangen werden. Ich wünsche Ihnen Glück. Ich wünsche Ihnen eine gute Reise. Jetzt wissen wir beide, wo wir stehen.

Ich bin Ihnen dankbar dafür, daß Sie mich beehrt haben – an diesem Strand. Ich hoffe, daß ich wieder einmal das Vergnügen haben werde –

Er breitete seine Arme nach ihnen aus, lächelte und verbeugte sich. Nach Beendigung dieser Höflichkeitsgesten streckte er sich und holte aus einem der oberen Regalfächer ein Glas mit Pfefferminzpastillen, schüttete einige davon in eine Tüte, gab sie der Kleinen und tätschelte ihr lächelnd die Wange.

Es freut mich, daß wir einander verstehen, wie Freunde, wahre Freunde. Ich hoffe, daß Sie mir die Freude machen, Sie verstehen, die Freude, wieder einmal vorbeizuschauen. Wie die alten Leute sagten, ich würde mich freuen, mich an euch wenden zu dürfen, hähähä. Wie gesagt, in Gottes Frieden. Und besten Dank.

Dann öffnete er die Apothekentür und ließ seine Gäste hinaus in die Kälte.

6

Der pockennarbige Seemann mit der Glut in den Augen saß auf einem der wackligen Stühle im Speisesaal der Heilsarmee, spuckte immer wieder auf den Fußboden und machte sich über einen völlig betrunkenen Mann lustig, der in einer Ecke saß und Gedichte aufsagte. Er änderte seine Haltung nicht, als Mutter und Tochter hereinkamen, grüßte nicht, tat überhaupt so, als sehe er sie nicht, sondern unterhielt sich weiter mit dem Betrunkenen, mit etwa derselben Einstellung, wie wenn sich Leute mit einem Papagei unterhalten, und bekam die unglaublichsten Antworten, teils als Sprichwörter, teils in Gedichtform. Obwohl der gekochte Fisch schon halb kalt war, griffen Mutter und Tochter nach den Abenteuern des Vormittags herzhaft zu. Der Kapitän selbst erschien im Saal, um ihnen in Jesu Namen guten Appetit zu wünschen und nach Neuigkeiten zu fragen. Der pockennarbige Mann machte keine Anstalten, den Gruß des Hausherrn zu erwidern, sondern blickte den dänischen Evangelienschwätzer nur mit Verachtung an, doch der Betrunkene erhob sich dem Kapitän zu Ehren unter großen Anstrengungen und trug mit heißer Inbrunst folgende Strophe vor:

> Ich liebe dich von ganzem Herzen
> brennend heiß, wirklich sehr,
> ein wenig nur – gar nicht mehr.

Dann setzte er sich wieder hin und fiel in einen göttlichen Seelenzustand.

Der Kapitän fand, wie nicht anders zu erwarten, die Lage von Mutter und Tochter nicht eben rosig, er befragte sie sehr genau danach, wie sie von den vornehmen Leuten aufgenommen worden waren, und sah wenig Möglichkeiten bei dem Wohnungsmangel in einem Dorf, in dem die Fischverarbeitung noch nicht begonnen hatte, und deshalb schien ihm die einzige Möglichkeit zu sein, Jesus um Hilfe anzurufen, und das versprach er in seiner Herzensgüte auch zu tun; außerdem empfahl er ihnen dringend, beim Sattler anzufragen, ob eine Stellung frei sei, er war auch der Friseur des Ortes, der Uhrmacher, ein Nationaldichter und verkaufte Kaffee, Limonade und mehr, wohnte in einem hübschen Haus und brauchte ständig Dienstmädchen. Dann wünschte der Kapitän ihnen mit schönen, dänisch klingenden Worten viel Glück und ging.

Wir protestieren alle, sagte der Betrunkene voller Heldenmut, denn er bildete sich ein, er befinde sich in der großen Nationalversammlung von 1851.

Nachdem der Kapitän gegangen war, und erst dann, gab der pockennarbige Mann zu erkennen, daß er die Anwesenheit der beiden weiblichen Wesen bemerkt hatte. Er schaute ihnen zu, wie sie das Essen in sich hineinschaufelten, und räusperte sich. Die Frau sah auf und blickte wieder in diese ungewöhnlichen Augen, die ein solches Übermaß an unbändiger Lebenskraft besaßen. Ihr schien, als sei sie diesen Augen schon einmal begegnet und als hätten sie zu tun mit dem Vergessen eines Geheimnisses, das sie gehabt hatte, nein, es stimmte, sie erinnerten sie an eine Feuersbrunst, die sie in ihrer Jugend genossen und freudig begrüßt hatte, eben zu der Zeit, als sie im Unterricht vom Leiden und vom Sterben Jesu hörte; vielleicht hatte dieses Feuer seitdem immer tief in ihr gebrannt. Ein eigenartiger Zufall, daß sie am selben Tag, an dem sie wieder zu Jesus gefunden hatte, auch wieder diesen Augen begegnet war.

Sie haben sich also dort gestern abend bekehren lassen, sagte er, als hätte er ihre Gedanken lesen können.

Er war offensichtlich selbst auch etwas angeheitert, genau wie am Abend zuvor.

Ich habe immer an meinen Erlöser geglaubt, sagte Sigurlina.

Der Mann spuckte verächtlich aus.

Ich weiß nicht, wie Ihr Erlöser heißt oder wie mächtig er ist, sagte der Mann, und es ist ja auch gleichgültig. Aber ich weiß ganz genau, wer mein Erlöser ist und wie mächtig er ist. Er heißt Steinthor Steinsson und weiß sich immer zu helfen. Johann Bogesen ist zu ihm gekommen, aber er nicht zu Johann Bogesen.

Steinthor Steinsson! Was für eine Weisheit soll das sein? fragte die Frau. Und was ist sein Verdienst vor Gott?

Es ist hier, sagte der Mann und zeigte auf sein Herz. Mein Erlöser hat seinen Ursprung und seine Entstehung unter diesen Bergen an diesem Meer, an diesem Strand habe ich für meine eigene Mutter gesorgt, als sie senil geworden war, bis sie an Zugluft und Feuchtigkeit starb, während der Friseur, National-dichter, Gemeinderatsvorsitzende und Sattler Sveinn Palsson sich einen Schweinestall baute für das Geld, das ich mir auf der anderen Seite der Erde sauer verdiente. Was ist mein Verdienst vor Gott? fragst du. Ich habe mit bloßen Händen gegen bewaff-nete Ausländer in drei Erdteilen gekämpft und den Sieg davon-getragen. Machen die bei der Heilsarmee es besser? Ich bin damals bei der großen Arbeitslosigkeit nach Afrika gefahren, als Millionen von Menschen auf der ganzen Welt am Verhungern waren, und habe drei Monate lang von rohem Walspeck gelebt, nachdem der Proviant aufgebraucht war, keine Kohlen mehr da waren und meine Kameraden an den Blattern gestorben waren, alle außer mir selber und drei anderen, tausend Meilen jenseits von Gut und Böse. Schau mir ins Gesicht und frag noch einmal, wer mein Erlöser sei! Wäre ich vielleicht wieder hier an meiner richtigen Küste gelandet, wo ich meinen Anfang und mein Ende in den Bergen und im Meer donnern höre, wenn ich irgendwel-chen Jesusen nachgelaufen wäre? Können die vielleicht ihre Muttersprache besser, die daheimgesessen sind und deren Mutter noch am Leben ist? Ich kann es beim Dichten von Vierzeilern mit jeder stubengelehrten Landratte aufnehmen, bei Tag und bei Nacht. Und ich kann jederzeit eine Lösung für meine Probleme und die anderer Leute finden, viel besser als die Heilsarmee, Johann Bogesen, der Propst und der Arzt zusammengenommen.

Der Betrunkene sang laut:

> Andri lacht, so daß das Schloß erzittert;
> zu seinen Nachbarn sagt er dann:
> Seht nur den verrückten Mann.

Doch obwohl die Rede des Mannes insgeheim großen Eindruck auf die Frau gemacht hatte, spürte sie, daß sie sich das auf keinen Fall anmerken lassen durfte, da die Erfahrung auf der Büßerbank noch so frisch war, deshalb setzte sie eine spöttische Miene auf und sagte:

Es ist sicher sehr angenehm, so allmächtig zu sein.

Tja, warum wendest du dich dann nicht an mich, wenn du weißt, wer ich bin? Ich habe es dir schon gestern gesagt.

Du warst betrunken und bist es immer noch.

Das ist gelogen.

Aha, kannst du mir denn einen Platz für mich und die Kleine verschaffen?

Natürlich.

Du sagst natürlich, aber dir glaubt eben kein Mensch.

Aus welchem Grund glaubst du eher an Jesus Christus, den du weder gesehen noch gehört hast?

Ich würde dich nie darum bitten, meine Seele zu erlösen, auch wenn ich nie etwas anderes als dich gesehen hätte.

Der Mann spuckte mit fürchterlicher Verachtung aus, antwortete aber nicht.

Tja, wie dem auch sei, sagte die Frau, es war mir ernst, als ich dich fragte, ob du uns einen Platz verschaffen könntest. Zeig mal, was du kannst.

Natürlich kann ich euch einen Platz verschaffen.

Dann tu es doch.

Na, dann steht endlich einmal auf. Warte ich nicht auf euch?

Mutter und Tochter standen auf und gingen mit ihm hinaus. Der Betrunkene rief ihnen noch diese kernige Rimur-Strophe nach:

Erschlag mich, friß mich, sprach das Weib,
dann trink von meinem Sud,
zerquetsch, zerstückle meinen Leib,
das Angebot ist gut.

Und so begann sie eine Reise, an die sie sich später noch lange erinnern sollte, das Kind an der Hand, ein paar Schritte hinter Steinthor Steinsson her, und betrachtete seinen kraftstrotzenden, schwerfälligen Gang: wie oft er über einen gefrorenen Grashöcker stolperte, wie oft er mit dem einen Fuß in ein Loch trat, wie oft er beinahe das Gleichgewicht verlor – und wie unwahrscheinlich es trotz allem war, daß er hinfiel. Er schien überhaupt nicht darauf zu achten, wohin er seine Füße setzte, er stapfte, wankte, eilte weiter, ohne jemals vorauszuschauen. Der Schnee war nicht mehr hartgefroren, und der Himmel bewölkte sich immer mehr, denn es war Tauwetter im Anzug, das Meer war eisig kalt und aufgewühlt, die steilen Felswände ragten aus den verschneiten Berghängen auf, in unendlicher Mitleidlosigkeit gegenüber allem, was lebt und stirbt, und vom Strand herauf hörte man Hammerschläge, dort reparierten Leute beschädigte Motorboote, und zwischen den Felsen reckten unförmige Fischerhütten ihre traurigen Giebel aus den Schneewehen dem Fjord entgegen, so daß es schwierig war, sich darüber klar zu werden, ob dort Felsen zu menschlichen Behausungen geworden waren oder menschliche Behausungen zu Felsen. Hier war es, wo Steinthor Steinsson seinen Anfang und sein Ende in den Bergen und im Meer donnern hörte. Und als die Frau die stolpernde, rücksichtslose Kraft in seinem Gang und seiner Haltung betrachtete, da wurde sie plötzlich so hellsichtig, daß sie wie in einer Vision wahrnahm, wie eng verwandt das Aussehen des Mannes mit dem Aussehen des Landes war, wie vollständig der Pulsschlag des einen mit dem Pulsschlag des anderen übereinstimmte, die Art des einen mit der Art des anderen, so daß sie die beiden nicht mehr auseinanderzuhalten vermochte, sondern Himmel, Erde und Meer mit dem Menschen Steinthor Steinsson zu einem gemeinsamen, schrecklichen Ganzen verschmolzen, bei dem die Vorgaben des Schicksals in den Umrissen der Felsen, den Dächern der Fischerhütten, dem Rauschen des Meeres und dem Aufziehen der Schlechtwetterwolken enthalten sind, ohne daß irgendeine andere Welt dort mitbestimmen oder sich einmischen könnte.

Er führte sie zu einem kleinen Haus, das er Mararbud nannte und das weiter drinnen, in Richtung auf das Tal zu, am Fjord stand, ein Stück weit weg vom eigentlichen Dorf. Zwei der Außenwände des Hauses waren aus Torf und Steinen aufgeschichtet und sehr verfallen, die zum Berg hin und der hintere, dem Tal zugewandte Giebel. Die anderen Wände waren aus Holz, mit schwarzer Teerpappe verkleidet, die an vielen Stellen eingerissen war und in Fetzen herabhing. An der Eingangstür war ein kleiner Beischlag. Rund herum war eine hübsche Wiese und hinter dem Haus ein kleiner Schuppen, der aus allerhand Holzstücken zusammengenagelt war und sich als Stall für eine Kuh entpuppte, an dessen einem Ende Heu aufbewahrt wurde. In der Ecke der Hauswiese stand ein kleiner Schafstall mit einer Heumiete dahinter. Steinthor Steinsson stieß die Tür auf und rief nach Steinunn.

Hier habe ich euch das besorgt, was euch fehlt, rief er und schob Mutter und Tochter vor sich her in die Küche, wo seine Tante dabei war, Teig aus Roggenmehl zu kneten, mehlig bis über die Handgelenke und schwach auf der Brust. Sie war eine von diesen lebenserfahrenen runzligen und zahnlosen Frauen, die nichts als Milde und Güte sind, alles verstehen, alles vergeben, alles glauben, alles hoffen.

Du bist und bleibst immer derselbe, lieber Steinn, guter Junge, sagte sie, als er ihr erklärt hatte, daß hier das Dienstmädchen gekommen sei, das die alten Eheleute sich immer gewünscht hätten, um die Schafe zu versorgen und die Kuh zu füttern. Tja, so einer wie mein lieber Steinn, der überlegt nicht erst lange hin und her! So rasch entschlossen seid ihr, diese Jungs, die in der ganzen Welt herumgekommen sind. Das ist vielleicht ein Unterschied zu mir oder meinem guten Eyjolfur! Seid willkommen in meinem Haus, gute Mädchen, und, bitte, seid so freundlich und nehmt dort auf der wackligen Kiste Platz – es ist besser, sich vorsichtig daraufzusetzen, denn der Deckel ist zerbrochen. Darf ich euch vielleicht einen Schluck Kaffee und ein Stück Schwarzbrot mit Margarine anbieten – wir haben es nie so weit gebracht, Butter zu essen – die ist nur für die großen Leute, aber es ist gute Margarine, wenn man bedenkt, was es hier so gibt.

Was, zum Teufel, bietest du der Frau Kaffee an, Weib – willst du sie nicht als Dienstmädchen nehmen? Wenn ich mich recht erinnere, hast du ständig von einem Dienstmädchen gesprochen, seit ich diesen Winter hierherkam, und hier hast du eins.

Du denkst so schnell, Steini, mein Lieber, sagte die alte Frau. Aber zuerst muß ich mit meinem Eyjolfur sprechen, denn wir haben immer noch nicht genug darüber nachgedacht, ob wir ein Dienstmädchen nehmen sollen oder nicht. Zwar haben wir uns in den letzten drei Jahren ständig den Kopf darüber zerbrochen, denn ich tauge allmählich überhaupt nichts mehr bei der Heuernte im Sommer, und das Versorgen des Viehs im Winter geht mir auch nicht besser von der Hand, vor allem, wenn das Heu so braun ist wie diesen Winter, ich bekomme dieses fürchterliche Rasseln in der Brust vom Heustaub. Und mein Eyjolfur ist nun schon seit dreizehn Jahren blind, wie alle wissen. Aber wenn man schon so alt ist, dann braucht man lange, um nachzudenken und sich zu entscheiden, bei den Jungen geht das Denken wie im Flug, doch wie gesagt, wir zwei Alten überlegen uns die Sache mit dem Dienstmädchen schon seit drei Jahren. Mit Verlaub zu fragen, woher kommt ihr eigentlich, liebe Mädchen?

Sigurlina erzählte ausführlich von sich und ihrer Tochter, und bald kam der Hausherr, ein glatzköpfiger Mann mit einem schütteren grauen Bart, gelb wie Pergament vom Stubenhocken, in einem grauen Hemd, mit großen Filzschuhen an den Füßen; er hielt ein Knüpfholz für Netze in der Hand, wie der Apostel; Mutter und Tochter traten vor ihn hin und begrüßten ihn. Er sprach mit fester, kalter Stimme und wirkte beinahe eine wenig mürrisch, wie es bei Männern, die sanftmütige Frauen haben, häufig der Fall ist, oder war es vielleicht deshalb, weil er überhaupt nur wenig Mitgefühl für sehende Leute aufbrachte? Zuerst betrachtete er Mutter und Tochter mit den Ohren, dann bat er um Erlaubnis, sie abtasten zu dürfen wie Schafe, die man schlachten will. Sie waren gutgebaut und einigermaßen wohlgenährt. Und nachdem er erfahren hatte, daß sie obdachlos waren, sagte er:

Tja, da gibt es nicht viel zu überlegen. Ihr könnt genauso gut bei uns sein heute nacht wie bei der Heilsarmee, und vielleicht auch die nächste Nacht, und dann sehen wir, wie es weitergeht. Vielleicht findet ihr etwas Besseres, und vielleicht wird Steinunns Husten auch wieder etwas besser, so daß wir noch ein Jahr ohne Dienstmädchen auskommen können. Wir haben hier ein kleines Zimmer neben der Küche, wo ihr schlafen könnt. Dort hat zwar Steinthor geschlafen, seit er zurückkam, aber ein Mann, der in Afrika die Blattern hatte, müßte überall schlafen können, wenn er gesund ist. Ihr könnt eure Sachen zumindest für ein paar Nächte dort hineinschaffen.

Oh, wir haben gar nicht viele Sachen, nur ein kleines Säckchen, das unten bei der Heilsarmee liegt. Meine Salka kann laufen und es holen.

Oh, ihr guten Mädchen, sagte die alte Steinunn. Genügsamkeit und Sparsamkeit sind ohnehin der beste Besitz, und wir Eheleute hatten nur zwei Federbetten und ein paar Schafe, als wir unseren Dienst bei dem verstorbenen Pfarrer Björn in Oseyri antraten, seligen Angedenkens, vor fünfundvierzig Jahren, und dennoch hat Gott uns gesegnet, so daß wir nie auf andere angewiesen waren, und jetzt haben wir zumindest dieses Häuschen und die kleine Wiese darumherum und unsere Drafna und sieben Mutterschafe mit Wolle und Lämmern, wenn Gott uns das Frühjahr schenkt. Und was die Hauptsache ist, unsere Kinder, die, die leben, sind erwachsen, und auch wenn sie in einem anderen Landesviertel wohnen, so können wir Gott lobpreisen dafür, daß er sie mit so guten Gaben ausgestattet hat und daß sie nie besonders viel Unglück hatten. Nein, man braucht sich keine Sorgen zu machen, solange man jung ist, auch wenn der Sack leicht ist, aber wenn es auf der anderen Seite allmählich abwärts geht, dann müssen wir Gott bitten, daß er uns beisteht. Doch die höchste aller Tugenden ist die Genügsamkeit und Sparsamkeit.

Pah, sagte der alte Mann und machte Anstalten, sich unter der Tür umzudrehen. Ich wüßte nicht, daß irgendeine Tugend der Grund dafür war, daß wir jeden Öre, den wir einnahmen, sparen mußten, und jedem Öre, den wir ausgaben, nachtrauerten. Soweit ich weiß, ist der Grund für unsere ganze Genügsamkeit und Sparsamkeit einfach Feigheit und Ohnmacht. Es ist keine große Tugend zu sparen, wenn man nichts hat. Wenn jemand hier im Dorf aus Tugendhaftigkeit spart, dann ist das der Kaufmann Johann Bogesen. Jetzt hat er schon wieder den Preis für meine Netze herabgesetzt, schließlich hat er noch nie eine solche Menge Gold aus dem Meer gezogen wie während der Fangsaison im vergangenen Herbst, als der Fjord bis hinaus ins offene Meer wie dicker Gerstenbrei aussah von all dem großen Hering.

Dann ging man in den Stall. Die Kuh Drafna war überhaupt nicht auf den Besuch vorbereitet und hatte sich ein schönes Mittagsschläfchen gegönnt, aus dem sie nun jäh aufschreckte, sich umständlich erhob und zu brüllen begann. Dann beäugte sie die Besucher mit jener Mischung aus Neugierde und Verachtung, Angst und Interesse, Frechheit und Abgestumpftheit, die so typisch ist für die besondere geistige Einstellung von Kühen. Es fiel ihr überhaupt schwer, sich mit Fremden, die außerhalb der Besuchszeiten kamen, abzufinden, vor allem konnte sie kein menschliches Kalb wie das kleine Mädchen leiden, und Steinunn bat Salka, nicht zu nahe hinzugehen, denn die Kuh sei manchmal böse zu Kindern. Die Anwesenheit Steinunns schien der Kuh die einzige Rechtfertigung für diesen Besuch zu sein, denn sie und Steinunn waren wie Stieftochter und Stiefmutter und konnten sich in die jeweils andere hineindenken. Also stieg die alte Frau zu ihr in den Verschlag, kraulte sie am Widerrist und sagte Muh-Kuh, und die Muh-Kuh streckte ihre große, rauhe Zunge heraus und leckte die Frau und nutzte gleichzeitig die Gelegenheit, sich an ihrem Rock die Nase abzuwischen.

Hier ist jetzt ein Mädchen zu uns gekommen, das Sigurlina heißt und aus dem Nordland stammt und vielleicht ein paar Nächte bei uns und der Muh-Kuh bleiben wird, und meine Muh-Kuh wird nett sein zu Sigurlina und sich von ihr melken lassen. Und meine Muh-Kuh wird nicht nach ihr treten und sich nicht aus der Hinterbeinfessel losreißen. Muh-Kuh wird gut sein zu Sigurlina, die aus dem Nordland stammt und kein Zuhause hat.

Die Kuh ließ keine besondere Empfindlichkeit ob dieser Nachrichten erkennen, sie wollte nicht zuviel versprechen, hörte aber auf, die alte Frau zu lecken, und schielte wieder zu Salka Valka hinüber, denn sie dachte daran, wie lustig es würde, wenn der Frühling käme und sie draußen auf der weiten Wiese wäre und dieses Mädchen zufällig vorbeikäme: Das wäre ein Spaß, ihr nachzulaufen und sie mit der Stirn zu stoßen und sie etwa vier, fünf Klafter hoch in die Luft zu werfen. Schließlich konnte sie diesen Traum nicht mehr für sich behalten und sagte mit ihrer verdrießlichen, tiefen Stimme etwas in der Richtung, daß die Kleine nur warten solle bis zum Frühjahr.

7

Pfui, wie gräßlich er sein kann, der Mann mit dem verbrannten Kopf, sagte das kleine Mädchen unter dem Federbett hervor, nach so langem Schweigen, daß ihre Mutter schon geglaubt hatte, sie sei eingeschlafen. Die Mutter selbst saß in einem gestrickten Unterrock da, ihrem einzigen Kleidungsstück, das ihre Existenz in dieser kalten, windigen Welt rechtfertigen konnte, und stopfte ihrer beider Strümpfe, die an Zehen und Fersen Löcher hatten. Zwar war es nur Zufall, daß die Frau für diese Nacht ein Dach über dem Kopf hatte, aber sie war dennoch keineswegs so betrübt, wie man sich gemeinhin vorstellt, daß einsame Frauen abends immer sein müßten, nein, sie lächelte beim Stopfen immer wieder vor sich hin, und ab und zu legte sie mitten in einem Stich die Hände in den Schoß und schaute mit träumerischem Blick ins Blaue.

Wie kannst du nur in solchen Worten von irgendeinem Menschen sprechen, liebe Salka, nachdem du dein Vaterunser gebetet und dich in Gottes Hut begeben hast? Was, glaubst du, muß der gesegnete Erlöser denken, wenn er dich so sprechen hört?

Ich weiß, daß der Erlöser genau dasselbe denkt wie ich, sagte das kleine Mädchen. Der Steinthor ist so unanständig und frech, daß er es verdient hätte, umgebracht zu werden.

Warum sagst du das, Kind? Es ist schrecklich, dich zu hören.

Schrecklich? Das würdest du nicht sagen, wenn du eine Ahnung davon hättest, was für ein Esel er ist. Als du heute abend die Schafe vom Strand heraufgeholt hast und die alte Frau sich hingelegt hatte, da saß er hier in der Küche, und ich ging zweimal durch, und dann, er hat mich betatscht, dieser Esel.

Betatscht? Wie denn?

Wie? Meinst du, ich könnte das beschreiben? Er tatschte einfach. Genau so, wie wenn unanständige Männer erwachsene Mädchen betatschen. Er tatschte hier und hier und hier und sagte mir irgendwelchen Unsinn ins Ohr.

Was hat er gesagt?

Er sagte nur dies und das. Und dabei bin ich noch so klein.

Und jetzt war das kleine Mädchen dem Weinen nahe und vergrub das Gesicht im Kopfkissen.

Was hast du gesagt?

Was ich gesagt habe? wiederholte die Kleine und sah ihre Mutter grausam entschlossen an. Natürlich sagte ich, daß ich ihn umbringen würde. Und das werde ich auch.

Ja, man sieht es ihm an, daß er freisinnig ist. Und wahrscheinlich wollte er nur Spaß machen mit dir. Sie sind so zu Scherzen aufgelegt, diese Seeleute, die in der ganzen Welt herumfahren. Man darf nicht glauben, daß sie alles im Ernst meinen. Aber wenn er das noch einmal tut, dann sag es mir. Es ist, wie du sagst: Du bist noch so klein. Es wäre nicht recht.

Dann herrschte wieder lange Schweigen. Doch obwohl die Frau so getan hatte, als ob hier keine Gefahr drohe, war es durchaus nicht so, daß sie ihre Löcher in einem süßen Traum stopfte wie zuvor, sondern sie runzelte die Stirn und kniff den Mund zusammen. Und schließlich konnte sie nicht mehr anders, sie mußte nachschauen, ob ihre Tochter schon eingeschlafen war. Aber da war sie noch gar nicht eingeschlafen, sondern ihre Augen waren offen, und sobald sie das Gesicht ihrer Mutter vor sich sah, begann sie aufs neue dort, wo sie aufgehört hatte:

Er ist einfach ein gemeiner Kerl.

Da legte die Frau die Strümpfe beiseite, kniete vor dem Bett hin, nahm Salka Valkas Hand, drückte sie sich an die Wange und sagte:

Liebe Salka, wir wollen einander versprechen, daß wir immer, immer gute Freundinnen bleiben und einander helfen bei dem Guten in Jesu Namen, was auch geschehen mag. Und immer, wenn etwas passiert, was der einen weniger gefällt, dann müssen wir stets versuchen, einander zu verstehen. Denn es gibt so vieles, was passieren kann mit – zwei Mädchen.

Die Kleine war genausowenig vorbereitet auf ein solches Treueversprechen, wie es ihr möglich war, sich vorzustellen, es könnte jemals etwas geschehen, das die Freundschaft zwischen Mutter und Tochter zerstörte. Noch unklarer war der Kleinen jedoch der Zusammenhang zwischen dieser plötzlichen Freundschaftsbekundung und der schrecklichen Erfahrung mit Steinthor, von der sie ihrer Mutter im Vertrauen erzählt hatte. Am allerseltsamsten klang in ihren Ohren aber, daß ihre Mutter für sich und ihre Tochter diesen unpersönlichen Ausdruck verwendete: zwei Mädchen. Denn sie hatte noch nie im Leben in ihrer Mutter etwas anderes gesehen als ihre Mama, und sich selber immer nur als Salka, Mamas kleines Mädchen.

Wir wollen Jesus bitten, alles Unreine aus unserem Herzen zu entfernen. Er ist der reine Weinstock. Er ist die Kraft und der Saft. Wir wollen uns vorstellen, daß alle, mit denen wir zusammentreffen, von ihm geschickt sind, entweder, um uns zu helfen, oder, um uns auf die Probe zu stellen. Ja, es ist wahr, ich muß mir ein Bild von ihm besorgen und es hier über unserem Bett aufhängen. Hör zu, mein Liebes, sollen wir nicht noch einmal unser Vaterunser beten, damit wir rein vor Gott einschlafen können?

Die Kleine wußte aus alter Erfahrung, daß Gebete einen sowohl schläfrig als auch trocken im Hals machten, und tatsächlich schlief sie ein, als sie gerade mit dem Segensspruch begonnen hatten. Ihre Mutter aber war so glücklich, daß sie das ganze Vaterunser noch einmal aufsagte und dabei auf die geröteten Wangen und die halbgeöffneten Lippen ihrer Tochter schaute. So gut ist Gott. Der Engel des Schlafes hauchte seinen Zauber über das Gesicht des Kindes und pustete ihren Zorn weg und hob den Vorhang vor den herrlichen Schauplätzen der Träume, wo wir verzückt durch die Sphären schweben und die Sterne des Himmels lieblich auf Flöten spielen. Wer weiß, vielleicht erkannte die Frau die Musik ihrer schönsten Träume in den Atemzügen der Schlafenden wieder, als sie sich über sie beugte und lauschte: Erinnerungen an die Verheißungen von einer anderen Welt, vor langer Zeit gegeben. Die Verheißungen leben in der Seele des Menschen wie Gaukelbilder, bis zum Tag des Todes. Gott gibt uns bisweilen Verheißungen und erfüllt sie auf ganz andere Weise, als er versprochen hatte. Dieses schlafende Gesicht war eine solche Verheißung – etwas ganz anderes, als ihr versprochen worden war, die Deutung eines anderen Traums, als sie geträumt hatte. Dennoch war dieses Kind der Inhalt ihres Lebens und die Rechtfertigung ihrer Existenz. Und sie hatte damals ihr Vorhaben, sich ins Meer zu werfen, nicht ausgeführt. Sie beugte sich in dankbarer Freude über den Inhalt ihres Lebens. Hatte sie das Recht, noch mehr zu verlangen? Nein – und trotzdem. Mehr, mehr, sagt die Brust. Es ist so schwer, ein Mensch zu sein.

Das Licht mußte schon längst heruntergebrannt sein, die Nacht war so dunkel, daß man nicht einmal ahnen konnte, wo das Fenster war, die Scheibe war ja auch mit Reif bedeckt. Die Kleine schreckte aus dem Schlaf auf und hatte Herzklopfen, sie war sich ganz sicher, daß jemand sie geohrfeigt hatte. Konnte es sein, daß sie eine so handfeste Ohrfeige geträumt hatte, oder hatte ihre Mutter ihr vielleicht im Schlaf einen Ellbogenstoß versetzt? Doch als sie sich gegen die Wand drehen wollte, um zu versuchen, wieder einzuschlafen, hörte sie ein Flüstern in der Dunkelheit, menschliche Stimmen! Zuerst glaubte sie, daß diese Stimmen aus einiger Entfernung kämen, bildete sich sogar ein, Leute sprächen draußen in der Küche miteinander, dann kam es ihr so vor, als finde die Unterhaltung irgendwo im Zimmer statt, und schließlich kam sie zu dem Ergebnis, daß sie im Bett neben ihr vor sich ging und von Bewegungen oder sogar Balgereien begleitet wurde.

Das kleine Mädchen bewegte sich eine Weile überhaupt nicht und lauschte dem Geflüster:

Hattest du vielleicht das im Sinn, als du anbotest, mir eine Stellung zu verschaffen?

Du tust, als ob du heute zum ersten Mal auf dieser Welt seist. Aber ich brauchte dich nicht lange anzuschauen, um es zu wissen. Ich sehe den Unterschied zwischen einer Frau und einer Frau.

Oh, oh, nimm die Hand weg. Laß mich in Ruhe. Du weckst meine Kleine auf.

Nein, hör mal, jetzt nützt kein verdammtes – du weißt schon. Kümmer dich nicht um die Kleine. Sie schläft. Sie versteht noch nichts.

Nein, nein, hör auf, hör auf. Mir zuliebe, ich bitte dich im Namen Jesu des Allmächtigen, hör auf. Damit ich nicht um Hilfe rufen muß. Mein Kind liegt neben mir im Bett. Mein Lieber, Guter, nein, rühr mich nicht so an, du riechst nach Branntwein. Lieber allmächtiger Jesus, du machst mich verrückt.

Natürlich konnte die Kleine sich nicht klarmachen, was in ihrer eigenen Brust vor sich ging, und plötzlich heulte sie laut los, ohne Vorwarnung, wie eine Feuertrompete. Das Weinen breitete sich sofort als krampfartiges Zucken über ihren ganzen Körper aus. Sie heulte, ohne den Tönen, die ihre Stimmorgane von sich gaben, irgendwelche Hemmungen aufzuerlegen. Mama, schrie sie zwischen den Schluchzern, Mama, Mama, Mama, und wollte sich ihrer Mutter in die Arme werfen, um sich selber und sie zu beschützen, doch ihre Mutter wandte ihr da den Rücken zu, und das kleine Mädchen merkte, daß jemand neben der Mutter an der Bettkante lag, und das war eine Stimme, die sagte:

Brüll nicht so, zum Teufel, Kind, auch wenn ich vor der Kälte auf dem Boden dort draußen in das warme Bett zu deiner Mutter geflohen bin. Das ist sowieso mein altes Bett, und ich wüßte nicht, weshalb wir nicht alle hier Platz haben sollten.

Hau ab, laß mich und Mama in Ruhe, du gemeiner Kerl. Mama, Mama, sag ihm, er soll abhauen, sag, daß du ihn umbringst, wenn er nicht abhaut.

Ach, halt den Mund, du kleiner Affe, sagte der Mann ärgerlich. Er gab sich aber geschlagen und kroch wieder aus dem Bett. Der Klügere gibt nach. Ich gehe.

Dennoch bemerkte die Kleine, daß er sich über ihre Mutter beugte und ihr etwas ins Ohr flüsterte.

Was? sagte daraufhin ihre Mutter.

Da flüsterte er wieder.

Nein, sagte ihre Mutter laut. Lieber Herr Jesus, nein, du weißt, daß du einen um so etwas nicht bitten kannst.

Daraufhin suchte der Gegner das Weite, Mutter und Tochter aber blieben siegreich zurück. Die Kleine hatte ebenso schnell aufgehört zu weinen, wie wenn die Leute die Feuertrompete weglegen, nachdem das Feuer gelöscht ist, zitterte aber immer noch wie Espenlaub vor Erregung und Schluchzen. Und sie warf sich ihrer Mutter in die Arme und küßte sie wild auf den Hals.

Liebe Mama, wir müssen uns für morgen nacht einen Schlüssel besorgen und zuschließen, damit er nicht hereinkann.

61

Mama, wir müssen eine große Axt besorgen, Mama, wir müssen uns ein großes Messer besorgen.

Ach, schlaf jetzt, beschwichtigte ihre Mutter sie, es war aber ohne Verständnis für ihre Angst gesagt, kein mütterlicher Ton, kein liebevolles pst-pst und still-still, sondern Verdrießlichkeit, sogar Feindseligkeit, als ob sie gesagt hätte: Ach, halt den Mund, dummes Ding. Sie drückte ihre Tochter nicht an ihre Brust, um sie zu trösten, sondern schob sie vorsichtig von sich weg und deckte sie zu, als sie annahm, daß sie eingeschlafen sei. Und nach einiger Zeit wachte die Kleine wieder auf und merkte, daß sie nicht mehr an der Brust ihrer Mutter lag.

Die Angst hatte noch nicht nachgelassen in ihrem Bewußtsein, trotz des Schlummers, ihr Sinn war noch immer angefüllt von diesem teuflischen Angriff, den sie und ihre Mutter über sich ergehen lassen mußten. Wie hätte sie schon begriffen haben sollen, daß sie und ihre Mutter zwei Mädchen waren, eine solche Vorstellung erschien ihr immer noch viel zu abwegig, schließlich hatte sie bis gestern abend so etwas noch nie gehört. Mama und Mamas kleine Salka waren selbstverständlich eins und mußten einander immer vor allem Bösen beschützen, so wie die rechte Hand die linke beschützt, sie halten immer zusammen. Und nun wollte sie sich wieder an die Brust ihrer Mutter anlehnen. Doch die Brust ihrer Mutter war verschwunden. Das kleine Mädchen richtete sich auf und tastete neben sich im Bett herum, aber das Bett war leer. Ihre Mutter war fort. Einen kurzen Augenblick starrte die Kleine wie gelähmt ins Dunkel, und unwillkürlich formten sich ihre Lippen, um zu rufen: Mama, Mama. Doch dieses unverständliche Wort war eine Totgeburt auf ihren Lippen, glücklicherweise. Denn wer antwortet auf dieses Wort, wenn man es voller Entsetzen in die Dunkelheit hinausruft? Niemand. Manche Worte finden keinen Widerhall, außer in einem selbst, und so spürte sie, daß es ihr nicht gelingen würde, ihre Mutter zurückzurufen aus jener Nacht, die das Gesicht des Tages zum Lügner macht, seine sittsame Weisheit zu inhaltlosen Buchstaben, seine Gottesfürchtigkeit zu unnützen Worten. Sie hatte in dem seligen Irrglauben gelebt, daß Erscheinung und Mimik, Rede und Taten einer bestimmten Frau auf der Welt nicht nur ihre Mutter sei, sondern auch ihre ganze Mutter. Dennoch erinnerte sie sich nun daran, daß es im Nordland Nächte gegeben hatte, in denen ihre Mutter die ganze Nacht nicht in ihrem Bett war. Und falls die Kleine dies im Halbschlaf undeutlich wahrgenommen hatte, so hatte es ihr an der nötigen Phantasie gefehlt, um dem irgendeine Bedeutung zuzumessen. Nun erkannte das Mädchen, daß diese Frau nicht in erster Linie die Mama der kleinen Salka Valka war, sondern auch für sich lebte, während sie schlief, ein Leben, von dem Salka Valka nichts ahnte. Wenn man es genau betrachtete, so war es nicht das Mädchen Sigurlina Jonsdottir, das sie kannte, sie kannte nur ihre Mutter. Und diese ihre Mutter war überhaupt nicht das Mädchen Sigurlina Jonsdottir. »Ihre Mutter« war nur eine Maske, die das Mädchen Sigurlina Jonsdottir aufsetzte, wenn sie glaubte, daß Salka Valka wache, und die sie abnahm, wenn sie glaubte, daß sie schlafe oder nicht dabei sei. Anderen Menschen gegenüber, und selbst in ihrer eigenen Vorstellung, war sie etwas ganz anderes als die Mutter Salka Valkas. Manche Mädchen setzen diese Maske gegenüber kleinen Kindern auf, die sie eigentlich gar nichts angehen. Wie konnte sie nur auf den Gedanken kommen, sich einzubilden, daß sie dieses erwachsene Mädchen kannte, das sich gestern abend mit einem frommen Gebet neben sie gelegt hatte und in der Dunkelheit der Nacht von ihr weggeschlichen war, um ihr eigenes Leben zu leben? Erwachsen zu werden bedeutet, sich darüber klar zu werden, daß man keine Mutter hat, sondern allein in der Dunkelheit der Nacht wacht. Von nun an hatte sie keine Mutter. Vielleicht hatte kein Mensch eine Mutter. Vielleicht hatte man in Wirklichkeit überhaupt niemanden außer sich selbst. Und so bewegten sich ihre Lippen nur, sie sprach nicht einmal den Namen aus, der sich auf den Lippen des Kleinkindes formt, wenn es an der Brust der Erde saugt. Draußen in dieser Nacht hatte sie keine Mama. Draußen in dieser Nacht war nur das Mädchen Sigurlina Jonsdottir, und das war nicht ihre Mutter.

8

In dieser Ortschaft schien es nie gutes Wetter zu geben, denn der Schöpfer machte immer Experimente mit seinem Himmel. Nach Frost und Schneefällen ließ er Wind kommen, der den Schnee zu Verwehungen zusammenfegte. Wenn der Schnee zu Verwehungen zusammengefegt war, schickte er Tauwetter und schmolz alle Schneewehen weg, die er zuvor mit großer Mühe zusammengefegt hatte. Alles in allem konnte man sagen, daß das Lieblingswetter des Schöpfers hier im Ort der Regen war, nebst all den dazugehörigen üblen Gerüchen von Meer und Tang, Fisch, Fischköpfen, Eingeweiden und Tran, Kuhmist und Abfall. Und vom Berg kamen mindestens fünfzig Bäche, die ungehindert durch die Gemüsegärten des Dorfes flossen, in den Ecken der Gärten Seen bildeten und in Kaskaden über die Einfriedungen herabfielen. Manche ließ man direkt auf die Häuser zulaufen und die Keller oder sogar die Küchen überschwemmen, so daß sich die Kinder erkälteten und einige Lungenentzündung bekamen und starben. Die Straßen des Dorfes und die Fußwege waren knöcheltief mit Schneematsch oder Schlamm bedeckt. Am Tag sah man draußen nur zerlumpte Kinder mit roten Nasen und schlechten Schuhen, die eine oder andere Frau, die einkaufen ging, und verschlafene Pferde mit dreckverkrusteten Beinen. Und eisgraue Wolken voller Schneeregen bauschten sich entweder hoch in der Luft zusammen oder segelten indigniert von Gipfel zu Gipfel an den Bergrändern entlang. Wenn sich dann der Matsch in Wasser verwandelt hatte und nichts mehr übrig war außer dem Gestank und dem Schlamm, zogen naßkalte Nebel auf. Dann kam Eisregen. Und nun war es schwierig, sich auf die Schnelle noch weitere Arten von schlechtem Wetter einfallen zu lassen, und da konnte es sogar einen Abend mit Frost und klarer Luft geben, mit Sternen am wolkenlosen Himmel und, wer weiß, vielleicht sogar dem Mond, wenn der Kalender dies zuließ. Da machte der Schöpfer eine Denkpause. Doch tags darauf war sicher wieder Schneewetter, dann schneite es diesen ganzen Tag und den nächsten auch noch, und dann kam Frost, und danach gab es wieder Wind, um den Schnee zu Verwehungen zusammenzufegen, und das Dasein hier im Dorf biß sich in den Schwanz. So konnte es ununterbrochen weitergehen – daß dies dem Schöpfer Vergnügen machen konnte!

Und das Leben war eine Art Begleitmusik zu diesem verrückten Wetter, die Menschen mühten und rackerten sich weiter ab, eine Schlechtwetterperiode nach der andern, und keinem ging es deshalb besser. Die Menschen schienen dazu verdammt zu sein, weit draußen auf dem Meer diesen blödsinnigen Fisch aus dem Wasser zu ziehen, wann immer das Wetter es erlaubte, ihm den Kopf abzuschneiden und ihn auszunehmen, ihn zu waschen und zu salzen und ihn bis zum Sommer in Stapeln aufzuschichten. Und obwohl die Menschen sich ununterbrochen abmühten im Wettlauf mit der unbeständigen Witterung, so sah man doch nirgends ein Resultat dieser Arbeit, alles verschwand in demselben Loch, ob die Leute nun gegen eine Beteiligung am Fang fischten oder gegen Lohn: Die Rechnung bei Johann Bogesen schluckte alles. Hier sah man nie Geld. Dieser Glaubenssatz: die Rechnung bei Johann Bogesen war seinem Wesen nach genauso abstrakt wie der Glaube an die Offenbarung Gottes oder das Erlöserwerk Jesu Christi, aber nichtsdestoweniger waren seine Auswirkungen auf ihre Weise objektiv und greifbar, wie zum Beispiel die Sakramente – er bedeutete fortgesetzten Kredit in Jahren, in denen es keinen Fisch gab, Sicherheit, wenn die Aussichten auf den Fischmärkten schlecht waren, Teerpappe, Anstreichfarbe, Rosinen, Kardamom und Zitronat samt kleinen bemalten Blecheimern für die Kinder zu Weihnachten, und zu guter Letzt bedeutete dieser beispiellose Glaube die Garantie dafür, daß man nicht auf Kosten der Gemeinde begraben werden mußte, was mit die schlimmste Schande und Erniedrigung war, die einem hier im Dorf widerfahren konnte, wie es umgekehrt als Zeichen wahren Ansehens und vollkommener Ehrlichkeit im Leben wie im Tod galt, für seine eigene Beerdigung bezahlen zu können.

Doch kaum öffneten diese sinnlosen Morgen ihre mitleidlosen Augen über dem bargeldlosen Dasein hier im Ort, da wurde Salka in den Schneematsch hinausgeschickt, um die Milch abzuliefern, in ausgetretenen Kuhlederschuhen, die an den Zehen mit Heu ausgepolstert waren. Sie trug fünf kleine Milchkannen, drei auf dem Rücken, zwei vorne, und lieferte sie an fünf ärmlichen Haustüren ab. Die Milch wurde durch Gutschrift auf der Rechnung bei Johann Bogesen bezahlt, so gingen alle Geschäfte zwischen den Leuten im Dorf vor sich. Wenn jemand etwas im Wert von einer Nähnadel von jemand anderem kaufte, mußte man es nur im Laden melden, und die fünf Öre wurden bei Peter abgezogen und bei Paul gutgeschrieben. Dank dieses göttlichen Gekritzels schienen in Oseyri am Axlarfjord alle quitt aus ihren Geschäften hervorzugehen. Der Handel der Leute untereinander ging nur mit verschiebbaren Ziffern vor sich, während bei allen realen Werten Johann Bogesen die Fäden in der Hand hielt.

Man war der Tochter Sigurlinas gegenüber zunächst äußerst vorsichtig in den Fischerhütten, denn der Ort war grundsätzlich gegen Leute eingestellt, die keinen dauerhaften Aufenthaltsort hatten. Sie wartete auf der Schwelle, während die Frau die Milchkanne leerte. In einem Haus war eine alte Frau, die ihr ein Stückchen Kandiszucker in den Mund steckte, das war herrlich, vor allem, wenn man vom Frühstück noch den Dorschlebergeschmack im Mund hatte. Im Laufe der Zeit wurden die Frauen aber neugieriger darauf, etwas über ihre Mutter zu erfahren, und boten der Kleinen Kaffee an. Im allgemeinen schmeckte der Kleinen alles, was ihr angeboten wurde, insbesondere Schiffszwieback. Sie erzählte freimütig alles, sowohl über ihre Mutter als auch über den Mann mit dem verbrannten Kopf, sogar daß sie jetzt nicht mehr im Zimmer bei ihrer Mutter schlafe, sondern oben unter dem Dach bei dem alten Ehepaar, und daß es keinen Zweifel daran gebe, daß ihre Mama und Steinthor verlobt seien. Außerdem erzählte sie davon, daß ihre Mama zu jeder Versammlung gehe, die bei der Heilsarmee abgehalten wurde, und vielleicht die Ausbildung zu einer Art Offizier machen dürfe, sie könne auch unglaublich schnell neue Kirchenlieder auswendig lernen.

Doch mit der Zeit merkte die Kleine, daß die Verlobung ihrer Mutter nicht in dem Maße gewürdigt wurde, in dem sie selbst versuchte, die Kunde von den Besuchen der Mutter bei der Heilsarmee und von ihren Fortschritten in der Sangeskunst zu verbreiten. Es geschah von Tag zu Tag immer öfter, daß man ihr hinter Hausecken auflauerte und mit Fingern auf sie zeigte, ihr Schneebälle nachwarf, manchmal Schlamm, und sie beschimpfte. Das waren für gewöhnlich Schimpfwörter der allerübelsten

Sorte, die sowohl auf sie als auch besonders auf ihre Mutter gemünzt waren. Und es dauerte nicht lange, bis dem kleinen Mädchen klar wurde, daß dieses Dorf voll von bösen und gottlosen Kindern war, sie waren hinter jeder zweiten Hausecke versteckt, ihre Geschosse kamen aus jedem Winkel, von den Hängen herab, vom Strand herauf. Sie blieb, die Traglast über den Schultern, auf der Straße stehen, spähte in die Richtung, aus der die Geschosse kamen, und rief: Ich fordere euch auf, gebt euch zu erkennen! Ich hab' keine Angst vor euch, egal wie viele ihr seid, ihr Feiglinge! Aber solange sie in ihre Richtung blickte, gab keiner ein Lebenszeichen von sich. Wenn sie weiterging, hagelte es um so mehr Schneebälle. Pfui, wie häßlich sie ist, wurde ihr nachgerufen; und wie dumm. Pfui, deine Mama ist eine Hure! Dann stand das kleine Mädchen noch eine Weile wie angewurzelt im Matsch, ohne sich gegen den Angriff wehren zu können, dem Weinen nahe vor Wut und Scham.

Jeder Tag brachte diesem hilflosen Milchmädchen eine neue Verhöhnung. Mit der Zeit erschien in ihrem Gesichtsausdruck etwas, das an ein Tier, welches sich gegen Hunde zur Wehr setzt, erinnerte. Gott gebe, daß ich sie zu fassen kriege, dachte sie, denn sie glaubte, sie könnte sie zerfleischen und jeden ihrer Knochen zermalmen, zumindest sechs auf einmal. Dann würde sie sie ausspucken. Doch sie hüteten sich vor ihr wie vor einem wilden Stier, machten Umwege, um nicht mit ihr auf der Straße zusammenzutreffen, oder wenn sie zu mehreren waren, dann hielten sie am Wegrand an, stellten sich dicht nebeneinander auf und sahen sie mit einer Mischung aus Haß, Neugierde und Durchtriebenheit an, während sie vorbeiging, und sobald sie einen Steinwurf weit entfernt war, begannen die Beschimpfungen. Wenn sie antwortete, dann war es mit unzusammenhängenden Flüchen und törichten Verwünschungen. Wenn sie nach Hause kam, hatte sie einen Kloß im Hals vor unterdrücktem Weinen und brachte kein Wort heraus. Sie floh dann meistens hinaus in den Stall und vergoß ihre Tränen vor den unschuldigen Schafen. Die Schafe drängten sich in der hinteren Ecke des Verschlags zusammen und sahen sie an, wie sie in der Futterkrippe saß, sich die Hände vors Gesicht hielt und weinte. Bis eines der klügsten Schafe auf die Idee kam, daß sie etwas zu essen hätte, in ihre Richtung ging, eine Elle weit von ihr entfernt stehenblieb, die Ohren spitzte, sie eine Weile anstarrte und dann mit seltsamem Hochmut auf den Boden stampfte, als wolle es sagen: Du solltest lieber aufgeben. Dann machte das Schaf einen Schritt nach vorn und untersuchte das, was das Mädchen vermeintlich aß, und fand heraus, daß es etwas Salziges war. Doch da jagte die Kleine es weg.

Was ihr vor allem Kummer bereitete, war diese törichte und grundlose Bosheit der Welt, sinnlos zu verletzen, nur um eine Wunde zuzufügen, die empfindlichste Stelle in der Brust des Wehrlosen ausfindig zu machen, nur um seine Freude daran zu haben, ihn leiden zu sehen. Vielleicht stimmte es wirklich, was die Kinder sagten: daß sie selbst dumm und häßlich sei und ihre Mutter eine Hure – sie verstand allerdings die Bedeutung dieses Wortes nicht genau, wußte nur, daß es etwas fürchterlich Schlechtes war, ähnlich wie Dieb oder Mörder, nur noch viel schändlicher, denn sie hatte gehört, wie sich widerliche Männer darüber lustig machten. Es war aber nicht der Gedanke daran, daß man sie selbst oder ihre Mutter verachtete, der sie grämte und empörte, sondern das Wissen um die eigene Ohnmacht gegenüber der Bosheit der Welt, wie sie sich in diesen Kindern in ihrer ganzen Allmacht zeigte. Gegen diese Bosheit kannte sie noch keine Waffe, und das Weinen war ihr trauriger Trost.

Nein, sie war nicht nur häßlich in der Bedeutung, in der selbstsichere Hofhunde herumstreunende Straßenköter häßlich finden, sondern sie brauchte nur in die Spiegelscherbe ihrer Mutter zu schauen, um auch selbst zu der Überzeugung zu gelangen. Wie konnte Gott nur auf den Gedanken kommen, einen so armen und unvollkommenen Menschen zu schaffen, er, der so reich an Herrlichkeit war und für den es ein leichtes sein mußte, allen Menschen Schönheit zu verleihen? Sie trug einen alten, abgetragenen und viel zu langen Rock, den ihr die alte Steinunn umsonst besorgt hatte. Ihre Strümpfe waren rotbraun und unten angestrickt und hingen immer bis auf die Fersen herunter. Oben trug sie eine Männerjacke, die zu weit war und zu lange Ärmel hatte, was allerdings den Vorteil bot, daß man im Notfall die Finger in die Ärmel hinaufziehen konnte und sich so Handschuhe sparte. Auf dem Kopf hatte sie nie etwas anderes als ihr kräftiges, aschblondes Haar, das zu zwei unschuldigen Zöpfen geflochten war.

Dies war einer der wohlhabendsten Orte im Landesviertel, und tatsächlich mußte hier niemand Hunger leiden, und was das Essen betraf, ging es Salka Valka gut in Mararbud. Ihre Nahrung bestand vor allem aus frischen Meeresprodukten, frisch gefangenem Fisch, Rogen, Leber, Fischmägen und Lebertran nebst starkem Kaffee und rötlichem, in einem Topf gebackenem Roggenbrot mit leckerer Margarine, die die alte Steinunn nicht sparte, wenn sie sie mit dem Daumen aufs Brot strich. Sie blühte ganz unglaublich auf während der ersten zwei Monate im Dorf, sie wuchs um ein ganzes Stück, ihre Wangen röteten sich, ihre Augen wurden leuchtender. Ihre dicken, stets geöffneten Lippen waren immer feucht, ihre Haut gab das kräftige Fett des Meeres von sich, das sie ernährte. Sie wusch sich samstagsabends. Manchmal starrte sie lange ins Blaue, denn sie hatte angefangen, über das menschliche Leben nachzudenken und seine Erscheinungsformen miteinander zu vergleichen und zu versuchen, zu verstehen, wo sie stand, und ihre Augen waren wie fließendes Wasser in den Tälern. Wenn sie aber ihre Wahrnehmung auf die Seite des Lebens richtete, die viele Wirklichkeit nennen, dann stellten diese Augen erschrocken Fragen oder drückten ihre Anteilnahme mit einem Eifer aus, der an Zügellosigkeit erinnerte. Es gab zwei Dinge an ihr, durch die sie sich von anderen Kindern unterschied, ihre fast männliche Altstimme und die unwillkürlichen Zuckungen, die über ihr Gesicht liefen, wenn sie versuchte, den Erscheinungen des Tages auf den Grund zu gehen. Deshalb, weil sie so frühreif war, glaubten die Leute, sie sei schon im Konfirmandenalter, und andererseits pfiffen die Spatzen von den Dächern, daß sie weder lesen noch schreiben könne, und dies schien das Gerücht, daß sie dumm sei, zu bestätigen.

Dann kam der Lehrer:

Ein dürrer, pflichtbewußter und würdevoller Mann mit einem graugesprengten Schnurrbart, der über die Mundwinkel herabhing, einem großen Adamsapfel und einer verrosteten Brille, um die fünfzig. Salka Valka mußte in ihrer Jacke und ihrem Rock vor ihn hintreten, und aus ihren Schuhen quoll sandiger Schlick, denn sie war unten auf den Sandbänken gewesen, um die Schafe wegzutreiben, bevor die Flut kam. Er sah sie an, ein strenger und ernster Inquisitor, und war in Ausübung seines Amtes hier, um zu versuchen, zu einer Entscheidung darüber zu gelangen, ob dieses fremde Kind schwachsinnig war oder nicht. Ihre Mutter wurde auch hereingerufen, um Rede und Antwort zu stehen für das Kind. Der Lehrer fragte zuerst nach ihrem Alter, und es überraschte, daß sie nicht älter war als elf.

Warum wurde sie nicht in die Schule geschickt, nachdem sie hierherkam, so wie es gesetzlich vorgeschrieben ist?

Oh, man hat einfach nicht daran gedacht, sagte die Frau, ihre Mutter.

Was hat sie gelernt? fragte der Lehrer.

Oh, nicht sehr viel aus Büchern, antwortete die Frau.

Sie können gehen, sagte der Lehrer.

Dann wandte er sich dem Mädchen zu und fragte:

Kannst du lesen?

Nein, antwortete die Kleine mit ihrer tiefen, barschen Stimme.

Kennst du die Buchstaben nicht?

Nein, nur die Buchstaben außen auf der Bibel, sagte die Kleine.

Welche Buchstaben sind das?

Das weiß ich nicht. Das sind nur so Buchstaben.

Kannst du irgendwelche isländischen Gedichte?

Die Kleine dachte genau nach, und irgendwie wollte ihr kein anderes Gedicht einfallen als dieses: Ene, mene, dubbe, dene, das sie von den Kindern im Nordland gelernt hatte, doch als sie drauf und dran war, es herzusagen, wurde ihr mit einem Male bewußt, daß es gar kein isländisches Gedicht war, und sie antwortete:

Nein, ich kann kein isländisches Gedicht.

Denk genau nach, liebes Kind. Kannst du denn kein geistliches Gedicht und kein Kirchenlied?

Da fiel der Kleinen das neue Heilsarmeelied ein, das ihre Mutter dieser Tage immer morgens in der Küche sang und das so anfing:

Jesus wirft alle meine Sünden hinter sich – oder fing es vielleicht andersherum an: Jesus wirft alle seine Sünden hinter mich? Das war es, was ihr nicht einfallen wollte. War es nicht seltsam, daß ihr das nicht mehr einfiel?

70

Na, sagte der Lehrer. Kein isländisches Gedicht, kein Kirchenlied, kein geistliches Gedicht. Hast du denn jemals von Hallgrimur Petursson gehört?

Todda Trampel hat neulich bei der Heilsarmee von ihm gesprochen.

Todda – wie? sagte der Lehrer. Was weißt du über Jon Sigurdsson?

Er fährt auf der Leo, sagte das Mädchen.

Hm. Wer war der erste Landnehmer in Island?

Das weiß ich nicht. War das vielleicht dieser Norweger, dem die Heringsölfabrik im Nordland gehörte?

Wer ist der isländische Minister?

Was heißt Minister?

Nun, wer herrscht über uns hier in Island?

Ich laß keinen über mich herrschen! antwortete die Kleine trotzig und mit blitzenden Augen.

Der Lehrer sah das Kind verwundert an und schüttelte schließlich den Kopf.

Wer sind denn die wichtigsten Männer in Island?

Das kleine Mädchen dachte gut nach und antwortete dann:

Der Kaufmann. Und der Erlöser.

Ja, soso, antwortete der Lehrer entmutigt. Aber dann dachte er bei sich, da die Kleine gezeigt hatte, daß sie nicht völlig ohne Kenntnisse war, was die allgemeinen Verhältnisse im Ort betraf, könnte man ihr vielleicht entlocken, über welchen Dichter sie das meiste Lob gehört hatte, seit sie hierher gekommen war, denn die Sache war die, daß der Volksschullehrer selbst ein ausgezeichneter Dichter war und immer wieder Gedichte von ihm in Zeitungen abgedruckt wurden, sogar in Reykjavik, und daß er hoffte, einen großen Band eigener Gedichte herausgeben zu können, wenn er noch etwa fünf weitere Jahre lang einen Teil seines Gehalts auf die Seite legte.

Nur noch eine Frage, sagte er. Wer ist der größte Dichter, von dem du hier im Land gehört hast?

Der Friseur, antwortete das Mädchen schnell und ohne Vorbehalt.

Du kannst gehen, sagte der Lehrer kühl. Wir haben im Augenblick nichts mehr zu besprechen.

Dann stand er selbst auf, schnaubte und räusperte sich, um dem alten Eyjolfur zu verstehen zu geben, daß er am Aufbrechen sei, alles andere als zufrieden. Die Tür zur Kammer, in der der alte Eyjolfur arbeitete, war offen, und er konnte alles hören, was in der Küche gesagt wurde.

Dieses Gespräch mit dem Kind hat meinen Verdacht bestätigt. Sie scheint nicht völlig geistig gesund zu sein. Ich sehe keine andere Möglichkeit, als dem Propst Mitteilung davon zu machen.

Pah, dem Propst! sagte der alte Eyjolfur unwirsch. Ich glaube, es läge näher, ihr das Lesen beizubringen.

Das könnte eine schwierige und undankbare Aufgabe werden.

Pah, ich habe kein Mitleid mit euch, die ihr sehen könnt.

Ich habe meine Zweifel daran, daß das diesen Winter gelingt, es sei denn, sie lernt es hier daheim. Jetzt sind nur noch drei Wochen vom Schuljahr übrig, wir müssen zu Ostern aufhören, weil wir kein Brennholz mehr haben. Und außerdem müssen die Kinder dann auch arbeiten, sobald die Frühjahrsfangsaison beginnt, zumindest die, die schon älter sind. Es gibt nicht genug Arbeitskräfte an Land. Und den Leuten, die Kinder haben, dürfte es nicht schaden, wenn sie etwas von ihren Schulden aus dem vorletzten und vorvorletzten Jahr abtragen können.

Pah, sagte der alte Eyjolfur.

Es ist, wie ich gesagt habe. Für Idioten bin ich nicht zuständig. Der Propst muß entscheiden, was in dieser Angelegenheit zu tun ist.

Pah, sie ist kein größerer Idiot als der Propst, sagte der alte Eyjolfur. Es stimmt, ich bin blind. Aber ich bin nicht taub.

Dann hast du wahrscheinlich gehört, wie sie sagte, Jesus Christus sei Isländer gewesen.

Pah, sagte der alte Eyjolfur. Er ist mindestens genauso isländisch wie der verdammte Kaufmann.

Der alte Mann tastete fachmännisch die Knoten am Knüpfholz ab und knüpfte dann mit gewohnter Geschicklichkeit und unverändertem Arbeitstempo weiter an seinem Netz. Er schien seine unwirschen Bemerkungen geistesabwesend und aufs Geratewohl zu machen.

Ich will natürlich nicht bestreiten, sagte der Lehrer, daß es manchmal durchaus komisch sein kann, wie sich Dummköpfe ausdrücken. Aber es kann doch nicht angehen, und das müßte einem so intelligenten Menschen wie dir, Eyjolfur, doch einsichtig sein, einfach zu behaupten, daß Sveinn Palsson – mich kümmert es nicht, daß er sich Gemeinderatsvorsitzender nennt und in Dänemark zwei Schweine gekauft hat. Es ist doch völlig klar, was er will. Er will über alles hier im Dorf herrschen. Ich sage das nicht, um ihn als Dichter schlechtzumachen, aber wie immer man die Sache betrachtet, so ist der Mann doch Friseur. Ich habe mit eigenen Augen gesehen, wie er sich in die Weihnachtsfeier der Kaufmannsfamilie hineindrängte und die gnädige Frau um Erlaubnis bat, diese seine Dichtungen vortragen zu dürfen. Natürlich sagte ich nichts. Und dann zu sagen, der Friseur sei der größte Dichter in Island! Ich muß mich darüber wundern, daß ich in deinem Haus eine solche Antwort bekomme, Eyjolfur.

Wenn jemand hier im Haus unbedingt ein Idiot sein muß, dann werde ich es übernehmen, dieser Idiot zu sein. Ich war schon immer ein Idiot und werde immer einer sein.

Na, so war das doch nicht von mir gemeint. Aber ich möchte dich nach deiner ehrlichen Meinung fragen, Eyjolfur: Betrachtest du Sveinn Palsson als Dichter?

Ich betrachte weder Sveinn Palsson noch irgend jemand anderen. Ich bin blind.

Nachdem der Lehrer eine Weile versucht hatte, dem alten Eyjolfur seine Meinung über die Dichtkunst des Friseurs zu entlocken, aber ohne Erfolg, suchte er nach seinem Hut und verabschiedete sich.

Über die Dichtungen Sveinn Palssons kann ich nichts sagen, aber etwas anderes habe ich oft gehört, und zwar, daß er als sehr geschickt im Unterrichten von Kindern gilt.

Im Unterrichten von Kindern? Er? Darauf antworte ich gar nicht. Auf Wiedersehen.

Im allerletzten Augenblick drehte er sich auf der Türschwelle um.

Sveinn Palsson, sagte er, ohne jedoch weiter auf ihn einzugehen. Ich werde jetzt etwas wegen dieses Mädchens unternehmen, gleich heute abend.

9

Und tatsächlich. Er unternahm etwas.

Am selben Abend, als man in Mararbud gerade mit dem Abendessen fertig war, wurde an die Tür geklopft, und jemand fragte nach Salka Valka. Alle waren überrascht.

Da stand im Schein der Petroleumlampe ein dunkelhaariger Junge mit langem, schmalem Gesicht und buschigen Augenbrauen; er hatte ganz besonders ausdrucksvolle und kluge Augen und einen Höcker auf der Nase. Er war wie ein Bild.

Der Lehrer schickt mich, sagte er.

Ist das nicht der kleine Arnaldur im Kof? fragte die alte Steinunn. Der gute Junge.

Doch, der Lehrer sagte, ich solle hierherkommen und diesem Mädchen beim Lernen helfen, sagte er und zeigte vom Eingang her mit dem Finger auf Salka Valka.

Der gute Mann, sagte die alte Steinunn. Das sieht ihm ähnlich.

Das kleine Mädchen aber saß regungslos da in seiner Jacke, eine Schnur um die Taille und vor sich einen emaillierten Blechteller, der ganz zerbeult und abgestoßen war, voller Flossen und Gräten. Sie betrachtete den Besucher. Sie bemerkte, daß er sein Haar auf der Seite gescheitelt trug, was in Oseyri sehr selten war, und sie konnte sich nicht daran erinnern, je einen Jungen seines Alters gesehen zu haben, der sich so schüchtern benahm. Obwohl seine Kleider geflickt waren, waren sie dennoch so ordentlich, daß es ihr ganz einfach nicht geheuer schien. Er hatte gekaufte Stiefel mit Messinghaken an. Zuallererst dachte sie daran, ob er wohl jemals hinter einer Hausecke gestanden und sie mit Dreck beworfen habe. Wer von ihnen beiden wäre bei einer Rauferei der Stärkere? Es war das erste Mal, daß ein gleichaltriges Kind hier aus dem Dorf in Wurfweite, Rufweite und Schlagweite vor ihr stand, es war also nicht verwunderlich, daß sie sich überlegte, ob sie ihm die Knochen zerschlagen könnte. Zwar war er offensichtlich sehr eingebildet, sie fand es aber trotzdem fast schade, daß er nicht noch unverschämter war, denn sie fing an, darüber nachzudenken, ob sie nicht doch lieber dem Dorf die ganzen Streiche nachsehen solle, anstatt ewig mit ihm im Streit zu liegen, was selbstverständlich das einzig Richtige wäre.

Nachdem der Junge nach Neuigkeiten gefragt worden war und sich als sehr wenig gesprächig erwiesen hatte, wurden sogleich Vorbereitungen für die erste Unterrichtsstunde getroffen. Sie sollte in der Arbeitskammer des Hausherrn stattfinden, denn der pflegte gleich nach dem Abendessen zu Bett zu gehen und war dafür morgens um so früher auf den Beinen. Der Junge und das Mädchen wurden einander gegenüber an einen Tisch gesetzt, und zwischen sie stellte man eine kleine Tischlampe, die vor langer Zeit einmal einer Faktorsfrau im Ort als Nachttischlampe gedient hatte und vor dreißig Jahren bei einer Versteigerung gekauft worden war und in dem armen Haus als Kostbarkeit für festliche Anlässe galt. Der Junge nahm zwei dünne, zerlesene Bücher, die er aus einem sauberen leinenen Tuch auspackte, und legte sie auf den Tisch. Da bemerkte das Mädchen, daß seine Hände beinahe sauber waren, ihre hingegen waren voller Schmutz. Ganz offensichtlich hatte er dieselbe Beobachtung gemacht, denn seine erste Frage war:

Warum bist du so dreckig?

Eben darum, antwortete sie rasch mit ihrer tiefen Stimme, ohne sich zu schämen.

Nach dieser Einleitungsfrage begann die Unterrichtsstunde, die folgendermaßen verlief:

Der Junge: Wie heißt du?

Das Mädchen: Salvör Valgerdur.

Der Junge: Wie weiter?

Das Mädchen: Nur Jonsdottir.

Der Junge: Warum hast du eine so häßliche Jacke an?

Das Mädchen: Das geht dich nichts an. – Dann, nach einigem Überlegen: Ich werde mir bald auch Hosen besorgen, und dann bin ich kein Mädchen mehr.

Seine ausdrucksvollen, stahlgrauen Augen ruhten forschend auf ihrer Gestalt, doch er sah nichts Komisches an dieser Sache. Vielleicht hatte er keinen Sinn für Humor. Seine Einstellung gegenüber dem Unüberwindlichen zeigte sich am deutlichsten darin, daß er sich keine Gedanken darüber machte, ob eine solche Idee überhaupt durchführbar war, sondern er interessierte sich nur für die Nebensächlichkeiten der Angelegenheit.

Dann mußt du deinen Namen ändern – du kannst nicht mehr Salvör Valgerdur heißen.

Sie sah sogleich, daß dieser Einwand berechtigt war, und alles in allem fand sie den Jungen gar nicht so schrecklich übel. Vielleicht war er gar nicht so eingebildet, wie es seinem Aussehen nach den Anschein hatte.

Du könntest zum Beispiel Salgardur Valgardur Jonsson heißen, sagte er. Wie alt bist du?

Elf.

Du bist größer als alle Kinder hier im Dorf für dein Alter. Ich werde bald dreizehn und bin nicht so groß wie du.

Das Mädchen: Wie heißt du?

Er nannte noch einmal seinen Namen.

Das Mädchen: Wie heißt dein Vater?

Der Junge: Er ist in Reykjavik und heißt Björn.

Das Mädchen: Und deine Mutter?

Der Junge sah sie lange schweigend an, und es war plötzlich, als zöge eine störende Wolke vor sein Gesicht, so wie wenn Menschen sich ein Ereignis aus der Vergangenheit ins Gedächtnis rufen und sich nicht mehr genau erinnern, was Traum ist, was Wirklichkeit und was Geheimnis. Er wurde noch ernster als zuvor und antwortete schließlich:

Ich bin in Reykjavik geboren. Ich bin hier nicht zu Hause.

Ist deine Mutter in Reykjavik?

Der Junge schwieg wieder eine gute Weile, seine Augen ruhten gedankenverloren auf dem Mädchen, bis er wie aus den Tiefen seines Bewußtseins antwortete:

Sie ging fort.

Wohin? fragte das Mädchen.

Wieder mußte der Junge eine Weile über etwas nachdenken, das Unterbewußtsein und das Alltagsbewußtsein hielten offensichtlich ein sehr abenteuerliches Tauziehen in ihm ab, bis er antwortete:

Sie lebt. Das ist ganz sicher. Sie ist nur fortgegangen.

Wohin? fragte das Mädchen noch einmal.

Der Junge sah sich jetzt vorsichtig, beinahe ängstlich um, dies war ein Geheimnis. Dann begann er, mit flüsternder Stimme zu sprechen, und er sprach sehr schnell, als wolle er sich beeilen und möglichst viel sagen, bevor jemand käme und sie störte. Sein Blick glitt unruhig hin und her und blieb selten an dem Mädchen haften, so daß sie nicht immer genau wußte, ob er mit ihr sprach oder mit sich selbst. Oder vielleicht brach irgendein anderes Wesen aus ihm hervor, das ins Blaue hinein redete und sich an keine reale Wirklichkeit erinnerte, auch nicht an seine eigene Alltagsperson.

In Reykjavik, dort wachsen allerlei Blumen zwischen den Häusern, und dort gingen Mama und ich immer spazieren, es war so gutes Wetter. Manchmal gingen wir am Meer entlang, und auf der anderen Seite ist ein blauer Berg. Und einmal habe ich mich in einem dieser großen, feinen Geschäfte verlaufen und fand nicht zu ihr zurück und fing an zu heulen. Nie in meinem Leben hatte ich solche Angst. Dann fand sie mich, und sie sagte, sie werde mich nie mehr verlieren und immer, immer, immer bei mir bleiben. Als sie fortging, da bin ich mir sicher, war es deshalb, weil irgendwelche bösen Leute sie fortschickten, sie haben sie vielleicht entführt, wie es oft in Geschichten und Märchen berichtet wird. Mir hat man gesagt, sie sei auf der anderen Seite des Meeres, weit, weit hinter dem blauen Berg.

Du hättest ihr nachreisen sollen, sagte das Mädchen.

Wie hätte ich das machen sollen? Ich war noch nicht einmal fünf Jahre alt. Man hat mir versprochen, daß ich zu ihr fahren dürfte, wenn ich groß sei. Eine Frau ist auf einem Schiff mit mir hierher nach Oseyri gefahren und hat mich bei meinem Großvater und bei meiner Tante zurückgelassen. Ist hier jemand in der Nähe, der uns hören kann?

Nein.

Ich glaube nämlich, daß sie mich belogen haben. Ich glaube oft, daß sie mich immer anlügen. Denn als ich schon lange, lange hier war, und ich weinte ständig, weil ich so gerne zu Mama reisen wollte, da sagte Herborg, du weißt – die, die behauptet, die Schwester meiner Mutter zu sein, sie sagte mir, daß Mama gar nicht mehr lebe, sondern gestorben sei: Seitdem tun sie mir gegenüber immer so, als ob sie gestorben sei. Und als ich sagte, das sei gelogen, und sie seien böse, da schlug mein Großvater mich mit einer Rute. Er schlug mich jedes Mal, wenn ich sagte, sie sei am Leben, und befahl mir zu schweigen. Aber jetzt habe ich schon lange keine Angst mehr vor ihm. Jetzt weiß ich, daß sie mich belogen haben. Ich weiß, daß meine Mama lebt. Sie ist nur fortgegangen, und vielleicht nicht einmal fortgereist, sondern nur verschwunden.

Woher weißt du das?

Bei dieser Frage sah er ihr wieder direkt ins Gesicht und schien wieder zu sich zu kommen.

Das darf ich nicht sagen, sagte er. Ich habe schon viel zuviel gesagt.

Doch als der Junge nicht mehr weitersprechen wollte, wurde das Mädchen erst richtig neugierig und wollte ihm keine Ruhe lassen.

Nein, sagte er, es ist ganz gleich, wie du fragst, ich sage nichts mehr, und er nahm eines der Bücher und schlug es auf, aber man sah ihm immer noch deutlich an, daß er nicht bei der Sache war. Und nach einer Weile begann er wieder zu sprechen.

Wenn ich Volkssagen und Märchen lese, oder Rittersagas und die Odyssee und Tausendundeine Nacht, wo so oft davon erzählt wird, daß Menschen verzaubert oder verwünscht werden oder in die Unterwelt gebracht und von Geistern und Ungeheuern verhext werden, oder bei irgendwelchen geheimnisvollen Inseln mit einäugigen Riesen und fürchterlichen Kriechtieren Schiffbruch erleiden, oder an irgendwelchen anderen schrecklichen Orten landen, von wo es kein Entrinnen zu geben scheint, und wo ihnen manchmal ein Vergessenstrank gebraut wird, so daß sie nicht mehr wissen, wer sie sind, dann glaube ich, daß ich selber einer von diesen Menschen bin, von denen in den Büchern erzählt wird. Manchmal erinnere ich mich dunkel an das Leben, das ich früher führte, als ich etwas ganz anderes war als das, was ich jetzt bin. Mir kommt es so vor, als hätten mein Großvater und Herborg mich irgendwie aus dem Land entführt, in dem ich zu Hause bin, und hielten mich hier gefangen, um mich vor Mama zu verstecken. Ganz genau wie in dem Märchen, wenn die Hexen die Königskinder entführen und an irgendeinem weit entfernten Strand in einen Käfig sperren. Weißt du, was ich nachts manchmal mache? Ich steige aus dem Bett und schaue nach, ob mein Großvater und Herborg sich nicht im Schlaf in Riesen verwandelt haben, ob sie nicht ihre wahre Gestalt angenommen haben, die sie tagsüber vor mir verbergen. Ich glaube, daß das, was sie mir über mich erzählt haben, alles gelogen ist – vielleicht bin ich ein Königssohn, den sie an diesen abgelegenen Ort gelockt haben, in dieses abscheuliche Wetter, zu diesen abscheulichen Menschen. Vielleicht wollen sie mich eines schönen Tages auffressen. Manchmal komme ich mir vor wie Odysseus, der sich immer danach sehnte, zu Penelope heimkehren zu können, und dann meine ich, Herborg sei die Nymphe Kalypso, die mich nachts bei sich schlafen lassen will – denn das will sie –, und mein Großvater der böse Riese im Land der Kyklopen, von dem auch in der Geschichte von Sindbad dem Seefahrer erzählt wird. Manchmal glaube ich, ich sei ein Elfenjunge, der aus der Elfenwelt vertrieben wurde, hinaus in die Welt der Menschen, und man habe mir gleichzeitig die hellseherischen Fähigkeiten weggenommen, so daß ich mit den Augen nicht einmal mehr meine richtige Welt sehe. Kannst du dir etwas Erbärmlicheres vorstellen, als ein Elfenjunge zu sein und die Fähigkeit verloren zu haben, die Zauberwelt der Elfen zu sehen, wo das Leben nur aus Musik im Sonnenschein besteht und schöne Geschöpfe auf geflügelten Stiefeln zwischen den Tempeln schweben? Für einen solchen Elfenjungen ist die Menschenwelt eine einzige, schreckliche Sinnestäuschung. Und stell dir vor, in dieser schönen Welt, ob es nun die Elfenwelt ist oder etwas anderes – dort war ich früher zu Hause.

Woher weißt du das? fragte das Mädchen.

Das darf ich keinem sagen, sagte er. Du kannst es verraten, und mein Großvater könnte davon erfahren.

Nein, der häßliche Kerl tief unten in der Erde soll alle meine Knochen verbrennen, wenn ich irgendeinem davon erzähle, schwor das Mädchen, ohne daß ihr ganz klar gewesen wäre, wonach sie gefragt hatte.

Ich habe dir schon viel zuviel erzählt, sagte er. Aber es ist so seltsam, es ist, als ob man über sich selbst besser mit Kindern sprechen könnte, die man nicht kennt, denn sie glauben einem eher als die anderen, die einen kennen. Ich wollte dir gar nichts erzählen, aber als du anfingst, mich zu fragen, da hatte ich es dir erzählt, ehe ich mich's versah. Wenn du es aber auch nur einem Menschen hier im Dorf verrätst, dann werde ich umgebracht. Nein, ich wage nicht, noch mehr zu sagen.

Aber dennoch erzählte er schon bald wieder weiter.

Den ganzen Winter hindurch träume ich beinahe jede Nacht von ihr, und du weißt, daß Träume viel wahrer sind als das Wachsein. Sie wohnt in einer großen Stadt mit bemalten Häusern wie in Bilderbüchern, und überall wachsen Blumen und alle Arten von Bäumen. In den Träumen kommt es mir immer so vor, als sei ich in dieser Stadt zu Hause. Und eines ist sicher, ich bin früher schon einmal dort gewesen. Oft am Tag, in der Schule, wenn ich an nichts denke, dann sehe ich mit einem Mal diese Stadt vor mir, es gibt sie ganz sicher, und dort ist bestimmt mein Zuhause bei Mama. Sie trägt einen blauen Mantel und ist genauso schön wie die Frauen in den ausländischen Illustrierten, die die Frau des Kaufmanns bekommt, nein, tausendmillionenmal schöner.

Eyjolfur sagt, Träume hätten nichts zu bedeuten, warf das Mädchen ein.

Ich sage, daß das Wachsein nichts zu bedeuten hat, sagte der Junge. Ich habe in einem Buch gelesen, daß die Träume viel mehr zu bedeuten haben. Manchmal hat das Wachsein vielleicht etwas zu bedeuten, aber nur ganz selten. Ab und zu, im Sommer, wenn ich hier am Berg entlang fjordauswärts gehe und mich an einen Grashang am Meer setze und dem Piepsen der Eiderenten zuhöre, dann kommt sie plötzlich zu mir, in einem blauen Mantel, wie die ausländischen Frauen, die manchmal auf Schiffen hierherkommen – sie geht vielleicht ganz dicht an mir vorbei und streichelt mir die Wange, aber wenn ich aufschaue, dann ist sie verschwunden wie ein Lufthauch, und ich sehe vielleicht nur noch ein paar blaue Punkte schräg hinter mir im Heidekraut.

Schließlich schaute das Mädchen beim matten Schein der Lampe ganz benommen auf die seherischen Augen. Das schwache, feierliche Licht verlieh manchen Zügen im Gesicht des Jungen eine ganz besondere Lebendigkeit, andere ließ es zurücktreten; es rief einen neuen, fremden Ausdruck in seinem Alltagsgesicht hervor, während die Nacht den Rest der Welt in ihrem Schatten verbarg. So leuchtet das Antlitz des Menschen aus dem Dunkel der Ewigkeit hervor, solange noch Öl in der Lampe ist, damit es jemand sehen kann – das Antlitz des Heiligen hinter der Gestalt des Unschuldigen, die Landnahme der Ahnung, die über Zeit und Raum hinausweist. Es warf einen Widerschein seines geheimnisvollen Lichts auf das erdgebundene Gesicht Salka Valkas. Sie wurde immer tiefer ergriffen von seinem Leuchten und glaubte zum Schluß jedem seiner Worte, auf dieselbe Weise wie einst der Diener des großen umherziehenden Ritters.

So verging der Abend, und es war spät geworden. Der Junge sprach immer weiter, das Mädchen hörte zu.

Da wurde mit schläfriger Stimme durch die Bodenluke herabgerufen.

Das ist genug für heute abend, ihr guten Kinder. Hört jetzt auf.

Das war die erste Unterrichtsstunde.

10

Salka Valka bewahrte dieses Bild von Arnaldur Björnsson ihr ganzes Leben lang in ihrem Herzen – ein Gesicht, das aus dem Dunkel der Nacht heraus leuchtet, verklärt durch den Glauben an eine andere Welt. Und als sie am Morgen, nachdem dieses Gesicht auf ihre Seele geschienen hatte, aus ihren seligen Träumen erwachte, da fand sie diesen Marktflecken unter den naßkalten Regenwolken des Winters noch trostloser als je zuvor. Das kam daher, daß sie nun eine andere Welt zum Vergleich hatte, jene, die in der Brust Arnaldurs ruhte, die schönen Städte, die aus seinen Augen leuchteten, mit dem Pflanzenwuchs und der Musik des Märchens. Er war als Lehrer zu ihr gekommen, doch an das Schulpensum hatten sie nicht gedacht. Trotzdem war dieses erste Zusammentreffen der beiden eine wahre Unterrichtsstunde, denn als die Kleine auf ihre bloßen Füße schaute, ehe sie ihnen Strümpfe überzog, bemerkte sie etwas, dem sie bisher nie Beachtung geschenkt hatte: sie hatte ganz fürchterlich schmutzige Füße. Natürlich konnte sie sich an einem Morgen mitten in der Woche nicht einfach daranmachen, ihre Füße zu waschen, aber sie schlüpfte in den zu langen Rock, zog die alte Männerjacke an und gürtete sich mit der Schnur, uneins mit dieser Welt und bewußt eine andere, bessere fordernd. Und als sie in der Küche danach gefragt wurde, wie es ihr gefalle, Unterricht zu bekommen, gab sie keine Antwort, sondern holte eine Schüssel Wasser und wusch sich die Hände bis zu den Handgelenken hinauf, obwohl es mitten in der Woche war; dann trug sie ihre Milchkannen ins Dorf. Und als sie alle abgeliefert hatte, ging sie hinunter zu den Fischspeichern Johann Bogesens an der

Landungsbrücke, wo viele flinke Frauen und junge Leute in Öl-
röcken und Gummistiefeln an den Fischwaschbottichen standen
und den Fisch unter allerlei Geplansche von einem Wasser in
das nächste beförderten, während die Speicher von lauten Un-
terhaltungen oder sogar Gesang widerhallten, denn die Stimmorgane und insbesondere die Sprechorgane sind wahrhaftig eine
Gottesgabe in der traurigen und unbedeutenden Tretmühle des
Lebens.

Salka Valka fragte nach, ob es möglich sei, Arbeit zu bekommen, und man verwies sie an den Aufseher, einen dunkel-
äugigen Mann mit schwarzem Schnurrbart, aber glattrasierten
Wangen, wie es nicht anders zu erwarten war inmitten einer so
großen Schar von weiblichen Wesen, und er taxierte dieses
schmuddelige, vaterlose Kind eine Weile mit seinen Blicken und
zupfte an der Schnur, die sie um ihre Taille gebunden hatte. Er
gab sich sehr leutselig und machte ein paar Witze und warf den
Mädchen, die in der Nähe standen und so etwas lustig fanden,
Blicke zu. Die Kleine bat ihn um Arbeit.

Wer ist für dich verantwortlich? fragte er schließlich und
setzte eine amtliche Miene auf.

Ich selber, sagte das kleine Mädchen.

Wie alt bist du?

Elf.

Ich wüßte nicht, daß Johann Bogesen erlaubt, daß Kinder
eine Rechnung beim Geschäft bekommen, es nützt dir also
nichts, mir zu sagen, daß du für dich selbst verantwortlich seist.

Ich bin tüchtig, sagte die Kleine. Ich kann alles, was die da
können – und zeigte auf die Mädchen an den Bottichen.

Ein Hoch auf dich, kleine Angeberin, sagte der Aufseher. Und
da du alles kannst, was die anderen Frauenzimmer können,
mach uns die Freude, fünfzehn Kinder zu kriegen wie Thordis
in Akurhus, die kleine Frau dort mit der Warze auf dem Wan-
genknochen.

Ich antworte dir nicht, sagte die Kleine und wurde rot bis zu
den Ohren, doch die Mädchen, die in der Nähe standen, platz-
ten beinahe vor Lachen, denn sie fanden den Aufseher so witzig.

So, na ja, sagte daraufhin der Aufseher, es nützt dir nichts,
hier um Arbeit zu bitten, wenn wir nicht genau wissen, wer für
dich verantwortlich ist.

Meine Mutter heißt Sigurlina Jonsdottir, sagte die Kleine.

Hat sie eine Rechnung bei Johann Bogesen?

Das wußte das kleine Mädchen nicht, nein, wahrscheinlich hatte sie es noch nicht so weit gebracht. Der Aufseher sprach nun davon, daß das Mädchen noch etwas jung sei für diese Arbeit, aber man könne es ja einmal mit ihr versuchen.

Wann kannst du anfangen?

Sofort, sagte die Kleine.

Er zog ein zerfleddertes Notizbuch heraus, kritzelte etwas und sagte der Kleinen, sie solle mitkommen. Man gab ihr eine Ölschürze, Überziehärmel und eine Bürste, wies ihr einen Platz an den Bottichen an und sagte der Frau, die neben ihr stand, sie solle ihr zeigen, wie man es macht. So war Salka Valka im Handumdrehen Taglöhnerin geworden.

Daheim in Mararbud fühlte man sich durch diese neue Tätigkeit nur in der Ansicht bestätigt, daß Salka Valka tüchtig sei, und so verging einige Zeit, die Kleine bewährte sich beim Fischwaschen besser als erwartet, und es war keine Rede davon, sie in der Arbeit wieder wegzuschicken – es kam so viel Fisch, und an Land gab es nicht genug Arbeitskräfte. Die Kleine war wortkarg in dem Stimmengewirr, fremd zwischen diesen Frauen hier aus dem Dorf, sie wußte nicht Bescheid über die Dinge, die Leute und die Zustände, über die sich die anderen unterhielten, doch es erfreute ihr Herz, wenn sie einen schönen Choral von der Heilsarmee sangen. Die Jugendlichen gaben sich nicht mit ihr ab, sondern betrachteten sie als Fremdling, waren aber meist schon so vernünftig, sie nicht grundlos zu beschimpfen, wie dies die Kinder taten. Die meisten wollten ihr nichts Böses, und sie legte sich nie als erste mit jemandem an, wurde aber schrecklich ausfällig, wenn sie ab und zu doch einmal gehänselt wurde, und war hinterher immer untröstlich, weil ihr nicht genug unflätige Schimpfwörter eingefallen waren. Ganz besonderen Kummer bereitete ihr, daß sie sich nicht gegen schlüpfrige Zoten zu wehren wußte.

Die Kleine hatte ursprünglich diese Arbeit angenommen, weil sie hoffte, auf diese Weise genügend Geld zu bekommen, um sich ein Kleid und vielleicht sogar eine Hose zu kaufen, wie sie zu Arnaldur gesagt hatte, denn sie hatte tatsächlich oft daran gedacht, ein Junge zu werden. Dann kam der erste Abend, und sie wartete noch ein paar Minuten, denn sie glaubte, der Aufseher käme mit einem Sack voll Geld, ginge reihum und zahlte nach getaner Arbeit jedem seinen Lohn. Doch die Frauen legten ihre Arbeitskleidung beiseite, ohne auf etwas zu warten, und machten sich eine nach der anderen auf den Heimweg.

Und als sie den alten Eyjolfur fragte, wann man bezahlt bekäme, da antwortete er:

Pah, wann bekommt man schon bezahlt! Hier siehst du mich an dem Netz da arbeiten. Ich wüßte nicht, daß ich jemals die Hände in den Schoß gelegt hätte, seit ich aufrecht stehen kann, und was haben sie mir bezahlt? Mir gehören auf meine alten Tage sieben Schafe und eine Kuh. Sei du nur tüchtig und lerne lesen beim kleinen Arnaldur. Manch ein Armer in diesem Land hat in seinem Leben Freude an Büchern gehabt, und das ist zumindest etwas, was sie dir nicht wegnehmen, solange sie dich das Augenlicht behalten lassen.

Haben sie dir das Augenlicht weggenommen, Eyjolfur? fragte die Kleine, und es schauderte sie vor einer solchen Niederträchtigkeit, doch der alte Mann beantwortete die Frage nicht, und die Kleine sah erstaunt vor sich hin und verstand überhaupt nichts mehr. Würde sie dann immer schmutzig bleiben und häßliche Kleider tragen müssen, vor den Augen Arnaldurs und der ganzen Welt, obwohl sie jetzt im Fisch arbeitete?

Ich möchte so gerne arbeiten und bezahlt bekommen und reich werden, sagte sie schließlich.

Nach einer ganzen Weile legte der alte Mann das Knüpfholz auf seinen Schoß und blickte mit den blinden Augen zum Fenster hinüber.

Du bist noch jung, noch nicht einmal ganz zwölf Jahre alt, mein Kind, sagte er. Und du kannst ruhig die Worte eines alten Mannes, der das eine oder andere in der Welt gesehen hat, solange er das Augenlicht hatte, beherzigen. Es ist schön und notwendig zu arbeiten, denn das gibt einem innere Ruhe und Zufriedenheit, und für gewöhnlich geben sie einem das, was man braucht, um nicht hungern und frieren zu müssen. Und wenn man ein Leben lang ständig und ohne Unterlaß arbeitet, dann kann es sein, daß man genug Geld für seine eigene Beerdigung hat, wenn man stirbt. Aber du kannst es mir glauben, mein Kind, es wird keiner reich durch seiner Hände Arbeit.

Die wenigen reichen Leute, die ich in meinem Leben gesehen habe, arbeiteten nie etwas, und die größte Armut herrschte immer bei denen, die am meisten schufteten, und ich nehme an, daß das auch in anderen Orten so ist. Aber das Wissen und die Freude, die in einem guten Buch stecken, sind besser als alle Reichtümer, und deshalb würde ich mich an deiner Stelle mehr mit dem Lesen und Schreiben beschäftigen. Und das ist es, was sie am schlimmsten finden, wenn sie merken, daß du Kenntnisse hast.

Das kleine Mädchen wußte nie, wer diese »sie« waren, von denen Eyjolfur bei seinem Philosophieren zu sprechen pflegte. Er nahm dieses Geheimnis mit ins Grab, und für die Kleine blieben seine Weisheiten schwerverständliche Orakelsprüche. Doch sie hatte mehr Achtung vor ihm als vor anderen Menschen.

Nicht besser erging es ihr, als sie sich bei den anderen Arbeiterinnen danach erkundigte, wann der Lohn ausgezahlt werde. Die wenigsten hielten es für nötig, auf eine so idiotische Frage zu antworten. Mach weiter, Mädchen, wir müssen uns ranhalten – und wenn du Schrunden an den Pfoten hast und das Salz nicht verträgst, dann geh heim und leg dich ins Bett! So vergingen zwei Wochen, und jetzt war es nur noch eine bis Ostern.

Am Palmsonntag zwängte die Kleine sich in ihr Sonntagskleid, das überall viel zu eng geworden war, so daß die Nähte aufplatzten, wenn sie sich nicht ganz vorsichtig bewegte, und als sie hinunterkam, sah sie, daß ihre Mutter in einem wunderschönen neuen Kleid mit unzähligen Blumen darauf in der Küche stand. Aus den Nachbarhäusern waren Leute gekommen, um diese Pracht zu bewundern, und die Frau lächelte von einem Ohr zum andern und drehte sich ständig um sich selbst und sagte, sie hoffe nur, daß Gott ihr vergebe, daß sie so eitel geworden sei. Das kleine Mädchen stand nur in einer Ecke und rührte sich nicht. Da dieses neue Kleidungsstück Anforderungen an ihre Mutter stellte, was deren Schönheit betraf, erkannte das kleine Mädchen nun deutlicher als je zuvor, wie fürchterlich schlecht ihre Zähne waren im Vergleich zu all den Blumen auf ihrem Kleid, wie sehr ihre Hände Pökelfleisch ähnelten, ihre Waden dicken Baumstämmen, oder wie fürchterlich breit ihr Hintern war, du lieber Gott; für ihre Mutter war es ganz sicher am besten, ihre alten, abgetragenen Kleider anzubehalten.

Doch am nächsten Tag, nach Arbeitsschluß, faßte sich die Kleine ein Herz, trat auf dem Platz vor den Aufseher hin und fragte mit ihrer energischen, dunklen Stimme:

Willst du mir denn nichts bezahlen?

Was? sagte der Mann völlig verblüfft.

Bekomme ich denn keinen Lohn für all das, was ich schon gearbeitet habe?

Soviel ich weiß, arbeitest du hier für die Rechnung deiner Mutter, sagte der Mann.

Ich will trotzdem meinen Lohn haben, sagte das kleine Mädchen.

Ich bin weder Buchhalter noch Geschäftsführer bei Johann Bogesen. Ich liefere nur die Tagewerkliste der Arbeiter im Büro ab.

Am folgenden Tag erfuhr das kleine Mädchen, daß die Löhne zwar nur selten bar ausbezahlt wurden, daß es aber durchaus möglich sei, daß die Leute Waren für ihren Lohn bekämen. Und sie hörte, daß einige der Mädchen am Samstagabend für Ostern einkaufen wollten. Also ging sie hoffnungsfroh mit ein paar von ihnen in den Laden. Der alte Jon im Kof, der Großvater Arnaldurs, stand hinter dem Ladentisch, ein mürrischer Geizkragen, der sich darüber beklagte, daß es jetzt vorbei sei mit der Ruhe, genauso wie immer, wenn die Fangsaison dem Ende zugeht, dann schienen diese bedauernswerten Leute an nichts anderes mehr zu denken als ans Ausgeben und Verschleudern, bis sie nicht einmal Geld für ihre Beerdigung hätten. Er trug einen uralten Anzug aus unverwüstlichem, schwarzem Kammgarn, das glänzte wie ein Spiegel, mit einer grauen Hemdbrust, und hatte sechzig Jahre alte Frostbeulen an den Fingern. Er ließ sich mehrmals bitten, bevor er überhaupt jemandem etwas zeigen wollte, und über eine bestimmte Art von Schürzen sagte er, daß es keinen Sinn hätte, so etwas anzubieten, denn danach würde ständig gefragt. Er liebte die Waren, die ihm anvertraut waren, und es fiel ihm schwer, sich von ihnen zu trennen. Trotzdem war er gezwungen, aus Regalen und Kisten Kleider und Schürzen, Spitzen und Bänder, Unterröcke und Leibchen für die jungen Mädchen hervorzuholen, und es wurde befühlt und befingert, probiert und gemessen, gekakelt und gestaunt, und manche gingen in ein Kämmerchen hinter dem Ladentisch, um die Kleidungsstücke dort anzuprobieren, wo die Männer es nicht sehen konnten. Die älteren Frauen begnügten sich meist mit einem Pfund von dieser oder jener unentbehrlichen Ware und vergaßen auch nicht, ein Pfund Kaffee und ein Pfund Zucker zu kaufen. Doch als die Kauflust allmählich nachließ und die Kundinnen nach und nach hinausgingen, da ergriff die Kleine die Gelegenheit und fragte den alten Jon, ob er nicht auch schöne Kleider für junge Mädchen habe.

Schöne Kleider für junge Mädchen! Bitte den, der über dir ist, dir beizustehen, Kind, mehr sage ich nicht. Wer bist du?

Sie sagte, wer sie war.

Tja, davon weiß ich nichts, sagte der Alte, und das kleine Mädchen konnte sich durchaus vorstellen, daß er sich nachts in einen Riesen verwandelte. Meines Wissens hat deine Mutter nichts gut bei uns, es fragt sich, ob sie überhaupt in diesem Marktflecken wohnhaft ist.

Die Kleine ließ nicht locker, doch der alte Mann wollte nichts von ihren Geschäftsbeziehungen hören noch von denen ihrer Mutter, er wußte nichts darüber, sie könne den Buchhalter fragen, falls der noch nicht nach Hause gegangen sei, am besten für sie wäre es aber, auch nach Hause zu gehen und sich schlafen zu legen – laß mich mit dem dummen Zeug in Ruhe!

So kam es dazu, daß die Kleine sich mit einem Mal in den geheiligten Hallen der Rechnungen befand, von wo aus die menschlichen Schicksale hier im Dorf mit ihren Einnahmen und Ausgaben gelenkt wurden, denn es war ihre Art, niemals aufzugeben, und wenn Herodes nein sagte, dann ging sie zu Pilatus. Der Pilatus, der hier über den Rand seiner Brille schaute, war ein alter, schmächtiger Buchhalter, mit piepsiger Stimme und mürrisch, zwischen Stapeln von Büchern, die aus der Ferne wie Alte und Neue Testamente aussahen.

Was willst du hier?

Die Kleine sagte, was sie auf dem Herzen hatte, und der Mann sah sie über den Rand seiner Brille an, wobei er die Mundwinkel nach unten zog.

Sigurlina Jonsdottir hat kein Guthaben hier, sagte er kalt und schneidend und schlug unterdessen in einer seiner Bibeln nach. Hier steht: Haben: ihre Tochter, Salgerdur, Arbeit beim Fischwaschen, so und so viele Tage... Und dort steht: Soll: Ölzeug für das Mädchen, selbst entnommen: ein Kleid – na, Teufel noch mal, war das teuer, Nachthemd, Strümpfe, Stiefel, Spitzen und so weiter. Sigurlina Jonsdottir schuldet hier über fünfzig Kronen. Geh und mach die Tür hinter dir zu.

Die Kleine verließ das Büro, ging wieder durch den Laden, hörte die Ladentür hinter sich zuschlagen und stand draußen auf der Treppe, als sie losheulte. Kaum etwas ist so sonderbar wie ein kleines Mädchen in einer zerschlissenen Jacke, mit einer Schnur um die Taille, das auf einer Treppe weint, in so einem kleinen Ort am Meer, wenn die Dunkelheit hereinbricht. Sie weinte nur halblaut, nicht so sehr aus Wut, sondern aus Empörung darüber, daß die Welt so eingerichtet war, daß es nirgends Platz für ihre Wünsche gab und sogar das mißachtet wurde, was sie selbst verdient hatte. Wie kam es, daß Gott Gefallen daran finden konnte, sie in diesen Lumpen herumlaufen zu lassen, oder Jesus Christus, der doch immer so gut angezogen war auf den Bibelbildern? Die Empörung steckte ihr irgendwo in der Brust, wie eine Klaue, die sich festgekrallt hatte. Sie wußte nicht, ob sie lieber die Fensterscheiben in diesem verdammten Laden einschlagen oder nach Hause gehen und das neue Kleid ihrer Mutter zerreißen sollte. Vielleicht wäre es am besten, mit Steinen alle Fenster der Kirche einzuwerfen, um Gott zu zeigen, daß sie niemals, niemals aufgeben würde.

Sie ging im Zickzack über den Platz und achtete im Moment wenig auf das, was in der Welt um sie herum vor sich ging. Dabei waren neben ihr Schritte zu hören – ein Mann ging rasch an ihr vorbei, bemerkte sie wahrscheinlich zunächst nicht, bis er den Eindruck hatte, daß hinter ihm ein erbärmliches Schluchzen zu hören sei, ein mitleiderregender Klang, und er stehenblieb und sich umdrehte.

Warum weinst du denn, Kindchen? fragte er.

Doch sie hatte keineswegs die Absicht, irgendwelche Fragen zu beantworten, denn sie glaubte nicht mehr daran, daß Gott oder die Menschen einem halfen, wenn man in Bedrängnis war. Aber dann streichelte der Mann ihre Wange und fragte voller Mitleid:

Was fehlt dir denn, Kleine?

Sie wollen mir mein Geld nicht bezahlen, stammelte das Mädchen weinend, ohne aufzublicken.

Was? sagte der Mann interessiert. Geld? Wer will kein Geld bezahlen?

Die verfluchten Kerle im Laden. Und ich arbeite schon seit drei Wochen beim Fischwaschen. Und ich habe kein Kleid, das ich an Ostern anziehen kann.

Wem gehörst du, Kindchen? fragte der Mann.

Die Kleine nannte Sigurlina in Mararbud, aber sie ist nicht mehr meine Mutter, es ist ihre Schuld, daß ich kein Kleid habe. Sie hat ein teures Kleid mit Blumen für meinen Lohn gekauft, damit sie sich für den verfluchten Kerl mit dem verbrannten Kopf fein machen kann. Und dann lachen mich alle Kinder aus und sagen, ich sei eine Hurentochter, und werfen mir Dreck nach. Und ich kann nicht einmal lesen und gar nichts.

Du armes Kleines, sagte der Mann.

Es war ein älterer Mann in einem Mantel, wohlgenährt, mit einem großen Schnurrbart und steifem Hut, so daß das Mädchen glaubte, er müsse aus Reykjavik kommen und könne nur auf der Durchreise sein.

Wir müssen einen Ausweg finden, um das in Ordnung zu bringen, sagte er. Komm mit mir nach Hause, Kindchen, vielleicht können wir das alles klären.

Er wohnte also doch hier im Dorf, und nicht an der schlechtesten Adresse – er wohnte tatsächlich im Haus Johann Bogesens.

Er ließ sie mitten in der Küche stehen und sagte, sie solle warten, doch eines der beiden Dienstmädchen erkannte sie sofort und fragte sie, ob es stimme, daß ihre Mama verlobt sei. Sie sagte, daß man sich selbstverständlich verloben solle, wenn man die Gelegenheit dazu habe. Was nicht heißen solle, daß sie selbst keine Angebote habe – Gott wisse, daß sich mehr als einer um sie bewerbe, aber ojemine, wie siehst du denn aus? Was denkt sich der gute Hausherr nur, daß er dich hierher mitbringt?

Kurz darauf erschien die gnädige Frau selbst in der Küche, sie trug ein grünes Sonntagskleid und war so vornehm und schön, daß sie an die Damen auf Spielkarten erinnerte. Sie blickte umher und strahlte, und es ging ihr so gut. Salka Valka hatte noch nie so viel Wohlbehagen aus dem Körper eines Menschen strömen sehen. Sie hatte ein paar bunte Kleidungsstücke über dem Arm. Dann begann sie zu sprechen, und das kleine Mädchen verstand nur das eine oder andere Wort, es war, als spreche die Seligkeit selbst, ihr Gesicht bewegte sich so anmutig, ihre Stimme und ihr Blick waren wie der Duft einer Blume. Und dabei beklagte sie sich darüber, daß ein solcher Gestank von der Kleinen ausgehe, und sagte zum Dienstmädchen, es solle ihr die feuchten Sachen ausziehen und sowohl Jacke wie Rock ins Feuer werfen. Als man aber der Kleinen die Oberkleider ausgezogen hatte, da war ihre Unterwäsche so häßlich und schmutzig, daß die gnädige Frau einen Schrei ausstieß und verständlicherweise Gott bat, ihr beizustehen.

Du liebe Güte, sagte sie, ich kann es nicht mitansehen, daß die Kleider, die meine Tochter getragen hat, über all den Schmutz und all die Läuse angezogen werden.

Und sie bat Stina, hinaufzugehen und in einer bestimmten Schublade nachzusehen, ob sie nicht eine alte Untergarnitur und einen Unterrock finden könne. Dem anderen Dienstmädchen befahl sie, dem Kind die Untersachen auszuziehen und sie ins Feuer zu werfen, doch da begann die Kleine zu weinen und vergrub ihr Gesicht in ihren Händen. Sie hatte solche Angst, daß jemand sie sehen könnte.

Es ist das beste, mit ihr hinauf ins Badezimmer zu gehen, sagte die gnädige Frau. Und so wurde die Kleine wie ein räudiges Schaf behandelt – sie wurde weinend in der Unterhose durch das Haus geführt, eine Treppe hinauf, die aus weißem Zucker zu bestehen schien, und tatsächlich träumte sie danach seltsam häufig von dieser Treppe, und droben auf dem Gang stand der Sohn des Kaufmanns, prächtig wie auf Porzellan gemalt, und rief ihnen etwas zu, wild entschlossen, die Kleine zu beschimpfen, doch das Dienstmädchen schob sie rasch ins Badezimmer und schloß die Tür ab, bevor er richtig loslegen konnte.

Am Abend kam die Kleine gewaschen und gekämmt nach Hause, satt und zufrieden, in einem hellblauen Kleid, das ihr bis auf die Mitte der Waden hinabreichte, mit vielen herrlichen Falten an verschiedenen Stellen, schwarzen Paspeln und einer Schleife an der einen Hüfte, und in nagelneuen Schuhen, die eigens aus dem Laden geholt worden waren, sowie mit zwei Kronen Bargeld, die ihr der Kaufmann Johann Bogesen selbst geschenkt hatte, als eine Art Belohnung dafür, daß es sie gab.

Sigurlina wagte nicht, ihre Tochter anzuschauen, und ging zu einer segensreichen Versammlung, ohne sich zu verabschieden. Steinthor kam betrunken herein und wurde wieder nüchtern, als er die Kleine sah.

Ach ja – das sieht dem guten Johann Bogesen ähnlich, sagte die alte Steinunn mit Tränen in den Augen

11

An einer Stelle kommt vom Berg herunter ein kleiner Bach, der weder im Winter noch im Sommer versiegt. Und über den Bach führt an einer Stelle eine kleine Brücke. Auf der anderen Seite zieht sich die Wiese des Arztes am Meer entlang. Sie ist von einer Steinmauer umgeben, und auf diesem Rasenplatz durften die Kinder herumtoben, als es Mai wurde und das Wetter sich wieder besser zum Spielen im Freien eignete, wenn man die Kinder nicht bei der Fischverarbeitung brauchte. Auf dieser Brücke stand Salka Valka immer am Sonntag und sah den Kindern beim Spielen zu. Es lud sie aber keiner ein, mitzumachen, und der Stolz des Ausgestoßenen verbot es ihr, aus eigenem Antrieb ihren Platz auf der Brücke zu verlassen und über die Steinmauer zu klettern. Ab und zu sagten sie: Ätsch, und zeigten mit dem Finger auf sie, doch sie antwortete nicht mehr. Sie sah sie nur an, wie ein störrisches Stück Vieh Hunde jenseits des Zaunes ansieht. Nichtsdestoweniger sah sie sich in Gedanken oft in der Rolle des »großen Fisches«. Aber als sie Arnaldur fragte, weshalb er nie mit den Kindern spiele, entgegnete er:

Ich bin hier nicht zu Hause. Ich will die Kinder hier nicht kennen. Sie sind langweilig. Sie spucken einen an. Ich kann mir beim Propst und bei Johann Bogesen Bücher ausleihen, wann ich will.

Diese Überheblichkeit Arnaldurs und seine unabhängige Einstellung war in ihren Augen das Vorbild aller wahren menschlichen Größe. Die Bekanntschaft mit Arnaldur entschädigte sie für den Verdruß, der ihr von anderer Seite bereitet wurde. Das Verhältnis der beiden zueinander war ungleich: Er war das Vorbild, zu dem sie aufblickte – sie machte sein Wohlgefallen oder

Mißfallen zum Maßstab für sich selbst. Von ihm nahm sie Wahrscheinliches und Unwahrscheinliches entgegen, wie die gute Erde; und obwohl sie erst elf Jahre alt war, wartete sie stets mit Herzklopfen auf ihn, wie die Pflanzen der Nacht auf den himmlischen Tag warten; ihr Blut wallte von einem Lachen, das noch keinen Duft und kein Ziel hatte. Dagegen fühlte sich Arnaldur auf andere Weise von Salka Valka angezogen. Der Traum vom Unbekannten war der Grundton in seinem Bewußtsein, und die Seele, die nicht versuchte, ihn mit der harten Wirklichkeit in Verbindung zu bringen, sondern in dem, was er sagte, das Geheimnis des Entrückten ahnte – sie wurde ganz von selbst seine liebste Zuhörerin. Für die enge und arme Brust des Menschen ist es eine solche Genugtuung, mit der keine Gesetze kennenden Unendlichkeit jenseits von Zeit und Raum in Verbindung gebracht zu werden, daß sie einem Menschen jede Sünde vergeben kann, sei er auch noch so unwissend und verlaust, ja, selbst wenn er ein Hund mit krummer Schnauze wäre – wenn er uns nur als Offenbarung höherer Welten betrachtet. Er erwähnte nie, daß sie schmutzig sei, nur da, als sie sich zum ersten Mal sahen. Vielleicht war sie danach auch nie mehr wirklich schmutzig. Von Ostern an verging kein Abend, ohne daß sie sich wusch und ihr Haar kämmte. Einmal kam das Gespräch auf zwei freche Brüder, die sie immer hänselten und ihr Dreck nachwarfen. Arnaldur sagte nichts anderes als: Pfui, die haben Läuse. Danach schaute sie morgens und abends sorgfältig in ihrem Bett nach, ob sie dort etwas fand, das sich bewegte. Und sie trug ein blaues Kleid mit einer schwarzen Schleife an der Hüfte, und die Verlockungen des Lebens klangen in ihrer jungen Brust.

Die kleine Salvör Valgerdur war beileibe kein Kind, das eine schlechte Auffassungsgabe hatte. Sie lernte in verhältnismäßig kurzer Zeit lesen und schreiben, und dann sitzt sie einmal eines Abends mit Tafel und Griffel da und wartet darauf, daß Arnaldur kommt, um ihr den ersten Unterricht im Rechnen zu geben. Sie dachte eigentlich an nichts, nahm aber den Griffel und machte ein paar weiße Striche. Auch wenn die Geschicklichkeit nicht eben groß ist und man kaum über die Richtung und das Aussehen der eigenen Striche bestimmen kann, so macht es doch Spaß auszuprobieren, welches Gefühl man hat, wenn man eigenhändig irgendwelche Zeichen aufs Dasein kritzelt – und dieses Gefühl ist nicht zuletzt deshalb so selig, weil man weiß, daß man sie sogleich wieder wegwischen kann. Also zeichnete sie einen kleinen Kreis und in ihn hinein zwei Punkte mit einem Längsstrich dazwischen und einem Querstrich darunter: das war ein Mensch. Sie sah dies eine Weile an und war tatsächlich ein wenig erstaunt. Daraufhin zeichnete sie von dem Gesicht nach unten zwei Beine und seitlich aus den Wangen heraus je einen Arm, doch nun konnte sie sich nicht länger beherrschen und lachte laut heraus. Du lieber Gott; und genau in dem Augenblick, als sie entdeckte, daß dem Menschen der Leib fehlte, da hörte sie, daß Alli draußen in der Küche einen guten Abend wünschte. In ihrer Aufregung vergaß sie, daß man das Bild auswischen konnte, und versteckte die Tafel schnell unter ein paar Kleidungsstücken auf dem Tisch, und im nächsten Augenblick stand Arnaldur, die Mütze in der Hand, auf der Schwelle. Er war nicht gesprächig, sagte im allgemeinen nicht viel, bis ihn irgendein Zufall zum Reden brachte, er nahm ein Buch und ließ sie lesen, eine Feder und ließ sie schreiben.

Hast du dir schon eine Tafel besorgt? fragte er dann.

Doch sie schaute ihn nur an, kniff die Augen ein wenig zusammen und wurde rot, brachte es um nichts in der Welt über sich, die Tafel mit ihren Strichen hervorzuholen – das Bild eines Menschen, das sie mit eigener Hand gezeichnet hatte, rief auf geheimnisvolle Weise ein Schamgefühl in ihr hervor. Aber genau da blickte er zur Seite, sah den Rand der Tafel, der unter den Kleidungsstücken auf dem Tisch hervorlugte, und zog sie zu sich her.

Nein, nein, sagte das Mädchen, sprang auf, riß ihm die Tafel aus der Hand und versteckte sie hinter ihrem Rücken. Du darfst sie nicht anschauen.

Was ist mit dir los? Als ob das nicht eine ganz gewöhnliche Tafel wäre.

Es ist etwas darauf, das du nicht sehen darfst.

Ich hab es schon gesehen, sagte er. Es war das Bild eines kleinen...

Das ist gelogen, sagte das Mädchen.

Ehe sie sich's versahen, hatten sie angefangen, sich um die Tafel zu balgen, die kleine Bank, auf der sie gesessen hatten, fiel um, der Tisch wurde zur Seite geschoben, die beiden Raufbolde landeten auf der großen Truhe an der Wand und fielen im nächsten Augenblick wieder von ihr herunter, ein Glück, daß die Tafel nicht in Stücke ging, der Kampf bewegte sich hin und her durchs Zimmer, und schließlich lag die Tafel im Sessel des alten Mannes. Hätte man nicht annehmen können, der Junge würde nun die Gelegenheit ergreifen und die Tafel an sich nehmen, nein, er nahm sie nicht, sondern balgte sich weiter mit dem Mädchen herum, und wer wußte, wie ernst er es meinte, er faßte sie viel zu sanft an, kitzelte sie, hielt sie an den Handgelenken und tat so, als wolle er sie beißen – worum balgten sie sich eigentlich? Fand sie allmählich Gefallen an der Sache? Nein, nein, niemals, auf keinen Fall, das sollte er nicht glauben, deshalb begann sie zu kreischen und zu beißen und zu kratzen: Ach, Alli, ich zerquetsche dich, wenn du mich nicht losläßt – und da war auch schon der Sessel des alten Mannes umgefallen und alle Kissen aus ihm heraus, und die beiden wälzten sich auf dem Boden. Doch die Rauferei wurde allmählich nichts anderes als Kitzeln und Lachen und Theater, sie betasteten sich nur gegenseitig, unter dem Kinn, auf der Brust, unter den Armen, zwischen den Beinen, bis er sie niederdrückte und ihr zuflüsterte:

Ich hab' genau gesehen, was auf der Tafel war. Es war ein kleines Kind.

Es war, als ob dieses Flüstern einen Strom des Zorns in der Kleinen hervorriefe, sie riß sich mit einer schnellen Bewegung von ihm los und sprang auf.

Schäm dich, rief sie außer sich vor Empörung, und das war das erste Zeichen eines deutlichen, bewußten Gefühls bei dieser Rauferei. Aber sie ging nicht mehr auf ihn los, sondern sah ihn mit wütendem, verletztem, schamvollem Blick an, völlig zerzaust nach der Balgerei, und ihr Kleid war weit über die Knie heraufgerutscht. Dann strich sie Haar und Kleid ein wenig zurecht, hob ruckartig den Kopf und wandte sich würdevoll von ihm weg, dem Fenster zu.

Doch nun war man draußen in der Küche auf den Lärm, den die Kinder machten, aufmerksam geworden, und der alte Eyjolfur fragte barsch, warum sie solchen Krawall machten. Arnaldur rückte eilends zurecht, was sie verschoben oder umgeworfen hatten, und legte wieder die Kissen in den Stuhl des alten Mannes. Die Tafel lag auf dem Boden, aber er sah sie nicht einmal an, obwohl das Bild nach oben zeigte. Und das Mädchen stand unbeweglich am Fenster und schaute mit Tränen in den Augen hinaus in die Maidämmerung.

Bist du wütend? fragte er schüchtern.

Aber sie gab keine Antwort, sondern hob ruckartig den Kopf. Schließlich wandte sie sich ihm zu, ihr Gesicht war noch immer voller Zorn, und sie konnte das Zucken darin nicht unterdrücken. Dann stieß sie unvermittelt hervor:

Ich habe es satt, ein Mädchen zu sein. Ich werde nie eine Frau werden – so wie meine Mama!

Er wagte nicht aufzuschauen. Doch er dachte nach, und er hatte, wie stets, keine Scheu vor dem Unüberwindlichen.

Ich kann dir eine gute Hose besorgen, sagte er. Ein Saisonfischer hat sie im vorletzten Jahr bei uns liegenlassen.

Wenig später lag sie in ihrem Bett unter der Dachschräge in der Schlafkammer der alten Eheleute. Sie träumte, sie stehe auf der Brücke über den kleinen Bach, der weder im Winter noch im Sommer versiegt. Und die Brücke war dann plötzlich aus weißem Zucker, wie die Treppe beim Kaufmann. Auf der Wiese des Arztes stand ein Junge mit einem Ball und einem Schlagholz. Er schlug den Ball in ihre Richtung, Gott sei Dank, jetzt machte sie endlich auch mit beim Spiel, und sie streckte die Arme aus, um zu fangen. Doch in dem Augenblick, in dem sie den Ball fangen wollte, bemerkte sie, daß der Junge auf der Wiese des Arztes nicht Arnaldur war, wie sie geglaubt hatte, sondern – Steinthor.

Sie wachte voller Angst und Schrecken auf.

12

Wenn Steinthor abends an Land kam, dann betrank er sich erst einmal. Meistens blieb er dann den ganzen Abend lang irgendwo im Ort. Wenn er nach Hause kam, was manchmal zu später Stunde war, zog er seine Geliebte unter fürchterlichen Beschimpfungen aus dem Bett und verlangte etwas zu essen. Wenn er betrunken war, faselte er unaufhörlich von ein und derselben Sache – er, Steinthor Steinsson, trug dieses Dorf in seinem Herzen, seinem Blut und seiner Lunge, ihm gehörten die Berge, das

Meer, der Nieselregen und der Seewind, und außerdem der Kaufmann Johann Bogesen samt der Fischereiflotte, die nach ihm benannt war; außerdem war er kreuz und quer durch die Welt gereist und hatte alles ausprobiert, was die Welt zu bieten hatte, alle Arten von Kraftproben und Lebensgefahren hinter sich gebracht, vor allem mit Ausländern, die mit Messern kämpften, viele gegen ihn allein. Hatte vielleicht jemand davon gehört, daß Johann Bogesen so etwas ausprobiert hätte? Das Auffälligste an seinen Alkoholphantasien war der Größenwahn des Vagabunden, der im Ausland seine Nationalität überschätzt und, wenn er wieder zu Hause ist, seine Erfahrung und Weltläufigkeit. Seine tatsächliche Kenntnis vom »Ausland« beschränkte sich jedoch auf die sittenlosen Hafenstraßen der Küstenstädte, wo man einige Nächte lang ein wild pulsierendes Leben lebt, bis die See wieder ruft. Er las kein Buch und keine Zeitung und hatte sich noch nie mit einem gebildeten Menschen unterhalten. Das, was er vom Gang der Welt ahnte, wurde nur ein grotesker Ausruf im Spektrum seiner starken Persönlichkeit. Und sein Nationalgefühl war ausschließlich an diesen kleinen Handelsplatz am Fuße des Axlartindur und seine Umgebung zu Wasser und zu Lande gebunden. Aber er hatte einen Wesenszug, der sonst für Seeleute um so typischer ist, je näher am Land sie mit ihren Schiffen fahren: die Ehrfurcht des an das Land gebundenen Volkes vor seiner Sprache. Er war zu einsam gewesen unter den fremden Völkern auf den ausländischen Meeren, um sich an andere Gegebenheiten und Denkweisen anpassen zu können, und so hatte das Alleinsein dazu geführt, daß seine ursprüngliche Veranlagung in eine Art Gärung geraten war. Man hielt ihn für ganz besonders schlagfertig, er galt als passabler Gelegenheitsdichter, und in dem, was er sagte, tauchte fast immer etwas vom traditionellen Flügelschlag des Dichters auf, wie er sich in seiner gröbsten, ungehobeltsten und ursprünglichsten Form manifestiert; er nahm sein Dasein in primitiven, beinahe mythischen Zeichen wahr.

Mit der Zeit sah Salka Valka den Widerschein dieses Mannes im verweinten Gesicht ihrer Mutter; sie haßte ihn in deren Schweigen. Denn sie war sich durchaus darüber im klaren, daß alles, was der Frau zu jener Zeit Kummer bereitete, auf ihn zurückzuführen war. Im Winter war die Kleine davon aufgewacht, daß ihre Mutter bei der morgendlichen Küchenarbeit vom Weinstock sang, nun kam es nicht mehr vor, daß sie den Tag mit Singen begann. An Ostern war die Kleine böse auf ihre Mutter, weil diese sich einfach für den Lohn der Tochter das Kleid gekauft hatte, und sie hatte sich vorgenommen, sich bei ihr über eine solche Ungerechtigkeit zu beschweren, doch jedes Mal, wenn sie das Gesicht der Mutter sah, verließ sie der Mut. Da geschah es einige Tage nach Ostern, als Salka gerade in der Küche zu Abend aß, daß Sigurlina plötzlich und ohne aufzuschauen sagte:

Heute abend muß ich Zeugnis ablegen.

Wie das? fragte das Mädchen.

Zeugnis ablegen über meine Seele vor Gott und den Menschen.

Wie das?

Willst du mit mir zur Heilsarmee kommen, Salvör? Ich möchte Zeugnis ablegen von meiner Sünde und von meiner – Hoffnung. Möge mein lieber Erlöser mir die Kraft dazu verleihen. Und die Kleine sah, daß die Tränen aus ihren Augen flossen, als ob Gott sie vergösse. Doch sie blickte nicht auf und sprach mit ihrer Tochter, als spreche sie mit einem fremden Menschen. Und die Kleine erinnerte sich im selben Augenblick daran, daß es unendlich lange her war, seit ihre Mutter sie mit ihrem Namen angesprochen hatte – vielleicht nicht mehr seit jenem ersten Abend in der Mararbud, als sie zu ihr gesagt hatte, sie beide seien nur zwei Mädchen, und sie spürte jetzt auch, daß sie im Bewußtsein ihrer Mutter schon seit langem nicht mehr Salka Valka war, sie war nur ein Mädchen, das Salvör hieß. So hohe Mauern errichtet Gott bisweilen.

Es gefiel der Kleinen immer bei der Heilsarmee, weil dort so schön gesungen wurde. Also begleitete sie ihre Mutter, und die beiden wurden sehr freundlich begrüßt. Ihrer Mutter wurde ein Platz bei den Offizieren droben auf dem Podium angewiesen. Die Kleine aber saß in der hintersten Reihe, streckte den Kopf vor und starrte begeistert auf die herrlichen Musikinstrumente. Dann fing man an zu spielen:

Selig, selig, stimmt ein in den Triumphgesang,
selig, selig, denn Jesu Blut den Sieg errang.

Diese wohltönenden, fröhlichen Klänge hatten etwas, das sie an den Duft der glückseligen Heimatgefilde Arnaldurs erinnerte, und die Kleine entschwand in mildere Gegenden, wo die Seele den eisigen Schneeregen des Frühlingsmonats mit seinen Kälteeinbrüchen vergißt.

Doch noch ehe die Ohren des Mädchens sich halb sattgehört hatten, begann die Andacht. Die Kleine glaubte, der Kapitän spreche ausländisch, denn es war ihr nicht vergönnt, seine mit dänischen Ausdrücken durchsetzte Rede zu verstehen, so daß sie sich damit begnügen mußte, die Knöpfe seiner Jacke zu bewundern. Dann sprach einer der Kadetten und zwei gewöhnliche Soldaten, und nach jeder Rede kam ein bißchen Musik. Schließlich war die Reihe an Todda Trampel, die tagsüber im Fisch arbeitete und fürchterlich großmäulig war, sich aber abends in einen verklärten Engel verwandelte und göttliche Reden hielt. Sie war eine so begabte Rednerin, daß keiner, der ihr zuhörte, unbeeinflußt blieb. Nichts kam dem näher, die Kleine mit wahrer Gottesfurcht zu erfüllen, als die Reden Todda Trampels. Die lehrten sie buchstäblich das Fürchten vor dem schrecklichen Gott Jesus, der in seinem Erbarmen und seiner Demut zur Schlachtbank geführt und mit solcher Brutalität gekreuzigt, gestochen und geschnitten wurde, daß das Kind an die Innereien einer Kuh oder eines Pferdes denken mußte, die in riesigen Töpfen ausgewaschen werden.

Das wenige, das dich heute bindet, sind vielleicht deine Arbeitskameraden im Fisch, oder deine Geschwister, oder dein Bett, sowohl mit dem, was darin ist, als auch dem, was darunter ist, oder dein Vater und deine Mutter, oder dein Mann oder dein Verlobter, oder dein Kind oder irgendwelche andere Fesseln, die der Teufel in seiner Hinterlist ersonnen, geknüpft und zusammengezurrt hat, um dich im Dienst der Sünde zu halten.

Und nach diesem Redeschwall sollte ihre Mutter, dieses arme, bedauernswerte Geschöpf in dem geblümten Kleid, ihre Stimme erheben, obwohl alle genau wußten, welch heimtückische Schlinge der Teufel in seiner Hinterlist ersonnen, geknüpft und um ihren Hals zusammengezurrt hatte, und zwar in Gestalt Steinthors. Doch als die Kleine sah, wie ihre Mutter nach vorne an den Rand des Podiums schlurfte, so verängstigt, arm und sündig, da überkam sie eine solche Sehnsucht danach, zu lieben und zu vergeben, daß sie sich nicht nur schwor, im Fisch zu arbeiten, so lange es auch sein mochte, und nie zu murren, auch wenn ihre Mutter für ihren Lohn Sachen kaufte, ohne sie zu fragen, sondern es entschlüpfte ihrer Brust auch ein Seufzer, der geradewegs zum Thron Gottes aufstieg und darum bat, daß auch er diese Frau lieben und ihr ihre Schande vergeben solle. Aber da hatte ihre Mutter schon zu sprechen begonnen. Sie richtete ihren Blick in die Höhe zum Vater des Lichts, von wo alle guten Gaben kommen, und vielleicht war es ein unklares Bewußtsein dessen, daß sie selbst nicht zuviel von diesen bekommen hatte, was ihr verbot, ihre Rede so anzuheben, wie es hier üblich war, nämlich indem sie sich glücklich pries. Sie sprach mit leiser Stimme, die ihr vor Angst und Aufregung immer wieder ganz versagte, rang nach Luft und verhaspelte sich, und die Männer sandten ihr Blicke zu, die von lustvollem Hohn brannten, und machten sich mit anzüglichen Bemerkungen über ihren Körperbau lustig.

Ich weiß, daß ich ein ganz unglaublich schrecklich sündiger Mensch bin. Ich will versuchen, von allem so zu erzählen, wie es ist, damit die Leute sehen können, wie unwürdig ich der gesegneten Gnade Jesu bin. Ich wollte schon seit langem ein neuer und besserer Mensch werden, aber das ist gar nicht so einfach für den, der unter schwierigen Bedingungen lebt und nie richtig lesen gelernt hat. So glaubte ich in meiner Blindheit, ich könnte ein besserer Mensch werden, wenn ich besser verdiente, denn ich kannte Jesus, meinen Erlöser, nicht und kannte ihn doch. Ich sagte meinem Heimatort ein für allemal Lebewohl und machte mich auf den Weg in die Hauptstadt. Ich kannte ihn nicht, und ich kannte ihn doch. Denn als ich ein Kind war, ich wuchs auf dem Land auf, gab es eine alte Frau, die mich lehrte, mich zu ihm zu flüchten, wenn ich müde war oder wenn ich Schläge bekommen hatte. Ich war oft müde und bekam oft Schläge, denn dort, wo ich aufwuchs, mußte man hart arbeiten, und diese alte Frau erzählte mir, Jesus sei der Freund derer, die viel arbeiten müßten, wenig zu essen bekämen und im Sommer Frostbeulen von der Jauche bekämen, weil sie keine Lederstrümpfe hatten. Und vor allem erzählte sie mir, daß er der Freund derer sei, die Schläge bekämen, wenn sie wußten, daß sie unschuldig waren. Doch je älter ich wurde, desto gleichgültiger wurde es mir, daß ich Tag und Nacht arbeiten und in einem verlausten kalten Bett schlafen mußte, und ich wurde nicht mehr geschlagen und bekam manchmal genug zu essen, und das führte dazu, daß ich Jesus vergaß.

Die Zeit verging. Und jahrelang, das gebe ich jetzt mit Trauer und reuigem Herzen zu, vergaß ich ganz einfach meines Herrn Jesu erlösendes Blut, das von der Sünde reinwäscht. Ja, so weit war es gekommen mit meinem seelischen und körperlichen Elend, daß ich fest entschlossen war, aus Enttäuschung über mein Leben im Meer den Tod zu suchen; auch der Schwache hat sein Leben, selbst wenn die Menschen daran vorbeigehen. Und ich sah keinen Ausweg aus meiner Enttäuschung und meiner Sünde und meinen Folgen, und deshalb bekam ich einen solchen Schreck, als diesen Winter ein Herr aus den besseren Kreisen ganz unvermutet zu mir sagte: Ich sah einen alten Geliebten in deinem Gesicht. Denn ich trug wochen- und monate- und jahrelang den Tod im Herzen. Einmal hatte ich mir schon den Platz ausgesucht, von dem ich bei der nächsten Flut ins Wasser springen wollte, aber da schickte Gott seinen heiligen Engel zu mir, der mir ungefähr folgendes zuflüsterte: Es stimmt schon, liebe Lina, du bist ein schlechter Mensch und hast viele Sommer lang in unsittlichen Verhältnissen gelebt, und es ist ein Wunder, daß es nicht schon längst zur Katastrophe gekommen ist, doch nun erwartest du ein Kind, und auch wenn es in Sünde mit einem verheirateten Mann gezeugt wurde, so ist es doch ein neues, reines Leben von Gott, und es wird dir zu noch größerer Strafe vor Gott angerechnet, falls du es tötest. Du hast kein Recht dazu, dich umzubringen, solange du dieses unschuldige Leben unter deinem Herzen trägst.

Und als dann meine liebe, gute Salka zur Welt kam, da war es, als ob ich ein zweites Mal geboren würde. Und da vergaß ich wieder diese schreckliche Sünde, die ich hatte begehen wollen. Ich nahm mir vor, alles zu opfern, um ein wenig besser zu ihr zu sein, als die Welt zu mir gewesen war, als ich klein war. Doch ich blieb weiterhin ein armer, alleinstehender Mensch, der immer wieder seine Stelle wechseln mußte, und überall war der Lohn gleich kümmerlich, und von allen wurde mein kleines Kind benachteiligt, aber eines habe ich stets versucht, nämlich zu verhindern, daß die Welt meine Salka schlug, wie sie mich schlug, als ich klein war.

Wenn man so ein armes, alleinstehendes Frauenzimmer mit einem Kind ist, dann gilt man überall als verdammte Schlampe, und jeder Kerl meint, die könne er behandeln, wie es ihm paßt, sie sind so voller Versuchungen für einen, und außerdem muß man gegen seine eigene Erbsünde ankämpfen, die wie ein Feuer in der Brust lodert, auch wenn man seine Folgen bis zur bitteren Neige getrunken hat. Aber ich kann dennoch Gott preisen dafür, daß so viele Jahre vergangen sind, in denen ich keinen neuen Zudringlichkeiten des Versuchers nachgegeben habe, und das habe ich meiner lieben Salka zu verdanken, und deshalb kann ich unmöglich erkennen, daß der Teufel meine kleine Salka zusammengezurrt haben soll, um mich im Dienst der Sünde zu halten, wie meine Vorrednerin behauptete. Ich versuchte sogar, Salka die Gebete zu lehren, die man mich gelehrt hatte, aber ich muß natürlich zugeben, daß dies nicht mit jenem Glauben einherging, der allein ihm angemessen ist, meinem gesegneten Erlöser, der weder im Wort noch im Buchstaben auf die Welt kam, sondern in seinem gesegneten Fleisch und Blut, um für mich zu leben und zu sterben.

Ich bin wie die arme, sündhafte Frau, von der an einer Stelle in der Bibel die Rede ist, und deshalb werde ich in dieser Stunde zu Gottes heiligen Füßen nichts verheimlichen, sondern vollkommenes Zeugnis ablegen von meiner Sünde und der gesegneten Erlösung durch Jesus. Als ich vielgeplagtes und leidgeprüftes Frauenzimmer mich jahrelang bemüht hatte, ein tugendhaftes Leben zu führen, so gut dies meine geringen Kräfte zuließen, da schlich sich der Satan in Gestalt meines Hausherrn von hinten an mich heran und lockte mich spätabends mit Kräutertee auf den Dachboden, wo er schlief, während seine Frau, meine wohlmeinende Hausmutter, im Kindbett lag. Und keiner außer dem, der in unseren Herzen liest, weiß, welche Seelenqualen ich wegen dieser Frau durchlitt, nachdem sie wieder aufgestanden war und ich mich der Unkeuschheit mit ihrem Mann schuldig wußte. All dies bekenne ich öffentlich und bereitwillig, damit jene, die zuhören, den Stein auf mich werfen können, den ich für meine mangelnde Tugendhaftigkeit verdient habe. In der Tat hielt der Tod wieder Einzug in meinem Herzen, als notwendige Folge der Sünde, aus der nichts außer der Gnade Gottes erretten kann. Und als ich im vergangenen Winter um die Weihnachtszeit wieder nahe daran war, mir das Leben zu nehmen, da ließ der Herr in seiner Weisheit und Gnade diese Frau meine Untreue entdecken, so daß sie mich augenblicklich hinauswarf und aus dem Ort vertrieb, und so kam es, daß ich mich mit dem Schiff nach Reykjavik aufmachte, dorthin, wo die Leute, wie es heißt, besser verdienen. Doch mein Geld reichte nicht für eine so lange Reise, und der Herr schickte mich bei Dunkelheit und Schneetreiben in der zweiten Januarhälfte hier an Land. Ja, er scheint bisweilen bittere Arzneien zu verabreichen, der gesegnete himmlische Vater, und mir kam das damals so vor, denn ich wußte nicht, daß hier sein eingeborener Sohn selbst auf mich wartete, mit seinen ausgebreiteten gnadenreichen Armen samt all seinem herrlichen Erlösungswerk, um mich vor der Verdammnis zu retten. Ich will mich für den Augenblick nicht weiter mit dem gnadenvollen Druck der Arme Jesu auf meine Seele aufhalten, aber ich darf nicht vergessen, daß er es nicht dabei bewenden ließ, meine Seele vor der Verdammnis zu retten, sondern mir am selben Tag den geliebten Bräutigam meines Fleisches und, mit Gottes gnadenreichem Willen, den zukünftigen Ehemann schickte. Doch er hat mich prüfen und auf die Probe stellen wollen mit dem Geschenk seiner Gnade, indem er mir einen Mann gab, der sowohl für meine christliche Gesinnung als auch für meine Geduld und die Inbrunst meines Gebets eine Prüfung war. Und tatsächlich ist kein Abend und auch kein Morgen vergangen, ohne daß ich meinen ganzen Sinn auf den Himmel gerichtet hätte, seitdem Steinthor mir seine Hand gab, um Gott darum zu bitten, die beiden Fehler zu korrigieren, die seinen Lebenswandel mit Sünde belasten, nämlich den Unglauben und den Hang zum Alkohol. Immer, immer bittet meine ganze Seele Gott, meinen lieben Bräutigam zu erlösen, und ich bitte euch alle, mir zur Seite zu stehen bei meiner Bitte an den himmlischen Vater, Steinthor zu einem frommen Abstinenzler zu machen und ihn davor zu bewahren, abends herumzuliegen und im Rausch mit Mädchen anzubändeln, die sich von fremden Männern im Geschäft Kleider kaufen lassen. Und da ich schon so viel gesagt habe, und da ich im Geschäft gekaufte Kleider erwähnt habe, muß ich auch von dem erzählen, was mir neulich passiert ist –

Das kleine Mädchen lauschte verblüfft der Rede der Mutter und wunderte sich sehr über die seltsame Persönlichkeit, die am Rednerpult von ihr Besitz ergriff und nicht nur jener Frau, die die Kleine in ihrer Einfalt bis dahin zu kennen geglaubt hatte, den Schleier vom Gesicht zog, sondern sich auch zum Ankläger und Richter ebendieser Frau machte und fehlerfrei den Wortschatz und Stil der Erlösten verwendete.

Und nun bitte ich dich, liebreicher Herr Jesus, nicht auf diese meine Sünden und Vergehen zu schauen, sondern meine Seele mit dem Heil deines Blutes zu sättigen, wie ein Kleinkind, das gesäugt wird. Und ich bitte euch alle, die ihr hier zu dieser gnadenreichen Abendstunde zusammengekommen seid, euch mit mir armer Sünderin im Gebet zu dem allerliebsten Herrn des Weinbergs zu vereinen, daß es ihm belieben möge, Steinthor von seinem eigenen himmlischen Wein zu trinken zu geben, auf daß jeder andere Wein, der aus kräftigen und ungesunden irdischen Kräutern zubereitet wird, in seinem Mund herb und bitter schmeckt. Und ich vertraue mich und uns alle der huldreichen Umarmung jenes gesegneten Herrn des Weinbergs an, der mir in all meinen Versuchungen und in meinem Geldmangel seine durchbohrte Gnadenhand gereicht hat. Und wenn die letzte Winternacht über meine unbedeutenden und ungebildeten Augenlider hereinbricht, die so oft in Sünde gezwinkert haben, dann wünsche ich mir, daß die schönen und seligen Engel des Himmels in ihren prächtigen, hellen Gewändern dieses herzergreifende Lied vom reinen Weinstock auf ihren unschuldigen Posaunen anstimmen, zur Erinnerung an meinen ersten Erlösungsabend in diesem Saal:

O Weinstock, o reiner, du ewiger einer,
ein Zweiglein nur bin ich, das aus dir entsprießt.

Denn ich kenne nichts, das so mitreißend ist wie der Gedanke daran, auf den Wogen dieser schönen frommen Melodie emporschweben zu dürfen zum Thron meines guten himmlischen Vaters, der auf einem schönen Stuhl hinter dieser kalten und unwirtlichen Welt sitzt, wo ich so viele nächtliche Stunden vom Wind zerzaust am Strand saß und weinte ob meiner Schwierigkeiten und Sündhaftigkeit, wie vielleicht Hunderte von armen und unbedeutenden Menschen vor mir, und keiner von all den Tränen wußte, die ins Meer fielen, außer ihm allein, der das Wasser des Meeres von den Tränen unterscheiden kann.

13

Es war im Frühjahr, als die Kleine eines Abends in einer braunen Hose und einem grauen Pullover aus dem Dorf heraufkam, um nach Hause zu gehen. Da begegnete sie Steinthor.

Was hat dieser seltsame Aufzug zu bedeuten? fragte er und meinte damit ihre Hose. Wenn du ein Kleid brauchst, weshalb kommst du dann nicht zu mir? Du kannst von mir jederzeit so viele und schöne Kleider bekommen, wie du willst.

Hat man jemals schon so etwas gehört, sagte die Kleine. Ich glaube, du solltest lieber meiner Mutter ein Kleid geben, wenn du etwas verschenken willst, du behauptest doch, daß du mit ihr verlobt bist, du Esel!

Mit diesen Worten wollte sie weiterlaufen.

He, kannst du nicht einen Augenblick ruhig auf dem Weg stehenbleiben, Storchenbein. Ich spreche nämlich mit dir. Hast du Quecksilber im Hintern? Wenn ich mit deiner Mutter verlobt bin, dann bist du nämlich so etwas wie meine Stieftochter.

Oh, nein, das bin ich ganz und gar nicht, das ist gelogen. Du solltest dich schämen dafür, wie du meine Mama behandelt hast. Sie, die Tag und Nacht Gott bittet, dich nicht den verdammten Bösewicht und Taugenichts sein zu lassen, der du bist! Es ist nur deine Schuld, daß sie keinen frohen Tag mehr hat und kein einziges anständiges Kleidungsstück, abgesehen von dem geblümten Kleid, das sie für meinen Lohn im Laden kaufen mußte, während du im Suff mit anderen Mädchen im Dorf herumpoussiert und teure Kleider für sie gekauft hast. Du bist so böse und dumm, daß ich dir am liebsten den Kopf abschneiden würde.

Unglaublich, was das Kind für ein Mundwerk hat.

Das ist gerade richtig für dich.

Dein Gesicht ist wie ein Tierpark, den ich im Ausland gesehen habe.

Ach, sei doch still.

Dein Gesicht ist salzig und riecht nach Tangwurzeln. Ich liebe das.

Halt das Maul.

Wenn Johann Bogesen meint, dir zwei Kronen in bar schenken zu können, dann kann ich dir mindestens vier schenken.

Die Kleine stand ihm eine ganze Weile schweigend gegenüber, und ihre Blicke wanderten zwischen den Zweikronenstücken in seiner Hand und seinen Augen hin und her. Verbarg sich vielleicht etwas Bittendes und Demütiges in diesen wilden Augen, etwas Fragendes und Suchendes, das im Grunde genommen vielleicht genauso verwaist und einsam war wie sie selbst? Die Treulosigkeit des Meeres, die in der Brust des Mädchens immer die natürliche Angst des Kindes und den Haß auf das, was seine Sicherheit bedroht, erweckt hatte, sie schien auf einmal wie ausgelöscht zu sein. Und gierig nahm die Kleine schnell die beiden Geldstücke aus seiner Hand, ohne sich dafür zu bedanken. Sie schloß ihre Hand fest um die Münzen und versteckte die Faust hinter ihrem Rücken.

Wenn ich ins Ausland fahre und jahrelang fortbleibe, unter Menschen, die fremde Sprachen sprechen und nicht wissen, wer ich bin, noch, welche Berge sich um diesen Fjord herum erheben: Ich befinde mich vielleicht in einem Orkan auf irgendeinem Weltmeer auf der anderen Seite der Erde oder in irgendeiner Stadt, wo die Fußsohlen der Leute unseren Fußsohlen entgegengesetzt sind, die Augen schräg in den Gesichtern sitzen und die Haut rotbraun ist wie die des Teufels, wie glücklich wäre ich gewesen, mein ganzes Hab und Gut hergeben zu dürfen, um zu erfahren, was du gedacht hast und was du gefühlt hast, wenn du diesen Winter manchmal in Mararbud in der Küche saßest und ich dich anschaute. Dein Gesicht ist so keck. Da ärgerte ich mich darüber, daß ich dir nie Anlaß gegeben hatte, mich nicht nur als lästigen Trunkenbold, der deine Mutter verführt hat, in Erinnerung zu behalten.

Hast du Mama erzählt, daß du fort wolltest? fragte das Mädchen.

Ich habe niemandem erzählt, daß ich fort will. Ich wüßte auch nicht, daß ich dir das erzählt hätte. Ich habe überhaupt nicht die Absicht fortzugehen. Alles, was ich gesagt habe, ist dies: Wenn ich fortgehen würde, wenn es so wäre, daß ich mich auf der anderen Seite des Erdballs befände, wenn ich einmal bei einem Orkan draußen auf dem Ozean wäre, wenn es einmal dazu käme, daß ich allein gegen bewaffnete Männer in einem anderen Erdteil zu kämpfen hätte, verstehst du – dann gibt es nur ein einziges Gesicht auf der ganzen Welt. Es gibt Gesichter, die einen beherrschen, bis man geht.

Das Tragische an dieser Stunde war die Furcht des Kindes, das noch nicht einmal in seinen Träumen zur Frau geworden war. Die Kleine wurde starr vor Schreck und vergaß all ihren Haß. Ihr Herz begann mit solcher Wildheit zu schlagen, daß sie es von den Bergen widerhallen hörte, sie wurde weiß im Gesicht, ihre Kniegelenke fingen an zu zittern und waren drauf und dran, ganz nachzugeben. Doch das Kind sah den Mann nur einen kurzen Augenblick lang zitternd und mit verstörtem, erschrockenem Blick an – dann drehte sie sich schnell um und lief, so schnell sie konnte, auf das Haus zu.

Wollte sie zu ihrer Mutter laufen, um sich ihr in die Arme zu werfen und zu weinen, wie es andere Kinder tun, wenn sie Angst haben?

Nein, sie lief nicht ins Haus, sondern bog um die Hausecke und verschwand im Kuhstall und wickelte die Schnur sorgfältig um den Nagel auf der Innenseite des Türpfostens. Die Kuh und sie waren keine Freunde und pflegten einander nicht beizustehen, deshalb ging das Mädchen an ihr vorbei und schlüpfte in den Heuspeicher und warf sich ins Heu, bis die Schwäche aus ihren Gliedern schwand und die Brust sich beruhigte. Dann öffnete sie ihre schweißnasse Hand und starrte fragend auf die beiden Geldstücke und glaubte lange Zeit, dies müsse ein Traum sein, denn bis dahin hatte sie Geld vor allem im Traum in Händen gehalten. Doch dann wurde an die Stalltür geklopft und befohlen aufzumachen. Das war ihre Mutter, und die Kleine wagte nicht, nicht aufzumachen.

Was tust du hier, Salvör?

Nichts, sagte das Mädchen.

Was wollte Steinthor von dir? Ich sah euch vom Fenster aus. Er gab dir etwas.

Er gab mir nur zwei Geldstücke, sagte die Kleine mit unsicherer Stimme, errötete und schämte sich mehr, als wenn sie eines Verbrechens überführt worden wäre, denn sie spürte instinktiv, daß sie, indem sie diese Geldstücke angenommen hatte, zur Nebenbuhlerin ihrer Mutter geworden war.

Pfui, du dummes Ding, Geld anzunehmen von einem Mann, ohne überhaupt mannbar zu sein – und das auch noch vom Bräutigam deiner Mutter. Schäm dich und gib es mir sofort!

In diesem Augenblick haßte die Kleine nicht Steinthor, sondern diese dicke, grobe Frau mit den schlechten Zähnen, die in ihr, obwohl sie noch so jung war, nur eine Konkurrentin in Liebesdingen sah und versuchte, ihre mütterliche Autorität dazu zu verwenden, sie zu demütigen und zu erniedrigen.

Das ist mein Geld.

Das stimmt nicht. Dir gehört nichts von diesem Geld. Man kann dafür sorgen, daß Männer ins Zuchthaus kommen, wenn sie kleine Mädchen dazu verleiten, Geld anzunehmen. Ich verprügle dich, wenn du es mir nicht gibst.

Das werde ich nie tun, sagte das Mädchen. Komm doch, wenn du dich traust!

Zunächst blickte die Frau eine Weile mit zornfunkelnden Augen auf ihre Tochter, und jeder Muskel ihres Gesichts schwoll vor Wut, doch allmählich ließ die Anspannung nach, etwas in ihrem Blick brach, bis aus beiden Augen je eine große Träne quoll. Anschließend begann sie lauthals und krampfartig zu schluchzen, wobei sie in ihrem Leid immer wieder Jesus anrief. Das kleine Mädchen machte sich davon.

Am folgenden Abend, als die Bewohner des Hauses in der Küche saßen und aßen, geschah es, daß man draußen im Windfang lautes Lärmen, Räuspern, Seufzen und Stöhnen hörte, als ob eine Schiffsbesatzung am Ertrinken sei, und das war der Propst. Er trat in einem langen Mantel und mit Schal in die Küche und wünschte auf seine würdevolle Art einen guten Abend, mit einer Stimme, die aus einem großen Hohlraum im oberen Teil seines Kopfes zu kommen schien. Niemand kann sich eine Vorstellung davon machen, welch erdrückende Pflichten auf den Schultern eines Mannes lasten, der schon seit vierzig Jahren für die Seelsorge in einem schlechten Pfarrsprengel verantwortlich ist und den schwierigen Weg übers Gebirge auf sich nehmen muß, um die Annexkirche im Norden im Barkarfjord zu versorgen.

Ä – ä – ä – ä – ä, sagte er.

Die alte Steinunn beeilte sich, den gesegneten Gottesmann in die Netzkammer hinein zu bitten, damit er sich auf der einzigen brauchbaren Sitzgelegenheit im Haus, dem Stuhl des alten Mannes, ausruhen könnte.

Besten Dank, besten Dank, liebe Steinunn, aber wir sind immer in Eile, wir sogenannten Beamten. Seien Sie gegrüßt, lieber Eyjolfur, darf ich Ihnen nicht eine Prise reichen in dieser gesegneten Dunkelheit, als Gottes Gnadenarm, ja, wo war ich noch gleich? Steinthor, alter Bursche, ja, wir sind wahrhaftig weit herumgekommen, seitdem wir unseren Katechismus gelernt haben, seligen Angedenkens. Ich will nicht sagen, du seist immer arbeitsscheu gewesen, aber einiges hätte besser verlaufen können. Eure Familie, ja, tüchtige Leute und ihrem Landesviertel treu. Der Pfarrer Eyjolfur in Storidalur, dein Ururgroßvater, stemmte noch als Sechzigjähriger ein Zweihundertliterfaß und dichtete die Rimur von Harekur Vilmundarson, nachdem er erblindet war; das waren noch Zeiten. Damals steckte noch Kraft im Volk, und ehrbare, sittenstrenge Männer wandelten in Gott. Wie der Apostel sagt: Ä – ä – ä. Um von etwas anderem zu sprechen – Sigurlina, ja, Jonsdottir. Wie gesagt, wie ich Ihnen schon gesagt habe – konnte mir noch nie einen Überblick über verschiedene Geschlechter dort im Norden verschaffen. Worüber haben wir uns noch einmal unterhalten, als Sie vor einiger Zeit bei mir vorbeischauten? Die Heilsarmee, ja, das ist eine von den Scharen, über die der Apostel spricht: Siehe, sie kitzeln die Ohren der Toren mit der Welt Satzungen und Wortklauberei. Die Staatskirche, wie ich Ihnen sagte, sie ist die wahre Kirche, die der Bischof Jon Vidalin seine liebste Braut nannte, und von der Hallgrimur Petursson an einer Stelle spricht, vergleiche: Gib du, daß meine Sprache rein und frei von Lug und Trug kann sein, ä – ä – ä. Wie der Apostel sagt: Sie kommen zu euch wie heulende Wölfe. Unsere evangelisch-lutherische Kirche ist diejenige Kirche, der wir im Leben wie im Tod unsere Schulden bezahlen müssen, und wenn Sie beten, dann sollen Sie nicht auf Trommeln und Mandolinen schlagen lassen, im Leben wie im Tod, ja. Ich weiß, Sie nehmen sich meine Worte zu Herzen und denken im stillen Kämmerlein darüber nach. Was wollte ich noch sagen, lieber Steinthor, ja, jetzt weiß ich es wieder: Gibt es vielleicht einen Platz, an dem wir unter vier Augen miteinander sprechen können?

Steinthor steckte sich zum Abschluß der Mahlzeit eine Scheibe Kautabak in den Mund und sah den Gottesmann verächtlich an.

Ich wüßte nicht, was ich mit dir zu besprechen hätte, antwortete er. Du hast mich getauft und konfirmiert, und das hat bisher nicht sehr viel genützt; mehr gibt es bei mir nicht zu holen, bis ich verrecke.

Aber Sigurlina stand schweigend auf, als ob sie das nicht überraschte, und öffnete ihnen die Tür zu der Kammer, in der sie und ihr Bräutigam für gewöhnlich schliefen. Steinthor erhob sich schließlich widerwillig und ging mit dem Pfarrer in die Kammer, und Sigurlina machte die Tür hinter ihnen zu.

Nach geraumer Zeit kamen sie wieder aus der Kammer heraus, und der Propst verabschiedete sich. Steinthor sah mißmutig aus, hielt sich aber zunächst zurück und blieb an der Tür stehen, um dem davongehenden Propst nachzublicken. Sigurlina hatte ihr Spinnrad geholt und spann grobes graues Garn, hatte jedoch nicht den Mut aufzuschauen. Ihre Wangen bekamen rote Flekken. Schließlich drehte sich Steinthor um, vorsichtig wie ein Mann in einer Löwengrube, und sah sie mit stechendem Blick an.

Du hast also dieses Untier auf mich gehetzt, sagte er. Das sieht euch ähnlich, euch Frauen.

Sigurlina sagte kein Wort, und der Faden lief weiter zwischen ihren geschwollenen und zitternden Fingern. Er trat einen Schritt näher an sie heran und sagte mit wachsender Verbitterung:

Ist dieser Strand nicht mein Strand?

Die Frau schwieg.

Bin ich nicht durch die ganze Welt gereist, wie es mir paßte?

Sie schwieg.

Antworte mir, ja oder nein: Bin ich durch die ganze Welt gereist oder bin ich nicht durch die ganze Welt gereist?

Ja, sagte die Frau zitternd.

Ja oder nein, bin ich der Mann, der über sich selbst bestimmt, und gehöre ich mir selber, ob ich nun durch die ganze Welt reise, zu den Küsten Afrikas und Amerikas, oder mich am Strand von Oseyri am Axlarfjord vergnüge? Ja oder nein!

Diesmal antwortete die Frau nur mit einem zitternden Seufzer.

Wenn ich der bin, der ich bin, dann gelten keine anderen Gesetze für mich als meine eigenen. Ich bin mein eigener Erlöser und meine eigene Freiheit. Du kannst dieses Untier genauso gut versuchen lassen, die Wellen des Meeres anzuhalten, wie mich mit Evangeliengewäsch zu ködern. Verstehst du?

Er fuchtelte mit der Faust vor ihrem Gesicht herum und brüllte los, so daß das ganze Haus zitterte, und ihr fiel die Arbeit aus der Hand, der Faden brach ab, und sie faßte sich erschrocken an die Brust. Dann drehte er sich rasch um und wollte zur Tür hinaus, doch die alte Steinunn faßte ihn am Arm und versuchte, ihn zu beruhigen. Und als Sigurlina sich wieder ein wenig erholt hatte, stand sie auf und sprach ihn an:

Du weißt, was mein kleines Töchterchen dank deiner Verlockungen neulich neben der Hauswiese von dir angenommen hat, ganz gegen meinen Willen.

Merkwürdigerweise war dies ihr erster Gedanke. Dann fuhr sie fort:

Und zum andern weißt du, was ich dank deiner Verlockungen von dir angenommen habe, ganz gegen den Willen meiner Salvör, die doch immer mein einziges Kind gewesen ist, für das zu leben meine Pflicht war. Bist du bereit, uns beiden gegenüber die Verantwortung dafür zu übernehmen?

Ja, schrie er mit verzerrtem Gesicht, trat einen Schritt auf sie zu und stampfte auf den Boden.

Aha, das ist gut. Ich habe den Propst danach gefragt, was es kostet, ein kleines Mädchen ihres Alters mit verlockenden Geschenken vom rechten Weg abzubringen, und es kann dich nicht mehr und nicht weniger als Zuchthaus kosten. Aber ich kenne dich allmählich. Den ganzen Winter hindurch hast du versucht, das Kind zu begrapschen und es dir auf irgendeine Weise gefügig zu machen. Du brauchst nicht zu glauben, daß ich so dumm bin, wie du glaubst. Aber ich bin nicht deshalb zum Propst gegangen – den Rest weißt du selber. Und es ist am besten, wenn ich es hier laut vor allen sage, sowohl den alten Leuten wie Salvör, es dauert sowieso nicht mehr lang, bis es alle hier im Ort wissen: Ich bin schwanger von ihm. Ich bin schon im vierten Monat.

Schwanger von mir? Welche Beweise hast du dafür? Soweit ich weiß, hast du vor dem ganzen Dorf verkündet, daß du es mit einem Mann im Nordland getrieben hast, kurz bevor du diesen Winter hierher kamst.

Die Zeit und Gott sind die Beweise für mein Kind.

Ja, wie sollte es auch anders sein, meine Lieben? sagte die alte Steinunn. Hab' ich es euch nicht gleich diesen Winter gesagt, als ihr unbedingt zusammen in ein Zimmer wolltet? Es ist, wie ich immer wieder zu euch gesagt habe, ihr armen Geschöpfe, ihr solltet ein für allemal mit diesem unsittlichen Leben aufhören und euch auf christliche Weise trauen lassen. Wo ihr beide, jedes für sich allein genommen, doch so stattliche Menschen seid!

Aber die Ermahnungen der alten Steinunn fruchteten nichts, Steinthor drohte damit, sich einen tüchtigen Rausch anzutrinken, und verließ das Haus mit Türknallen, Schimpfen und Fluchen.

Pah. Wer hätte jemals gesehen, daß Leute, die kein Geld haben, sich wie Menschen benehmen? stieß der alte Eyjolfur hervor, erhob sich vorsichtig von seinem Platz am Küchentisch und tastete sich in sein Arbeitskämmerchen hinein.

Und am Abend, nach dem Melken, als es Zeit war, schlafen zu gehen, kam Sigurlina niedergeschlagen und ziemlich kleinlaut zu ihrer Tochter und sagte, ohne den Kopf zu heben oder gar das Mädchen anzuschauen:

Salvör, ich nehme an, es macht dir nichts aus, heute nacht bei mir in der Kammer zu schlafen.

Warum? fragte das Mädchen.

Er wird vielleicht so wütend. Ich wage nicht, allein zu sein. Ich bete zu Gott, daß nichts geschehen wird, aber trotzdem wage ich nicht richtig, allein zu sein.

Neulich hast du mich nicht so gebeten, als du mich verprügeln wolltest, sagte das Mädchen.

Da erst sah die Frau ihre Tochter an, doch sie entgegnete nichts, die Tränen flossen ihr wortlos übers Gesicht, denn sie war so weinerlich geworden.

Sie gingen schweigend zu Bett, ohne einander anzusehen. Und seltsamerweise forderte die Mutter ihre Tochter nicht dazu auf, mit ihr gemeinsam zum Herrn zu beten, wie sie es früher immer getan hatte, vor allem, solange sie noch nicht so glaubensfest war

111

wie jetzt. Vielleicht wartete sie darauf, daß die Kleine die Knie ihres Fleisches und ihres Herzens aus eigenem Antrieb beugte, aber die Tochter hatte die Ehrfurcht vor Gott dadurch verloren, daß sie so viel frischen Fisch aus dem Meer aß, und dachte nur noch an ihn, wenn sie eine von Todda Trampels Reden hörte. Und als sie im Bett lag, sah sie, wie ihre Mutter aus ihrem Kleid und ihrem Unterrock schlüpfte. Dann kniete diese einsame Frau in ihrer schmuddeligen, zusammengeflickten Unterwäsche auf dem kalten Boden, ganz fest davon überzeugt, daß sie sich hier im Staub unter dem Kreuz selbst befand. Sie fing an, ganze Heerscharen alter und neuer Choräle, geistlicher Lieder und schöner Gebete aufzusagen, und endete mit einer langen Ansprache an Gott, die sie sich selbst ausgedacht hatte und in der Jesus Christus, Steinthor Steinsson und der Heilige Geist auf übernatürliche Weise miteinander vermischt wurden. Dann stieg sie in ihr Bett und kauerte sich unter der dünnen Decke zusammen, zitternd vor Kälte, aber hoffnungsfroh im Herzen, denn Gott hatte während des Gebets seine Gnade in ihr Herz träufeln lassen und es gestärkt. Sie wünschte der Kleinen eine gute Nacht in Jesu Namen und schraubte die Lampe halb herunter, sie ließ ein schwaches Flämmchen brennen, wie die kluge Jungfrau, die ihren Bräutigam erwartet. Bald war die Kleine eingeschlafen. Und die Nacht legte ihre sanfte Hand über die mittellosen Herzen Gottes in diesem Handelsplatz.

Die schwache Flamme brannte weiter in der poetischen Stille der Nacht und der Einsamkeit, begleitet vom Herzschlag und Atem der Schlafenden, und füllte die Kammer mit schwelendem Dunst und ließ das Lampenglas rußig werden. Was denkt wohl so ein kleines, armseliges Licht in einem solchen Marktflecken? Sollte Jesus nicht die Lampe ein wenig hochschrauben, nur nicht zuviel: Wenig und viel läßt die Flamme rußen. Alles hält inne, nur nicht das Schnarchen, die selige Stockfischkarawane der Nacht. Erst nach langer, langer Zeit zerriß ein gewaltiger Schrei die Stille, so daß die Berge vom Widerhall erzitterten und anfingen, über den Fjord hin und her zu rufen, wie verängstigtes Großvieh. Doch es war nur der Küstendampfer, der Waren für Johann Bogesen brachte. Die Frau sah, daß sich zwischen grauen Regenwolken der Tag ankündigte, und löschte das Licht, bevor sie sich wieder schlafen legte.

Aber in der grauen Morgendämmerung, die die süßesten Träume verscheucht, hörte man in der Küche lautes Poltern, und dann wurde die Tür der Schlafkammer weit aufgerissen. Es war Steinthor, der nach Sigurlina rief und etwas zu essen verlangte.

Mein lieber Steinthor, bat die Frau schlaftrunken und machte Anstalten, sich aufzurichten. Doch ihm schienen gute Worte allein nicht zu genügen, er zerrte sie kurzerhand aus dem Bett und wies sie, halbnackt wie sie war, in die Küche hinaus. Verstehst du? fragte er. Dabei wachte das kleine Mädchen auf.

Vergreifst du dich an meiner Mutter, du Schuft? sagte sie.

Der Ausdruck von Trunkenheit und Raserei auf Steinthors übernächtigtem Gesicht verwandelte sich plötzlich in ein dümmliches Staunen, als er die Anwesenheit der Kleinen bemerkte, und wurde bald zu erwartungsvoller Geilheit; er sagte jedoch nichts, sondern warf sich ächzend neben die Kleine auf die Bettdecke, ohne die schmutzigen Stiefel auszuziehen. Da wollte sich die Kleine aufrichten und davonmachen, aber er drückte sie mit der Hand zurück, ohne ein Wort darüber zu verlieren, so daß sie liegenbleiben mußte. Sigurlina hingegen schlüpfte in die Küche hinaus, um etwas zu essen zu suchen, während das kleine Mädchen ihn mit wüsten Verwünschungen überschüttete, so daß kein gutes Haar an ihm blieb. Es dauerte nicht lange, da kam die Frau wieder herein und brachte eine Schüssel Brei mit Milch. Er befahl ihr, ihm den Kautabak aus dem Mund zu nehmen und ihn zu füttern, und sie machte sich daran zu gehorchen – kniete vor dem Bett nieder, an der Stelle, wo sie zuvor kniend Jesus angerufen hatte. Er knurrte und fluchte und verschluckte sich fürchterlich, denn er hatte keine Lust, seinen Kopf vom Kissen zu heben.

Bist du blind? fragte er. Kannst du mein Maul nicht finden?

Nach einer Weile wollte er nichts mehr haben.

Verdammt noch mal, wie häßlich du bist, sagte er.

Sie stand verstört auf und preßte die Lippen zusammen, um nicht loszuweinen, so daß sie ganz weiß wurden.

Ich trage jedenfalls dein Kind in mir, sagte sie, aber als sie den Mund aufmachte, verlor sie die Gewalt über ihr Gesicht und begann zu weinen.

Was kümmern mich deine Kinder? Wenn du nicht von mir schwanger geworden wärst, was nicht der Fall ist, dann wärst du es von irgendeinem andern geworden, eine solche Schlampe wie du.

Du kannst mich beschimpfen, wie du willst, Steinthor, aber du bedenkst dabei nicht, daß du damit gleichzeitig dein eigenes Kind verächtlich machst, das ein Teil von mir selbst geworden ist.

Nun hatte die Kleine wieder die Nase voll. Sie fuhr auf und schlug ihm mit den Fäusten ins Gesicht, wobei sie ihn mit Flüchen überschüttete. Aber dies hatte nur zur Folge, daß er wieder an ihre Anwesenheit erinnert wurde und darüber in solche Erregung geriet, daß die Mutter, von heftiger Eifersucht gepackt, sich über die beiden warf, um zu versuchen, das Mädchen von ihm wegzuziehen. Doch Steinthor konnte im Augenblick den Zorn der Frau genausowenig ertragen wie ihre Liebe. Er ließ das Mädchen los, stand auf, packte die beiden Handgelenke Sigurlinas und hielt sie mit seiner einen Hand auf ihrem Rücken fest; mit der anderen packte er das Haar an ihrem Hinterkopf, stieß ihr sein Knie in den Rücken und schubste sie so zur Tür hinaus, daß sie auf die Nase fiel und ein ganzes Stück über den Küchenboden schlitterte, wie ein Schlitten. Anschließend verriegelte er die Tür von innen.

Er war allein in der Kammer mit besagtem Mädchen. Er wandte der Tür den Rücken zu und starrte die Kleine mit wildem Blick an, und seinen grinsenden Lippen entschlüpften einige unzusammenhängende Ausrufe, als ob er im Schlaf spräche: Kleine Robbe, den ganzen Winter lang habe ich dein Blut gerochen. Es ist wie der Strand bei einer Springflut. Deinetwegen brennt das Feuer des Lebens in meinen sterblichen Knochen, die ich hasse, bis ihr Kalk zu Staub auf dem Grund des Meeres geworden ist. Jetzt ist der Tag der Liebe angebrochen in all seiner Herrlichkeit.

Und er machte die ersten Schritte auf das Kind zu.

Wenige Minuten später, als die Leute, die Sigurlina herbeirief, die Tür aufgebrochen hatten, lag das Kind bewußtlos im Bett. Der Mann aber schlüpfte im selben Augenblick, in dem die andern eindrangen, zur Tür hinaus und war sofort in der kalten, grauen Morgendämmerung verschwunden. Als die Kleine wieder zu sich kam, und erst dann, wurde begonnen, nach ihm zu suchen, aber da war es schon zu spät.

Dies war die erste persönliche Erfahrung, die Salka Valka mit der Liebe machte.

Zweites Buch

Der Tod

14

An der Oberfläche dieses Ortes herrschte das System der Ewigkeit, in dem alles stillsteht. Wo sah man Zeichen des Lebens, das in der Brust der Menschen strömt? Wo hörte man den Widerhall des Dröhnens der Jahre?

> Jesus wirft alle meine Sünden hinter sich,
> und ich sehe sie nie mehr, und ich sehe sie nie mehr.
> Wie der Osten vom Westen sind sie weit weg von mir,
> und ich sehe sie nie mehr –

Jetzt sind zwei Jahre vergangen, seit Steinthor verschwand.

Dieses Fischerdorf ist in mehr als einer Hinsicht ein herrliches Kanaan Gottes; hier herrscht größerer Wohlstand als fast überall sonst im Landesviertel, so daß alle genügend zu essen haben, das muß man Johann Bogesen lassen, diesem mächtigen und hervorragenden Mann, er hält in schlechten wie in guten Jahren das ganze Dorf am Leben, und das ist alles seiner Rechnungsführung zu verdanken. Doch hier ist beileibe nicht alles nur Mammon, die Menschen beugen ihre Knie auch vor dem Kreuz Jesu und bürden ihm ihre Sorgen auf, wenn es not tut, Gott sei Dank. Aber es läßt sich nicht bestreiten, das Alltagsleben ist farblos und wenig beweglich. Die Leute rackern und plagen sich alle Tage, tapsen umher und werkeln, und es ist ein ewiger Kampf, die Schulden vom vorletzten oder vorvorletzten Jahr abzutragen. Und außerdem darf man die Beerdigung nicht vergessen, irgendwann kommt sie ganz sicher. Manchmal werden auch Bemerkungen über die Liebe gemacht, ähnlich wie man von einem Milchschaf zur Paarungszeit spricht, denn eigentlich ist die Liebe das einzige, womit sich die Leute zwischen den

Mahlzeiten vergnügen können; aber es geschieht nur selten etwas Ungewöhnliches oder Geheimnisvolles auf diesem Gebiet. Allerdings kommt es vor, daß in dem einen oder anderen Haus ein uneheliches Kind geboren wird. Darüber wird vierzehn Tage lang ausführlich geredet, sowohl über rohem wie über gekochtem Fisch, über den Fischbottichen, auf den Fischtrockenplätzen und in dem ewigen Fischdunst der Küchen; das menschliche Leben hier dreht sich um den Fisch und besteht aus Fisch, und die Menschen sind eine Spielart, die der Herr aus gekochtem Fisch und vielleicht ein paar schlechten Kartoffeln und einem Klecks Haferbrei macht, die ehelichen Kinder sind eine Variation von gekochtem Fisch, die unehelichen ebenfalls. Letztes Jahr wurde über das neue Kind von Sigurlina in Mararbud geredet, doch nur ein paar Tage lang, und jetzt haben die Leute schon längst aufgehört, es interessant zu finden, daß sie ein Kind hat, das sie nachts wachhält mit seinem Weinen. Einige Zeit nach dem Verschwinden Steinthors hatte es auch geheißen, sie habe sich das Leben nehmen wollen, aber die Frauen von der Heilsarmee waren dann Tag und Nacht bei ihr gesessen, um aus der Bibel vorzulesen und zu singen, und schließlich entstand daraus ein allgemeiner Lobpreis Jesu. Und selbst wenn sie sich das Leben genommen hätte – was hätte sich dadurch verändert?

Nein, man mußte in den unsichtbaren, beinahe unwirklichen, vor allem aber wortlosen und zeitlosen Bereichen tief unten in der Brust der Menschen suchen. Dort ist eine merkwürdige Maschinerie, merkwürdiger als jedes Motorboot, merkwürdiger als alles, was man aus der Hauptstadt erfährt, merkwürdiger als alles, was im Ausland geschieht, ja, sogar seltsamer als der englische König, der an seinem Krönungstag einen Mantel aus siebzig Hermelinfellen trug. So fein gemacht ist dieser Urmotor der Wirklichkeit, der weit in der Tiefe hinter dem rauhen Anblick der Tage verborgen ist, daß er sich jedem Versuch, ihn auseinanderzunehmen, entzieht und einem durch die Finger rinnt wie ein Seil aus Sand – zusammengesetzt aus verschiedenen, nicht an Personen gebundenen Wesensmerkmalen, die sogar mächtiger sind als Johann Bogesen, dieser Motor leitet den ganzen Ort mit beispielloser Ruhe und Furchtlosigkeit, läßt alles in der richtigen Reihenfolge geschehen, nicht nach dem Gefühl, sondern nach so festgezurrtem Prinzip und mit so verzwickter Weisheit, daß man glauben möchte, nichts könne vergleichbar rechtgläubig und engstirnig sein. Das ist die Wirklichkeit hinter der Wirklichkeit.

In magerer Erde wird das Kartoffelkraut nicht üppig, und die Knollen bleiben klein. Zum Beispiel Salka Valka. Es gab eine Zeit, da war sie auf der Brücke über den Bach gestanden und hatte den Kindern beim Spiel zugesehen und sich gewünscht, ihresgleichen zu sein und mit ihnen spielen zu dürfen. Das war ihr kühnster Traum gewesen. Doch sie war nur ein Hurenbalg, und sie hatten sie mit Dreck beworfen. Sie dachte an sie mit einer Feindseligkeit, die anscheinend nichts mildern konnte, mit dem Haß des Geringen gegenüber dem, dem er sich unterlegen fühlt. Das war damals so gewesen. Jetzt ging sie schon seit anderthalb Jahren zur Schule, es hieß, sie habe eine gut entwickelte Auffassungsgabe, und sie bekam gute Noten, auch wenn sie nicht als jemand galt, dem alles von selbst zuflog. Und schon längst hatte sie den Zauberbecher, von den anderen Kindern als ihresgleichen angesehen zu werden, bis auf den Grund geleert. Am seltsamsten aber war, wo sie früher doch so fest entschlossen war, ihnen die Knochen zu zerschlagen und dann darauf zu spucken, daß sich ihr Haß ganz von selbst in Luft aufgelöst hatte, und allmählich empfand sie ihnen gegenüber nur noch Langeweile; ach, wie langweilig sie waren. Sie selbst war groß und stark, körperlich weiter entwickelt als die anderen, hatte dem Namen nach eine eigene Rechnung bei Johann Bogesen und träumte davon, einen Anteil an einem Motorboot zu erwerben und mit den Männern auf Fischfang zu fahren. Und wenn die größten Jungen frech zu ihr waren, packte sie sie mit einem Grätschgriff, und schon lagen sie am Boden.

Sobald die Schule aus war, zog sie Hosen an, und ihr war am wohlsten, wenn sie sich unten auf den Landestegen nützlich machen konnte, und sie konnte sich abends oft fünfundzwanzig Öre verdienen, die auf ihrer eigenen Rechnung gutgeschrieben wurden. Mit anderen Mädchen ihres Alters wollte sie nichts zu tun haben, sie war voller Verachtung für deren Herumpusseln mit Stoffpuppen und Sandkuchen und empfand es als Beleidigung, wenn ihr jemand vorschlug, Mutter und Kind zu spielen, doch was sie mehr als alles andere in ihrem Leben begeistert hatte, waren die kleinen Lämmer im letzten Jahr mit ihren blauen Lippen und wackligen Beinen – sie hatte manchmal die Wange an ihre Schnauzen gelegt; dann wurden sie ins Gebirge getrieben. Zwar wagte sie nicht mehr, so unerschütterlich wie früher zu behaupten, daß sie kein Mädchen sei, denn dann stellten ihr die Männer anzügliche Fragen und brachten sie in Verlegenheit; sie wußte schon seit langem über den anatomischen Unterschied zwischen Mann und Frau Bescheid und war zu der Überzeugung gelangt, daß die theoretische Verleugnung ihres Geschlechts nichts nützte. Dennoch war die Vorstellung, die sie sich von der Sexualität machte, äußerst wirr und erschreckend nebulös. Manchmal bekam sie es richtig mit der Angst zu tun in diesem Nebel, vor allem nachdem sich die ersten Anzeichen der Pubertät bemerkbar machten. In diesem Winter geschah es, daß sie ihre erste Monatsblutung hatte, und diese Umwälzung brach so unerwartet über sie herein, daß sie glaubte, sterben zu müssen. Sie bemerkte es, als sie eines Tages aus der Schule nach Hause kam, es geschah irgend etwas Fürchterliches; ihr Kopf schmerzte und sie fiel fast in Ohnmacht. Du lieber Gott, dachte sie, denn sie glaubte, es sei irgendwo in ihrem Inneren eine Ader geplatzt, wie bei dem alten Mann, der kürzlich im Dorf gestorben war; bei ihm war eine Ader in seinem Kopf geplatzt. Nur wagte sie nicht, jemandem davon zu erzählen, weil es nicht im Kopf war, sondern legte sich zitternd ins Bett und wartete darauf, daß sie verblutete, fest entschlossen, keinem etwas davon zu sagen, bis sie tot war. Am nächsten Morgen schlief sie so fest, daß ihre Mutter sie wecken mußte, damit sie rechtzeitig in die Schule kam.

Ja, es waren seltsame Dinge, die in letzter Zeit in ihrem Körper vor sich gingen, das war mehr, als sie verstehen konnte! Sie, die sie immer so dünn und staksig gewesen war – woher kam der Speck, den sie an verschiedenen Stellen ihres Körpers ansetzte? Bis sie zu ihrem Entsetzen entdeckte, daß sie Brüste bekam, wie eine erwachsene Frau; sie wurden mit jedem Tag größer und waren empfindlich wie Blüten. Allmächtiger Gott, wie schrecklich das war, was da an ihrem Körper wuchs. Ich sage nur, wenn das jemand wüßte – zum Beispiel Alli. Der ganze Marktflecken würde sie wieder verhöhnen und verspotten – sie, die sie erst dreizehn war! Und sie hatte plötzlich eine so frische und gesunde Gesichtsfarbe bekommen, daß sie es nicht lassen konnte, sich heimlich und viel häufiger, als es sich gehörte, im Spiegel zu betrachten. Manchmal strahlte sie morgens geradezu, und ihre Augen hatten ein solches Leuchten und eine solche Klarheit bekommen, daß sie sich manchmal richtig hübsch vorkam und sich schämte, in die Schule zu gehen. Und wenn ihr unterwegs Männer begegneten, dann blickte sie zu Boden und ging schnell vorbei. Sie kam sogar selbst auf den Gedanken, sich mit grüner Seife das Haar zu waschen und es mehrmals mit frischem Wasser zu spülen, und dadurch wurde es richtig üppig und lockig, und die Locken glänzten. Und sie hatte angefangen, über manches, was sie bei der Fischverarbeitung hörte, zu erröten, auch wenn es nicht sie selbst betraf und man gar nicht mit ihr sprach. Allmächtiger Gott, wenn das jemand sähe. Und es dauerte nicht lange, bis die Jungen in der Schule ihr einen Spitznamen gaben und sie die kleine Frau mit den großen Brüsten nannten – diese verteufelten Bengel, die in einer Westentasche Platz gehabt hätten, es kam ja auch vor, daß sie von ihr zu hören bekamen, daß es ihnen schwerfallen dürfte, das eine und andere ohne fremde Hilfe zu erledigen.

Nun war ein Jahr vergangen, seit Arnaldur die Abschlußprüfung gemacht hatte und konfirmiert worden war. Er war sogleich ein wichtiger Mann geworden – eine Art Handlungsgehilfe bei Johann Bogesen, zur Unterstützung seines Großvaters, der allmählich alt wurde. Das Mädchen hatte nie etwas im Kof zu tun, und er kam nicht mehr nach Mararbud, sondern trug einen blauen Anzug wie der Sohn des Kaufmanns, mit einem weißen Kragen an Sonntagen. Aber sie sah ihn manchmal flüchtig im Laden, blaß und schlank, mit dunklem Haar und ernstem Blick. Auf seinen Wangen sproß schon leichter Flaum. Es hieß, er sei schwermütig und verschlossen, und sie fand nichts so hinreißend wie verschlossene, schwermütige junge Burschen, die einen geheimen Schmerz in sich trugen. Kein Junge hatte so schmale und feine Kiefer wie er. Sie schämte sich, daß sie einen so breiten Mund und so viereckige Kiefer hatte. Er lächelte nicht, aber es kam vor, daß sie ihn sprechen sah, und dann sah sie gleichzeitig, wie lang, schmal und weiß seine Zähne waren. So waren alle seinen jungen Burschen, und so hieß es denn auch, daß er sich nicht mit Gleichaltrigen abgebe, sondern die

Nähe der Gebildeten im Ort suche, sogar die des Arztes, und das fand sie ganz besonders seltsam, denn alle im Ort waren dem Arzt gegenüber mißtrauisch und sagten, er sei verrückt, obwohl sie glaubten, daß er ein hervorragender Meister der ärztlichen Kunst sei, wenn er sich verneigte wie ein Zauberer und die Augen zusammenkniff. Wenn sie abends in den Laden kam und zusah, wie er Waren aus den Regalen herunterholte und mit der Elle Stoff abmaß, dann ertappte sie sich plötzlich dabei, daß sie darauf wartete, daß er sie besonders anschaute, und sei es auch nur einen Augenblick lang, doch er hatte sicher schon vergessen, daß er ihr allein alles über die seltsame Frau, die hinter dem blauen Berg verschwand, anvertraut hatte; und sie ging voller Unruhe in der Brust nach Hause und hatte alles und alle satt, denn sie fand, daß niemand sie verstand; niemand.

Mitten im Winter kam der Kaufmann Johann Bogesen von einer Auslandsreise nach Hause, in einem schwarzen Pelzmantel und mit einer Otterfellmütze. Er war vor Weihnachten mit seiner Frau abgereist, und sie war in Dänemark geblieben, dafür brachte der Kaufmann seine Tochter Gusta mit nach Hause, die sich seit mehr als zwei Jahren ihrer Ausbildung wegen in Kopenhagen aufgehalten hatte. Niemand wußte genau, weshalb der Vater sie plötzlich aus der Ausbildung in Kopenhagen genommen hatte. Dagegen ging es wie ein Lauffeuer innerhalb einer halben Stunde durch das Dorf, daß Gusta jetzt wieder zu Hause sei, denn schließlich handelte es sich ja nicht um irgendeine beliebige Gusta. Die Neuigkeit erfüllte die Luft. In Wirklichkeit hatten alle schon vergessen, daß der Kaufmann eine heiratsfähige Tochter hatte, denn sie war noch ein halbes Kind, als sie vor zweieinhalb Jahren ins Ausland fuhr. Plötzlich war eine Art höheres Wesen hier auf dem naßkalten, nebelverhangenen Strand am Fuße des Axlartindur erschienen, um die Landschaft zu beleben. Alle waren sich zunächst einig, daß es hieße, Perlen vor die Säue zu werfen, wenn sie den Ältesten des Geschäftsführers Stephensen zum Mann bekommen sollte, der immer genauso sternhagelvoll war wie sein Vater, behauptete, er könne sogar Johann Bogesen um den kleinen Finger wickeln, und laut Gott lästerte.

Salka Valka sog die Nachrichten über dieses neue Mädchen in sich hinein wie berauschenden Wein. Es hieß, als sie an Land ging, hätte sie so feine Schuhe angehabt, daß sie nicht auf die Erde treten konnte, der Geschäftsführer hätte sie tragen müssen. Sie hätte Gott um Hilfe angerufen. Sie hatte all das Feinste gelernt, was es draußen in der Welt gibt, wie konnte der gute Kaufmann nur auf den Gedanken verfallen, sie würde sich hier wohlfühlen? Doch dann hatte jemand gehört, daß sie nicht ganz freiwillig zurückgekehrt sei – es hieß, der alte Herr hätte bisweilen nicht verstehen können, wohin all das Geld floß, das man ihr von hier aus dem Geschäft angewiesen hatte –; sie sind nicht immer so tugendhaft, diese feinen Fräuleins, von denen es heißt, sie seien zur Ausbildung im Ausland. Natürlich ließ sich nicht abstreiten, daß sie wirklich wunderschön war, aber war es denn eine Kunst, hübsch zu sein, wenn man genug Geld hatte? Dann kam eine Frau, die sie mit eigenen Augen gesehen hatte, als sie auf die Landungsbrücke stieg; sie sagte:

Ich habe mich hinten und vorne bekreuzigt. Wenn das die kleine Gusta des Kaufmanns ist, sagte ich mir, sie, die vor knapp drei Jahren rosig und drall und kindlich von hier wegfuhr, dann können sie von mir aus ihr Kopenhagen behalten, die reichen Leute. Ich habe noch nie ein weibliches Wesen unter zwanzig gesehen, das so aussah, und ich hoffe, daß Gott mich auch in Zukunft davor bewahrt. Ich sagte mir nur: Dieses wandelnde Elend, dieses blasse, hohlwangige Gerippe, das gebückt und schwankend daherkommt wie ein alter Säufer – soll ich glauben, daß dieses Jammerbild die Gusta des Kaufmanns ist?

Tags darauf am Spätnachmittag wurde Salka Valka in den Laden geschickt, um einzukaufen. Und als sie auf den Platz hinunterkam, sah sie zwei Mädchen, die aus einer anderen Richtung kamen; sie gingen auf den Ladeneingang zu. Salka erkannte gleich, daß die eine Bibba war, die Tochter Sveinn Palssons, im heiratsfähigen Alter und eine gute Partie, funkelnd vor Müßiggang und Vornehmheit, in einem Wintermantel, der einen Pelzkragen hatte und im Ausland nach Maß bestellt worden war. Die Unbekannte, die sich bei Bibba eingehakt hatte, war lang und dünn, hatte aber stämmige Beine und stramme Waden, sie hatte eine Stupsnase und blasse Haut, rote, volle Lippen, blendend weiße Zähne, und ihre Augen leuchteten prächtig und selbstbewußt aus dem blassen Gesicht, durchdrungen von ausländischen Erfahrungen; und doch glichen sie eher einem zögerlichen Echo als einem angespannten Schrei. Ihr Gang stimmte genau mit diesen jungen, anmutigen und zugleich welterfahrenen Augen überein – lässig, um nicht zu sagen, verdrossen, beinahe erschöpft, als ob sie in irgendeinem Spiel verloren hätte und wüßte, daß es sich eigentlich nicht lohnte, weiterzumachen; aber er war anziehend, wie der Rhythmus eines unruhigen Gedichts. Sie erzählte ihrer weniger weltgewandten Freundin irgendeine Geschichte und lachte mit dem ganzen Körper, wie wenn der Wind im Riedgras spielt. Zuerst reckte sie sich und warf den Kopf zurück, doch im nächsten Augenblick bog sie den Oberkörper vor und ging in die Knie, und Bibba, die Tochter des Sattlers, sah sie voller Bewunderung, Neugierde und Scham an, denn so etwas hatte sie noch nie gehört. Salka Valka hätte viel darum gegeben, zu hören, was sie erzählte. Ihr Benehmen war wie eine Welt für sich, fremdartig wie der Duft von Ortsnamen in der Geographie, während andere Leute nur ein Teil des Strandes und seines Nieselregens waren. Aber noch mehr hätte die Kleine für einen solchen Mantel gegeben, wie ihn das fremde Mädchen trug – aus hellbraunem, samtweichem Leder. Sie trug einen Hut ohne Krempe, eigentlich eine Mütze, die eng an die Wangen anlag und die Ohren bedeckte. Ihre Strümpfe waren rosa wie Lachs, und sie ging in festen braunen Schuhen mit niedrigen Absätzen. Salka Valka trug alte Knabenstiefel, die ihr eine Nachbarin geschenkt hatte, deren Sohn aus ihnen herausgewachsen war. An der einen Stiefelspitze war die Sohle lose, da hatte sie Heu hineingestopft.

Sie betrat fast gleichzeitig mit den beiden den Laden. Am Pult, dem Thron der Kladde, stand Alli, nach vorne auf die Ellbogen gelehnt, die Finger im dichten schwarzen Haar vergraben, und las in einem Buch. Doch der Anblick dieser eleganten Kundinnen schien ihn zu verwirren, und er wurde blutrot.

Bist du es wirklich, Arnaldur? fragte das Mädchen. Nein, ich kann kaum meinen eigenen Augen trauen. Gott, wie groß das Kind geworden ist. Guten Tag – und sie zog ihre lange, schneeweiße Hand aus der Manteltasche und streckte sie ihm lächelnd über den Ladentisch entgegen. Diese Begrüßung brachte ihn noch mehr durcheinander, und er wurde völlig verlegen.

Guten Tag, Agusta, brachte er dann aber doch heraus. Und willkommen daheim.

Alle sagen, du seist ein richtiger Bücherwurm geworden, stimmt das?

Nicht mehr, als ich es schon immer war, sagte er und rang nach Atem.

Du solltest ins Ausland fahren, sagte sie, und auf die Handelsschule in Kopenhagen gehen. Alle intelligenten, tüchtigen Jungen sollten ins Ausland gehen. Ich kenne eine Menge Jungen, die in Kopenhagen auf die Handelsschule gehen. Hier daheim wird nie etwas aus den Jungen, nicht einmal, wenn sie nach Reykjavik fahren. Du solltest einfach Papa dafür bezahlen lassen, der verdient ja schließlich genug an den armen Teufeln hier. Dann könntest du mit der Zeit Geschäftsführer werden bei Tyri – und mir, fügte sie hinzu und lachte ihm mit blendendweißen Zähnen und glücklichen Augen voller Wissen und Koketterie ins Gesicht. Sie sprach langsam und überzeugend, als habe sie seine Pläne genau durchdacht, und in ihrem Lachen und Scherzen lag die schillernde Zauberkraft ausländischer Kultiviertheit, von der in Fortsetzungsromanen die Rede ist.

Der Junge richtete seine tiefen, ernsten Blicke direkt auf ihr Gesicht, und langsam verschwand die Röte aus seinen Wangen, bis diese weiß wie Leinwand geworden waren.

Ich möchte schrecklich gern weg von hier, und sei es auch nur nach Reykjavik, stammelte er.

Ins Ausland, ins Ausland, unbedingt ins Ausland, wiederholte sie mit noch größerem Nachdruck, als sie die Wirkung ihrer Worte spürte. Das versteht keiner, der nicht selbst im Ausland gewesen ist. Ich zum Beispiel bin sogar im Süden, in Berlin, gewesen. Hör mal, Bibba, findest du nicht, daß er richtig schönes Haar hat? Du hast wirklich ausgesprochen schönes Haar, Alli, es würde dir allerdings besser stehen, wenn du es dir schneiden ließest. Ganz unglaublich, wie sich das Kind verändert hat – er war noch ein richtiger Dreikäsehoch, als ich ins Ausland fuhr, allmächtiger Gott, in ein paar Jahren hat man Runzeln und bereut nur, daß man nicht genug gelebt hat. Glaubt ihr nicht, daß das grauenhaft ist? Welche Zigaretten haben wir hier?

Er starrte sie hingerissen an, seine Augen waren unbeweglich wie die eines gefrorenen Stockfisches, es sah aus, als wolle er in Ohnmacht fallen. Schließlich kam er wieder zu sich und flüsterte zerstreut:

Nilpferd.

Du liebe Güte – dieses fürchterliche Zeug, das man in alten Zeiten heimlich geraucht hat? Hat die Zivilisation hier keine Fortschritte gemacht, nachdem ich abreiste? Wann will Papa denen hier endlich beibringen, anständige Zigaretten zu rauchen?

Es hat keinen Sinn, etwas Besseres zu führen. Dann ist es sofort ausverkauft, sagte der Junge im Geist seines Großvaters, der die Ansicht vertrat, es habe wenig Sinn, gute Zigaretten zu rauchen, wenn die Leute nicht genug Geld für ihre Beerdigung hätten.

Ja, die Handelsbräuche in Oseyri am Axlarfjord, die gehen schon immer über meinen Verstand, sagte das Mädchen. Aber was haben wir an Süßigkeiten?

Bonbons, sagte der Junge, und da lachte das Mädchen laut heraus. Dennoch befahl sie ihm, ihnen die Bonbons zu zeigen, und er war so nervös, daß er die unglaublichsten Dinge umwarf, während er sich abmühte, das Erbetene hervorzuholen. Schließlich stellte er drei sich nach oben verjüngende Blechdosen vor sie auf den Ladentisch und nahm die Deckel ab.

Bitte sehr, Bibba, nimm, soviel du willst, sagte das Fräulein, doch sie selbst hatte kein Verlangen nach so primitiven Genüssen.

Aber dann fiel ihr Blick auf ein langes, schlaksiges Mädchen in Männerhosen an der Ladentür. Es schaute mit so unverschämter Gier auf das Fräulein, die Bonbons und Alli, daß man meinen konnte, sie wolle alles mit den Augen verschlingen.

Kennen wir uns? fragte die Tochter des Kaufmanns freundlich.

Nein, antwortete Salka Valka kurz angebunden mit ihrer dunklen Stimme.

Na ja, Kindchen, das macht nichts. Ich sehe nur, daß du außerordentlich modern bist. So herumzulaufen gilt in den Badeorten in Deutschland und Amerika als ganz besonders schick, alle Damen in Hosen. Möchtest du nicht ein paar Bonbons? Nimm, soviel du willst!

Die Kleine ließ sich das natürlich nicht zweimal sagen, sondern nahm eine Handvoll des leuchtend roten Zuckerzeugs aus der Dose und fing gleich an, es zu zerkauen. Die Tochter des Kaufmanns aber zwinkerte ihrer Freundin zu, um sie darauf aufmerksam zu machen, wie komisch dieses Mädchen sei, und sie lachten darüber. Arnaldur hingegen starrte immer noch hingerissen die Tochter des Kaufmanns an, und es fiel ihm nicht im Traum ein, Salka Valka zu begrüßen oder sich anmerken zu lassen, daß er sie kannte.

Hör zu, lieber Alli, sagte das Fräulein dann und lehnte sich über den Ladentisch. Hier muß man sich eben so verhalten, wie es üblich ist, wie Papa manchmal sagt, also gib mir sechs Päckchen – du weißt schon. Schau, wir haben daheim natürlich genug Zigaretten für Christenmenschen im Haus, aber der gute Papa darf nicht wissen, daß ich so viel rauche. Er glaubt, er könne mich erziehen, der arme alte Herr, und da kann ich ihm doch nicht die Freude verderben. Aber ich weiß, daß du das verstehst, es ist für mich und bleibt unter uns, du schreibst es auf deinen Namen an, und ich bezahle es dir gleich bei Gelegenheit, verstehst du. Man ist nun eben wieder in diesem alten Höllenloch gelandet, wo das einzige Vergnügen darin besteht, nachts heimlich eine Nilpferd zu rauchen.

Der Junge wurde nun wieder rot, sie hatte ihn in ein faszinierendes Geheimnis eingeweiht, wortlos gab er ihr die Päckchen, und sie stopfte sie in ihre Taschen. Dann wandte sie sich zum Gehen.

Tschüs, lieber Alli, und denk daran, dir die Haare schneiden zu lassen, bevor wir uns das nächste Mal sehen. Hör zu, kommst du nie in das Haus? Ich kann dir jede Menge Romane leihen. Du liest natürlich Dänisch? Ich bring dir einfach Dänisch bei, wenn du es nicht kannst. Hör zu, ich muß bald einmal unter vier Augen mit dir sprechen. Ich geb' dir Bescheid. Ach nein, das lassen wir sein. Aber du kommst trotzdem, wann immer du willst. Ich werde dir alles beibringen, was du willst. Und du sagst keinem von den Nilpferd – das muß unter uns bleiben.

Und sie winkte ihm voller Wissen und Koketterie zu, während sie sich bei ihrer Freundin einhakte und zur Tür ging.

Sie waren fort. Doch Arnaldur starrte noch immer wie vom Donner gerührt auf die Tür, die sich hinter ihnen geschlossen hatte.

Fünf Pfund Haferflocken und ein halbes Pfund Zucker, sagte Salka Valka kurz angebunden.

Da endlich schien er zu bemerken, daß die Kleine anwesend war; er sah sie an und sagte:

Guten Tag.

Sie erwiderte den Gruß nicht, sondern wiederholte, was sie haben wollte, und er griff nach einer großen Papiertüte und machte sich schweigend und geistesabwesend wie ein Schlafwandler daran, die Haferflocken abzuwiegen.

Ach, sagte er, als er die Tüte geschlossen hatte. Ich habe einen Fehler gemacht, ich habe fünf Pfund zuviel abgewogen, stellte die Tüte wieder auf die Waagschale und nahm fünf Pfund heraus. Die Kleine sah ihn beinahe feindlich an und kaute noch immer heftig auf den Bonbons herum, ihr Gesicht verriet die heftige Gemütsbewegung. Dann nahm sie die Tüten mit der Ware, warf den Kopf zurück und ging zur Tür. Doch auf der Schwelle wandte sie sich um und stieß hervor:

Unglaublich, wie überheblich du geworden bist – siehst einen nicht einmal mehr!

Hast du nicht bekommen, was du haben wolltest? fragte er.

Glaub bloß nicht, ich hätte mit dir reden wollen.

Tja, dann ist es ja gut, sagte er trocken.

Es sagen alle, daß du immer den reichen Leuten in den Arsch kriechst, sagte sie. Ich will dir nur sagen, daß du um kein Haar besser bist als wir anderen. Auf Wiedersehen.

Auf Wiedersehen.

Und ich will dir nur sagen, daß sie meinetwegen ihr Kopenhagen für sich behalten können, die reichen Leute. Dieses klapperdürre Gestell! Diese Jammergestalt! Die sieht wirklich genauso aus wie ein alter Gewohnheitssäufer.

Sie stapfte völlig benommen durch den Schneematsch in Richtung Mararbud, und ihr war abwechselnd rot und schwarz vor den Augen. Alli, Alli, dachte sie, als sie daheim angekommen war, und legte die Hände auf ihre Brust.

Wenn er wüßte, wenn er nur wüßte –

15

Keiner versteht das Herz – am allerwenigsten die überhängenden, von Nebeln oder tanzenden Stürmen umspielten Berge, die göttergleich über diesen schmalen Küstenstreifen am naßkalten, seegrünen Fjord herrschen. Rauhe Winde vom Meer blasen mitten in der Nacht in die ärmlichen Hütten hinein, ohne sich darum zu kümmern, daß dort vielleicht empfindliche Seelen schlafen können. Wer kennt nicht das eigenartige Gefühl, bei einem winterlichen Unwetter dadurch aufzuwachen, daß einem von der Dachschräge herab ein kalter Wassertropfen auf die nackte Brust fällt? – und dann ein Tropfen nach dem andern, und man kann unmöglich wieder einschlafen.

Das Dunkel der Nacht macht alle gleich. In demselben Ort liegt die Tochter des Kaufmanns ausgekleidet im Dunkel der Nacht, keiner sieht sie, keiner lobt sie, ihr Mantel hängt im Schrank, auch sie hat nur einen einzigen Körper, wie die armen Mädchen, und wird sterben wie diese. Und dieser eine entkleidete Körper ist keineswegs besser als der Körper Salka Valkas, weder im Dunkel der Nacht, noch im Tod. In der geschlossenen Hand sind alle Finger gleich lang. Und die Kleine streicht mit zitternden Händen über ihren geheimnisvollen Körper, von Gott

> zusammengedrückt mit Sehnen und Gebeinen
> wie einen Käse im geheimen,

wie es im Kirchenlied heißt; Gott hat außerdem allen Mädchen eine weiße Haut gegeben, die er selbst wob. Weshalb dürfen dann nicht auch alle einen gelben Ledermantel haben, um am Tag damit herumzuspazieren? Weshalb werden die Bonbons nicht gerecht unter allen verteilt? Weshalb sind nicht alle in Kopenhagen gewesen? Und weshalb können nicht alle Dänisch?

Mitten in der Feindseligkeit der menschlichen Gesellschaft und der Grausamkeit der Natur, dieser Vereinigung gegen das, was lebt, hört das Mädchen, daß irgendwo im Dunkeln geweint wird. Dieses durchdringende Weinen, erfüllt von wortloser Verzweiflung und Qual, vermischt sich mit dem Rauschen des Meeres, dem Heulen des Windes und dem Gefühl der Bedeutungslosigkeit in ihrer Brust. Das ist der kleine Sigurlinni, ihr Bruder, der neulich im Namen des Vaters, des Sohnes und des Heiligen Geistes und gegen die vorgeschriebene Gebühr getauft wurde – er fordert sein Recht in dieser tränenreichen Welt, in der Gott dem Einzelnen so viel auferlegt. Diese wilde Stimme, unbeirrbar wie eine Naturgewalt, kaum jemals hat sie sich so mit den Pfeilen vereint, die die Brust des Mädchens durchbohren, wie heute nacht.

> Verlasse, ach, mein Auge nicht,
> du liebessanfte Träne –

– dieses Lied singen die Seeleute um so besser, je mehr Tage und Nächte lang sie schon betrunken sind – sie erinnerte sich daran, an einem Morgen vor langer Zeit gehört zu haben, wie Steinthor es schluchzend sang, zwischen den Schimpfworten, mit denen er ihre Mutter bedachte, und den widerlichen Unflätigkeiten, die er vor sich hinmurmelte – heute nacht, als sie das Weinen des Säuglings hörte, gleichsam auf dem Grund dieser Erinnerung, wurde sie von beklemmender Wehmut ergriffen. Welch erdrückende Bürden legt Gott doch auf diesen Kochfisch, den er am salzigen Meeresufer unter den grauen, steinernen Gesichtern der Berge mit menschlichem Leben ausgestattet hat! So ist Kummer die erste Antwort, die das Dasein auf die Fragen des erwachenden Liebens und Sehnens in die Brust des Menschenkindes haucht. Sie netzte ihr Kissen mit heißen, salzigen Tränen, während ihr Blut, von Eifersucht verunreinigt, immer stärker in Wallung geriet, dieses fordernde Erdengewächs in Menschengestalt, das sich von den Fischen des Meeres ernährte.

Auf die Nächte voller Kummer folgte das dumme Einerlei des Tages – die Schule mit all ihrer langweiligen Lernerei und ermüdenden Fröhlichkeit, wie zum Beispiel: Wir gehen um den Wacholderbusch, Wacholderbusch, oder: Joachim in Babylon, was der Lehrer in Dänemark gelernt hatte. Und wenn sie sich abends unten in den Fischspeichern herumtrieb, hörte sie die Neuigkeiten aus dem Dorf, so erfreulich diese waren. Manches sollte von dem einen der beiden Dienstmädchen bei Johann Bogesen stammen. Und es wurde erzählt, unter anderem, daß diese feine Tochter des Kaufmanns nach all der Ausbildung in

Kopenhagen so hochgebildet sei, daß es ihr nicht reiche, zu den Essenszeiten zu essen und zu trinken, wie ganz gewöhnliche Leute, sondern daß sie um drei Uhr nachts läute und Braten verlange; auch wenn es möglicherweise von noch höherer Bildung zeugte, daß sie kleine Jungen benutzte, um sich gegen Mitternacht mit Kognak vollaufen zu lassen. Angeblich bringt sie ihm Dänisch bei, einem der Schlingel hier aus dem Dorf, aber es ist ganz sicher, daß sie ihn braucht, um an scharfe Sachen zu kommen. Vor ein paar Abenden war sich das Dienstmädchen ganz sicher, daß sie ihn nicht hatte hinausgehen hören, deshalb habe sie auf dem Gang vor der Zimmertür des Fräuleins Wache gehalten, aber lange Zeit geschah nichts, bis plötzlich die Zimmertür aufging und die junge Dame in einem bestickten seidenen Schlafanzug herauskam und taumelnd wie ein gestochenes Kalb den Gang entlangging und abwechselnd an die Wände stieß, sie wollte ins Badezimmer – und das Dienstmädchen sagt, sie könne schwören, daß sie durch die halboffene Tür in das Zimmer des Fräuleins sehen konnte, und dort stand der eine Stiefel des Jungen mitten auf dem Fußboden. Weshalb sie nicht hineingegangen sei, um nachzuschauen, ob dort nicht irgendwo auch er selber war? Einfach deshalb, weil sie sich so völlig sicher war, daß er dort sein mußte, sie könne schwören, sie habe ihn nicht hinausgehen hören. Außerdem konnte das Fräulein jederzeit wieder zurückkommen. Das Dienstmädchen hatte keinen anderen Ausweg gesehen, als sich in einem Schrank auf dem Gang zu verstecken, damit das Fräulein sie nicht bemerkte.

Und welches Kind soll nun in dieses Unglück geraten sein? fragte eine der Frauen von der Heilsarmee. Der Junge im Kof, na so etwas – aber das hätte man sich ja denken können, dieser Duckmäuser, dabei ist das Bürschchen eben erst konfirmiert worden. Tja, ich sage ja immer, die Verdorbenheit der reichen Leute ist wie das Meer, wenn man von allem wüßte, was darin verborgen ist, würde keiner wagen, seine Hand hineinzutauchen.

In der folgenden Nacht träumte Salka Valka von königlichen Gebäuden, wie im Märchen. Sie brannten lichterloh. Nein, die Liebe in ihrer Brust brannte nicht wie ein simples, fröhliches Kerzenlicht in einem ärmlichen Haus, sondern ihre Brust ist ein Märchensaal geworden, und dort lodert ein mächtiges Feuer.

Die Kapitelle der Säulen sind die geschnitzten Fratzen von Ungeheuern, sie haben bedrohliche Stoßzähne und lächeln wie Walrosse und fangen im Feuerschein an, lebendig zu werden und zu sprechen. Und mit einem Mal hat das Feuer auf den Fuß der Säulen übergegriffen und züngelt bis zum Dach hinauf, und alles ist in Gefahr. Schweißgebadet und voller Angst schreckte sie aus dem Schlaf auf.

Abends, gegen Ende der Arbeitszeit, sah Salka oft Herborg im Kof, sie kam aus dem Laden, manchmal mit zahlreichen Paketen, denn sie war ein betriebsamer Mensch und brauchte vielerlei, unter anderem beschäftigte sie sich damit, Brot und Kuchen zu backen, die sie gegen Gutschrift auf ihre Rechnung verkaufte. Sie war für ihre Tüchtigkeit bekannt, eine furchtlose Frau von annähernd vierzig Jahren, groß, stattlich, mit hervorstehenden Zähnen und einer Adlernase. Sie fand, daß kein Heiratskandidat hier am Ort ihr ebenbürtig sei, und lehnte alle Anträge ab. Sie erfüllte treu ihre Pflicht, die sie für heilig ansah, gegenüber ihrem Vater und ihrem Neffen und fand, sie habe sich aufgeopfert, denn sie war arm und hatte vielleicht nicht viele Verwandte, so daß sie sich nicht an größere Orte begeben konnte, wo die Auswahl an Männern reichhaltiger war, und außerdem war ja keineswegs sicher, daß sie außerhalb ihrer engeren Heimat als verlockende Partie gegolten hätte. Es wurde ihr Schicksal, unverheiratet durchs Leben zu gehen, weil sie so stolz und auf die Wahrung ihres Ansehens bedacht war. Sie hielt den gebührenden Abstand zu den Niederungen des Alltags und hatte noch nie Anlaß zu Klatsch und Tratsch gegeben, sondern galt als Vorbild für andere Frauen, was Sauberkeit, Sparsamkeit, Keuschheit und Tüchtigkeit betraf; alle feineren Arbeiten im Ort wurden unter ihrer Anleitung ausgeführt, sowohl das Nähen von Kleidern und das Sticken als auch das Häkeln und das Anfertigen anspruchsvollerer Strickarbeiten. Sie war eine der Gründerinnen des Frauenvereins und selbstverständlich die Vorsitzende des Vereins, da sie so gute Beziehungen zum Haus des Kaufmanns unterhielt, das das einzige Haus im Dorf war, wo sie ein und aus ging, und es hieß, daß sie und die Frau des Kaufmanns Freundinnen seien, und natürlich konnte es hier keinen Frauenverein geben ohne Unterstützung durch dieses Haus, denn von anderer Seite war nichts zu erwarten.

Nun geschah es eines Abends, als sie auf dem Nachhauseweg über den Platz ging, eine stattliche Erscheinung in ihrer kleidsamen isländischen Tracht, die sie außer Haus immer trug, das Umschlagtuch wie eine Königin über den Schultern, daß Salka Valka vor sie hintrat und sie unvermittelt begrüßte und dabei das Gesicht ein wenig verzog.

Guten Tag, liebe Salvör, antwortete das späte Mädchen. Es ist lange her, seitdem du bei uns vorbeigeschaut hast, ich glaube fast, das war noch, bevor Arnaldur konfirmiert wurde. Wie geht es euch, ihr armen Leute?

Wir sind keine armen Leute, antwortete das kleine Mädchen.

Du bist immer so stolz, liebe Salvör, aber meinetwegen kannst du es ruhig bleiben, Kindchen, denn es hält einen keiner über Wasser, wenn man es nicht selbst tut. Nur aus dem, der sich nicht unterkriegen läßt, wird etwas. Wenn man es genau betrachtet, dann kommt es mehr darauf an, wie man sich hält, als darauf, was für ein Mensch man eigentlich ist. Und ich habe nur so gefragt, weil es geheißen hat, er sei so krank, der kleine Junge deiner Mutter – jemand sagte, man habe den Propst holen müssen.

Ja, er wurde neulich getauft, antwortete die Kleine, aber ich glaube, das hat nicht viel geholfen. Er hat immer irgendeine Vereiterung, seit er im Herbst die schlimme Erkältung bekam. Er schreit die ganze Nacht.

Und du läufst immer noch so unordentlich in Männerhosen herum, ein beinahe erwachsenes Mädchen. Was hat dieses absonderliche Benehmen zu bedeuten?

Mir ist ganz egal, was die Leute sagen.

Das darf es einem nicht sein, meine Liebe. Man darf sich nicht daran gewöhnen, sich nicht um Schande oder Ehre zu kümmern. Glaubst du nicht, daß die Leute genug Dinge haben, über die sie sprechen können, auch wenn man ihre Aufmerksamkeit nicht unnötig auf sich zieht? Junge Mädchen sollen adrett sein, sonst kommen sie ins Gerede.

Ich bin überhaupt keine Frau – und will es nie werden. Mir ist egal, was alle sagen.

Nein, hat man so etwas schon gehört! Ich glaube, du bist nicht ganz bei Trost – ein halb erwachsenes Mädchen! Na ja, ich darf hier nicht meine Zeit mit Dummheiten verplempern. Auf

Wiedersehen, Kindchen. Laß es dir gutgehen. Du bist so merkwürdig.

Auf Wiedersehen, sagte die Kleine und blickte Herborg nach, wie sie stattlich und imposant davoneilte. Dann sprang sie plötzlich hinter ihr her.

Ich möchte eigentlich jetzt mit dir nach Hause gehen, sagte sie.

Na ja, Kindchen, wie du willst. Ich werde Kaffee aufsetzen.

Sie gingen schweigend miteinander den gewundenen Pfad zum Kof hinauf, wo Herborg wohnte – vielleicht hatte das Haus diesen eigentümlichen Namen bekommen, weil die Leute fanden, es recke sich höher hinauf als nötig, oder vielleicht war es ursprünglich in so großer Eile gebaut worden, daß man dabei gehörig ins Schwitzen kam. Es war ein kleines Haus mit Torfwänden, geteertem Blechdach und einem roten Giebel, der dem Hang zugekehrt war, als ob sich das Haus immer im vertraulichen Gespräch mit dem Berg befände, und in dem Giebel war ein Fenster mit vier Scheiben in einem weißen Rahmen. Hinter dem Haus, auf der Seite, die dem Dorf zugewandt war, lag ein kleiner Gemüsegarten, das war der gepflegteste Garten im ganzen Dorf, in den man durch ein kleines hölzernes Gittertor gelangte, und vom Tor führte ein schmaler, mit Steinplatten belegter Weg durch den Garten, am Haus entlang zum Hofplatz. Das alles war sehr sauber und ordentlich. Durch den Garten floß ein kleiner Bach, der Tag und Nacht murmelte, er kam vom Berg herab und wollte zum Strand hinunter.

Drinnen war alles ganz ähnlich wie in anderen Fischerhütten, nur sauberer. An der einen Außenwand entlang war der Gang, und von ihm führten zwei Türen in die Stube beziehungsweise in die Küche, die die Tochter des Hauses lieber Anrichte nannte, wie beim Kaufmann. Früher waren nur zwei Betten in der Stube gewesen, jetzt waren es drei, seit Arnaldur konfirmiert worden war. Am Fenster stand ein kleiner Tisch, der zwischen den Mahlzeiten immer mit einer bestickten Decke und einem schönen Porzellanhund geschmückt war. In einer Ecke stand die Kommode der Tochter des Hauses, und darauf sah man viele kleine Photographien in Rahmen. An den Wänden hingen Bilder von Hallgrimur Petursson, Jon Sigurdsson, dem Schwedenkönig Oskar II. und der Königin Viktoria von England in einem prächtigen Mantel. Im Bücherregal standen die Isländersagas, die Lebensgeschichten der Bezirksrichter, die Zeitschrift Andvari, das Gesangbuch, einige Unterhaltungsromane und schöne Missionsschriften mit Bildern – die hatte man aus Mitleid einem durchnäßten Adventisten vom Siebenten Tag abgekauft, der von oben bis unten mit Lehm bespritzt und in vom Stacheldraht völlig zerrissenen Kleidern in den Ort gekommen war.

Sobald Herborg im Haus war, nahm sie das Schultertuch ab, faltete es sorgsam zusammen und legte es in die Kommode, zog die isländische Tracht aus, hängte sie hinter einen Vorhang und schlüpfte in ein hübsches Hauskleid, ging dann mit Salka in die Küche und sagte, sie solle auf der kleinen Bank Platz nehmen.

Nun mache ich uns ein Täßchen Kaffee, sagte Herborg mit dem freundlichen Gesichtsausdruck, den die Leute annehmen, wenn sie zum Kaffee einladen.

Doch die Kleine saß da wie bestellt und nicht abgeholt und wußte nicht, was wie sagen sollte. Sie bereute, daß sie Herborg begleitet hatte, und glaubte, diese wolle nun unauffällig den Grund dafür herausfinden, aber es gab natürlich gar keinen Grund.

Tja, sagte die Frau dann, um überhaupt etwas zu sagen. Ich muß zugeben, daß ich deine Ansichten etwas unnatürlich finde, Kindchen – ein wohlgestaltes Mädchen zu sein und kein Mädchen sein zu wollen.

Macht es dir Spaß, eine Frau zu sein? fragte die Kleine. Bei dieser Frage lachte die kluge Jungfrau laut auf, wenn auch nur ganz kurz, dann wurde sie wieder ernst und machte sich am Kessel und am Brennholz zu schaffen.

Es nützt nichts, so zu fragen, gutes Kind, sagte sie dann. Wir müssen uns in all diesen Dingen in Übereinstimmung mit Gottes Vorsehung verhalten.

Mama meint auch, daß es Gott ist, der einen erschafft, genauso, wie es in der biblischen Geschichte steht. Das war vielleicht früher so und in irgendeinem ganz anderen Land als hier. Das gilt nicht für mich. Ich bin nur ein gewöhnliches uneheliches Kind und im Nordland geboren.

Gott erschafft trotzdem alle, Kindchen. Ich dachte, daß du wenigstens so viel in der Schule gelernt hättest.

Nimm zum Beispiel Sigurlinni, meinen kleinen Bruder. Ich weiß doch genau, daß nicht Gott ihn erschaffen hat, es steht ja auch nichts darüber in den Büchern, die wir in der Schule lesen. Wir lernen in der Schule nur, daß Gott Adam erschaffen hat, und dazu kann ich nichts sagen, da kenne ich mich nicht aus; es stimmt sicher, wenn es so gedruckt dasteht – das heißt, wenn alles stimmt, was gedruckt steht. Es ist im Altertum sicher vieles geschehen, von dem wir nichts wissen, vor allem in anderen Ländern. Aber ich weiß ganz genau, wie Sigurlinni entstanden ist. Es war so, daß Steinthor, dieser verfluchte Dreckskerl, der nichts in Ruhe lassen konnte, von dem er glaubte, daß es ein Frauenzimmer sei, er stieg einfach zu Mama ins Bett. Und als ich ihn davonjagte, da stieg Mama einfach zu ihm in sein Bett – wenn du so etwas Vorsehung nennst.

Du darfst nicht die ganze Welt nach deiner Mutter beurteilen, die nicht sehr standfest ist, wenn es darauf ankommt, die Arme, wie alle wissen – und ich will trotz allem nichts Schlechtes über sie sagen, weiß Gott, ich wünsche ihr nur Gutes. Wir müssen voller Liebe und Nachsicht sein gegenüber denen, die straucheln, und ich für meine Person habe mich sehr dafür eingesetzt, daß der Frauenverein ihr im Herbst dieses Geschenk schickte, Kindersachen und ähnliches; ich will nicht damit prahlen, aber es waren alles nagelneue Sachen aus dem Laden, auch wenn sie vielleicht nicht viel geholfen haben in einer so jämmerlichen Behausung, die weder den Wind noch das Wasser draußen hält, wie bei den alten Leuten in Mararbud. So stehen alle immer unter dem Schutz Gottes, sowohl Reiche wie Arme, und auch die, die straucheln; Gott haucht auch ihren Kindern den Odem des Lebens ein.

Aber die Kleine schien taub zu sein für diese Argumente und spann ihren eigenen Gedanken weiter:

Ihm reicht es nicht, tagsüber zu weinen, wenn sie ihn in einem Sack auf den Küchenboden bettet – in der Küche ist es noch am ehesten warm – nein, er fängt manchmal auch abends, kaum sind alle schlafen gegangen, an und brüllt bis zum Morgen, und manchmal kann ich es gar kein Brüllen nennen, es ist nur so eine Art Wimmern, fast so wie von einem verliebten Kater, und da versucht Mama dann die ganze Nacht hindurch, ihn einzulullen, wiegt sich vor und zurück und summt und redet ihm gut zu, und es hilft alles nichts, denn das ist ja ganz klar, der arme Junge ist nicht nur unartig, er hat irgendeine Krankheit, manche meinen, eine Drüsenkrankheit; und außerdem hatten wir diesen Winter drei Monate lang keine Milch, die Kuh hat zu Weihnachten gekalbt, und natürlich konnten wir keine Milch kaufen, ich habe ein kleines Guthaben beim Geschäft, aber sie wollen nichts davon herausrücken, meine Mama hat kein Guthaben, sie könnte sich nicht einmal ein Taschentuch kaufen, und wenn es um ihr Leben ginge. Und die beiden Alten, die geben jeden Öre, den sie vom Geschäft bekommen können, ihrem Sohn und ihrer Tochter, die beide verheiratet sind und an zwei verschiedenen Orten leben und beide auch ein Haus voller Kinder haben, und auch bei ihnen gab es Krankheit, sie sollen viele Kinder verloren haben durch die Drüsenkrankheit. Es kann gut sein, daß Gott Adam und Abraham und Noah und verschiedenen anderen Leuten im Ausland hilft – aber bei uns ist es eben, wie es ist.

Na, ich will nichts Schlechtes über deine Mutter sagen, die Ärmste, sagte Herborg, aber das wäre wirklich nicht nötig gewesen. Das Leben ist kein Spielzeug, sondern über ihm herrscht ein Richter, der jedem das zuteilt, was er verdient hat. Sie zahlt nur ihre Rechnung, die gute Frau. Das, was man Freude nennt, bekommt man nicht umsonst in der Welt. Vergiß das nie und halte dich daran, Kindchen, wenn du alt genug bist, das Leben zu leben. Gott läßt sich nicht verhöhnen.

Das mag schon sein, sagte das kleine Mädchen. Ich bin so jung. Ich weiß so wenig. Aber eines weiß ich, da du eben von mir gesprochen hast, und das ist eben, daß Gott böse zu mir ist, obwohl er keinen Grund dazu hat, denn ich habe nie irgendeine Freude von ihm bekommen, für die er sich an mir rächen müßte. Trotzdem bekomme ich nicht einmal mein Geld aus dem Laden heraus, und sie sagen, ich dürfe keine Waren dafür kaufen, zumindest nicht, bevor ich konfirmiert sei. Aber warum können die mir das verbieten? Ich möchte mir selbst Kleider kaufen für das Geld, das ich selbst verdient habe. Ich habe es satt, in den verfluchten alten Lumpen von denen im Kaufmannshaus herumzulaufen – die Leute erkennen sie gleich und zeigen mit Fingern auf mich. Und die, an die ich denke und die ich vielleicht gern habe, die schauen mich nicht an, aber glücklicherweise denke ich an keinen und habe auch keinen gern. Ich habe genauso ein Recht darauf, anständige Kleider zu tragen, wie andere Leute hier im Marktflecken, die in besseren Kleidern herumlaufen. Alle, die glauben, sie stünden über anderen, sind widerlich. Ich verachte sie wie Hunde. Pfui über alle, die glauben, sie stünden über mir.

Gott sei dir gnädig, Kind, sagte Herborg, bestürzt darüber, daß sich das kleine Mädchen so ereiferte. Ich hätte nicht geglaubt, daß ein Kind so häßliche Gedanken haben könnte. Ich hatte immer geglaubt, du seist ein vernünftiges Mädchen, liebe Salka, dir fiel das Lernen so leicht, als Alli dir Unterricht gegeben hat. Und erst vorgestern hörte ich den Lehrer sagen, daß du so reif seist für dein Alter. Und dann läßt du mich diesen verwünschten Unsinn hören, der ohne jede Vernunft ist und außerdem auch noch unchristlich.

Das ist mir ganz egal, sagte das kleine Mädchen trotzig. Es kann gut sein, daß ich ein solcher Idiot bin, wie es alle von mir behauptet haben, als ich hierher kam. Aber eines weiß ich: Die, die sich so gescheit vorkommen, haben es faustdick hinter den Ohren. Denn sie lassen sich von den Reichen kaufen und zur Verdorbenheit verleiten.

Was meinst du damit, Kind? Wovon, um alles in der Welt, redest du?

Von nichts. Ich rede nur mit mir selber. Ich weiß, mich versteht keiner; nein, keiner. Aber das macht nichts. Ich bin auch nichts, nur ein Hurenkind, wie die Kinder mir nachriefen, als ich klein war. Ich gratuliere nur allen, die Spaß haben. Jetzt muß ich gehen. Entschuldige, daß ich mit dir nach Hause gegangen bin. Wenn ich ehrlich sein soll, dann weiß ich gar nicht, was ich hier soll.

Vielleicht war es doch nicht ganz ernst gemeint, daß sie sofort gehen wollte, der Kaffee war bald fertig, sie ließ sich zum Bleiben überreden, Herborg holte ihr Photoalbum heraus und legte es ihr in den Schoß, um sie von unerquicklichen Gesprächsthemen abzulenken, und die Kleine begann, es durchzublättern. Es blieb Herborg nicht verborgen, daß die Kleine Kummer hatte, deshalb begann sie, alles mögliche über die Leute auf den Bildern zu erzählen, und Salka betrachtete sie und hörte zu wie im

Traum. Sie kam erst wieder zu sich, als Herborg auf das Bild einer Frau zeigte, das eine ganze Seite im Album einnahm, und sagte, dies sei Solveig, Allis verstorbene Mutter.

Es war das Brustbild einer anziehenden jungen Frau in dänischer Kleidung, ihre Augen waren tief und gut, doch in ihrer Tiefe lag großer Ernst, sogar Schmerz, geheimnisvoll und voller Zauber, und Salka kam es so vor, als kenne sie dieses Gesicht schon seit langem. Die Gesichtszüge dieser Frau waren sehr viel weicher und feiner als die ihrer Schwester, obwohl die Familienähnlichkeit nicht zu übersehen war. Die freundliche Frau mit den tiefen, traurig sanften Augen auf diesem Bild war also die Mutter Arnaldurs, die hinter dem blauen Berg verschwunden war. Da blickte die Kleine plötzlich auf und sagte:

Ist es ganz sicher, daß sie gestorben ist?

Herborg sah sie forschend an und fragte mit kalter Stimme:

Wie kommst du darauf, dies zu fragen?

Ich weiß nicht, sagte das kleine Mädchen ausweichend. Ich dachte, sie sei vielleicht nur fortgegangen.

Wer hat dir diesen verrückten Gedanken eingegeben? fragte Herborg, und diesmal ziemlich barsch, richtete sich auf, ging ein paar Schritte von der Kleinen weg, wandte sich dann zu ihr um, stemmte die Hände in die Seiten und starrte sie mit dem Blick eines Strafverfolgers an.

Niemand, sagte die Kleine und wurde rot. Das ist nur Unsinn. Mir kommt dieses Bild nur irgendwie so lebendig vor.

Ich bin mir ziemlich sicher, daß du irgendwann einmal zugehört hast, wie Arnaldur seine Weisheiten verbreitete, dabei habe ich ihm oft genug verboten, sein wirres Zeug anderswo zu erzählen. Er hatte schon immer diese seltsamen Vorstellungen von seiner verstorbenen Mutter im Kopf, auch wenn man weniger davon merkt, seitdem er älter ist. Er war ein kleines Kind, als sie starb, und man hat es ihm verheimlicht. Wann hast du ihn zuletzt davon fabulieren hören?

Ich spreche nicht mit ihm. Er kennt mich nicht mehr. Und ich kenne ihn auch nicht, sagte die Kleine. Mehr war nicht aus ihr herauszubringen. Dann zeigte sie auf das Bild des Mannes auf der gegenüberliegenden Seite und fragte:

Wer ist dieser Mann?

Da trat Herborg wieder zu ihr und beugte sich über das Album.

Das ist Björn, Arnaldurs Vater, sagte sie und betrachtete ihn selbst eine Weile.

Er ist wieder verheiratet. Jetzt ist das Kaffeewasser heiß.

Sie ging zum Herd hinüber und fing an, den Kaffee aufzubrühen, und der stark duftende Dampf aus der Kanne stieg ihr ins Gesicht, und das kleine Mädchen starrte hingerissen auf das kluge großstädtische Männergesicht mit den scharfen, ausdrucksvollen Augen; die lange, schmale untere Gesichtspartie und den feinen Mund hatte der Sohn offensichtlich vom Vater. Er trug einen gestreiften Umlegekragen und eine Blume im Knopfloch.

Was ist er? fragte das kleine Mädchen.

Herborg unterbrach das Kaffeeaufgießen, trat wieder zu der Kleinen, zeigte mit ihren starken weißen Fingern auf sein Gesicht und sagte:

Findest du nicht, daß er schöne Augen hat? Oder der Mund? Sein Mund verrät, wie außerordentlich begabt er ist. Aber er hat noch etwas, das auf dem Bild natürlich nicht zu sehen ist: eine unglaublich angenehme Stimme. Du hast eben gefragt, was er ist? Er ist alles gewesen. Schau dir das Grübchen in seinem Kinn an. Manche fanden das sehr anziehend, daran kann ich mich erinnern.

Das Grübchen? fragte die Kleine ahnungslos.

Ach, was rede ich nur für dummes Zeug, sagte Herborg und machte sich wieder mit dem Kaffee zu schaffen.

Ich werde keinem davon erzählen, sagte die Kleine in ihrer Einfalt.

Wovon erzählen? wiederholte die Frau unwirsch. Was faselst du denn da?

Und sie nahm ihr mir nichts, dir nichts das Album weg, als ob sie sehr wütend wäre, ging damit in die Stube hinüber und verwahrte es in der Kommode.

Es war dunkel geworden, in der Küche brannte eine kleine Wandlampe, doch in der Stube war kein Licht. Es stellte sich heraus, daß dort Arnaldur saß, er war nach Hause gekommen, ohne daß sie ihn bemerkt hatten, und vielleicht hatte er das meiste von dem, was sie gesprochen hatten, gehört.

Was schleichst du hier im Dunkeln herum, Kind? Kannst du dich nicht bemerkbar machen, wenn du heimkommst, anstatt durchs Haus zu gehen wie ein Gespenst?

Ich gehe jetzt, rief Salka Valka aus der Küche. Auf Wiedersehen.

Was haben diese Albernheiten zu bedeuten? Ich glaube, ihr seid beide übergeschnappt, jedes für sich. Jetzt habe ich Kaffee für dich gemacht, Salvör, und ich werde es dir nie verzeihen, wenn du mir erst die Arbeit machst und dann davonrennst! Los, geh hinaus in die Küche, Arnaldur, und unterhalte dich mit der kleinen Salka, anstatt so eigenbrötlerisch zu sein, daß die Leute sich schon darüber beklagen, daß du sie nicht kennst und nicht mit ihnen sprichst! Dabei hatte ich immer geglaubt, ihr würdet euch so gut verstehen. Trinkt jetzt zusammen Kaffee, ihr Lieben.

Arnaldur kam in die Küche, blaß, ernst, das kleine Mädchen fürchtete sich beinahe vor seinen Augen. Außerdem trug er Kragen und Fliege – und hatte sich die Haare schneiden lassen.

Das kleine Mädchen erwiderte seinen Gruß nicht, sondern setzte sich so zurecht, daß sie das Gesicht von ihm abwandte. Und seine Tante schimpfte weiter:

Schrecklich, wie blaß du bist, Kind. Du siehst aus wie eine wandelnde Leiche. Wo hast du dich eigentlich gestern abend bis spät in die Nacht herumgetrieben? Du gehst mir heute abend keinen Schritt aus dem Haus, hast du gehört!

Ach, hab dich nicht so, entgegnete er ungeduldig; seine Stimme klang nicht mehr rein, was darauf schließen ließ, daß er im Stimmbruch war. Laß mich in Ruhe!

Ja, ich weiß, du glaubst, du seist alt genug, um einem freche Antworten zu geben. Aber jetzt benimm dich wie ein anständiger Junge und sprich mit der kleinen Salka. Sie langweilt sich, alle sind böse zu ihr, und sie hat keine Freunde. Es ist nicht nett von dir, daß du dich gar nicht mehr um sie kümmerst.

Wenn ich recht gehört habe, dann hast du es übernommen, ihr alles zu erzählen, was sie deiner Meinung nach über mich und andere wissen muß. Außerdem macht sie sich offensichtlich nicht viel daraus, daß ich mit ihr spreche. Wenn ich mich recht erinnere, Salka, dann hast du neulich unten im Laden zu mir gesagt, ich sollte nicht glauben, daß du jemals wieder mit mir sprechen würdest – was immer ich dir angetan haben mag. Ich erinnere mich allerdings nicht daran, jemals unhöflich zu dir gewesen zu sein.

Mir fällt nicht im Traum ein, mit dir zu sprechen, sagte das kleine Mädchen, die Kaffeetasse in der Hand, und drehte sich halb zur Wand.

Was soll denn das heißen? sagte Herborg und lachte verblüfft. Das sind doch nicht etwa die ersten Anzeichen einer Kinderliebe zwischen euch!

Pah, nein, weiß Gott nicht, sagte die Kleine – nicht zwischen mir und ihm! Das wäre das Letzte!

Da bin ich aber froh, sagte er spöttisch. Denn wenn ich ehrlich sein soll, dann hatte ich auch nicht die Absicht, mich in dich zu verknallen, und schon überhaupt nicht, solange du Hosen trägst, du armes Ding. Die Sache sähe vielleicht anders aus, wenn du einen Rock anhättest.

Ja, antwortete die Kleine, ganz zu schweigen davon, wenn ich auch noch einen Ledermantel hätte und mir nachts Branntwein bringen lassen müßte, wie wenn man einer kalbenden Kuh zu saufen gibt.

Bei dieser Antwort wurde er puterrot, und er verlor die Kontrolle über seine Gesichtsmuskeln und sah plötzlich häßlich aus.

Jetzt verstehe ich, weshalb du heute abend hierher gekommen bist, du verdammtes Miststück, sagte er. Du kommst hierher, um mich zu verleumden und mich bei meinen Leuten schlecht zu machen. Man kann nicht erwarten, daß der Apfel weit vom Stamm fällt, bei so einer Schlampe von Mutter, wie du sie hast. Und das ganze Dorf weiß, was zwischen dir und dem Bräutigam deiner Mutter passiert ist, als du noch ein kleines Mädelchen warst –

Arnaldur, schämst du dich nicht? fiel ihm da seine Tante ins Wort. Du hättest eine Tracht Prügel verdient.

Doch bei seinem Vorwurf, sie habe etwas mit Steinthor gehabt, zuckte die Kleine zusammen wie unter einem Peitschenhieb, und im nächsten Augenblick wurde sie von einem so heftigen Schluchzen gepackt, daß sie die Tasse losließ und der ganze Kaffee auf ihr eines Hosenbein schwappte. Sie sprang auf, blieb aber mitten in der Küche stehen, die Augen voller Tränen, und ihr ganzes Gesicht zitterte vor Wut und Scham. Die Menschen erscheinen uns immer wieder in einem anderen Licht, je nach

142

der Stimmungslage des Betrachters, und in diesem Augenblick glaubte Salka Valka, noch nie einen schrecklicheren Teufel in Menschengestalt vor Augen gehabt zu haben als Arnaldur Björnsson; das ließ sich nicht in Worten ausdrücken. Wie fürchterlich sie sich bis heute in diesem Jungen getäuscht hatte!

Ich weiß, daß meine Mama es schwer hat. Und sie hat kein Geld und kann sich nicht einmal einen Fetzen zum Anziehen kaufen –

Sie wollte noch viel mehr sagen, doch ihr Weinen war so heftig, daß es ihr den Hals zuschnürte und sie kein Wort mehr herausbekam. Und ehe Herborg eine Möglichkeit hatte, die Kleine zu beruhigen, war sie schon durch die Tür gelaufen.

Salka, rief Herborg ihr nach, aber sie war schon zur Haustür hinaus und rannte über den Hofplatz.

Salka Valka, rief Herborg und lief ihr um die Hausecke nach.

Doch das kleine Mädchen schlug das Gartentor hinter sich zu, lief den Hang hinunter und war in der Dunkelheit verschwunden.

16

Ein Fremder im Ort – was ist so elektrisierend wie eine solche Neuigkeit, so im Spätwinter, wenn die Leute in einem kleinen Dorf mehr als genug voneinander haben, in der Schläfrigkeit und Einförmigkeit des Winters, und keiner die Kraft aufbringt, seinen Widerwillen gegenüber dem Nachbarn und den Sommersprossen und Warzen, die er auf der Nase hat, in ausreichend witzigen Worten zu äußern. Plötzlich greifen die Menschen wieder zur Höflichkeit, jener bezaubernden und sympathischen Verhaltensweise, die in kleinen Dörfern bisweilen in Vergessenheit geraten will. Männer lüften auf der Straße vor dem Unbekannten den Hut und fragen ihn nach seinem Namen und seiner Herkunft, weshalb er sich hier im Ort aufhalte, ob er verheiratet sei und wie es diesen Winter in seiner Heimatgegend mit der Fischerei stehe. In den Hütten neben der Straße werden alle Vorhänge aufgezogen, wenn er vorbeigeht, und an den Fenstern erscheinen alte Frauen und junge in ihren schlechten Alltagskleidern, und die Kleinkinder, die sie in ihren Armen halten, stoßen mit den Füßen an die kleinen Blumentöpfe aus verrosteten Blechdosen oder emaillierten Salzbüchsen, die im übrigen fast der einzige Zimmerschmuck in armen Häusern sind und dort immer stehen, gefüllt mit Erde, aus der irgendein lebloser Stengel heraussteht. Manche Frauen kommen sogar auf die Türschwelle heraus, wenn der Fremde wieder in sicherer Entfernung ist, stehen lange mit den Händen unter der Schürze da und starren ihm nach, in ihren Augen diese große, romantische Sehnsucht, diese andächtige Sehnsucht aus der Ferne nach dem Unbekannten, was in der Großstadt nur als Zeichen eines unsittlichen Lebenswandels bei Frauen an Fenstern und auf Türschwellen aufgefaßt wird. Und die Kinder bleiben auf der Straße stehen, stecken sich verdutzt den Finger in den Mund und achten darauf, so vorsichtig wie möglich zu atmen; sie starren wie hypnotisiert auf den fremden Mann, bis ihre nassen Füße in den löcherigen Schuhen völlig gefühllos geworden sind vom Herumstehen im knöcheltiefen Schneematsch.

Salka Valka begegnete ihm eines Morgens, als sie in die Schule ging. Er ging selbstverständlich zu seinem Vergnügen spazieren, ähnlich wie Johann Bogesen und alle feinen Herren. Er trug einen grauen Regenmantel und einen breitkrempigen Hut und hatte einen Stock in der Hand. Er blieb oft stehen und blickte sich um. Eigenartigerweise schien es ihr, als ob sie ihn schon einmal gesehen hätte, und auch er schien sie zu kennen; seine Augen hatten so etwas Vertrautes. Sie war sich sogar sicher, daß er lächelte, und zwar sehr vielsagend, als kenne er ihr Geheimnis; das Blut stieg ihr in den Kopf, so sehr schämte sie sich. Sie lief davon und wagte nicht, sich nach ihm umzudrehen, bevor sie weit weg war. Doch als sie zurückschaute, da hatte er sie bereits vergessen und betrachtete etwas anderes. Du liebe Güte, wie heiß ihr auf einmal geworden war! Wer konnte das nur sein?

Doch glücklicherweise dauerte es nicht lange, bis sie erfuhr, wer der fremde Mann war. Sowohl in der Schule als auch in den Fischwaschhäusern wußte man es. Es war Björn Björnsson, der Vater Arnaldurs im Kof, und da begriff Salka Valka sofort, wie es kam, daß er ihr so bekannt vorkam – er hatte ein Grübchen im Kinn. Er war aus Reykjavik gekommen, wo er alles mögliche war und alles besaß, ähnlich wie Johann Bogesen hier, sowohl zu Lande wie zu Wasser, und war ins Ausland gereist, wo er auch ein wichtiger Mann war, zu Lande wie zu Wasser. Selbstverständlich hatte er all diese Jahre hindurch den vollen Unterhalt für Arnaldur bezahlt, auch wenn der alte Jon dies nicht an die große Glocke gehängt hatte. Weshalb er hierher gekommen war, wußte keiner, aber er wohnte bei seinem ehemaligen Schwiegervater, und die Leute hatten gehört, daß Herborg im Laden Piment und Nelken, Zimt und Marmelade, Sukkade und Kardamom gekauft hatte. Im Kof wurde von morgens bis abends gebrutzelt und gebraten, gebacken und gesotten, und der alte Jon, dieser starrköpfige Halunke und Geizkragen, kam durch diesen vornehmen Besuch so durcheinander, daß er den Leuten wortlos alles, was sie aus Regalen und Kisten haben wollten, verkaufte, ohne auch nur irgend jemandem gegenüber von einer Beerdigung zu sprechen. Manche hatten gerüchtweise gehört, Björn Björnsson wolle Kof kaufen und dort ein Schloß bauen, das mindestens genauso prächtig werden sollte wie das Wohnhaus Johann Bogesens, und da man gehört hatte, er sei Miteigentümer einer Fischreederei in Reykjavik, hielt man für sehr wahrscheinlich, daß er die Absicht habe, hier in Oseyri am Axlarfjord einen Fischdampfer zu stationieren und Johann Bogesen in den Bankrott zu treiben. Andere vermuteten, er habe es auf die Goldmine abgesehen, die der Deutsche vorletztes Jahr hier in den Bergen gefunden hatte. Wer weiß, was in solchen Männern vorgeht?

Es war einer jener trübseligen Sonntagabende im Spätwinter, wenn sich Regenschauer mit Hagelschauern abwechseln und der Fjord jene ausdruckslose, unfreundliche graue Färbung annimmt, die es dem einzelnen so schwer macht, dichterische Phantasie zu entwickeln. Die Straßen und Wege des Dorfes waren ein einziges Meer aus Schlamm und Schneematsch, und im Ort herrschte das Seelenleben nasser Füße, hervorgerufen durch schlechtes Schuhwerk. In den Klüften zwischen den schwarzen Felsen lagen gesprenkelte, vom Regen aufgeweichte Schneewehen. Nie sehen die Fischerhütten trostloser aus als in der Dämmerung nach einem solchen Tag, morsch, leck und windschief nach den langanhaltenden Unwettern, wie traurige Ausrufezeichen in der Öde des Strandes, mit ihren schmutzigen Kindergesichtern, blau angelaufen vom Wimmern und vom

Wasserbrei, und den gähnenden Gesichtern der Erwachsenen, die nicht genug Geld haben, um das Evangelium des Tages würdigen zu können; so war dieser Abend.

Plötzlich stand Arnaldur Björnsson in einem blauen Anzug und mit Kragen in der Küchentür. Er nahm die Mütze nicht ab und wünschte nicht guten Abend und war sehr ernst.

Salvör, sagte er. Kann ich mit dir sprechen?

Er schien niemanden außer ihr in der Küche zu sehen. Nun verhielt es sich so, daß das Mädchen noch nie zuvor einen so festen Entschluß gefaßt hatte wie den, nie mehr auch nur ein einziges Wort mit Arnaldur Björnsson zu sprechen. Kein Mann ist jemals so gründlich aus dem Sinn und dem Herzen eines Mädchens verbannt worden wie er aus dem Sinn und dem Herzen der Salvör Valgerdur Jonsdottir. Und das war nicht nur wegen der vorausgegangenen Beleidigungen geschehen. Seitdem sie seinem Vater auf der Straße begegnet war, war es ihr klarer als je zuvor, welches Meer sich tatsächlich in der Gesellschaft erstreckte zwischen einem solchen Jungen und ihr, die keinen Vater und keine Mutter und kein Geld hatte und zerlumpt und schmutzig war. Sie hatte ihm sein kriecherisches Verhalten gegenüber den reichen Leuten vorgehalten, doch nun war ihr aufgegangen, daß es sich hier gar nicht um Kriecherei handelte – natürlich gehörte er selber zu den feinen Leuten, da er so einen Vater hatte. Er stand in Wirklichkeit genauso hoch über ihr wie das Haus des Kaufmanns selbst. Nein, nie, nie mehr würde sie ein Wort mit ihm sprechen. Trotzdem stand sie eilends auf, um sich mit ihm zu unterhalten, sobald er sie rief.

Willst du mit mir hier zum Meer hinuntergehen? fragte er.

Sie zermarterte sich das Hirn, um ein Wort zu finden, das stark genug war, um ein Leben lang in seinem Herzen zu brennen. Aber noch ehe ihr dieser bittere, geistreiche Satz eingefallen war, der andeuten sollte, daß nicht einmal die Ewigkeit selbst ausreichen würde, um das Feuer des Hasses zu löschen, das zwischen ihnen loderte, oder das gewaltige Meer auszutrinken, das sie im Leben voneinander trennte, da hatte er alles gesagt, was gesagt werden mußte:

Salka, ich will mich von dir verabschieden. Ich gehe fort.

Sie blieb auf der Hofwiese stehen, wo das bleiche Gras noch immer gefroren war, und blickte ihn an.

Fort? Wohin? fragte sie.

Und er sprach das reiche, sonnenwarme Wort, das eine Zeitlang der Inhalt ihrer Kindheitsträume gewesen war und die Erfüllung aller Hoffnungen eingeschlossen hatte – einst vor langer
Zeit, ehe die Tage die Fähigkeit hatten, ihr Erfahrungen zu ver-
mitteln, die mit Gefühlen der Wehmut vermischt waren – als sie
und ihre Mutter noch nicht zwei Mädchen waren, sondern gemeinsam vom Weg und Ziel träumten:

In den Süden, nach Reykjavik!

Als er diese Worte aussprach, war es, als ob alle ihre Träume
aus früheren Zeiten als Echo und Gaukelbild erwachten, um
wieder vom Meer verschlungen zu werden, wie einst die Ägyp-
ter vom Roten Meer verschlungen wurden, und über den
Fjord herein kam ein neuer Schauer, fegte an den Berghängen
entlang und schleuderte ihr seine ersten Hagelkörner ins Gesicht.

Glaubst du, das sei mir nicht egal? fragte das kleine Mädchen
mit jener Kunst, die die Welt so früh die Herzen lehrt, damit sie
sich schützen können.

Ich weiß, ich bin sehr häßlich zu dir gewesen, sagte er mühsam. Es sind viele böse Geister um einen herum.

Die Kleine antwortete nicht, sie war plötzlich so schüchtern
und fand das alles so unangenehm, sie war erst dreizehn Jahre
alt. Sie hatte sich eingebildet, ganz schrecklich wütend auf ihn
zu sein, doch nun entdeckte sie, daß sie nur Angst hatte, so
große Angst, daß sie am liebsten weggelaufen wäre und sich versteckt hätte. Sie waren jetzt unten am Strand angelangt, und der
Schauer tobte mit voller Kraft, die Hagelkörner schossen ins
Meer wie Tausende weißer Nadeln. Der Junge schlug den Kragen seiner Jacke hoch: Er persönlich war noch nicht so vornehm, daß er es zu einem Mantel gebracht hätte.

Ich kenne einen Felsen hier am Strand, sagte sie schließlich.
Dort kann man unterstehen. Ich sitze dort manchmal.

Sie liefen los, sie voraus, und kauerten sich unter die überhängenden Felsen und schauten eine Weile sprachlos dem Hagel
zu, wie er auf die Steine am Strand trommelte; nach und nach
wurde er weicher, verwandelte sich zunächst in große Schneeflocken, dann in Schneeregen, schließlich in Regen.

Salka, begann er zu sprechen. Es gibt böse Geister, die mich beherrschen wollen. Sie kommen manchmal nachts an mein Bett und schneiden überall um mich herum Grimassen und lachen mir ins Gesicht. Sie versuchen, mich auf gewisse Gedanken zu bringen. Sie wollen mich allerlei Dinge tun lassen, die so abscheulich sind, daß ich es nicht erzählen kann. Manche sind ganz abscheuliche weibliche Geister. Ich wage nicht, sie irgendeinem lebenden Menschen zu beschreiben.

Pah, sagte das Mädchen, ohne ihn anzusehen. Das sind nur Einbildungen, genauso wie das, was du mir von der Frau erzählt hast, die hinter dem Berg verschwand. Das war nur lauter Unsinn, den du dir über sie ausgedacht hattest – du meintest, sie wäre in irgendein schönes Land gereist, aber sie war gar nicht weggereist. Sie war nur gestorben, wie andere Leute. Ich weiß jetzt alles darüber, auch wenn ich den Unsinn, den du dir ausgedacht hattest, glaubte, als ich klein war.

Sie wunderte sich über sich selbst, daß sie hier mit ihm allein dasitzen und alles das sagen konnte. Aber es wußte auch nur Gott, wie schnell ihr Herz schlug.

Er reagierte, wie es gläubige Menschen tun, wenn man ihre Überzeugungen angreift, seine Augen begannen fanatisch zu leuchten, und er verlor die Gewalt über seine Stimme:

Salvör, jeder, der will, kann sagen, es sei eine Lüge, daß es dich gibt. Es kann gut sein, daß es Unsinn ist, daß es dich gibt. Trotzdem spreche ich in diesem Augenblick mit dir, ob es nun Unsinn ist oder nicht. Und genauso ist es mir ganz gleich, wenn Herborg dich und andere dazu bringt, zu sagen, daß ich lüge: Ich weiß selbst, mit welchen Wesen ich spreche, wenn ich wache und wenn ich schlafe. Ich weiß, was für Wesen mich vernichten wollen. Und ich weiß auch, wer sie ist, die mich aus ihren Fängen gerettet hat.

Meinst du, es sei mir nicht egal, was du zu sehen glaubst? fragte die Kleine. Ich gehe jetzt heim. Mir ist kalt. Gute Reise nach Reykjavik. Und leb' wohl.

Sie stand auf, verließ den geschützten Platz unter dem Felsen und wollte von ihm fort nach Hause laufen. Doch er versperrte ihr den Weg.

Es ist nicht nett von dir, Salka, so zu mir zu sein, wenn ich in aufrichtiger Freundschaft zu dir komme. Ich hatte dir noch nicht einmal die Hälfte von dem gesagt, was ich dir sagen wollte. Wart doch noch ein bißchen. Ich weiß, es war nicht recht von mir, mich von Agusta dazu überreden zu lassen, ihr Kognak zu besorgen. Aber mehr war es auch nicht, denn sie lachte mich aus und gab mir Fußtritte und sagte, ich sei ein Dreckskerl; ich dachte, sie sei ein so gutes Mädchen, und dann ist sie so. Die Wahrsagerin hat mir gesagt, ich solle mich vor ihr in acht nehmen, und sie hat mir auch gesagt, ich solle zu dir gehen und dich um Verzeihung bitten –

Wahrsagerin? Ich weiß nicht einmal, wovon du redest.

Sie sagt mir alles voraus, was geschieht. Sie sagte mir voraus, daß mein Vater kommen und mich nach Reykjavik mitnehmen würde, und alles. Sie wacht über mich.

Meinst du etwa, sie seien mir nicht völlig egal, alle deine Gustas und alle deine Wahrsagerinnen? Du hast mir selbst gesagt, was ich bin, und ich werde es nicht vergessen, bis ich sterbe.

Salka, wie kannst du jemandem, der in aufrichtiger Freundschaft zu dir kommt, so böse sein? Du bist doch erst dreizehn Jahre alt und ich fünfzehn. Wir sind nichts als Kinder. Nein, geh noch nicht. Schau mich nicht so an. Salka, du weißt, ich bin gekommen, um mich von dir zu verabschieden. Wir sehen uns vielleicht nie wieder. Schau, jetzt gehe ich in den Süden nach Reykjavik, und Papa will mich aufs Gymnasium schicken. Dann mache ich Abitur und fahre in die Welt hinaus. Ich komme vielleicht nie mehr nach Island zurück. Schau, ich habe hier etwas für dich, das ich dir schenken möchte, weil du so besonders bist. Seit wir klein waren, Salka, habe ich immer nur dich angeschaut und die anderen Leute nicht gesehen, Salka, weil du so selbständig bist. Erinnerst du dich nicht daran, wie sehr wir manchmal lachten und zum Spaß miteinander rauften bis tief in die Nacht hinein?

Und er zog aus seiner Tasche ein kleines Silbermedaillon an einer Kette und reichte es ihr.

Was soll ich damit? fragte sie.

Es hat meiner Mutter gehört. Es ist ein Bild von mir, als ich ein kleines Kind war.

Sie sah verwundert auf diese Kostbarkeit in ihrer Hand und schloß dann die Hand darüber, um sie vor dem Regen zu schützen. Sie schaute einen Augenblick lang dem Jungen in die tiefen, seherischen Augen, die ihn allen Menschen auf der Welt fremd machten, reichte ihm dann die Hand und flüsterte:

Danke schön.

So inkonsequent konnte sie sein.

Dann lief sie schnell davon.

Über keinem Abschied später im Leben liegt so sehr der Hauch des endgültigen Abschieds wie über dem ersten. Und so wie die erste Liebe die einzig wahre ist und alle späteren Lieben nur Nachahmungen und Spiegelungen von ihr, so sind alle späteren Abschiede nur eine poetische Kopie des ersten. Der erste Abschied ist der einzige, an den man sich beim letzten erinnert.

Willst du nicht zu Bett gehen, liebe Salka? fragte die alte Frau, als es Schlafenszeit war. Die Kleine saß noch beim Schein der trüben Lampe in der Küche und tat so, als lese sie. Der Küstendampfer war noch nicht eingelaufen, man hatte ihn noch nicht tuten hören, wahrscheinlich hatte er sich wegen des Nebels verspätet. Doch als alle eingeschlafen waren, da zog die Kleine ihren dicken braunen Wollpullover an und ging ins Dorf. Es war gegen Mitternacht.

Auf der Motorbootbrücke warteten ein paar Leute mit ihrem Gepäck, Säcken mit Bettzeug und Kisten, die fest mit Schnüren zugebunden waren, denn arme Leute haben nur selten ordentliche Schlösser für ihre Behältnisse. Das waren Leute vom Land, die zu irgendwelchen Häfen weiter im Süden unterwegs waren, vielleicht in der Hoffnung, dort Arbeit zu finden, oder um sich in ärztliche Behandlung zu begeben. Andere Passagiere waren noch nicht da. Es hieß, das Schiff müsse jeden Augenblick kommen und werde nur eine halbe Stunde Halt machen. Zwischen den Schauern wehte ein scharfer, kalter Wind, der Ort lag im Schlaf, nirgends war Licht in einem Fenster zu sehen. Aber das Boot des Geschäfts, diesmal ein großes Motorboot, wartete mit angelassenem Motor am Ende der Brücke, denn es sollte die Passagiere an Bord bringen und die Post übernehmen. Sie hatten eine brennende Laterne an Deck; der warme Ölrauch des Motors umspielte die Nase des Mädchens wie ein Duft in der eisigen Nachtluft. Im übrigen schien die naßkalte Nacht nur wenig gemein zu haben mit den empfindlichen Herzen, die den Menschen in die Brust gelegt worden sind. Es kam ein neuer

Schauer, aber der Kleinen war das einerlei, sie machte sich nicht die Mühe, irgendwo Schutz zu suchen, sondern drehte den Rücken in den Wind und blieb dort stehen, wo sie war. Die Nässe auf ihrem Kopf lief vom Haar auf den bloßen Hals herunter und bis auf den Rücken. Ihre Hände waren ganz steif vor Kälte, aber das machte nichts. Dort standen zwei Frauenzimmer, dick in Umschlagtücher eingehüllt, und schienen keine Seele zu haben. Leute, die mitten in der Nacht und bei solcher Kälte am Ende der Landungsbrücke stehen und eine lange Reise vor sich haben, während das Dorf im Schlaf liegt, ach, ihnen geht es nicht gut. Den Männern schmeckt nicht einmal mehr ihr Kautabak. Hoffentlich erwartet sie an anderen Orten etwas Besseres.

Ein Mann in hohen Wasserstiefeln und mit schmutzigem Gesicht kam halb aus der Back heraus, um nach dem Wetter zu sehen. Es waren noch immer dieselben eisigen Schauer.

Was stehst du hier herum und frierst, Fräulein Hosenmatz? fragte der Mann. Paß auf, daß sie dich nicht kielholen!

Ich will mich nur von einer Frau verabschieden, sagte das Mädchen und wischte sich mit dem Handrücken einen Tropfen von der Nase.

Sag den Weibsbildern, sie sollen hierher in die Back kommen, anstatt dort auf dem Steg herumzustehen und zu frieren.

In der Kombüse war Feuer, und die Bootsleute warteten darauf, daß das Wasser in einem großen Kessel zu kochen anfinge. Sie wollten sich Kaffee machen. Zwei bedächtige, wortkarge Männer lagen in den Kojen und unterhielten sich über die Fangsaison. Ein junger Mann mit Schrunden an den Händen, schläfrig und mürrisch, der sich einen Monat lang nicht mehr rasiert hatte, kümmerte sich um den Kaffee. Man lud die Frauen ein, auf den Pritschen vor den Kojen Platz zu nehmen, und die Seeleute versuchten, sie aufzuheitern, aber sie waren traurig und einsilbig wie bei einer Beerdigung; die jüngere schien viel geweint zu haben, vielleicht war sie aber auch nur erkältet, und außerdem schielte sie. Die ältere Frau hatte Zahnschmerzen. Salka Valka kauerte sich in den Winkel neben dem Aufgang und versuchte, sich möglichst unauffällig zu verhalten. Vor ihr stand ein stämmiger Mann vom Land in Lederstrümpfen. Dann kam der gesegnete Kaffee, siedend heiß und duftend in großen Henkelbechern mit viel schwarzem Kandiszucker. Du liebe Güte, was für ein herrlicher Kaffee das war. Einer der Seeleute erzählte eine Geschichte von einem Gemeindevorsteher im Südland, der die Angewohnheit hatte, zu den französischen Fangschiffen hinauszurudern und um Fischköpfe zu bitten. Die Franzosen verstanden überhaupt nichts. Es war eine sehr komische Geschichte. Die Frau mit den Zahnschmerzen konnte sich nicht die Bemerkung verkneifen, daß dies wohl kaum wahr sei, und das schielende Mädchen mußte den Kopf zur Seite drehen, um ein Lächeln zu verbergen. Dann erzählte der Bootsführer selbst eine andere Geschichte von einem Kapitän, der die Mannschaft auf seinem Kutter achtundvierzig Stunden lang ausgescholten hatte wegen einer zerbrochenen Fensterscheibe; es wurde in die Henkelbecher nachgeschenkt und mehr Zucker angeboten, nur keine falsche Bescheidenheit, bitte, nehmt euch. Aber wenig später tutete der Küstendampfer, man trank die Kaffeebecher aus, beendete schnell die Geschichten, so daß sie jeglichen literarischen Wert verloren, und machte sich zur Abfahrt bereit. Über dem Meer war ein schwacher, bläulicher Schimmer, der darauf hinzudeuten schien, daß vielleicht doch wieder einmal ein neuer Tag anbrechen könnte, so wie es hier in den Fjorden üblich war.

Alles fertig? rief der Bootsführer und scheuchte Salka Valka an Land, denn sie hatte hier nichts verloren. Doch gerade als das kleine Mädchen auf die Landungsbrücke trat, kamen zwei Männer gelaufen und waren drauf und dran, das Schiff zu verpassen.

Moment, rief Björn Björnsson den Bootsleuten zu, als sie gerade ablegen wollten.

Schnell! riefen sie zurück, und es ging gerade noch gut: Kaum waren Vater und Sohn mit ihrem Gepäck an Bord, da hatte das Boot schon abgelegt. Niemand bemerkte Salka Valka.

Arnaldur stand im Schein der Laterne am Mast. Er trug einen neuen Mantel. Sie konnte sein Gesicht nur undeutlich sehen, aber es schien ihr doch, als hielte er nach etwas an Land Ausschau. Aber es war in keinem Fenster Licht. Du lieber Gott, wenn es herauskäme, daß sie hier in der Kälte herumgestanden hatte! Was für ein Glück, daß er sie nicht gesehen hatte! Was hätte er glauben müssen, wenn er sie gesehen hätte, die sie erst dreizehn Jahre alt war! Jetzt begann wieder ein Schauer. Aber – es macht nichts, dachte sie, er hat mir immerhin Lesen und Schreiben beigebracht, und jetzt reist er in die Welt hinaus, um ein großer Mann zu werden, und ich sehe ihn nie wieder; und sie dachte daran, umzukehren und wieder hinaus ans Ende der Landungsbrücke zu laufen und ein letztes Mal zu rufen: Lebe wohl – wenn das Boot nicht schon außer Rufweite war. Doch da bemerkte sie, daß dort unten auf der Brücke eine weibliche Gestalt mit ausladendem Rücken und einem Schultertuch herumlief. War das vielleicht auch jemand, den es danach verlangte, zum aller-allerletzten Mal »lebe wohl« zu sagen? Doch da sah die Frau Salka Valka, lief schnell davon und war verschwunden. Wie kam es, daß sie dachte, es könnte Herborg im Kof gewesen sein? Das wäre etwas ganz Neues, wenn die angefangen hätte, sich mitten in der Nacht draußen herumzutreiben und vor den Leuten davonzulaufen. Sie ging nur am hellichten Tag aus dem Haus, in majestätischer Haltung, eine Frau, die ihr Siegerlächeln nicht vor der Welt zu verstecken braucht. Oder war das Ganze eine Sinnestäuschung?

Und wenn schon – das Boot war längst außer Rufweite, Arnaldur war fort. Er war fort und würde nie mehr wiederkommen. Nichts kommt wieder.

So war dieser Abend.

17

Die Sonnentage des Frühlings sind wie Irrlichter, die die Leute zum Narren halten. Unzählige Schlechtwettertage und alle verzweifelten schlaflosen Nächte kann das Herz des Menschen an einem Sonnentag im Frühling vergessen – doch dann kommen die Schlechtwettertage wieder, sogar schlimmer als im letzten Jahr, ja, so schlimm, daß selbst die ältesten Leute sich nicht an etwas Vergleichbares erinnern, und dann die verzweifelten schlaflosen Nächte, verzweifelter als jemals zuvor.

Der Frühling ist ein großes Gnadengeschenk für alt und jung, denn nichts ist so erquickend wie der Frühling, die Sonne schenkt uns neue Kraft.

Sigurlina Jonsdottir in Mararbud trug ihren Jungen an die Südwand des Hauses hinaus und ließ ihm die Sonne in sein Gesicht scheinen, das rotbraun, mager und runzlig war wie ein winziges Greisengesicht. Die Augen waren viel zu groß und die Lider wie eine geschwollene Wunde. Diese Augen drückten nur unbegreifliches Leid aus. Dann kam die Sonne und warf ihre wundersamen Liebesstrahlen auf dieses Gesicht wie auf alle anderen. Und als seine Mutter einige Tage mit ihm an der Südwand gesessen hatte, da begann er zu brabbeln, zuerst ganz schwach, aber allmählich bekam die Stimme jenes Behagen, das die Frauen an ihren Kindern so zu schätzen wissen. A – a – a – ah, sagte er und schaute mit den vom Leid der Welt erfüllten Augen in den Sonnenschein hinaus.

Der alte Eyjolfur humpelte in seiner Finsternis vorbei, sagte guten Tag und hörte, daß die Sache jetzt ganz anders klang.

Ja, sagte die Mutter. Er hat vielleicht genug gelitten. Vielleicht schenkt Gott ihm jetzt Gesundheit.

Vielleicht, sagte der alte Eyjolfur und blickte direkt in die Sonne.

Wie Gott die Unschuldigen für die Sünden anderer leiden läßt! Für seine eigenen Sünden kann er nicht leiden müssen, denn er hat keine, sagte die Frau.

Pah, sagte der alte Eyjolfur.

Deshalb sage ich, daß man manchmal fast verzweifeln könnte, wenn man nicht wüßte, daß Gott uns das Leid schickt, um uns im Glauben zu prüfen und unsere Seele zu veredeln. Wie zum Beispiel unseren gesegneten Hallgrimur Petursson, sagte die Frau.

Da tastete der alte Eyjolfur sich mit seinem Stock vorwärts und ging weiter.

Alles Übel kommt vom Teufel, sagte er. Ich bin seit sechzehn Jahren blind.

Und nach einigen weiteren Sonnentagen hatte dieses arme kleine Ding begonnen, seine Mutter anzulächeln. So ist der Mensch. In seinen Augen tauchte ein leises Leuchten auf, das himmeljauchzende Freude über diese Sonne Gottes verriet, die in der Dichtung so oft gerühmt wird und die ja schließlich auch fast die einzige Luxusware ist, die arme Leute zu annehmbaren Bedingungen bekommen, wenn sie denn tatsächlich einmal

154

scheint. Und da wurde auch seine Mutter froh, und sie sang dem kleinen Jungen die schönsten Lieder vor, die sie kannte. Du Weinstock, du reiner, und viele andere. Denn es war so großartig, daran zu denken, daß derselbe Gott, der diese Sonne erschaffen hatte, auch an Sigurlina Jonsdottir dachte und sie umhüllte im Schatten seines eingeborenen Sohnes, sie, die so hilflos und unbedeutend und arm war, daß ihr Name nicht für eine Rechnung bei Johann Bogesen taugte.

Doch als es Sommer wurde, geschah es oft, daß ein Mann aus dem Tal den Weg über den Hofplatz von Mararbud einschlug, vor allem abends, wenn er auf dem Nachhauseweg war. Er wurde meist Jukki von Kviar genannt, hieß aber eigentlich Joakim oder so ähnlich, nach einer Person aus der Heiligen Schrift, und er war auch tatsächlich ein gottesfürchtiger Mann und besuchte immer die Versammlungen bei der Heilsarmee, wenn er im Dorf war. Er war der Versorger seiner alten Eltern, die ihr Leben lang den kleinen Hof drinnen im Tal bewirtschaftet hatten, seine Mutter war schon seit neun Jahren bettlägerig, doch sein Vater war noch einigermaßen rüstig, obwohl er schon über achtzig war. Er selbst wurde immer der alte Jukki von Kviar genannt, und er war auch schon um die Fünfzig, als sich diese Geschichte ereignete. Manchmal stand er abends endlos lange auf dem Hofplatz von Mararbud und sprach mit Sigurlina über das Wetter, die Tierhaltung, den Mist und die Aussichten für den Graswuchs. Als die Zeit der Heuernte kam, sprach er vom trockenen und vom nassen Wetter. Wenn er sich ausgiebig über den verflixt spärlichen Sonnenschein in der vergangenen Woche ausgelassen hatte, begann er, wieder mit genau denselben Worten über genau dasselbe Thema wie zuvor zu sprechen, nur ein ganz klein wenig ausführlicher als beim ersten Mal. Auf diese Weise hatte er immer unerschöpflichen Gesprächsstoff. Er war vierschrötig und untersetzt, hatte schorfige Ohren und einen rötlichen Schnurrbart, der ihm über den Mund herabwuchs; Wangen und Kinn rasierte er einmal im Monat, manchmal zweimal. Er schnupfte viel Tabak, kratzte sich hier und dort, räusperte sich häufig und spuckte oft aus; wenn er mit Sigurlina sprach, steckte er die Hände immer in den Hosenbund. Er hatte zusammengekniffene Augen wie ein gedörrter Fisch und äußerst kurze Zähne, die ganz gelbbraun waren und fast völlig im Zahnfleisch verschwanden. Sigurlina bat ihn, ein kleines Weilchen zu warten, sie wollte rasch hineingehen und nach dem Kind sehen. Als sie sich vergewissert hatte, daß der Junge schlief, kam sie wieder auf die Türschwelle heraus, und sie unterhielten sich weiter. Manchmal, wenn alle schlafen gegangen waren, lud sie ihn ein, hereinzukommen, und bot ihm süßen Kaffee und Roggenbrot mit Margarine an, das schmeckte ihm sehr gut.

Ja, das ist keine große Sache, sagte er schließlich. Ich tu es gern – wenn eines Tages richtig trockenes Wetter kommen sollte, so daß das Heu hier bei dir trocknet, dann habe ich nichts dagegen, hier einmal abends vorbeizuschauen und es zusammenzubinden und ins Haus zu schaffen, denn man kann sich ja selbst sagen, daß ein schwaches Frauenzimmer nur ein schwaches Frauenzimmer ist; es kann trotzdem tüchtig sein auf seine Weise.

Er ließ es nicht bei den Worten bewenden. Eines Morgens, als Salka Valka aufstand und zum Ausbreiten auf den Fischtrockenplatz hinuntergehen wollte, da saß der Kviar-Jukki in der Küche und schlürfte süßen Kaffee und aß Roggenbrot, voller Heu und schweißverklebt, mit Streifen von Tabaksaft übers ganze Gesicht und mit schwarzem Bart. Ihre Mutter hatte seine glasharten Schuhe zum Aufweichen in einen alten Kübel mit Wasser gelegt. So fürsorglich kümmerte sie sich um ihn, er hatte ihr ja auch in dieser Nacht geholfen, das Heu zusammenzubinden und unter Dach zu bringen. Sie selbst fühlte sich überaus wohl nach den Mühen der Nacht und lächelte so mild, daß alle Zähne und Zahnstümpfe, die sie noch im Mund hatte, leuchteten. Ihre Lippen waren noch immer üppig und schwellend, voll weiblicher Anmut, und auch ihr Körper hatte immer noch einiges zu bieten, obwohl sie den ganzen Winter hindurch schlaflos ihr krankes Kind mit Gebeten und Kirchenliedern einzuwiegen versucht hatte. Er folgte ihr mit seinen Blicken wie ein rotbrauner Hund. Salka Valka stolzierte naserümpfend durch die Küche, ohne guten Tag zu wünschen, und knallte die Tür hinter sich zu. Am Abend verlangte sie mit der Rücksichtslosigkeit der Jugend Rechenschaft von ihrer Mutter.

In einem Jahr oder so hast du dann das dritte Kind, und ich müßte mich sehr täuschen, wenn du nicht sofort zur Antwort gibst, daß es ganz unschuldig vor Gott und den Menschen sei.

Aber was soll es essen, und womit soll es sich kleiden? Was sagen Gott und die Menschen dazu? Und wer soll aufpassen, daß es nicht irgendeine schreckliche Krankheit bekommt in dieser Behausung hier, die weder Wind noch Wasser abhält?

Ich habe den Eindruck, daß du gut gedeihst, liebe Salvör, antwortete ihre Mutter.

Man hätte uns schon längst wieder in den Norden geschickt, damit wir von deiner Heimatgemeinde Armenunterstützung bekommen, würde ich mir meinen Unterhalt nicht selber verdienen.

Aber Sigurlina war nicht mehr dazu imstande, einen Streit auszufechten, sie gab auf, sah ihre Tochter an, seufzte laut und bekam Tränen in die Augen.

Wie hast du dich verändert, Kind, sagte sie schließlich. Ich erkenne nicht einmal deine Stimme wieder. Und deine Augen haben etwas so Erregtes, das gar nicht schön ist. Und dann stehst du auf und machst dich zum Richter über mich, als hätte ich die Welt erschaffen.

Ist denn Gott schuld daran, daß du unbedingt mit jedem Mistkerl, der dich ansieht, etwas anfangen mußt?

Gott gebietet über mein Leben und mein Herz, sagte die Frau in der Redeweise der Erlösten. Er hat mich mit der Natur des Weibes erschaffen, und ich kann mich ihr nicht widersetzen. Wenn ich ein Kind bekomme, dann geschieht dies gegen meine eigene Vernunft und meinen eigenen Willen, aber ich beuge mich einfach dem Willen Gottes und bekomme mein Kind, ohne zu murren. Seine Wege sind unerforschlich; und wer wagt es zu bestreiten, daß er irgendeine Absicht damit verfolgt, arme Kinder zur Welt kommen zu lassen, selbst wenn wir kurzsichtigen Menschen diese Absicht nicht erkennen. Und auch wenn die Väter sich davor gedrückt haben, Unterhalt zu zahlen, so hat Gott sie doch zumindest rechtzeitig aus meinem Leben verschwinden lassen, wie zum Beispiel Steinthor. Denn wenn er statt dessen hiergeblieben wäre, dann wäre das Leben eine fortgesetzte Sünde für uns beide geworden, liebe Salvör, für dich genauso wie für mich. Nun hat der Herr mir einen anderen Mann geschickt, einen gottesfürchtigen, gerechten und ordentlichen Mann, der mich mit reiner und edler Liebe liebt, und du kannst dich darauf verlassen, daß dieser Mann keine von uns beiden entehren wird. Ihm gehört ein Teil eines Hofes hier drinnen im Tal, und so Gott will, gehe ich mit ihm gemeinsam durchs Leben.

Ich gratuliere, sagte das Mädchen. Er hat Schorf an den Ohren und die Krätze am ganzen Körper, und seine Zähne sind schwarz, als ob er zeitlebens nie etwas anderes als Dreck gegessen hätte.

Irgendwann einmal bist du an der Reihe, liebe Salvör, sagte die Frau. Und damit war das Gespräch beendet.

So vergingen die Tage des Sommers grün und blau mit ihren frischen Winden. Sie glitten dahin. Und mit dem Wetterumschwung des Herbstes, um die Zeit, als der Fjord sich wieder in seine unangenehmen Winde und trübseligen Regenschauer zu kleiden begann, da sprach es sich im Dorf herum, daß Sigurlina in Mararbud mit Jukki von Kviar verlobt sei und einen Ring trage. Diesmal war die Liebe weder eine halbe Sache, noch hatte sie etwas Überstürztes an sich. Die Stärke dieses Verlöbnisses beruhte vielleicht nicht auf der Seligkeit eines träumerischen Zaubers, doch es war nicht sicher, daß alle, die diese Verlobung voller Mitleid betrachteten, glücklicher waren als Sigurlina in Mararbud.

Wer zu stehen glaubt, hüte sich, daß er nicht falle. Eines Sonntagabends war eine segensreiche Versammlung bei der Heilsarmee, was nichts Ungewöhnliches war. Dort saß Lina von Mararbud, über die gesagt wurde, sie neige zu Fehltritten, und von der bekannt war, daß sie ihren Lohn für die Freuden, die das Leben zu bieten hat, erhalten hatte. Sie sang schöne geistliche Lieder an der Seite eines Mannes, der sie aus reiner und edler Liebe liebte und dem ein Teil eines Hofes gehörte. Von nun an zählte sie zu den Frauen, die ihr Antlitz siegesgewiß vor aller Welt leuchten lassen.

Aber zu ebendieser Abendstunde verschlossen zwei Menschen ihr Haus oben am Hang zum letzten Mal und gingen zum Strand hinunter, ein alter Mann mit gebeugten Schultern in einem unverwüstlichen glänzenden Kammgarnanzug, mit einer grauen Hemdbrust, kleine Schritte machend und von nörglerischem Wesen, doch diesmal war er gebückter als je zuvor, denn er trug einen kleinen Leinensack auf dem Rücken, und er nörgelte nicht, denn er besaß nicht mehr genug Geld für seine

Beerdigung. In einiger Entfernung hinter ihm ging eine große, stattliche Frau in isländischer Tracht mit einem Schultertuch und blickte weder nach rechts noch nach links, sah keinen, grüßte niemanden. Es war, als ob die Seele dieser stolzen, vornehmen Frau zur Salzsäule erstarrt wäre. Sie waren auf dem Weg zum Schiff. Manche kommen nach Oseyri am Axlarfjord. Andere gehen. Es regnet weiter.

Einige Tage später hörte der Regen auf, und es gab leichten Frost mit Reif auf Hauswiesen und Umzäunungen.

Da streifte Salka Valka den Hang hinauf und hielt vor dem hübschen kleinen Holzgitter am Gartentor vom Kof an. Sie wollte es öffnen, doch da hatte man das Tor festgenagelt; sie mußte über die Einfriedung klettern. Jemand hatte die Kartoffeln und Rüben ausgegraben und mitgenommen. Der Bezirksrichter hatte Bretter vor die Fenster nageln lassen, und über dem Schloß der Haustür klebte ein geheimnisvolles Siegel zur Erinnerung an das, was geht und nie wiederkommt, wahrscheinlich das Siegel des Königs. Das Haus sollte in wenigen Tagen versteigert werden. Wie man hörte, hatte die Bank in Reykjavik vom Bezirksrichter verlangt, daß das Eigentum des alten Jon im Kof beschlagnahmt würde, und zwar ohne jede Ausnahme. Das kleine Haus, das Grundstück, das Inventar, sein Guthaben beim Geschäft – alles wurde aufgeschrieben. Er hatte im letzten Winter für seinen früheren Schwiegersohn ein seltsames Dokument unterschrieben, und das kostete ihn jetzt alles, was er besaß. So ein Dokument nennen die Leute Wechsel. Die Stellung im Geschäft stand dem alten Mann zwar nach wie vor offen, auch wenn Johann Bogesen sich nicht in der Lage gesehen hatte, ihm auf andere Weise zu helfen, nach all den Verlusten, die ihm der Fischfang in den letzten Jahren eingebracht hatte; aber Herborg war nicht bereit gewesen, auch nur einen Tag länger im Ort zu bleiben. Es hieß, daß sie schwanger sei.

Die Vorbereitungen des Brautpaares für die Hochzeit bestanden vor allem in der wahren Vorbereitung des Herzens. Äußerliche Geschäftigkeit wurde kaum entwickelt, nur daß Jukki von Kviar gegenüber dem Bauern Sveinn von Sydraos erwähnt hatte, er brauche ein paar Handvoll Daunen für ein Deckbett, und man solle sie über die Gutschrift bei Johann Bogesen verrechnen. Außerdem hatte der zukünftige Ehemann seiner Verlobten angeboten, auf seine Rechnung so viel Wollsatin zu kaufen, wie man für eine isländische Tracht brauchte. Die Frau des Sattlers übernahm es, sie zu nähen. Doch eben zu der Zeit, als die Brauttracht fertig war und man allmählich darangehen konnte, sich zu verheiraten, da kam eines der schlimmsten Unwetter seit langer Zeit, so daß selbst die ältesten Leute sich an nichts Vergleichbares erinnern konnten, mit peitschendem Regen und schrecklichen Orkanen; vielerorts in den Fjorden kam es zu Sturmschäden und Schiffsunglücken. Ein Boot von Johann Bogesen ging mit der ganzen Besatzung unter, fünf Mann, von denen einige große Familien hinterließen. Von vielen Fischerhütten flogen die Dächer davon und lösten sich in morsches Kleinholz auf, das teilweise beim Nachbarn durch die Fenster hereingeflogen kam, während der Rest draußen im Fjord landete und später am Strand angetrieben wurde.

Die wenigsten hatten ihre Häuser schon für den Winter ausgebessert, und deshalb pfiff der Wind auch durch sie hindurch, der Regen tropfte durch alle Ritzen herein, so daß die Fußböden unter Wasser standen und in den Betten kein trockener Faden mehr zu finden war. Dann ging der Regen in Hagel über und schließlich in Schnee, und jetzt schneite es in die Häuser herein, und die Betten schneiten ein. Dann ließ das Unwetter nach; es kamen milde Tage und sogar Sonnenschein, und der Schnee schmolz dahin.

Nun mag manch einer glauben, daß ein Sturm nur ein Sturm sei, und wenn er vorbei sei, dann sei er vorbei. Aber in einem kleinen Küstenort ist ein Sturm viel enger mit dem Schicksal der Menschen verwoben, als manch einer denkt, und er verändert häufig Gesundheitszustand und Heiratspläne und hat sogar Einfluß auf den Lebensweg der Menschen, einmal ganz abgesehen von all dem eigenartigen Kopfzerbrechen, das er in jenen Fischerhütten verursacht, in denen der Ernährer nicht mehr vom Meer zurückkam, und wo jetzt ein paar trauernde Kinder sitzen und eine Frau, die den Lutschbeutel der Kinder mit ihren Tränen näßt. Mancherorts hat der Sturm eine bösartige Erkältung oder Lungenentzündung zurückgelassen, die in eine Rippenfellentzündung oder eine hartnäckige Verschleimung der Brust umschlägt und als Schwindsucht endet.

Es war bei einem ähnlichen Unwetter im vergangenen Herbst; die ältesten Leute konnten sich an nichts Vergleichbares erinnern; da war der kleine Junge in Mararbud zum ersten Mal krank geworden, er hatte sich erkältet, und die Erkältung hatte sich auf die Lunge geschlagen, und im Anschluß daran hatte er diese Vereiterung bekommen, mit wundem Hals, Schwellung um die Augen und Ausfluß aus Nase und Ohren, der nicht mehr aufhören wollte. Im Sommer, als die Sonne schien, hatte er sich gut erholt und war richtig aufgelebt, der Ausfluß hatte aufgehört, und die Wunden waren verschorft. Aber während dieses stürmischen Wetters verschlechterte sich sein Zustand wieder, und alles schien genauso werden zu wollen wie im letzten Winter. Es schlug sich wieder auf die Lunge, er verlor den Appetit und hatte Fieber, die Wunden brachen wieder auf, aus seinem Mund und seiner Nase floß wieder Eiter, und er fing wieder an, nachts zu schreien, dünn und schneidend, wie wenn ein Tier mit den abscheulichsten Methoden zu Tode gequält wird.

Diese unglückliche Fügung machte einen dicken Strich durch die Rechnung im Hinblick auf die beabsichtigte Eheschließung. Es war klar, daß der Junge, solange er sich in diesem Zustand befand, eine ziemlich geringe Bereicherung für das Hauswesen in Kviar dargestellt hätte, und er war das einzige, was die Frau besaß, abgesehen von Jesus. Sie konnte sich Tag und Nacht nicht einen Schritt von ihm entfernen, solange keine Änderung eintrat, und deshalb beschlossen die zukünftigen Eheleute gemeinsam, die Hochzeit bis zum Frühjahr zu verschieben. Sie durfte ihre isländische Tracht in der Truhe der alten Steinunn aufbewahren, und wenn der Junge nachts etwas ruhiger war, dann ging sie manchmal zur Truhe, nahm das Kleid heraus und ließ mit einem Gebet zu Jesu ihre geschwollenen roten Finger über den herrlichen Wollsatin gleiten. Unzählig waren die demütigen, herzergreifenden Gebete, die sie an ihren Heiland richtete, ob sie nun ihre Brauttracht befühlte oder hilflos auf das Gesicht ihres Kindes blickte, die eingefallenen Wangen, den offenen Mund mit der weiß belegten Zunge und die geschwollenen Augenlider, auf denen der Eiter Krusten bildete. Mein lieber, allmächtiger Jesus, betete sie, du einziger Freund der Armen und derer, die es schwer haben: lege deine milde heilende Hand auf meinen lieben kleinen Jungen.

Johann Bogesen sah eigentlich keinen Anlaß dazu, ein Fest zu veranstalten, und wollte keine Räumlichkeiten dafür zur Verfügung stellen, es sei denn für einen bestimmten Zweck, wie etwa eine Wohltätigkeitsveranstaltung, und alle vernünftigen Leute gaben ihm darin recht. Aber zwischen Weihnachten und Neujahr erlaubte er dem Frauenverein, ein Fest zu veranstalten, und alle, die wollten, konnten von ihrer Rechnung von fünfzig Öre Bargeld bis zu zwei Kronen abheben, und die, die sich besonders gut standen, konnten sogar fünf bekommen. Dieses Fest wurde zur Unterstützung jener Witwen und Waisen veranstaltet, die die Ihren bei dem Sturm im Herbst verloren hatten, und Johann Bogesen stellte für dieses Unternehmen bereitwillig einen der Fischspeicher zur Verfügung. Der Arzt wollte einen Vortrag über die sogenannten Röntgenstrahlen halten, und Johann Bogesen hatte versprochen, selbst auch eine kurze Rede beizusteuern. Der Frauenverein, der jetzt von der Frau des Sattlers geleitet wurde, wollte Kaffee ausschenken. Der Verein hoffte, dadurch mindestens hundertfünfzig Kronen für die Waisen zu verdienen. Es war lange her, seit hier im Marktflecken ein wirklich lustiges und abwechslungsreiches Fest abgehalten worden war, schließlich kamen ja auch nicht jeden Tag so viele im Meer um.

Aus irgendwelchen Gründen mußte Salka Valka ständig an dieses bevorstehende Fest denken, und dabei war sie erst knapp vierzehn Jahre alt, und alle sagten, Tanzveranstaltungen seien nicht für Kinder. Sie hatte sich noch nie zuvor für so etwas interessiert und auch nie an einer der Tanzereien teilgenommen, die während der Fangsaison häufig bei den Leuten daheim stattfanden. Jetzt hatte sie sogar begonnen, nachts von einem Ball zu träumen; sie träumte, daß die jungen Burschen miteinander wetteiferten, sie aufzufordern, und mit ihr durch die Luft schwebten. An den Tagen vor dem Fest sprach sie mit ihren Altersgenossinnen, und sie waren sich alle einig darüber, daß es ein unglaublich spannendes Vergnügen werden würde, und fanden, daß niemand das Recht hätte, Mädchen das Tanzen zu verbieten, wenn sie dieses Alter erreicht hatten. Aber bei den meisten wurde nichts daraus, weil sie kein Kleid hatten.

Was macht das schon? sagte Salka Valka. Dann tanzen wir eben miteinander. Ich habe sowieso keine Lust, mit irgendwelchen Jungen zu tanzen. Ich sage euch, was wir tun: Wir verkleiden uns und malen uns an mit Lampenruß.

Doch es wurde nichts aus diesem verlockenden Plan mit der Verkleidung. Denn genau an dem Tag, an dem das Fest stattfand, glitt die Seele des kleinen Jungen still und friedlich ins Land der Seligkeit hinüber, so daß alle Gedanken an Verkleidung und Narrenpossen zu Gotteslästerung wurden. Während der letzten Tage war er so schwach geworden, daß er keine Nahrung zu sich nahm; er öffnete auch nicht mehr seine kranken Leidensaugen, um zu weinen, und man konnte nur mit Müh und Not erkennen, daß immer noch ein Funke Leben in diesen armen Knochen war, die von bräunlicher, runzliger Haut bedeckt waren, mit ein paar dunklen Härchen am Kopf. Er war gestorben, als die Kleine von draußen hereinkam, und seine Mutter saß in der Küche, die Hände im Schoß, und wiegte ihren Oberkörper vor und zurück; sie starrte mit stumpfem Blick vor sich hin, als ob sie nichts mehr verstünde. Sie hatte so lange gewacht und so viel gesungen. Sie hatte so sehr mit ihm gelitten und ihn so heiß geliebt. Es hatten sich so heilige und schmerzliche Weiten in ihrer Seele geöffnet, während sie nachts das unbewußte Zittern in diesem unschuldigen Körper betrachtete, den Gott aus ihrer Sünde hervorgebracht und mit Leiden, die an seinen eingeborenen Sohn erinnerten, versehen hatte. Sie hatte bis zum letzten Augenblick gebetet und gehofft. Vielleicht hatte sie noch gar nicht begriffen, daß er gestorben war.

Das menschliche Leben –

Sie sah ihre Tochter nicht an, als diese hereinkam, denn die, die leben, sind so alltäglich im Vergleich zu dem, der gestorben ist. Die alte Steinunn stand am Herd, die Hände über dem Bauch gekreuzt, und erzählte ihr die Geschichten von ihren Kindern, als sie damals starben. Sie hatte bisher noch nie erwähnt, daß ihr selbst vier Kinder an der Drüsenkrankheit gestorben waren, in ebendiesem Haus. Sie waren alle in ebendiesem Zimmer gestorben.

Ich weiß, daß ich den ganzen Winter hindurch schrecklich gesündigt habe bei meinen Gebeten, sagte Sigurlina schließlich, ohne auf das, was die alte Steinunn durchgemacht hatte, einzugehen. Hätte der Satan mich nicht auf den Gedanken gebracht, eine der Bitten im Vaterunser wegzulassen, dann hätte er vielleicht länger gelebt. Aber im Herbst, als es ihm nach dem großen Sturm wieder schlechter ging, da kam es plötzlich über mich, und ich glaubte, ich könnte eine der Bitten auf keinen Fall über die Lippen bringen. Es war diese Bitte: Dein Wille geschehe.

Dann tat sie einen tiefen Seufzer, als wollte sie einen schweren Stein von ihrer Brust wälzen.

Jetzt kann ich wieder mein ganzes Vaterunser aufsagen, sagte sie. Dein Wille geschehe auf Erden wie im Himmel. Ja, das ist wahrscheinlich am besten.

Am Abend half Salka Valka, die Schlafkammer ihrer Mutter gründlich sauberzumachen, und ihre Mutter nahm die kleine Leiche, wusch sie sorgfältig und wickelte sie in ein frischgewaschenes Laken. Dann schlug sie im Gesangbuch der Heilsarmee ihr Lieblingslied auf und legte das Buch, die aufgeschlagenen Seiten nach unten, auf die Leiche.

All dies hätte Salka Valka beinahe das Fest vergessen lassen, das zugunsten derer, die noch am Leben waren, veranstaltet wurde. Sie dachte sogar daran, gar nicht hinzugehen, obwohl sie ihre Fünfzigörestücke griffbereit in Papier eingewickelt unter dem Kopfkissen hatte. Aber kurz vor Mitternacht, als das Reinemachen beendet war, war sie noch so hellwach, daß sie keine Lust hatte, schlafen zu gehen. Also schlenderte sie, so wie sie war, in ihrer Hose und ihrem Pullover, auf den Platz hinunter und bezahlte den Eintritt zum Fischspeicher. Vor dem Eingang brannte eine Laterne, und an den Wänden standen ganze Scharen barhäuptiger Männer, die ausspuckten und aus Flaschen Branntwein tranken. Drinnen im Saal dampfte es wie in einer Küche, wenn zur Schlachtzeit im Herbst Blut- und Leberwürste gekocht werden. Da und dort stand immer noch etwas Salzlake auf dem Fußboden, und deshalb war es besser, feste Schuhe zu tragen. Am einen Ende des Saales befand sich ein Stapel feuchter Fisch, und dort hatten die Frauen ihren Tisch mit den Erfrischungen aufgestellt; der Salzfischgeruch vermischte sich mit dem Duft von Tabakrauch und Branntwein, Kaffee, Petroleum und Menschen. Man hatte aus dem kleinen Schulhaus und aus der Kirche Bänke geholt, damit die Leute bequem sitzen konnten, während die Reden gehalten wurden, und auf einer großen Warenkiste an der Stirnseite des Saales stand der Kaufmann

Johann Bogesen persönlich und hielt eine Ansprache; das kleine Mädchen kam, als er mitten in der Rede war.

Es hatte beträchtliche Unruhe im Saal geherrscht, während der Arzt über die sogenannten Röntgenstrahlen gesprochen hatte, denn niemand hier im Ort interessierte sich für so etwas, und den Leuten war ja auch nicht lange verborgen geblieben, daß in Oseyri am Axlarfjord jedermann ruhig an seiner Krankheit sterben konnte, ohne Gefahr zu laufen, in naher Zukunft mit diesen wunderbaren Strahlen belästigt zu werden. Manche hatten es vorgezogen, hinauszugehen, bis die Rede vorbei war, und sich lieber einen Schluck Branntwein an der Hauswand zu genehmigen. Doch als der alte Herr das Wort ergriff, kamen viele wieder herein. Da stand er, selbstbewußt und im Gehrock, wie man es von ihm gewohnt war, ein kleiner, stämmiger Mann mit einem Bäuchlein, hoher Stirn, grauem, zurückgekämmtem Haar, ungewöhnlich buschigen Brauen und einem Leuchten in den harten, stahlgrauen Augen, gebieterisch und gleichzeitig feierlich, dabei aber keineswegs frei von Schläue und Humor. Seine Nase war kurz und kräftig, und auf der Oberlippe wuchs ein dichter, rotbrauner Schnauzbart, den er häufig mit einem kleinen Kamm kämmte, und dann dachte er über etwas nach. Seine Hände waren kurz und dick, bis auf die Knöchel vorn behaart, und er faltete beim Sprechen die Hände auf der Brust. Seine Stimme hatte etwas Kaltes, Steifes und Sprödes, aber seine Redeweise war natürlich und volkstümlich.

Als ich vor sechsunddreißig Jahren zum ersten Mal nach Oseyri kam, da konnte man mit gutem Gewissen nicht behaupten, daß dies hier ein blühender Ort gewesen sei, du lieber Gott. In diesen elenden Fischerhütten, die man um die Mitte des vorigen Jahrhunderts und danach aus Erde und Steinen aufgeschichtet hatte, fristeten sage und schreibe hundertfünfzig Menschen ihr Leben, wenn man es so nennen konnte. Fischfang wurde hier widerwillig und nur während der Winterfangsaison von kleinen Booten aus betrieben, und den Rest des Jahres fing man nichts, denn es war noch keiner darauf gekommen, ein bißchen weiter hinauszurudern, wenn es aufs Frühjahr zuging. Sobald sich der Fisch etwas weiter vom Land entfernte, glaubten sie, er sei verschwunden. Ich kann kaum kaum behaupten, daß hier Handel getrieben worden wäre, der diesen Namen zu Recht trug, wenn man von den Dänen, den sogenannten Spekulanten, absieht, die im Frühjahr und im Herbst herkamen und den Preis für ihre Waren in Fisch festlegten, ganz nach ihrem eigenen Ermessen. Überhaupt war bei den Leuten wenig von menschlicher Gesittung zu spüren, bis die dänische Odin-Gesellschaft hier einen festen Handel gründete und Fischfang mit Leine und Zugnetzen zu betreiben begann. Es gab hier eine alte, baufällige Kirche, die schließlich bei einem Sturm davongeweht wurde, glücklicherweise, möchte ich fast sagen, denn sonst gäbe es sie immer noch. An eine Schule oder ähnlichen Unsinn hätte damals kein Mensch gedacht. Und damals wurden die Menschen auch nicht von ihren Krankheiten geheilt, wie heute. Keine Verkehrsverbindung mit der Hauptstadt oder mit anderen Fjorden, keine Postabfertigung, die Leute schrieben damals ja auch noch nicht so viele Briefe wie heute, ganz zu schweigen von einer Telegraphen- oder Telefonverbindung, und kein anständiges Holzhaus, bis der selige Faktor Jensen baute. Der eine oder andere hatte eine Kuh, und die Schafhaltung war etwa so wie jetzt, und das Fleisch bekamen im Herbst alles die Dänen, für ein paar Stoffetzen. Fleisch gab es nur an Weihnachten zu essen, und auch nur bei den Allerwohlhabendsten, Roggenbrot galt als Leckerbissen, und Zucker sah man nur zu Festen und an Feiertagen. Ich wußte damals von einer Fischerhütte hier in Oseyri, wo man neun Kinder hatte, der Altersunterschied betrug immer nur ein Jahr, und an Weihnachten und Ostern gab es zum Kaffee für alle zusammen ein Stück Kandiszucker; man kann sich denken, wie lange jedes Kind das Zuckerstück im Mund behalten durfte, wenn es für alle reichen sollte. Wie würden wohl die das genannt haben, die heutzutage immer über Armut klagen? Einen einzigen Gemüsegarten gab es zu der Zeit im Dorf, und der gehörte dem seligen Pall, dem Vater von Sveinn Palsson, und der galt ja schließlich auch als großer Mann. Nach einem Menschen, der richtig lesen konnte, mußte man lange suchen, ganz zu schweigen von einem, der seinen Namen auf ein Stück Papier kritzeln konnte, deshalb weiß ich, daß ihr jetzt versteht, welche Zustände damals hier in Oseyri herrschten, sowohl was das wirtschaftliche Auskommen als auch was das Fehlen menschlicher Gesittung betrifft.

Hier machte der Redner eine Pause und kämmte seinen Schnurrbart noch sorgfältiger als sonst, hob die Schultern, faltete einige Male die Hände und nahm sie wieder auseinander, bis sie in der richtigen Stellung waren. Der Saal verfolgte aufmerksam jede seiner Bewegungen, denn kein Mensch stand Gott dem Allmächtigen in Wort und Werk näher. Dann fuhr er fort:

Es ist nun einmal so, daß man dort, wo einen die Vorsehung hingestellt hat, stehen und sich bewähren muß, jeder so, wie er es kann. Das ist meine Ansicht vom Leben. Na ja; es ging, wie es ging mit dieser Odin-Gesellschaft; sie war von Nutzen, solange es sie gab. Zuerst war ich Ladengehilfe bei ihnen, das galt damals als fein; später, als der alte Jensen starb, wurde ich Faktor, und mehr will ich darüber nicht sagen: Diese Gesellschaften wurden in Kopenhagen mit großer Begeisterung gegründet und gingen in Island mit Schimpf und Schande ein, so daß ich auf eigene Faust anfing. Es ist soso lala gegangen, wie ihr wißt, ich selber habe immer bis über den Hals in Schulden gesteckt, aber ich hoffe dennoch, daß dann, wenn ich einmal nicht mehr bin, die, die noch leben, wenigstens auf einige kleine Spuren deuten können, die erkennen lassen, daß man einmal war. Ich will die Ehre für die Fortschritte, die während dieser Jahre hier erzielt worden sind, nicht auf mein Konto gutschreiben. Diese Ehre ist euer Kapital. Ihr habt dieses Dorf mit Tüchtigkeit, Mut und Sparsamkeit aufgebaut und zu einem der lebensfähigsten Orte im Landesviertel gemacht; ich war immer nur euer Werkzeug. Aber wie dem auch sei; jetzt haben die meisten Fischerhütten einen Holzfußboden und zumindest ein bis zwei Holzwände, und manche Leute haben ein hübsches kleines Haus und sogar einen Gemüsegarten. Hier gibt es das ganze Jahr über Arbeit und mehr als genug zu essen und zu heizen, so daß man hierzulande nicht oft in einen Küstenort kommt, wo die Leute so lebensfroh und wohlgenährt sind, ganz zu schweigen von den Großstädten im Ausland, wo viele Leute wie Hunde unter freiem Himmel schlafen. In Neuyork in den Vereinigten Staaten zum Beispiel erfroren im letzten Winter in einer Nacht achtzig Menschen, das habe ich in einer dänischen Zeitung gelesen. Die meisten haben Fleisch zu essen, zumindest einmal in der Woche, gar nicht zu reden davon, daß alle genug Brot haben, sowohl Roggenbrot wie Schiffszwieback, den ich in großen Fässern aus dem Ausland bekomme, und ebenso Kekse, die manche hier

Knochenkeks nennen, aber ich kann euch versichern, daß solche Kekse in Frankreich als sehr lecker gelten. Außerdem backen wir gute Kuchen, wie zum Beispiel Schmalzgebäck und Königskuchen, was früher hier nicht üblich war. Und darüber hinaus kann ich euch sagen, daß in Oseyri am Axlarfjord im Verhältnis zur Einwohnerzahl mehr Zucker gegessen wird als in Deutschland, Frankreich und Spanien zusammengenommen, nach dem, was der Buchhalter auf Grundlage der Statistik ausgerechnet hat. An weiteren Fortschritten können wir die Verbesserungen auf dem Gebiet des Verkehrs nennen, wo wir inzwischen schon so weit sind, daß die Schiffe hier regelmäßig einmal im Monat, und im Sommer sogar zweimal, anlegen, so daß wir an jeden beliebigen Ort im Land fahren können, beinahe wann immer wir wollen, und ins Ausland reisen, wenn wir Lust dazu haben. Außerdem hat man mit großem Kostenaufwand eine Telegraphen- und Telefonleitung zu uns gelegt, so daß wir im ganzen Land mit unseren Freunden und Verwandten, wo immer sie sich auch aufhalten, sprechen und Telegramme in die ganze Welt schicken können, sei es in den Osten nach China, in den Süden nach Ägypten oder in den Westen nach Amerika, an jedem beliebigen Tag. Und wir haben hier eine wunderschöne Kirche bekommen für unsere Seelen, und wenn uns bei der nächsten und übernächsten Fangsaison das Glück hold ist, können wir uns vielleicht leisten, einen Ofen hineinzustellen, damit wir nicht hinter der Heilsarmee zurückstehen, die in ihrem Versammlungssaal einen Ofen aufgestellt hat. Man darf auch nicht vergessen, daß wir einen hervorragenden Arzt bekommen haben, der ein wirklicher Künstler in seinem Fach ist, wie wir bei seinem interessanten wissenschaftlichen Vortrag gehört haben, den er uns freundlicherweise heute abend hier gehalten hat. Wenn er uns nicht hier am Ort heilt, dann hat es wenig Sinn, Geld für Reisen nach Reykjavik zu vergeuden, um dort Heilung zu suchen – dann sind wir Todeskandidaten, dafür verbürge ich mich. Dann haben wir eine Volksschule bekommen, in der unsere Kinder unzählige Fächer genauso gut lernen wie zum Beispiel in den besten Schulen in Dänemark, so daß jetzt selbst die ärmsten Kinder Unterricht genießen über fremde Länder, den Gang der Himmelskörper und den Bau verschiedener Pflanzen, Hauptwörter, Eigenschaftswörter und noch viel mehr, von dem sich in meiner Jugend selbst die reichsten Kinder hierzulande nicht hätten träumen lassen. Und das ist nun nicht zuletzt unserem Lehrer zu verdanken, auf den wir alle stolz sein dürfen, denn er ist ein großer Dichter und hat oft etwas von sich in den Zeitungen in Reykjavik drucken lassen, und ich habe gehört, daß damit zu rechnen sei, daß bald ein ganzer Band Gedichte von ihm im Druck erscheint. So etwas hätte vor dreißig Jahren hier in Oseyri am Axlarfjord keiner vorausgesagt.

Als er so weit gekommen war, mußte der Kaufmann Johann Bogesen sorgfältig seinen Schnurrbart kämmen, denn was ließ sich einer derart genauen Beschreibung dieses vollkommenen Ortes noch hinzufügen? Er mußte wieder die richtige Stellung für seine gefalteten Hände finden, ehe er imstande war fortzufahren:

Nun, trotz all dieser Fortschritte wissen wir, daß es auf der Welt Mächte gibt, gegen die keine menschliche Hand ankommen kann, wie zum Beispiel die anhaltenden schweren Stürme hier im Herbst, als es zu den Seeschäden kam. Vor der Hand Gottes stehen wir menschlichen Wesen völlig wehrlos da.

Es hat sich so gefügt, daß meine Stellung im Dorf mich mehr oder weniger mit dem Leben der Menschen allgemein in Verbindung gebracht hat, auf die Weise, daß mein Wohl und das eure sozusagen auf gewisse Weise miteinander verbunden sind. Es läßt sich nicht vermeiden, wenn ein alter Mann wie ich jahrzehntelang mit den Einnahmen und Ausgaben der Menschen zu tun gehabt hat, daß er zu guter Letzt in den Leuten nur mehr seine geliebten Kinder sieht und mit jedem einzelnen fühlt, zuvörderst jedoch mit denen, die Schicksalsschläge erleiden mußten.

Nun wissen wir, was der Zweck dieser Zusammenkunft heute abend ist: Wir sind zusammengekommen, um der verstorbenen Brüder zu gedenken, mit dem Ziel, ihren hinterbliebenen Angehörigen ein wenig tätige Unterstützung zukommen zu lassen. Wie ihr wißt, heißt es, daß ich mit diesem bißchen Handel hier im Marktflecken zu tun habe, und mit dieser sogenannten Fischreederei, die ich eigentlich eher Fischplackerei nennen sollte. Aber mein Eigentumsrecht ist, wie ihr wißt, nur ein Spiel mit Worten. Ihr haltet diese Unternehmen in Gang, und ich stehe nur in euren Diensten. Ihr scheffelt Reichtümer, ob ihr nun am

Fang beteiligt oder für festen Lohn angestellt seid, doch die Verluste muß ich tragen, sowohl gegenüber den Banken in der Hauptstadt als auch gegenüber den Fischhandelshäusern im Ausland. Es heißt, daß ihr bei mir in der Kreide steht, und ich kann euch versichern, daß ihr nichts zu fürchten braucht, die Furcht und die Verantwortung fallen auf mich, der ich für euch alle bei den Banken in der Hauptstadt in der Kreide stehe, und man wird sich an mich halten, und nicht an euch, wenn hier bei uns etwas schiefgehen sollte. Ihr beklagt euch bisweilen darüber, daß ihr so wenig Geld habt, aber was habe ich denn, außer der Verantwortung und dem Risiko? Für das, was ihr das Meine nennt, stehe ich bei den Banken in der Kreide, mit großen Zahlen, die hin und her gerückt werden, genauso wie eure kleinen Zahlen in den Büchern des Geschäfts hin und her geschoben werden. Wo die Banken in der Kreide stehen, weiß ich nicht, vielleicht irgendwo in England, und wo die Engländer in der Kreide stehen, weiß ich noch weniger, vielleicht irgendwo in Amerika. Denn das Leben ist ein einziges In-der-Kreide-Stehen, und wenn man es genau betrachtet, dann wissen wir nicht, wem das Kapital gehört. Wir schieben nur unsere Zahlen hin und her und leben in dem Glauben, daß das Kapital irgendwo vorhanden ist. Vielleicht ist es nirgendwo vorhanden.

Aber wenn ich jetzt sage, daß mein Mitgefühl jedes kleine Kind hier im Dorf umfaßt und daß ich an jedem einzelnen Anteil nehme, als ob es mein eigenes Kind wäre, so möchte ich gleichzeitig auch, daß dies keine leeren Worte bleiben, und deshalb will ich mit eurer Erlaubnis, wie ein Diener, der mit euren Zahlen hantiert, das Geschäft beauftragen, an die trauernden Hinterbliebenen Waren für ihren Bedarf im Wert von bis zu hundert Kronen je Familie zu verteilen. Und dann sprechen wir nicht mehr davon. Das ist die Hauptsache, die ich heute abend hier allen verständlich machen wollte, daß man dem Geschäft in Oseyri am Axlarfjord nie nachsagen soll, es sei Witwen und Waisen versperrt, solange man sagt, es werde im Namen Johann Bogesens betrieben.

Zum Schluß wurde der Redner reichlich mit Beifall bedacht, und die meisten waren sich einig darin, daß es im Axlarfjord nie ein großartigeres und großzügigeres Geschenk gegeben hatte; die ältesten Leute konnten sich an nichts Vergleichbares erinnern. Aus Erfahrung wußte man allerdings, daß der alte Herr um so freigebiger war bei seinen Wohltaten, je lauter er jammerte.

Dann begann man zu tanzen; der Klang der Ziehharmonika mit ihrem launenhaften, schelmischen Rhythmus füllte dieses salzige Haus mit einer fremdartigen Begeisterung und jener seligen Ablenkung, die nur die Musik zu schenken vermag, während der Nachklang des großen Kampfes, des alltäglichen Daseins mit Roggenbrot und Kochfisch, unterging in den mitreißenden Takten von Polka und Galopp, Walzer und Mazurka. Wie eindrucksvoll, den ganzen Ort in seinen Sonntagskleidern zu sehen und das Leuchten in den Augen der Mädchen zu betrachten, wenn ihnen warm wurde. Oder wie mutig die Männer aussehen konnten, ihre rauhen Stimmen waren plötzlich rein und wohltönend geworden, und bei dem seligen Rausch des Tanzes wohnte in ihren Augen ein verlockender Traum. Und wie sehr Salka Valka alle beneidete, als sie inmitten einer Schar von schüchternen, dünnbeinigen Jugendlichen in der Nähe des Eingangs stand, so unbedeutend und unwichtig, in ihrer alten Hose, die sie erbärmlich aussehen ließ, weil sie über der Hüfte so eng war.

Dort sah man auch die Tochter des Kaufmanns, die nach dänischer Sitte gekleidet war, in den Armen des Sohnes des Geschäftsführers, und alle waren sich darüber einig, daß die beiden sehr seltsam tanzten. Sie stießen mit anderen zusammen, warfen Leute um und hatten offensichtlich selbst große Mühe, nicht umzufallen. Du liebe Güte, wie roh und leichtsinnig die Tochter des Kaufmanns lachen konnte, es erinnerte an das Lachen betrunkener Seeleute, allerdings hatte sie schönere Zähne, war weißer und schlagfertiger als alle anderen Mädchen, die Salka Valka je gesehen hatte – wie ein Wesen aus einer anderen Welt, verglichen mit dem Dorf, abgesehen von diesem dreckigen, unanständigen Lachen. Sie warf beim Lachen mit einer nachlässigen Bewegung den Kopf zur Seite und konnte ihn nicht wieder aufrichten, ihre Augen waren geschlossen, die Gesichtszüge schlaff, ihr war alles einerlei, sie kicherte nur; natürlich war sie betrunken, sie waren beide betrunken, und mehrere ältere Frauen, die bei den Salzfischstapeln standen und Kaffee kochten, schauten ihnen mit kummervoller Miene zu, doch in Salkas Brust erregte dieser Anblick eine sündhafte Unruhe. Später in der Nacht kam es wegen der Tochter des Kaufmanns zu einer Schlägerei zwischen dem Sohn des Geschäftsführers und einem jungen Fischer, der von dem anderen behauptete, er sei ein Nichtsnutz und ein eingebildeter Laffe und liebe die Tochter des Kaufmanns überhaupt nicht. Der junge Fischer sagte, er habe sie schon sein ganzes Leben lang geliebt, sie sei seine Liebste gewesen, als sie Kinder waren, und habe ihn als ersten von allen geküßt. Er sagte, er lebe und sterbe für die Tochter des Kaufmanns. Deswegen prügelten sie sich mit viel Gefühl, zuerst im Saal, und Frauen und Unbeteiligte flohen auf die Bänke, andere versuchten, die Streithähne zum Ausgang zu schieben, doch dadurch weitete sich die Schlägerei aus, denn nun ergriffen manche für einen von beiden Partei. Der Kampf verlagerte sich auf den Platz hinaus und endete in einem allgemeinen Hauen und Stoßen, wobei der eine oder andere in einer salzigen Pfütze und in einem Haufen von Fischabfällen landete, doch das junge Fräulein nahm den Sohn des Geschäftsführers mit zu sich nach Hause, um ihn zu verarzten. Beim Tanz wurde eine Pause gemacht, die Versammlung scharte sich um die Raufbolde, die Frauen zitterten am ganzen Körper und beteten zu Gott. Allmählich ließ die Heftigkeit des Kampfes nach, der Sohn des Geschäftsführers war mit der Tocher des Kaufmanns verschwunden, und die Männer wußten nicht mehr, weshalb sie sich prügelten, es schien alles keinen rechten Sinn gehabt zu haben. Jemand ließ das Wort fallen, daß die Tochter des Kaufmanns eine Hure sei. Der Frauenverein nahm sich des jungen Fischers an, der aussah wie eine Kuh, die im Mist gelegen hat; seine Kleider waren völlig zerrissen und zerfetzt, sein Gesicht blutete, und er weinte vor Wut; sie wischten den Schlamm und die Salzlake von seinem Sonntagsanzug ab und boten ihm kostenlosen Kaffee an. Jemand aus dem Frauenverein rief auch Salka Valka her und bot ihr kostenlosen Kaffee an, weil sie ihren Bruder verloren hatte. Dort saß ein Betrunkener und sagte Gedichte auf. Einige Leute seufzten schwer über die Sorgen des menschlichen Lebens, doch die Kleine schwieg. Der Trunkenbold versuchte, sie fest anzusehen, aber sein Blick war schon ganz ziellos vom Branntwein. Er deklamierte:

Im Himmel lachten alle Engel:
Der Tod mit seiner Sense mähte
nur einen kleinen Unkrautstengel
von Gottes großem Rübenbeete.

Andere machten nicht den Versuch, sie anzusehen, niemand wollte wissen, ob sie tanzen konnte. Sie ließ den Blick über das Gewühl der Tanzenden schweifen und hatten keinen Spaß daran. Sie fand die Ziehharmonika langweilig und konnte nicht verstehen, was die Erwachsenen an diesem Gehopse fanden. Sie bedankte sich für den Kaffee und sagte, sie gehe nach Hause.

Ja, das ist gut, geh nur heim und leg dich schlafen, wer will schon eine solche Schlampe ansehen, die dazuhin noch Hosen anhat! wurde ihr aus einer Gruppe von Burschen an der Tür nachgerufen, mit jenem rauhen, unsicheren Stimmklang, den Jungen im Stimmbruch haben. Sie drehte sich um und sah das freche Grinsen im verzärtelten Gesicht des Kaufmannssohnes.

Sei still, du Duckmäuser, antwortete sie.

Weißt du noch, wie unser Dienstmädchen dir droben auf dem Klo die Läuse absuchen mußte? Jungs, wollen wir auf sie losgehen und ihr die Läuse absuchen?

Sie lachten laut und wollten gleich damit beginnen. Einer von ihnen meinte, dann würde sich vielleicht herausstellen, ob sie ein Mann oder eine Frau sei. Hierauf folgten verschiedene Bemerkungen, eine witziger als die andere.

Sie überlegte, ob sie umkehren und ihnen ein paar saftige Worte als Antwort zurufen sollte, doch da fiel ihr der kleine Junge, ihr Bruder, ein, der gestorben war. Außerdem war in ihrer Brust eine kleine Blume gewachsen, die vor einigen Jahren noch nicht dort gewesen war. Es verschaffte ihr keine Genugtuung mehr, ihrem Ärger Luft zu machen, wenn sie beleidigt wurde, sondern sie suchte das Weite.

Es brannte ein schwaches Licht in der Schlafkammer ihrer Mutter, wo der kleine Junge aufgebahrt war. Sie ging auf Zehenspitzen, denn sie hatte so große Hochachtung vor dem Tod, der jetzt hier ins Haus gekommen war. Es war nach vier Uhr. Sie setzte sich auf die Kante ihres Bettes, barg das Gesicht in ihren Händen und dachte daran, wie sehr sie sich auf diesen Tanz gefreut hatte. Allmählich legte sich ihr Herzklopfen. Und da war ihr, als ob sie irgendwo im Haus Stimmen hörte. Zuerst glaubte sie, daß sich Leute miteinander unterhielten und unaufhörlich sprachen, leidenschaftslos, beinahe ohne Unterbrechung. Dann meinte sie, jemand lese aus einem Buch vor, pausenlos. Doch als sie genauer hinhörte, da war es kein Vorlesen, sondern so etwas wie Gesang – immer in derselben Lautstärke und mit wenig Abwechslung in der Tonhöhe, wie wenn der Wind ganz jämmerlich durch eine halboffene Tür heult. Ihr kam sogar der Gedanke, ihr kleiner Bruder könne irgendwo in der Ewigkeit auf neue Weise zu weinen begonnen haben. Was mochte das sein?

Salka Valka konnte sich nicht taub stellen gegenüber diesem Gesumme, es wollte nicht aufhören, es war gleichsam verwachsen mit dieser Nacht. Schließlich zog sie ihre Schuhe aus und schlich die Treppe hinunter. Und es war nicht zu verkennen – das Summen kam aus der Schlafkammer neben der Küche. Jetzt hörte sie deutlich, daß es eine menschliche Stimme war, die im Schweigen der Nacht unaufhörlich sang und sang, eine Melodie, die gar keine Melodie war, denn sie hatte weder Anfang noch Ende noch Inhalt, und ihre Töne waren alle falsch. Die Kleine legte das Ohr an die Tür und lauschte. Endlich nahm sie allen Mut zusammen, drückte die Tür einen Spalt breit auf und spähte hinein. Die Lampe brannte nur sehr schwach, fast so wie in jener Nacht vor drei Jahren. Und in diesem matten Schein bot sich dem Mädchen ein seltsamer Anblick. Auf der Bettkante saß eine Frau mit entblößter Brust und wirrem Haar und beugte sich über ein in weiße Tücher gewickeltes Bündel, wiegte den Oberkörper vor und zurück und summte vor sich hin. Sie wußte keinen Text und keine Melodie. Es war auch sehr fraglich, ob sie sehen und hören konnte, denn sie bemerkte überhaupt nicht, daß Salka Valka die Tür aufmachte und hereinschaute, sondern wiegte sich weiter vor und zurück und summte. Die Kleine wurde so starr vor Schreck, daß sie glaubte, das Blut stocke in ihren Adern.

Sie hatte diese Frau noch nie gesehen. Sie sah sie später auch nie wieder. Sie schloß eilends wieder die Tür und machte sich davon, dem Schicksal dankbar dafür, daß die Unbekannte sie nicht bemerkt hatte. Aber die Erinnerung an diese seltsame Frau begleitete Salka Valka von da an ihr ganzes Leben lang.

18

Nachdem nun all dies überstanden war, konnte Sigurlina von Mararbud ernstlich daran denken, sich zu verheiraten. Jukki von Kviar gab unmißverständlich zu verstehen, daß er keinen Grund dafür sehe, bis zum Frühjahr zu warten, das Federbett konnte schließlich jederzeit fertiggemacht werden. In den Tagen nach der Beerdigung saß er stundenlang in der Küche herum, nahm eine Prise, umfaßte dann die Schnupftabaksdose mit gefalteten Händen, beugte den Oberkörper vor und stützte die Ellbogen auf die Knie. Er sah stumpf vor sich hin und sprach langsam und bedächtig und mit großem Nachdruck. Er sprach über das Wetter an sich und über die Wetteraussichten im besonderen, mit treffenderen und wissenschaftlicheren Worten als irgendein Wettertelegramm aus der Hauptstadt; er schien sich ganz außergewöhnlich gut zum Wetterbeobachter zu eignen. Sein siebter Sinn sagte ihm, welches Wetter in weit entfernten Gegenden herrschte, er machte Wettervorhersagen nach alten Gedichten und Sprichwörtern, richtete sich nach dem Kirchenkalender, dem Neumond, den Phasenwechseln und den Gezeiten, Streifenwolken, Halonen und Nebensonnen. Gestern waren die Pferde ganz übermütig gewesen, als er ihren Stall ausmistete, die Mutterschafe waren an der Wasserstelle mit den Hörnern aufeinander losgegangen – alles hatte seine Bedeutung im Hinblick auf das Wetter, nicht zuletzt auch die Gichtanfälle seiner Mutter, auf die konnte man sich verlassen, ohne Ausnahme; wenn sie das verdammte Reißen unter dem rechten Schlüsselbein spürte, würde beim Wechsel zum nächsten Mondviertel der Wind umschlagen und vom Meer hereinwehen. Rückenschmerzen hingegen kündigten Frost und ruhiges Wetter an, insbesondere und vor allem, wenn sie sich nachts in ihrer linken Hüfte festsetzten. Jemand im Tal hatte von Wolle geträumt, das kündigte Schnee an, jemand anderer hatte von Heu geträumt, das kündigte einen Kälteeinbruch an, wahrscheinlich nach dem nächsten Neumond. Er selbst hatte von einer schwarzen Riesin geträumt, die geradewegs aus dem Berg über dem Fjord kam, sie war nackt bis zu den Oberschenkeln hinauf und hatte blutige Brustwarzen; das bedeutete bestimmt, daß es kein günstiges Wetter zum Fischen geben würde, nackte Frauenzimmer deute-

ten auf einen spärlichen Fang hin, Blut auf irgendein Unglück –
die Fangsaison ist beileibe noch nicht zu Ende, und das Wetter
hat diesen Herbst ja auch entsprechend angefangen. Ein nicht
geringer Teil seines Interesses galt der Brunst des Viehs überhaupt und der seines eigenen Viehs im besonderen, es hing ja
auch viel davon ab, daß sich alles zur rechten Zeit vermehrte.
Die Skjalda seines Nachbarn Eirikur von Osland, diese dumme
Kuh, wurde vergangene Woche wieder stierig, dabei glaubten
alle, sie sei seit dem Herbst trächtig, obwohl manch einer sich
gewundert hatte, wie dünn sie war, aber da sie Eirikur diesen
Streich gespielt hatte, wußte er sich keinen anderen Rat, als sie
zu schlachten, denn er hatte ja schon zwei herbstkalbende Kühe,
und es hätte wenig Sinn gehabt, sich eine dritte zuzulegen, bei
dem knappen Heuvorrat. Bei ihm selber waren zwei Schafe vor
der Zeit trächtig geworden, die verfluchten Hündinnen, hätte
ich beinahe gesagt – hatten mitten in der Adventszeit gebockt
und waren mit den verteufelten halbkastrierten Böcken des
Propstes, die droben in Skörd herumliefen, zusammengeraten.
Hierauf wandte sich das Gespräch der Schafspest zu.

Dann geschah es, kurz nach Dreikönige, daß Salka Valka an
einem Nachmittag mit kaltem Wind und Schneeregen von der
Schule nach Hause kam, als es schon dunkel wurde. Und als sie
in den Windfang trat, sah sie durch den Türspalt, daß Licht in
der Küche war, und bemerkte den duftenden Kaffeegeruch, der
herausdrang. In der Küche, neben dem Herd, saß ein Mann auf
einer Kiste und rauchte gemütlich seine Pfeife. Er sprach mit
der alten Steinunn und trug einen blauen Cheviotanzug, neue
braune Stiefel, einen Kragen und eine Fliege, die ein wenig
schief saß. Nur einen winzigen Augenblick lang betrachtete sie
durch den Kaffeedampf das Gesicht des Gastes, das kupferfarben und grob war, mit riesenhaften Kinnbacken, scharfgemei-
ßelten Zügen, dicklippigem, aber regelmäßigem Mund, störri-
schem Haar, das nach allen Richtungen stand, und Augen, die
glühten wie heißes Kupfer. Alles Blut in ihren Adern strömte
dem Herzen zu, sie wurde ganz weiß und mußte nach Luft ringen, alles vor ihren Augen löste sich in Nebel auf, und da stand
sie wie eine Statue mitten in der Küche und konnte sich nicht
bewegen. Der Mann sah sie zunächst etwas verlegen an, dann
lächelte er, die Pfeife zwischen den kräftigen, regelmäßigen Zäh-

nen, stand ziemlich unbeholfen auf und streckte ihr seine haarige Pranke entgegen. Was für ein Hüne!

Guten Tag, liebe Salvör, sagte er mit leiser, dunkler Stimme und so ruhig und sanft, daß sie kaum glauben konnte, daß er es wirklich war. Aber das Mädchen rührte sich nicht und machte keinerlei Anstalten, seinen Gruß zu erwidern.

Kennst du den kleinen Steini nicht mehr? fragte die alte Frau. Er ist zu uns zurückgekommen, der gesegnete Junge. Er hat viel durchgemacht all die Jahre, in denen er kreuz und quer durch die Welt gezogen ist, der arme Junge. Aber was vorbei ist, ist vorbei, und jetzt wollen wir versuchen, gut zu ihm zu sein.

Ich geh' weg, wenn er hier im Haus bleibt, sagte die Kleine wild, ohne ihre Stimme beherrschen zu können. Das ist ein verdammter Schurke, der meine Mutter zugrunde gerichtet hat – und mich auch.

Aber, aber, liebe Salka. Gott bewahre uns davor, so zu sprechen. Selbst wenn uns jemand etwas angetan hat, als er betrunken war, dürfen wir nicht immer nur daran denken, vor allem nicht, wenn der Betreffende viele Jahre später als anständiger Mensch zurückkommt, sich verändert hat, vernünftig geworden ist und nicht mehr trinkt. So zu sprechen ist nicht christlich, liebe Salka, und ich bin sicher, daß davon nichts in unserem Katechismus stehen kann.

Ich wohne bei der Heilsarmee, liebe Salka, versicherte der Mann beinahe demütig, aber ohne seine brennenden Blicke vom Gesicht des Mädchens abzuwenden. Es stimmt auch, was Steinunn sagt: Ich habe aufgehört zu trinken.

Salka hatte sich sehr schnell von der Überraschung erholt, und ihr Blut strömte wieder ruhiger. Nichtsdestoweniger kochte in ihr ein gesunder, natürlicher Zorn:

Mir ist es ganz egal, wo du wohnst, donnerte sie mit ihrer groben, männlich tiefen Stimme und stampfte mit dem Fuß auf. Du hast hier nichts verloren, mach, daß du wegkommst, weg aus dem Fjord, weg aus dem Land. Es kann sein, daß ich eines Tages kein Kind mehr bin, und dann weißt du, mit wem du es zu tun haben wirst. Du redest dir sicher ein, daß ich dich vergessen hätte. Nein, ich werde nie vergessen, daß du es warst, der alles Gute und Reine und Schöne, das ich in meiner Seele hatte, zu grunde gerichtet hat, indem du dich wie ein abstoßendes Untier zu Mama und mir ins Bett drängtest, als wir ohne irgend etwas hier ankamen – sie war das einzige, was ich hatte, und du hast sie mir weggenommen und sie zugrunde gerichtet und zu einer solchen Kreatur gemacht, wie du selber bist, und dann wolltest du dasselbe Spiel mit mir spielen, obwohl ich noch ein Kind und erst elf Jahre alt war, und ich habe das bis heute nicht verwunden und werde es nie verwinden, solange ich lebe – diese Widerlichkeit hat mich seitdem immer verfolgt, ob ich wache oder schlafe, und wenn ich nachts vom Teufel träume, dann bist es du, du, du – du bist der Teufel selbst, und ich werde nie, nie einen frohen Tag erleben, bevor ich weiß, daß du tot bist.

Eine Tür wurde einen Spalt weit geöffnet, und man hörte dahinter eine Stimme, die folgendermaßen sprach:

Salvör Valgerdur, wenn du mein leibliches Kind sein willst, dann verlange ich von dir, daß du dich zusammennimmst, wie es sich für einen Christenmenschen gehört, oder auf der Stelle schweigst. Du weißt selbst, daß ich nichts mehr mit Steinthor zu tun habe, weder jetzt noch in Zukunft, und ich sehe nicht, was er dich angeht, daß du dich aufführen mußt wie eine Verrückte. Ich weiß nur, daß ich für sein Kind gesorgt habe, bis der letzte Funke Leben in seiner Nase erlosch, und ich bin meinen Weg hinter dem entschlafenen Kind hier auf den Kirchhof hinaus gegangen, als ein Mensch, der ein reines Gewissen vor Gott hat, weil er seine gerechte Strafe erhalten hat. Ich weiß nicht, was du meinen kannst, liebe Salvör, wenn du davon sprichst, daß du Steinthor tot sehen möchtest, aber ich weiß, daß er für mich tot ist, das ist so wahr, wie Gott über mir im Himmel lebt, und niemand außer Jesus weiß, wie ich gelitten habe –

Es endete mit großem Jammern und Klagen, Weinen und Zähneknirschen.

Ja, ich weiß nicht, wohin das führen soll, seufzte die alte Steinunn, die auf der anderen Seite des Herdes stand, die Hände über dem Bauch gekreuzt. Sicher hat sie es schwer gehabt, die gesegnete arme Frau, und es stimmt, nur Gott allein weiß von allem, wie es war, und ich selber habe vier gestorbenen Kindern nachgetrauert. Ich sage nicht, daß es denen von meinen Kindern, die noch am Leben sind, besser geht, aber sie haben jedenfalls nicht besonders viel durchmachen müssen. Und damit hat sie recht, daß es nicht nett war von dir, lieber Steini, uns einfach davonzulaufen, als es so um uns bestellt war, und dazuhin noch ganz plötzlich und über alle Berge. Denn wenn ich dir meine Meinung sagen soll, dann ist die kleine Lina nicht die schlechteste Partie, und du hättest sie damals gleich heiraten sollen, wie es der gute alte Propst wollte, dann hätte niemand Grund zum Klagen gehabt. Jetzt sieht die Sache ganz anders aus, seit der kleine Junge in die Ewigkeit eingegangen ist, und vor allem seit im letzten Sommer Jukki von Kviar hier draußen an der Hofwiese auftauchte. Ich will gar nichts Schlechtes über den armen Jukki sagen, das ist eine ehrliche Haut, und alle seine Leute sind zuverlässige Leute, in jeder Hinsicht, aber mir ist es nicht einerlei, was aus Lina wird, denn sie hat Verstand und verdient es, einen klugen Mann wie Steinthor zu bekommen, auch wenn sie nicht viel von den Gütern dieser Welt besitzt. Und ich habe dir immer prophezeit, lieber Steini, daß du eines Tages aufhören würdest mit dem Trinken, denn wie ich stets gesagt habe, es ist der Beginn allen Wohlstands und wahrer Ehre im Leben, mit dem Trinken aufzuhören. Der Mensch ist das eine, und der Wein das andere, und man darf keinen Menschen danach beurteilen, was der Wein tut. Das darfst auch du nie vergessen, liebe Salka. Der Wein schadet allen, aber das Herz des Menschen ist gut.

Der Gast äußerte sich nicht hierzu, er klagte nicht an und entschuldigte nicht, sondern schlürfte in Ruhe seinen Kaffee, trank noch eine Tasse, bedankte sich dann und verabschiedete sich. Er streckte auch Salka die Hand hin, aber sie wollte ihm nicht die Hand drücken.

Seitdem der Junge begraben war, schliefen Mutter und Tochter wieder im selben Bett, denn die Frau fühlte sich so einsam, wenn sie niemanden neben sich atmen hörte. Sie gingen für gewöhnlich schweigend zu Bett und drehten einander den Rücken zu, die Tochter mit dem Gesicht zur Wand, die Mutter mit dem Gesicht zur Bettkante, und oft zog die eine der anderen im Schlaf die dünne Bettdecke weg, wenn es nachts kalt war. So auch an diesem Abend, sie gingen zu Bett, ohne einander anzusehen. Dann löschten sie das Licht. Und als sie eine Weile so gelegen hatten, da bemerkte die Kleine, daß ihre Mutter versuchte, unter der Bettdecke ihr Seufzen zu unterdrücken. Die Kleine selbst konnte überhaupt nicht einschlafen, denn sie war so aufgeregt, doch sie wollte auf keinen Fall ihre Mutter merken lassen, daß sie wachte. So verging die Nacht, Minute um Minute, unter diesem unendlichen, dunklen Himmel, und keine von beiden hatte den Mut, die andere wissen zu lassen, daß sie wach lag; beide taten der anderen gegenüber so, als ob sie schliefen, und doch wußten beide genau, daß die andere wach war und daß sie sich nur schlafend stellten. Erst gegen Morgen schlief die Kleine ein, zu schweren Träumen von häßlichen und schönen Vögeln, die sich mit seltsamem Lärm in der Luft bekämpften. Sie wachte erst kurz vor neun Uhr auf – sie merkte, wie spät es war, weil ihre Mutter draußen in der Küche die kleinen Milchkannen wusch, um sie mit Milch für die Kunden zu füllen, eine Arbeit, die sie verrichtete, nachdem sie die Kuh gemolken und versorgt hatte, für gewöhnlich gleichzeitig damit, daß sie Kaffee kochte. Das Fenster war noch dunkel, aber die Tür der Kammer von Mutter und Tochter schloß nicht ganz dicht, so daß man jedes Geräusch von draußen in der Küche hören konnte. Jetzt hörte man ein Rumoren im Windfang und daß sich jemand an der Haustürklinke zu schaffen machte, dann ging die Küchentür auf, und jemand wünschte guten Morgen. Sigurlina gab keinen Laut von sich.

Bist nur du auf? fragte die tiefe Baßstimme Steinthors, von keinen Erinnerungen belastet, wie es schien, als wäre nichts zwischen ihnen vorgefallen und er höchstens eine Nacht weggewesen und käme jetzt nüchtern nach Hause. Aber sie antwortete nicht und werkelte weiter.

Ich habe gefragt, ob nur du aufseist, wiederholte er lauter.

Was soll dieser Lärm? fragte die Frau. Ist das ein Benehmen!

Ich bin nur gekommen, um zu sehen, ob es bald Kaffee gibt, sagte er schlicht. Ich werde mich hier auf die Kiste setzen, falls sie einen Mann aushält.

Geht es mich etwas an, wo du dich hinsetzt? Ich bin nicht die Hausherrin hier.

Nein, so hab' ich es nicht gemeint. Keinen geht irgend etwas an.

Zumindest gehst du mich wahrhaftig nichts an, sagte die Frau, und ich habe dein Kind ja auch ohne deine Hilfe begraben. Ich verstehe nur nicht, was du hier willst.

Er antwortete wie ein Mann, der einen alten Kehrreim vor sich hin spricht:

Man kehrt an seinen Ursprung zurück. Es ist etwas in den Nerven, das einen an den eigenen Ort fesselt. Ich hoffe, daß ich einmal bei Ostwind hier draußen auf den Fischgründen bei den Illugi-Schären ertrinke, denn dann werde ich hier an den Strand getrieben.

Du hörst dich jetzt ganz anders an als damals, als du meintest, die Erde und das Meer gehörten dir, und versuchtest, den Leuten einzureden, du wärst allmächtig.

Sigurlina, darf ich aufrichtig mit dir sprechen, eines kann ich in Ewigkeit nicht ertragen, und das sind die Fesseln, die mir ein anderer als ich selbst anlegt. Ich gehe und komme, genauso wie es mir beliebt. Es kann gut sein, daß alle meine Reisen von daheim fort und wieder nach Hause nur eine Flucht aus den einen Fesseln in die anderen sind. Als ich zum ersten Mal in die Welt hinausfuhr, hatte ich mir vorgenommen, reich und berühmt zu werden und so viel Geld zu verdienen wie Johann Bogesen, damit ich hier im Dorf das Sagen hätte. Das Leben hier daheim lastete auf mir wie ein Alptraum, und ich wollte es abschütteln, um es dann später zu bezwingen. Doch dann bekam ich zu spüren, was es heißt, ein bettelarmer Ausländer zu sein und von Mördern übel zugerichtet in einer fremden Stadt zu liegen, wo ich nicht einmal die Sprache konnte. Ich bekam zu spüren, wie es ist, wenn man tief unten im Schiff in Gesellschaft von Schwarzen und Verbrechern Kohlen schaufelt und von den Offizieren angebrüllt wird, weil man so anmaßend war, dem Schiffshund die Schnauze zu streicheln. Ist es da verwunderlich, daß ich meine, die Erde, das Meer und der Himmel gehören mir, wenn ich wieder nach Hause in mein Dorf komme?

Du hast nie ein Herz gehabt, Steinthor. Das sieht man am besten daran, daß du es wagst, mir unter die Augen zu treten, nach allem, was du mich hast erdulden lassen, von da an, als ich dich zum ersten Mal sah, und bis jetzt vor wenigen Tagen dein Kind beerdigt wurde.

Ich habe erst gestern erfahren, daß er gestorben ist, Lina. Ich war gekommen, um ihn zu sehen.

Wenn du ihm in den Wochen, bevor er starb, ins Gesicht gesehen hättest, dann hättest du vielleicht etwas von dem verstanden, was ich für dich erdulden mußte.

181

Ich hatte ein Päckchen mit einem kleinen Geschenk für ihn, schau her, jetzt packe ich es aus. Ich habe immer an ihn gedacht, seit ich erfuhr, daß es ihn gab.

Dich gibt es nicht für mich, ich hasse dich und wünsche bei Gott, ich hätte dich nie gesehen.

Stina beim Kaufmann fragte mich gleich, wo ich gesteckt hätte und wie es mir ergangen sei.

Bei dieser Antwort brach sich der Zorn Sigurlinas ungehindert Bahn, und sie schrie:

Stina beim Kaufmann! Was für ein Pech für sie, daß du sie nicht geschwängert hast! Aber was nicht ist, kann ja noch werden. Denn wenn irgendein Frauenzimmer hier im Marktflecken eine Hure ist, dann ist sie es.

Hierüber mußte der Mann lachen, so etwas fand er wirklich komisch.

Du Schuft, du Schweinehund, ich wünschte, Gott würde seinen heiligen Zorn auf dich herabregnen lassen! Ich bete darum im Namen deines Kindes, das ich allein zu Grabe getragen habe!

Der Mann ließ sich von diesen Beschwörungen nicht beeindrucken, und man hörte das Rascheln von Papier, als ob etwas ausgepackt würde, dann sagte er:

Schau her. Sind diese Schuhe nicht schön genug?

Daß du dich nicht schämst, das sieht euch ähnlich, euch verdammten Männern: Schuhe für ein mindestens sieben Jahre altes Kind!

Sieben Jahre – wiederholte er verlegen und beleidigt zugleich. Dachtest du, ich würde meinem Kind Schuhe kaufen, die gleich zu klein sind? Ich möchte mir erlauben zu behaupten, daß das hier schöne Knabenschuhe sind. Solche Schuhe tragen im Ausland nur die feinsten Kinder. So schöne Knabenschuhe hat nicht einmal Johann Bogesen für seine Kinder gehabt.

Das nächste, was man aus der Küche hörte, war heftiges Schluchzen und Weinen.

Liebe Lina, das Heulen nützt nichts. Was geschehen ist, ist geschehen. Glaubst du vielleicht, es sei für mich die ganze Zeit ein Tanz auf Rosen gewesen? Glaubst du, das Leben sei vielleicht ein Kinderspiel für einen bettelarmen Ausländer draußen in der Welt? Nein, hier ist es schlimm, aber dort ist es noch schlimmer. Schau, willst du sehen, wo ich gestochen wurde – hier, direkt unter der Brustwarze, aber der Dolch traf eine Rippe und rutschte ab und zerschnitt das Fleisch bis in die Achselhöhle hinauf. Oder willst du die Narbe sehen, wo ich mir die Schulter brach, als in England ein Baumstamm auf mich fiel? Du kannst Gift darauf nehmen. Und dabei sind das nur Kleinigkeiten.

Du lieber Gott, Steinthor, warum konntest du mich nicht für immer verlassen? stöhnte die weinende Frau.

Der ist nicht immer der Treueste, der sich nicht vom Fleck rührt, sondern der, der zurückkommt.

Ja, du siehst ja selber, daß ich mich mit Joakim verlobt habe, er hat mir einen Ring gekauft; das hast du nie getan. Du hast mir nie etwas geschenkt, sondern hast mir das wenige, was ich noch hatte, weggenommen, und jetzt bin ich so dick und häßlich geworden, daß ich mich nicht einmal selber wiedererkenne.

Als ich in England im Krankenhaus lag, sowohl innerlich wie äußerlich völlig zerschlagen nach dem Unfall, da machte ich dem, der über das Lebenslicht der Leute bestimmt, zwei Angebote, falls er mir helfen wollte, wieder ein Mensch zu werden: erstens ganz mit dem Trinken aufzuhören, und zweitens zu versuchen, wenigstens teilweise wiedergutzumachen, was ich damals hier angerichtet hatte. Und kurz danach begann ich in meiner Verzweiflung damit, das, was ich dachte, in Versform zu bringen. Versuch jetzt, mit dem Heulen Schluß zu machen, und hör zu!

Und er fing an, mit dunkler, eintöniger Stimme ein langes Gedicht vorzutragen, das in den Ohren Salka Valkas ungefähr folgendermaßen klang:

> Weit überm Meer, dem salzigen und grauen,
> wo sich ein Ort duckt bei der Wellen Brausen,
> wo Gottverlassene und Möwen hausen,
> da wacht die Mutter, ihr kann man vertrauen.
>
> Die Frau, die ich dort kannte, muß ich missen,
> in ihren Armen hab' ich oft geschlafen.
> In Haßliebe vereint, seit wir uns trafen.
> Jetzt seufzt sie blaß auf unzerwühltem Kissen.

Arm steht sie aus dem Bett auf gegen Morgen.
Das Dorf, es bietet keinen Schutz vor Winden,
die jede Ritze in den Kleidern finden
der Menschen, die nichts haben außer Sorgen.

Sie in der Kälte Kuh und Schafe füttert,
in Jesu Namen schließt sie Stall und Küche.
Beim Griff zur Funzel sagt sie fromme Sprüche,
worauf ein Licht im scharfen Ostwind zittert.

Versieht im Stall die Arbeit, ist so bleich.
Und häufig denkt sie an ihr kleines Bübchen
und sorgt sich, denn es liegt allein im Stübchen.
Sein Schuhband binden dürfen möcht' ich gleich.

In diesem Augenblick kam die alte Steinunn vom Boden herunter, wünschte guten Morgen und begann, den Kaffee einzuschenken.

19

Am selben Tag kam Kviar-Jukki von seinem Hof, saß in der Küche, trank Kaffee aus der Untertasse und zerbiß mit Gefühl Kandiszucker; er hatte gehört, daß der Dampfer gekommen war, und wollte vielleicht nachschauen, ob jemand seine Nase in anderer Leute Sachen steckte; er dachte mehr, als er sprach. Die alte Steinunn fragte nach dem Wetter und dem Zustand des Viehs im Tal. Er warf seiner Verlobten verliebte Blicke zu, so gut er sich darauf verstand, schneuzte sich in die Finger und wischte sie an den Socken ab, die über die Hose gezogen waren, dann nahm er wieder eine Prise.

Tja, eigentlich habe ich keine Zeit, sagte er schließlich mit Nachdruck. Ich muß wieder rechtzeitig daheim sein, um das Vieh zu versorgen.

Trotzdem blieb er noch eine Weile sitzen, und in seiner Nase pfiff es, wenn er atmete.

Gar nicht so übel, was du da kardest, Sigurlina, sagte er schließlich nach langem Überlegen.

Ach, man kann sie nicht schön nennen, die verdammte grobe Wolle hier, antwortete seine Verlobte.

Sie läßt sich immerhin zu Seemannsfäustlingen verarbeiten, sagte er mit wissenschaftlichem Ernst.

Dann entstand eine lange Pause.

Ach, es läßt sich natürlich nicht leugnen, daß die Wolle bei uns im Tal besser ist, sagte er dann. Die Wolle von Schafen, die am Strand weiden, ist nie so schön.

Soso, sagte Lina kurz angebunden.

Ich will damit aber nichts Schlechtes über Strandschafe gesagt haben, sagte er in einem Ton, als wolle er sich entschuldigen. Sie kommen oft besser über den Winter und haben infolgedessen ein größeres Schlachtgewicht als Schafe droben im Tal, die mit unterschiedlich gutem Heu gefüttert werden. Der frische Tang am Strand, der ist natürlich ein guter Zusatz zum Futter. Außerdem bekommen sie oft Essensreste und anderes, was in einem Fischerdorf so anfällt.

Sigurlina gab keine Antwort.

Aber das Fleisch von Schafen, die am Strand weiden, schmeckt mir nie so gut. Es ist nun einmal so: Meerespflanzen sind Meerespflanzen.

Das kommt vermutlich daher, daß du Angst vor dem Meer hast, sagte seine Verlobte.

Diese unfreundliche Bemerkung war Sigurlina unversehens entschlüpft, wie es häufig vorkommt bei Frauen, wenn ihnen Männer nicht wirklich behagen.

Ach, ich glaube, daß ich es beim Rudern auf dem Meer mit jedem durchschnittlichen Taugenichts aufnehmen kann; und sogar mit gewissen Leuten, die sich wichtiger machen und sich weiter herumgetrieben haben – sich und anderen zum Verdruß. Sie haben nicht immer die verläßlichste Hand am Ruder, wie du meiner Meinung nach eigentlich aus eigener Erfahrung wissen solltest.

Was willst du damit sagen? fragte die Frau.

Ach, nichts, ich meinte nur, daß die Sache mit der Rechnung von meiner Seite aus in Ordnung ist.

Was für eine Rechnung?

Ach, es lohnt sich nicht, darüber zu reden – es war nur diese Tracht. Vielleicht reicht es dann auch noch für eine Schleife, wenn es soweit ist, oder möglicherweise sogar für zwei.

Darauf antwortete die Braut nichts.

Tja, eigentlich habe ich keine Zeit, sagte der Besucher. Ich weiß ehrlich gesagt nicht, warum ich hier herumsitze. Die Kühe darf man nicht vergessen. Die Kühe in Kviar werden nicht davon satt, daß ich hier draußen in Oseyri Reden halte. Da wird es lange dauern, bis die Scheckige wieder mehr Milch gibt.

Dann verabschiedete er sich und ging. Und alle glaubten, er wäre fort. Doch mitten am Abend steckte kein anderer als er sein ausdrucksloses Stockfischgesicht zur Küchentür herein und wünschte guten Abend, sah zuerst Sigurlina an, die nach dem Melken wieder Wolle kardete, dann Salka Valka, die eifrig Geschichte lernte, dann die alte Steinunn mit ihrem Strickzeug in der Ecke und schließlich den blaugekleideten Gast, der auf einem dreibeinigen hölzernen Stuhl neben dem Herd hockte, sich gegen die Wand lehnte, die Beine von sich streckte und rauchte.

Bist du wieder da, du Ärmster? sagte die alte Steinunn sanft.

Ich habe heute hier unten eine Kleinigkeit vergessen, sagte Jukki und gab jedem aus angeborener Förmlichkeit und Höflichkeit die Hand, das versäumte er nie, auch wenn er mehrmals am Tag im selben Haus zu Gast war. Dann blieb er mitten in der Küche stehen wie ein verlassenes Schiff auf dem weiten Meer.

Setz dich hier auf meinen Platz, Jukki. Ich setze mich zu Lina, sagte die alte Steinunn.

Er ließ sich nieder. Keiner sagte etwas. Salka Valka blätterte in ihrem Geschichtsbuch, die Stricknadeln in den Händen der alten Frau klickten in ihrem gemächlichen, gleichmäßigen Takt, die Kämme in Sigurlinas Händen kratzten, sie vermied es, aufzuschauen, und kardete eifrig ihre grobe Wolle, sie hatte sich gewaschen und gekämmt und trug ein fast neues Tuch um die Schultern; Steinthor warf ein- oder zweimal einen verächtlichen Blick zu Joakim hinüber, kümmerte sich im übrigen aber nicht um ihn.

Dieser Zustand schien kein Ende nehmen zu wollen, und schließlich stand Jukki wieder auf.

Sigurlina, sagte er. Kannst du draußen mit mir sprechen?

Mit dir sprechen? wiederholte die Frau und sah ihn äußerst unfreundlich an, und auf ihren Wangen zeigten sich rote Flekken, wie immer, wenn sie wütend wurde. Ich weiß nicht, womit ich es verdient habe, daß du um mich herumschnüffelst wie ein Spion. Ich habe bis zum heutigen Tag keinen außer mir selbst betrogen, und ich habe auch nicht die Absicht, in Zukunft jemanden zu betrügen, es sei denn mich selbst. Aber ich brauche deshalb nicht hinauszugehen, um mit dir zu sprechen.

Ach, es war eigentlich nichts Wichtiges. Es war nur etwas wegen der Rechnung. Aber das kann ja auch warten.

Dann verabschiedete er sich mit Handschlag und ging.

Nun kamen Tage, die einander glichen wie ein Ei dem anderen. Man wartete auf den Beginn der Winterfangsaison. Die Leute in ihrer Einfalt beteten zu Gott und hofften, daß Johann Bogesen in dieser Fangsaison nicht wieder Geld verlieren würde, wie im letzten und vorletzten Jahr; ja, es war erstaunlich, was dieser Mann aushalten konnte. Steinthor übernachtete weiterhin bei der Heilsarmee, saß aber immer lange in der Küche von Mararbud und wartete auf Kaffee. Er las dann manchmal in einer alten Zeitung aus Reykjavik, die er vielleicht im Laden gefunden hatte, er las vor allem die Anzeigen, für die Nachrichten interessierte er sich weniger und für Politik gar nicht, denn er wußte instinktiv, daß Politiker und andere wichtige große Leute alle Diebe und Lügner sind, doch abgesehen davon waren sie ihm gleichgültig; wie der Minister hieß, war ihm egal. Er sagte, er habe noch nie bei einer Wahl seine Stimme abgegeben und werde es auch nie tun. Manchmal las er schweigend und ernst in der Sturlungen-Saga, sprach aber nie darüber. Dann und wann bekam er irgendwo einen Fortsetzungsroman geliehen, fand aber wenig Vergnügen an solch erlogenem Gewäsch. Doch eines blieb niemandem verborgen: daß er jetzt kein annähernd so großer Mann mehr war wie damals, bevor er aufhörte zu trinken. In einem kleinen Marktflecken werden die Leute wirklich unglaublich viel kleiner, wenn sie zu trinken aufhören; es ist, als ob die ganze Welt zusammenschrumpft, und sie selbst schrumpfen mit. Es ist so einfach, mit einem Fläschchen guten Branntweins ein wichtiger Mann zu werden und die stolzesten und poetischsten Träume, die man hat, mühelos Wirklichkeit werden zu lassen, und umgekehrt bleibt wieder unglaublich wenig übrig von den Leuten in einem kleinen Marktflecken, wenn sie darauf verfallen, sich diesen wunderbaren Zaubertrank zu versagen.

Jukki von Kviar kam fast genauso häufig zu Besuch, blieb aber nicht mehr so lange wie früher; er schien Angst zu haben vor Steinthor, behauptete, etwas im Dorf besorgen zu müssen, nahm eine Prise, ging, kam wieder. Es kam nicht vor, daß Steinthor ihn ansprach. Sigurlina war ihm gegenüber viel zurückhaltender als früher und war kaum dazu zu bewegen, draußen mit ihm zu sprechen; der Hochzeitstermin schien in weite Ferne zu rücken. Überhaupt sprachen alle weniger miteinander als früher. Doch manchmal spätabends, wenn sich alle daranmachten, zu Bett zu gehen, da streckte Jukki sein gefrorenes Gesicht herein, es war sehr gefroren; er trieb sich draußen auf der Hofwiese und im Stall herum, manchmal unten am Strand; manchmal hörte man ihn nach Mitternacht im Windfang herumschleichen. Denn natürlich hatte er seine Seele und seine Unruhe, genau wie andere Leute, auch wenn er nicht hübsch war! Manchmal stand er morgens in der Tür, wenn Sigurlina aufstand, und bekam Schelte statt eines Morgengrußes, wie der Mann, der mit seinem Hut auf dem Giebel saß und sich Gold wünschte, statt dessen aber Dreck bekam – was zum Teufel noch mal hast du hier verloren? fragte seine Verlobte. Ach, er war nur eben rasch im Dorf gewesen, um einen Sack Fischabfälle zu holen oder jemandem beim Ausbessern des Heuschobers zu helfen. Er hatte manchmal ein Tütchen Kandiszucker oder Rosinen für seine Verlobte dabei, aber sie wollte nichts.

Als Salka Valka eines Tages aus der Schule kam und über den Platz vor dem Laden lief, rief ihr jemand nach. Sie blieb stehen. Es war Jukki, der hinter ihr herkam; er hatte von ein paar Männern, die am Laden gestanden hatten, Kautabak bekommen.

Guten Tag, sagte er förmlich und gab ihr die Hand.

Hast du mich gerufen? fragte sie.

Ich hab' mir gedacht, daß du vielleicht gern ein Bonbon aus dem Laden haben möchtest, sagte er. Du kannst es auf meinen Namen anschreiben lassen, wenn du willst, ich werde es bezahlen – meinetwegen sogar zwei.

Ich will nichts, sagte das Mädchen unwirsch.

Ich bin immerhin mit deiner Mutter verlobt, Kindchen!

Was geht mich das an?

188

Wart einen Augenblick – vielleicht möchtest du fünf Öre von mir?

Halt den Mund, sagte das Mädchen und ging weiter.

Der Mann sah nun ein, daß man mit Bestechung bei einer so schlecht erzogenen und unverschämten Göre wenig ausrichten konnte, deshalb lief er ihr nach, holte sie ein und kam zur Sache.

Du bist wohl kaum besonders gut auf Steinthor, den Halunken, zu sprechen, wenn es wahr ist, was alle hier im Dorf sagen. Und ich weiß, du kannst mir sagen, wenn du willst, ob er spätabends zu deiner Mutter kommt und die Nacht über bei ihr bleibt. Das sagen alle hier im Dorf. Du mußt es bemerkt haben, wenn du bei ihr schläfst. Ich gebe dir zehn Öre, ob du mit ja oder mit nein antwortest, wenn du mir nur die reine Wahrheit sagst.

Ich werde dir die Wahrheit sagen und nichts dafür nehmen, sagte die Kleine schnippisch und drehte sich schnell um auf dem Weg – und die Wahrheit ist, daß Steinthor, so ekelhaft er auch ist, tausendmal besser ist als du.

Mehr bekam er nicht zu hören, denn sie lief schnell davon. Der zukünftige Stiefvater blieb auf dem Weg zurück, verzog das Gesicht und kratzte seine schlecht rasierten Wangen, dann schlenderte er wieder zu den Männern vor dem Laden zurück, um noch ein bißchen Kautabak zu bekommen.

Am selben Abend kam Joakim noch einmal nach Mararbud. Dieser Besuch war von jener seltsamen Atemlosigkeit geprägt, die Schicksalsstunden auszeichnet, wenn die Axt die Wurzeln der Bäume trifft und das Ergebnis bereits deutlich in den Sternen geschrieben steht, soweit das Schicksal von Menschen in kleinen Marktflecken überhaupt in den Sternen geschrieben stehen kann. In einer solchen Stunde, heißt es, zeige jeder Mensch sein wahres Gesicht, und wenn das stimmt, dann offenbarte Kviar-Jukki jetzt zum ersten Mal seine Natur, als Ritter und Abenteurer, der voll Kampfeslust in den Saal seiner Dame eindringt, ohne irgend jemandem die Hand zu reichen, und ohne Umschweife sein Anliegen kund und zu wissen tut.

Sigurlina, du bist zweimal fehlgetreten, sagte er. Da ist dein erster Fehltritt – er zeigte auf Salka Valka, und dort ist dein zweiter Fehltritt, und zeigte dabei auf Steinthor, und da er wieder hierher ins Dorf gekommen ist und Tag und Nacht bei dir herumlungert, möchte ich reinen Tisch machen mit dir, und da du meine Verlobte und zukünftige Frau bist, bin ich jetzt mit einem beschlagenen Reitpferd hergekommen, um dich abzuholen und nach Kviar zu bringen.

Ich glaube, du bist nicht ganz bei Trost, Joakim, sagte die Frau.

Das Pferd steht nun einmal beschlagen draußen auf dem Hofplatz, sagte Jukki.

Glaubst du, ich sei irgendeine Sklavin, die du packen und auf einem Pferd wegbringen kannst, wohin du willst und wann du willst! Nein, ich bin ein freies Geschöpf vor Gott und den Menschen. Und meinetwegen kannst du deinen Ring wiederhaben.

Na, na, liebe Lina, sagte die alte Steinunn. Versucht, die Vernunft walten zu lassen, ihr Ärmsten.

Doch Jukki von Kviar hatte nicht mehr das Bedürfnis, die Vernunft walten zu lassen. Er war ein für allemal dazu entschlossen, die Romantik walten zu lassen. Er packte seine Verlobte und wollte sie zur Tür hinausbefördern und entführen wie ein Romanheld. Aber Steinthor stand auf und schob ihn beiseite. So seltsam es scheinen mag, wandte sich Sigurlina daraufhin mit folgendem Wortschwall an letzteren:

Darf ich dich bitten, so nett zu sein, dich nicht in die Dinge zwischen mir und Joakim einzumischen. Ich habe nichts mit dir zu tun, du hast mir ein Kind gemacht und dich davor gedrückt, für es zu sorgen, so daß es gestorben ist, und außerdem hast du mich in jeder Hinsicht schändlich behandelt, ja, beinahe ein Verbrechen an meinem kleinen Mädchen begangen, so daß ich dich ins Zuchthaus bringen kann, wann immer ich will. Und es war dir nicht genug, mich zu verlassen, sondern du kommst sogar wieder zurück. Und wozu? Um mir die Seele herauszureißen, zuerst damit, daß du ein Gedicht aufsagst, das du im Ausland verfaßt haben willst, und gleichzeitig sagst, du hättest unser Kind liebgehabt, was, wie ich weiß, gelogen ist, und die Schuhe, die du mitgebracht hast, waren ja gar nicht für mein Kind, und dann sitzt du den lieben langen Tag schweigend hier bei mir herum und schaust mich nicht einmal an, nach allem, was ich deinetwegen erduldet habe, sondern vertreibst alle meine christlichen Gedanken und verjagst mir sogar den Schutzengel Gottes, so daß ich nicht einmal die richtige Verbindung zu Jesus, meinem Erlöser, finden kann, seitdem du wieder da bist. Und nun schert euch beide auf dem schnellsten Weg fort von mir und kommt mir nie wieder unter die Augen, denn ihr seid einer wie der andere, ihr verfluchten geilen Hunde.

Steinthor schwieg, wie es in diesen Tagen seine Gewohnheit war, aber Joakim erinnerte seine Verlobte daran, daß sie damals im letzten Sommer nicht in diesem Ton zu ihm gesprochen hätte, als er die ganze Nacht hindurch das Heu für sie heimschleppte, und er fragte sie, ob sie sich nicht mehr daran erinnern könne, wie sie an jenem Morgen draußen im Heuschuppen zu ihm gewesen sei. Leider konnte er es sich nicht verkneifen, einen ungebührlichen Ausdruck für sie zu verwenden und zu erklären, daß sich dieser sein Verdacht als richtig erwiesen habe und es sowieso alle im Dorf wüßten; er sagte, er hätte schon immer geahnt, daß ihre Gottesfürchtigkeit und Choralsingerei nichts als leeres Getue sei, was sich jetzt ja auch gezeigt habe.

Dies beantwortete die Frau nur damit, daß sie den Ring vom Finger zog und ihm ins Gesicht warf, und während er sich bückte, um den Ring vom Fußboden aufzuheben, gab Steinthor ihm einen Tritt in den Hintern und stieß ihn mit dem Fuß hinaus in den Windfang und machte dann die Tür zu. Salka Valka brach in schallendes Gelächter aus. Von draußen hörte man, wie jemand ein Pferd wegführte.

Wie man sich denken kann, herrschten nach diesem plötzlichen und unvorhergesehenen Ereignis in der Küche zunächst die heftigsten Gemütsbewegungen. Sigurlina tobte geradezu und warf mit Beschimpfungen um sich, bis sie unter hysterischem Schluchzen ihre Seele Jesus befahl, denn sie nahm es sich immer sehr zu Herzen, wenn ihr Leben wieder einmal zerstört wurde. Die alte Steinunn in ihrer mütterlichen Nachsichtigkeit versuchte, sie zu einer vernünftigen Betrachtung des menschlichen Lebens hinzuführen, doch das hatte nur zur Folge, daß die Frau noch heftiger über ihre Sünden gegenüber der Heiligen Dreifaltigkeit jammerte. Salka Valka lachte nicht mehr und lauschte mit spöttischer Miene dem Gejammer ihrer Mutter und dem Zureden Steinunns, und Steinthor hatte sich wieder auf den Dreifuß naben dem Herd gesetzt und begonnen, seine Pfeife zu stopfen, und sagte nichts, auch wenn in seinen Augen ein Feuer loderte.

Schließlich kam der Netzmacher aus einem Zimmer und blieb auf der Schwelle stehen, das Knüpfholz in der Hand wie ein

Apostel. Er stand eine Weile da und lauschte dem Weinen, Seufzen, Jammern und Trösten. Dann sagte er:

Weinen können sie, diese Frauenzimmer, heute genauso wie damals. Und zu Gott beten können sie auch. Aber eines möchte ich dir sagen, Steinthor, der du die meisten nützlichen und unnützen Eigenschaften besitzt, die eine menschliche Kreatur am Meer in ihrer Brust haben kann, nämlich daß in diesem Dorf nie Ruhe einkehren wird, solange Leute wie du nicht zu Menschen mit Verantwortungsgefühl gegen sich und ihre Gemeinschaft geworden sind. Ich hoffe, daß ich nicht noch mehr sagen muß.

Kaum hatte er ausgesprochen, da wurde von außen die Klinke gedrückt, und die Tür ging auf. Ein Gesicht spähte durch den Türspalt herein, sah sich genau um und war auf alles gefaßt. Es war Kviar-Jukkis Gesicht.

Ich war schon draußen bei den Leirur, als mir eine Kleinigkeit einfiel, sagte er.

Und was ist es denn, du Ärmster? fragte die alte Steinunn.

Es ist eigentlich überhaupt nicht der Rede wert, antwortete Kviar-Jukki, jederzeit bereit, sich aus dem Türspalt zurückzuziehen, sollte ihm jemand eine Ohrfeige geben wollen. Es war nur dieser Trachtenfetzen.

Sigurlina reagierte schnell und holte aus Steinunns Truhe die schöne Tracht aus dem herrlichen Wollsatin, das einzige wirkliche Sonntagskleid, das sie im Leben je besessen hatte. Zuerst warf sie dem, der es ihr geschenkt hatte, den Rock mit all seinen eindrucksvollen Falten ins Gesicht, dann die Jacke mit den Samtmanschetten und den mit Samt eingefaßten Vorderkanten.

Ein Jammerlappen holt sein läppisches Geschenk zurück, sagte sie.

Es ist eben so, wie es ist, sagte Jukki und nahm ihr Brautkleid unter den Arm, wünschte dann gute Nacht und kam nicht wieder.

20

In dieser Fangsaison machte die Fischreederei große Verluste,
wie es beim Fischfang oft geschieht, so daß der Kaufmann
Johann Bogesen keine andere Möglichkeit sah, als den Preis für
Kaffee und Zucker um die Hälfte zu erhöhen und für verschiedene andere Waren um ein Drittel. Und der Himmel war immer
nur dick verhangen und glich dem Boden eines Kessels, denn
dies war ein so unwichtiger Handelsplatz, daß Gott offensichtlich meinte, es lohne sich nicht, für seine Bewohner tagsüber die
Wolken von der Sonne wegzuziehen oder nachts die Sterne zu
putzen. Doch wer garantiert, daß es an anderen Handelsplätzen
besser ist? Steinthor ist zurückgekommen, er, der durch die
ganze Welt gereist ist, scheint sich an anderen Orten nicht woh-
ler gefühlt zu haben. Die Leute suchen oft in der Ferne, was sie
zu Hause haben. Vielleicht ist die Wahrheit in Oseyri am Axlarfjord, wenn man es genau besieht.

Ich kann mich daran erinnern, daß die Leute hier einmal
einen dänischen Händler auf seinem eigenen Schiff kielholten,
sagte der alte Eyjolfur. Unglaublich, was sich die heutige Zeit
bieten läßt.

Im Ausland nennen sie alle reichen Leute Diebe und streiken
manchmal, um sie zu ärgern, und lassen lieber mit Kanonen auf
sich schießen, anstatt aufzugeben, sagte Steinthor. Er fuhr in dieser Saison für Bogesen auf Fischfang, fischte zu seinem eigenen
Schaden auf Anteil, wie andere auch. Überhaupt hatte die
Erfahrung gezeigt, daß das Ergebnis gleich unsicher war, ob
man nun auf Anteil oder gegen festen Lohn fischte. Abends saß
er oft in der Küche in Mararbud und wartete, während die alte
Steinunn Kaffee kochte. Salka Valka war lieber nicht zu Hause,
denn in seinen Augen war etwas, vor dem sie Angst hatte, wenn
auch auf andere Weise als früher. Sie konnte es nicht ertragen,
daß er sie ansah, sie glaubte, sie müsse verrückt werden. Sigurlina bekam von ihrer Tochter die Erlaubnis, sich auf ihre Rechnung einen Rest Baumwollstoff zu kaufen, und nähte sich daraus eine Bluse, denn sie hatte geschickte Finger, und die
Vorsitzende des Frauenvereins schenkte ihr einen alten Rock.
Sie war fest entschlossen, jetzt zum Frühjahr mit der Arbeit im
Fisch anzufangen, um bei Bogesen ein Konto auf ihren Namen

zu bekommen. An den Deckenbalken in ihrer Schlafkammer hatte sie die Knabenschuhe gehängt, die Steinthor für seinen Sohn aus dem Ausland mitgebracht hatte. Sie waren die einzigen Ziergegenstände in Mararbud und so schön, daß im Vergleich zu ihnen alles in diesem Haus sehr abgenutzt und ärmlich war. Soweit man wußte, geschah jetzt nichts Besonderes zwischen Steinthor und der Mutter seines Kindes, doch sie fragte ihn oft nach seinen Socken und Fäustlingen, die sie dann wusch und mit Sorgfalt und Gefühl stopfte. Sie flickte auch seine Drillich-hosen. Manchmal sah sie ihn lange traumverloren an.

Ach, ich weiß nicht, sagte Steinthor. Ich glaube, es wäre das Vernünftigste, nur zum Fischen hinauszufahren, um das zu fangen, was man selber ißt, und sonst zu schlafen. Natürlich bräuchte man Geld für Tabak, das will ich nicht abstreiten, aber nach meiner Erfahrung können die am meisten bei Bogesen bekommen, die am wenigsten gutschreiben lassen. Im Ausland dagegen ziehen sie einem alles für Steuern und Gebühren ab, und das Vergnügen, das bleibt, ist ein- oder zweimal im Monat Branntwein mit allem, was dazugehört. Keiner hat Freude am Verfassen von Versen. Hier soll man angeblich sein Zuhause haben. Und trotzdem weiß ein ungebildeter, einfacher Mensch nie, wo er sich befindet, weder daheim, noch im Ausland.

Ich weiß nicht, was die im Ausland machen, sagte der alte Eyjolfur, aber ich weiß genau, daß Johann Bogesen keinen Zweifel daran hat, wo er sich befindet, weder daheim, noch im Ausland, und schließlich ist es ja auch nicht er, der eine Verbesserung der Sitten braucht, sondern du und deinesgleichen.

Nein, weit davon entfernt; es schien weder zusammen- noch auseinandergehen zu wollen bei dem ehemaligen Paar, und noch seltsamer war, daß man keine Geschichten darüber hörte, daß Steinthor an einem anderen Fenster angeklopft hätte, und das konnten die wenigsten verstehen, denn der Mann war schließlich berüchtigt in der Hinsicht. Er schien nicht einmal zu bemerken, daß Sigurlina eine neue Bluse aus Baumwollstoff trug und einen ausgezeichneten Tuchrock, der majestätisch ihre üppigen Hinterbacken bedeckte. Außerdem legte sie sich eine Schürze zu, das war eine feine Schürze aus nicht appretiertem Stoff, eine Ärmelschürze; solche Schürzen waren groß in Mode. Sie kämmte ihr Haar so, daß es über der Stirn einen hohen

Wulst bildete, das gab ihrem Gesicht mehr Ausdruck, und versteckte vorne im Haar einen Wollbausch, damit es voller aussah. Aber es nützte alles nichts. Und so kamen die letzten Wochen der Fastenzeit, und Ostern war nicht mehr weit.

Da geschah es eines Tages bei schlechtem Wetter, als man nicht zum Fischen hinausgerudert war, daß Salka Valka aus der Schule nach Hause kam und geradewegs in die Küche ging. Der Tag ging zur Neige. Wie es der Zufall wollte, war niemand in der Küche außer Steinthor, er saß am Herd und rauchte seine Pfeife. Sie unterließ es, guten Abend zu wünschen, als sie keinen außer ihm sah, und wollte rasch durch die Küche zum Dachboden hinaufgehen. Doch da nannte er ihren Namen und setzte den Fuß gegen die Tür.

Laß mich ein paar Worte mit dir reden.

Nimm den Fuß weg, sagte das Mädchen.

Salka, du weißt, daß ich aufgehört habe zu trinken, sagte er. Gefällt dir das nicht besser?

Ich glaube, es ist ganz egal, ob du besoffen oder nicht besoffen bist, sagte das Mädchen.

Du hast nie ein gutes Wort für mich übrig, Salka. Dabei solltest du dir doch selbst sagen können, daß ich zu trinken aufgehört habe, nur um das von damals wiedergutzumachen. Ich hatte mich immer darauf gefreut, dich wiederzusehen, um dir zu zeigen, daß ich mich höflich benehmen kann. Glaubst du vielleicht, ich hätte kein Gewissen? Und glaubst du vielleicht, mein Gewissen hätte mich in den Jahren, die ich im Ausland verbracht habe, in Ruhe gelassen, nachdem ich so von dir weggegangen war? Ich werde auch auf den Tabak verzichten, wenn du es willst, und sogar aufhören zu fluchen, wenn du es willst. Ich habe gehört, daß es häßlich sei zu fluchen. Was meinst du, Salka?

Salka Valka hatte noch nie zuvor die abenteuerliche Erfahrung gemacht, zu sehen, wie klein der Abstand zwischen Kind und Rohling ist, und hier sprach ein Wesenszug, der, wer weiß wie lange, in der Brust Steinthors zum Schweigen verdammt gewesen war. Ihr Herz begann heftig zu schlagen. Konnte es sein, daß er verhext war, wie die Tiere im Märchen, die sich vielleicht als Königssohne entpuppten? Konnte es sein, daß sich hinter dieser groben, pockennarbigen Haut ein anderes Gesicht verbarg – vielleicht ein weiches, glattes, mit verträumten, fragenden Augen und einem empfindsamen Lächeln? War es denkbar, daß sich das Ebenbild Arnaldurs hinter der Maske Steinthors verbarg? Wie um alles in der Welt kam es, daß sie plötzlich an Arnaldur denken mußte?

Was geht mich das an, was du tust? sagte sie schließlich doch.

Salka, ich habe diesen Winter oft auf eine Gelegenheit gewartet, dich zu fragen, ob du der Ansicht bist, daß ich mehr Bücher lesen sollte. Es heißt, du seist so begabt, und es heißt, du seist so tüchtig in der Schule, und du weißt viel mehr aus Büchern als ich, denn als ich zur Schule ging, war die Schule in Oseyri noch nicht so gut wie jetzt. Aber es ist nun einmal so, ich glaube die Geschichten nicht, die die Leute lesen, weder die biblischen Geschichten noch die Isländersagas, ganz zu schweigen von den ausländischen Geschichten, deshalb sollte ich vielleicht lieber Bücher lesen, aus denen man etwas lernen kann, wie zum Beispiel diese neumodischen Schulbücher, die du liest. Willst du mir ehrlich sagen, was du meinst?

Ich glaube, du solltest zuallererst lernen, dich dafür zu schämen, wie du dich Mama gegenüber benommen hast. Wie du dich mir gegenüber benommen hast, ist im Vergleich dazu gar nichts. Wenn du ein bißchen menschliches Mitgefühl hast, dann solltest du sie auf der Stelle heiraten.

Jetzt will ich dir ehrlich sagen, wie es ist, antwortete er demütig. Als ich diesen Winter zurückkam, da war ich ganz fest entschlossen, sie zu heiraten, denn ich glaubte, das Kind sei noch am Leben. Aber da das Kind gestorben war, sprach mich mein Gewissen frei von allen Verpflichtungen ihr gegenüber. Doch wenn du sagst, ich solle sie trotzdem heiraten, dann tu ich es, weil du es sagst, in der Hoffnung, daß du dann vielleicht anfangen würdest, mich für einen anständigen Menschen zu halten.

Das Mädchen warf den Kopf in den Nacken und antwortete nicht.

Wenn ich an dich denke, fuhr er fort, und noch viel mehr, wenn ich dich mit den Augen ansehe, wie jetzt, dann habe ich das Gefühl, daß es nichts gibt, was ich nicht auf mich nehmen würde, um ein anständiger Mensch zu werden. Wenn du den Kopf zurückwirfst und mich empört ansiehst, als ob du mich haßt, dann durchläuft es mich derartig, daß ich nicht weiß, womit ich es vergleichen soll. Und wenn ich nachts nicht einschlafen kann, dann versuche ich immer zu dichten –

Du solltest so wenig wie möglich von deinen verdammten Reimereien sprechen, sagte Salka. Ich habe dich einmal hören können –

Weshalb sollte ich dann versuchen, ein anständiger Mensch zu werden, Salka, wenn es dir vollkommen gleichgültig ist? Salka, sag mir ehrlich, was du meinst: Glaubst du, ich wäre in deinen Augen ein besserer Mensch geworden, wenn ich ins Zuchthaus gegangen wäre? Ich werde mich anzeigen und ins Zuchthaus gehen, wenn du es willst, Salka. Willst du das? Ich werde gleich morgen dem Bezirksrichter schreiben lassen.

So etwas wie jetzt hatte sie noch nie erlebt, zu sehen, daß ihr ein Mann in Aufrichtigkeit und Demut sein Dasein zu Füßen legte, und für den Augenblick vergaß sie die ganze Vergangenheit, vergaß, wo in der Zeit sie sich befand, in ihrem Bewußtsein löste sich der logische Zusammenhang der Ereignisse auf, und unabhängig von Zeit und Raum spürte sie die einzig wahre, fundamentale Logik von Mann und Frau, das Nebeneinander von Anziehung und Abgestoßenwerden. Plötzlich wandte sie sich von ihm ab und blieb mit gesenktem Kopf stehen, die Knöchel der einen Hand zwischen den Zähnen. Dann kam ihre Mutter herein.

Sie erkannte sofort an der Haltung der beiden, daß hier etwas im Gange war. Sie blieb unter der Tür stehen und sah beide an. Die Kleine drehte sich verwirrt um und eilte mit ihren Büchern auf den Dachboden hinauf. Der Mann stand ebenfalls auf und suchte nach seiner Kopfbedeckung. Er mußte gehen. Sigurlina blieb allein in der Küche zurück.

Doch als das Mädchen am Abend in die Schlafkammer kam, um zu Bett zu gehen, kniete ihre Mutter auf dem Fußboden, lehnte sich gegen den Bettrand und weinte. Die Kleine sagte nichts, denn das Weinen ihrer Mutter ging ihr nicht mehr so nahe wie früher. Man kann sich daran gewöhnen, unglückliche Menschen weinen zu sehen, wie an alles andere auch. Die Kleine hatte damit begonnen, sich auszuziehen, als die Frau ihren feuchten, verwirrten Blick zu ihr aufhob.

Salvör, jammerte sie, hab Mitleid mit mir und nimm ihn mir nicht weg! Jetzt habe ich nichts als die Hoffnung auf ihn. Ich habe Jesus so innig darum gebeten, ihn mir wiederzuschenken, und auch wenn es vielleicht eine schreckliche Sünde ist, jemanden heißer als Jesus selbst zu lieben, so hat Jesus dennoch meine Gebete erhört und ihn mit dem Trinken aufhören lassen und ihn mir nach drei entsetzlichen Jahren wieder heimgeschickt. Liebe Salka, meine liebste kleine Salka, die du einmal mein Kind warst, sei nun gut zu mir und nimm ihn mir nicht weg!

Zwei Tage später kam der Propst, es war gegen Abend, und Steinthor saß in der Küche, Sigurlina aber fütterte gerade die Schafe. Der Propst wünschte guten Abend und rief dabei den Herrn und verschiedene Apostel an. Er kam, um Steinthor daheim willkommen zu heißen und ihm Dank abzustatten für die Treue und Güte, die er seinem Heimatort erwies, und erinnerte an die Vorväter Steinthors, insbesondere und vor allem an jenen Pfarrer, der noch als Sechzigjähriger ein Zweihundertliterfaß stemmte und die Rimur von Harekur Vilmundarson dichtete, nachdem er erblindet war; das war zu der Zeit, als noch ehrbare, sittenstrenge Männer in Gott wandelten. Trotz vieler Amtspflichten und dergleichen wünschte er als Seelenhirte des Ortes und Hüter guter Sitten diesem Nachkommen des Pfarrers Glück. Das Seelenheil seiner Pfarrkinder in dieser und in jener Welt war ihm wichtiger als alles andere – was ich übrigens noch sagen wollte, wie gesagt: die Ehe ist etwas Unausweichliches vor Gott und den Menschen, alles was außerhalb davon geschieht, ist ein Schandfleck für das Dorf. Wie der Apostel sagt: Ä – ä – ä – ä – ä. Sie hat mir mitgeteilt, und dasselbe wurde mir von anderer zuverlässiger Seite mitgeteilt, daß du ihren rechtmäßigen und offiziellen Verlobten eigenhändig vor die Tür gesetzt und ihm solche Schmach zugefügt hast, daß sie durch nichts zu rechtfertigen ist, es sei denn, du selbst knüpfst mit ihr das eine, wahre, gottgefällige Band, vor dem du schon einmal, trotz meiner von Amts wegen erfolgten Empfehlungen, geflohen bist. Natürlich bekäme sie auf diese Weise hier Heimatrecht, aber Ehe ist Ehe, und Verantwortung ist Verantwortung; Versorgung ist Versorgung. Die Ehe ist die Armenversorgung, die ehrliche Männer auf sich nehmen. Anderenfalls kann sie dich für die Behandlung, die du Joakim hast angedeihen lassen, zur Verantwortung ziehen. Jeder ehrliche Mann wird vor Gott und den Menschen die Verantwortung für seine Taten

tragen, lieber Steinthor. Das ist das A und O christlicher Sitten-
lehre und menschlicher Gesetze. Ohne solche Verantwortung
wäre dieser Marktflecken schon längst ins Heidentum zurückge-
fallen. Das wenigste, was du hättest tun können, war doch, sie in
Ruhe zu lassen und sie nicht daran zu hindern, in Frieden einen
frommen und rechtschaffenen Mann zu heiraten.

Steinthor antwortete mit tiefer Stimme, allerdings ohne seinem Gegenüber in die Augen zu sehen:

Du weißt, mit wem du es zu tun hast, Pröpstchen. Ich bin hier
in Oseyri geboren, an diesem Strand, auf genau dieselbe Weise
wie die Brandung, wenn der Wind vom Meer kommt. Möchtest
du den Wind vom Meer bitten, die Verantwortung für dich zu
übernehmen? Was bin ich? Ein Wind, der kommt. Ein Wind,
der geht. Der Wind in meinen Nasenlöchern ist der Wind, der
an diesem Strand weht. Dasselbe gilt für das Blut in meinen
Adern: eine Woge, die steigt, eine Woge, die fällt. Das Leben des
Menschen ist nichts anderes als das, weder hier im Marktflecken
noch dort, wo ich mich im Ausland auskenne. Ich glaube, es
wäre das beste, wenn keiner die Verantwortung für andere als
sich selbst übernähme. Wäre das Kind am Leben gewesen, hätte
ich sie sofort geheiratet – es war ein Teil des Windes, der in meinen Nasenlöchern weht, des Blutes, das in meinen Adern steigt
und fällt. Aber das Kind ist seinen Weg gegangen; und ich selber
gehe bald denselben Weg.

Nach dem Tod kommt das Gericht, sagt der Apostel.

Wenn ich nicht tot sein darf, wenn ich endlich tot bin, dann
zum Teufel mit der ganzen Geschichte!

Den Gottesmann konnte solches Gerede schon lange nicht
mehr entmutigen:

Wie dem auch sei, begann er. Du erlebst selbstverständlich
den Tag, an dem ich aufhöre, mich in das einzumischen, was
unter diesem Himmel Gottes hier im Dorf geschieht –

Und der ist in dieser Fangsaison ja auch ganz besonders
prächtig gewesen, warf Steinthor ein.

– aber solange ich mein Dasein friste, bin ich doch immerhin
ein armer kleiner Pfarrer, dem Gott einige Seelen in dieser entlegenen Gemeinde hinter den Bergen anvertraut hat; und er hat
mich in meinem Pfarrsprengel beschützt, auf langen und schwierigen Wegen übers Gebirge und oft auf gefährlichen Fahrten auf

dem Meer, sowohl zu der Annexkirche als auch bei Visitationsreisen, was ich übrigens noch sagen wollte..., sagt der Herr... Vielleicht kannst du dich noch daran erinnern, vor drei Jahren, da bist du so von hier weggegangen, daß auf deinem Rücken eine kleine Bürde lag, die dir nicht von Gott aufgeladen war, wir wollen nicht weiter darüber sprechen, denn die Gnade des Herrn währet ewiglich, ja, wo war ich nun stehengeblieben? Ach ja, zwei fromme Männer hier im Dorf, die herbeigerufen worden waren, als alles schon vorbei war, zeigten dich unverzüglich beim Gemeindevorsteher an, und wäre ich unbedeutender Mensch nicht einer weiteren Verfolgung der Sache entgegengetreten, dann hätte der Gemeindevorsteher noch am selben Tag an den Bezirksrichter telegraphiert, und du wärst in Hamarsfjördur festgenommen worden, und nichts hätte meiner armen Gemeinde einen häßlichen Prozeß ersparen können. Aber wie der Apostel sagt, ä – ä – ä, ich kannte dich noch aus der Zeit, als du bei mir im Katechismus-Unterricht warst, und glaubte, an deiner Abreise erkennen zu können, daß dir die Natur der Tat, die du begangen hattest, vielleicht nicht völlig verborgen geblieben war. Vertraut mit dem Gewissen der Leute hier im Ort, konnte ich mir ausrechnen, wie Gott zu deiner Seele sprechen würde in der Verbannung, und daß dies vielleicht Strafe genug sein würde für dich, was sich auch gezeigt hat, da du zurückkehrst als ein Mensch, der sich in verschiedener Hinsicht auf dem Weg der Besserung befindet, und dich von deinem größten Laster befreit hast, auch wenn noch vieles besser werden könnte, wie zum Beispiel der christliche Gehorsam gegenüber Gottes heiligem Wort. Wir haben uns also wie gesagt gegenseitig geholfen, den Kelch an uns vorübergehen zu lassen, daß Anklage erhoben wurde. Über die Mutter deines Kindes ist zu sagen, daß ich zunächst nicht besonders freundlich gegen sie eingestellt war, denn es gehört zu meinen Pflichten, auf der Hut zu sein vor Leuten, die keine Gründe angeben und mit Kindern, die versorgt werden wollen, und leeren Taschen hierherkommen, doch das Frauenzimmer ist bei guten Leuten gelandet, und obwohl der liebe Eyjolfur kein besonders eifriger Kirchgänger ist, so hat er doch ohne Murren für sie den Beitrag an die eine, rechtmäßige Staatskirche bezahlt. Tjaja, mir ist darüber hinaus bekannt, daß sie an die wahre Erlösung durch Jesus Christus glaubt, und wenn sie auch manchmal die Sünde begeht, sich diesen leicht-fertigen Humbug bei den Versammlungen der Heilsarmee anzu-hören, so tröste ich mich damit, daß Gott weniger auf die Ver-sammlungen als auf das Bekenntnis schaut.

Darf ich dem gesegneten Propst einen Schluck Kaffee anbie-ten? fragte die alte Steinunn, als der Propst unentwegt weiter-sprechen zu wollen schien, und sie fügte hinzu: Dort, wo der gesegnete Propst sich äußert, geschieht es immer mit Vernunft und Güte.

Na, was gibst du dann zur Antwort, lieber Steinthor? fragte der Propst. Wollen wir uns in dieser Angelegenheit nicht auf eine heilige Ehe einigen und die Vergangenheit vergessen sein lassen? Oder wollen wir alle Buße ablehnen und unsere Taten dem Urteil Gottes und der Menschen unterstellen?

Falls Sigurlina dir diesen Floh ins Ohr gesetzt hat, antwortete Steinthor schließlich, dann ist es meiner Ansicht nach am ein-fachsten, wenn ich ihr direkt antworte. Was Gott betrifft, so habe ich nichts bei ihm bestellt, und ich kann nicht einsehen, daß er einen Grund hätte, etwas bei mir zu bestellen. Aber eines muß man dir lassen, Pröpstchen, du bist der todlangweiligste Meckerer und Nörgler, dem über den Weg zu laufen ich jemals im Leben das Pech gehabt habe, und ich habe immerhin sowohl mit Schwarzen als auch mit Sodomiten zu tun gehabt.

Damit trennten sie sich.

21

Es geht auf die Karwoche zu.

Am Tag vor Palmsonntag kam das Postschiff aus Reykjavik, und als Salka Valka aus der Schule nach Hause kam, lag doch tat-sächlich ein Brief für sie auf dem Küchentisch; es war ein blauer Umschlag, wie die feinsten Briefe an Johann Bogesen, und die Adresse war mit allerlei kunstvollen Schwüngen und Schnörkeln geschrieben: eine geübte Hand. Fräulein Salvör V. Jonsdottir, Mararbud, Oseyri am Axlarfjord – so stand da geschrieben. Auf der Briefmarke war ein Bild unseres Königs, allerdings hatte ein unvorsichtiger Postbeamter ihm einen schwarzen Klecks auf die

Nase gestempelt. Aber wie das junge Mädchen errötete, und wie wundervoll ihr Herz zu klopfen begann, als sie zum ersten Mal einen verschlossenen Brief aus der unbekannten Welt draußen erhielt! Sie drehte ihn lange in den Händen hin und her und brachte es kaum über sich, ihn aufzumachen.

Im Umschlag war eine Photographie im Postkartenformat. Sie zeigte einen jungen Burschen mit länglichem, regelmäßigem Gesicht, vollen, schön geformten Lippen und Augen, die im Wissen um das empfindliche Glas des Photoapparats vielleicht noch klüger, fragender und verträumter waren als sonst. Der Kragen saß fast genauso gut wie bei den ausländischen Kaufleuten, Schullehrern und Pröpsten, die manchmal in den Zeitungen aus der Hauptstadt abgebildet waren. Hinter ihm auf dem Bild sah man Vögel fliegen. Und auf der Rückseite stand von derselben geübten Hand geschrieben:

Gymnasium, 15. März. Meine liebe Salka. Ich hätte Dir schon längst schreiben sollen. In der Schule komme ich gut voran, im nächsten Frühjahr mache ich die mittlere Reife. Ich will ein berühmter Mann werden, ganz gleich, was die Leute sagen und wie alles geht. Dann komme ich vielleicht nach Oseyri und besuche Euch. Du bist inzwischen sicher groß geworden. Wie siehst Du aus? Trägst Du Hosen? Ich habe Dich nicht vergessen, obwohl es hier viele Mädchen gibt. Hast Du immer noch eine so tiefe Stimme? Jetzt geht nichts mehr auf die Karte. Beste Grüße, Dein ergebener Arnaldur Björnsson.

Sie las dies immer wieder, und die ersten fünf Male verstand sie überhaupt nichts vor lauter Herzklopfen. Schließlich begriff sie aber doch, daß sie eine junge Frau mit Namen und Adresse im Zentrum des Universums war und einen Gruß von einem jungen Mann bekommen hatte. Man kann sich kaum etwas Märchenhafteres vorstellen. Hast du jemals von so etwas gehört, sagte sie zu sich selbst.

Ihr schien es, als sei ein Menschenalter vergangen, seit die Spuren der Leute im Kof zugewachsen waren, und Arnaldur war schon längst mit den unbekannten Weiten des Universums verschmolzen, ohne eine andere Erinnerung zurückgelassen zu haben als das Medaillon, das sie zwar noch trug, aber selten öffnete, denn sie konnte kaum begreifen, daß dieses Säuglingsbild ihn vorstellen sollte. In Wirklichkeit hatte sie ihn schon längst so vergessen, wie nur die Kindheit vergessen kann. Die Wogen der Kindheit fluten im großen Bogen davon und werden erst dann wieder zurückgeworfen, wenn man alt ist. Und hier bekam sie plötzlich ein neues Bild von ihm, gerade als sie ihn vollends vergessen hatte – und dieses zweite Bild war beinahe genauso unglaublich wie das erste. War es möglich, daß dieser kluge, gutgekleidete junge Mann, der so vornehm und kultiviert aussah, derselbe Arnaldur war, der ihr einmal das Lesen beigebracht hatte, obwohl er nur wenig größer war als sie, der oft eine geflickte Jacke und löcherige Schuhe trug und ihr wunderliche Geschichten und noch wunderlichere Träume erzählte? Noch märchenhafter aber war es, daß ein solcher junger Mann sich tatsächlich an ein unbedeutendes Mädchen in einem Fischerdorf in einer entlegenen Ecke des Landes erinnerte, ein Mädchen, das keinen Vater und fast keine Mutter hatte. Was sollte sie ihm antworten? Seine Fragen trafen sie alle so unvorbereitet. War sie wirklich schon groß? Das war schwer zu sagen – zumindest sollte sie im Frühjahr konfirmiert werden. Und eines war sicher, sie war überhaupt etwas seltsam geworden, und zwar schon seit fast einem Jahr. Die verfluchten Lausejungen hänselten sie immer und nannten sie die kleine Frau, und es war gut, daß sie nicht alles wußten, ja, wenn die Leute alles wüßten, was in letzter Zeit in ihrem Körper und in ihrer Seele vor sich ging – ja dann, Gott helfe mir, mehr sage ich gar nicht. Aber Arnaldur anders als ganz offen und ehrlich zu antworten, kam ihr nicht in den Sinn, und sie stellte sich vor, etwa folgendermaßen zu schreiben: Ja, Arnaldur, ich bin wohl dabei, das zu werden, was man groß nennt, zumindest kann ich mich selbst nicht mehr so verstehen, wie ich es tat, als ich klein war, und ich finde, daß ich überhaupt etwas eigenartig geworden bin.

Ihre Wangen wurden ganz heiß, und das Herz in ihrer Brust sang wie ein Vogel auf einem Zweig. Nein, hier drinnen konnte sie es nicht aushalten, die Decke war so niedrig, ihre Freude war nur unter den Sternen zu Hause, sie lief aus dem Zimmer, es war nach acht Uhr, und Steinunn werkelte in der Küche; Salka umarmte und küßte sie, bevor sie hinauslief, und sagte, daß sie heute abend alles und alle liebhätte. Sie steckte den Brief rasch in ihre Bluse, sie fühlte sich so leicht, sie wünschte, sie konnte fliegen. Sie tanzte im eisigen Wind über die ganze Hauswiese und flog dann ins Dorf hinunter, die Hauptstraße am Meer entlang, am Laden vorbei, und wollte eigentlich ihre Freundin zu einem Spaziergang abholen – sie hatte nämlich angefangen, Vergnügen daran zu finden, abends durchs Dorf zu gehen und zu sehen, wer unterwegs war, wer mit wem anbändelte, welche Mädchen zur Heilsarmee gingen und mit wem sie wieder herauskamen. Und als sie am Gebäude der Heilsarmee vorbeikam, hörte sie von dort herrlichen Gesang, die Geretteten hoben ihre Seelen in die Höhe, einzeln und im Chor, mit Gitarre, Trompete und Trommel. Sie blieb vor dem Haus stehen und überlegte, ob sie hineingehen solle, doch dann fiel ihr ein, daß ein Mädchen ihres Alters sich nicht allein bei der Heilsarmee sehen lassen konnte; dafür sorgten die Männer. Aber es schadete wohl nichts, wenn sie sich hinter das Haus schlich und durch ein Fenster hineinspähte und dem Gesang lauschte. Die Fenster des Versammlungssaales auf der Rückseite des Hauses gingen bis auf die Erde herab, da der Bau in den Hang hineingegraben war, und dort stellte sich das Mädchen hin. Der obere Teil der Fenster war offen; auf dem Podium standen die Offiziere mit ihren Instrumenten, und der Kapitän sang ein freudiges Lied und hatte rote Schulterklappen; er hatte die Hände übereinandergelegt und hob sein Angesicht dem Thron des Lammes entgegen.

> Die Liebe Gottes ist unendlich,
> sie strömt hervor, sie strömt hervor.
> Die Wunderquelle fließt beständig,
> sie strömt hervor, sie strömt hervor.
> Jede Woge bringt dir neuen Segen,
> neue Hoffnung wird sich in dir regen.
> Der Liebe Quelle allerwegen.
> Sie strömt hervor, sie strömt hervor.

Dazwischen sang immer wieder der Chor, und da sah sie auch das Gesicht ihrer Mutter in herrlicher Siegesfreude strahlen:

> Sie strömt hervor, sie strömt hervor.
> Die Liebe Gottes strömt hervor.
> Im Glauben an dich bete ich dich an.
> Die Liebe Gottes strömt hervor.

Dann verstummte der Gesang, die Vereinigung der Seelen löste sich fürs erste wieder auf, die Zuhörer, durchdrungen von Liebe, drehten sich auf ihren Plätzen um, lächelten oder schnitten Grimassen, jeweils in die passende Richtung, manche schneuzten sich, andere spuckten aus, die Frauen machten sich zurecht und zogen Röcke oder Kleider unter den Kniekehlen zurecht. Der nächste Redner kam an die Reihe, um die letzten Wunder des Heiligen Geistes hier im Ort zu bezeugen. Die Offiziere auf dem Podium setzten sich mit gottgefälligem Herzklopfen und einem Gesichtsausdruck, der an Balsam erinnerte. Und wer war es, der da aufstand und sein Angesicht dem Thron des Lammes entgegenhob, wer sonst als der Soldat Sigurlina, die Mutter Salkas! Da beschloß sie, noch eine Weile zu bleiben, denn es war schon lange her, seit sie zugehört hatte, wie ihre Mutter eine Rede hielt.

Im Namen unseres Herrn Jesus Christus, amen, sagte die Frau.

Und dann nahm ihr Gesicht jenen seltsamen, verklärten Ausdruck an, den die Erlösten, wenn auch tausendmal strahlender, beim Jüngsten Gericht bekommen werden, und sie begann zu sprechen wie ein erbauliches Büchlein für Kinder, das sich plötzlich in einen Menschen verwandelt hat, sie hatte sich über die Wirklichkeit erhoben, in höhere Sphären, was im Vergleich zu ihrem Leben und ihrer Umgebung dem Mädchen etwa so vorkam, als ob jemand splitternackt am Nordpol stehe und zitternd vor Überzeugung und Begeisterung behaupte, auf seiner Rechnung bei Johann Bogesen fünfhundert Kronen gutzuhaben. Ohne sich an die Umstände ihres eigenen Lebens zu erinnern, sprach die Frau davon, daß sie in diesem Augenblick vom himmlischen Licht Gottes umstrahlt werde, denn sie habe den Weg gefunden, der die Menschen Gottes zum Seelenheil führe. Sie sagte, ihr Herz weine über die Abscheulichkeit der Sünde, die zu begehen der Satan sie verlockt habe, aber gleichzeitig ertöne in ihrem Herzen eine freudige Siegeshymne, weil sie mit dem heiligen Blut Jesu losgekauft worden sei und Gewißheit über das Recht der Kinder Gottes erlangt habe, das darin bestand, daß Gott keinen von seinem Angesicht verjagte, der mit zerknirschtem Herzen zu ihm kam. Viele Jahre lang, sagte sie, habe sie Tag und Nacht Jesus darum gebeten, ihr den Geliebten zurückzuschicken, hunderttausendmal, sagte sie, habe sie diese berühmten Worte aus der Heiligen Schrift aufgesagt: Herr, ich glaube, hilf meinem Unglauben. Mein liebster Jesus, habe sie gesagt. Ich weiß, du wachst hinter meinem Leben und krönst es mit Gnade, auch wenn ich anderswo keine Rechnung bekommen kann, denn du selbst hast gesagt, daß du der König und Helfer der Armen, Sorgenvollen und Unwissenden bist. Ich habe bei keinem menschlichen Wesen ein Guthaben, doch ich lebe und sterbe in der Hoffnung, daß du dein Versprechen gegenüber deinem geringsten Soldaten und Jünger erfüllst und mir nahe bist alle Tage bis zum Ende der Welt. Denn was ist ein mittelloses Frauenzimmer, das nie eine Rechnung bei Bogesen bekommen hat, ja, was ist sie ohne deine Gnade, o Jesus? Was sind wir Armen ohne deine Gnade, o Jesus? Woran können wir uns im aufgewühlten Meer des Lebens festhalten, wenn nicht an dir, o Jesus? Deine Liebe, deine Gnade, deine Milde wacht über uns Armen, an denen die Menschen mit Stolz vorbeigehen, ja, ja, o Jesus, du bist unser ein und alles, o Jesus, halleluja.

Schließlich hatte Jesus sie erhört, wie es von ihm nicht anders zu erwarten war. Jesus erhört alle Unwissenden und Nackten, die viel weinen und ihm ihr zerknirschtes Herz opfern und nirgendwo eine Rechnung haben. Er hatte ihr Steinthor wieder heimgeschickt und ihn sogar dazu gebracht, den Weg des Lasters zu verlassen, sein Herz erweicht, ihn Schluß machen lassen mit dem Trinken und ihm das Gnadengeschenk der Dichtkunst gesandt. Und jetzt war es soweit, daß es dem Kapitän gelungen sei, bei der Obrigkeit die Erlaubnis zu erwirken, die Trauung nach dem Ritual der Heilsarmee zu vollziehen, sie werde nun in wenigen Tagen stattfinden, im Namen Jesu, des reinen, wahren Weinstocks, der macht, daß die Menschenkinder in Liebe zueinander finden, damit ihre Seelen gerettet werden und nur ihm allein gehören. Ja, ja, ja. Und nun bitte ich um das, was das Wichtigste ist, nämlich daß Gott macht, daß sich sein Herz Jesus zuwendet, und ich bitte euch, auch dafür zu beten, um nichts habe ich meinen süßen Heiland so innig gebeten, seit ich sie beide lieben lernte, was beides am selben Abend geschah. Ihr alle, die ihr hier zusammengekommen seid, betet für die Rückkehr derer, die ihn noch nicht gefunden haben!

So bist du mein Jesus, mein Erlöser, mein Schutz und mein

Schild, von dieser Stunde bis in alle Ewigkeit, du reiner Weinstock, du ewiger einer Weinstock, der du jenem Zweiglein, das aus dir entsprießt und immer an dir hängen wird, Saft und Kraft gibst. Denn siehe, die Ewigkeit uns bindet, ich klammere mich fest, fest an dich, ja, ja, ja, halleluja.

Gott sei Dank und Lob und Preis, halleluja, sagte der Kapitän, und die Kadetten, die Leutnants, die Fähnriche und die Oberstabsfeldwebel droben auf dem Podium standen dann auf und begannen, mit erhobenen Herzen zu singen. Aber aus irgendeinem Grund hatte das Mädchen keine Freude mehr an dem Gesang und machte sich davon. Als sie wieder auf der Straße ging, wurde sie von jemandem eingeholt, und wer stand im Dämmerlicht des Abends neben ihr? Kein anderer als Steinthor.

Ich konnte nicht verstehen, wo du geblieben warst, sagte er.

So? Was willst du von mir? Dort drin bei der Heilsarmee kündigt Mama gerade deine Eheschließung an und legt bei Gott Fürbitte für dich ein. Sie spricht von Jesus und von dir in einem Atemzug. Ich glaube, du solltest dich in ihrer Nähe halten und andere in Ruhe lassen.

Kannst du mich denn nicht besser leiden, nachdem ich beschlossen habe, sie zu heiraten? Oder hättest du haben wollen, daß ich etwas anderes tue?

Hätte ich – ? Was gehe ich dich an, du Esel? Ihr gegenüber mußt du dich als Mann erweisen, nicht mir gegenüber.

Salka, ich erweise mich niemandem gegenüber als Mensch, solange ich in deinen Augen kein Mensch bin. Du hast mir befohlen, sie zu heiraten, und ich habe eingewilligt und in drei Teufels Namen zu dem Trottel von Propst gesagt, in der Hoffnung, daß es dir besser gefiele.

Hast du in drei Teufels Namen gesagt? wiederholte das Mädchen. Du solltest dich schämen!

Hättest du lieber haben wollen, daß ich ins Zuchthaus gehe? Ich kann es immer noch tun, wenn du es willst.

Mit dir rede ich nicht, sagte sie. Laß mich endlich in Ruhe!

Sie lief ihm aber nicht davon, sondern zankte weiter mit ihm auf der Straße herum, auch wenn es keinen Sinn hatte.

Salka, begann er wieder von neuem. Ist dir nie der Gedanke gekommen, daß ich anders sein könnte, als es den Anschein hat? Hast du nie bemerkt, daß ich geistig veranlagt bin?

Geistig veranlagt? Du? sagte das junge Mädchen.

Als ich ein junger Bursche war, sagten alle, ich sei ein kluger Kopf, beteuerte er. Als ich achtzehn Jahre alt war, konnte ich Vierzeiler dichten, die nicht schlechter waren als die aller anderen hier im Dorf. In letzter Zeit habe ich Gedichte verfaßt, von denen ich zu behaupten wage, daß sie mit Sicherheit den Vergleich mit den Gedichten der berühmten großen Dichter, zum Beispiel die des Sattlers und Sigurds von Ytribrekka, nicht zu scheuen brauchen – ja, ich bin mir fast sicher, daß ich Gedichte verfaßt habe, die es sogar mit denen des Volksschullehrers aufnehmen können. Du sagtest neulich, das Gedicht für deine Mutter sei eine schlechte Reimerei gewesen, ich hatte mir ja auch nicht besonders viel Mühe gegeben damit, aber ich habe ein anderes, viel besseres für dich gedichtet, das sich nicht nur hören lassen kann, sondern teilweise sogar sehr kunstvolle Reime hat – wenn du mir nur einen Augenblick zuhören willst, dann sage ich es auf.

Du hast kein Recht dazu, über mich zu dichten, sagte Salka.

Salvör, wenn du mich weiterhin verachtest, dann heirate ich überhaupt nicht; dann gehe ich ins Zuchthaus.

Du hast Mama gar nicht lieb und hast sie noch nie liebgehabt, sagte das Mädchen. Ich habe noch nie einen solchen Schuft gekannt wie dich!

Sie hatten den Heimweg eingeschlagen, ganz entgegen der ursprünglichen Absicht des Mädchens, und er antwortete nichts auf diesen Vorwurf.

Wohin gehst du? fragte sie schließlich und blieb unvermittelt stehen. Kann ich nirgendwo hingehen, ohne belästigt zu werden? Du hast kein Recht dazu, mir dauernd nachzulaufen.

Er betrachtete eine Weile ihr Bild in der Dämmerung.

Salka, sagte er schließlich mit einer Stimme, die stärker von lyrischer Wehmut gefärbt war als alles, was sie bis dahin aus seinem Mund gehört hatte. Vorhin hörte ich dich sagen, daß du heute abend alles liebhättest.

Mußt du mir deshalb dauernd nachlaufen?

Weshalb mußt du das Nachlaufen nennen, Salka. Ich wollte nur gerne wissen, ob du die Wahrheit gesagt hast – ich dachte vielleicht, wenn du alles liebhättest, dann würdest du mir vielleicht erlauben, auf derselben Straße zu gehen wie du, und dir vielleicht sogar mein Gedicht anhören. Und dann ist noch etwas, Salka. Seit ich aus dem Ausland zurückkam, habe ich immer ein kleines Geschenk für dich in der Tasche herumgetragen, es hat mich jeden Tag aufs Meer hinausbegleitet; ich kann jederzeit ertrinken – und das macht nichts –, aber ich wollte es dir nur geben, bevor ich ertrinke. Das kann man kein Leben nennen, Salka, ein Dasein wie das meine, aber wenn ich dir dieses Geschenk geben dürfte, dann könnte ich zumindest ruhig ertrinken. Ich kann mir nichts Elenderes vorstellen, als zu ertrinken, bevor man sein Geschenk übergeben hat. Im übrigen ist der Tod im Meer süß.

Ich glaube, du solltest deine Geschenke meiner Mutter geben, sagte sie kurz angebunden, war aber dennoch keineswegs völlig frei von Neugierde darauf, was für ein Geschenk er ihr machen wollte.

Salvör, sagte er, wenn ihr nicht zusammengehört, dann ist deine Mama nicht mehr deine Mama und geht mich nichts an. Wenn ich dein Stiefvater und gleichzeitig der Mann deiner Mutter sein dürfte, dann würde ich für euch beide arbeiten, es würde euch immer gutgehen, ich würde dafür sorgen, daß du nur das zu tun bräuchtest, was du selbst tun willst, so daß du das schönste aller Mädchen im Dorf würdest, denn das kannst du ohne weiteres werden: Du hast tausendmal mehr Persönlichkeit als Agusta Bogesen.

Ich will nicht, daß du mich mit einem Flittchen wie der vergleichst.

Doch er fuhr fort:

Wenn ich dich nicht glücklich machen darf, dann gehe ich geradewegs ins Zuchthaus. Nein, lauf nicht weg, sonst schneide ich mir gleich heute abend mit einem Messer den Kopf ab und fahre direkt zur Hölle. Geh nicht weg von mir, bevor ich dir das kleine Ding gegeben habe, das ich für dich mit mir herumtrage – es leuchtet im Dunkeln, ich habe dafür anderthalb Jahre auf fremden Meeren gearbeitet – bei Kohle, Salz, Ruß, Gestank und Glut, so wahr ich lebe, es hatte fünfzig Grad dort unten im Kesselraum, zwischen ausländischen Mördern, Dieben, Lügnern, Deserteuren, Schwarzen, Sodomiten, immer die schlechteste Arbeit, unter dem schlimmsten Abschaum, voller Ruß und Kohlenstaub, nackt, verbrannt, gequetscht, wahnsinnig, todkrank, heimatlos auf Erden, ohne sich verständlich machen zu können, verlassen ohne Freunde, mit gebrandmarktem Gewissen, und wenn ich tot umgefallen wäre, hätte man mich ins Feuer geworfen, und niemand hätte mich vermißt, weder Menschen noch Götter oder Teufel; und immer habe ich an dich gedacht, vor allem an dich, und an den Jungen, und an deine Mutter, und immer an dich, der ich, ohne es zu wollen, Gewalt antat, das kleine Mädchen mit der starken, vollkommenen Stimme und dem Zauber des Weibes im kindlichen Blick, dem ganzen Zauber des Lebens; mein ganzes Dasein war ein einziger Schrei nach Versöhnung geworden, und dennoch bin ich auch am heutigen Tag nur ein Ungeheuer, das deine Augen verachten, du verjagst mich sogar von der öffentlichen Straße, wenn ich dir, den Tränen nahe, entgegentrete – nach allem, was ich durchgemacht habe. Schau her, jetzt heirate ich in einer Woche deine Mutter, und ich werde dich nicht einmal mit dem kleinen Finger berühren, nie, wenn du mir nur verzeihen und mich als Menschen betrachten willst und dir mein Gedicht anhörst und das kleine Ding annimmst, das ich für dich habe. Komm, wir wollen uns beeilen!

Angesichts des fiebrigen Stroms seiner Worte, der verwirrenden Leidenschaft seiner Atemzüge wurden die Gedanken des jungen Mädchens aus der Verankerung in ihrer Wirklichkeit gerissen, wie wenn Menschen durch das Toben der Naturkräfte gleichsam gelähmt werden, seine Heftigkeit nahm mit jedem Schritt, den sie machten, zu, es war, als hätte in ihren salzigen Adern das Meer selbst zu branden begonnen; sie hatten angefangen zu laufen. Er legte ihr den Arm um den Rücken, wie um sie zu beschützen, sie zu stützen, ihr das Gehen leichter zu machen, sie vor dem Fallen zu bewahren, wenn sie stolperte, ihr Atem bebte, sie rang nach Luft, so nahe ging ihr sein angstvolles Schuldbewußtsein, seine Hitzigkeit, die unglaubliche Schwere seines Schicksals, da sie selbst die Schicksalsfäden in ihren feuchten, jungen Händen hielt. Sie hatte keine Ahnung mehr, wohin sie gingen, spürte nur in ihrem Blut die Bedrohlichkeit dessen, ein Mensch in der Welt zu sein und Himmel, Meer und Erde gegenüberzustehen, von niemandem verstanden. Sie befanden sich plötzlich vor dem Schafstall am Rande der Hauswiese, er zog den Pflock aus der Krampe, schob das Mädchen hinein, schloß die Tür; die Schafe sprangen verängstigt auf und drängten sich in einer Ecke des Stalles zusammen; er schob Salka vor sich her in die Scheune – oder trug er sie? – und setzte sie in das duftende Heu, das dort für die Morgenfütterung bereitlag. Er selbst setzte sich neben sie und begann, sein Gedicht aufzusagen. Er machte keine Pause zwischen den Strophen, aber das spielte keine Rolle, denn sie hörte seine Worte nicht, sie nahm nur seine Stimme wahr, seinen Atem, der wie eine Wassertiefe war, die von gewaltsamen Bewegungen erzittert, und sie saß starr vor Schreck am Rande dieser Wassertiefe, von wo aus die Berge und das Firmament, der Seegang und das Schicksal der Menschen gleichermaßen rätselhaft erscheinen. Sie zitterte vom Scheitel bis zur Sohle, die Zähne klapperten in ihrem Mund, die Adern an den Schläfen pochten wie Schmiedehämmer, die von zwei Seiten auf den Amboß treffen. Sie meinte, sie müsse auf der Stelle ohnmächtig werden.

Schau, sagte er schließlich in der Dunkelheit und faßte ihre Hand, die in kalten Schweiß gebadet war, während er ihr gleichzeitig ein glitzerndes Geschmeide vor die Augen hielt. Er leuchtet selbst in der Dunkelheit, wo kein Lichtstrahl auf seine Reinheit treffen kann... Aus ihm leuchten die Qualen von anderthalb Jahren, in denen ein armer Seemann auf fremden Meeren und für geringen Lohn als Heizer auf großen Schiffen arbeitete, in der Hoffnung auf Vergebung von der Seele, die er fürchtet und verehrt. Nun stecke ich ihn dir an den Finger – für diesen Augenblick habe ich gelebt.

Als Salka aber spürte, daß sich sein Arm behutsam um sie legte und seine Hand auf ihrer Brust liegenblieb, da erwachte sie mit einem Male zu einem undeutlichen Bewußtsein dessen, was sie da mit sich geschehen ließ.

Gott der Allmächtige stehe mir bei, rief sie bebend. Steinthor, weißt du denn nicht, daß ich erst vierzehn bin? Oh, so etwas hab' ich noch nie getan. Mama darf das nie erfahren!

Doch in dem Augenblick hörte man Schritte im Stall nebenan, und die Schafe wurden wieder aufgescheucht, Salka Valka aber stieß einen Angstschrei aus, schob seinen Arm weg und sprang auf. Im Nu war sie durch die Scheunentür und draußen im Stall, wo sie einer menschlichen Gestalt in die Arme lief, die sie trotz der Dunkelheit sofort erkannte, und das, obwohl die beiden sich jetzt zum ersten Mal in Wirklichkeit und Wahrhaftigkeit begegneten. Sie wechselten keine Worte. Doch als die Kleine schon an der Eingangstür war, blieb sie stehen und rief den Tränen nahe in den Stall hinein:

Mama, ich schwöre dir bei Gott dem Allmächtigen, daß nichts gewesen ist –

Aber es war, als ob ihre Worte auf der Zunge ins Stolpern kämen – es war nur ein lächerlicher, hysterischer Ausruf, der wie eine plumpe Lüge klingen mußte. Niemand konnte das besser spüren als sie selbst, und sie stürzte ja auch davon und floh. Sie lief geradewegs den Berg hinauf und weinte bitterlich in der nassen, kalten Nachtluft.

Sie wagte sich erst spät in der Nacht nach Hause und schlich auf Strümpfen durch die Küche, wie ein Dieb und Mörder. Sie wagte nicht, sich in der Kammer ihrer Mutter schlafen zu legen, sondern ging leise auf den Dachboden und warf sich auf die harten Bretter ihres alten Betts, das lange nicht mehr benutzt worden war. Da erst fiel ihr die Postkarte aus Reykjavík wieder ein, die sie am Abend in ihre Bluse gesteckt hatte: sie war verschwunden. Sie hatte natürlich nicht die leiseste Ahnung, wo sie sie verloren haben konnte – unten im Dorf, drüben in der Scheune, draußen auf der Hauswiese, droben auf dem Berg –, vielleicht flog sie irgendwo im Nachtwind umher. Und während sie sich darüber den Kopf zerbrach, bemerkte sie, daß im Dunkeln etwas an ihrer Hand glitzerte. Du liebe Güte, was um alles in der Welt – ? Da war es der Ring. Sie streifte ihn ab, befühlte ihn genau mit den Fingerkuppen, ließ ihn aus verschiedenen Richtungen in ihre Augen funkeln, probierte ihn an allen Fingern, doch schließlich nahm sie ihn ab und barg ihn in der Hand, damit ihn keiner zu sehen bekäme, hielt ihn fest in ihrer Faust. Was sollte sie tun mit diesem kostbaren Stück, das gekauft worden war, während der Atem des Lebens in ihrem kleinen Bruder verlosch und ihre Mutter weinend und singend wachte? Wo konnte sie diesen verbrecherischen Gegenstand vor Gott, den Menschen und ihrem eigenen Gewissen verstecken? Sie beschloß, ihn wieder zurückzugeben, sobald sie den Gebenden allein träfe. Und doch – dieser Ring gehörte keinem außer ihr. Während sie hierüber nachdachte, schlief sie, angezogen auf den kalten Brettern liegend, ein.

Es kam ihr vor, als sei sie plötzlich ein großes Mädchen in einem feinen Haus, zwischen vielen anderen Mädchen, die sie noch nie gesehen hatte, aus dem Ausland oder aus Reykjavik, und das Haus war wie bei Bogesen, oder noch feiner, sie dachte, es sei wohl am ehesten eine Mädchenschule. Eigentlich konnte sie nicht verstehen, weshalb sie hier war, sie, die sie immer ein Junge gewesen war. Doch draußen standen große Dinge bevor, jemand sagte, es sei ein Mann gekommen, der Gewitter oder Erdbeben bringe, und sie hoffte, daß die Tür geschlossen war, damit er nicht hereinkonnte. Doch als sie aus dem Fenster sah, da stand Arnaldur draußen, mit Kragen und Hut, und da schämte sie sich und wünschte sich, daß er sie nicht sähe, denn sie war so schlecht gekleidet, verglichen mit all den anderen Mädchen. Sie hatte noch nie im Leben so schmerzhafte und erniedrigende Scham gefühlt. Aber da drückte Arnaldur sein Gesicht von außen an das Fenster, und es gab kein Entrinnen mehr für sie, er begann, an der Fensterscheibe zu sprechen und richtete seine Worte an sie allein – und was für ein Redefluß, was für ein Wortschwall, der sich über sie ergoß; sie war wie ein kleiner Grashalm, mit dem man zwischen den Daumen pfeift, die Scheibe zersprang in tausend Stücke, und der Redestrom drang in ihre Brust, in ihr pochendes Herz, ihr Blut und ihr Leben. Sein Gesicht war jetzt im Innern des Zimmers, aber du lieber Gott, wie hatte sie sich nur so irren können, das war ja niemand anderes als Steinthor! Und er redete weiter, bis seine Rede zu einem fürchterlichen Gebrüll geworden war, das ihre ganze Seele ausfüllte und sie um den Verstand zu bringen drohte. Sie fuhr aus dem Schlaf auf und sprang voller Entsetzen auf den Fußboden. Doch da war es nur der Dampfer, der zur Abfahrt tutete.

Ach, wie ihr alle Knochen wehtaten vom Liegen auf diesen harten Brettern. Es gab jedoch keine andere Möglichkeit, als sich wieder daraufzulegen, was sie auch tat – nicht mit dem Bild Arnaldurs in ihren Gedanken, sondern mit der frischen Erinnerung an die fiebrige Erregung Steinthors in ihrem Blut.

22

»Große Halleluja-Hochzeit im Versammlungssaal der Heilsarmee am kommenden Samstag, acht Uhr abends. Trauung von Soldat Sigurlina Jonsdottir und Steinthor Steinsson, beide wohnhaft hier im Ort. Alle willkommen. Eintritt fünfundzwanzig Öre.«

Stabskapitän Andersen hängte eine solche Ankündigung an die Ladentür bei Johann Bogesen, nachdem er die Erlaubnis des Geschäftsführers eingeholt hatte; das geschah bei brüllendem Sturm und Regen, und über den Bergen trieben abscheuliche Nebelfetzen. Halleluja-Hochzeit, lasen die Leute und spuckten aus. Das war eigenartig, wie das meiste, das aus dieser Richtung kam. Denen blieb wohl nichts anderes übrig, als der Hurerei in Mararbud ein Ende zu machen, denn es hieß, daß sowohl der Bezirksrichter als auch der Propst sie ermahnt hätten.

Am frühen Nachmittag ging der Propst in seinem Talar zur Kirche und schärfte ein paar alten Frauen ein, wie wichtig es sei, seine Sünden zu beweinen. Er wiederholte immer wieder, daß für die Leute in einem Dorf nichts wichtiger sei, als ihre Sünden beweinen zu können. Er berief sich dabei auf den Herrn und mehrere der bedeutendsten Apostel. Er sagte, die Bewohner Jerusalems hätten nur deshalb jubelnd Palmzweige auf den Weg Jesu gestreut, weil sie zuvor gelernt hatten, ihre Sünden zu beweinen. Er sagte, daß es in Oseyri am Axlarfjord genauso sei. Die Menschen hier im Ort würden nie Palmzweige auf den Weg Jesu streuen können, wenn sie nicht zuvor lernten, ihre Sünden zu beweinen. Wie nicht anders zu erwarten, waren die alten Frauen sehr ergriffen von dieser anrührenden Predigt; heiße und aufrichtige Tränen des Glaubens rannen unter ihren rostigen Brillen herab, denn sie beweinten ihre Sünden. Im übrigen warteten die meisten von ihnen darauf, daß ihre Männer oder Söhne vom Fischfang zurückkämen, und eilten nach Hause, sobald die Segensworte gesprochen waren, um heißen Kaffee zu haben, wenn sie kämen. Ja, das muß man sagen, er hat gut gesprochen heute, wie immer, der gesegnete Propst.

Salka Valka stand mit zwei Freundinnen unten auf der Brücke, als die Boote zurückkamen. Es machte Spaß, sie einlaufen zu sehen. Schwer beladen mit ihrem Fang pflügten sie durch die

Wellen des Fjords, zielsicher, stolz und würdevoll; lustig schäumte die Gischt um Bug und Seiten. Nie waren die Fischer stattlicher, als wenn sie bei der Heimkehr von den Fanggründen auf dem Deck des Bootes standen, naß, voller Schuppen, in schmierigem Ölzeug und hohen Stiefeln, den frischgefangenen Dorsch in großen Haufen um sich herum, achtern und vorn und im Laderaum, und sagten, es sei kaum der Rede wert, was sie gefangen hätten. Männer, die an Land arbeiteten, und Frauen machten sich gleich daran, den Fang auszuladen. Viele Fischersfrauen warteten unten auf der Brücke mit heißem Kaffee in Flaschen und Roggenbrot mit Margarine. Da hörten die Mädchen plötzlich eine Stimme hinter sich, die fragte, ob der Adler, das Boot Steinthors, schon gekommen sei. Es war gerade im Begriff anzulegen. Aber so sehr Salka auch schaute, konnte sie doch nirgends das grobgeschnittene Gesicht Steinthors entdecken, das nur unter dem Südwester richtig zum Ausdruck kam, und auch nicht seine hünenhafte Gestalt, die durch das Ölzeug gewaltiger erschien.

Ist Steinthor da? rief ihre Mutter.

Doch die Männer antworteten spöttisch:

Wir glaubten, er wäre heute morgen anderswo fischen gegangen.

Wir pflegen unsere Leute morgens nicht zu wecken, antwortete der Bootsführer kurz und bündig. Entweder fahren die Männer auf einem Boot, oder nicht.

Und habt ihr ihn gestern abend auch nicht gesehen – bei der Heilsarmee sagen sie nämlich, er sei nicht nach Hause gekommen.

Geh weg da, Weib. Hab ich dir nicht gesagt, daß die Leute das mit Bogesen abmachen müssen, ob sie rechtzeitig kommen, bevor das Boot ausläuft, oder nicht? Aber Steinthor kann sich darauf verlassen, wenn er mir noch einmal diesen Streich spielt, dann bekommt er es mit Bogesen zu tun. Wir konnten heute fast den Fang nicht an Bord ziehen, weil wir so wenige waren.

Die Frau sah die Männer dumm an, mit offenem Mund und stumpfem Blick, als sehe sie einen bodenlosen Abgrund vor sich. Schließlich wandte sie sich an eine andere Gruppe von Männern und fragte noch verzagter als zuvor:

Habt ihr Steinthor gesehen?

Die Männer schüttelten den Kopf und hatten keine Zeit für so etwas.

Sie blieb bei der dritten Gruppe stehen und fragte ohne jeden Nachdruck:

Von euch hat sicher keiner eine Ahnung, wo Steinthor ist?

Als nächstes sah Salka, daß ihre Mutter sich auf einen schmutzigen Fischkasten gesetzt hatte und, die Hände im Schoß, blind im grauen Regen auf den Fjord hinausstarrte. Da kam das junge Mädchen auf den Gedanken, daß die Mutter krank sein könnte, ging zu ihr hin und fragte. Doch die Frau sagte, sie sei nicht krank.

Sie sagen nur, daß Steinthor gestern abend nicht nach Hause gekommen sei, sagte sie.

Du solltest mit mir heimgehen, Mama, sagte Salka. Ich glaube, es geht dir nicht gut.

Vielleicht, sagte die Frau, machte aber dennoch keine Anstalten mitzugehen.

Ich sehe es dir an, daß du krank bist.

Die Frau schien nicht zu hören und sagte nur:

Er ist sicher fortgegangen.

Fortgegangen? Wohin? Ihr wollt doch heiraten!

Nein, sagte die Frau. Er ist fortgegangen.

Sie versuchte aufzustehen, aber ihr wurde schwarz vor den Augen, sie setzte sich wieder auf den Kasten und blieb dort sitzen. Es kamen noch andere Leute dazu, und alle fragten, ob sie krank sei. Nein, sie sagte, sie sei nicht krank.

Ich will nur mit meiner lieben Salka nach Hause gehen, sagte sie.

Sie war kein bißchen krank. Sie wollte sich nur ein wenig ausruhen. Dann gingen Mutter und Tochter nach Hause. –

> Gottes Liebe ist unendlich,
> sie strömt hervor, sie strömt hervor;

– Stabskapitän Andersen kam am Abend selbst zur Ladentür, nahm die Ankündigung ab und steckte sie mit soldatischer Würde in die Tasche. Man wußte inzwischen sicher, daß Steinthor in der vergangenen Nacht im letzten Augenblick unauffällig an Bord des Dampfers gegangen war und sich jetzt wahrscheinlich auf dem Weg ins Ausland befand. Jemand rief dem Stabskapitän höhnische Bemerkungen über die Tätigkeit der Heilsarmee nach, aber der sah sich nicht um.

Am Abend kamen zwei Frauen von der Heilsarmee zu Soldat Sigurlina, um mit ihr über Jesus zu sprechen. Sie sangen:

> Die Wunderquelle fließt beständig,
> sie strömt hervor, sie strömt hervor.

Doch sie kümmerte sich nicht um sie, hob nicht einmal ihr Gesicht vom Kissen. Die beiden holten ein Buch hervor und lasen von Jesu Leiden und Tod. Aber Sigurlina sagte nichts. Sie wünschten ihr in Jesu Namen eine gute Nacht und sagten, sie würden morgen wiederkommen.

Am folgenden Morgen machte sie sich an ihre Arbeit, wie sie es gewohnt war. Die Wolken hingen genauso dumm wie zuvor über den Berggipfeln, und der Salzgeruch des Meeres füllte das Dorf wie immer, vermischt mit dem Gestank von Fisch und Tran, Rogen, Dorschköpfen und Eingeweiden und Verwesung. Der eisige Schneeregen schlug in heftigen Böen gegen die Fenster der Fischerhütten, wo kleine Zimmerpflanzen, die nie Blüten tragen, in ihren rostigen Blechdosen dahinstarben. Große Dinge geschahen hauptsächlich im Ausland, wo sich Frau Bogesen im Winter aufhielt. Hier geschah nie etwas, abgesehen davon, daß Todda Trampel zum Leutnant befördert wurde, laut einer Mitteilung des Hauptquartiers der Heilsarmee. Und so ging es mit der Halleluja-Hochzeit. Aber dennoch kamen die Heilsarmeefrauen tags darauf wieder zu Sigurlina und sangen:

> Sie strömt hervor, sie strömt hervor,
> die Liebe Gottes strömt hervor –

Als die alte Steinunn jedoch mit Sigurlina sprechen wollte, um ihr zu versichern, daß der kleine Steini ganz bestimmt zurückkommen werde, wenn man es am wenigsten erwarte, da war es, als ob ihr Gehör Schaden genommen hätte, sie arbeitete einfach weiter mit ihren ungeschickten, aber gewissenhaften Händen. Sie gab Drafna morgens und abends Futter und mistete unter ihr aus, und Drafna gefiel das gut, und sie brummte, muhte und rülpste, doch am besten gefiel es ihr, wenn die Frau sich mit dem Melkeimer unter sie setzte, denn dann leckte sie ihr die Schulter oder sogar die Wange und nutzte außerdem die Gelegenheit, sich in ihr Kleid zu schneuzen. Die Schafe weideten einen großen Teil des Tages am Strand, und sie trieb sie in den Stall, bevor es dunkel wurde. Am Abend setzte sie sich auf die wacklige Kiste in der Küchenecke und zupfte ihre wehrlose Wolle, gedankenlos, gefühllos, genauso wie der Herr ihre wehrlose Lebenswolle zupfte. Und Salka Valka sah verstohlen zu ihr hinüber und suchte nach einer Möglichkeit, ihr zu sagen, daß sie Mutter und Tochter seien und ein Leben lang einander helfen sollten, doch zwei Seelen können so weit voneinander entfernt sein, selbst wenn sie einmal im selben Körper gewohnt haben. Also beugte Salka sich wieder über ihr Buch, denn sie hatte beschlossen, bei der Abgangsprüfung die beste von allen Schülern zu werden. Im Grunde genommen ist es so, als ob jeder Mensch sein eigenes Ziel habe und alle Liebe nur erdichtet sei.

Am Abend vor Gründonnerstag beruhigte sich das Wetter, und in der Nacht gab es Frost. Am Firmament zeigten sich alle himmlischen Sterne. Niemand weiß, zu welchem Zweck Gott sie erschaffen hat. Sie starren mit fragenden Augen hinaus ins Blaue, wie neukonfirmierte junge Leute in der Kirche, und verstehen nicht, warum sie dort hingesetzt wurden; die Kinder schauen von der Erde zu ihnen hinauf und fragen zurück. Wiesen und Wege erstarrten, und das war so angenehm für die Fischersfrauen, die am Gründonnerstag in die Kirche gingen, manche mit Brille, manche ohne, und ihre Sünden beweinten. Und wer am Abend am Haus der Heilsarmee vorbeikam, hörte, wie gesungen wurde:

> Jede Woge bringt dir neuen Segen,
> neue Hoffnung wird sich in dir regen.

Doch am Karfreitag, diesem berühmten Tag, der dem Leiden und Tod des Erlösers geweiht ist, wehte wieder ein stürmischer Wind vom Meer, der Frost ließ nach, und es begann heftig zu schneien. Das ist vielleicht ein Wetter, sagten die Leute mit enttäuschten Mienen, denn obwohl man hier an der Küste schon seit tausend Jahren mit diesem wechselhaften Wetter lebte, fan-

den die Leute es immer wieder eigenartig und hofften immer
wieder auf Besserung. Seht die salzigen Schneeflocken, die auf
dieses unbedeutende, ereignislose Dorf herabfielen! Doch im
Laufe des Tages war der Schnee zu Regen geworden, der vom
starken, salzigen Seewind vorwärtsgepeitscht wurde. So hielt
das Unwetter die ganze Nacht hindurch an. Der Regen drang
durch seine vielgeliebten Ritzen in die Behausungen der Menschen und durchnäßte die Kinder der Häusler in ihren Betten,
so daß sie sich erkälteten. Welch ungeheure Menge von Wasser
doch in der Luft enthalten ist:

> Der Liebe Quelle allerwegen.
> Sie strömt hervor, sie strömt hervor.

Und so regnete es auch am Samstag vor Ostern weiter, an Sigurlinas Hochzeitstag; es ist so merkwürdig, wie sehr sich der Gott
der Kirchenlieder und der Gott der Witterung voneinander
unterscheiden können; manchmal scheint es, als hätten die beiden nichts miteinander zu tun. Trotzdem fuhren die Fischer an
diesem Morgen hinaus, denn sie kümmert der Herr in den Kirchenliedern genauso wenig wie in der Witterung, und am Abend
kehrten alle wohlbehalten zurück und sagten wie gewöhnlich,
daß es kaum der Rede wert sei, was sie gefangen hätten. Und
am Abend war Linas Hochzeitsabend, und manche unterhielten
sich darüber und hatten ihren Spaß damit vor Ostern, denn
nichts ist von Haus aus so lächerlich wie Halleluja-Hochzeiten,
die nicht stattfinden. Und was wäre das Osterfest, wenn die
Leute nichts hätten, über das sie sich lustig machen können. So
verging dieser Tag wie alle anderen Tage auch.

Doch an diesem Abend geschah es, daß Sigurlina länger als
gewöhnlich beim Melken im Stall blieb, und als es schon fast
Schlafenszeit war, sagte die alte Steinunn zu der kleinen Salka:

Deine Mama ist vermutlich auf einen Sprung zur Heilsarmee
hinuntergegangen. Aber ich verstehe nicht, wo sie die Milch
gelassen hat.

Die beiden suchten in der Küche und im Windfang nach der
Milch, aber vergebens, und zuletzt lief das Mädchen in den
Kuhstall hinaus, um nachzusehen, ob alles in Ordnung sei, und
wahrhaftig, dort stand der Eimer mit der frischen Kuhmilch auf

der Stallbank, so, als sei die Melkerin nur für einen Augenblick weggegangen.

Doch dann stellte sich heraus, daß Sigurlina gar nicht auf einen Sprung zur Heilsarmee gegangen war. Nein, sie hatte die ganze Karwoche hindurch die Heilsarmee gemieden, und das tat sie auch an ihrem Hochzeitsabend. Salka Valka fragte in den Fischerhütten in der Nachbarschaft, aber die meisten Leute waren schon im Bett, und Sigurlina hatte nicht bei ihnen vorbeigeschaut. Einige standen wieder auf, gingen nach Mararbud hinüber und blieben dort einsilbig bis gegen Mitternacht in der Küche und warteten, ohne daß ihnen Kaffee und Roggenbrot mit Margarine angeboten wurde. Jemand meinte, sie sei vielleicht nach Kviar hineingegangen, um ihren alten Freund zu besuchen; andere fanden das unwahrscheinlich. Dann standen die Leute betreten da, während der Regen gegen das kleine Fenster trommelte, bis einer der Fischer eine Prise nahm und sagte: Entweder kommt sie, oder sie kommt nicht, und es ist zwecklos, mit dem Suchen anzufangen, bevor es hell wird. Gute Nacht, sagten die Männer. Gute Nacht, sagten die Frauen. Gute Nacht.

Sie standen wieder allein in der Küche, Steinunn und Salka, und dachten daran, daß die Frau trotz allem die Kuh gemolken hatte, bevor sie fortging. Vielleicht hatte sie ihr die Schulter oder sogar die Wange geleckt, bevor sie fortging. Und als Salka an die Wange ihrer Mutter und die rauhe Zunge der Kuh dachte, bekam sie einen Kloß im Hals und sagte, sie würde schlafen gehen. Und als sie eine Weile auf ihrem Bett gesessen hatte, ging die Tür auf, und da stand der alte Mann und sah sie mit seinen blinden Augen an.

Das Leben ist nun einmal so, kleine Salvör, sagte er. Und es endet nun einmal so – oder anders … Ich bin nun schon seit siebzehn Jahren blind. Ich weiß nicht, ob du heulst, aber wenn das der Fall ist, dann will ich dir nur sagen, daß es in diesem Dorf keinen Zweck hat, zu weinen, es kann einen keiner trösten, außer einem selber. Ich bin seit über sechzig Jahren hier im Dorf. Vielleicht werden die jungen Leute einmal zu Menschen, auch wenn es uns, der älteren Generation, nicht gelungen ist. Aber es ist schon spät in der Nacht. Und nichts ist so gut wie der Schlaf, sowohl für die, die blind sind, als auch für die, die sehen können. Und dann passen wir aufeinander auf, so gut wir es können, falls wir morgen wieder aufwachen. Doch es ist nur so wenig, was wir hier im Dorf füreinander tun können. Gute Nacht.

Sie hatte ihn noch nie zuvor in freundlichem Ton sprechen hören.

23

Dann brach der gesegnete Ostertag über diesem Marktflecken an – der freudenreiche Siegestag des reinen Weinstocks. Die Heilsarmee sang:

> Dies ist der holde Frühlingstag,
> in Gottes Nähe darf ich sein.
> Des Himmels Blüten duften fein,
> es klingt der Taube Harfenschlag.

Doch wenn man genauer hinsah, dann konnte man dies kaum Tag nennen und noch weniger Frühling, und falls überhaupt eine Sonne aufgegangen war, dann hatte sie keinen besonderen Auftrag für diesen Ort erhalten. Und des Himmels Blüten, die fein dufteten, glänzten genauso durch Abwesenheit wie die Taube, die die Harfe schlug. Die Berge waren von dichtem Nebel verhüllt, und der Sprühregen war eisig kalt. Aus irgendeinem Grund waren gegen neun Uhr plötzlich immer mehr Leute am Strand unterwegs, schweigende Menschen in alten Wolljacken oder abgetragenen Regenmänteln und vereinzelte Fischer in ihrem Ölzeug. Manche schlenderten fjordauswärts am Ufer entlang, andere fjordeinwärts. Auch einige Seelen aus der Heilsarmee waren erschienen, unter ihnen Leutnant Thordis Sigurkarlsdottir und Kadett Gudmundur Jonsson. Keiner wußte, wer als erster auf den Gedanken gekommen war, an diesem Morgen den Strand abzusuchen, es hätte auch keiner gewußt, daß dies gemeinsam beschlossen worden wäre, und noch viel weniger hätte man den andern gegenüber zugegeben, daß man aus einem ganz bestimmten Grund am Strand herumlief. Die Leute trotteten nur in schweigendem Einverständnis dahin, einer hinter dem anderen.

Dann kamen die Kinder dazu. Die Jungen taten sich ganz besonders wichtig, es war ihnen viel daran gelegen, den Erwachsenen zu zeigen, was sie konnten, und sie wußten ganz genau, wie man bei einer solchen Unternehmung am besten vorzugehen hatte: Sie sagten, daß vier Mann die kleinen Buchten um Thörungsholl herum absuchen sollten, und fünf sollten unterhalb der Arnarklettar suchen. Am besten wäre es, sich ein Boot auszuleihen und in die Grotten hineinzurudern.

Keiner hat euch um eure Meinung gebeten, antwortete der Mann, den sie von ihrer Wichtigkeit hatten überzeugen wollen, und war richtig wütend – schert euch nach Hause. Ihr wärt nicht so großmäulig, wenn jemand nach euch geschickt hätte, und schon gar nicht, wenn jemand eine vernünftige Arbeit für euch hätte.

Doch die kleinen Mädchen im Ort waren bei weitem nicht so tatkräftig bei solchen Unternehmungen. Sie scharten sich nur am Strand zusammen, blaugefroren, mit bloßen Hälsen und triefenden Nasen, und sahen Salka Valka an. Niemand wurde gehänselt.

So gingen die Leute weiter im grauen Osterregen am Strand hin und her.

Es ging schon auf Mittag zu, als man sehen konnte, wie einige der Suchenden weiter drinnen bei den sogenannten Leirur ein Grüppchen bildeten; immer mehr Leute schlossen sich der Gruppe an, da wußten die, die weiter draußen am Fjord entlanggingen, daß sie nicht weiterzusuchen brauchten. Die Leute standen dort um ein graues, längliches Stück Treibgut herum, das auf den Sand geschwemmt worden war. Es war Sigurlina. Sie trug ihr altes graues Kleid, das an den Ellbogen ganz durchgewetzt war, und die groben, grauen Wollstrümpfe, die sie im vorletzten Jahr vor Weihnachten bekommen hatte. Und an den Füßen hatte sie die ausgetretenen Schuhe aus dem Roßleder, das Eyjolfur im Herbst für fünfundsiebzig Öre einem Bauern aus dem Tal abgekauft hatte. Sie waren voller Sand, und um den einen Fuß hatte sich Blasentang gewickelt. Der eine Arm war ein wenig vom Körper abgebogen, und die geschwollenen Finger der Hand waren in die Luft gespreizt; sie waren jetzt bläulichweiß. Doch in der anderen Hand hielt sie ein Paar Knabenschuhe, die Faust fest um die zusammengebundenen Schnürsenkel geschlossen. Es waren feine Knabenschuhe, und sie hatte sie in die Ewigkeit mitgenommen, für den Fall, daß sie dort ihren Sohn ohne Schuhe antreffen sollte. Auf ihrer Brust hatten sich ein paar kleine Seeschnecken festgesetzt, wie zum Schmuck. Das eine Auge stierte wasserblau und verständnislos direkt zum Himmel hinauf, als ob seine Fragen im Halleluja der Osternacht auf ewig zu Eis erstarrt wären, doch das andere Auge und die andere Wange waren mit Sand bedeckt, denn diese Seite hatte nach unten gezeigt, als sie angetrieben wurde, und jetzt hatte einer der Suchenden sie auf den Rücken gedreht. Über Nase und Mund lag ein braunglänzendes Tangblatt. Jemand zog es weg, und da kam der weitgeöffnete Mund mit den schwarzen Zahnstummeln im Oberkiefer zum Vorschein, der aber im übrigen voll von Schlick war, genauso wie die Nasenlöcher. Auch das Haar war gesprenkelt mit Sand, Abfall, kleinen Seeschnecken und allerlei Getier vom Strand, aber die Zöpfe waren nicht aufgegangen, denn sie hatte sie mit einem Stück groben Wollgarns zusammengebunden, als sie sich zum letzten Mal kämmte. Im übrigen schien das Haar noch dünner geworden zu sein vom Wasser, und das war mit der Grund dafür, daß die Züge dieses salzigen Ostergesichts, das aus dem Meer auferstanden war, noch deutlicher hervortraten als sonst. Das eine ausgebleichte Auge mit den aufgeweichten Lidern darumherum fragte und fragte zum Himmel hinauf, schlaflos, unversöhnt – nur offen. Es sind die Lebenden, die einem toten Menschen die Augen schließen, um sich einzureden, daß er schlafe. Doch nichts gleicht dem Schlaf weniger als der Tod.

Die Leute standen dort im Kreis um diese armselige Osterernte ihres Strandes herum, zuckten mit den Schultern und schnupften Tabak. Auf so etwas muß man immer gefaßt sein. Der Mittelweg ist schmal in dieser Welt, manchmal scheint es, als blühe das Schicksal der Menschen vor allem im Tang, manche gehen freiwillig, andere unfreiwillig, manche an ihrem Hochzeitstag, andere einen Tag später oder so. Hast du einen Priem?

Was hat sie sich dabei gedacht, ein Paar so schöne Knabenschuhe mit ins Wasser zu nehmen? fragte ein Familienvater und untersuchte genau, wie dieses treffliche Schuhwerk gemacht war. Es ist jammerschade, so gute Schuhe naß werden zu lassen, fügte er hinzu.

Tja, ich verstehe einfach nicht, daß Leute sich unnötigerweise so naß machen. Denn eines ist sicher: Im Jenseits erwartet einen nichts Besseres, sagte ein anderer.

Du hättest verdient, selber Salzwasser schlucken zu dürfen, wurde hochmütig aus der Gruppe geantwortet. Das war Leutnant Thordis Sigurkarlsdottir, die sich stellvertretend für die Verstorbene beleidigt fühlte. Schwester Sigurlina beugte ihre Knie vor Jesu, und das ist mehr, als ein Höllenbraten wie du jemals von sich sagen kann. Sie war im Leben ein wahrhaftiger Sproß an dem reinen Weinstock, an dem laubgrünen Stamm Jesu, und wäre es nicht wegen eines Hundsfotts von Mann, wie du einer bist, dann läge sie nicht hier.

Die Leute sahen einander an und grinsten, hatten aber keine Lust, sich mit der Alten herumzustreiten.

Wir sind alle arme, bemitleidenswerte Geschöpfe, sagte Kadett Gudmundur Jonsson, um die Gemüter zu besänftigen. Ich bin nun schon seit beinahe fünfzig Jahren entweder hier im Tal oder im Marktflecken, und wenn das Leben in einer Gemeinde auch gering und unbedeutend scheinen mag, so läßt sich doch nicht abstreiten, daß dort, wo Seelen vor dem Kreuz Jesu das Knie beugen, ein wahres Kanaan der Herrlichkeit Gottes ist.

In dem Augenblick kamen der Geschäftsführer und der Arzt, und der Sohn des Kaufmanns war auch dabei; er ließ sich kein Vergnügen entgehen. Der Arzt lüftete höflich den Hut und lächelte jedem einzelnen zu, so daß seine Augen fast in den blaugefrorenen Wangen verschwanden, doch der Sohn des Kaufmanns drängelte sich zu der Leiche vor und betrachtete neugierig die Körperformen der Frau, die sehr deutlich zu erkennen waren, wie sie auf dem Sand dalag, die nassen Kleider eng an den ungewöhnlich fleischigen Gliedern klebend. Zu ihrer Leibesfülle kam nun noch hinzu, daß sie vom Salzwasser aufgedunsen war. Oh, er sah diesen dicken, mausetoten Körper so spöttisch an, der blutjunge Mann mit den glänzenden Locken, die unter der Hutkrempe hervorlugten, und einer Haut, die vor Wohlbefinden leuchtete, in einem weiten, pelzgefütterten Regenmantel, den er selber in Edinburgh gekauft hatte, als er das letzte Mal mit seinem Vater auf der Rückreise von Kopenhagen war. Der wird wohl kaum bis auf die Haut naß bei diesem Sprühregen, sagte einer in der Gruppe. Der Junge betrachtete die Leiche von allen Seiten und war offensichtlich sehr fasziniert, dann stieß er mit dem Fuß gegen ihren Leib, und der Leib gab unter seiner Fußsohle nach, aus dem Mund aber quollen Wasserblasen, und aus dem einen Mundwinkel floß Schlick.

Nein, was sie für einen dicken Bauch hat, sagte er und sah sich stolz um.

Als sich der Arzt lächelnd vor der Leiche nach rechts und links verbeugt hatte, unter ihre Augenlider geschaut und gelächelt hatte, seine Hand auf ihre nackte Brust gelegt und gelächelt hatte, da machte er eine weltmännische Geste ob der ganzen Angelegenheit, kniff sein eines Auge zu und sagte:

Das freut mich – an diesem Strand. Ich würde sagen: vor nicht weniger als zwölf Stunden – Sie wissen schon. Wie gesagt: eine Bahre, eine Decke oder etwas dergleichen, wenn ich euch bemühen dürfte. Sie verstehen. Wir verstehen alle. Hähähä.

Er verbeugte sich wieder und lächelte allen zu, dem Himmel, den Bergen, dem Dorf, den Leuten und zuletzt der Leiche.

Ich hatte die unerwartete Ehre ... vor gut drei Jahren, fügte er hinzu. Wenn ich mich recht entsinne: Sie war auf dem Weg nach Reykjavik. Sie hatte einen Liebhaber. Ich sagte, daß sie zu ihm gelangen würde. Er ist ein richtiger Gentleman. Zwischen uns gab es nie einen Schatten. Wie gesagt: Ich wünsche euch frohe Ostern. Und vielen Dank.

Doch auf seinem Weg durch die Ansammlung von Menschen bemerkte er Salka Valka; sie hielt sich am Arm einer Freundin fest und zitterte vor Kälte, die Zähne klapperten ihr im Mund.

Freut mich außerordentlich, sagte er und reichte ihr seine grobknochige Hand, die trotzdem weich und warm war. Er verbeugte sich tief vor ihr und lüftete den Hut. – Wenn ich mich nicht sehr irre – Fräulein, Fräulein – ? Na, es ist einerlei. Wir sagen nicht mehr. Wir sind alte Freunde. Hähähä. Vierzehn Jahre alt, nicht wahr? Ja, vierzehn. Reizend. Herrlich. Fast möchte ich sagen, ausnehmend. Wie gesagt, wer im Leben nie aufgibt, der siegt – im Tod, hähähä. Ich lebe. Du lebst. Wir leben. Frohe Ostern im Namen – nicht wahr?

In Jesu Namen, amen, rief Leutnant Thordis Sigurkarlsdottir hinter ihnen.

Und der Arzt drehte sich auf dem Absatz um, lüftete vor ihr den Hut und lächelte:

In Jesu Namen, amen, ganz recht. Das trifft den Nagel auf den Kopf. Hähähä, hähähä, hähähä.

Dann griff er in seine Tasche, holte eine kleine Papiertüte daraus hervor, steckte sie dem jungen Mädchen wie einen heimlichen Liebesbrief in die Hand und drückte dann freundschaftlich ihre geschlossene Faust.

Weil wir alte Freunde sind ..., sagte er.

Dann lüftete er noch einmal den Hut, verneigte sich tiefer als je zuvor und eilte über den Strand ins Dorf zurück.

Am Nachmittag dieses heiligen Tages erhielt Salka Valka vom Propst selbst die Nachricht, daß er mit ihr sprechen wolle. Wenig später stand sie in demselben Zimmer, in dem sie sein ehrwürdiges Gesicht vor mehr als drei Jahren zum erstenmal gesehen hatte, doch jetzt war sie allein. Er blickte aus der neuesten Zeitung aus der Hauptstadt auf, musterte seine Besucherin über die Brille hinweg und bat sie, Platz zu nehmen. Dann strich er sich mit den blauen, sehnigen Händen den Bart und dachte gut nach.

Soviel ich weiß, hat deine verstorbene Mutter es nie zu einer Rechnung auf ihren Namen bei Bogesen gebracht – ist das richtig? fragte er schließlich.

Ja, sagte das Mädchen.

Dagegen erzählt man mir, daß du ein tüchtiges Mädchen bei der Arbeit im Fisch seist, und was ich übrigens noch sagen wollte, ich habe die Vermutung, daß dein Name in den Büchern des Geschäfts zu finden ist, auch wenn du noch nicht viele Jahre zählst, und das nenne ich tüchtig. Jetzt möchte ich dich fragen: was hast du mit diesem Guthaben vor?

Sie antwortete klar und deutlich:

Selbstverständlich soll es für die Beerdigungskosten verwendet werden.

Das war genau das, was ich wissen wollte. Nun sehe ich, daß du ein ehrliches und rechtschaffenes junges Mädchen bist, gehorsam gegen Gott, wie der Apostel sagt: Ä – ä – ä. Von nun an gebe ich dir im Konfirmandenunterricht frei, wann immer du im Fisch arbeiten mußt. Gott ist barmherzig. Ich werde meine Frau bitten, dir heißen Kaffee zu geben. Aber um zur Hauptsache zu kommen, so müssen wir anstandshalber eine kleine Leichenrede vorbereiten, und sei es auch nur eine für zwei oder drei Kronen, schauen wir einmal, jetzt hole ich Papier und Feder. Also: den Geburtstag kann ich in den Kirchenbüchern finden – gestorben am Samstag vor Ostern. Was kannst du mir sonst noch über deine selige Mutter sagen?

Nichts, sagte Salka, denn im Augenblick fiel ihr nichts anderes über ihre Mutter ein, als daß sie gelebt hatte und gestorben war.

Ihr seid aus dem Nordland gekommen?

Ja, wir waren auf dem Weg nach Reykjavik.

Ich erinnere mich daran. Das ist noch nicht so lange her. Sie schaute hier vorbei. Ich hatte von Anfang an das Gefühl, daß es schlimm enden könnte. Abgestumpftheit ist die Wurzel allen Übels, und gleich danach kommt das Reisen. Ich glaube, sie hätte im Nordland bleiben sollen. Was war eigentlich der Grund dafür, daß ihr aus dem Nordland weggegangen seid? Das könnte man vielleicht in der Rede erwähnen.

Ich glaube, wir sind davongejagt worden.

Das ist allerdings weniger schön. Und was war der Grund dafür?

Ich weiß es nicht.

Der Propst strich sich den Bart und rückte seine Brille zurecht.

Es ist wahrscheinlich besser, wenn wir das in der Leichenrede weglassen, sagte er. Aber was kannst du mir über deinen Vater sagen?

Nichts, sagte das Mädchen.

Der Propst strich sich den Bart.

Kannst du mir denn gar nichts aus dem Leben deiner Mutter erzählen, das ihre – ja, wie soll ich sagen – ihre christlichen Tugenden veranschaulichen könnte?

Sie hat sich zu Jesus bekehrt, sagte das Mädchen.

Ja, darüber wollen wir möglichst wenig Worte verlieren. Die Heilsarmee, ja. Ich hoffe, daß wir unseren Katechismus schon gut genug kennen, um zu wissen, daß solcher Klamauk nicht gottgefällig ist. Ich lasse meiner nicht spotten, spricht der Herr. Was ich meinte, war, ob du mir nicht etwas von deiner Mutter erzählen könntest, das in einer Leichenrede eine erbauliche Wirkung auf die Gemeinde hat, etwas Gnadenreiches, etwas – ja, etwas, womit sich in einer Leichenrede Staat machen läßt.

Das Mädchen mußte sehr lange nachdenken und antwortete schließlich:

Sie hat ein Kirchenlied ganz besonders gern gehabt.

Da wandte sich der Propst seinem Schreibtisch zu und sprach laut vor sich hin, was er zu schreiben begann:

»Sigurlina Jonsdottir. Geboren, laut den Kirchenbüchern. Gestorben, laut dem Totenschein. Hm. Liebte besonders ein Kirchenlied …«

Dann drehte er sich wieder dem Mädchen zu und fragte:

Und welches Kirchenlied war es denn, Kindchen?

Es war dieses Kirchenlied:

> Du Weinstock, du reiner, o ewiger einer,
> ein Zweiglein nur bin ich, das aus dir entsprießt.
> In Freude und Harm dein himmlischer Arm,
> mein herzliebster Jesus, mich immer umschließt.

Der Propst kratzte sich verlegen am Kopf und konnte im Augenblick nicht darauf kommen, was das für ein Lied war.

Na so etwas, da schauen wir gleich mal im Gesangbuch nach. Wie, sagst du, fängt es an?

Du Weinstock, du reiner. Aber es steht vielleicht gar nicht im Gesangbuch, es wird bei der Heilsarmee gesungen.

Bei der Heilsarmee, das hätte ich mir denken können. Das ist etwas anderes. Ich glaube, es ist besser, so wenig wie möglich darüber zu sagen. Diese Heilsarmeelieder, das ist, gelinde gesagt, Gotteslästerung und dummes Geschwätz. Du Weinstock, du reiner, was für ein Unsinn ist das? Ich kann mich nicht daran erinnern, daß der Herr in seinem Wort etwas darüber sagt. Was hast du gesagt: Ich bin wie ein Zweiglein, das dir entsprießt? Das ist stümperhafte Dichtung und Ketzerei. Zwar sagt der Herr an einer Stelle: Wir sind Arme und Beine des Leibes Christi – aber mit so einem Lied will ich nichts zu tun haben. Die Staatskirche verlangt das Wort Gottes klar und rein, wie Hallgrimur Petursson an einer Stelle sagt, und der Bischof Jon Vidalin – ja, was wollte ich übrigens noch sagen? Kannst du mir noch etwas erzählen?

Nein, sagte das Mädchen.

Der Propst las noch einmal durch, was er auf das Blatt geschrieben hatte: – »Sigurlina Jonsdottir. Geboren, laut den Kirchenbüchern. Gestorben, laut dem Totenschein. Hm. Liebte besonders ein Kirchenlied...« – Tja, dann streiche ich das mit dem Kirchenlied wieder aus. Das ist sowieso kein Kirchenlied. Das ist nur Unsinn. Aber dann bleibt nicht eben viel übrig. Sei es, wie es wolle: Etwas muß man versuchen zu sagen in Jesu Namen. Hm.

Dann erhob er sich in seiner ganzen Würde.

Es ist das beste, wenn wir jetzt auseinandergehen, Kindchen. Du bist ein braves und frommes Mädchen. Gott blickt mit Wohlgefallen auf alle Armen und Waisen herab. Ich bin der Gott der Armen und Geringen, spricht der Herr. Hier hast du fünfundzwanzig Öre in bar. Und Gott sei mit dir.

Den Kaffee, von dem er zuvor gesprochen hatte, hatte er wieder vergessen, aber das machte nichts. Er schob Salka vor sich her durch den Hauseingang hinaus und schloß die Tür hinter ihr. Sie ging durch den feiertäglichen Ort nach Hause, und der Nebel hing über den Gipfeln. Ehe sie sich's versah, hatte sie angefangen, im Regen den vertrauten Kehrreim des Lieblingsliedes ihrer Mutter vor sich hinzusingen:

Kein Weinstock je sich findet,
der so ist, wie du bist für mich.
Die Ewigkeit uns bindet,
ich klammere mich fest an dich.

Doch als sie darüber nachdachte, fand sie, wie der Propst, daß es eigentlich ein dummes Lied war und irgendwie im Widerspruch stand zum Dorf und zum Strand und zum Meer und zu dem naßkalten Winternebel, der an den Basaltgesichtern der Berge vorbeizog. Sie bekam unwillkürlich einen Kloß im Hals und griff in ihre Tasche, nahm ein paar Pfefferminzpastillen aus der Tüte des Arztes und steckte sie in den Mund, um sich eine kleine Freude zu gönnen bei diesem grauen und trübseligen und bedeutungslosen Osterwetter.

(Reykjavik, Herbst 1930)

Zweiter Teil

Der Vogel am Strand

Drittes Buch

Eine andere Welt

1

Auf einer grünenden Wiese am Meer tanzen ein paar arme Mädchen und singen Lieder. Es ist so lustig an diesem Sonntag des Lebens:

> Der Vogel am Strande
> wird Möwe genannt;

sie fassen einander an den Händen und tanzen einmal herum. Doch es ist, als gebe es keine Melodie zu diesem Vers, und man kann nicht zu einem Vers tanzen, zu dem es keine Melodie gibt.

> Seidenblaß sein Häubchen,
> seidenblaß sein Häubchen,

und sie bleiben mitten im Tanz stehen...

> – mit güldenem Band,

sagt eine, nachdem die anderen verstummt sind, und dann müssen alle lachen. Sie ziehen ihre Strümpfe hoch, die an den Knien Löcher haben, und reden alle durcheinander. Dann versuchen sie es noch einmal:

> Der Vogel am Strande
> ist der Bruder dein,
> der Vogel am Strande
> ist der Bruder dein,
> der Vogel am Strande –

und sie hören wieder auf. Der Kreis löst sich auf.

Willst du nicht mit mir tanzen,
willst du nicht mit mir tanzen,
Kurzfuß mein,

spricht eine ganz allein weiter, denn sie konnte einfach nicht an sich halten, und die anderen müssen wieder lachen, und manche tuscheln miteinander und lachen noch mehr und gehen beiseite und flüstern einander eine Geschichte ins Ohr, und die, die den Schluß des Liedes hergesagt hatte, wird zuerst etwas verlegen, nimmt sich dann aber zusammen und schlägt einen Purzelbaum nach hinten. Kaum etwas ist so eigenartig, wie wenn arme kleine Mädchen im Frühling auf einer Wiese tanzen, ohne zu ahnen, was der Sommer bringen wird, vom Herbst ganz zu schweigen. Salka Valka sitzt an ihrem Fenster, wehmütig beim Gedanken an die Tänze, die sie nie tanzen durfte, die Lieder, die sie nicht singen durfte, die Gedichte, die sie nicht reimen konnte, die Kindheit, die vergangen ist.

Und die kleinen Mädchen stehen immer noch dort und versuchen, sich auf ein neues Lied zu einigen, eine neue Melodie, einen neuen Tanz. Und die Vögel treiben weiter ihr anmutiges Spiel über dem Strand und dem, was auf dem Strand geschieht. Am Fest der Kreuzauffindung sind die Seeschwalben zurückgekehrt, doch die weißen Möwen des Winters sind zu den Steilküsten hinausgeflogen, wo sie auf nackten Felsvorsprüngen hoch über dem Meer ihre Eier legen. Wenige Bewegungen zwischen Himmel und Erde sind graziöser als der tausendfache Flügelschlag der Seeschwalbe, wenn sie über Bucht und Wiese schwebt, mit einem verdrießlichen Krächzen, das an leidenschaftsloses Fluchen erinnert, und nichts ist so spannend, wie wenn sie mit ausgebreitetem Schwanz in der Luft stehenbleibt, mit ihren starken, schmalen Flügeln schlägt und einen arglosen kleinen Wurm oder ein vielbeschäftigtes Fischlein aufs Korn nimmt. Es sind Tausende von Vögeln, und ihre unerklärlichen Bewegungen sind wie Gedanken, die durch die Seele fliegen, ohne Worte zu haben, wenn man am Fenster sitzt, berauscht von der bittersüßen Musik des Lebens, das verrinnt.

Da wird dreimal demütig an die Tür geklopft, im Namen des Vaters, des Sohnes und des Heiligen Geistes, der in Ewigkeit an diesem Ort lebt und herrscht. Salka geht zur Tür.

Einen schönen guten Tag, liebe Salvör – es ist ein kleiner, dürrer Mann mit knotigen, sehnigen blauen Händen, die zittern, und einem grauen Bart, der ihm über den Mund wächst; er sieht nicht besonders sauber und schon gar nicht achtungeinflößend aus, trägt eine blankgewetzte Drillichhose und eine Jacke, die kein besonderes Aussehen hat, an den Füßen zerlöcherte Schuhe, und seine ganze Person gibt mit unwiderlegbarer Gewißheit zu erkennen, daß er kein anderes Kapital besitzt als bestenfalls eine unsterbliche Seele und die Hoffnung auf ewiges Seelenheil durch die Gnade des Herrn – Kadett Gudmundur Jonsson.

Ah, guten Tag, sagt das Mädchen freundlich, denn dies ist ihr ältester Freund hier im Dorf, er ruderte sie an einem Winterabend hier an Land. Seitdem hat das Meer viele Spuren an diesem Strand ausgelöscht.

Noch nie ist ein Sonntag vergangen, ohne daß ich Besuch bekommen hätte. Wie geht es bei dir daheim? Fühlt sich deine Frau wieder besser nach der Krankheit im Winter?

O ja, selbstverständlich, es geht ihr wieder besser. Es ist seltsam, wie es mit allem besser geht. Sie kann schon wieder Brei kochen. Und sogar Fisch.

Setz dich hin, lieber Gvendur, sagte das Mädchen. Du trinkst vielleicht eine Tasse Kaffee bei mir, weil Sonntag ist.

Ach, das ist nun wirklich nicht nötig, sagte der Mann, dem Ritual gemäß, bescheiden und ernst, setzte sich und legte seine abgetragene, mit grobem Wollgarn gestopfte Mütze auf den Fußboden. Seine traurigen Hände zitterten weiter.

Tja, ich sag es ja, begann er und blickte mit seinen alten, hilflosen Augen auf sie, die so groß und jung war – und ich lasse mich von niemandem davon abbringen. Gleich am ersten Abend damals, da sagte ich mir: Aus ihr wird ein Mensch, sie wird einmal ein richtiger Mensch. Ich weiß, du verzeihst einem alten Mann, daß er so freimütig spricht und sich an alte Zeiten erinnert. Aber es ist so gekommen, wie ich sagte, und ich lasse mich nicht davon abbringen. Ich für meinen Teil sage, daß ich so elend und hinfällig bin, daß ich seit zweieinhalb Jahren nicht einmal mehr niesen kann. Aber davon ganz abgesehen, auch wenn ich und die Meinen arm dran sind, so steht doch eines fest: Du stehst wirklich deinen Mann und bist unsere wahre Heldin hier im Dorf.

Du verstehst es wirklich, den Leuten Schmeicheleien zu sagen, lieber Gvendur, sagte Salka Valka.

Nein, sagte er ernst. Ich sage niemandem Schmeicheleien. Aber ich bin schon seit über sechzig Jahren hier im Dorf.

Ja, du hast allerlei miterlebt hier im Dorf.

Ja, ich bin alt geworden im Dorf, ich habe manche Arbeit getan hier im Dorf, ich habe hier meine Kinderschar aufgezogen, und sie gingen fort, bis auf eins. Ich hatte meine Wunschträume in jüngeren Jahren, und ich behielt meine Gedanken für mich, und deswegen freut es mich, wenn ich sehe, daß die Jungen ihre Wunschträume und ihre Gedanken verwirklichen, auch wenn mir das nicht geglückt ist. Ich wachte zu meiner Zeit auf, um aufs Meer hinauszufahren, ruderte mit meinem Ruder und fischte mit meiner Leine, trug abends den Fisch an Land und nahm ihn nachts aus, ich wage zu behaupten, daß ich über sechzig Jahre lang oder noch länger nie müßig war, solange es hell war, auch wenn ich nichts von dem verwirklichen konnte, was ich dachte oder von dem ich träumte, und jetzt tauge ich zu nichts mehr, und keiner ruft mehr einen schwächlichen alten Mann, um ihn mit einer Arbeit zu betrauen. Ich habe keinen Geringeren als den Kaufmann selbst gebeten, aber jetzt werden nur noch große starke Kerle verlangt, das Leben ist für die Jungen, und es kümmert sich auch keiner darum, daß es bei den anderen vielleicht nicht einmal für ein bißchen Schnupftabak reicht.

Ja, lieber Gudmundur, sagte das Mädchen, es ist schon so, wie der Mann sagte, eine spärliche Bewirtung, die Leute müssen ihr Leben lang Tag und Nacht schuften, haben weder genug zu essen noch anständige Kleider auf dem Leib, und am Ende fahren sie zur Hölle.

Ich will damit nicht sagen, daß ich irgend jemandem einen Vorwurf machen will, am allerwenigsten unserem gesegneten Schöpfer, sagte Kadett Gudmundur Jonsson, denn er ist gut zu mir und diesem Ort gewesen, das kann man nicht anders sagen – als niemand an ihn dachte, da dachte er an ihn, zumindest eine Zeitlang, als er uns seine gesegnete Heilsarmee schickte und diesen Ort zu einem Kanaan der Herrlichkeit Gottes machte, und es war nicht seine Schuld, daß es für die Heilsarmee schiefging, wie man sagt, denn es kann für alle schiefgehen, für die Hohen genauso wie für die Niedrigen.

Ja, sagte das Mädchen ein wenig verlegen. Es kann für alle schiefgehen.

Ich für meinen Teil sage, ich kann mich eigentlich nicht beklagen, ich habe kein Recht dazu. Viele stecken mir etwas zu, und die Frau des Sattlers hat uns im Frühjahr mit Saatkartoffeln für unser Gärtchen ausgeholfen, denn wie ich zu meiner Schande gestehen muß, haben wir die Kiste mit Saatkartoffeln, die wir im letzten Jahr beiseite gestellt hatten, leergegessen. Meine Frau war so krank, sie wäre um ein Haar gestorben, so daß ich mir in den letzten Wintermonaten nicht mehr anders zu helfen wußte, als ihr nach und nach diese Kartoffeln zu essen zu geben, und da ging es dann tatsächlich auch wieder aufwärts mit ihr. Außerdem bekommen wir beide zusammen dreißig Kronen Rente im Jahr, und die bekommen wir natürlich, damit wir nicht der Gemeinde zur Last fallen, wir können uns also wirklich nicht beklagen – doch nach einer kleinen Pause fügte er hinzu: Natürlich versteht es sich von selbst, wenn der Schnupftabak inzwischen zehn Kronen pro Pfund kostet, dann bleibt nicht viel übrig.

Salka Valka sah ihren Gast immer noch ein wenig verlegen an und wußte nicht so recht, was sie sagen sollte; er hatte so feuchte Augen und zitterte so sehr, und an seiner Nasenspitze hing ein großer, durchsichtiger Tropfen. Er blickte sich in ihrer »Stube« um, die zu Zeiten der alten Leute die Küche gewesen war, aber jetzt hatte man den Herd weggenommen, denn Salka benutzte einen Primuskocher – und dafür stand hier eine schöne, in Eichenholzmaserung bemalte Kommode mit ein paar gerahmten Photographien, und an der Wand hing ein Bild von einem ausländischen Wald, durch den ein Weg führte, und außerdem ein prachtvoller Kalender; sie besaß auch zwei im Laden gekaufte Stühle aus poliertem Holz. Dann betrachtete er mit derselben Bewunderung wieder das Mädchen selbst, ihren Kopf mit den kurzgeschnittenen Haaren, den hellbraunen Pullover und die graue Hose, die sie trug, obwohl es Sonntag war, ihre strahlenden hellblauen Augen und die üppigen Lippen, bis er im demütigen Vergleich zwischen seiner eigenen jämmerlichen

Gestalt und dieser Heldin den Kopf schüttelte und wieder begann:

Ich sage es ja und lasse mich von niemandem davon abbringen: herzukommen als bettelarmes kleines Ding aus dem Nordland, hierher in diesen unbedeutenden Ort, und jetzt ein eigenes Haus mit Wiese und Gemüsegarten zu haben, und außerdem Miteigentümer eines Motorboots zu sein, ganz zu schweigen von deiner Kommode, die meiner Ansicht nach die schönste Kommode im Dorf ist, das übersteigt allen menschlichen Verstand. Ja, das ist etwas anderes als Kadett Gudmundur Jonsson – mehr brauche ich nicht zu sagen.

Du hast doch sicher etwas anderes auf dem Herzen, lieber Gvendur, als einem so unchristlichen Mädchen wie mir, das sogar sonntags in Hosen herumläuft, Schmeicheleien zu sagen.

Das gesegnete Frühlingswetter ist immer etwas Besonderes, sagte er ausweichend und fügte dann nach kurzem Schweigen hinzu: Tja, ich für meinen Teil sage, was die Christlichkeit angeht, da bin ich immer der Meinung gewesen, daß du alle jungen Leute hier im Ort übertriffst, die Kinder männlichen wie weiblichen Geschlechts gleichermaßen, was immer du auch untenherum anhast. Und davon lasse ich mich nicht abbringen. Die Heilsarmee ist ohnehin schon seit langem nicht mehr hier, da ist es nur zu verständlich, daß viele nicht mehr so fest im Glauben sind wie früher.

Jetzt haben wir immerhin einen neuen Pfarrer, sagte Salka Valka.

Ja, ich für meinen Teil sage, dieser neue Pfarrer, das ist nur ein ganz gewöhnlicher junger Mensch, und seine Frau auch, sie bieten einem armen Mann nicht einmal einen Schluck Kaffee an. Und ich habe vom Kind meiner Tochter, das an Ostern eingesegnet wurde, erfahren, daß er es oftmals versäumt, den Kindern das, was von Bedeutung für das Seelenheil ist, einzuprägen. Ich habe erfahren, daß er die Kinder nicht einmal darüber aufklärt, wie lang das Kreuz war, ganz zu schweigen davon, wie breit es war. So etwas nenne ich keinen Religionsunterricht – was hätte wohl der gesegnete alte Propst gesagt, wenn er am Leben wäre?

Ich kann dir an der Nase ansehen, lieber Gvendur, daß in deinem Schnupftabakshorn Ebbe ist, sagte Salka Valka, um das

Gespräch auf ein anderes Thema zu lenken, und im selben Augenblick fiel auch der durchsichtige Tropfen von der Nasenspitze auf den Boden.

O du lieber Himmel, sagte der Besucher. Ich habe schon seit drei Wochen nichts mehr in meinem Tabakshorn.

Da muß irgendwie Abhilfe geschaffen werden, lieber Gvendur, sagte Salka Valka im Stil Johann Bogesens. Man kann doch nicht mitansehen, wie Freunde vor Schnupftabakmangel sterben, und das auf trockenem Land. Wer weiß, vielleicht kann ich dir ein bißchen was ins Horn besorgen.

Das ist eigentlich wirklich nicht nötig, sagte Kadett Gudmundur Jonsson und fügte nach kurzem Nachdenken hinzu: Mir ist nämlich selber etwas eingefallen, aber es ist nicht sicher, daß etwas dabei herauskommt.

Was für ein guter Einfall war das? fragte das Mädchen.

Mit Verlaub zu fragen, sie sagen, du seist der Schriftführer des Seemannsvereins.

Ja, das stimmt.

Tja, ich sage es ja. Es brauchte eine gute Portion Mut, um so einen Verein gegen Johann Bogesen selbst zu gründen. Und da standest du in der vordersten Reihe. Du liebe Güte, wenn man daran denkt, daß du trotz allem doch nur ein Frauenzimmer bist – und ein Amt übernommen hast.

Ach, das ist ein recht unbedeutendes Amt, lieber Gvendur, wenn ich ganz ehrlich sein soll. Ich habe bisher noch nicht viel für sie geschrieben, eigentlich nur ein paar Versammlungsprotokolle.

Ja, aber du verstehst dich doch gut aufs Schreiben. Und das ist der Unterschied, auf den es ankommt.

Dann schaute er zum Fenster hinaus und machte, wie es seine Angewohnheit war, ein paar unmotivierte Bemerkungen über das Wetter und die Jahreszeit und kam zu dem Ergebnis, daß das Auskommen vieler Leute vom guten Wetter abhänge; es heißt, daß sie dieses Jahr gut für den Fisch zahlen, die Burschen.

Es ist kein Honigschlecken, sie dazu zu bewegen, gut für ihn zu zahlen, sagte das Mädchen.

Ja, es ist gut, Fisch zu haben. Die, die fischen, haben es gut. Das ist der Unterschied zu den kleinen Leuten, denen die vom Geschäft um so mehr abpressen, je besser sie die Fischer bezahlen. Es braucht Härte, um so einen Verein zu gründen, der sich gleichzeitig gegen das Geschäft und gegen die, die an Land arbeiten, richtet. Ich für meinen Teil sage, ich bin auf der Stufenleiter der menschlichen Gesellschaft nie so hoch gestiegen, als daß ich mich nicht damit zufriedengegeben hätte, mich an mein christliches Gewissen zu halten. Aber auf mich kommt es ja nicht an.

Ich muß schon sagen, lieber Gvendur, daß es mir schwerfällt, etwas Unchristliches daran zu entdecken, daß wir Bootseigner einen angemessenen Preis für unseren Fisch bekommen wollen, es ist nicht eben billig, ein Boot auszurüsten, und der Fisch spielt immerhin die Hauptrolle im Leben der Leute hier, wie in anderen Orten. Es würde nicht mehr Arbeit geben, und die Löhne würden nicht höher, wenn wir bankrott machten und mit dem Fischfang aufhörten.

Ich weiß nicht, was ich sagen soll, sagte der Gast. Ich habe nichts, an das ich mich halten kann, außer dem Wort Gottes. Aber der weiß am besten, wo der Schuh drückt, der ihn am Fuß hat. Früher hielt das Geschäft mit Gottes Hilfe alle hier im Dorf am Leben, sowohl die kleinen Leute wie die großen, die, die einen Gemüsegarten hatten, und auch die, die keinen hatten. Und solange die Heilsarmee hier war, da war es, als ob der gesegnete Schöpfer seine schützende Hand über den ganzen Ort hielte. Und manch guten Bissen und guten Schluck haben wir kleinen Leute da bekommen, insbesondere an Weihnachten. Und in der christlichen Lehre heißt es ausdrücklich, daß es in jedem Land Vorgesetzte und Untergebene geben soll, und daß die Untergebenen den Vorgesetzten treu sein sollen. Doch die Treulosigkeit nimmt von Jahr zu Jahr zu, und die Hochachtung vor den Vorgesetzten nimmt in gleichem Maße ab. Es ist, als ob diese junge Generation nicht mehr verstehen wolle, daß Gott beide erschafft, den Vorgesetzten wie den Untergebenen. Jetzt haben die Fischer einen Verein gegen das Geschäft gegründet und den Preis für den Fisch festgesetzt, doch das führt nur dazu, daß das Geschäft es sich wieder von uns kleinen Leuten zurückholt. Jetzt gelten nur noch die Großen etwas, sowohl an Land als auch zur See. Alle wollen dem Kaufmann selbst ebenbürtig sein. Aber ich sage das nicht von mir aus, sondern es ist die Weisheit der Heiligen Schrift, daß der Zusammenschluß allein nichts nützt, wenn die Gottesfurcht und der Gehorsam gegen die Vorgesetzten in gleichem Maße abnehmen, wie der selige Jon im Kof zu sagen pflegte.

Ja, ich bestreite nicht, daß das Geschäft getan hat, was es konnte, um den Leuten, die in der Fischverarbeitung an Land arbeiten, das Leben schwerzumachen, aber ich weiß, daß du zu vernünftig bist, um uns beim Fischerverein die Schuld daran zu geben.

Einmal war dieser Ort ein Kanaan der Herrlichkeit Gottes. Aber die Zeit ist vorbei, sagte der Mann. Jetzt ist hier im Dorf Geld im Umlauf, und die Fischer kaufen am Schluß jeder Fangsaison alles mit Bargeld, aber wir kleinen Leute, die wir nichts zu verkaufen haben, was kaufen wir? Nicht mehr, als zwischen uns liegt. Die Fischer werden in allem bevorzugt, und arme Schlucker können nicht einmal anschreiben lassen im Geschäft. Ich für meinen Teil sage, ich habe eine fallsüchtige Frau, die außerdem noch ein inneres Leiden hat, sowohl in den Nerven als auch in den Knochen. Alles will leben, auch der Arme. Was hat mir die letzte Fangsaison eingebracht? Sage und schreibe nichts, außer meinem christlichen Gewissen.

Die Welt verändert sich, Gudmundur, und heutzutage muß jeder sehen, wo er bleibt. Deshalb weiß ich, daß kein vernünftiger Mensch uns im Fischerverein Vorwürfe macht, weil wir einen angemessenen Preis für den Fisch verlangt haben.

Ja, so kannst du reden, liebe Salvör, weil du zu den Großen gehörst. Nicht alle hier im Dorf sind so gut gestellt, daß sie vielleicht mit einem reichen Mann in Amerika verlobt sind und Geldsendungen in Einschreibebriefen bekommen. Alle wissen, daß dir Mararbud schuldenfrei gehört, weil du zweimal dieses Geld aus dem Ausland bekommen hast. Die können fordern, die schon etwas haben. Aber was können ich und meine Frau fordern? Oder zum Beispiel der Mann meiner Tochter, obwohl er vielleicht im Frühjahr einen Fuchsbau ausnimmt und bei den Färöern einen Wal schießt? Oder der arme Beinteinn von Krokur, dem erst kürzlich die Frau weggestorben ist, Mutter von zehn Kindern, und der außerdem ein Holzbein hat von Bogesen – mir ist es gleich, daß es heißt, er habe eine ausländische Religion. Es ist nur natürlich, daß das Geschäft starrsinnig wird und keine Vernunft annehmen will, wenn man anfängt, Vereine gegen es zu gründen. Es ist, wie der alte Jon im Kof so oft sagte: Alles hängt davon ab, daß die Leute sich dem Geschäft gegenüber anständig verhalten. Und jetzt hört man, daß ein paar Leute aus der Hauptstadt hier einen neuen Verein gründen wollen, sowohl gegen das Geschäft als auch gegen den Glauben.

Das sind wirklich Neuigkeiten, sagte das Mädchen.

Tja, ich weiß nicht mehr als das, was sie neulich auf dem Platz erzählten. Es ist dieser große Mann in Reykjavik, der die Bullen aus Rußland eingeführt hat – sie nennen ihn Torfdal. Er soll gegen die Religion sein und verschiedene seltsame Tiere haben. Es heißt, daß er Beinteinn im vorigen Jahr ein ketzerisches Buch geschickt habe, bevor Bogesen ihm das Holzbein schenkte. Manche glauben, daß Bogesen ihm nur aus Angst vor dem Buch das Holzbein geschenkt habe. Es heißt, daß sie den Reichen alles Geld wegnehmen und es unter die Armen verteilen wollen. Aber ich habe keine große Hoffnung, daß sie das wirklich tun, und würde auch nie etwas annehmen, das gestohlen ist und den Zehn Geboten widerspricht. Ich für meinen Teil sage, wie es in der Schrift steht: Was hülfe es dem Menschen, wenn er die ganze Welt gewönne, und nähme an seiner Seele Schaden? Deshalb bin ich jetzt dazu entschlossen, den einzigen ehrlichen Versuch zu machen, der einem armen Mann noch bleibt, wenn alle Wege versperrt sind, und deshalb bin ich eigentlich zu dir gekommen: Es geht um einen kleinen Brief, den ich dir zeigen möchte, bevor ich eine Briefmarke dafür kaufe; ich habe mich letzte Woche damit abgemüht, ihn zu schreiben.

Einen Brief? An wen schreibst du denn?

Tja, ich bin der Ansicht, da die Heilsarmee über alle Berge ist und sie nicht einmal wollen, daß man Armenunterstützung von der Gemeinde bekommt, und das Geschäft nur noch den Großen offensteht, und hier im Marktflecken alle möglichen Vereine entstehen, da sehe ich keinen anderen Ausweg mehr, als mich direkt an den König zu wenden.

An den König! wiederholte Salka, und nun konnte sie das Lachen nicht mehr unterdrücken. Wie um alles in der Welt bist du denn darauf gekommen?

Ja, ich kann verstehen, daß du es komisch findest, daß eine so unbedeutende Person wie ich auf den Gedanken kommt, sich an den König zu wenden. Aber ich kann dir versichern, ich habe mir das den ganzen Winter hindurch hin und her überlegt, seit meine Gudrun krank wurde. Es ist natürlich sehr dreist, das will ich nicht abstreiten; aber erstens ist der König nun einmal immer der König, was ein so begabter Mensch wie du, Salvör, verstehen wird, er ist immerhin der Herrscher des Landes und der Beschützer, der von Gott eingesetzt ist, um sich um die Menschen zu kümmern, wo immer sie in der menschlichen Gesellschaft ihren Platz haben mögen. Er ist der König der Armen genauso wie der König der Reichen, und er hat dem ganzen Land ja auch ein großes Geschenk nach dem andern gemacht, sowohl für die Planierung der Heuwiesen als auch für die Aufforstung. Und außerdem habe ich aus sicherer Quelle erfahren, daß er einem schwindsüchtigen Mädchen im Südland zehn Kronen in bar geschenkt hat, als er das letzte Mal hier im Land war.

Ja, aber Gudmundur! Der König kann doch nicht den Leuten hier in Oseyri helfen, Arbeit zu finden, was, glaubst du, würde geschehen, wenn alle, die keine Arbeit haben, sich an den König wendeten? Außerdem ist es niemandem außer den Ministern und Generälen gestattet, sich an den König zu wenden, oder das habe ich zumindest immer gehört. Dem König schreiben, hat man da noch Worte!

Ich hoffe doch, daß er seine Briefe mit der Post bekommt, wenn sie ausreichend frankiert sind, so wie andere Leute auch, sagte Gudmundur Jonsson.

Nein, so etwas ist unmöglich, ich sage es dir ganz offen, man wird sich nur lustig machen über dich in Dänemark, sagte das Mädchen.

Tja, ich habe ihm aber nun einmal trotzdem geschrieben, sagte der Greis eigensinnig, und mir ist es gleichgültig, ob sie sich in Dänemark darüber lustig machen, ich stehe unter meinem König, er steht über mir nach dem Willen Gottes, genauso wie über denen in Dänemark, und er ist der rechtmäßige König über mir und meinem Land, und ich bin sein pflichtschuldiger Untertan und habe Anspruch darauf, ihm meine Schwierigkeiten anvertrauen zu dürfen. Außerdem hat sich die ganze Familie des Königs als gutes und edles Geschlecht für Island erwiesen, und sein Großvater gab uns die Verfassung, die uns andere Völker weggenommen hatten, und auch wenn ich tief stehe und er hoch steht und vielleicht niemandem gestattet ist, mit ihm zu sprechen, außer den Ministern und Generälen, so habe ich in meiner Kleinheit doch den angesprochen, der noch höher steht, ihn, für den Minister und Generäle nichts als Staub und Asche sind, ja, ich habe mit dem gesprochen, der über allen irdischen Königen steht, und er hat mich angehört und wird dereinst meine Bitten erfüllen, wenn er Zeit dazu hat. Warum sollte ich also nicht viel eher den König ansprechen dürfen, der doch nichts weiter als ein irdischer Mensch ist wie ich?

Sie sah, wie seine Hände zitterten, als er aus seiner Jackentasche das Schreiben an den König hervorholte – einen kleinen, vierfach zusammengefalteten Briefbogen, in zerknittertes Packpapier eingewickelt, er hatte selbstverständlich kein Geld für einen Umschlag gehabt, und es war, als ob die Menschheit selbst mit ihrem anhaltenden Geld- und Schnupftabakmangel in Gestalt dieses hilflosen Gastes vor ihr stünde. Wenige hatten demütigere und anrührendere Bitten aufsteigen lassen in den Schoß dieses Herrn, der den Tropfen von der Nasenspitze fallen hört und jedes Körnchen Tabak zählt, das in das Nasenloch eines armen Mannes hochgezogen wird. Und sie war fest entschlossen, ihm zu erlauben, ein Pfund Schnupftabak auf ihre Rechnung zu kaufen, und dafür zu sorgen, daß es den alten Eheleuten im Sommer nicht an Fisch fehle.

Endlich hatten die bebenden Finger den Brief aus der Verpackung gewickelt, und sie begann, sich durch seine ungelenke, zittrige Schrift hindurchzubuchstabieren, die im Hinblick auf Zeilenabstand und Rechtschreibung keine Regeln befolgte. Der Brief lautete etwa folgendermaßen:

Euer Majestät, König von Island und dänemark.

Gott segne allzeit sie und ihr Königtum. Sie haben allzeit die Lebensumstände des Volkes verbessert mit ihrem Besuch im Lande und Großen geldsendungen. Hierzu kann man die über tausend Kronen rechnen, die sie dem ganzen Land schenkten, als sie hierher nach Island kamen. Ich schreibe ihnen nun hauptsächlich in dem guten und festen Vertrauen das ich zu ihnen habe mir nun in meinen Schwierigkeiten zu helfen, die von Überaus Großer armut herrühren und meiner Kränklichkeit und der meiner Frau gudrun eiriksdottir im letzten Winter, die mich immer begleitet hat und bisher nicht besser geworden ist, ganz im Gegenteil. Nun ist meine Lage beinahe noch bedrükkender als einstmals, als ich sechs Kinder zu versorgen hatte, was auf den Zusammenschluß der Fischer hier im Ort zurückgeht, um den Fischpreis hochzutreiben, deshalb hat Das geschäft den Lohn derer die an Land im Fisch arbeiten herabgesetzt und weigert sich, anderen als großen Leuten Arbeit zu geben und nimmt überhaupt keine Rücksicht auf die schwachen und zahlt jetzt Geld für die Arbeit und verlangt Geld für die Waren, insbesondere und vor allem von denen die nichts haben. Ich bin hinfällig und kränklich mit einer fallsüchtigen Frau gudrun eiriksdottir im Schlepptau die weder leben noch sterben kann und dazuhin noch ein Inneres leiden hat. Meine Kinder sind in andere Ortschaften gezogen und haben genug mit sich zu tun, außer einer Tochter die hier verheiratet ist und wegen der vielen Kinder die sie zu versorgen hat eigentlich Armenunterstützung bekommen müßte, obwohl ihr Mann sagt, er habe Geld auf der Bank auf den Färöern für Walnieren. Mir stand der Sinn immer nach Dingen des Geistes und des Glaubens. Ich war Kadett bei der Heilsarmee unseres Herrn Jesu Christi. Ich hoffe und wünsche mir, daß sie mir nun helfen. Deshalb schreibe ich ihnen nun, um sie um eine Kleine summe geldes zu bitten. Dürfte ich 75–80 Kronen nennen, denn meine Armut ist so groß und meine Kränklichkeit und die meiner Frau vielfältig und die Verlassenheit auf allen Seiten. Es ist, wie geschrieben steht, daß wenige des Armen Freunde sind. Der Herr macht den Armen und den Reichen. Er erniedrigt und Erhöht und alles wendet sich zum Guten für die, die Gott lieben. Ich weiß, daß der Allmächtige Gott ihnen früher oder später wieder diesen Betrag den ich nenne vergelten wird, und sie eine Möglichkeit finden werden, ihn mir mit dem nächsten Postschiff aus dem Ausland zu schicken, denn im Augenblick habe ich nicht einmal Geld für Schnupftabak und das finde ich das schlimmste.

Gott segne sie allezeit und stärke sie in guten wie in schlechten Tagen. Ich hoffe daß dies ihren Besitz nicht verringert sondern vermehrt. Ich werde hier von Hunden und Menschen mit Füßen getreten und habe nie etwas von dem tun können, was ich gerne getan hätte, wegen Mangelndem vermögen. Als ich jünger war, wollte ich Tierarzt und Schmied werden und mit Naturwissenschaft und ähnlichem zu tun haben, aber es fehlte immer am

Geld für die Ausführung. Ich konnte in meinen jüngeren Jahren auch kleine Gedichte verfassen, wie jeder andere, die immer harmlos waren. Nie wird ein einzelner es gewagt haben, sie um einen so großen Geldbetrag auf einmal zu bitten; aber ich zögere keineswegs, da sie Island über tausend geschenkt haben und deine Verwandten einer nach dem anderen. Ich bin nie in der Lage gewesen, etwas für sie tun zu können, obwohl ich ihnen gern wenigstens ein glückwunschtelegramm geschickt hätte um Gott zu bitten ihnen zu helfen und sie allzeit zu beschützen. Zuletzt grüße ich sie im Vertrauen auf gute Hilfe, mein Geliebter König, seien sie Gott befohlen,

ihr Liebender Willfähriger

gudmundur jonsson

ehemals Kadett der Heilsarmee.

2

An Sonntagen, und manchmal auch sonst, wenn Salka Valka nicht bei der Arbeit war, machte sie einen Spaziergang und besuchte die Frau des Buchbinders Magnus; die Eheleute hatten sieben Kinder zu versorgen, vier waren gestorben, und hatten kaum mehr zum Leben als den Segen Gottes, denn keiner wollte Magnus als Fischer auf einem Boot haben, er war nicht kräftig und galt als Schwächling bei Strapazen, und selbst bei der Arbeit an Land wurde er nach Möglichkeit übergangen; er hatte auch nicht viel Kredit, wollte aber keine Unterstützung von der Gemeinde, obwohl ihm dieser Weg offenstand, denn er war eigenbrötlerisch und hatte seine eigenen Ansichten. Sein Interesse galt vor allem der Buchbinderei, und er war berühmt für diese Kunst. Manchmal bekam er große Bücher aus entfernten Orten zum Binden, wenn sie am Rücken auseinandergehen wollten. Er war auch sehr bewandert in der Philosophie. Nun war seine Frau schon seit langem krank. Es war etwas im Magen und wurde immer schlimmer. Zuerst hatte sich die Krankheit in Anfällen geäußert, die nicht besonders schwer waren, dann kam es so weit, daß es ihr schwerfiel, das, was sie aß, bei sich zu behalten. Schließlich setzten die Schmerzen ein, und jetzt konnte man die Stunden zählen, in denen sie Frieden hatte. Dennoch stand sie ab und zu auf und putzte den Fußboden, denn das war etwas, das ihre alte Mutter wegen ihrer Gicht im Rücken und ihrer Wassersucht in den Beinen nicht mehr tun konnte. Der Arzt, der zu dieser Zeit schon beinahe seinen eigenen Namen vergessen hatte, fragte mit Verlaub, wie die Himmelsrichtungen hießen. Jemand sagte Osten, Westen, Süden. Da kniff er die Augen zusammen, verbeugte sich und lächelte: Das paßt ja ganz genau: Das war es. Nach Süden, je früher, desto – und so weiter.

Manche verstanden dies so, daß er meinte, die Frau solle in den Süden nach Reykjavik fahren, um sich operieren zu lassen, denn es war offensichtlich, daß Tropfen nicht mehr halfen. Doch es war, wie Bogesen immer gesagt hatte: Wenn unser Arzt uns nicht hier am Ort heilen kann, dann nützt es nicht viel, Geld für Reisen nach Reykjavik auszugeben, dann sind wir Todeskandidaten. Also blieb die Frau ruhig liegen, und nachts konnte man ihr Stöhnen bis auf die Straße hinaus hören, wenn das Wetter gut war.

Die Kinder weinten reihum, denn obgleich sie Wasserbrei, gekochten Fisch und sogar Roggenbrot mit gesunder und guter Margarine bekamen, so fehlte es ihnen doch an etwas für Leib und Seele, und deshalb weinten sie. Sie lernten am Strand unflätige Ausdrücke und fühlten sich am wohlsten in Schlammpfützen und auf Stacheldrahtzäunen. Doch wenn sie Milch zu trinken bekamen, was verhältnismäßig selten geschah, dann hörten sie für eine Weile auf mit dem Fluchen, und die Jüngeren machten sich daran, mit hübschen Steinen vom Strand zu spielen. Salka Valka brachte dieser Familie oft etwas Gutes mit, denn sie wußte, was Armut war. Sie kaufte für sie Milch in einer Kanne und unterhielt sich oft lange mit Sveinbjörg, der Mutter der Kinder, die eine kluge Frau war. Die Kinder sahen Salka Valka ernst an, wenn sie sprach. Sveinbjörgs Mutter, die fünfundsiebzig Jahre lang an diesem Strand von schwarzem Kaffee gelebt hatte, hatte die Jüngsten auf dem Schoß und summte ständig denselben Kinderreim, mit dem sie schon viele Kinder in den Schlaf gesungen hatte, die entweder gestorben oder am Leben geblieben waren:

Schläfst du jetzt wohl, du kleines Schwein,
die schwarzen Augen fest geschlossen,
spring in den üblen Pfuhl hinein,
dort treiben die Gespenster Possen.

Das konnte sie viele Stunden lang ununterbrochen singen, besonders, wenn sie Schnupftabak hatte, und auf diese Weise vertrieb sie böse Geister von den Kleinen.

Magnus und Sveinbjörg waren in ihren jüngeren Jahren bei der Heilsarmee gewesen und hatten sich dort kennengelernt, doch der Bucher, wie er für gewöhnlich genannt wurde, stammte aus einem anderen Fischerdorf. Nachdem sie heirateten, hatte Sveinbjörg mehr Ernsthaftigkeit in religiösen Dingen entwickelt und sich erneut dem alten Propst zugewandt. Dann war der Propst für immer in das Land der Ewigkeit abberufen worden, dieser große Ehrenmann im Leben und im Tod. Kurz darauf bekam die Frau Magenschmerzen. Gleichwohl fuhr sie fort, in entschuldbaren Abständen Kinder in die Welt zu setzen, meist einmal im Jahr, manchmal öfter, und sie bat Gott um dies und das, was sie für den Haushalt brauchte, und außerdem bat sie Gott, ihren Magen wieder gesundzumachen. Doch ihr Bitten fand kein Gehör, und sie hatte für immer mehr Kinder zu sorgen, je mehr sie betete, im Haushalt ging es immer knapper her, und ihr Magen wurde immer schlimmer. Sie wohnten in einem Haus, das eine Wand aus Torfsoden hatte und drei Wände aus Holz, die mit zerfetzter Teerpappe verkleidet waren. Im Fenster standen drei Blumentöpfe voller Erde, aber ohne Blumen, und es gab keine Gardinen. Die Wohnung bestand aus der Stube und der Küche, und dahinter war ein kleiner Schuppen, in dem die Wassertonne stand, außerdem hingen dort bisweilen zwei kleine, halbgedörrte Dorsche, vielleicht lag irgendwo auch ein Sack mit Ausschußkartoffeln, die gutherzige große Leute dem Bucher zum Andenken an sich geschenkt hatten. So sahen die Essensvorräte des Hauses bestenfalls aus. In der Stube standen ein paar Bettstellen mit Lumpen und ein paar schadhafte Kisten mit Gerümpel, außerdem Magnus' Presse und Buchbinderschemel, die dem Hausstand, vor allem nach außen hin, besondere Würde verliehen. Abends, wenn drinnen Licht brannte, konnte man sehen, wie die Kinder sich weinend auszogen, jeweils zu zweit oder zu dritt in ein Bett legten und einschliefen, hungrig, schmutzig und blau vor Kälte. Wenig ist so reizend anzusehen auf Erden wie schlafende Kinder.

Wenn Magnus Geld bekam, hatte er die verhängnisvolle Leidenschaft, es für Pappe, Leder und Kaliko auszugeben, die er auf übernatürliche Weise aufzutreiben schien. Doch dank dieser Buchbindertätigkeit kamen oft Bücher ins Haus, sowohl vom Leseverein als auch anderswoher. Viele dieser Bücher waren so beschaffen, daß sie die Gedanken des Ehepaares vom Glauben ablenkten, vor allem Agust Bjarnasons Bücher über Philosophie, denn in ihnen ist so viel Wissen vereinigt. Vieles davon steht im Widerspruch zum Wort Gottes. Wenn Sveinbjörg keine zu starken Schmerzen hatte, sprach sie oft mit Salka darüber, Salka lieh sich die Bücher auch aus und las sie; sie waren so interessant und wissenschaftlich. Es ist so gemütlich, abends zu Hause sitzen zu können und zu erfahren, daß Gautama Buddha dies gesagt hat und Immanuel Kant jenes sagt.

Ja, das wäre wahrhaftig nicht schlecht, wenn wir einfachen Leute einen derartigen Mann hätten, an den wir uns wenden könnten, sowohl wenn der Fischfang schlecht ist als auch wenn es wenig Arbeit gibt, sagte Sveinbjörg.

Ja, sagte Salka Valka. Wenn ich von diesen weisen Männern lese, dann muß ich oft daran denken, daß wir Dummköpfe, die wir an so abgelegenen Orten aufgewachsen sind, in Wirklichkeit nicht viel besser gestellt sind als der Fisch, der aus dem Meer gezogen und bei Bogesen ausgenommen und getrocknet wird.

Beide sehnten sich nach dem Unfehlbaren und Erhabenen und sprachen von der Wahrheit, auch heute. Salka so groß, jung und robust, in deren frischem Blut die gesunde Lebenskraft des Meeres wogte, Sveinbjörg auf ihrem billigen Sterbelager, wo ihre Kinder gezeugt und geboren waren; aber die Sehnsucht nach der Wahrheit ist nie bemerkenswerter, als wenn sie im Glanz des nahenden Todes in den Augen armer Menschen erscheint und in den seltsam angespannten Zügen, die bald erschlaffen werden und sich sogar in ein mildes Lächeln verwandeln können, wenn man auf der Bahre liegt und schon drei Tage tot ist.

Trotzdem hat keiner der Weisen, von denen in diesem Buch die Rede ist, mir erklären können, warum man kommt und geht, sagte die Frau mit ihrer leisen Stimme. Und wenn ich sehe, wie die ältesten Kinder sich nachts die Finger in die Ohren stecken, damit sie meine Schreie nicht hören, und wie die Lumpen um ihren Leib nicht zusammenhalten, dann glaube ich manchmal, daß das Heidentum in alter Zeit, das die Aussetzung von Kindern erlaubte, menschlicher war als das Christentum. Ich spreche jetzt nur für mich, die ich bettelarm und sterbend hier liege, denn das muß ich sagen: Seine Kinder sterben zu sehen ist nichts gegen das, sie leben zu sehen – ich meine für arme Leute. Was für ein Gott ist das eigentlich, der dies lenkt?

Das wird wohl kein anderer Gott sein als der Fisch, sagte Salka Valka albern, aber doch nachdenklich.

Ich werde dir sagen, was ich neulich den Pfarrer fragte. Ich sagte, steht irgendwo in der Bibel, daß Gott gut ist, sage ich. Ist das nicht nur irgendein Aberglaube, den die Menschen erfunden haben?

Kommt der Pfarrer manchmal zu dir? fragte Salka Valka.

Ja, flüsterte die Frau. Er macht mir angst.

Angst? Wovor?

Ach, ich weiß es nicht. Du erinnerst dich daran, daß an einer Stelle in der Bibel steht, wer aus der Wahrheit ist, der höret meine Stimme. Also neulich konnte ich nicht an mich halten und sagte einfach so zu ihm: Ich höre seine Stimme nicht.

Und was sagte er?

Da sagt er, denk an den Gang nach Gethsemane, sagt er.

Was hast du gesagt?

Ja, sage ich, ich denke an ihn, sage ich. Ich wage zu behaupten, daß ich genauso viel durchgemacht habe und noch mehr, sage ich. Was ist das schon, einen Tag an einem Kreuz zu hängen, für einen Mann, der keine Kinder hat, sage ich, und außerdem zu wissen, daß man für eine gute Sache stirbt, ja sogar die ganze Welt erlöst und dann geradewegs auf den feinsten Platz im Himmelreich kommt, was ist das schon, verglichen damit, Qualen zu erleiden, wie ich sie erlitten habe, mit einem Haus voller Kinder, monate- und jahrelang, wie viele Nächte sind das wohl schon, in denen ich pausenlos geschrien habe vor Schmerzen, bald bin ich tot, und ich sterbe für nichts, und für mich gibt es kein Himmelreich, denn ich weiß, daß die Kinder weiterhin weinen, wenn ich tot bin, und häßliche Ausdrücke lernen und um Milch betteln, die nicht da ist, sage ich.

Was hat er gesagt?

Er sagte, Gott ist dennoch immer gut zu dir gewesen, sagt er. Und ich sagte nein.

Wurde er nicht böse? fragte Salka Valka.

Er sagte, das sagte der selige Pfarrer Gudmundur Halldorsson, als er im Sterben lag. So, sagte er das, sage ich. Da überlegte er, und dann fragte er mich, hast du das Gebot Christi befolgt und deine Feinde geliebt? Nein, sage ich. Das solltest du tun, sagt er. Ach ja, sage ich, wie soll ich denn das tun – ich habe keine Feinde, sage ich.

Salka Valka konnte sich die Bemerkung nicht verkneifen, daß sie ziemlich überrascht sei, daß sich der Pfarrer nichts Besseres hatte einfallen lassen bei dem Gespräch mit einer kranken Frau.

Bevor er ging, fuhr die Frau fort, erzählte er mir die Geschichte von der Tochter des Pharaos, die Moses im Schilf fand. Er sagte, er werde bald wiederkommen und mir ein Kapitel aus einem guten Buch vorlesen, das vielen Trost gespendet habe, um die es ähnlich bestellt war wie um mich. Tu das, Pfarrer Sofonias, sagte ich, aber denk daran, daß ich vor allem Angst habe außer vor der Wahrheit.

Nach einer kleinen Pause fuhr sie dann fort:

Ich wünschte, er ließe mich in Ruhe. Was mir fehlt, ist Geld, um nach Reykjavik zu fahren und mich operieren zu lassen. Und jetzt zahlen sie für die Arbeit an Land ein Drittel weniger, seitdem die Mitglieder des Fischervereins angefangen haben, den Lohn zu unterbieten, und niemand will Magnus auf seinem Boot haben. Als ob unsere Kinder es nicht verdient hätten, Milch zu bekommen, obwohl Magnus nicht für die Arbeit auf einem Boot taugt! Warum müssen sie dafür büßen?

Mit der Gerechtigkeit auf der Welt ist es noch nie weit her gewesen, sagte Salka Valka. Glaubst du, ich hätte nicht auch meine schweren Stunden, wenn ich daran denke, daß ich eine von denen war, die sich am eifrigsten für die Gründung des Fischervereins eingesetzt haben? Aber wie konnte ich ahnen, daß Bogesen sich an den Ärmsten schadlos halten würde? Ich hatte auch nicht damit gerechnet, daß die Fischer auf den kleinen Booten mit den Arbeitern an Land um den Lohn konkurrieren würden. Schau, Sveinbjörg, als ich klein war, da war ich das ärmste Kind im ganzen Dorf. Und da hatte ich keinen heißeren Wunsch, als einmal Miteigentümerin eines Bootes zu werden.

Ich verdenke es keinem, sagte die Frau, und mache niemandem Vorwürfe. Die Welt ist nun einmal so beschaffen, daß jeder sehen muß, wo er bleibt. Wenn nur wir Arbeiter an Land Bogesen auch Bedingungen stellen könnten wie ihr.

Ja, ich habe schon oft daran gedacht, daß sich die Arbeiter an Land auf ähnliche Weise zusammenschließen müßten, aber davon wollen die im Fischerverein nichts hören, wie du dir denken kannst. Das muß jemand anderer in die Hand nehmen.

Die Frau schloß ihre bleichen Augenlider und gab sich eine Weile ihren Schmerzen hin. Als sie schließlich die Augen wieder aufschlug, ließ sie ihren Blick auf dem starken, frischen Gesicht ihrer Freundin ruhen. Allmählich ließen die Schmerzen nach.

Arme Leute haben kein Recht, Kinder in die Welt zu setzen, weil sie sie nicht aufziehen können – sie kehrte immer wieder zu diesem Gesprächsthema zurück, und diesmal sprach sie direkt aus ihrem Schmerz heraus, mit beinahe fanatischer Vorbehaltlosigkeit. Man sollte uns dafür ins Zuchthaus schicken. Ich bin sicher, daß es das schlimmste Verbrechen auf Erden ist. Ich hätte nie geglaubt, daß es so vernünftige Mädchen wie dich gibt.

Wenn ich die Regierung wäre, sagte Salka Valka, dann würde ich immer tausend Kronen bezahlen, wenn arme Leute ein Kind bekommen.

Es macht nicht so viel aus, daß sie nie ein anständiges Wort zu hören bekommen, sagte die Frau. Aber wo soll man die Milch hernehmen? Bogesen hat vier Kühe, aber dort wird alle Milch im eigenen Haushalt verbraucht, weil der Arzt ihnen geraten hat, ihrer Gesundheit wegen Quark zu essen. Die haben es alle mit dem Magen vom vielen Essen. Und außerdem, Häusler haben kein Geld, um Milch für sieben Kinder zu kaufen, selbst wenn sie zu haben wäre.

Es klopfte.

Der Pfarrer war gekommen.

Er war ein junger Mann mit roten Haaren und gefühlvollem Blick, von stattlichem Wuchs, mit rosigem Gesicht, breiten Hüften, fleischigen Händen und grünlichen Zähnen. Sein Lächeln war sonderbar sanft, und aus seinen Augen leuchtete Liebe. Er hatte zeitweise daran gedacht, auf die Missionsschule nach Norwegen zu gehen, denn er meinte, vom Heiligen Geist berufen zu sein, sich für das Seelenheil der Heiden im Orient zu opfern, vor allem in China und Indien. Er hatte sich in jungen Jahren Gottes Christentum anverlobt, wie eine Braut ihrem Bräutigam, und sein Leben in die Hand des Herrn gelegt. Er gab sich aus freien Stücken dem Willen des Herrn hin. Trotz teuflischer Angriffe von seiten der Bibelkritik war es ihm gelungen, in seiner Brust den Edelstein aller Edelsteine, die Gemeinschaft mit Gott im Gebet, zu bewahren. Oft erzählte er davon, wie er in den dunklen und schweren Stunden der Versuchung diese Worte aus dem Brief an die Galater vor sich hingesprochen hatte: »Ich bin mit Christo gekreuzigt. Ich lebe aber; doch nun nicht ich, sondern Christus lebt in mir.« Aber als er sein Studium an der Universität abgeschlossen hatte und drauf und dran war, mit seiner Vorbereitung für die große Aufgabe im heidnischen Urwald des Orients zu beginnen, da verlobte er sich mit einem gesunden, sinnlichen Fischermädchen, das zehn Kinder bekommen und in einem großen Topf Fisch kochen, aber nicht in den Orient fahren wollte; sie sagte, er solle in einem Ort am Meer Pfarrer werden, und das tat er – und wurde Pfarrer in Oseyri am Axlarfjord.

Er hörte allem, was ihm erzählt wurde, mit beichtväterlicher Aufmerksamkeit zu, und wenn er antwortete, so tat er es immer mit einem pflichtschuldigen Lächeln, wie ein Gastwirt. Dieses Lächeln hatte er jedoch nicht in irgendwelchen Kneipen gelernt, sondern von einem schwedischen Missionar, den er eines Sommers bei der Arbeit auf einer Heringsfangstation kennengelernt hatte. Nur wenige blieben von der geistigen Reife und dem edlen Charakter, die das Lächeln dieses jungen Mannes verriet, unberührt. Die o-beinigen, vernachlässigten Kinder hörten auf, im Schlammgraben neben dem Weg zu planschen, und schlichen sich durch den Türspalt herein, um ihn anzusehen. Sie steckten sich die schmutzigen Finger in den Mund. Er tätschelte ihnen die Wange und machte ein paar allgemeine Bemerkungen darüber, wie tüchtig und brav sie seien. Den Kindern fiel es nicht ein zu lächeln, sie starrten ihn nur weiter an. Doch schon bald hatte er sich höheren Gesprächsthemen zugewandt und stellte der Kranken die Frage, die ebenso häufig ist wie notwendig für alle wahren Künstler auf dem Gebiet der Krankenbesuche, nämlich, ob der Betreffende sich nicht bereitwillig seinem Herrn anvertrauen könne.

Ach, sagte die Frau. Ich weiß nicht.

Salka Valka saß vornübergebeugt da und betrachtete ihre Hände. Sie nahm an, der Pfarrer wäre nicht besonders gut auf sie zu sprechen, weil sie sonntags manchmal Hosen trug, statt in die Kirche zu gehen, und sie stellte sich vor, daß so etwas nach Ansicht des Pfarrers nicht im Einklang mit dem Willen Gottes stand.

Es ist doch im Grunde genommen ganz einfach, sagte der Pfarrer mit gefühlvoller Milde, und Salka Valka hörte mit halbem Ohr zu und versuchte nach Kräften, unpassende Gedanken über den Pfarrer und seine Ehe zurückzudrängen, aber so sehr sie sich auch bemühte, sie konnte nicht anders, als Mitleid mit der Frau zu haben, die mit ihm verheiratet war, denn er roch so schlecht aus dem Mund.

Man kann sagen, daß es genauso einfach wie wichtig ist, sagte der Pfarrer. Die Schritte, die zu machen sind, sind nur drei. Der erste ist, zu der Überzeugung zu gelangen, daß die Heilige Schrift lehrt, daß die herrliche Wohnung Gottes drinnen im Herzen des Menschen ist, worüber ich neulich schon gesprochen habe. Der zweite ist, daß du dich Gott voll und ganz schenkst, so daß er dich in allem lenken kann. Der dritte, der dritte, der dritte ...

Nun ertönte draußen in der Küche lautes Geschrei, wüste Beschimpfungen, Gepolter und schließlich das wuterfüllte Weinen kleiner Jungen. Zwei uneinige Stimmen riefen bei ihrem Streit nach der Hilfe der Mutter und brüllten Mama, Mama, der Geiri, dieses verdammte Schwein, der Gvendur, dieser verfluchte Hund, ich werde – und sie stießen fürchterliche Drohungen aus.

Was ist los? rief die Mutter.

Die kleine Stina, acht Jahre alt, floh aus der Küche herein und verkündete, der Gvendur und der Geiri, die prügeln sich wegen dem Seehasenmaul, das die Oma in der Schüssel hinter dem Kartoffelsack versteckt hat.

Nachdem der Streit dadurch geschlichtet worden war, daß man das Seehasenmaul mit wissenschaftlicher Genauigkeit in zwei gleich große Hälften auseinandergeschnitten und den beiden Jungen gegeben hatte, fand endlich der Pfarrer wieder Gelegenheit, sich dem einzig Nötigen zuzuwenden.

Wie ich dir das letzte Mal versprach, habe ich ein gutes Buch mitgebracht, sagte er. Und jetzt werde ich dir ein Kapitel vorlesen. Ich habe genau das Kapitel gefunden, das zu dir und zu deinem Seelenzustand in dieser Zeit der ernsten Prüfung paßt. Das Buch heißt *Seliges Leben* und ist von einem berühmten christlichen Denker und Menschenfreund in England, einem Mann namens Smith. Dieses Buch ist schon von Hunderttausenden auf der ganzen Welt gelesen worden, und man kann ruhig sagen, daß es das Leben vieler Christen von Grund auf verändert hat. Jetzt sind wir hierzulande in der glücklichen Lage, daß das Buch in unserer Sprache erschienen ist. Wenn du nicht zu müde bist, dann will ich ein kleines Kapitel daraus vorlesen.

Ich bin selten so müde, sagte die Frau, daß ich mir nicht ein kurzes Kapitel aus einem guten Buch anhören kann. Außerdem hoffe ich, Pfarrer Sofonias, daß das, was du mir vorlesen willst, die Wahrheit ist. Ich kann mir nicht vorstellen, daß ein Mann von deiner Gesinnung auf den Gedanken kommen könnte, mir etwas anderes vorzulesen als die Wahrheit.

Ja, sagte der Pfarrer. Genau das ist es. Es ist eine Wahrheit, die unsere geistige Reife und seelische Bildung befördert und ein helles Licht auf genau das wirft, worüber wir uns das letzte Mal unterhalten haben, die Mühen des irdischen Lebens. Ich will dir hier ein Kapitel vorlesen, das der Verfasser *Siegeswagen des Herrn* nennt. Jetzt wollen wir gut aufpassen.

Und er begann vorzulesen, während die Frau ihren Blick, in dem sich Furcht, Hoffnung und Sorge mischten, zwischen seinem Buch und seinen Augen hin und her wandern ließ. Salka saß immer noch in derselben Stellung da, wie ein alter Fischer, der gerade eine Prise genommen hat, und versuchte, sich so wenig wie möglich zu bewegen.

»Man kann mit Fug und Recht sagen«, fing er an, »daß die Mühen des irdischen Lebens eine Züchtigung des Himmels sind, und sie sind sogar noch mehr als eine Züchtigung, sie sind die Wagen Gottes, gesandt, um die Seele emporzutragen zu den Siegeshöhen. Sie sehen nicht wie Wagen aus, sondern sie ähneln Feinden, Plagen, Prüfungen, Niederlagen, Mißverständnissen, Enttäuschungen, Herzlosigkeit und Verfolgungen. Aber wenn wir sie sehen könnten, wie sie in Wirklichkeit sind, würden wir sie mit Jubel empfangen, als Fahrzeuge, die uns zu den Siegeshöhen hinaufbringen, auf welche die Sehnsucht und die Gebete unserer Seelen gerichtet sind.

Der König von Syrien schickte Pferde und Wagen aus gegen den Propheten Elia –«

Salka Valka, die sich schon immer durch eine eigenartige Gleichgültigkeit gegenüber allem Fernen und Ausländischen ausgezeichnet hatte, fing jetzt an, unruhig zu werden auf ihrem Stuhl, als sie hörte, daß von einem König die Rede war. Das war heute schon das zweite Mal, daß sie jemanden von einem König sprechen hörte, und sie sah den Pfarrer etwas mißbilligend an. Dann blickte sie zum Fenster hinaus, wie freundlich die Sonne auf den Berghang schien. Sie hatte plötzlich begonnen, an den Fischerverein zu denken, für den sie sich im vergangenen Herbst so eingesetzt hatte. Doch wenn man es genau betrachtete, dann hatte er dem Ort als ganzem nur geschadet. Der König von Syrien, dachte sie. Sie hatte ganz offensichtlich den Faden verloren. Es war eigenartig, wie schwer es diesem Mädchen fiel, mitzudenken, wenn es um geistige Dinge ging, da hatte sie nicht die nötige Phantasie; sie war so eng mit ihrem Fischerdorf verwurzelt. Sie nahm nichts wahr von dem, was in dem Buch stand, bis der Name Habakuk fiel. Habakuk, dachte sie – gab es denn keine Grenzen dafür, wie Leute in der Bibel heißen konnten?

»In Habakuk 3,8 wird davon berichtet, daß Gott auszog, seinem Volk zu helfen …«

Sie war nicht besonders lachlustig, doch sie konnte nichts dagegen machen, daß sie am liebsten laut losgelacht hätte, wenn sie seltsame Namen, wie zum Beispiel Falur, Reimar, Fertram und Likafron, hörte. Jetzt stieß plötzlich ein Mann wie Habakuk zu dieser Gesellschaft: »Deshalb sind die Wolken, die oft unseren Himmel verdunkeln und die Strahlenglut der Sonne der Gerechtigkeit auszuschließen scheinen, in Wirklichkeit Siegeswagen Gottes, die wir mit ihm besteigen dürfen, um dann triumphierend über allem Nebel und aller Finsternis dahinzufahren.«

Das schien aber lustig zu sein; es war in Wirklichkeit eine Art Flugzeug.

Sie sah wieder den herannahenden Tod im Gesicht ihrer Freundin. Ein Menschenleben, dachte sie, ein Seehasenmaul.

Habakuk. Sie warf den Kopf zurück und versuchte, diese nicht zueinander passenden Gedanken abzuschütteln. Sie war dazu entschlossen, jetzt mitzuverfolgen, wie es weiterging:

»Lieber Leser, sind die Wolken in deinem Leben zu Siegeswagen für dich geworden? Fährst du triumphierend auf ihnen allen dahin?

Ich kannte einmal eine Frau, die ein äußerst langsames Dienstmädchen hatte. Sie war sonst in jeder Beziehung ein braves Mädchen und dem Haushalt von großem Nutzen, aber ihre Langsamkeit plagte ihre Hausfrau, die selbst flink und energisch war, immer sehr. Dies führte dazu, daß sich die Frau viele Male am Tag über das Mädchen erzürnte und genauso oft ihren Zorn bereute und versuchte, ihn zu besiegen, doch es half alles nichts. Dieser Kampf vergällte ihr das Leben. Eines Tages fiel ihr ein, daß sie schon seit langem Gott immer wieder um Geduld gebeten hatte. Es konnte deshalb sein, daß diese Langsamkeit des Mädchens ein Siegeswagen war, den Gott ihr gesandt hatte, um ihre Seele auf den Weg der Geduld zu führen. Sie begann, die Langsamkeit des Mädchens so zu betrachten, und von da an wurde diese ein Siegeswagen jener Geduld, die durch keine Langsamkeit erschüttert werden konnte.

Ich kannte eine andere Frau, die zu einer großen Versammlung fuhr, wo viele Menschen zusammenkamen. Weil es nicht genug Platz gab, mußte sie mit zwei anderen Frauen in einem Zimmer schlafen. Sie wollte schlafen, aber die beiden anderen wollten sich unterhalten, und in der ersten Nacht machte sie kein Auge zu. Sie lag müde da und ärgerte sich, selbst als die anderen Frauen schon längst eingeschlafen waren. Am nächsten Tag hörte sie, wie über die Siegeswagen Gottes gesprochen wurde. Am Abend, als die beiden anderen sich wieder unterhielten, betrachtete sie das als Siegeswagen Gottes, gesandt, um ihre Seele in die Wonne und die Geduld zu führen. Sie fand Frieden und empfand keine Unruhe mehr. Als es aber spät geworden war und sie wußte, daß die beiden anderen schon längst hätten schlafen sollen, sagte sie leise: ›Meine Freundinnen, hier liege ich wach und fahre im Siegeswagen.‹ Die beiden verstummten augenblicklich, und sie selbst schlief ein: Sie hatte den Sieg errungen, nicht nur innerlich, sondern auch äußerlich.«

3

Es ist sonderbar, daß es Menschen in einem Ort schlechtgehen kann an einem windstillen Sonntag im Mai, wenn die Berghänge zu beiden Seiten des Fjords zu grünen beginnen.

Salka Valka war auf dem Nachhauseweg mit den Krankheiten anderer im Herzen, nebst vielerlei Sorgen, niedrigem Lohn, Arbeitslosigkeit – und daß im Geschäft bald nur mehr die großen Leute anschreiben lassen konnten. Zwar war sie dank ihres Bootsanteils und des Gemüsegartens ziemlich aufgestiegen in der menschlichen Gesellschaft, doch noch nicht hoch genug, um eine solche Art von Christentum gutzuheißen, wie sie für jene, denen es schlechter ging als ihr, zurechtgemacht und propagiert wird. Sie war nicht umsonst die Tochter der verstorbenen Sigurlina von Mararbud, die von Gott und den Menschen verlassen wurde, als sie sie am dringendsten brauchte, eben weil sie ihr Vertrauen in Gott und die Menschen gesetzt hatte; diesem jungen Mädchen war schon früh die Fähigkeit abhanden gekommen, über die sogenannte Wirklichkeit, das heißt den Fisch, hinauszublicken, und schon vor ihrer Konfirmation war sie davon überzeugt, daß weder Gott noch die Menschen dem einzelnen helfen, wenn es ihm schlechtgeht; er muß sich selbst helfen.

Auf dem Fischhügel, wie er genannt wurde, wo die Trockenplätze sich wie Äcker zu beiden Seiten des Weges ausbreiten, sieht man keinen Geringeren als Johann Bogesen persönlich, der dort mit seinem Spazierstock unterwegs ist. Dieser Mann muß sich um vieles kümmern – wie er selber sagte: Arbeit und Sorgen hatten ihn seit vielen Jahren daran gehindert, den Ruhetag zu heiligen; es war ihm nicht einmal vergönnt, in seinem eigenen Dorf die Zehn Gebote Gottes zu befolgen, wie die anderen Leute. Er mußte mit seinem Stock in allen möglichen Dingen herumstochern, an Sonntagen nicht weniger als an anderen Tagen – es war eine Art Stock der Weisen aus Ebenholz mit Elfenbeinkrücke und Goldbeschlag, und er hatte ihn vom Frauenverein als Ehrengeschenk zu seinem fünfzigsten Geburtstag bekommen, als der Kirchengemeinderat ihm die goldene Schnupftabaksdose verehrte (für den Ofen und anderes, das er der Kirche gestiftet hatte). Mit diesem Stock stocherte er in den

Fischhaufen auf der Landungsbrücke herum, in den Fischbottichen in den Waschhäusern, in den Fischstapeln auf den Trok-
kenplätzen. Bei Sonnenschein stocherte er mit diesem Stock oft
an einem von den vielen Fischen, die zum Trocknen ausgebreitet
waren, herum, wie ein König, der bei der Militärparade einen
von zehntausend gemeinen Soldaten anspricht. Außerdem stocherte er mit diesem Stock in allen möglichen Warensorten in
den Kisten und Regalen in seinem Laden herum, sogar in den
Rosinen, manchmal stocherte er an den Stiefeln der Leute
herum, um festzustellen, ob sie im Ort gekauft waren, und
manchmal fuhr er damit unter die Röcke der Frauen, die ihm
den Stock geschenkt hatten, um sich davon zu überzeugen, daß
alles in Ordnung war; er hatte nämlich angeordnet, daß alle
seine Frauen wollene Unterhosen tragen sollten, denn er wollte
nicht, daß sich seine Frauen beim Fischwaschen erkälteten, und
es war in der Tat ziemlich selten, daß sie Lungenentzündung
bekamen bei ihm. Jetzt war er gerade dabei, die Fischstapel zu
untersuchen, ob sie ordentlich zugedeckt waren, falls es in der
Nacht regnen sollte – oder wollte er sie nur tätscheln? –, und er
stößt mit der Zwinge des Stocks hier und da gegen das Segel-
tuch.

Da ging Salka vorbei, und Johann Bogesen kehrte ihr natürlich den Rücken zu, ohne sie zu bemerken. Er war es von alters-
her gewöhnt, daß die Leute ihn zuerst grüßten und genau dann
störten, wenn er ganz besonders tief in Gedanken versunken
war und ganz besonders drückende Sorgen hatte. Er pflegte
dann nach längerer Zeit aus den Tiefen seiner Überlegungen
heraus und bisweilen mit in die Ferne gerichtetem Blick zerstreut zu antworten, wegen der großen Verantwortung, die auf
ihm lastete, doch für gewöhnlich kam er allmählich wieder zu
sich, und im Dorf herrschte auch allgemein die Ansicht, daß
dies, auch wenn er manchmal zunächst etwas unfreundlich tat,
das althergebrachte Spiel zwischen dem Kaufmann und der
Bevölkerung war: Er war der besorgte, ernsthafte Herrscher
über Menschen und Fische, so daß es ein unerklärliches Rätsel
blieb, weshalb der Mann unter dieser ständigen und feierlichen
Verantwortung nicht zusammenbrach, und die Dorfbewohner
waren nur alltägliche, irdische Wesen, voll von eitlen Grüßen
und Verbeugungen und allen Arten von lausigen Anliegen, die

sie manche schlaflose Nacht gekostet hatten, sie waren wie ein Mückenschwarm, der ein edles, kluges und schwermütiges Pferd belästigt. Salka Valka nahm keine Rücksicht auf diese althergebrachte Komödie und setzte ihren Weg fort. Doch als sie etwa zwanzig Meter weitergegangen war, hörte sie jemanden rufen:

Salvör.

Es war der Kaufmann.

Sie drehte sich auf dem Absatz um. Da stand er am Rand des Fischtrockenplatzes und sah ihr völlig überrascht nach. Dann gab er ihr mit dem Stock ein Zeichen, näher zu kommen.

Guten Tag, Bogesen, sagte sie und ging zu ihm zurück. Ich dachte, du hättest mich nicht bemerkt.

Ah, sagte Johann Bogesen zerstreut.

Gutes Wetter heute, sagte sie.

Öh, sagte Johann Bogesen aus den Tiefen seiner Gedanken heraus.

Du wolltest mir vielleicht etwas sagen, Bogesen?

Was soll denn das heißen, sagte er und stieß mit dem Stock an ihre neuen Schmierlederstiefel, die besser waren als die meisten Schmierlederstiefel im Ort, denn sie waren für ausländische Mädchen gemacht, zum Bergsteigen in den Alpen.

Meinst du meine Stiefel? sagte sie und errötete. Ja, sind das vielleicht keine hübschen Stiefel, Bogesen? Ich habe sie nach einem Katalog bestellt.

Er sah Salka Valka bekümmert an: Sie war so groß wie ein ausgewachsener Mann, breitschultrig und rank, mit gewölbter Brust unter dem Pullover. Ihr dichtes blondes Haar war im Nacken kurz geschnitten und auf der einen Seite gescheitelt, ihr Blick klar und freimütig, ihre Kinnbacken waren kräftig, die Lippen voll und ein wenig grob, die Hände waren groß und sahen aus, als ob sie zupacken könnten, ihre Stimme war tief und sehr eigentümlich. Er wog und maß sie mit seinem scharfen, listigen Blick, der jedoch keinesfalls ohne Humor war, und schüttelte schließlich den Kopf, als ob er völlig fassungslos sei.

Ich verstehe so etwas nicht, sagte er. Ein Kollege von mir im Silisfjord erlaubt grundsätzlich nicht, daß die Frauen, die bei ihm arbeiten, Hosen tragen, außer natürlich Unterhosen. Viele halten das einfach für unsittlich. Von den Sonntagen ganz zu schweigen. Ich wurde neulich im Ostland sogar gefragt, ob du nicht ganz normal seist. Ich habe auch gehört, daß sie dir hier im Dorf einen Spitznamen gegeben haben.

Ja, sie nennen mich die Fischervereinsbuxe, sagte Salka Valka.

Tja, wie findest du denn das, fragte Bogesen und betrachtete weiter ihre Hose und ihre Stiefel. So etwas habe ich mein Lebtag noch nicht gesehen. Zu meiner Zeit kannte man so etwas nicht.

Ach ja, Bogesen, sagte sie. Ich kann nur nicht erkennen, daß es denen, die in Röcken herumlaufen, besser ergeht als mir. Selbstverständlich habe ich daheim ein paar Kleiderfetzen, aber die ziehe ich nur dann an, wenn es mir selber paßt.

Eigensinn hat noch nie zu etwas Gutem geführt, liebe Salvör, und Starrsinn noch viel weniger, sagte er väterlich und ohne an ihrer trotzigen Antwort Anstoß zu nehmen. Nie – in der ganzen Geschichte der Menschheit. Im Gegenteil, die Menschheitsgeschichte zeigt, daß Eigensinn auf alle mögliche Weise Starrsinn nach sich zieht. Es braucht nämlich nur einen Narren in jeder Fangstation. Was wäre zum Beispiel, wenn alle hübschen, wohlgestalten Mädchen aufhörten, sich ein eigenes Heim zu wünschen, und statt dessen sonntags in Hosen herumliefen und allerlei Vereine gründeten? Ja, was wäre dann? Wohin käme da die Nation?

Ich glaube fast, ich verstehe dich nicht richtig, Bogesen, sagte das Mädchen.

So, nicht? sagte er. Tja ja, dann muß ich versuchen, mich deutlicher auszudrücken. Wohin, glaubst du, kämen wir, wenn sich alle ausländischen Richtungen aus Reykjavik in einem kleinen Fischerdorf breitmachen dürften, und wenn man das alles als eine Art von göttlicher Offenbarung ansähe und allem nachliefe, wie immer es auch heißen mag, Krischnamurti, Bubikopf, Influenza, Bolschewismus, um nur das zu nennen, was mir zuerst einfällt aus den Zeitungen aus der Hauptstadt – ja, wohin führt das? Wo landet ein Mensch, wo landet ein Ort, wenn er seine Selbständigkeit verliert? Sind die schönsten Namen in den Isländersagas, die herrlichsten Erinnerungen der Nation vielleicht nicht alle in irgendeiner Weise mit der Selbständigkeit und der ererbten Kultur der Nation verbunden? Ich sage, ja. Und sollen wir denn all dies verlieren, indem wir anfangen, jeden

Unfug nachzumachen, der aus Reykjavik hierher ins Dorf getragen wird?

Wenn du den Bubikopf meinst, Bogesen, dann war, soweit ich mich entsinne, deine Tochter Agusta die erste, die man hier mit einem Bubikopf sehen konnte, sagte das Mädchen.

Ja, ist das vielleicht nicht etwas ganz anderes? – sie ist doch mit einem Marineoffizier in Kopenhagen verheiratet.

Was die Herren sich erlauben, andere tun zu können glauben, sagte Salka Valka, an der die Dichtung Hallgrimur Peturssons genausowenig spurlos vorübergegangen war wie an den anderen im Dorf.

Ja, hab' ich es mir doch gedacht, sagte Johann Bogesen. Das ist die Denkungsart, das ist die neue Zeit, und so ist es auf allen Gebieten – das Volk hat nichts Besseres zu tun, als immer nur die Leute nachzuäffen, von denen es in seiner Einfalt glaubt, sie stünden ein klein wenig weiter oben auf der Rangleiter der menschlichen Gesellschaft, bis alles in Feuer und Flammen steht wie in Reykjavik. Dort nennt der gemeinste Pöbel sich »Sozialisten« und schürt im Volk den Hochmut und Neid gegenüber den wenigen Menschen in der Gesellschaft, die genug zu essen haben, und will denen alles wegnehmen, um es gleichmäßig unter den Tagedieben und Faulenzern zu verteilen.

Ich hoffe nur, daß diese fürchterlichen Dinge nicht daher kommen, daß ich manchmal Hosen trage, sagte das Mädchen.

Nein, das habe ich nicht behauptet, sagte er ein wenig gereizt. Das ist der Geist, Salvör, der Geist, verstehst du, dieser neue Geist des Aufruhrs und des Starrsinns auf allen Gebieten – dieser verrückte Geist in der Gesellschaft: sich gegen alles zu wenden, was heilig und recht ist, gegen Gott, gute Sitten, die Obrigkeit und die Tugenden des isländischen Volkes, die wir über viele Generationen hinweg seit dem Goldenen Zeitalter der Isländer von unseren Vorvätern geerbt haben und für die sich mehrere Jahrhunderte lang stets die besten Männer der Nation geopfert haben. Es ist dieser Geist, den ich meine. Er hat nie seine Berechtigung, ob er sich nun im kleinen oder im großen äußert. So zum Beispiel, wenn du, ein ungebildetes Frauenzimmer, öffentlich an einem Aufrührer- und Preistreiberverein gegen mich hier im Ort teilnimmst und auf Versammlungen Reden hältst und dich in den Vorstand wählen läßt. Das soll nicht heißen, daß ich etwas gegen die Befreiung der Frau an sich hätte, solange sie sich in vernünftigen Grenzen hält, ich bin schon immer ein freisinniger Mann gewesen, was ich dem Frauenverein gegenüber auch durch Taten bewiesen habe, und ich bin der Ansicht, daß alle Männer und Frauen innerhalb gewisser Grenzen frei sein sollen, aber es braucht großen Weitblick und geistige Reife, um die Freiheit verstehen zu können und sie nicht zu verwechseln mit allerhand Launen und dummen Einfällen einzelner Personen oder mit einfacher Undankbarkeit und Unverschämtheit, wie zum Beispiel da, als du im letzten Herbst auf einer Versammlung gesagt haben sollst, daß ich meine Nase in alles hier im Dorf stecke. So ein unverantwortliches Geschwätz nenne ich nicht Freiheit und noch weniger Vernunft, und ich glaubte, ich hätte etwas anderes von dir verdient, liebe Salvör, denn es gab einmal eine Zeit, als wir einander mit einer Kleinigkeit aushalfen, wenn es uns nicht so gutging.

Soviel ich weiß, hat der Fischerverein mit der Mehrheit der Stimmen, obwohl ich dagegen war, beschlossen, dafür zu sorgen, daß du an Land billigere Arbeitskräfte bekommst als bisher, Bogesen, du hast also überhaupt keinen Grund, dich über den Fischerverein zu beklagen. Und falls du mir die zwei Kronen unter die Nase reiben willst, die du mir einmal geschenkt hast, als ich klein war, dann –

Na, na, keine solchen Reden, nur keine unnötige Aufregung, Mädchen, ich beklage mich ja gar nicht. Zumindest nicht für mich oder meine Person. Es sind andere, die sich beklagen, und das weißt du selbst so gut wie ich. Es sind die kleinen Leute, die sich beklagen, eben die Menschen, für die ich all die Jahre hindurch gelebt und gekämpft habe, denn ich sah es als meine Berufung im Leben an, mich um sie zu kümmern wie um meine eigenen Kinder und dafür zu sorgen, daß sie zufrieden und ohne große Sorgen in Ruhe und Frieden hier im Dorf leben und mit ihrem kleinen Pfund wuchern können. Es war mein Los, die Sorgen der kleinen Leute auf meine Schultern zu nehmen, und es ging hier ja auch allen gut, die Leute hatten reichlich zu essen und zu verheizen, soweit das in einem Fischerdorf eben möglich ist, und es gab nie Zwietracht oder Streit zwischen mir und den Leuten, sie hatten ihre Rechnung bei mir und ließen ihre Arbeit und ihre Waren, sofern sie welche hatten, gutschreiben. Meine und ihre Interessen waren genau dieselben, wie bei Herrschaft und Dienstboten in einem guten Haushalt. Ich war eben der einzige hier im Ort, der denken konnte. Dann kommt ihr wie ein Blitz aus heiterem Himmel mit eurem unüberlegten Preistreiberverein, der gegen mich sein soll, und verlangt für den Fisch einen höheren Preis, als man an diesem Ort bezahlen kann, bei den Bedingungen, zu denen Männer in Bedrängnis, die schwer an hohen Verlusten aus der Vergangenheit zu tragen haben, Kredite von den Banken bekommen können. Und wen treffen dann die Folgen eures Spektakels? Sie treffen hauptsächlich die armen Leute, die an Land arbeiten, und solche, die nicht voll erwerbsfähig sind, sie bringt ihr um Arbeit und Kredit – genau die Leute, für die ich mein ganzes Leben lang gelebt habe.

Ich meine, es müßte für die Arbeiter an Land ein leichtes sein, sich zusammenzuschließen, um einen besseren Lohn zu erzwingen, so wie wir es mit dem Fischpreis gemacht haben, sagte Salka Valka. Soweit ich sehe, ist sich jeder selbst der Nächste.

Ah, da haben wir's, sagte Johann Bogesen. Darauf habe ich die ganze Zeit gewartet. Ich dachte mir schon, daß du es nicht bei dem Fischerverein, den Hosen und dem Bubikopf allein belassen würdest. An schmalen Riemen lernen junge Hunde das Stehlen. Ich hatte es mir schon fast gedacht, daß es nicht mehr lange dauern würde, bis die bolschewistischen Ideen im Kielwasser dahergesegelt kommen. Und jetzt hast du es gesagt. Jeder ist sich selbst der Nächste, die Arbeiter an Land sollen für sich selber sorgen, genauso wie die Fischer, alle sollen für sich selber sorgen und sich zusammenschließen und Vereine gründen – gegen mich. Auf diese Weise bekommen wir endlich das Tausendjährige Reich hier im Ort. Da es sich gezeigt hat, daß nicht alle in einem Dorf Fischreeder werden können, muß man den Rest zu Aufrührern und Preistreibern machen. Alle meinen plötzlich, sie seien wichtige Leute, alle wollen über alle herrschen und bei anderen am Tisch sitzen, keiner will Frieden, Verein gegen Verein, Preistreiberei gegen Preistreiberei, und alle gegen mich. Und wozu führt das? Ich bin selbstverständlich kein Spezialismus, aber wenn man sich die Menschheitsgeschichte anschaut und in den dänischen Zeitungen liest, wie es heute in der Welt zugeht, so kann das ohne weiteres dazu führen, daß wir hier nur noch Streiks haben wie in Rußland, und sogar dazu, daß die vornehmsten Männer des Landes von Hand ermordet werden und das Volk selbst auf der ganzen Linie verhungert. Ich weiß, du bist kein schlechter Mensch, liebe Salka, aber wenn man wenig denkt und von Natur aus ehrgeizig ist und die Idee hat, alles noch besser machen zu wollen – dann wird alles noch schlechter.

Das Mädchen sah während seiner Ermahnungen nur kühl in die Luft, wunderte sich aber eigentlich darüber, daß der selbstsicherste Mann im Dorf solche Angst zu haben schien. Und als sie keine Antwort gab, fuhr er fort:

Ihr hier im Dorf seid es nicht gewöhnt, euch viel Gedanken über die Zukunft machen zu müssen, daß man sich vor etwas hüten oder für etwas Vorsorge treffen muß. All das habe bisher ich machen müssen. Aber was geschieht, wenn jeder Interessen hat, die sich gegen den anderen richten, und keiner mehr wagt, einen anderen für sich denken zu lassen? Es könnte so weit kommen, daß ihr Bootseigner am schlimmsten büßen müßt für eure Preistreiberei. Was würdet ihr zum Beispiel sagen, wenn ihr eines schönen Tages aufwacht und man eure Boote beschlagnahmt und eure Häuser und Gemüsegärten beschlagnahmt hat? – und Beinteinn von Krokur oder irgendein solcher Mensch steht an der Spitze von Regierung und Verwaltung, in Zusammenarbeit mit Unruhestiftern, die aus Rußland oder Dänemark hergeschickt werden?

Beinteinn von Krokur, fiel ihm das Mädchen überrascht ins Wort. Nein, jetzt machst du, glaube ich, nur Spaß, Bogesen.

Doch bei genauerer Betrachtung sah sie, daß das spöttische Leuchten in den Augen Johann Bogesens ganz erloschen war.

Und ich glaubte, sagte sie dann, daß Beinteinn und ihr im Geschäft jetzt die dicksten Freunde wärt. Es ist kaum länger als einen Monat her, da sah ich in einer Zeitung aus Reykjavik eine Dankadresse von ihm an dich, er bat den allmächtigen Gott im Himmel, dich in guten wie in schlechten Tagen zu stärken, und ich weiß nicht, was sonst noch alles, wegen des Holzbeins, das du ihm geschenkt hast.

Holzbein? Ich habe ihm kein Holzbein geschenkt. Das war ein künstliches Bein feinster Art von einer Firma in Deutschland. Es ist aus echtem Gummi. Wer mit einem solchen Bein herumläuft, hat keinen Grund zur Klage. Aber was die Dankadresse angeht, so gehe ich davon aus, daß der Pfarrer sie geschrieben hat, und ich erlaube mir, sehr zu bezweifeln, daß Beinteinn die Kosten für die Anzeige selbst tragen konnte, ein solcher Mensch, der heute Leutnant bei der Heilsarmee ist und morgen Gotteslästerer, je nachdem, was ihm im Augenblick am einträglichsten erscheint. Du hast wahrscheinlich nicht gehört, daß er im letzten Herbst ein zersetzendes Buch aus der Hauptstadt bekam? Darin steht, daß man alle Leute, die genug zu essen haben, aus der Gesellschaft ausmerzen soll.

Was für ein Buch war das?

Also das brauche ich anderen gegenüber nicht weiter auszumalen. Das befindet sich jetzt an einem sicheren Aufbewahrungsort. Ich will nicht, daß solcher Schund hierher ins Dorf gelangt. Ich kann dir nur eines sagen, dieses Buch ist genauso gegen dich wie gegen mich gerichtet. Das ist ein aufwieglerisches und verderbliches Buch und außerdem so voll von Unanständigkeiten, daß man so etwas noch nie gedruckt gesehen hat. Ich könnte schwören, daß es für Geld der Bolschewiken in Rußland oder Dänemark geschrieben und gedruckt worden ist. Über ein solches Buch kann man gar nicht sprechen. Niemand weiß, welche Folgen ein kleines Buch haben kann, wenn es unverständigen Leuten in die Hände fällt. Er verhielt sich ruhig und machte keinen Mucks, solange das Bein unterwegs war und ich ihm erlaubte, weiter anschreiben zu lassen. Aber glaubst du vielleicht, das wäre von Dauer gewesen? Nein, als ich ihm im Frühjahr riet, den Sommer über im Straßenbau zu arbeiten, da war es aus mit dem Frieden. Da kam ich dahinter, daß er eifrig in dem Buch gelesen hatte. Es ist völlig unglaublich, wie wütend dieser elende Kerl werden kann. Und jetzt rennt er mit meinem künstlichen Bein, das ich auf meinen eigenen Namen bestellt habe, im Ort herum und beschimpft mich und das Geschäft auf übelste Weise, und er soll Kristofer Torfdal in Reykjavik geschrieben haben, um mich und andere ehrbare Männer hier im Dorf zu verleumden und ihn zu bitten, einen Bolschewiken hierher zu schicken, damit die Leute hier lernen können, wie man streikt. Ich habe sogar munkeln hören, daß vielleicht sogar Kristofer Torfdal selbst kommt.

Wer ist denn eigentlich dieser Kristofer Torfdal, von dem jetzt alle reden? fragte das Mädchen.

Kristofer Torfdal? Weißt du nicht einmal, wer Kristofer Torfdal ist – der fanatischste Bolschewik in Island, liest du denn nie die Abendzeitung aus Reykjavik? Weißt du nicht, wer der größte Lügner und Rufmörder der isländischen Nation ist, der Mann, der sich zum Ziel gesetzt hat, alle Säulen und Stützen der Gesellschaft niederzureißen und mich und dich und unsere Kinder an den Bettelstab zu bringen?

Salka Valka konnte nicht anders: Sie mußte Johann Bogesen verwundert anstarren, dieses mächtige Sicherheitsventil des Lebens, den Mann, der bis heute als einziger die Schwierigkeiten der Leute zu lösen vermocht hatte, dem Anschein nach durch Zauberei, wie wenn man Kartenkunststücke hinter dem Rücken macht, und jetzt sah es so aus, als ob sich seine Lage plötzlich derartig verschlechtert habe, daß nicht nur seine eigenen Kinder, sondern auch die Kinder Salka Valkas – und sogar ihre gemeinsamen Kinder – von einem fürchterlichen Unglück bedroht zu sein schienen – hatte er womöglich angefangen zu trinken? Es macht nichts, wenn himmlische Siegeswagen vom rechten Weg abkommen, doch wenn irdische Siegeswagen wie Johann Bogesen aus der Bahn geworfen zu werden schienen – sie hatte buchstäblich Angst.

Ich habe nie etwas dagegen gehabt, daß die Leute hier im Ort ihr Auskommen haben, sagte er, als müsse er sich gegen einen unsichtbaren Ankläger verteidigen, ganz im Gegenteil, es ist stets mein Hauptinteresse im Leben gewesen, daß alle im Ort ihr leidliches Auskommen hätten. Es hat sich ja auch keiner darüber beklagen müssen, daß ich in diesem Ort nicht meine Pflicht getan hätte, und ich bin bereit, mich vor jedem Gericht dazu zu bekennen, im Himmel wie auf Erden. Uns ist es geglückt, mehr als ein halbes Menschenalter lang genug zu essen zu haben, niemand hat den anderen beneiden müssen, denn es ist völlig richtig, was die Abendzeitung schon so oft geschrieben hat, daß es lächerlich ist, zu behaupten, daß es hierzulande reiche Leute gebe, wir Isländer sind ein armes Volk in einem armen Land, was bin ich zum Beispiel im Vergleich zu den Millionären in Amerika? Ein armer Schlucker und sonst nichts, fast möchte ich sagen, ein aussätziger Landstreicher, der unter freiem Himmel lebt, ohne etwas zu haben, mit dem er seinen Hunger stillen kann, außer dem, was die Vorübergehenden mir zuwerfen.

Na, ich glaube kaum, daß du jemals aussätzig gewesen bist, Bogesen, sagte Salka Valka. Und verdient hast du auch.

Verdient – ich? Ja, hat man so etwas schon gehört – ich, der ich nichts als Schulden habe, alte und neue, Schulden aus der Vergangenheit und aus der Gegenwart, eine Fangsaison nach der anderen, nichts als Schulden und Sorgen, genau wie Ungeheuer, die einen Tag und Nacht verfolgen, das ist alles, was ich habe, Salka. Und wenn du mir nicht glaubst, dann komm nur und schau dir meine Jahresabschlüsse an.

Aber dein Haus, Bogesen, mit über zwanzig Zimmern ...

Ja, es steht, solange es steht, mehr läßt sich über dieses Haus nicht sagen, liebe Salka, und ich kann dir versichern, daß ich mir oft gewünscht habe, es hätte weniger Zimmer, und oft habe ich die beneidet, die kleine Wohnungen haben, große Häuser verschlingen nur Geld, die Instandhaltung ist so teuer, die können sich glücklich schätzen, die kleine Häuser haben. Nun, und außerdem ist das gar nicht mein Haus, es gehört meiner Frau, es wurde für ihr Geld nach Entwürfen aus Dänemark gebaut. Nein, es gibt viele hier im Dorf, die in bequemeren Wohnungen leben als ich, viele haben einen Gemüsegarten und manche eine Wiese, und dann kam der Krieg mit allgemeinem Wohlstand und Überfluß, doch das konnte das Volk nicht ertragen, und anstatt sich noch besser einzurichten, begannen alle davon zu träumen, selbst Bootseigner zu werden, alles, was nicht für Luxuswaren und Tand ausgegeben wurde, das legten sie in Motorbooten an und bestimmten selber über ihren Fisch, und ich, ein Idiot wie immer, entschloß mich dazu, ihnen große Summen zu leihen, denn immer bin ich es, der sich zum Narren halten läßt, wenn etwas geschehen soll, und der nächste Schritt ist dann, daß sie aufmüpfig werden gegen das Geschäft und Forderungen stellen, und dann ist die Sache gelaufen, jetzt sind die Arbeiter an Land an der Reihe, sie sollen für sich selber sorgen, wie du sagst, und höheren Lohn fordern, alle meinen, daß sie auf Bogesen herumhacken können. Und wo soll das enden, wenn nicht in Bankrott und Verderben wie in Rußland?

Ach, die Welt wird wohl kaum deshalb untergehen, sagte das Mädchen.

Und wo wollen die Leute dann das hernehmen, was sie brauchen, wenn ich nicht mehr bin, und ihr Bootseigner, die ihr ganz von mir abhängt, wo wollt ihr eure Betriebsdarlehen aufnehmen? Das würde ich wirklich gern wissen. Glaubt ihr vielleicht, daß ihr mit Kristofer Torfdal besser fahren werdet als mit mir? Ob er nicht seine liebe Not damit haben wird, euch zu ernähren und zu kleiden? – ganz zu schweigen davon, euch dies und das zur Verschönerung der Wohnung zu besorgen, wie zum Beispiel schöne Porzellanfiguren aus dem Tierreich, die man auf die Kommoden stellen kann, oder deutsches Spielzeug, das rasselt, für die Kleinen, oder hartes Gebäck in Fässern zum Morgenkaffee?

Als die Rede auf diese herrlichen Kleinigkeiten kam, die der alte Kaufmann in dankenswerter Weise im Ort eingeführt hatte, um das Leben der Menschen erfreulicher zu machen, da schien ihm fast die Stimme zu versagen – aber es mußte wohl eine Sinnestäuschung gewesen sein, daß eben bei diesem heiklen Thema eine kleine Träne unter den buschigen grauen Brauen hervorquoll.

Doch genau in diesem Augenblick geschah etwas, das dazu beitrug, die Wirkung dieser wehmütigen Betrachtung abzumildern. Aus einer kleinen Gruppe von Gassenjungen, die auf dem üblichen Sonntagsunartenstreifzug durch Wiesen, Gemüsegärten und Fischtrockenplätze war, löste sich ein Dreikäsehoch und blieb bei dem Mädchen und dem Kaufmann stehen; er hielt etwas hinter seinem Rücken versteckt und wartete ungeduldig darauf, daß Johann Bogesen seine Rede beendete. Es war ein Sohn des Hakon von Oddsflöt, ein geschäftstüchtiger kleiner Bursche, der nicht nur am Messertausch mit Gleichaltrigen verdiente, sondern auch Erwachsenen verschiedene Kunststücke vormachte und immer Geld in der Tasche hatte; er kaufte oft größere Mengen alter, hart gewordener Lakritze und bezahlte sie bar, und manchmal Schnupftabak. Sobald Bogesen verstummt war, ergriff der Junge die Gelegenheit, stellte sich vor ihm auf, hielt ihm einen langen Regenwurm vor die Nase und fragte ohne Umschweife:

Gibst du mir fünf Öre, wenn ich diesen Regenwurm schlucke?

Dann öffnete er den Mund, legte den Kopf zurück und ließ den Wurm seine Lippen berühren.

Johann Bogesen schien nicht auf dieses seltsame Angebot eingehen zu wollen, er drehte sich um und machte sich eilends auf den Nachhauseweg mit seinem Stock, ohne sich von Salka Valka zu verabschieden. Auch dies war Teil der Komödie, und der Kaufmann sollte sich nie von Leuten verabschieden. Der junge Geschäftsmann aber gab nicht so schnell auf, auch wenn Johann Bogesen zunächst abweisend auf sein Angebot reagiert hatte, sondern lief neben ihm her und hielt immer noch den Regenwurm hoch:

Wenn du mir nicht fünf Öre bezahlst, dann ess' ich diesen Regenwurm.

Das war das letzte, was Salka Valka von den Verhandlungen zwischen dem Kaufmann und Kadett Gudmundur Jonssons Enkel sah, denn auch sie machte sich auf den Heimweg, doch in eine andere Richtung.

4

Kein Mensch hatte so enorme Wirkung auf die Phantasie der Leute hier im Ort wie Kristofer Torfdal, der fanatischste Bolschewik in Island. Dieser wunderliche Mann begnügte sich nicht damit, alle besseren Leute in Island mit Worten zu verfolgen, indem er eine fürchterliche Tageszeitung heraugab, die Das Volk hieß und die man in Oseyri am Axlarfjord nicht lesen durfte, sondern er hatte auch immer wieder die Obrigkeit tätlich angegriffen. Es hieß, er lebe sein Leben in öffentlicher und unaufhörlicher Gotteslästerung, und man glaubte zu wissen, daß er entweder von Rußland oder von Dänemark bezahlt werde, um der Selbständigkeit des Landes ein Ende zu machen, die Obrigkeit aus ihren Ämtern zu vertreiben und den Glauben zu vernichten. Er hatte eine Schar Männer um sich, wenn man sie überhaupt Männer nennen konnte, die schwarz wie die Hölle und dick wie Stiere waren, weshalb sie in der Abendzeitung auch meistens Bullen genannt wurden, und viele glaubten, daß sie nicht auf zwei Beinen gingen, sondern auf vier; Gudmundur Jonsson nannte sie Bollen, denn er verwendete nie Spitznamen für Menschen oder Tiere und verstand nicht, weshalb es komisch sein sollte, sie Bullen zu nennen. Es wurde allgemein angenommen, daß dieser Trupp Kristofer Torfdals über Sprengstoff verfüge und allerlei Kriegsmaschinen, die sie mit Schiffen aus Rußland und Dänemark bekämen, zusammen mit Säcken voller Goldsand. Vor gut einem Jahr hatte Kristofer Torfdal die Blicke der ganzen Nation auf sich und seine Leute gezogen, indem er einen Aufruhr gegen die Obrigkeit ins Werk setzte, wegen eines jungen russischen Bolschewiken, den er ins Land geholt hatte, um das Volk vom Christentum abzubringen und mit der Franzosenkrankheit anzustecken, doch als der Bürgermeister der Hauptstadt Torfdal befahl, diesen Mann wieder zurückzuschicken, da weigerte dieser sich und sammelte eine Mannschaft, und wie in den Rimur von Ulfar dem Starken wurde auf den Straßen und Kreuzungen der Stadt gekämpft, und es wurden Lazarette eingerichtet, um die Verwundeten zu verarzten. Die Obrigkeit hatte Anweisung gegeben, daß alle Kirchenglocken der Stadt läuten sollten, wenn die Heerscharen aufeinandertrafen; denn dies war ein Heiliger Krieg. Schließlich gelang es den bürgerlichen Truppen, den jungen Mann gefangenzunehmen, und er wurde in sein Heimatland verfrachtet, manche sagten auf einem dänischen Kriegsschiff. Kristofer Torfdal wurde in Gewahrsam genommen und ins Gefängnis gebracht, doch seine Bolschewiken brachen das Gefängnis auf und befreiten ihren Anführer wieder, und schließlich wurde dieser vom König begnadigt. Über all dies hatte der Volksschullehrer hier in Oseyri ein herzergreifendes patriotisches Gedicht verfaßt, das von der Abendzeitung in Reykjavik abgedruckt wurde; darin beschwor er das isländische Volk eindringlich, auf den Spuren der Vorväter zu wandeln im Kampf gegen die Türken und andere derartige Völker, die jetzt verstärkt danach trachteten, die neu gewonnene Selbständigkeit des Landes zu vernichten und den Glauben zu verderben. Dieses Gedicht konnte der Gemeinderatsvorsitzende Sveinn Palsson dem Volksschullehrer nie verzeihen, er meinte, daß es an zwei Stellen nicht stimme, ganz abgesehen davon, daß immer wieder geschmacklose Ausdrücke darin vorkämen, und deshalb kam das Gerücht auf, der Gemeinderatsvorsitzende habe heimlich, über einen Mittelsmann in Silisfjord, Das Volk abonnniert und beabsichtige, darin ein von ihm verfaßtes Gedicht abdrucken zu lassen. Von Kristofer Torfdal aber ist zu berichten, daß er sich seither der Aufzucht bösartiger Raubvögel und anderer Tiere von den Russen oder

Dänen widmete, um dem Bürgermeister von Reykjavik das Leben schwer zu machen.

Seitdem ist, wie gesagt, ein gutes Jahr vergangen. Viele Geschichten wurden im Land erzählt über die bösartigen Raubvögel Kristofer Torfdals und die anderen gefährlichen Tiere, die er in eigens errichteten Käfigen, die über die ganze Hauptstadt verstreut waren, hielt. Diese Biester schrien erbärmlich und raubten vielen besseren Leuten in Reykjavik den Schlaf, in der Nacht genauso wie am Tag. Aber hier in den Fjorden war man allgemein der Ansicht, daß Kristofer Torfdal beim nächsten Aufruhr diese Tiere loslassen und auf die Obrigkeit hetzen werde, und daß sie gottesfürchtigen Menschen die Augen herausreißen sollten. Nun hatte man sorgfältig alle Gesetze des Landes seit den Tagen Ulfljoturs studiert, einschließlich der Verfassung, die das Buch ist, welches der Bibel an Heiligkeit, Unfehlbarkeit und Weisheit am nächsten kommt, um nach Möglichkeit einen Paragraphen zu finden, der solche Tiere verbot, außerdem hatten sich die Theologieprofessoren mit der Inneren Mission zusammengetan, um nach einer eindeutigen Bibelstelle zu suchen, die solche Tiere in den Bann tat, doch es half alles nichts, gegen diese Biester fand sich kein Buchstabe in den heiligen Schriften der Nation, weder die Gesetze Gottes noch die der Menschen hatten genug Phantasie entwickelt, um solche Tiere zu berücksichtigen, so daß die Obrigkeit keine Möglichkeit sah, einzugreifen, aus Angst, gegen die Verfassung zu verstoßen. Die Untiere heulten und kreischten also noch geraume Zeit weiter, der Gesellschaft zum Hohn. Schließlich hatten sich ein paar gottesfürchtige junge Burschen, die aus besseren Familien stammten und deshalb die Selbständigkeit des Landes und das Christentum liebten, zusammengetan und diese Tiere im Schutze der Nacht freigelassen. Doch die Unternehmung zeugte zwar von großer Vaterlandsliebe, wurde aber nicht besonders gut aufgenommen, denn es stellte sich heraus, daß es sich bei den Tieren um Raben und Füchse handelte; sie taten sich dann an den Schafen der Bauern im ganzen Südland gütlich und richteten großen Schaden an. Die Freilassung der Tiere hatte in Oseyri am Axlarfjord wie anderenorts im Lande zur Folge, daß sehr entschieden Partei ergriffen wurde; die einen sagten, es sei ein gottgefälliges gutes Werk am Volk gewesen, die verdammten

Biester freizulassen, die anderen sagten, die Tiere seien dort, wo sie waren, besser aufgehoben gewesen. Man hörte sogar Stimmen, die behaupteten, Kristofer Torfdal sei ein Wissenschaftler und habe zoologische Versuche gemacht. Und jemand konnte die Leute darüber aufklären, daß dieser Gotteslästerer, Räuber und Zuchthäusler nichtsdestoweniger ein rechtmäßig gewählter Parlamentsabgeordneter für die Hauptstadt sei. Alles in allem war man also in Oseyri genauso wie anderenorts keinesfalls ungeteilter Meinung über Kristofer Torfdal. Es kam sogar vor, insbesondere wenn wenig Fisch gefangen wurde und es kaum Arbeit gab, daß die eine oder andere Stimme laut wurde, die sagte: Meinetwegen können sie ihn in der Abendzeitung den fanatischsten Bolschewiken in Island nennen, soviel sie wollen, ich finde, sie könnten den Reichen ruhig etwas Geld wegnehmen und es unter uns anderen verteilen, und ich sehe nicht ein, weshalb die Beamten, die nie einen Finger rühren, unbedingt mehr verdienen müssen als gewöhnliche Leute, die unablässig schuften, solange es Arbeit gibt, oder daß die den ganzen Profit mit dem Fisch machen, die nie eine Gräte aus dem Meer gezogen haben.

Und nun war aus der Hauptstadt die Nachricht eingetroffen, daß Kristofer Torfdal womöglich selbst hierher ins Dorf kommen werde. Einige Männer hier im Ort sollten den Einfall gehabt haben, ihm zu schreiben und ihn zu bitten, herzukommen – dabei wurde am häufigsten Beinteinn von Krokur genannt, der im Ort als besonders anfällig galt für unsichere Lebensanschauungen. Alles deutete darauf hin, daß sich nun bald einiges tun würde im Dorf, und schon seit Beginn des Sommers hatten einige Leute seltsame Träume geträumt, und eine Frau hatte Zeichen am Himmel gesehen, doch die meisten schielten mit einfältigen Blicken auf Johann Bogesen, weit davon entfernt, sich sicher zu fühlen.

Eines regnerischen Morgens verbreitete sich im Dorf die Nachricht, daß Kristofer Torfdal persönlich eingetroffen sei. Es hieß, er sei in der Nacht auf einem Motorboot aus einem nahegelegenen Fjord gekommen. Mehrere Leute hatten einen großen, finster blickenden Mann mit breiten Kinnbacken, einer Kartoffelnase und einem vorstehenden Mund gesehen, um den ein bösartig verächtliches und gotteslästerliches Lächeln spielte;

der Mann hatte ein rotes Gesicht und trug eine blaue Düffel-
jacke und wasserdichte Stiefel, ähnliche wie Sveinn Palsson,
wenn er auf längere Reisen ging. Wie nicht anders zu erwarten,
waren viele neugierig, zu sehen, ob Kristofer die Tiere mitgebracht hatte, denn noch immer herrschte im Ort der Glaube,
daß nicht alle losgelassen worden seien. Es war nicht zu verkennen, daß einige der jüngeren Männer erwartungsvoll zitterten,
wie vor einem Ringkampf, denn es deutete alles darauf hin, daß
es Schlägereien geben würde, wenn es dazu kam, daß Kristofer
von Bogesen verlangte, sein Geld herzugeben, damit es verteilt
werden konnte. Andere sagten, daß Bogesen kein Geld bei sich
liegen habe, und manche meinten, daß er bis zum Hals in Schulden stecke, wie er es selbst die ganze Zeit immer behauptet
hatte; die, die das behaupteten, wurden umgehend zu Reaktio-
nären abgestempelt, ohne daß irgend jemand den Ursprung dieses Wortes kannte, wußte, wo es herkam und was es bedeutete.
Wahrscheinlich war es eines von diesen neuen Wörtern, die
Beinteinn von Krokur sich ausgedacht hatte. Nach Ansicht der
jungen Leute war die wichtigste Frage, ob jemand wagen würde,
gegen Kristofer Torfdal zu kämpfen, wenn es darauf ankam,
denn man mußte davon ausgehen, daß er Waffen trug, wahrscheinlich sowohl eine Pistole als auch einen Dolch. Hier im
Dorf hingegen konnte keiner wirklich eine Waffe führen, denn
die Leute waren nicht daran gewohnt, zu kämpfen, es sei denn
im Zustand der Trunkenheit, und dann taten sie es für gewöhnlich mit den Fäusten oder mit Holzstücken, die sie am Wegrand
fanden. Immerhin war es einmal vorgekommen, daß die Fensterscheiben eines Hauses mit einer Schaufel eingeschlagen wurden. Zwar war Hakon von Oddsflöt ein berühmter Fuchsjäger,
vor allem, wenn er selber davon erzählte, und es hieß, er habe
bei den Färöern einen Wal erlegt, aber die Leute zweifelten
daran, daß er behende genug war, wenn es zum Nahkampf mit
den Bolschewiken kam, und außerdem hatte er im vergangenen
Winter Johann Bogesen einen Anker gestohlen und war deshalb
beim Kaufmann in Ungnade gefallen, obwohl er versucht hatte,
diesen davon zu überzeugen, daß er sich den Anker nur geliehen hätte, um eine zwanzig Jahre alte rotbraune Stute, die ihm
gehörte, anzubinden. Es war also höchst ungewiß, ob Hakon
sich auf die Seite Bogesens stellen würde. Der, dem man noch

am ehesten zutraute, daß er eine Pistole besaß und damit um-
gehen konnte, war nach Meinung der Leute Angantyr Bogesen,
denn aufgrund seines Reichtums und seiner gesellschaftlichen
Stellung hatte er, mehr als alle anderen, den Nimbus eines viel-
begabten Helden aus einer Fortsetzungsgeschichte, der sich auf
den meisten Gebieten auszeichnete, doch er war nur selten zu
Hause und hatte sich seit Herbst letzten Jahres abwechselnd in
Portugal und in Reykjavik aufgehalten. Im Grunde war es also
sehr wahrscheinlich, daß Kristofer Torfdal sich zum Herrscher
über Recht und Gesetz aufwerfen würde wie seinerzeit Jörundur
der Hundstagekönig, der berühmteste König Islands. Dann erschien diese kartoffelnasige und gotteslästerliche Ausgeburt der
Hölle auf dem Platz und blickte sich mit genau derselben wichtigen und feierlichen Miene um wie ein Mann, der eine Kuh
schlachten will. Es fehlte nur noch das Messer zwischen den
Zähnen. Die Leute schauten in verschiedene Richtungen und
taten, als ob sie anderweitig beschäftigt seien. Der Mann hatte
denselben Blick wie jemand mit Hasenscharte. Schließlich löste
sich aber doch ein Mann aus der Gruppe der anderen, vielleicht
eher aus gutmütiger Neugier und Einfalt denn aus echter Abge-
brühtheit, und trat vor den berüchtigten Fremden hin. Es war
Kadett Gudmundur Jonsson. Er nahm seinen Deckel mit christlicher Gewissenhaftigkeit ab und grüßte.

Guten Tag, sagte er. Und seien Sie willkommen hier im Ort.
Tja, hier gibt es eigentlich nicht viel zu sehen für Fremde. Das
ist ein ziemlich unbedeutender und unansehnlicher Ort, wie Sie
sehen. Ich wohne nun schon seit sechzig Jahren hier im Ort.
Und ich kann kaum sagen, daß hier jemals irgend etwas geschehen wäre – abgesehen davon, daß die gesegnete Heilsarmee eine
Zeitlang hier war. Und dann haben wir natürlich einen neuen
Pfarrer bekommen. Und im letzten Jahr wurde ein Fischerverein
gegründet. Das ist dann auch schon alles. Aber ich meine, daß
der gesegnete König uns regiert wie andere Orte.

Der Mann spuckte vor Kadett Gudmundur Jonssons Nase
einen ganzen Mundvoll duftende Tabaksbrühe aus und verzog
verächtlich den Mund in verschiedene Richtungen, während er
das, was von dem Priem übrig war, zurechtschob und sich eine
Antwort überlegte. Er hatte hoch oben in seinen Wangen zwei
querliegende Ritzen, und aus ihnen heraus blinzelten seine klei-

nen Augen Gudmundur Jonsson an, ähnlich angeekelt wie eine satte Katze, die sich gerade schlafen legen will und eine tote Maus sieht.

Der König, sagte er schließlich widerwillig. Es hat keinen Zweck, mit mir über solche Leute zu sprechen. Die Dänen sind alle zusammen nicht so viel wert wie der Tabak, den ich im Maul habe, Alterchen. Entweder sind die Isländer eine unabhängige Nation oder nicht.

Tja, er und seine Familie haben uns Isländern aber doch oft etwas Gutes zukommen lassen, das kann mir keiner ausreden, sagte der Kadett. Und manche wollen wissen, daß er sogar auch Ihnen geholfen hat, als Sie in der Klemme waren.

Mir? sagte der Mann erstaunt und mürrisch zugleich. Wer bist du eigentlich, wenn ich fragen darf? Du wagst es, mich mit dem König in Verbindung zu bringen? Soviel ich weiß, habe ich mein Leben lang für die Selbständigkeit des Landes gekämpft, ich bin schon seit ihrer Gründung in der Selbständigkeitspartei, und soviel ich weiß, gehöre ich ihr auch heute noch an, und ich werde ihr auch weiterhin angehören, zumindest solange ich lebe.

Dann ist das mit den Russen vielleicht auch etwas übertrieben, sagte Kadett Gudmundur Jonsson.

Russen? Was weiß ich über solches Diebsgesindel?

Ach, ich wußte es ja, daß man nicht alles glauben darf, was einem erzählt wird, sagte Kadett Gudmundur Jonsson.

Einige halbwüchsige Burschen hatten sich um die beiden Gesprächspartner geschart und sogen jedes Wort, das von den Lippen des Fremden fiel, wie Honig ein.

Dann stimmt das mit den Tieren, über die hier im Dorf so viel geredet wird, womöglich auch nicht, sagte daraufhin der Kadett und fügte hinzu: Tja, ich für meinen Teil sage, ich habe nie so recht daran glauben können.

Was für verdammte Tiere? sagte der Mann.

Tja, ich sage nur, was ich gehört habe, sagte Gudmundur Jonsson. Manche sagen, es seien Stiere gewesen, und andere sagen, es seien Raubtiere gewesen. Aber wenn ich Ihnen sage, wie es wirklich ist, dann habe ich nie einsehen können, warum das im Widerspruch zur Bibel stehen sollte.

Ich weiß nicht, von was für verfluchten Tieren du mir da ständig erzählst, mir scheint, du bist selber ein Tier, ja, vielleicht sogar das Tier in der Bibel, sagte der Mann ein wenig sabbernd, wegen des Tabaks. Überhaupt kann ich mich nicht daran erinnern, dich schon einmal gesehen zu haben oder mit dir zu tun gehabt zu haben, weder im Zusammenhang mit Tieren noch mit sonst etwas, ich weiß nicht einmal, wovon du redest, du erbärmliche Figur, was, zum Teufel, willst du von mir?

Mit Verlaub zu fragen, sagte Kadett Gudmundur Jonsson. Sind Sie denn nicht Kristofer Torfdal, der Mann, dem alle die Tiere aus Rußland gehören? Ich kam auf den Gedanken, Sie eben so danach zu fragen, weil ich sah, daß Sie eine Prise nahmen.

Eine Prise? Ich? sagte der Mann. Ich nehme keinen Schnupftabak, falls du danach fragen solltest, ich nehme Kautabak, wenn du es genau wissen willst. Und wenn du glaubst, du kannst mich, einen Fremden hier im Ort, beleidigen, indem du behauptest, ich sei Kristofer Torfdal, diese verleumderische Giftschlange der isländischen Nation, dann, fürchte ich, hast du dich getäuscht – und so weiter.

Das war also gar nicht Kristofer Torfdal. Das war ein Vorarbeiter, den sich Johann Bogesen beim Kaufmann in Silisfjord ausgeliehen hatte, er hieß Katrinus und sollte die Oberaufsicht bei der Fischverarbeitung und beim Bau des neuen Gefrierhauses, das errichtet werden sollte, führen, denn er hatte Erfahrung beim Bau von Kirchen. Dieser Mann hatte für drei Fischreeder auf verläßliche Weise am Selbständigkeitskampf der Nation teilgenommen und in der vordersten Reihe der ehrlichen und arbeitswilligen Männer gestanden, die Arbeit haben wollten, während Faulpelze und Pöbel streikten. Er hatte auf diese Weise drei Streiks in Silisfjord verhindert, viele Fanatiker verprügelt und viele besitzlose Familienväter mit der Hand davon überzeugt, daß die Dänen, die Russen und Kristofer Torfdal die gefährlichsten Feinde des isländischen Volkes seien, mit dem Ergebnis, daß die Abendzeitung in der Hauptstadt ein Bild von ihm brachte. Es war also kein Wunder, daß er sich gekränkt fühlte, als er, ein berühmter Mann, mit Kristofer Torfdal, dem fanatischsten Bolschewiken in Island, verwechselt wurde.

So ging es immer, wenn hier im Ort etwas Großes geschehen sollte. Alle großen Dinge ereigneten sich nur in der Phantasie.

Die Ankunft Kristofer Torfdals im Ort bekam so große Ähnlichkeit mit dem Erscheinen des großen Kometen, der voller

Blausäure war, aber nie gesichtet wurde, trotz untrüglicher Vorzeichen und beträchtlicher Vorbereitungen. Die, die damit gerechnet hatten, daß jetzt große Dinge geschähen, konnten ihre Enttäuschung kaum verhehlen. Manche ließen sogar durchblikken, daß Kristofer Torfdal gar kein Gold bekommen habe, weder aus Rußland noch aus Dänemark. Der eine oder andere zweifelte sogar daran, daß es ihn überhaupt gab.

5

Nachdem die Leute mit dem Besuch Kristofer Torfdals diese Enttäuschung erlebt hatten, kam ein Schiff aus dem Südland. Vielleicht kam es nicht nur aus dem Südland, sondern von irgendwo draußen in der Welt, wo das Leben ereignisreich, großartig und bedeutsam ist. Es ist, als ob fremde Winde über den Fjord streichen, wenn die Schiffe ankommen und abfahren. In Mäntel gekleidete Herren aus einer anderen Welt gehen eine Weile neugierig im Ort herum, und kostbare Damen in vielen Farben wie der Schweif des Nordlichts. Die Kinder im Dorf machen große Augen und stecken die Finger in den Mund: »Onkel, gib mir Geld, Frau, gib mir Bonbons. Ich trinke das dreckige Wasser aus der Pfütze dort, wenn du mir Geld gibst, wenn du mir Bonbons gibst.« Dann fahren die Schiffe ab. Manche werden von Wehmut und Unruhe ergriffen, wenn ein Schiff den Fjord verläßt. Die Menschen haben so hehre Vorstellungen von der Welt, aus der die Schiffe kommen und in die sie zurückfahren. Es fällt den Menschen so schwer, zu verstehen, daß die Welt genau hier ist, in Oseyri am Axlarfjord.

Am Abend, als Salka Valka mit ein paar anderen Leuten vom Fischwaschen kam, stand ein feiner Herr im Mantel auf dem Platz. Jemand vermutete, daß es einer sei, der das Schiff verpaßt habe, denn das war schon längst abgefahren. Doch er benahm sich nicht wie ein Fremder und unterhielt sich mit einigen Männern. Bei näherer Betrachtung erkannten alle den eleganten Schnitt der Kleidung, das zufriedene, glatte Gesicht und den kräftigen, lackierten Rohrstock aus Portugal. Er tauchte im Frühling oft im Dorf seines Vaters auf, dieser seltsame Vogel, vielleicht war es ebensosehr sein Dorf, oder würde es zumindest einmal sein, er war der zukünftige Eigentümer der Boote und Fangleinen, Köder und Haken, Bottiche und Abfalltröge, nicht zu vergessen die Menschen, für die Johann Bogesen sein Leben geopfert hatte, indem er sie zur Arbeit mit diesem schmutzigen Zeug anhielt. Im übrigen hieß es, daß Angantyr für den Verkauf des Fischs zuständig sei, denn jetzt verkaufte die Firma Johann Bogesen direkt ins Ausland und kaufte Fisch en gros von verschiedenen Fischreedern in anderen Fjorden. Angantyr Bogesen war somit die Seite von Oseyri am Axlarfjord, die der Welt zugewandt war. Guten Abend und seien Sie willkommen, sagten die Männer im Vorbeigehen und lüfteten ihre Mützen vor dem Höhepunkt der Kultur in diesem Marktflecken. Ganz entgegen seiner Gewohnheit erwiderte Angantyr Bogesen ihren Gruß und erkundigte sich nach der Winterfangsaison.

Einige blieben stehen und machten sich daran, nach bestem Wissen zu antworten, und die Mädchen verspürten einen Hang, sich beieinander einzuhaken und zu tuscheln. Teufel auch, wie schick der Mensch war. Und der Parfümduft!

Nur eine ging an Angantyr vorbei, ohne ihm die gehörige Anerkennung zu zollen, und das war Salka Valka. Dennoch war sie fest davon überzeugt, daß er sie ansah. Sie wurde immer angesehen. Man bemerkte sie unter hundert anderen. Deshalb hatte sie die Angewohnheit, andere nie anzusehen, sondern schnell vorbeizugehen.

Hallo, Mädchen, ich bin wieder da, wollt ihr mich nicht begrüßen? sagte er großartig; und als er »ich« und »mich« sagte, da war es, als stünde mit Riesenlettern am Firmament: ICH, MICH.

Glaubt ihr, ich müßte nicht nachschauen, ob ein paar Neue, Junge hinzugekommen sind? Nein, und da geht Salka. Was gibt es Neues, Salka?

Die Mädchen drehten sich auf dem Absatz um; auch Salka; doch sie errötete bis zum Haaransatz hinauf und genierte sich, denn es macht großen Eindruck auf ein Mädchen, wenn ein neu angekommener Mann gerade sie anspricht.

Bin ich vielleicht bekannt dafür hier im Ort, daß ich immer etwas Neues zu berichten weiß? sagte sie schnippisch – doch genau das fiel ihr ganz besonders schwer, schnippisch zu sein, ohne wütend zu erscheinen. Sie konnte einfach nichts dafür, daß sie ihre eigene Meinung über den Sohn des Kaufmanns hatte. Er sah sie an, grinste und kniff das eine Auge zu. Selbstverständlich entging ihm nichts Stattliches und Frisches dieser Art. Ein schwellender Busen, kräftige Lenden und die Fähigkeit, rot zu werden, so etwas entgeht in der Regel nicht Männern, die zehn Monate des Jahres mit blutarmen Gemälden aus dem Geschlecht jener Engel schlafen, die von abgehackter Musik und Getränken, deren Name auf einen Hahnenschwanz zurückgeht, leben.

Wie geht es im Fischerverein? fragte er, um sein Interesse am Fisch unter Beweis zu stellen.

Soviel ich weiß, ist dort alles in Ordnung, sagte Salka Valka.

Ich gratuliere euch zu der Sendung, die ihr im Fischerverein bekommen habt, sagte er. Ich bin nämlich nicht mit leeren Händen gekommen, nach der langen Zeit.

Ich weiß nicht, wovon du redest, sagte Salka Valka.

Von der Sendung, sagte er. Es ist schon richtig so.

Für uns? Was für eine Sendung?

Sprechen wir ein andermal darüber, sagte er. Ist der Tarif vielleicht nicht o.k.?

Ich wüßte nicht, daß der Fischerverein sich darüber beklagt hätte. Aber vielleicht spielst du mit dem Gedanken, ihn ändern zu lassen?

Ich? Wie könnte mir einfallen, gegen einen Verein zu sein, der eine so heißblütige Schriftführerin hat? Ich könnte wetten, daß es keinen anderen Verein gibt, der eine so heißblütige Schriftführerin hat.

Heißblütig! wiederholten die anderen Mädchen und wieherten laut los wie eine Herde Stuten im Gebirge. Heißblütig, nein, hat man so etwas schon gehört!

Salka, rief er ihr nach. Wir sehen uns später.

Ich wüßte nicht, was ich mit dir zu besprechen hätte, entgegnete sie ihm unfreundlich und ging weiter. Auch heute noch gab es kaum etwas, über das sie sich heftiger ärgerte, als lächerlich gemacht zu werden. Heißblütig, was für ein unglaublicher Blödsinn. Ausgerechnet er, der weniger Kraft hatte als eine Frau.

Du änderst deine Meinung, wenn du weißt, worum es geht, sagte er. Doch sie gab keine Antwort und ging weiter.

Ganz bestimmt, rief er.

Die anderen Mädchen lachten noch immer.

Ganz bestimmt, rief er ihr noch einmal nach, und sie lachten noch mehr. Konnte man sich etwas noch Dümmeres vorstellen? Dann gingen alle nach Hause.

Und Salka Valka machte sich daran, ihre Kasserollen abzuwaschen und den Primuskocher anzuzünden, auf dem sie das Essen für sich allein kochte. Dieses alte Häuschen, an dem seit dem Tod des alten Ehepaares nur eine Wand erneuert worden war, es war auf geradezu übernatürliche Weise ihr Eigentum geworden – mit seiner gesprungenen Holzverschalung, dem morschen Fußboden und den Schränken, die bei zahmen, trägen Ratten beliebt sind. In keinem anderen Haus federten die Fußböden so herrlich, wenn man darauftrat. Und in dem Zimmer hinter der Küche, wo der alte Eyjolfur, einem Apostel gleich, in der Finsternis der Vorsehung seine Netze geknüpft hatte, dort hatte Salka Valka im Frühjahr letzten Jahres ihr Schlafzimmer eingerichtet, weil das Fenster aufs Meer hinausschaute, wo nicht nur die verdrießlichen Möwen des Winters von Mitte Mai bis zum ersten Schnee das Leben feierten, sondern auch die Eiderenten mit ihrem eindringlichen Ruf, die in jeder kleinen Bucht zwischen den Klippen wichtige Versammlungen abhielten und sogar darauf verfallen konnten, im Vertrauen auf die Höflichkeit des Mädchens ihre Nester am Rand der Hauswiese zu bauen.

Eine Kommode ist das erste Zeichen von Wohlstand in einem Haus. Allerdings waren bei Salka Valka einige der Schubladen noch leer, denn im Grunde genommen fehlte ihr jene besondere Begabung, die man für das Sammeln von Kleinkram braucht, ihre Begabungen lagen auf anderen Gebieten. Sie dachte vor allem an den Fisch und an ihre Rechnung, die mit ihm zusammenhing, und hatte Sinn für Immobilien und rentable Unternehmungen und schlug nie einen Gewinn aus, selbst nicht einen übernatürlichen Profit, der unerwartet in einem Einschreibebrief kommt, aber andererseits besaß sie nur drei Photographien. Die Wahrheit ist, daß man es erst dann zu einer größeren Zahl von Photographien bringt, wenn man auf der Stufenleiter der menschlichen Gesellschaft schon ziemlich hoch hinaufgestiegen ist. Eines dieser Bilder war das einer Frau, der sie oft Kochfisch geschenkt hatte, und dann zog die Frau aus dem Ort weg in einen anderen Ort, der in den Genuß der Segnungen der Porträtkunst gelangt war. Das zweite Bild stellte die Frau des Sattlers dar, und Salka hatte es bekommen, als sie im Fischerverein zur Schriftführerin gewählt wurde. Das dritte Bild zeigte einen einäugigen Mann, der im Osten in Silisfjord wohnte, er hatte sich in sie verliebt und ihr einen Brief dieses Inhalts geschrieben. Salka Valka hatte das lächerlich gefunden. Außerdem besaß sie ein kleines Bild in einem Medaillon, aber das war eigentlich kein Bild, es war ein Andenken. Es war wie die kleine Münze mit der chinesischen Aufschrift und dem viereckigen Loch, die ein norwegischer Seemann einmal einem Mädchen hier im Dorf geschenkt hatte; sie hatte geglaubt, es sei ein Pfand der Treue, und hatte sich fünf Jahre lang als seine Verlobte betrachtet, doch der Mann hatte ihr die Münze nur zum Andenken an Schanghai geschenkt. Solche Ort sind weit weg, ihre Andenken sind wie die Mumien in Ägypten, über die so oft in der Abendzeitung geschrieben wird: Die eine heißt Tut, die andere Amen, mehr weiß man nicht. Niemand kennt mehr die Abenteuer, die einmal mit ihren Körpern und Seelen verbunden waren. So war dieses kleine Bild in dem Medaillon eigentlich gar kein Bild, man konnte nur zwei Kinderaugen und einen kleinen, kleinen Mund ahnen – außerdem war er sicher in die Tochter des Kaufmanns verliebt gewesen. Manchmal sah sie seinen Namen in der Zeitung, aber nur selten in Zusammenhang mit dem, was sie sich vorgestellt hatte, als sie eines Nachts jung und dünn im Schneeregen stand und ihm Lebewohl sagen wollte. Die Wellen der Kindheit verlaufen sich in einem großen Bogen, und das, was mit den Andenken verknüpft ist, gerät nach und nach in Vergessenheit – wie die ägyptischen Könige, die das Ende ihrer eigenen Geschichte abwarten in ihren Pyramiden.

Ach, diese Kartoffeln, dachte sie – warum, zum Kuckuck, koche ich denn immer Kartoffeln, man hat keinen Hunger mehr, wenn sie endlich gar sind!

»Heißblütig«, sie mußte lachen und errötete, wie sie da im Dampf ihres Kartoffeltopfes stand. Über diesem dummen Wort hatte sie völlig die Sendung vergessen, von der er gesprochen hatte. Ob er überhaupt wußte, was das Wort bedeutete? Sie war nämlich überhaupt nicht heißblütiger als andere Mädchen. So ein eingebildeter, eitler Fatzke aus Portugal – das hatte ihr gerade noch gefehlt! Das wäre etwas ganz Neues, wenn sie etwas miteinander zu besprechen hätten. Von Kindheit an hatte sie sich immer als seinen Feind betrachtet. Alle, die meinen, etwas Besseres zu sein als andere, sind niederträchtige Schurken, sie hatte sich immer gewünscht, sie zu zerquetschen, und er hatte sogar ihrer Mutter einen Fußtritt gegeben, als sie tot am Strand lag. Und jetzt glaubte er, alles sei vergessen, weil er aus dem Süden aus Portugal kommt und aussieht wie ein Bild aus einem dänischen Katalog. Nein, eine solche Witzfigur konnte ihr überhaupt keinen Eindruck machen, sie war sich sicher, daß sie ihn mit einer Hand windelweich schlagen könnte. Außerdem wußte sie ganz sicher, daß er zwei Mädchen dazu verführt hatte, mit ihm zu schlafen, die eine war ins Nordland geschickt worden, die andere war immer noch hier und hatte sich im Winter einen fürchterlichen roten Hut bestellt, denn vermutlich glaubte sie, er würde im Frühjahr nach Hause kommen und wieder mit ihr schlafen. Pfui. So wußte sie von einer Verheirateten, die sich mit ihm eingelassen hatte, und manche sagten, im letzten Sommer sei er der Frau des Pfarrers nicht von der Seite gewichen. Tja, das sollte er nur einmal mit mir versuchen, dachte sie, dem würde ich es geben – diesem parfümierten Kleiderständer, der innen so gut wie hohl war. Er war ganz einfach lächerlich.

Sie sah zum Fenster hinaus und betrachtete die Vögel. Es heißt, die Vögel hätten eine viel höhere Körpertemperatur als Menschen. Eine Schar von Eiderenten machte sich aus einer kleinen Bucht auf den Weg hinaus aufs Meer. Die Erpel versuchten, sich gegenseitig die Geliebten abspenstig zu machen; ihr aufgeregtes Geschnatter schien allerdings zu viele schöne Versprechungen zu enthalten; sie hatten so viel auf dem Herzen. Uh, sagten sie. Uh. Arg. Arg. Es war, als wollten sie den Weibchen einreden, daß es auf der anderen Seite des Fjords eine viel herrlichere Welt gebe, von deren Herrlichkeiten man jedoch nur in Andeutungen und Ausrufen sprechen dürfe; ob dieses Völkchen, das zwar schwimmen, aber nicht hoch fliegen kann, unter seinen wertvollen Daunen auch Tugenden in der Brust hat, ob sie noch anderes vorzuweisen haben als Versprechungen, Mystik und Frühling? Die Seeschwalbe war anders; sie ist kein romantischer Vogel, denn sie fliegt, wohin es ihr paßt, und tut, was sie will – den Blick stets auf einen Wurm oder einen kleinen Fisch gerichtet, ohne eine falsche Bewegung. Und wenn sie schreit, dann hört es sich an wie Flüche und Verwünschungen, aber dem ist nicht so, es sind ihre Liebeslieder, die so eigenartig klingen. Das Mädchen lachte. Manche sagen, daß die Vögel keine Tugenden haben, keine Treue kennen, sondern davonfliegen; und dennoch können einem die Augen feucht werden, wenn man eine Feder aufhebt.

Das Mädchen kam manchmal auf so seltsame Gedanken beim Summen des Primuskochers und dem Duft von Brennspiritus – der übrigens zu Gestank werden konnte, wenn er dem Mund des Geschäftsführers entströmte; beides wirkte auf sie so einschläfernd wie ein Wasserfall auf einen Betrunkenen. Sie goß Wasser in die Waschschüssel, streifte den Pullover ab und wusch sich den Hals und die Achselhöhlen. Sie konnte es nicht unterlassen, die Muskeln ihres Oberarms zu prüfen, denn sie wußte, daß darin genug Kraft steckte, um starke Männer zu verprügeln. Sie fand, daß ihr alle Kleider zu klein waren, und hatte sich von einem Mädchen eine Hose nach ihren eigenen Angaben nähen lassen. Vielleicht war dieses Gefühl aus der Zeit, als sie immer sofort aus allen Kleidern herauswuchs, in ihrem Bewußtsein zurückgeblieben. Außerdem fand sie, daß alle Kleider aus zu billigen Stoffen waren, oder aber geblümt, und sie verabscheute kaum etwas so sehr wie Blumenmuster, vor allem auf Kleidern. Alle schauten sie an, und besonders schlimm war es, wenn sie ein Kleid anhatte, dann wagte sie sich nicht einmal zu bücken; sie wollte Kleidung tragen, die bis zum Hals hinauf und bis zu den Knöcheln hinunter reichte, wie die Männer. Wenn sie ein Kleid anzog, dann blieben die Kinder auf der Straße stehen und sagten: Salka Valka hat Frauenkleider an. Einmal kam auf dem Platz ein norwegischer Kapitän auf sie zu und fragte nach ihrem Geschlecht, er betastete sie sogar, der verdammte Flegel, und sie gab ihm eine Ohrfeige. Ja, sie war im Grunde genommen ein wenig verschroben, wie alle einsamen Menschen es wohl werden müssen. Zum Glück war sie von niemandem abhängig, so daß sie tun und lassen konnte, was sie wollte, und auf ihre eigene Rechnung verschroben sein durfte. Sie beneidete keinen außer den Vögeln, die in großen Scharen davonfliegen. Auch wenn ein Mädchen beim Fischwaschen achthundert Stück am Tag schafft oder sogar noch mehr, so sagt das noch nicht alles. Danach kommt der Abend, und dann die Nacht. Und auch wenn man mit Leuten redet, dann ist es, als ob das, worauf es ankommt, weiterhin ungesagt bliebe, selbst wenn man mit Freunden und Verwandten spricht. Die, mit denen man spricht, bleiben immer außerhalb von einem selber. Sie hatte noch nie jemanden gekannt, bei dem sie fand, sie könne ihn vollständig in sich selbst aufgehen lassen, wie im Traum. Es ist genauso mit dem, was man liest, es geschieht alles außerhalb des Lesenden. Ihr kam es so vor, als ob die, die Bücher schreiben, die ganze Zeit an sich selber dächten, und nicht an sie, den Leser; es geschah so gut wie nie, daß sie Anteil an ihren Pulsschlägen nahmen; es kam ihr so vor, als ob sie sich alle ihr überlegen fühlten und selbst ihre interessantesten Bücher nur deshalb schrieben, um ihr dies zu beweisen. So kannte sie eigentlich nichts, von dem sie meinte, daß es ihr Alleinsein durchbrechen könnte. Wenn sie sich abends zwischen den Bettlaken selbst berührte, überkam sie oft Haß, und sie schlief traurig ein.

Doch heute abend geschah etwas Neues: Gäste, vornehme Leute; und das in ihrer Küche. Ihre Hände rochen noch nach gekochtem Fisch, und ihr Teller auf dem Tisch zeigte genau, was sie von ihrem Essen übriggelassen hatte. Was in aller Welt war denn los? Hier erschien erstens der Sohn des Kaufmanns in eigener Person, umweht von Zigarettenrauch und Parfümduft wie Harun al Raschid, im Fischdunst der Küche, und es war, als ob die toten Dinge um ihn herum ängstlich würden und um Nachsicht bäten. Schwer zu sagen, was geschehen wäre, wenn nicht ein anderer wichtiger Mann im Dorf, der immer besonders stark nach Brennspiritus und Pferdemist roch, ein Gegengewicht gegen diesen Duft gebildet hätte: der Geschäftsführer Stephensen. Dieser ständig betrunkene Herrscher über die Buchhaltung, der früher einmal in Dänemark als sehr begabt gegolten hatte, war der Vater von Söhnen, die über andere Leute erhaben waren und die Reitpferde Johann Bogesens versorgten, Männern die Knochen brachen, Frauen vergewaltigten, fortgeschickt wurden und in Bergen oder Stavanger heirateten. Der Vater aber mußte von da an selbst die Oberaufsicht über die Pflege der Reitpferde übernehmen, und er stolperte im Pferdestall immer in alle Löcher hinein. In seinen wäßrigen, farblosen Augen und nicht weniger auf seinen aufgesprungenen Lippen, die vom Saft des geschnittenen Schnupftabaks, den er sich in den Mund zu stecken pflegte, angegriffen waren, lag der Ausdruck der alles aufwischenden Untertänigkeit eines Scheuerlappens, und die Ecken seines Kragens standen in die Luft und erinnerten an die Ohren eines neugierigen Hundes. Das Revers seiner Jacke war seit Jahren nicht mehr umgeschlagen worden. Er verwaltete die Einnahmen und Ausgaben der Leute mit dem Bruchstück eines Satzes, »zum Teufel nochmal, heh«, das ihm wie ein selbständiges, festgeformtes Geschöpf hundertmal am Tag über die Lippen kam und ins Weltall hinausschwebte.

Der dritte Gast war der Vorsitzende des Fischervereins höchstpersönlich, der Sattler, Friseur, Nationaldichter und Gemeinderatsvorsitzende Sveinn Palsson (Kaffee, Brause u.a.) mit gestutztem Schnurrbart und glattrasierten Wangen, voller Ernst in seiner Rede, ein äußerst penibler Mann und schon in zweiter Generation zu den wichtigen Leuten gehörend, denn sein Vater war der erste, der hier einen Gemüsegarten besessen hatte. Er war ein begabter Mann, belesen und Autodidakt, ein großer Dichter, höflich und wohlhabend, und der einzige unter den kleinen Fischreedern im Dorf, der einen Schwiegersohn in Reykjavik hatte und auf diese Weise über direkte geschäftliche Verbindungen zu einer Bank in der Hauptstadt verfügte. Er und seine Frau hatten jetzt auch einen kleinen Laden und verkauften vor allem solche Kleinigkeiten, die man bei Bogesen zu bestellen vergaß. Sveinn Palsson war ein zufriedener und guter Mann, konnte hervorragend rechnen und hatte eine ausgesprochen schöne Handschrift. Der vierte Mann in dieser denkwürdigen Gesellschaft war Katrinus Eiriksson, der neue Vorarbeiter bei Bogesen, der eifrige Verfechter der Selbständigkeit, den Kadett Gudmundur Jonsson in seiner unglaublichen Beschränktheit für den fanatischsten Bolschewiken in Island gehalten hatte.

Alle begrüßten sie mit Handschlag, nur Angantyr Bogesen nicht, der ohne zu fragen in das Schlafzimmer des Mädchens ging, um sich umzusehen. Dort gab es keine anderen Möbel als ihr gemachtes Bett, ein Tischchen an der Wand und eine alte, zweisitzige Bank. Als er sich das angesehen hatte, kam er wieder heraus in die Küche und setzte sich auf ihre Kommode. Der Geschäftsführer wollte Salka umarmen, obwohl sie Hosen trug, aber sie ließ das nicht zu.

Ich geniere mich nur, sagte das Mädchen mit rotem Kopf. Ich weiß kaum, wo ich so vielen großen Herren einen Sitzplatz anbieten soll. Sveinn, vielleicht wärst du so nett, dich auf mein Bett zu setzen. Und dann ist dort eine kleine Bank. Ich war eben fertig mit dem Essen, und hier ist alles durcheinander.

Besten Dank, aber wir haben keine Zeit, uns hinzusetzen, sagte der Gemeinderatsvorsitzende, ich wollte nur wegen einer Kleinigkeit bei dir vorbeischauen, und diese Herren hier wollten mich begleiten. Es ist nämlich etwas im Gange hier im Dorf, wenn ich mich so ausdrücken darf, wenn auch nicht ganz unerwartet.

Eine Sendung, heh, sagte der Geschäftsführer. Ein Gespenst, heh. Alles in heller Aufregung. Zum Teufel noch mal, heh.

So, was ist denn los?

Tja, willst du ihr nicht die Neuigkeiten erzählen, Angantyr? sagte Sveinn Palsson und kratzte sich am Kopf. Du bist sowohl im Ausland als auch im Inland herumgekommen und hast folglich mehr gesehen als wir anderen. Du verstehst am besten, welche Folgen sich aus solchen Ursachen ergeben können, wie sie hier zugrunde liegen – ich meine, du hast gesehen, wie die Länder unter der drohenden Gefahr ächzen…

Glaubst du, daß mir das nicht schnurzegal ist, sagte Angantyr Bogesen. Mir tut es nicht weh. Wer ist eigentlich der Mann hier im Profil? – und er betrachtete das Bild des Einäugigen.

Er wohnt im Osten in Silisfjord, antwortete Salka Valka höflich, wurde aber trotzdem rot.

Ach, der Mangi, sagte der Geschäftsführer, der den Mann erkannte, er hat nur ein Auge, der arme Kerl, was zum Teufel will denn der, heh? Er hat einen Winter lang bei uns Fisch ausgenommen.

Er ist ein verfluchter Bolschewik, sagte der Vorarbeiter Katrinus, der aus seinem Selbständigkeitskampf jeden einzelnen Menschen in den östlichen Fjorden kannte.

Na, ich muß sagen, die Sache kann nicht besonders wichtig gewesen sein, wenn ihr sie wegen Mangi vergessen wollt, sagte Salka Valka, die annahm, wenn die Berge kreißen, sei mit der Geburt von etwas Großem zu rechnen.

Ich sehe nicht ein, sagte Sveinn Palsson, warum wir nicht gleich mit der Neuigkeit herausrücken sollten. Ich für meinen

Teil sage, ich halte mich am liebsten immer ans Thema. Und da Angantyr nichts sagen will, ist es am besten, ich versuche, dir den Sachverhalt zu erklären. Es darf mich keiner so verstehen, daß ich einer von denen sei, die meinen, Kristofer Torfdal an sich sei ein Verbrecher. Wenn ich ehrlich sein soll, dann habe ich immer gefunden, daß solche Vorstellungen völlig abwegig sind. Es läßt sich beweisen, daß der Mann in Kopenhagen ein naturwissenschaftliches Examen gemacht hat, und in seiner Studentenzeit verfaßte er Gedichte, die sogar in der Zeitschrift Skirnir abgedruckt wurden, wenn auch unter Pseudonym. Er verfaßte zum Beispiel das schöne Gedicht über die Männer des Gesangs, das ich meiner Tochter beibrachte, als sie klein war. Jetzt hat er sich dieser Zeitung zugewandt, die sich der Sache der Konsumvereine verschrieben hat, und auch wenn er oft harte Worte gebraucht hat, sowohl gegen die Kaufleute als auch gegen die Fischreeder, so kann ich nicht erkennen, daß alles so schön ist, was in der Abendzeitung steht, weder über die Tätigkeit der Konsumvereine noch über andere Sachen, und wenn der Volksschullehrer hier anfängt, sich in die Angelegenheiten der Leute in der Hauptstadt einzumischen und Kristofer Torfdal mit einem Hundstürken zu vergleichen, und das auf so ungeschickte Weise, daß er an zwei Stellen »lich« mit »Weg« reimt –

Mir ist scheißegal, was der Volksschullehrer miteinander reimen läßt: Torfdal ist und bleibt ein verdammter Bolschewik, sagte der Selbständigkeitsheld ungerührt, aber vorsichtig, damit ihm der Tabak nicht aus dem Mund fiel. Er hat immer wieder gezeigt, daß er gegen die Selbständigkeit der Nation ist, alle wissen, daß der verfluchte Kerl im vorletzten Jahr nach Rußland gefahren ist und dort Gold bekommen hat, und er hat in einem Artikel im Volk geschrieben, daß der Kampf der Isländer gegen den König nur auf die Seelenkrankheit einiger Idioten im Land zurückzuführen sei, die sich einbildeten, sie seien dänische Sklaven, anstatt zu sehen, daß sie nur isländische Diebe seien. Ich habe diese Zeitung selber, ich habe oft auf Versammlungen daraus vorgelesen, und ich kann sie euch zeigen.

Kristofer Torfdal ist selber ein Dieb, und schlimmer als ein Dieb, er ist ein Bettler, sagte Angantyr Bogesen – ein verdammter Bettler und nichts anderes. Er hat die ganze Zeit der Nation auf der Tasche gelegen, wie ein ganz gewöhnlicher Schmarotzer, dann hat er sich von Dänemark aushalten lassen, dann hat er sich von Rußland aushalten lassen, und jetzt liegt er den Konsumvereinen armer Bauern auf der Tasche und will alle gleichmachen; er will alle zu denselben verdammten Lumpen machen, wie er selber einer ist, und die Freiheit ausschließen.

Stimmt es also tatsächlich, daß Kristofer Torfdal schon hier im Dorf angekommen ist? fragte Salka Valka.

Sein Speichellecker ist schon hier im Dorf angekommen, sagte der Geschäftsführer und kicherte – sein Speichellecker, heh.

Doch Angantyr auf der Kommode wurde ärgerlich über diese drastische Ausdrucksweise, und Sveinn Palsson, der immer beim Thema blieb, sah sich genötigt, die Sache ausführlich zu erklären.

Es ist zumindest keine gute Sendung, die uns da erreicht hat, ganz gleich, ob sie von Torfdal selbst oder von irgendwelchen Ausländern stammt, sagte er. Die Wahrheit ist, daß immer mehr Bauernkonsumvereine im ganzen Land eine politische Verbindung mit diesen sogenannten »Sozialisten« gegen die Selbständigkeitspartei eingehen, die für die Selbständigkeit Islands zu Lande und zu Wasser kämpft. Man kann sich also kaum vorstellen, daß Torfdal nichts von der Reise dieses jungen Mannes hierher weiß. Aber ich weiß, daß niemand daran zu zweifeln braucht, daß solche Männer wie der, der hierhergekommen ist, die Boten der Verwüstung und Vernichtung in jeder Gesellschaft sind, das hat sich nach dem Krieg in der ganzen Welt bestätigt, und am deutlichsten in Rußland, wo die Initiative des einzelnen als solche mit Raub und Plünderung gleichgesetzt und per Gesetz verboten wird, und tatsächlich sterben die Menschen ja dann auch zu Millionen vor Hunger und Elend, und selbst die Frauen werden verstaatlicht. Die unschuldigen Kinder –

Wer ist dieser Mann, von dem du sprichst? fiel ihm Salka Valka ins Wort.

Tja, wer ist der Mann? antwortete Sveinn Palsson. Wenn ich ganz ehrlich sein soll, dann habe ich ihn noch nicht gesehen, und du kennst mich, Salvör, und weißt, wie ungern ich über Leute urteile, die ich nicht gesehen habe. Aber einmal war hier ein junger Bursche, und ich weiß nicht, ob du dich so weit zurückerinnern kannst, Salka. Er wurde nach Reykjavik geschickt, um dort etwas zu lernen, doch sein Vater machte einige Zeit später Bankrott, weil er unsaubere Geschäfte gemacht hatte, und um den Jungen kümmerte sich keiner, bis Kristofer Torfdal sich seiner annahm und ihn ins Ausland schickte, um Sprachwissenschaft zu studieren, möglicherweise sogar nach England und Deutschland. Doch anstatt zu studieren, soll er dort in einen revolutionären Verein geraten sein.

Ich weiß nicht, wen du meinst, sagte Salka Valka, und dennoch durchfuhr ihren Körper ein elektrisierender Verdacht.

Du kannst dich sicher an die Leute im Kof erinnern, sagte Sveinn Palsson.

Wenn doch nur der alte Jon im Kof wieder da wäre, heh, sagte der Geschäftsführer und vergoß eine zusätzliche Träne in Erinnerung an diesen treuen Diener.

Nein, das ist völlig undenkbar, sagte Salka Valka, und es wurde ihr plötzlich ganz weiß vor den Augen. Jetzt bin ich wirklich sprachlos.

Völlig was? sagte Angantyr. Nein, das ist nicht undenkbar. Er war auf demselben Schiff wie ich, aber natürlich in der zweiten Klasse. Das ist ein jämmerlicher Kerl, verstehst du, dreckig, unrasiert, zerlumpt und ganz sicher verlaust. Sie nehmen Rauschgift, diese verfluchten Bolschewiken. Kristofer Torfdal nimmt jedes verfluchte Rauschgift, das er in die Finger bekommt. Ich wette, daß sie alle im Zuchthaus gesessen haben. Sie haben auch alle Syphilis. In Rußland haben fünfundneunzig Prozent der Bevölkerung Syphilis.

Wovon redest du eigentlich? sagte Salka Valka.

Wovon ich eigentlich rede? Du willst dich hier doch hoffentlich nicht aufspielen, schönes Fräulein? sagte Angantyr und versetzte ihr galant einen Stoß mit dem Stiefel. Hast du keinen Verstand, Mädchen? Bist du ein Idiot? Kapierst du nicht, daß hier der Pöbel gegen dich selber aufgewiegelt werden soll? Kannst du nicht bis drei zählen? Du wirst vielleicht ausgepeitscht. Sie wollen euch Bootseigner unterdrücken, die Kirche niederbrennen und den Fischfang ruinieren. Verstehst du? Es soll hier werden wie in Rußland. Ich würde zu gern sehen, was das Gesindel essen will, wenn der Fischfang ruiniert ist. Vielleicht die Erde aus seinen Blumentöpfen? Die Arbeitervereine, siehst du, das sind Vereine, die gegen die Fischervereine gegründet werden – sie bekommen Geld aus Dänemark, also vom Dänen, und

Mordwerkzeuge von Kristofer Torfdal und den Russen – verstehst du?

Warum hast du den Hund nicht verprügelt, wenn du mit ihm auf demselben Schiff warst? fragte der Selbständigkeitskämpfer ruhig, wobei ihm dennoch ein bißchen Tabaksaft aus dem Mund floß.

Ich? sagte Angantyr Bogesen. Glaubst du, es würde mir einfallen, mir damit die Finger schmutzig zu machen? Wir haben genug Kredit im Ausland wie im Inland. Wir kümmern uns nicht um so etwas. Es spielt überhaupt keine Rolle, wie viele Vereine hier im Ort gegen Uns gegründet werden. Die Schwierigkeiten mit der Gewerkschaft werdet ihr bekommen, nicht Wir. Wenn ihr nicht auf ihre Lohnforderungen eingeht, dann streiken sie und verbieten euch mit Waffengewalt, euren eigenen Fisch zu verarbeiten, auch wenn ihr unbedingt arbeiten wollt – es kommt wahrscheinlich zu einem Kampf, der damit endet, daß sich der Fischerverein spaltet und der Lohn in ungeahnte Höhen getrieben wird, und die ganze Fischreederei und jegliche Eigeninitiative wird von alleine aufhören, und ihr werdet hier krepieren wie in Rußland. Aber ich möchte euch davor warnen, zu glauben, daß Uns das etwas ausmachen wird. Es ist so, wie Papa sagt, betroffen wird von all dem das arme Pack, für dessen Auskommen er sein Leben lang gekämpft hat.

Was tut das Geschäft? fragte Salka Valka.

Das Geschäft? Nichts. Wir tun einfach nichts. Wir hören einfach auf mit dem Fischfang.

Ja, es bleibt natürlich nichts anderes übrig, wenn die Löhne ins Uferlose steigen sollen, sagte Sveinn Palsson.

Wozu, glaubt ihr, bin ich hierher ins Dorf gekommen, wenn ihr es nicht wagen wollt, wie Männer für eure eigene Selbständigkeit zu kämpfen? fragte der neue Vorarbeiter empört.

Ja, was zum Teufel, heh? fragte auch der Geschäftsführer, und sie wandten sich beide Angantyr zu.

Doch wenn der Fischerverein nun darauf einginge, den Lohntarif nur ein klein wenig zu erhöhen, so daß man sich auf halbem Wege begegnen könnte? sagte Salka Valka und wandte sich an den Vorsitzenden des Fischervereins.

Schön und gut, beeilte sich Angantyr zu sagen. Das ist ganz einfach. Dann hat Kristofer Torfdal gesiegt, und wir kündigen alle Kredite und lassen eure Boote zwangsversteigern. Die Firma Johann Bogesen wird liquidiert und alles, was ihr besitzt, geht zur Deckung eurer Schulden drauf. Uns ist das egal. Wir ziehen einfach von hier weg.

Verstehst du das nicht, Mädchen, sagte der Vorarbeiter, daß man unbedingt verhindern muß, daß dieser Hochverratsverein gegründet wird? Alles hängt davon ab.

Da packte Sveinn Palsson das Mädchen am Arm und sagte mit Ernst und Nachdruck:

Du hältst die Hauptrede gegen sie, Salvör, wenn die Versammlung abgehalten wird, du bist so beliebt im Fisch, sowohl bei den Fischern als auch bei den Arbeitern an Land. Und außerdem, ich geniere mich immer, wenn ich auf Diskussionsversammlungen reden soll, aber du, Salka, ich habe dich zweimal reden hören, und du bist genau dort, wo es richtig war, feurig geworden. Denk gut darüber nach und sprich in Bildern, sag, daß das große Hungergespenst aus Rußland seine Tatzen nach uns ausstreckt, der Schwarze Tod des zwanzigsten Jahrhunderts …

Hör mal, Sveinn, ich soll in Bildern sprechen! sagte das Mädchen. Nein, nun glaube ich, ihr wollt euch über mich lustig machen! Welche Fähigkeiten, glaubst du, habe ich, um eine Rede halten zu können gegen – einen gebildeten Mann aus der Hauptstadt? Ich kannte ihn, als er ein kleiner Junge war. Er hat mich im Lesen unterrichtet, und er war so begabt, daß er wie ein Buch redete, noch bevor er konfirmiert wurde, und schon mehr gelesen hatte, als er von hier wegfuhr, als ich bis zum heutigen Tag gelesen habe.

Begabt, dieser Lump! sagte Angantyr aufgebracht. Es ist seltsam hierzulande, je schlimmere Taugenichtse und Strolche die Leute sind, desto größere Begabungen dichtet man ihnen an. Er, der mitten in der Nacht durch fremde Häuser schlich, um Frauenzimmern nachzustellen, bevor er trocken hinter den Ohren war; und diebisch obendrein! Er begnügte sich nicht damit, den Laden auszuplündern, sondern er stahl auch aus Papas Bücherschrank.

Salka: Es geht mich nichts an, was er euch möglicherweise gestohlen hat, als er ein kleiner Junge war, oder was für Frauenzimmern er in eurem Haus nachgestellt hat – ich erlaube mir, daran zu zweifeln, daß er ihnen nachgestellt hat, es sei denn, sie hätten ihn darum gebeten, ihnen nachzustellen. Aber eines weiß ich schon jetzt, nämlich daß es purer Blödsinn ist, sich einzubilden, daß ich es mit ihm aufnehmen könnte – einem Mann, der auf vielen Universitäten im In- und Ausland war. Das vorzuschlagen heißt, sich lustig über mich zu machen. Wenn du glaubst, nicht reden zu können, Sveinn, und wenn Johann Bogesen nichts mit der Versammlung zu tun haben will, obwohl alle wissen, daß er der beste Redner im Dorf ist, dann sehe ich keine andere Möglichkeit, als den Volksschullehrer zu bitten, die Rede zu halten, oder vielleicht sogar den Pfarrer.

Den Volksschullehrer, sagte Sveinn Palsson, und nun war es an ihm, empört zu sein. Ich dachte, du wüßtest über den Volksschullehrer genauso gut Bescheid wie ich, liebe Salvör. Oder wann hast du ihn schwungvoll reden hören? Ich bestreite natürlich nicht, daß sich manches von ihm wirklich sehen lassen kann, aber er ist ein Mann, der mehr Verstand als Gefühl hat. Wenn man Reden hält, dann hat es keinen Sinn, ständig die Sturlungensaga oder den Türkenraub zu zitieren. Das, was man sagt, muß Leben haben. Ich für meinen Teil sage, ich versuche wenigstens, daß das wenige, was ich sage, ein gewisses Leben hat. Hört mal zu, mir fällt ein, daß ich vielleicht ein längeres Gedicht verfassen könnte, kein solches wie der Volksschullehrer, der Kristofer Torfdal mit dem Türkenraub vergleicht, sondern beispielsweise gegen knechtische Menschen überhaupt, gegen alle Schmarotzer im Land und gegen Leute, die sich vom Ausland bezahlen lassen und nicht die Kraft und den Mut haben, die Freiheit zu wählen, obgleich diese mit gewissen Schwierigkeiten verbunden ist. Was hältst du davon, Salvör, du bist ein kluges Mädchen und außerdem ein lebendes Beispiel für die Initiative des einzelnen. Natürlich ist Johann Bogesen unser großartigstes Vorbild dafür, wie weit ein armer Mann durch Tüchtigkeit kommen kann, und ich hoffe, daß es kein Selbstlob ist, wenn ich über mich selbst sage, daß ich mir das eine oder andere habe einfallen lassen, seitdem ich anfing, Steigbügelriemen zu reparieren und Seeleute zu rasieren, damals, als ich noch jung war und Sattler-Sveinki genannt wurde. Ich könnte in dem Gedicht vielleicht auf das zu sprechen kommen, was mir oft selbst durch den Kopf gegangen ist, wenn ich nachts wach lag und über die Vorsehung nachdachte, daß nämlich Ehrgeiz, der auf vorurteilsfreier, aber fester Glaubensüberzeugung und aufrichtiger Vaterlandsliebe beruht, Ehrgeiz, der alle Schwierigkeiten überwindet und sich seinen Weg bahnt und die ständig wachsende Selbständigkeit des einzelnen und der Gesamtheit des Volkes an sich zum Ziel hat –

Kein verfluchtes Gedicht, fiel ihm Angantyr Bogesen ärgerlich ins Wort und sprang von der Kommode herab. Man hat mir in Reykjavik einmal ein Gedicht von dir im Familienblatt gezeigt, und ich fragte einen hochgestellten Mann von der Universität, ob es etwas tauge, ich selber verstehe zum Glück nämlich nichts von Gedichten, und der sagte selbstverständlich, daß es nur leeres Geschwätz sei. Was, zum Teufel, glaubt ihr, mit Gedichten zu erreichen? Hier geht es um Lohnverhandlungen und Bolschewismus. So, und jetzt gehe ich. Ich habe meine Pflicht getan und euch gewarnt. Nun ist es mir ganz gleich, was ihr tut. Kommt ihr mit?

Man darf euch vermutlich keinen Kaffee anbieten? sagte Salka Valka.

Doch, sagte der Geschäftsführer, stand auf und wollte sie küssen, doch Sveinn Palsson lehnte die Einladung mit Amtsmiene ab.

Kaffee und Gedichte, das ist das einzige, woran ihr hier in Island denkt, sagte Angantyr Bogesen.

Tja, ich weiß nicht, was man da machen kann, sagte daraufhin Sveinn Palsson. Vielleicht sollte man trotz allem doch mit dem Volksschullehrer sprechen und mit dem Pfarrer.

6

Die weltberühmte Abendsonne stand nur noch einen Zoll über dem Horizont. Während die Seeschwalbe über dem nächtlich beschatteten Fjord schwebte und die taufeuchten Gräser in ihrem Sommernachtstraum sprossen, da hatte es sich herausgestellt, diese grauen, gramgebeugten Fischerhütten, die hier wie vergessenes Treibgut einen entlegenen Meeresstrand säumten – sie waren zu einem Heerlager geworden. Und Salka Valka mußte jetzt gegen die Kinder Magnus Buchbinders zu Felde ziehen –

Sie steckte sich einen Augenblick lang die Knöchel ihrer einen Hand zwischen die Zähne, wie sie es getan hatte, als sie klein war, starrte dann in die Luft und murmelte unverständlich vor sich hin:

– und gegen Alli im Kof?

Dann laut:

Arnaldur Björnsson – er, der für immer in die Welt hinauszog? Nein, das muß irgendein verdammter Unsinn sein!

Sie stand unvermittelt auf, ging rasch zur Kommode hinüber und begann, das Profilbild des Mannes aus Silisfjord zu betrachten: Er hatte selbstverständlich die Gesichtshälfte photographieren lassen, die noch ihr Auge hatte – als ob sie nicht wüßte, daß er auch eine Gesichtshälfte hatte, die völlig augenlos war. Selbstverständlich hatte sie ihn nicht um seiner selbst willen auf die Kommode gestellt, sondern weil es ein Bild war. Aber weshalb wollte Angantyr, so ein geschniegelter Schürzenjäger aus Portugal, sich da einmischen? Wenn sie nur so klug gewesen wäre, ihm das kleine Bild in dem Silbermedaillon zu zeigen, das wäre das Richtige gewesen für ihn, der nicht anwesende Menschen des Diebstahls bezichtigte und auf jede erdenkliche Weise verleumdete; »es ist mir egal, ist uns egal«, äffte sie ihn nach; aber selbstverständlich war es ihm nicht egal – wenn irgend jemand hier im Ort vor Arnaldur Björnsson Angst hatte, dann war er es.

Sie hatte plötzlich eine der Kommodenschubladen aufgezogen, was war los? Wie in Trance öffnete sie eine kleine Blechdose, in der sie allerhand Krimskrams aufbewahrte, wie kam es, daß sie diese Dose nicht schon längst ins Meer geworfen hatte? Und auf einmal hielt sie das alte Silbermedaillon zwischen ihren starken, groben Fingern. Dieses Medaillon wurde mit den Jahren um so zierlicher, je gröber ihre Finger wurden. Nun konnte sie es kaum noch öffnen. Was war übrigens aus dieser kleinen, zarten Blüte von damals geworden? War sie verwelkt, oder schlief sie nur in ihrer Brust wie Dornröschen, das hundert Jahre lang schlief und schlief, während der Wald immer dichter um das Schloß herum wuchs? Als das Medaillon aufging und sie wieder das halbverblaßte Bild dieses unfertigen Menschenantlitzes sah, da erinnerte sie sich wieder an den Geschmack eines besonderen Tranks, von dem sie in ihren geheimnisvollsten

Elfenmädchenträumen gekostet hatte, bevor ihre Mutter starb, und dann nie wieder. Nachdem ihre Mutter gestorben war, hatte sie dieses Medaillon an ihrem Hals ein paar Jahre lang vergessen, denn von da an lebte in ihrem Bewußtsein vor allem die Vorstellung, daß sie ein anderes Geschenk mit dem Leben ihrer Mutter bezahlt hatte: Das war ein kleiner, aber sehr wertvoller Ring, und sie hatte ihn zuerst in dünnes Papier eingewickelt, dann in dickes Papier, schließlich einen Bindfaden darumgebunden und das Päckchen auf dem Boden ihrer Blechdose verwahrt. Die Zeit verging, und dann kam Geld in einem Einschreibebrief aus Amerika. Trotz allem zeugte dieses Geld von größerer Mannhaftigkeit als ein Kinderbild in einem Medaillon, und von da an trug sie das Medaillon nicht mehr; eine solche Schwäche hatte sie für alles, was greifbar war. Dann kam wieder Geld. Der Sühnetod ihrer Mutter blieb weiterhin ihr Kapital. Dennoch wagte sie nie, sich klarzumachen, was zutiefst in ihr selbst schlummerte, oder zu überlegen, was wäre, wenn ein alter Abschied wieder als neuer Gruß auferstand.

Nein, lag da nicht ein Paar portugiesische Fingerhandschuhe aus Leder auf dem Fußboden, warum, zum Teufel, muß er die hier vergessen? – und mit Pelz gefüttert. Wie die Menschen es sich nur erlauben können, das Innere der armen Tiere nach außen zu kehren! Sie roch an ihnen, sowohl innen als auch außen, und sagte: Ah – h – h. Sie hatte so große Hände, daß sie die Handschuhe nur mit Mühe über ihre Finger heraufziehen konnte, doch da hörte man draußen Schritte, und sie beeilte sich, den Handschuh wieder auszuziehen. Aber es ging wie in den Träumen, wenn man drauf und dran ist, zu spät zu kommen: Man beeilt und beeilt sich, und der Atem geht einem aus, doch man kommt trotzdem zu spät: Die Küchentür wurde aufgestoßen, und da stand Angantyr Bogesen.

Sie wurde blutrot im Gesicht, mehr hätte sie sich auch nicht schämen können, wenn sie ins Nordland geschickt worden wäre, um dort ein Kind zu gebären, wie ein Mädchen hier aus dem Ort. Sie empfand es als den Gipfel weiblicher Schande, heimlich Männerhandschuhe angezogen zu haben und dabei ertappt zu werden.

Na, du hast sie schon angezogen, sagte er. Ich wußte, daß ich sie irgendwo vergessen haben mußte.

Ich –, sagte das Mädchen; sie lagen dort auf dem Fußboden. Ich konnte mir nicht denken, wem diese Handschuhe gehörten. Sie riechen so stark.

Sie haben fünfundzwanzig Kronen gekostet, sagte er. Ich schenke sie dir, wenn du willst.

Sie schob mit der Hüfte die Kommodenschublade zu, damit er nicht hineinsehen konnte. Aber das Medaillon lag weiterhin offen da. Sie war schrecklich in Verlegenheit. Es war eigentlich merkwürdig, wie empfindsam sie sein konnte. Das war selbstverständlich deshalb, weil noch nie zuvor ein Mann so spät am Abend zu ihr zu Besuch gekommen war, zumindest nicht im Frühling, während die Seeschwalbe über dem spiegelglatten Fjord schwebt und das Gras in einem schönen Traum sprießt. Du liebe Güte, wenn sich das herumsprach; denn hier im Dorf haben die Fenster Augen und die Wände Ohren.

Du glaubst doch hoffentlich nicht, daß ich es auf deine Handschuhe abgesehen haben könnte, sagte sie in jenem unwirschen Selbstrechtfertigungston, zu dem einfache Leute unwillkürlich greifen, wenn sie mit besseren Leuten sprechen, und sei es auch nur über ganz belanglose Dinge. Trotzdem schämte sie sich dafür, daß ihre Antwort so unbeherrscht klang, und sie mußte unwillkürlich an die alte Frau in Lindarbaer denken, die Johann Bogesen antwortete, als dieser sich nach ihrer Gesundheit erkundigte: Soviel ich weiß, reicht mein Guthaben bei Ihnen für meine Beerdigung –

Wie gesagt, sagte Angantyr, wenn es keine Männerhandschuhe wären –

Ich kann das eigentlich kaum Männerhandschuhe nennen, fuhr sie in ihrem volkstümlichen Widerspruchston fort, zumindest würde es keinem richtigen Mann einfallen, solche Handschuhe anzuziehen.

Das ist überaus unvernünftig gesprochen, Salka, sagte er weltmännisch.

Unvernünftig? Das ist aber komisch, sagte sie schnippisch, wandte sich der Kommode zu und schloß das Medaillon.

Doch, schau her, ein Mann könnte das zum Vorwand nehmen, um einer Frau zu beweisen, daß sie unrecht hat.

So, wie denn? fragte sie kurz.

Indem er es mit ihr macht, sagte er großspurig.

Du riechst nach den Frauen in Reykjavik, sagte sie und wurde persönlich, wie Kinder, die auf Hänseleien antworten. Doch er lachte nur laut und wurde nicht böse. Schließlich mußte sie selbst auch lächeln.

Angantyr: Was hast du da? Ein Medaillon?

Das Mädchen: Geht dich das etwas an?

Er: Hoffentlich nicht der Einäugige?

Sie: Ich bin nicht dazu verpflichtet –, doch da hatte er ihr das Medaillon schon weggeschnappt und es geöffnet, das ging im Handumdrehen, er war so rasch in seinen Entschlüssen und hatte geschmeidige Finger. Sie hatte keine Lust, auf ihn loszugehen und es ihm wegzunehmen, obwohl sie wußte, daß sie leicht mit ihm fertig werden konnte.

Was ist denn das? Ein Kind? sagte er und verlor das Interesse an dem Bild, als er es sah, und reichte ihr das Medaillon. Hast du etwa ein Kind bekommen?

Sie: Wer weiß?

Er: Ich habe nur ganz harmlos gefragt. Warum bist du so unfreundlich? Ich will doch keinen Verein gegen dich gründen. Will ich vielleicht nicht das Beste für euch alle hier? Du weißt, daß ich zu dir stehe, wenn es zum Kampf kommt.

Das ist bloß ein Bild von meinem Bruder, sagte das Mädchen daraufhin in höflicherem Ton. Ich hatte ihn so lieb, als ich klein war.

Ja, genau, sagte er, froh darüber, daß ihr Gespräch plötzlich so freundschaftlich und vertrauensvoll geworden war. Was ist denn aus ihm geworden?

Er starb.

Ach, sagte er, das ist schade. Ich bin sicher, daß es dir solche Freude gemacht hätte, einen kleinen Bruder zu haben. Ich kann mich übrigens daran erinnern, als er starb.

Das Mädchen: Nein, das kann nicht sein, denn er starb lange, bevor ich hierher ins Dorf kam.

Er: Hierher ins Dorf? Bist du denn nicht in Oseyri geboren?

Sie: Nein.

Er: Tja, dann irre ich mich wahrscheinlich. Es war sicher deine Mutter, die beerdigt wurde, nicht wahr?

Sie: Mama und ich kamen am ersten Tag, als wir hier waren, zu euch ins Haus.

298

Er: Ja, ich kann mich gut daran erinnern. Dann ertrank sie. Ich kann mich gut daran erinnern, als sie ertrank. Das war schrecklich traurig.

Sie: Du hast einer Katze Grimassen geschnitten.

Er: Einer Katze? Wie denn? – als sie ertrank?

Sie: Du hast mich oft beschimpft und gesagt, ich sei verlaust. Das hat natürlich gestimmt, aber du hattest nicht das Recht, mir das nachzurufen. Zwar machten sich alle über mich lustig, aber du warst der Schlimmste. Ich weiß nicht, wie es mir ergangen wäre, wenn ich keinen Bruder gehabt hätte.

Er: Ich dachte, er sei in der Wiege gestorben.

Sie: So, dachtest du?

Er: Du sagtest das vorhin.

Sie: Nein, nein. Er starb nicht in der Wiege. Er ging nur fort.

Ich glaube, du schwindelst mich an, sagte er schließlich ein wenig unsicher, und sie überlegte sich, ob er in Wirklichkeit nicht dumm sei. Wenn ich ganz ehrlich sein soll, Salka, dann werde ich nicht recht schlau aus dir. Es ist seltsam, eine Frau wie dich zu treffen, wenn man aus dem Süden, aus Portugal kommt. Manche sagen, du seist verlobt. Stimmt das?

Das Mädchen: Wer sagt das?

Er: Verschiedene Leute. Hast du das Geld von deinem Verlobten bekommen? Das sagt der Geschäftsführer.

Sie, errötend: Ich glaube nicht, Angantyr, daß ich dich etwas angehe, von meinem Geld ganz zu schweigen.

Er: Stimmt es, daß du Geld bei einer Bank in Reykjavik hast? Ist es bei der Nationalbank? Weißt du, daß Kristofer Torfdal es vor allem darauf abgesehen hat, die Nationalbank zu ruinieren?

Meinetwegen kann er die Nationalbank gern ruinieren, sagte Salka Valka.

Er: Bist du denn ganz sicher nicht verlobt?

Sie: Selbst wenn es so wäre, würde ich dir nicht als erstem davon erzählen.

Er: Na ja, Salka, reden wir nicht mehr davon. Hör mal, du bietest mir nicht einmal an, mich zu setzen. Ich hoffe, du hast nichts dagegen, wenn ich dein Bett ausprobiere, ich bin so gebaut, daß ich einen weichen Sitz brauche – schau her, ich möchte nämlich etwas Ernstes mit dir besprechen – und schon war er in ihrem Schlafzimmer und ließ sich auf das Bett fallen.

Sie: Etwas Ernstes? Ich dachte, du seist gekommen, um deine Handschuhe zu holen.

Dennoch folgte sie ihm ins Schlafzimmer und ließ es sogar geschehen, daß er ihr Handgelenk umfaßt hielt, während er sprach, aber sie setzte sich nicht zu ihm.

Schau her, begann er. Jetzt sitzen sie in einer Versammlung, verstehst du – sie wollen nämlich das Dorf in den Ruin treiben. Kristofer Torfdal hat ihnen sicher den Befehl gegeben, dich zu erledigen und alle anderen, denen ein Bootsanteil gehört. Warte nur einen Augenblick und laß mich ausreden, schau her, ich halte dich wirklich nur am Handgelenk fest, ich kann nicht wirklich vertrauensvoll mit Leuten reden, wenn ich sie nicht am Handgelenk halte, ich bin so gebaut. Also, ihr alle im Fischerverein sollt an den Bettelstab gebracht werden. Sie bringen die Menschen massenweise um. In Rußland haben sie zehn Millionen unschuldige Kinder umgebracht. Die ausländischen Zeitungen sind voll davon. Ich war nämlich im Winter in Bilbao: Bald stürzen sie den König von Spanien, schau her, und wer soll dann unseren Fisch kaufen? Es ist nicht möglich, mit einem Land, in dem die Bolschewiken an der Macht sind, Handel zu treiben. Hör mal, Salka, ich habe dich schon immer etwas fragen wollen, nämlich ob du Hosenträger zu deinen Hosen trägst, wie zum Beispiel ich? Oder hast du nur einen Gürtel? Es ist so seltsam, daß man diese Gürtel von Kindesbeinen an gewöhnt sein muß, sonst meint man immer, die Hosen hängen einem bis auf die Fersen herab.

Doch als er das sagte, zog sie mit einem schnellen Ruck ihre Hand zurück und hätte ihm beinahe eine Ohrfeige gegeben.

Nein, du gefällst mir, Angantyr Bogesen, wenn du glaubst, ich würde dir zeigen, wie meine Hose festgemacht ist.

Er lachte weich und elegant wie der Held in einem Fortsetzungsroman, es war also sicherer, sich entschlossen gegen seinen Charme zu wappnen. Er beherrschte das ernsthafte Tändeln der Großstadt, zumindest war er hier in Oseyri am Axlarfjord ein schrecklich feiner Herr.

Ich habe manchmal, sagte er, darüber nachgedacht, wo du wohl diese Hosen herbekommst und wie sie geschnitten sind – dein Pullover geht nämlich so weit herunter, ich habe noch nie einen so langen Pullover gesehen.

Sie stieß seine weißen, weichen Hände zurück, und obwohl sie spürte, daß er im Grunde genommen einer anderen Tierart angehörte als sie selbst, durchfuhr sie doch ein leichter Schauer, und sie trat ans Fenster und blickte zum Meer hinunter.

Du verzeihst, Salka, wenn ich zu sehr an den Umgang mit gebildeten Menschen im Ausland gewöhnt bin – ich vergesse immer wieder, daß ich in ein kleines Dorf zurückgekehrt bin. Wie sollte ich zum Beispiel darauf gefaßt sein, daß jemand so herzergreifende Hosen trägt? Gleichwohl weiß ich, daß wir die richtigen Gefühle füreinander hegen.

Er stand hinter ihr und sprach dies über ihre Schulter, doch sie schnaubte nur verächtlich und schaute weiter zum Fenster hinaus. Er legte die Hand auf ihre Schulter und sagte sanft und ernst:

Das einzige, was ich von dir wollte, war, hör mal, was hat diese Unruhe zu bedeuten, versuch doch, dir klarzumachen, wie ernst die Sache ist, Mädchen – schau her, du mußt ganz einfach in der Versammlung reden. Ich habe gehört, daß du Reden halten kannst, die alle überzeugen. Sie sagen, daß du dich immer ans Thema hältst, und genau solche Reden sind es, die wir brauchen – also, beweisen, daß alles von der Initiative des einzelnen und der Selbständigkeit der Nation abhängt, und daß man deshalb keiner Initiative Hindernisse in den Weg legen darf. Du sollst nicht in Abrede stellen, daß es Armut gibt, wie sie behaupten, sondern beweisen, daß man der Armut nur dadurch Herr werden kann, daß man jede Initiative unterstützt und dem einzelnen gestattet, sich zu entfalten. Freie Konkurrenz in einem freien Land, mußt du sagen – ich kann dir einen ganzen Jahrgang der Abendzeitung leihen, Papa hat ihn binden lassen. Da kannst du alles über die verdammten Bolschewiken lesen. Sie haben in Rußland sieben Millionen Kirchen verbrannt und behaupten, daß Jesus Christus eine Privatangelegenheit sei, die keinen etwas angehe. Und die kleinen Kinder, die sie umgebracht haben, vergiß die nicht. Alle ihre Bücher und Zeitungen sind nichts als Schweinerei und Gotteslästerung, ich habe gerade im letzten Jahr selber ein Buch gekauft, von dem die Abendzeitung schrieb, es sei nichts als Schweinerei. Es handelt von einem Mann, der nach Italien ging und katholisch wurde und in Thingvellir mit einer verheirateten Frau schlief. Sogar der

Dompfarrer in Reykjavik hat immer wieder betont, daß das unmoralisch sei. Und dann kommen so verfluchte Feiglinge wie Sveinn Palsson, die nicht wagen, selbst irgendwo zu stehen, und glauben, sie könnten all das mit ein paar schlechten Gedichten aus der Welt schaffen. Nein, hier hilft nichts anderes, als sich ans Thema zu halten, wie Papa es tut. Jetzt will er in Silisfjord eine neue Selbständigkeitszeitung herausgeben.

Während er so daherredete, kam er ihr immer näher. Schließlich flüsterte er ihr sanft ins Ohr:

Wenn du verhinderst, daß sie hier einen Bolschewikenverein gründen, oder zumindest dafür sorgst, daß sich der Fischerverein beim Hinauftreiben des Lohntarifs heraushält, dann verspreche ich dir, daß dir das Geschäft ein neues Darlehen anbieten wird, ganz privat für dich. Dann kannst du ganz allein ein Boot kaufen, schau her, wir können dir vielleicht die Leo zu ganz besonders günstigen Bedingungen verkaufen. Und wenn du bei dir bauen willst, dann brauchst du nur zu mir zu kommen. Du solltest auf keinen Fall noch mehr Geld aus Amerika annehmen, schau her – alle, die Steinthor Steinsson kannten, sagen, daß nie ein schlimmerer Rabauke seinen Fuß in diesen Ort hier gesetzt habe. Außerdem sagt der Geschäftsführer, daß er deine Mutter umgebracht habe. Was man sich über dich und ihn erzählt, will ich gar nicht in den Mund nehmen, das ist selbstverständlich gelogen, aber ich bin sicher, daß dir das schaden könnte, wenn es gegen dich benutzt würde, was bestimmt der Fall sein wird, wenn du in der Politik nicht auf der richtigen Seite stehst, ganz genauso, wie ich sicher bin, daß es dem Geschäft nie einfallen wird, das Holzbein für Beinteinn von Krokur zu bezahlen, nachdem er uns verraten hat. Er hätte verdient, daß man es ihm abschraubt. Schau her, Salka, komm her zu mir, wir wollen zusammenstehen. Salka, ich habe dieses Jahr genug Geld, wir haben unbegrenzten Kredit, und wenn du für dich persönlich etwas brauchst, eine kleinere Summe, wie zum Beispiel einen Tausender, dann mit Vergnügen, Salka, du kommst einfach zu mir, was?

Und er faßte mit der einen Hand unter ihr Kinn und wollte ihr Gesicht zu sich drehen und sie küssen, doch da machte sie eine schnelle Bewegung, packte mit der Hand die Kleider auf seiner Brust, schob ihn weg und hielt ihn auf Armeslänge von sich entfernt, ohne den Griff zu lockern, während sie antwortete:

Du hast dem Leichnam meiner Mutter einen Fußtritt gegeben. Biete mir nicht Geld an, um auch mir einen Fußtritt versetzen zu dürfen.

Es war bald Mitternacht.

Sie sitzt auf ihrer kleinen Bank und ist wieder allein, unwissend, schwer von Begriff, frei von Stolz, die Handknöchel zwischen den Zähnen, und immer noch riechen ihre Hände nach Fisch.

Im Grunde wurde sie aus sich selbst nicht schlau, so unfreundlich zu sein zu diesem jungen Mann, der ihr den Duft und die Sitten des Auslandes brachte, mitten hinein in den gewöhnlichen Fischgeruch des Lebens, und das nächtliche Schweben der Vögel im Frühling mit dem herrlichen Klang des Geldes mischte. Es war das erste Mal in ihrem Leben, daß sie Geld abgelehnt hatte; vielleicht würde sie das später mit derselben Bitterkeit bereuen, mit der die Menschen jene Sünden bereuen, die zu begehen sie versäumt haben. Es konnte auch keiner leugnen, daß Angantyr Bogesen ein gutaussehender und stattlicher Mann war; und reich. Und auch wenn sein Interesse vielleicht größer war als seine Begabung, so hatte er doch große ausländische Kenntnisse. Und was waren ihre Lippen anderes als gewöhnliche Fischermädchenlippen? Hatte sie nicht gerade Fisch gegessen? – es sei denn, sie hätte das Mädchen Sigurlina Jonsdottir in sich selbst verteidigen wollen – oder wollte sie vor ihm fliehen? Vielleicht war ihr ganzes Leben ein Kampf für die Sache ihrer Mutter und gleichzeitig die Flucht davor. Oder warum konnte sie sich nicht wie ein freier Mensch benehmen gegenüber einem jungen, hübschen, reichen Mann, auch wenn er ihrer toten Mutter einen Fußtritt versetzt hatte? War es denn ihr Schicksal, nie frei werden zu können gegenüber denen, die einmal ihrer Mutter einen Fußtritt gegeben hatten – genausowenig wie gegenüber denen, die einmal mit ihr geschlafen hatten? Was ist eine Frau, geboren von einer Frau? Kann sie nie frei werden?

Ticktackticktack sagten die Minuten ihres Weckers, und schon waren sie vergangen. Der Himmel hatte schon wieder diese unfaßbare Wölbung, die nach einer Nacht, die keine Nacht war, einen neuen Tag ankündigt. Doch als sie sich ausgezogen und schlafen gelegt hatte, da begann in ihrem Bewußtsein der salzige, tangbewachsene und vogelreiche Strand stärker zu leben als alle Politik. Es war, als ob die Tugenden und Untugenden der Vögel alle in ihren eigenen Adern Wohnung genommen hätten, und obwohl sie in Wirklichkeit großen Spaß am Geld hatte, konnte sie nichts dagegen machen, daß sie kein bißchen Angst vor Kristofer Torfdal hatte; und auch nicht vor Arnaldur Björnsson. In ihrer Kindheit war es ähnlich gewesen: Was man auch versuchte, sie konnte nie wirklich Angst bekommen vor dem Teufel.

Sie mußte um sechs Uhr aufwachen, aber es war gleichgültig, auf welche Seite sie sich wälzte, sie konnte nicht einschlafen. Schließlich war sie in Schweiß gebadet. Sie warf das Deckbett zur Seite und seufzte. Die Sonne war wieder aufgegangen, prächtig und neu, wie es in Gedichten heißt. Und das Mädchen sprang aus dem Bett, um den goldenen Glanz auf den Berghängen zu betrachten.

Und da sieht sie, daß auf den Klippen unterhalb der Hauswiese, mitten im Gewimmel der Vögel, ein Mann sitzt und auf den stillen Fjord hinausstarrt, wo sich der Berg mit seinen Felsenbändern majestätisch in der blanken Fläche spiegelt. Ein Mann am Strand! Er hatte eine gewöhnliche Schirmmütze auf dem Kopf und kehrte dem Haus den Rücken seiner grauen Jacke zu; die Seeschwalben schossen im goldenen Morgenlicht dicht über seinem Kopf hin und her, ohne daß er sich darum kümmerte. Und sie stand wie gebannt am Fenster und sah lange, lange zu ihm hin, ohne auf die Pracht des Morgens zu achten. Sie vergaß sogar, vom Fenster wegzugehen, als er schließlich aufstand. Er wandte sich um und blickte auf ihr Haus. Er schaute zum Fenster hinauf und sah, daß dort mitten in der Nacht ein halbnacktes Mädchen stand. Augenblicke dieser Art sind der Stoff für die Gedichte der Welt. Man liest sie in verschiedenen Ländern, und sie fließen einem in der Hitze wie ein Kältestrom durch den Körper und in der Kälte wie ein Hitzestrom.

Schließlich trat sie vom Fenster weg, lief in die Küche hinaus und schloß die Haustür zum zweiten Mal. Dann schlich sie scheu in ihr Bett und versteckte sich. Sie beschloß, sich morgen einen Vorhang zu kaufen. Und die Zeit verging. Ihr Zimmer füllte sich mit Sonnenschein. Da schlich sie sich wieder ans Fenster und bückte sich, damit man sie von draußen nicht sehen konnte. Sie spähte vorsichtig über die Fensterbank hinauf, doch der Mann war verschwunden. Da setzte sie sich einfach ans Fenster und wartete! Doch der Mann kam nicht wieder.

Es war sechs Uhr.

7

Die Bänke des Schulzimmers füllten sich zusehends mit Menschen. Die Bewohner eines kleinen Fischerdorfes sind dankbar für alle Versammlungen, sofern kein Eintrittsgeld verlangt wird. Zwar waren viele den Sommer über abwesend, vor allem junge Männer, manche beim Straßenbau, andere beim Verlegen von Telefonleitungen, oder auch in anderen Dörfern, wo es mehr Sommerarbeit gab; es waren vor allem ältere Männer, die im Sommer ihren Tabak hier daheim kauten, wenn sie denn welchen hatten; doch es gab hier auch nicht wenige junge Männer, die auf den Hering warteten. Einige hatten sich einen ordentlichen Schluck Brennspiritus genehmigt, wie es in Fischerdörfern bei allen weltlichen Versammlungen Brauch ist. Viele meinen, es sei keine Versammlung, wenn man gar nichts trinkt. Es waren viele Frauen gekommen, müde aussehende, sonnenverbrannte Frauen, deren Hände von der Salzlake mitgenommen waren, aber sie hatten ihre Rechnung bei Bogesen und verstanden deshalb etwas von Löhnen. Die meisten der jüngeren Frauen hatten sich aus Anlaß der Versammlung feingemacht; vielleicht hofften manche, daß hinterher getanzt würde, denn eigentlich kann man es keine Versammlung nennen, wenn nicht getanzt wird. Ferner waren auch zahlreiche Jugendliche erschienen, die sich bereits als Bolschewiken fühlten. Beinteinn von Krokur war die wichtigste Person im Saal, dunkelhäutig, mit wirrem grauen Haar, tiefen Furchen auf den Wangen und nicht unintelligent aussehend, auch wenn sein Blick etwas ausgesprochen Erregtes hatte, nach dem, was das Geschäft verlauten ließ, war er ja auch hysterisch. Die Männer räusperten sich kräftig in verschiedene Richtungen, wie in Island üblich, als wollten sie einander ins Gesicht spucken, sprachen aber nur wenig miteinander. Manche machten ständig sarkastische Bemerkungen, wie man es in Fischerdörfern tut, und kratzten sich dabei. Einige kleine Jungen spielten Fangen und schlüpften zwischen den Beinen der hochverehrten Wähler hindurch, bis ihnen streng verboten wurde, hier ein solches Spektakel zu machen. Draußen auf der Straße ertönte Pferdegetrappel, und wer zum Fenster hinausschaute, sah Angantyr Bogesen, der in der milden Abendluft mit einem zweiten Pferd am Zügel einen Ausritt ins Tal hinein unternahm. Ein höflicher Mann aus dem Fischerverein stand auf und überließ Salka Valka seinen Sitzplatz.

Endlich hielt Beinteinn von Krokur die Zeit für gekommen, die hochverehrten Versammlungsteilnehmer willkommen zu heißen, und er tat dies erstaunlich ruhig, im Wahlversammlungsstil. Aber er gehörte nicht zu der Sorte von Menschen, denen es gegeben ist, lange Vorreden zu halten, und so kam er bald zur Sache.

Wir sind heute abend hier zusammengekommen, sagte er. Und gegen wen? Das will ich euch sagen, wir sind hier zusammengekommen gegen den Kapitalismus. Heute abend gilt es, dem Kapitalismus den Garaus zu machen. Es ist der Kapitalismus, der die Arbeiterschaft aussaugt. Wir hier haben nicht viel Wissen über das, was in der Gesellschaft vor sich geht, aber vielen von euch habe ich es unter vier Augen gesagt. Jetzt ist es am besten, daß ich in aller Öffentlichkeit von einer kleinen Sache spreche, die mir widerfahren ist. Ich bekam nämlich im letzten Jahr aus der Hauptstadt das Buch eines berühmten Wissenschaftlers, und ich könnte darauf schwören, daß der Kapitalismus es gestohlen hat – mehr brauche ich nicht zu sagen. Der Kapitalismus versucht nämlich mit allen Kräften, uns Arbeiter tausendmal dümmer zu halten, als wir es sind. Ihr wißt alle, daß ich im letzten Jahr ein Bein geschenkt bekommen habe. Ich sage geschenkt bekommen, weil es mir als Geschenk angeboten wurde, als Ersatz für das Bein, das ich verlor, weil sich beim Entladen eines Schiffs für Bogesen Stahlseile darumwickelten und das Geschäft dem Arzt befahl, mir das Bein abzuhacken, obwohl der andere Arzt, der letzten Herbst hierherkam, um die Kinder zu untersuchen, mir sagte, daß es gar nicht nötig gewesen wäre, mir dieses Glied abzuhacken. Doch was, glaubt ihr, hat Johann Bogesen gesagt, als ich ihm das erzählte? Er sagte, daß der Bolschewismus jetzt auch schon die Medizin untergrabe. Ich sagte, ich würde beim Bezirksrichter Anzeige erstatten, und da bekamen die verdammten Kerle Angst und beschwatzten mich, dieses sogenannte künstliche Bein als Geschenk anzunehmen, als Ersatz für jenes Bein, das ich für den Kapitalismus verloren hatte. So, so, und was dann? Kommt doch tatsächlich unser Pfarrer Sofonias angerannt und bietet mir an, eine Dankadresse zu verfassen; na meinetwegen, sage ich –

Nun hatten viele angefangen, unruhig zu werden auf ihren Plätzen, denn die meisten waren der Geschichte von Beinteinns Bein schon längst überdrüssig, die Frauen schüttelten den Kopf, und einige Männer forderten den Redner auf, den Mund zu halten.

Nein, rief Beinteinn und wurde dadurch nur noch erregter – ich werde nie den Mund halten, bevor ich nicht öffentlich erklärt habe, daß die Dankadresse gefälscht ist, ich habe sie überhaupt nicht geschrieben, ich habe nie Gott gebeten, Johann Bogesen etwas zu lohnen – ich bin Freidenker, mir ist es völlig gleichgültig, ob ich deshalb zur Hölle fahre, ich habe sowieso zehn Kinder, zehn Kinder vor Gott, zehn Kinder vor den Menschen, und davon kann mich keiner abbringen, sie können mich zur Hölle schicken, sooft und solange sie wollen, das ist ihre Sache, für mich sind alle Kapitalisten ohne Ausnahme Lügner, Schwindler, Diebe und Mörder –

Die Versammlung schien bereits ihren Höhepunkt erreicht zu haben, was die Stärke der Leidenschaften und die Vollmundigkeit der Meinungsäußerungen anging, und es wurden denn auch verschiedentlich Stimmen laut, die forderten, kurzen Prozeß zu machen mit dem Lümmel, bis der Vorarbeiter Katrinus den aufgebrachten Mann packte, doch der versuchte mit allen Kräften, ihn abzuschütteln, und fuhr mit seiner Rede fort:

Dann im neuen Jahr, vierzehn Tage nachdem meine Frau beerdigt wurde, mitten in der schlimmsten Arbeitslosigkeit, da kam eine Rechnung, eine Rechnung auf meinen Namen, eine Rechnung aus Deutschland – für das verdammte Bein. Nieder mit dem Kapitalismus!

Nach diesem leidenschaftlichen Vorspiel, das damit endete, daß Beinteinn von Krokur auf die Wiese hinausgetragen wurde, damit er sich ausweinen konnte, begann die eigentliche Versammlung.

Ein hochgewachsener, hagerer Mann um die Dreißig mit rotbraunem, gewelltem Haar, bleichem Gesicht, einem Höcker auf der Nase und dunklen Brauen stand auf. Er war zunächst vielleicht nicht völlig frei von Nervosität – seine Pupillen waren so erweitert, daß seine Augen schwarz zu sein schienen. Er trug einen grauen, zu weiten und ziemlich mitgenommenen Anzug, das einzige, was an seiner Kleidung auffiel, war die Fliege, sie war rot und hob sich deutlich von der blassen Gesichtsfarbe und dem dunklen Haar ab. Dieses Gesicht, das jung und begeistert aus dem Dunkel einer längst vergangenen Nacht geleuchtet hatte – ob es wohl das Land gefunden hatte, wo die Tage über schönen Früchten und den wahren Blüten anbrechen? Nein, er findet es nie, dachte Salka Valka, und dennoch – dennoch erkannte sie ihn wieder, den Urheber jenes Bildes, das vor einer Million Jahren in ihrem Bewußtsein Wohnung genommen hatte, an der Wand hinter allen anderen Bildern: Er war es. Sie wußte, daß das Licht dieser Augen von Anfang an und hinter allen anderen Lichtern in ihrer Seele gebrannt hatte; und plötzlich wurde sie von einer seltsamen Vorahnung ergriffen, die wie ein Schaudern durch Rücken und Lenden lief. Seine Lippen, die von der großen Wahrsagerin hinter dem Gebirge kündeten, sie bewegten sich wieder in diesem Dorf.

Es verging geraume Zeit, bis sie etwas vom Inhalt seiner Rede erfassen konnte. Ganz besonders störend war Katrinus Eiriksson, der wieder im Versammlungslokal erschienen war, sich zum Redner vordrängte und Tabak kaute. Dieser sprach eine ganze Weile von Klassen, Kapitalismus und politischem System und wich vor dem Vorarbeiter zurück. »Der Kapitalist, der den Körper der Gesellschaft aussaugt wie ein Krebsgeschwür«, sagte er, und dabei trat der Vorarbeiter heftig kauend ganz dicht an ihn heran, als ob er in ihn hineinschlüpfen wolle.

Die Bourgeoisie, sagte er, schreit Zeter und Mordio, weil wir das Recht auf Privateigentum abschaffen wollen. Doch in ihrem Staat können neun Zehntel der Menschen es zu gar keinem Eigentum bringen. Und die anderen haben ihr Privateigentum nur deshalb, weil die Masse keines hat. Also beschuldigen die Bürgerlichen uns, daß wir das Recht auf ein Privateigentum abschaffen wollen, dessen unerläßliche Voraussetzung die ist, daß der weitaus größte Teil der Bevölkerung kein Eigentum hat. Und so ging es weiter.

Soweit Salka Valka hören könnte, klang das, was er sagte, durchaus vernünftig, auch wenn sie nicht der Ansicht war, daß sich die Grundidee darin auf die Verhältnisse hier im Dorf übertragen ließe, zumindest hatte sie keine Lust, ihr Scherflein zu übernehmen, wenn die Bolschewiken durchsetzten, daß Johann Bogesens Eigentum aufgeteilt würde, aber ungeachtet dessen, daß sie keine Berührungspunkte zwischen dieser Rede und ihren eigenen Interessen erkennen konnte, berührte es sie unangenehm, daß der Vorarbeiter nicht aufhörte, sich an den Redner heranzudrängen und zu versuchen, ihn aus dem Konzept zu bringen; viele hatten angefangen, unruhig zu werden, und manche lachten sogar. Schließlich konnte sie nicht mehr an sich halten und rief laut über alle hinweg, um zu fragen, ob der Vorarbeiter nicht höflich dem Redner zuhören könne wie andere Leute auch. Dieser Vorschlag fand vielerseits Zustimmung.

Der Proletarier hat kein Eigentum. Seine Einstellung zu Frau und Kindern hat nichts gemein mit dem bürgerlichen Familienleben –

Die Großindustrie – hier ist sie durch eine verhältnismäßig starke Fischproduktion vertreten – die Großindustrie und die kapitalistische Unterdrückung, die überall dieselbe ist, haben die Proletarier aller nationalen Eigenheiten beraubt. Ihr seid in erster Linie Proletarier, wie die sich schindenden Millionen in den Fabriken der Kapitalisten in England, Frankreich, Amerika und Deutschland –

Das Gesetz, die Moral, die Religion – sie sind für den Proletarier nur bürgerliche Vorurteile, nichts anderes als ein Deckmantel des Kapitalismus, geschaffen, um dessen Interessen zu schützen.

So überzeugt sie anfangs davon gewesen war, daß irgendwelche bösen Menschen draußen in der Welt diesem bleichen Jüngling Flausen in den Kopf gesetzt hätten, fing sie doch unversehens an, auf jedes Wort zu achten, und dasselbe schienen auch andere zu tun, die Männer hörten sogar auf, sich zu räuspern und zum Spucken vorzubereiten, und eigentlich gab es nichts mehr, was die Rede störte, wenn man von dem undeutlichen Geschrei der Vögel, das durch das offene Fenster vom Strand heraufdrang, absah.

Die Voraussetzung für die Existenz und die Herrschaft der bürgerlichen Klasse ist die Ansammlung von Reichtümern in den Händen einiger weniger Menschen, die Bildung und Vermehrung von Kapital. Die Lebensbedingung des Kapitals ist die Lohnarbeit. Die Grundlage der Lohnarbeit ist die Konkurrenz zwischen den Arbeitern. Doch die industrielle Entwicklung macht ihrer Konkurrenz ein Ende und vereint sie in Gewerkschaften unter der Fahne der Revolution. Der industrielle Fortschritt, für den die Bourgeoisie am meisten gekämpft hat, untergräbt also ohne ihr Wissen und gegen ihren Willen das Fundament ihres Systems, der Produktion und des Rechts auf Privateigentum. Der Kapitalismus gräbt sich sein eigenes Grab. Sein Untergang ist genauso unausweichlich wie der Sieg der Arbeiterklasse. Mit diesen ungewöhnlichen Argumenten bewies der Mann im folgenden, daß man den anständigen Leuten das Recht auf Eigentum wegnehmen müsse und daß alle, die genug zu essen hatten, nach unwiderlegbaren wissenschaftlichen Gesetzen an den Bettelstab kämen, während gleichzeitig Männer ohne Eigeninitiative, vielleicht Beinteinn von Krokur? die Herrschaft in der Welt übernähmen. Dennoch hatte Salka Valka noch nie erlebt, daß die Leute hier im Ort mit so großer Aufmerksamkeit und so viel gutem Willen einer Weisheit lauschten, die über Dorschleber und Fischmägen hinausging. Gewiß kam es vor, daß man sich schneuzen und die Finger an den Socken abwischen mußte, wenn die Rede auf die Diktatur des Proletariats kam, denn man verstand auf die Schnelle nicht, wie die Proletarier die Proletarier am Leben halten sollten, wenn keiner mehr ein Schiff haben durfte; da war es nur gut, daß man hier im Dorf schon früher von unglaublichen Dingen gehört hatte, wie zum Beispiel davon, daß Jesus, ein bettelarmer Mann, fünftausend Menschen mit einem kleinen Brot, noch weniger Fisch und gar keinen Kartoffeln sättigte. Hinzu kam, daß die meisten eine Schwäche für gut formulierte und wohldurchdacht vorgetragene Reden hatten, auch wenn diese unglaublich waren, denn tief im isländischen Volk schlummert eine grenzenlose Hochachtung vor dem, der das Gebetbuch lesen kann, nicht zuletzt dann, wenn er imstande ist, seinen Namen zu schreiben; und dies hier war zumindest ein gelehrter Mann. Sogar den Gesichtern des Fischervereins war leicht anzusehen, daß es ihnen nicht einfiel, daran zu zweifeln, daß der Mann scharfsinnig war, nicht zuletzt dann, wenn seine Argumente aus den abseitigeren und unklareren Thesen des Kommunistischen Manifests geholt waren. Vielleicht hatten manche schon zu hoffen begonnen, daß dieser Vortrag nur aus Scharfsinnigkeiten bestehe. Aber dem war nicht so. Denn als die Arbeiterklasse schließlich die Reichtümer der Welt unter sich aufgeteilt und alle besseren Leute an den Bettelstab gebracht hatte, da beendete der große Redner seinen Höhenflug und befand sich plötzlich wieder am Fuße der hohen Berge in Oseyri am Axlarfjord. Er fing an, von der Notwendigkeit einer Lohntariferhöhung zu sprechen, die die Arbeiter vom Geschäft fordern sollten, samt der Barauszahlung der Löhne, wie sie vom Gesetz vorgeschrieben war, und von der Gründung einer Gewerkschaft, die alle arbeitenden Menschen im Dorf umfaßte, die Vertretung ihrer Interessen übernähme und alle an der Arbeit hinderte, die sich nicht ihren Beschlüssen fügen wollten. Und so weiter. Dagegen erwähnte er nicht die Notwendigkeit dessen, daß die Leute Johann Bogesen Geld wegnähmen und es unter sich aufteilten. Als er aber verkündete, daß es notwendig sei, diese Gewerkschaft gleich heute abend zu gründen, da war es fast so, als ob manche doch ein wenig nervös würden. Dann begab er sich wieder in die Zukunft. Er hatte in Erfahrung gebracht, daß im nächsten Winter hier eine Gemeinderatswahl stattfinden sollte, und selbstverständlich mußten die Arbeiter bei dieser Wahl ihre Interessen wahrnehmen. Der nächste Schritt sei dann die Althingswahl im Sommer nächsten Jahres, dann müßten die Leute den Kandidaten der Arbeiterschaft unterstützen. Dann schärfte er den Leuten ein, wie wichtig es sei, daß die Arbeiter im Ort einen Konsumverein gründeten, und in seinen Zukunftsvisionen sah er, wie die Fischreederei von der Gemeinde betrieben würde, und er ließ es nicht bei der Gemeindereederei bewenden, sondern die Gemeinde sollte auch drinnen im Tal einen neuzeitlichen landwirtschaftlichen Betrieb errichten, mit Pflügen und Traktoren, damit die kleinen Kinder Milch bekommen könnten.

Das ist Aufwiegelung und Bolschewismus, hörte man da jemanden vorne im Saal rufen, und der Vorarbeiter begann wieder, sich vor den Redner hinzudrängen und sich wichtig zu machen.

Doch der ließ sich nicht aus dem Konzept bringen, sondern wurde nur noch beredter als zuvor. Er fing an, über die Möglichkeiten der Trawlerfischerei in der Gemeinde zu sprechen, und zeigte auf, wobei er sehr geschickt mit Zahlen umging, daß sich so etwas nicht nur lohnen würde, sondern sogar durchführbar sei. Das war eine sehr prächtige Trawlerflotte, die den armen Familienvätern hier im Ort und ihren Frauen gehörte. Die Darlehen, die für diese Unternehmungen nötig waren, hingen davon ab, ob bei der nächsten Althingswahl die Reaktionäre oder die Fortschrittlichen die Mehrheit bekämen. Dasselbe galt für den landwirtschaftlichen Großbetrieb der Gemeinde, der drinnen im Tal errichtet werden sollte, so etwas lasse sich nur mit Hilfe vom Staat verwirklichen, aber dann könnten die Kinder auch den ganzen Sommer in herrlichem Gras spielen, und Vollmilch, Käse, Quark und Lammfleisch würden auf Wagen ins Dorf gefahren für die armen Tagelöhner, die nie von etwas anderem als von Fischabfällen in Säcken geträumt hatten und von dem eingepökelten zähen Fleisch alter Schafe an Sonntagen. Der Redner vergaß auch nicht die schmucken, neumodischen Arbeiterwohnungen, die nach Vorbildern aus Frankfurt am Main hier im Ort errichtet werden sollten, mit elektrischer Beleuchtung von den Wasserfällen droben am Berghang; in Gemeinschaftsküchen brutzelten gelernte Köche appetitlich braune Braten für Menschen, die aus Fischabfall erschaffen waren, für alle auf einmal; es gab eine Bibliothek mit ausgesucht guten Schriften, die an die Stelle der langweiligen Bücher der Literaturgesellschaft und der Adventisten getreten waren, sowie einen Versammlungssaal mit einem Klavier, nicht zu vergessen die Spielplätze, wo die Kinder mit wissenschaftlicher Genauigkeit von dazu ausgebildetem Personal betreut wurden. Die Straßen in Oseyri mußten von Spezialisten geplant werden, damit sie ganz eben würden, wie der Handrücken des Redners – er streckte sogar vor den Zuhörern seine Hand aus, um zu demonstrieren, wie eben die Straßen werden sollten. Eine andere Welt schaffen – das war es, was die Arbeiter in Oseyri am Axlarfjord für sich tun sollten, und der erste Schritt auf dem Weg zu einer anderen Welt war die Gründung einer Gewerkschaft heute abend; er bewies mit einer Rechenaufgabe, die er im Kopf rechnete und die aufging wie die Aufgaben in Eirikur Briems Rechenbuch, daß diese Dinge das einzig Logische und Vernünftige waren, was man in diesem Ort tun konnte, und daß es im Grunde genommen gar keine andere Möglichkeit gab, als eine andere Welt zu schaffen. Viele sahen in ihrer Begeisterung schon die ebenen Straßen vor sich, die es noch nicht gab, wo stolze Arbeiter frohen Sinnes durch schöne Häuser gingen – und noch nicht geboren waren.

Und wenn ihr glaubt, es sei nur ein Traum, daß Arbeiter solche Dinge für sich selber tun können, dann will ich euch darauf hinweisen, daß Arbeiter das entweder schon für sich selbst getan haben oder aber gerade dabei sind zu tun im größten Reich der Welt, Rußland, das ein Sechstel der Festlandsmasse der Erde einnimmt und von einhundertneunundsechzig Völkern bewohnt wird, von denen die wenigsten auf einer höheren Kulturstufe stehen, als ihr heute steht, ganz im Gegenteil.

Nach diesen Ausführungen schlug der Redner vor, man solle eine Pause machen, und bat diejenigen, die sich nicht an der Gründung einer Gewerkschaft hier im Ort beteiligen wollten, hinauszugehen. Doch gleich nach dem Ende der Rede entstand große Unruhe im Saal, die Leute sprachen alle durcheinander, manche waren für den Kapitalismus, andere dagegen, und einflußreiche Stimmen sagten, es sei reine Willkür, hier einen Unglücks- und Räuberverein gründen zu wollen, ohne eine öffentliche Aussprache zuzulassen, damit die Einwohner des Dorfes die Möglichkeit bekämen, ihre Ansichten über die Notwendigkeit eines solchen Vereins zu äußern. Die Menschen hier im Ort hätten noch nicht den Grad der Unterwürfigkeit erreicht, daß sie sich ohne Murren der Unterdrückung und dem Bolschewismus fügten oder sich von einem Abgesandten Kristofer Torfdals die Handlungsfreiheit wegnehmen ließen, die dem Volk laut der Verfassung aus dem Jahre 1851 oder irgendeinem anderen Jahr zusteht, nicht zuletzt deshalb, weil es hier in dieser Versammlung angesehene und kluge Männer gab, die lange Reden in der Tasche hatten. Doch während die Gegner des Bolschewismus sich darüber zu einigen versuchten, wer als erster gegen diese Ungehörigkeit angehen sollte, und der Gemeinderatsvorsitzende sich noch ausgiebig räusperte, da stand ein Mann auf, dem überhaupt nicht bewußt zu sein schien, welch dramatischem Punkt sich die Zusammenkunft inzwischen näherte, er stand nur auf, um sein christliches Gewissen zu erleichtern, und ehe man sich's versah, drang seine zitternde Greisenstimme durch den Lärm.

Ich wollte nur den Redner etwas fragen, das ich gerne wissen möchte, weil ich den Redner noch von früher her kenne, als du nur ein kleiner Junge hier im Dorf warst, nicht größer als ein Peitschenstiel, und ich war Kadett bei der Heilsarmee. Jetzt bist du auf deine Art ein großer Mann geworden und hast dich im Ausland aufgehalten, und deshalb möchte ich dich etwas fragen, was ich schon seit langem gerne wissen wollte. Ist etwas Wahres daran, daß Kristofer Torfdal in der Hauptstadt allerhand seltsame Tiere aus Rußland um sich hat, was, wie es heißt, gegen den Glauben verstoßen soll? Das war es nur, was ich gerne fragen wollte, und ich bin sicher, daß es viele hier im Ort gibt, die etwas darüber erfahren wollen, weil so viel darüber gesprochen wurde. Mehr wollte ich nicht sagen.

Doch es war wie immer, wenn Kadett Gudmundur Jonsson etwas sagte, alle waren mit ihren eigenen Problemen beschäftigt, und keiner nahm sich die Zeit, sich um ihn zu kümmern. Die Leute waren entweder zu gescheit oder zu gut bei Kasse, um ihm zu antworten, selbst der König, der doch immerhin unser aller König ist, beantwortete nicht einmal seinen Brief. Anstatt Gudmundur Jonsson Antwort zu geben bezüglich einer interessanten und bemerkenswerten Angelegenheit, über die sich das ganze Dorf immerhin ein halbes Jahr lang gestritten hatte, befahl der Vorarbeiter den Leuten, still zu sein, denn der berühmte, große Dichter und Denker, der Volksschullehrer Jon Jonsson, wollte das Wort ergreifen.

Es war weit davon entfernt, daß im Versammlungslokal vollkommene Stille eingetreten wäre, trotz des unzweideutigen Befehls des Vorarbeiters, aber der Volksschullehrer stand dennoch auf, mager und ernst, mit einem mächtigen Schnurrbart, einer Brille und einem sehr beweglichen Adamsapfel, und fing an, von einigen beschriebenen Papierbögen abzulesen:

Der Grund für die Besiedlung unseres Landes war, daß Häuptlinge und tüchtige Männer aus Norwegen hierherkamen, die sich nicht mit der Tyrannei des Königs Harald Schönhaar abfinden konnten. Sie liebten ihre Freiheit so sehr, daß sie ihr Heimatland und ihre ererbten Ländereien dafür opferten, obwohl sie mit harten Bedingungen rechnen mußten. Trotz aller Schwierigkeiten gründeten sie hier ein blühendes Gemeinwesen und zeigten damit, was Menschen bewirken können, wenn sie sich in Freiheit und Selbständigkeit entfalten können. Alle guten Isländer sollten hieran denken, und nicht weniger daran, wie schrecklich es der Nation erging, als sie ihre Selbständigkeit verlor und die Bewohner des Landes der Unterdrückung durch eine absolutistische Staatsmacht ausgeliefert waren.

Wer nicht den Mund halten kann, wird hinausgeworfen, rief der Vorarbeiter, während der erste Redner an die Wand gelehnt dasaß und mit ungläubigem Grinsen zuhörte. Der Volksschullehrer aber las unverzagt weiter. Als er einen Überblick über die wichtigsten Ereignisse der isländischen Geschichte gegeben hatte, wandte er sich den Hauptpunkten des sozialistischen Programms zu.

Die Hauptpunkte im Programm der sozialistischen Bewegung sind die Verstaatlichung der Produktionsmittel und die Beschränkung der Freiheit des einzelnen. Sollte es ihnen gelingen, diese ihre Lehrsätze in die Praxis umzusetzen, so hätte dies schreckliche Unfreiheit und Monopolisierung zur Folge, womit sich kein freiheitsliebender Mensch abfinden kann, und wahrscheinlich würde es dann nicht lange dauern, bis hierzulande wieder Zustände herrschen wie damals, als der Bauer Holmfastur an einen Pfahl gebunden und ausgepeitscht wurde, weil er ein paar Fische in einem anderen Handelsbezirk als in dem von der Monopolverwaltung vorgeschriebenen verkauft hatte.

Nieder mit dem Monopol Johann Bogesens, wurde im Saal gerufen, und der Vorarbeiter sah sich nach dem Schuldigen um, aber ohne Erfolg.

Nieder mit den Handlangern des Kapitalismus –!

Das Ziel ist es, daß der einzelne die größtmögliche Wahlfreiheit hat und seine Kräfte so einsetzen kann, wie er es selbst will und wie es seinen Fähigkeiten am besten entspricht, so daß er ein selbständiger Mensch werden kann, selbstbestimmt und für seine Taten verantwortlich...

Sch! – das war Arnaldur Björnsson, der jetzt einige Schritte
weiter nach vorne ging und wie ein Volksschullehrer den Volksschullehrer zum Schweigen brachte. Die, die sich nicht an der
Gründung einer Gewerkschaft beteiligen wollen, werden gebeten hinauszugehen!

Hinaus mit ihnen, hinaus mit ihnen, tönte es da auch aus dem
Saal, und ein paar junge Burschen erhoben ein solches Geschrei, daß man sein eigenes Wort nicht mehr verstehen konnte,
und der Volksschullehrer hörte von selbst mit dem Vorlesen auf,
wurde zum Ausgang gedrängt und ging beleidigt nach Hause,
nicht ohne von einigen Zwanzigjährigen, die einmal seine Schü-
ler gewesen waren, Esel und Waschlappen genannt zu werden.
Dies war der Lohn, den er auf seine alten Tage für seinen jahr-
zehntelangen Unterricht im Dorf erhielt. Aber Sveinn Palsson
war wieder aufgestanden und hatte angefangen, sich zu räuspern, entschlossen, nach dem Fall seines Mitstreiters das Banner
weiterzutragen, zumal er nicht davon überzeugt war, daß der
Volksschullehrer einen besseren Abgang verdient hatte nach
einer so kraftlosen und kaltgehämmerten Rede. Er vergaß all
seine Schüchternheit und fing an zu sprechen. Und während
einer dem anderen befahl, endlich still zu sein, konnte man
durch das Stimmengewirr hindurch einzelne Wörter und Sätze
verstehen:

Die Initiative des einzelnen, sagte er. Die Handlungsfreiheit,
die Verfassung. Das Leben. Das Glück. Der Glaube. Rußland,
Sklaverei, Hungersnot, Bolschewismus; die Gottesmänner der
Nation gekreuzigt und verbrannt, die Frauen als solche verstaatlicht, Mütter, Schwestern, Verlobte, Ehefrauen und Töchter,
genau wie Pferde; zehn Millionen Kinder. Die Abendzeitung:
weltberühmte Wissenschaftler in der Hauptstadt. Dieser junge
Mann? Ist er Pfarrer? Oder ist er Bezirksrichter? Nein, und er
ist ebensowenig Dichter oder Wissenschaftler. Wo ist seine
Initiative? – sein praktischer Sinn, seine Sparsamkeit, sein Fleiß,
kurz gesagt: seine Geschäftstätigkeit? Initiative, sage ich, Initiative. Nicht die Feuer ersticken, die brennen, sondern dafür sorgen, daß sie hell und leuchtend brennen. Hell und leuchtend.
Johann Bogesen, ich, alle. Fortschritt, der richtige Weg – nicht
so, daß alles allen gehört und dem einzelnen nichts, sondern so,
daß alle die Möglichkeit haben, etwas zu erwerben. Durch

Initiative können alle zu Kapitalisten werden. Ich habe mit so gut wie nichts angefangen, hatte nur einen Gemüsegarten, dann kam ich auf die Idee, die Leute zu rasieren und Sattelzeug für sie zu reparieren, außerdem Uhren, Kaffee und Brause in Flaschen, ich bestellte zwei Schweine in Dänemark, man kann hundert Ideen haben, tausend Ideen, und wer Ideen hat, baut sich am Ende ein Haus; und es gehört ihm selber – denkt daran, was Johann Bogesen für diesen Ort getan hat, vergeßt nicht das Beispiel dieses großen Welt- und Ehrenmannes, der in schwierigen Zeiten uns alle am Leben erhalten hat –

Sch-sch!

Nun wurden die Zischer und Buhrufer immer lauter und zahlreicher, so daß nicht mehr gegen den Lärm anzukommen war und der Gemeinderatsvorsitzende genauso ruhmlos wie sein Vorredner das Feld räumen mußte, bis ein junges Mädchen mit kurzgeschnittenen Haaren und breiten Schultern, das einen Pullover aus grober brauner Wolle trug, aufstand und mit kräftiger, aber nicht ganz so wohlklingender Altstimme rief:

Arnaldur, kann ich mit dir reden?

Da gab Arnaldur ein Zeichen, daß man mit dem Rufen aufhören sollte, und nun wurde deutlich, daß der Radau vorsätzlich geplant worden war und daß Arnaldur so etwas wie ihr General war, er hob nur die Hand, wobei er grinste wie der Bösewicht in einem Fortsetzungsroman, und schon wurde es mucksmäuschenstill. Sie war ein eigenartiges Mädchen. Im Klang ihrer Stimme war etwas, für das es vermutlich eine medizinische Erklärung gab, und außerdem war sie ziemlich nachlässig in bezug auf ihre Aussprache und deshalb eine Fundgrube für Sprachforscher, sie sprach sogar die Vokale ein wenig zu dunkel aus. Ihr Wesen rief zwei diametral entgegengesetzte Eindrücke in einem hervor, wie ein Paradox – sie glich einem Trollweib, und andererseits wirkte sie beinahe kindlich; sie sah aus, als ob sie ausgesprochen schwärmerisch sei, und andererseits schien sie fest in der Wirklichkeit verwurzelt zu sein; und sie hatte etwas an sich, das einen an Leichtlebigkeit denken ließ, obwohl man sich kaum eine Frau vorstellen konnte, die keuscher und jeglicher Koketterie abholder war. Und obwohl ihr Auftreten und ihre Kleidung sich stark vom Aussehen anderer Frauen unterschieden, konnte man sich schwer eine wahrhaftere Verkörperung der Weiblichkeit, die an diesem Strand lebte, vorstellen. Es war, als ob andere Frauen ausgelöscht wären.

Arnaldur, sagte sie, darf ich dich nur etwas fragen, auch wenn ich dich nicht mehr gesehen habe, seit ich klein war, und du mir Geschichten von Gesichten und Träumen erzähltest? Bist du auch heute noch immer der Meinung, daß wir gewöhnlichen Menschen hier im Dorf von wirren Träumen leben sollen? Ich will nicht leugnen, daß vieles hier im Dorf besser sein könnte, aber es ist nun einmal so, wenn man es genau betrachtet, dann besteht das Leben vor allem aus Klippfisch und nicht aus Traumbildern, und wenn das Geschäft den Fisch nicht mehr kaufen und verarbeiten kann, weil die Löhne erhöht werden, dann können wir den Fisch nicht mehr loswerden. Und was geschieht dann? Dann häuft sich der Fisch einfach auf, wir können unsere Schulden beim Geschäft nicht mehr abtragen, und dann wird der Fisch auf einer Zwangsversteigerung für nichts verkauft, und unsere Boote auch. Und was geschieht nun? Nun streicht das Geschäft die Segel, und die Fischreederei wird eingestellt, niemand hat Arbeit, niemand hat Kredit, und wer nichts hat, fällt der Gemeinde zur Last, und die anderen machen Bankrott. Nein, Arnaldur, ich habe noch nie etwas für wirre Träume übrig gehabt, und ich für meine Person sage, lieber eine Krähe in der Hand als zwei im Wald. Meine Gedanken und meine Kräfte sind vielleicht nicht viel wert, aber sie sind doch das einzige, auf das ich mich einigermaßen verlassen kann; ich verlasse mich nie auf andere, weder auf Gott noch auf Menschen, ich habe in meinem eigenen Leben gesehen, was für ein Humbug das alles ist. Hier gab es einmal eine Heilsarmee, und dort wurde den Leuten eingeredet, sie könnten alle ihre Sorgen durch Singen und Vaterunserbeten loswerden. Jetzt kommst du mit einer Gewerkschaft und einer Revolution, jetzt soll man alle Sorgen durch Gewerkschaften und Revolution loswerden. Aber könnte es nicht sein, daß der zweite Irrtum noch größer ist als der erste? Ich bin nicht besonders erpicht auf Reden oder Bücher, diese Ideen mögen gedruckt gut aussehen für Leute, die Zeit haben, so etwas zu studieren, aber was wir hier brauchen, ist ein guter Preis für den Fisch, und den haben wir uns durch die Abmachung mit Bogesen im vorigen Jahr gesichert. Wenn wir auch in Zukunft einen guten Absatzmarkt in Spanien haben, dann gibt es mehr Arbeit, und der Lohn steigt von selbst, und mit den kleinen Bootseignern geht es aufwärts, und die Darlehensbedingungen werden besser. Doch wenn ihr jetzt hier einen Arbeiterverein gegen Bogesen und gegen uns kleine Bootseigner gründet, dann könnt ihr euch darauf verlassen, daß es hier zu einem Streik kommt, Bogesen gibt niemals nach, eher geht er bankrott, dafür habe ich so gut wie sein eigenes Wort, und wovon wollt ihr dann im Sommer leben? Ihr braucht nicht zu glauben, daß es Bogesen etwas ausmachen würde, mitanzusehen, wie um die hundertfünfzig Tonnen Klippfisch wieder ins Meer geworfen werden. Es ist schwierig, mit der Firma Bogesen im guten fertigzuwerden, und noch viel schwieriger im bösen. Zusammenarbeit ist gut und notwendig, wo sie hingehört, zum Beispiel für diejenigen, die dieselbe Last zu tragen haben, aber eine Trawlerflotte und eine Gemeindereederei, die nichts anderes als dummes Zeug aus Büchern und wirre Träume sind, die wollen wir in Oseyri nicht, denn wir sind nicht in einem Buch, sondern im Leben. Hier muß man sich mit Vernunft nach dem Fisch richten. Wenn die Taglöhner einen Lohnerhöhungsverein gründen, dann lehnt das Geschäft es selbstverständlich ab, jemand anderem als uns vom Fischerverein Arbeit zu geben –

Die Gewerkschaft verbietet euch einfach zu arbeiten, das ist alles, fiel Arnaldur ihr ins Wort, worauf im Saal anfeuerndes Geschrei ertönte.

Besteht dein Sozialismus dann nur darin, unschuldige Menschen gegeneinander aufzuhetzen? rief Salka Valka.

Und Arnaldur antwortete: Wie anderswo auf der Welt wird die sozialistische Politik hier im Ort in erster Linie für die Interessen der Arbeiterschaft gegen die Kräfte, die uns auszubeuten versuchen, eintreten.

Salka: Soviel ich weiß, sind wir hier im Ort alle Arbeiter – außer dir, und du bist hier nicht einmal zu Hause. Wir sind bisher ausgezeichnet miteinander ausgekommen. Und ich kann dir ohne Übertreibung sagen, daß du ruhig wieder abreisen kannst.

Arnaldur: In diesem Dorf, wie in anderen Dörfern, in denen es noch keine Arbeiterrevolution gegeben hat, gibt es nur zwei Arten von Menschen, die Masse, die den Gewinn erwirtschaftet, und die wenigen, die die Masse um den Gewinn bringen. Ein Drittes gibt es nicht.

Da wurde das Mädchen grob und unverschämt und sagte: Wir sehen uns heute nicht zum ersten Mal, lieber Alli im Kof! Es mag sein, daß du, der du weit herumgekommen bist, mich vergessen hast, aber ich habe dich wahrhaftig nicht vergessen, ich kenne dich, als ob ich dich erst gestern gesehen hätte, und ich erkenne deine Predigten ganz genau wieder, sie sind nicht viel anders als damals, als du mir von Wahrsagerinnen und Ungeheuern erzählt hast, hier unten am Strand am Tag deiner Abreise, und vom Wunderland hinter dem blauen Berg, von dem du mir etwas vorgelogen hast, weil du glaubtest, ich sei einfältiger als alle anderen. Ich habe den Klang deiner Stimme schon früher gehört, Arnaldur, und deshalb gerate ich ganz und gar nicht in Verzückung, wenn du von den großen Häusern und den Braten sprichst, nein, lieber Alli, da kannst du ganz sicher sein, Salka Valka läßt sich nicht mehr von dir zum Narren halten, auch wenn du sagst, daß die Straßen so glatt wie dein Handrücken werden sollen; und wenn du sagst, daß man hier im Dorf eine andere Welt schaffen müsse, dann bin ich schon früher auf einer Seelenheilsarmeeversammlung gewesen –

Während der Fischerverein nach ihrer Rede so laut hurra schrie, daß sie sich am liebsten in ein Mauseloch verkrochen hätte, zerbrach sie sich den Kopf darüber, ob sie tatsächlich auch nur einen winzigen Bruchteil seiner Argumente über Kapitalismus und Proletarier widerlegt hatte, ob sie sich nicht nur von ihren persönlichen Gefühlen hatte hinreißen lassen, und ob er sie in Gedanken jetzt nicht auf eine Stufe stellte mit dem Volksschullehrer und dem Gemeinderatsvorsitzenden; vielleicht war das einzige logische Ende für eine solche Rede, auf die Hauswiese hinauszugehen und zu weinen wie Beinteinn von Krokur. Arnaldur grinste noch genauso abschätzig und siegessicher wie zuvor und würdigte sie nicht einmal einer Antwort, sondern forderte die Mitglieder des Fischervereins noch einmal auf hinauszugehen.

Wir schmeißen den verfluchten Fischerverein hinaus, wenn sie nicht freiwillig gehen, wurde im Saal gerufen, denn nun hatte der Klassenkampf begonnen. Andere Stimmen riefen: Nieder mit allen Verbrechervereinen, außerdem nieder mit Rußland und Kristofer Torfdal. Die Leute schrien und lärmten eine Zeitlang weiter um die Wette, als glaubten sie, daß der siegen würde, der den meisten Radau machen konnte, wie es dem Vernehmen nach die Chinesen tun, wenn sie gegeneinander zu Felde ziehen. Doch je länger dieser Wettstreit anhielt, desto deutlicher wurde, daß beide Parteien schlecht abschnitten, bis die Revolution, ganz im Einklang mit der Theorie, von der rechten Seite ihren Ausgang nahm. Der große Kirchenbauer – oder wie er von manchen genannt wurde: der Selbständigkeitsheld Johann Bogesens – war es, der auf den Abgesandten Kristofer Torfdals zuging, ihn in seine Arme nahm und ihn möglichst schnell auf dieselbe Weise wie zuvor Beinteinn von Krokur hinausbefördern wollte, während er immer wieder diese Worte wiederholte: Nun ist es genug damit, für heute abend ist es genug damit, nun ist es genug damit und so weiter. Offenbar ließ sich die politische Bedeutung dieses Mannes vorzugsweise in Kilopondmetern ausdrücken. Doch im Saal entstand ein fürchterliches Durcheinander, und die Frauen, die teils um ihr Leben, teils um ihre Schürzen fürchteten, flehten Gott an und suchten sich so schnell wie möglich in Sicherheit zu bringen, während Männer aus beiden Lagern sich nach vorne drängten, um ihrem jeweiligen Repräsentanten zu Hilfe zu eilen. Von nun an gab es keine andere Möglichkeit mehr, als Leute zu verprügeln, jetzt hatte die Politik ihren Höhepunkt erreicht, dies war eine wirklich lustige Versammlung. Nun war der Abgesandte Kristofer Torfdals endlich in gute Hände geraten, Hände, denen die moralische Unterstützung aller ordentlichen Leute hier im Ort sicher war, er war wie ein Pfannkuchen zwischen diesen Händen, das überhebliche Grinsen war plötzlich aus seinem Gesicht verschwunden, das sich nun in den Klauen der Selbständigkeit hin und her wand. Er hatte nämlich nicht bedacht, der gute Mann, daß hier in Oseyri Nachkommen der alten Wikinger lebten, heute wie in alter Zeit bereit, die Selbständigkeit ihres Landes gegen ausländische Herrschaftsansprüche zu verteidigen, genauso wie Einar Jonsson von Thvera, hä, hä, nein, nun ist es genug damit, Bürschchen – hier herrschen noch immer isländischer Wikingergeist und Selbständigkeitsstreben wie bei Ingolfur Arnarson, als er damals die Sklaven züchtigte und sich einer von dem Felsen auf den Westmännerinseln stürzte, nein danke, kein Gedöns, unten an der Landungsbrücke wartet schon ein Boot auf dich, und mit dem fährst du heute abend wieder weg, mein

Freund, wir in Oseyri halten es mit der Selbständigkeit. Die Sagas mit all ihren Heldentaten brandeten in den Adern der besseren Leute, während sie eine Schildburg um den Helden Katrinus Eiriksson bildeten und die Parteigänger des Kriechertums daran hinderten, ihren Anführer loszureißen. Doch dieser Hinauswurf des Bolschewismus aus Oseyri war beileibe nicht für alle kostenfrei: Es wurden kräftige Hiebe ausgeteilt, Kleider wurden zerrissen, ein Junge verrenkte sich, und ein anderer verlor einen Zahn, wieder andere sahen vor beiden Augen nur noch tanzende Sterne. Dennoch bewegte sich das Menschenknäuel mit dem Unglücksraben langsam, aber sicher auf den Ausgang zu.

Doch auf der Schwelle geschah dann das Unglaubliche, mit dem keiner gerechnet hatte: Salka Valka, der Schutzschild der Initiative des einzelnen, löste sich aus der Schlachtreihe, und noch ehe irgend jemand begriff, was eigentlich vor sich ging, hatte sie mit ihren starken Fäusten Katrinus Eiriksson zwei Hiebe versetzt, auf jedes Auge einen, und zwar mit solcher Wucht, daß der Kirchenbauer sofort seinen Gefangenen losließ und zu Boden gegangen wäre, hätten die Leute ihn nicht aufgefangen. Dann schob sie unsanft zwei ihrer Mitkämpfer aus dem Fischerverein zur Seite, so daß Arnaldur sich ungehindert seinen Leuten zugesellen konnte.

Ihr verdammten Lumpen, sagte sie, und ihre Zähne klapperten vor Wut. Schlagt mich, wenn ihr es wagt.

Doch offensichtlich hatte niemand Lust, sich mit ihr zu prügeln. Die Schlägerei war zu Ende. Katrinus Eiriksson wurde vor das Haus hinausgeführt, und jemand lief, Wasser zu holen, denn er hatte eine Platzwunde auf der Nase, und das Gesicht schwoll im Nu so an, daß die Augen fast nicht mehr zu sehen waren; er blutete auch aus der Nase. Es galt als sicher, daß jeder andere Mann als er bewußtlos umgefallen wäre.

Meuchelmörder, hörte man brüllen.

Es war Arnaldur Björnsson, der, von seinen Mitstreitern umringt, auf der Hauswiese stand und nun trotzig seine kleinen, weißen Fäuste hob, um denen zu drohen, die sich der Verletzten annahmen. Seine Kleider waren zerrissen und zerknittert, und sein Haar war zerzaust, aber er war unverletzt, und das höhnische Grinsen des sicher argumentierenden Mannes hatte der

Wut Platz gemacht, die sein Gesicht völlig veränderte; er glich einer Katze, die von einer Mauer herab bissige Hunde anfaucht:

Johann Bogesen wird erledigt werden. Angantyr Bogesen wird erledigt werden, und ihr Handlanger der Firma Bogesen werdet auch erledigt werden! Das schwöre ich!

Das gefährliche Feuer des Hasses, das in den Augen dieses gebildeten, schmächtigen Jünglings brannte – du lieber Gott, Salka Valka hatte noch nie in ihrem Leben etwas gesehen, das so schrecklich und gleichzeitig so faszinierend war, in diesem Feuer verbrannte ihre eigene Gemütsbewegung zu Asche, sein Feuer fraß sich in das Innerste ihres Körpers hinein, kroch wollüstig durch ihre Lenden.

Salvör, du hast unsere Sache verraten, sagte Sveinn Palsson mit bebender Stimme.

Ach, sei still, sagte sie verächtlich und verließ die Versammlung.

8

Der Vogel am Strande wird Möwe genannt; sie legte ihre Kleider im Vogelgezwitscher der Nacht ab, während das Echo der Weltrevolution und des Kampfrufes gegen die Meuchelmörder in ihrem Blut sang. So vereinigten sich die Vögel und die große Politik in ihrer Seele und ihrem Leib zu einer eigenartigen Symphonie.

> Willst du nicht, willst du nicht,
> willst du nicht, willst du nicht
> mit mir tanzen, mit mir tanzen –

So ging dies weiter wie eine unsittliche Phantasie oder Gotteslästerung, die einem die Sinne vernebelt, ohne daß sie sich dagegen wehren konnte, bis sie einschlief. Dann begann sie zu träumen.

Sie träumte von seltsam ausgehungerten Kindern, die auf der Brücke über dem Bach stehen. Sie riefen Schimpfwörter, die

man nicht im Druck wiedergeben kann, und sangen fürchterliche Liedchen und waren so hungrig, daß sie meinten, sie könnten die ganze Welt aufessen, wie es in dem alten Choral heißt:

> Wenn doch zu Milch das Wasser würde,
> zu Quark im Meer der Sand,
> zu Schmalz und Talg Gebirg' und Hügel,
> zu Butter unser Land.

Salka Valka war eines von ihnen. Aber mit diesem Traum verwoben ist die seltsame biblische Geschichte vom kleinen Moses im
Schilf und der Tocher des ägyptischen Königs, die ihn heraus-
fischte und zu sich nahm wie ein Vögelchen. Das Bedeutungs-
vollste im Leben eines Menschen ist, dies zu verstehen und
anzuerkennen. Und ihr war, als suche sie selber im Tang, ob er
vielleicht in einem kleinen Krug angetrieben worden sei. Ihr
Zustand war vollkommen christlich, sogar heilig, und sowohl
Habakuk als auch der König von Syrien waren in die Sache verwickelt. Schließlich wachte sie plötzlich auf, mit Kopfschmerzen
und ungewöhnlich müde. Doch es war erst zwei Uhr. Als sie
schließlich wieder einschlief, begann alles wieder von vorne, nur
daß ihr jetzt war, als komme Steinthor Steinsson im Siegeswagen
des Herrn dahergefahren, von einem weißen, unglaublich schönen Pferd gezogen. Sie hatte noch nie in ihrem Leben so ein
Pferd gesehen, den Mann selbst aber sah sie nur wie im Nebel,
und sie war nicht einmal sicher, daß er es war; vielleicht war es
Jesus Christus. So ging es die ganze Nacht. Dann war der Morgen da. Es war ein Sonntagmorgen. Wie kam es, daß sie von diesem dummen Zeug, das der Pfarrer erzählte, träumte, statt von
etwas Wichtigerem, von der Weltpolitik, die jetzt im Dorf Einzug gehalten hatte?
Sie schüttelte diese unwissenschaftlichen Träume ab wie ein
Hund, der bei Regen im Freien geschlafen hat und aufwacht,
wenn es zu regnen aufgehört hat. Sie war noch immer müde,
hatte schlecht geschlafen, war aber fest entschlossen, nicht wieder einzuschlummern, damit sie nicht Gefahr lief, wieder in die
trügerischen Welten eines Moses und eines Habakuk zu entschwinden, sondern sprang aus dem Bett, um sich Kaffee zu
machen und Fisch zu kochen. Dies schien ein schöner Sonntag

zu werden, Vogelgeschrei und Flügelschlagen über der Mitte des Fjords, und einige Schwärme flogen so tief, daß ihre Flügelspitzen die glatte Wasseroberfläche berührten. Die Schlickbänke wimmelten vor Möwen. Der Fluß am Ende des Fjords glitzerte in der Sonne. Der Tau auf dem Gras trocknete schon, und Salka spürte, daß sie sich am ganzen Körper waschen müsse, wie die Pflanzen. Das Gras auf ihrer Hauswiese mußte bald gemäht werden, und während sie sich wusch, überlegte sie, ob sie die Wiese vielleicht verpachten sollte. Wenn jemand vom Fischerverein käme, um sie über den Ausgang des gestrigen Abends in Kenntnis zu setzen, dann würde sie ihm sagen, sie sollten zum Teufel gehen. Ihr war all dies gleichgültig, sie war dabei, sich zu waschen. Kaum etwas ist so wohltuend, wie sich zu waschen, an einem solchen Sonntagmorgen, wenn man noch jung ist und das grüne Gras noch im Einklang mit unserer Seele und unserem Körper weiterwächst, zu unserer Freude und nicht zu unserem Verdruß, wie das Gras vermutlich wächst, wenn wir alt geworden sind; und sie fing an zu singen.

Sie kannte zwar viele Gedichte über das Vaterland, seine Erhabenheit, seine Geschichte und seine Hoffnungen, aber die wenigsten der darin vorkommenden Adjektive paßten zum Seelenleben von Menschen, die sich seit Urzeiten von mit Leber gefüllten Dorschmägen und Schellfischmägen ernährt haben, sie paßten besser zu in Mäntel gekleideten Personen mit Brillen, die sich eine halbe Stunde hier aufhalten, um alles zu bewundern. Doch sie wußte, wann der Frühling in ihrem Körper war und wann nicht, deshalb sang sie einfach ein fröhliches Lied, das sie selbst dichtete:

> Dirara rammdada deireirei,
> dadadarei, hadararidd,
> ha-hei, ha harara haddada dei
> oh, hidara, riddaradidd.
> Didd-idd!
> O heyrara trirara hiriaddaridd,
> o hidaddaridd, o tridaddaridd,
> o heirara trirara tridaddaridd,
> o trarara ridadda didd.
> Idd-didd!

Dieses Gedicht stieg geradewegs aus der Tiefe ihres Herzens auf und hatte seinen Ursprung in den Erinnerungen an glückliche Momente, die mit längst verklungenem Ziehharmonikaspiel in einer dänischen Netzknüpferei zusammenhingen, die hier in einem Sommer während des Krieges Bankrott machte.

Wer zum Teufel – da stand Salka, wie Gott sie geschaffen hatte, und jemand klopft an die Tür; sie duckte sich und schlug die Arme kreuzweise über ihre nackten Brüste, um sich zu verbergen. Da wurde wieder geklopft.

Ich erschlage euch, wenn ihr versucht, aufzumachen, rief sie, da sie nicht wußte, ob ihre Haustür fest genug verriegelt war.

Von draußen hörte man ein Murren.

Sie griff hastig nach irgend etwas, um ihre Blöße zu bedecken, und fragte unwirsch:

Wer ist da?

Ein Bursche, wurde draußen, dem Ritual gemäß, geantwortet.

In der Hast hatte sie ein altes Kleid gefunden, das untenherum ganz ausgefranst war und in der Küche hing, das zog sie sich über, schlüpfte mit den Füßen in ihre Gummistiefel und ging in dieser Aufmachung zur Tür, erschrocken über diesen Besuch und die unerwartete Stimme, dazu entschlossen, sich durch einen schmalen Türspalt anzuhören, was der Gast wollte, und dann die Tür wieder zuzuschlagen.

Und wer war es, der an diesem von Gesang erfüllten hellen Morgen nach so vielen unverständlichen Träumen vor ihrer Tür stand? – Wer anders als Arnaldur Björnsson, der Mann, der die Grundlagen einer anderen Welt kannte. Sie schaute überrascht durch den Türspalt hinaus und hatte noch nie erlebt, daß etwas zu einem so falschen Zeitpunkt geschah. Trotzdem begrüßte sie ihn nicht unhöflich, nur erstaunt und distanziert und ein wenig heiser – wer war er, was wollte er? Sie, die vor langer Zeit auf dieser Hauswiese voneinander gegangen waren, damals war das Gras noch gefroren – wer waren sie jetzt? Gibt es tiefere Meere als die, welche einen Jungen und ein Mädchen voneinander trennen?

Ich habe dich vielleicht geweckt? sagte er, machte eine fragende Handbewegung in ihre Richtung und legte sich dann zwei Finger an die Wange.

326

Nein, sagte sie. Ich war beim Waschen – ich wollte mich gerade anziehen. Heute ist Sonntag.

Er setzte sich auf das Geländer des Windfangs, nahm eine Zigarette aus seiner Tasche und rollte sie zwischen den Fingern, um den Tabak zu lockern; dann strich er sich müde über die Stirn, so daß seine Mütze weiter in den Nacken geschoben wurde. Sein Kragen war schmutzig. Er war unrasiert. Es war nicht zu übersehen, daß er sein Gesicht nicht gewaschen hatte. Dies war ein müder, ärmlich aussehender Mann, vielleicht war er hungrig, hatte wahrscheinlich wenig oder gar kein Geld, trug ungeputzte Schuhe, und sie fand seine rote Fliege lächerlich. So logisch klar seine Rede am Abend gewesen war, so zufällig war sein Aussehen am Morgen. Trotz der klaren, dunkelblauen Augen, des feingeschnittenen Mundes und der Zähne, die kleinen weißen Meißeln glichen, schien er sich durch nichts von einem gewöhnlichen armen Schlucker zu unterscheiden, und es war unwahrscheinlich, daß er jemals imstande sein würde, die Rechnung zu bezahlen für die Fausthiebe, die sie in seinem Namen ausgeteilt hatte – vielleicht zum nicht wiedergutzumachenden Schaden für ihren Kredit und ihr Ansehen. Warum um alles in der Welt hatte sie verhindert, daß er fortgeschafft wurde, wo man doch schon ein Motorboot zu diesem Zweck angelassen hatte?

Er zündete die Zigarette an und fragte beiläufig:

Willst du mich nicht hereinbitten?

Dann fügte er rücksichtsvoll, wie im Vertrauen, hinzu:

Oder ist jemand bei dir?

Bei mir? wiederholte sie entrüstet. Nein, ich bin nicht verstaatlicht, wenn du das meinst.

Er sah sie an und verzog das Gesicht über diese Antwort, die nach der Abendzeitung schmeckte.

Du kannst hereinkommen, wenn du willst, sagte sie. Aber es ist alles sehr unordentlich, ich habe noch nicht einmal mein Bett gemacht. Ich habe mich gerade gewaschen.

Mach ruhig weiter. Das stört mich nicht.

Was?

Mach ruhig weiter mit dem Waschen. Das macht mir gar nichts aus.

Das hätte mir gerade noch gefehlt, sagte sie.

Ich habe schon oft nackte Frauenzimmer gesehen, sagte er. Die stören mich nicht. Frauenzimmer in Kleidern stören mich mehr.

Aha, sagte sie.

Er sah sich in der Küche um.

Ich will dich nur wissen lassen, daß ich kein Frauenzimmer bin, sagte sie.

Aha, sagte er.

Kaffeegeruch! stellte er dann fest und schnupperte in Richtung Kaffeekanne; dann sog er den Rauch seiner Zigarette tief in die Lunge ein.

Der ist aufgewärmt, sagte sie.

Das Gespräch schien nicht in Gang kommen zu wollen.

Darf ich mich waschen? fragte er.

Hier? fragte sie verwundert. Ich dachte, du seist gekommen, um mir Neuigkeiten zu bringen.

Neuigkeiten?

Ja, wie endete denn eure Bolschewistenversammlung?

Wir haben natürlich eine Gewerkschaft gegründet. Und ehe ich es vergesse, ich danke dir dafür, daß du den Weißen verprügelt hast. Du bist offensichtlich sehr stark. Ich bin nicht stark. Es war ein Fehler, daß ich mir keine Pistole zugelegt habe. Doch wie konnte ich ahnen, daß Johann Bogesen so kultiviert geworden ist, daß er weißen Terror einsetzt. Er macht gute Fortschritte bei euch.

Ja, das fehlte gerade noch, daß du hier im Dorf Leute erschießt, sagte sie. Wie hast du nur so verderbt werden können?

Erinnerst du dich, wie Johann Bogesen dir zwei Kronen schenkte und seine Alte weinte, weil sie nicht verwinden konnte, daß sie dir ein paar alte Fetzen von ihrer Tochter, diesem Biest, gegeben hatte?

Ja, und ich erinnere mich sogar noch daran, daß du in die Tochter des Kaufmanns verknallt warst, als du ein kleiner Bengel warst. Sie hat dich bestimmt alles mögliche für sich besorgen lassen.

Ganz genau, sagte er, sie hat mich nachts zu sich ins Zimmer gelockt und mich dann mit Füßen getreten und mich angespuckt, weil ich nicht geil genug war.

Schrecklich zu hören, wie du sprichst, sagte das Mädchen. Ich finde, du solltest Johann Bogesen dankbar sein, und wäre es auch nur für die Bücher, die er dir lieh und die du nie zurückgegeben hast.

Wenn Johann Bogesen ein ehrlicher Totschläger wäre, würde ich den Hut vor ihm ziehen. Aber er ist ein Meuchelmörder. Er ist ein Krebsgeschwür.

Wie kannst du so sprechen, und das an einem Sonntagmorgen, sagte das Mädchen. Soviel ich weiß, hat er den größten Teil seines Lebens damit zugebracht, uns arme Schlucker hier im Ort durchzubringen.

Ja, ach so. Man sagt auch, daß zwischen dir und Tyri in letzter Zeit ziemlich dicke Freundschaft herrschen soll. Es heißt, er komme manchmal spätabends zu dir.

Aha, sagte sie kühl. Da wollen wir nur hoffen, daß er dir nichts wegnimmt.

Oh, nein. Da besteht keine Gefahr. Aber dich würde es vielleicht interessieren, etwas über seine letzte Verlobung zu hören.

Ist er verlobt? sagte sie. Nein, wie traurig mich das macht.

Ja, er ist mit der dänischen Bischofstochter verheiratet, die vor ein paar Jahren ein Kind von dem italienischen Friseurlehrling bekam.

Das muß ein Mißverständnis sein, sagte das Mädchen. Er, der immer in Portugal ist.

Wenn er euch jetzt einzureden versucht, daß er in Portugal sei! – dieser Idiot, der sich nie weiter fortgewagt hat als bis zu Lorry in Frederiksberg. Doch wie gesagt, jetzt will er heiraten. Er ist hergekommen, um seinen Vater zu bitten, ihm in Charlottenlund ein Schloß für eine halbe Million zu bauen. Da ist es nur zu verständlich, daß ihr versucht, so gut ihr es mit euren schwachen Kräften könnt, Johann Bogesen in dieser Zeit der Prüfung zu unterstützen. Hoffentlich werden die Arbeitslöhne nicht wider alle Vernunft hochgetrieben, damit der alte Herr sich auch in der Lage sieht, dieses edle Paar mit einem Schloß in Dänemark zu unterstützen!

Das ist ganz sicher gelogen, sagte das Mädchen und war nun wieder aufrichtig. Alle wissen, daß Johann Bogesen einer der berühmtesten Verfechter der Selbständigkeit Islands ist. Es haben oft Artikel über ihn in den führenden Selbständigkeitszeitungen gestanden.

Ja, er ist ein großer Anhänger der Selbständigkeit, ein so großer, daß er, als seine Tochter damals eine nicht unbeträchtliche Zahl von Männern in Silisfjord mit einer gewissen Krankheit angesteckt hatte, sich aufraffte und die Nation von ihr befreite, indem er einen dänischen Marineoffizier für sie kaufte.

Ich lege meine Hand dafür ins Feuer, daß das eine verdammte Lüge ist, sagte das Mädchen.

Ich weiß es vom Arzt in Silisfjord, er ist ein Schulkamerad von mir. Die Sache ist die, daß Bogesen eine Verwandte in Silisfjord hat, sie ist die Witwe eines Konsuls. Sie ist eine der christlichsten Frauen in Island und die einzige Frau in diesem Landesviertel, die alljährlich zweihundertfünfzig Kronen für die Mission in China spendet, das heißt, sie bekehrt in Wirklichkeit jedes Jahr den dreihundertsechzigsten Teil eines Chinesen. Es war also nur natürlich, daß Bogesen zu dem Schluß kam, für eine Frau, die so berühmt war in der Christenheit, müsse es ein leichtes sein, eine versoffene Dirne zu bekehren, und als seine Tochter vor ein paar Jahren wieder einmal aus Kopenhagen zurückgekommen war, da schickte er sie in die Obhut dieser gottesfürchtigen Frau. Doch das Ergebnis war, daß sich dort im Ort eine ganz bestimmte Krankheit auf seltsamen, um nicht zu sagen ganz unglaublichen Wegen ausbreitete.

Kann Johann Bogesen nicht trotzdem ein guter Verfechter der Selbständigkeit sein, selbst wenn das wahr wäre? sagte das Mädchen. Jetzt hat er sogar angefangen, eine neue Zeitung herauszugeben.

Genaugenommen wußte Salka Valka nicht, was es der Sache der Selbständigkeit nützen sollte, daß sie dieses Argument anführte, vor allem, da Arnaldur sie darüber aufklären konnte, daß die Druckerei fünfzehntausend Kronen gekostet habe und der Redakteur angestellt worden sei, um für eine ähnliche Summe pro Jahr die Interessen der Arbeiterklasse in den Schmutz zu ziehen. Sie saß sprachlos auf dem Küchentisch und ließ ihre Füße in den Gummistiefeln herunterbaumeln, so daß eines ihrer nackten Knie aus dem zerrissenen Saum des Kleides hervorguckte, ohne daß sie daran gedacht hätte, sich zu bedecken. Er hielt mit seinen Verleumdungen ein und sah nur, wie groß und stark sie war.

Salka, sagte er, wenn ich jemals in Island eine Frau gesehen habe, die dazu geschaffen ist, eine *Towarischtscha* zu sein, dann bist du es – oder besser gesagt ein *Towarischtsch,* denn Kommunisten machen keinen Unterschied zwischen den Geschlechtern, wenn sie ihre Genossen anreden.

Salka: Mir ist es gleich, in welcher Sprache du mich anredest, Arnaldur (aber dennoch bedeckte sie ihr Knie, damit er es nicht mehr anstarren konnte, errötete und sprang vom Küchentisch herab). Du weißt, daß es mir völlig unmöglich ist, mich einer Irrlehre anzuschließen, die der gesunden Vernunft widerspricht. Wie ich gestern in der Versammlung sagte: Du hast die ganze Zeit in sonderbaren Träumen jenseits des menschlichen Lebens gelebt und verstehst den Überlebenskampf gewöhnlicher Menschen nicht. Ich weiß einfach nicht, was du hier im Ort zu suchen hast.

Ich habe heute nacht eine Gewerkschaft gegründet.

Ja, waren das nicht nur Kinder und Saufbrüder?

Früh krümmt sich, was ein Häkchen werden will. Vielleicht ist das der Anfang. Es sind jedenfalls die Kinder, die hier schon immer am schlimmsten ausgesogen worden sind.

Verfluchter Unsinn ist das, sagte das Mädchen.

Vielleicht, sagte er. Es sollte mich freuen, wenn du Argumente anführen kannst, die dem widersprechen. Aber es ist nun einmal so, daß hier im Dorf die Kindersterblichkeit unnatürlich hoch ist, insbesondere in der letzten Zeit, seitdem Bogesen angefangen hat, auch Leber und Rogen mit Beschlag zu belegen. Der Arzt, den die Regierung in die Fjorde schickte, hat mir persönlich berichtet, daß fünfundachtzig Prozent der Kinder hier in Oseyri unzureichend ernährt sind – von der Erziehung und den Wohnverhältnissen ganz zu schweigen. Und es sind beileibe nicht allein die Kinder, die arme Teufel sind. Der Mehrzahl der Erwachsenen geht es kein bißchen besser, das sind alles hoffnungslose Lumpenproletarier, geistig und körperlich verkrüppelt durch Armut – dieses hochchristliche und streng ehrenhafte Verbrechen, von dem die Bürger mit derselben gottesfürchtigen Miene sprechen wie vom Leiden und vom Tod ihres Erlösers.

Es ist nichts Häßliches daran, arm zu sein, behauptete Salka Valka.

Doch, sagte er fanatisch, nichts ist so häßlich, wie arm zu sein. Im Vergleich mit der Armut sind die Verbrechen, die nach dem Strafgesetz geahndet werden, schöne Tugenden. Die Armut ist das einzige Verbrechen, das von Bedeutung ist auf der Welt.

Man hört immer wieder etwas Neues, sagte das Mädchen.

Ja, du hast natürlich noch nie davon gehört, daß die Erde über unbegrenzte Reichtümer verfügt.

Salka: Glaubst du, daß alle auf der Welt vorwärtskommen können? Nein, Arnaldur. Armut und Reichtum sind Naturkräfte, das habe ich in dem Zeitungsartikel eines Ausländers gelesen, der sicher genauso gebildet ist wie du. Den Kampf ums Überleben gibt es überall auf der Welt. Manche erreichen dabei mehr, andere weniger. Manche kommen nie vorwärts. Es hilft einem keiner, wenn man es nicht selber tut.

Vielen Dank, sagte er. Ich verstehe dich so, daß du deiner seligen Mutter eine kleine Leichenrede hältst; es ist ja auch wirklich an der Zeit.

Es war, als ob ihr Gesicht plötzlich zu Eis erstarrt sei, und sie trat einen Schritt auf ihn zu.

Ich verbiete dir ausdrücklich, den Namen meiner Mutter zu nennen, sagte sie, als hätte er mit einem Mal angefangen, sie mit einem Skorpion aus der Heiligen Schrift zu geißeln, dann wandte sie sich von ihm ab und verschwand in ihr Schlafzimmer, als ob sie dort etwas zu tun hätte. Als sie wieder herauskam, waren ihre Lippen weiß wie ausgeblutetes Fleisch.

Übrigens, sagte er. Bei dem, was du eben sagtest, fällt mir ein: Wo ist Steinthor Steinsson?

Salka: Soll ich für ihn verantwortlich sein?

Nein, er fiel mir nur ein, sagte er.

Doch sie tat, als habe sie nichts gehört, und beschäftigte sich mit ihrem Kaffee und dem Fisch, sie wandte ihm den Rücken zu, so daß er nichts anderes als ihre starken Kniekehlen über den Stiefeln sah, als sie über den Primuskocher gebeugt dastand.

Es wird nämlich allgemein gesagt, fuhr er fort, du hättest Mararbud nicht ohne Hilfe kaufen können.

Da drehte sie sich plötzlich zu ihm um und schleuderte ihm wütend entgegen:

Steinthor Steinsson ist mit Sicherheit ein besserer Mensch als du. Ich erinnere mich noch gut daran, daß du sagtest, meine Mutter sei eine Schlampe, und mir Dinge vorwarfst, für die ich nichts konnte.

Er sah sie an, ohne zu wissen, wovon sie sprach, doch Salka erinnerte sich an alles, ihr Leben bildete ein zusammenhängendes Ganzes, und all ihre trotzigen Reaktionen waren direkte Folgen früherer Begebenheiten.

Wann war das? fragte er.

Das war, als ich einmal Herborg auf dem Platz traf und mit ihr zusammen nach Hause ging.

Daran kann ich mich nicht erinnern.

Nein, ihr könnt euch nie an etwas erinnern, sagte sie.

Was dann? fragte er.

Das Mädchen blickte zum Fenster hinaus, zu dem grünen Berghang hinauf und antwortete:

Ich erinnere mich, daß ich versuchte, ihr zu sagen, sie solle nicht glauben, ich sei eine Frau, was ich ja auch nicht war. Ich war sicher nicht älter als dreizehn Jahre. Ach, ich bin sicher, du glaubst, ich hätte den Verstand verloren!

Dann sagte sie nichts mehr.

Und was dann? fragte er ein wenig ungeduldig. Ich dachte, du wolltest mir eine Geschichte erzählen. Und dann geschieht gar nichts.

Da sah sie ihm direkt ins Gesicht und sagte vorwurfsvoll:

Erinnerst du dich denn nicht daran, daß ich an dem Abend davonlief, heulend über das, was du gesagt hattest? Das war, soweit ich mich erinnern kann, das einzige Mal, daß ich richtig geheult habe.

Doch, sagte er daraufhin. Jetzt erinnere ich mich. Das war, kurz bevor ich wegfuhr. Dann, am Tag meiner Abreise, kam ich und bat um Verzeihung.

Das Medaillon, das du mir gabst, sagte sie, das sah dir nicht einmal ähnlich.

Es war die einzige Kostbarkeit, die ich besaß, sagte er und lächelte.

Sie blickte treuherzig und hingerissen auf sein Lächeln, wie es ihn veränderte, bis es verschwand.

Ich stand in der Nacht unten auf der Landungsbrücke, um dir Lebewohl zu sagen, aber du sahst mich nicht.

Du warst so sonderbar, sagte er. Damals meinte ich, niemand außer dir könne mich verstehen. Aber die Menschen bleiben sich immer gleich. Jetzt mußt du unbedingt zu den Leuten halten, die gegen meine Sache kämpfen, nur weil du zu etwas Geld gekommen bist.

Nein, Arnaldur, ich bin nicht gegen dich, verstehst du, nicht gegen dich. Ich bin nur gegen das, was ich nicht verstehe. Bin ich schuld daran, daß ich vielleicht dumm bin und immer im selben Dorf gelebt habe? Du bist in großen Städten gewesen, Arnaldur, du bist voll von den Argumenten der Welt. Aber ich bin nur –

Hier hielt sie inne, und erst nach einer ganzen Weile fügte sie, als sei es eine Geschmacklosigkeit, plötzlich hinzu:

– das, was ich bin,

und stand da im Sonnenstrahl, vom Kaffeedampf umhüllt, mit offenem Mund und zerzaustem Haar, Hals und Knie nackt, und nur dieses abgetragene Kleidchen verhüllte den ganzen Reichtum ihres Leibes und ihrer Seele. Für einen kurzen Augenblick hatte die Selbstsicherheit in ihren Augen hilfloser Weiblichkeit weichen müssen, und das war in der Tat eine neue Offenbarung, und zwar eine recht widerspruchsvolle. Und als er sie eine Weile angeschaut hatte, sog er den Zigarettenrauch tief in die Lunge ein, nickte mehrmals gedankenverloren mit dem Kopf, warf dann den Zigarettenstummel auf den Boden und trat ihn mit dem Fuß aus, wie wenn man eine Schmeißfliege zertritt.

Ja, sagte er schließlich nachdenklich. Das stimmt. Ich bin voll von den Argumenten der Welt. Und du, Salka Valka, du bist.

Du bist eigentlich ein Elfenmann, fuhr sie fort – genauso wie damals, als du ein Junge warst. Du bist in einem schönen Land hinter einem blauen Berg zu Hause, auf der anderen Seite des Meeres. Auf unserem Dorf liegt immer der Schatten irgendeines Berges. Aber in deinem Land ist eine schöne Wahrsagerin in einem himmelblauen Kleid.

9

Unaufhörlich soll er in Gang sein, dieser alte Motor, auf den die Menschen sich nicht verstehen und den manche Siegeswagen nennen. Die Leute versuchen zu existieren, und dann existieren sie plötzlich gar nicht. Das Dorf ist ein Dorf – es scheint alles zu sein, und dabei ist es gar nichts, genauso wie das Leben selbst. Die Menschen kämpfen auf verschiedenen Schauplätzen und haben ihre Ziele, die ihnen heilig sind und über die man sich nicht in verletzender Weise äußern darf. Manche wollen allerhand verderblichen Sitten der Russen Tür und Tor bei uns öffnen. Das ist natürlich völlig abwegig. Denn was würden wir sagen, wenn sie Ernst damit machten und anfingen, die Frauen zu verstaatlichen, Kinder zu morden und an Sonntagen laut Gott zu lästern? Manche sind Verfechter der Selbständigkeit und fordern unermüdlich, daß wir das schreckliche dänische Joch abwerfen sollen, zumindest so schnell, wie das Gesetz es zuläßt, denn es ist alles andere als lustig, ständig das Bewußtsein und die Überzeugung mit sich herumzutragen, daß man ein dänischer Sklave sei. Manche behaupten, sie wollen den Kindern Milch geben. Andere wollen Johann Bogesen unterstützen. Dennoch geht alles so, wie der Herr es will.

Nehmen wir als Beispiel einmal den Lohntarif, auch wenn so etwas sehr langweilig zu sein scheint. Da gehen arme Männer samt ihrem Anhang in einen Verein und beschließen einen Lohntarif: Für den wollen wir arbeiten, weniger zu bieten hat keinen Zweck. Sie sprechen mit Begeisterung und Überzeugungskraft darüber, und es ist, als ob dies auf der ganzen Welt Auswirkungen habe – nicht zuletzt in Spanien. In England wollen sie denjenigen Banken, die den Fischreedern Kredite geben, damit sie die törichten Lohnforderungen erfüllen können, kein Geld mehr zur Verfügung stellen. In Reykjavik verursacht dies große Aufregung, was sich daran zeigen sollte, daß der Direktor der Nationalbank höchstpersönlich hier auftauchte, und daheim eröffnet dieser Lohntarif an allen Ecken und Enden neue Perspektiven, was man am besten daran erkennen konnte, daß Sveinbjörg, die Frau Magnus Buchbinders, für anderthalb Tage das Bett verlassen konnte. Andererseits wurde Beinteinn von Krokur das Bein abgeschraubt, denn es war ein Mißverständnis, daß ein anderer als er selbst es bezahlen sollte. Johann Bogesen unterließ es tagelang, mit seinem Stock spazierenzugehen, was des Magens wegen doch so wichtig ist. Ein ganzes Dorf, ein ganzes Land, eine ganze Welt gerät in Bewegung durch einen unbedeutenden Lohntarif, der von armen Männern mit Schnurrbärten über dem Mund und traurigen Frauen, die vom moralischen Kinderkriegen halb tot waren, beschlossen worden war.

Dies geschah in der Jahreszeit, zu der es fast ausschließlich Arbeit bei der Fischverarbeitung an Land gab und vor allem Frauen und nicht voll arbeitsfähige Leute beschäftigt waren. Die Männer, die den Sommer über nicht in anderen Orten Arbeit gefunden hatten, warteten auf den Hering und arbeiteten meist für sich selber, entweder bei der Verarbeitung ihres eigenen Fisches, oder indem sie sich an Zäunen und Häusern zu schaffen machten und Fanggeräte reparierten oder das Gras auf ihren hübschen Hauswiesen bewunderten, die genug Futter für das Viertel einer Kuh abwarfen. Im übrigen hielt man es für sehr wichtig, daß das Fischwaschen abgeschlossen war und man auch das Trocknen schon fast hinter sich hatte, wenn der Hering kam. Denn der Hering ist eine Art universale Herrschermacht in jedem Fischerdorf, an dem er auf seinem stolzen Weg durch die Meere vorbeizuziehen geruht. Aber da der Hering sehr launenhaft ist, wie alle farbenprächtigen Geschöpfe, hat er zu allen Zeiten vielen übel mitgespielt, und obwohl es ihm in manch einem Sommer gelang, den meisten hier im Dorf den Kopf zu verdrehen, so waren doch die Sommer noch zahlreicher, in denen er nicht geruhte, irgend jemandem den Kopf zu verdrehen; er war nicht das, was man einen zuverlässigen Kandidaten nennt. Einen Sommer nach dem anderen fand Oseyri am Axlarfjord wenig oder gar keine Gnade in seinen Augen.

Doch als die Leute mit dem neuen Lohntarif zu Johann Bogesen gingen und ihn um seine Unterschrift baten, da sagte Johann Bogesen nein. Er hatte genügend Arbeitskräfte, auch wenn »diese Leute« sich nicht in der Lage sahen, für ihn zu arbeiten – außerdem sei er nicht der richtige Ansprechpartner, wenn es darum gehe, hierzulande den Bolschewismus einzuführen. Beinteinn von Krokur überschüttete den Kaufmann mit Beschimpfungen, bis Arnaldur Björnsson ihm zu schweigen befahl. Am selben Abend verlor Beinteinn das Bein. Gefühllose

Seelen prophezeiten, daß der Lohntarif keine anderen Auswirkungen haben werde. Am Abend wurde wieder eine Versammlung in der Gewerkschaft abgehalten, es wurden Beschlüsse gefaßt und Lieder gesungen.

Tags darauf erschien außer drei Halbidioten niemand zur festgesetzten Zeit an den Wasserrinnen, und am Eingang zum Fischwaschhaus standen ein paar junge Männer und sagten, daß heute nicht gearbeitet würde. Dasselbe geschah auf den Trockenplätzen, obwohl recht gutes Wetter zum Fischtrocknen war. Die Kinder zogen scharenweise durch das Dorf, wie in der Saga von Egill Skallagrimsson, und hatten sich Äxte und Schwerter aus Zuckerkistenbrettern gemacht. Manche hatten angefangen, unten am Strand miteinander zu kämpfen. Und die Frauen der Tagelöhner, die einen abgemagert, die anderen von Wassersucht geplagt, standen in kleinen Gruppen zwischen den Häusern und verbargen die traurigen Hände des Menschengeschlechts unter ihren zerschlissenen Schürzen, während sie miteinander sprachen. Als aber abzusehen war, daß sich keine gewöhnlichen Arbeiter sehen lassen würden, ließ Johann Bogesen den Fischerverein mobilisieren, und innerhalb kurzer Zeit erschienen kräftige, rotgesichtige Bootsführer mit gesunden, drallen Töchtern und sogar mit ihren Frauen, denen sie auf sehr moralische Weise angetraut waren, und alle diese Menschen waren genauso entschieden gegen Rußland wie gegen die Dänen und gegen Kristofer Torfdal. Sie wollten für jeden niedrigen Lohn arbeiten, den Johann Bogesen zu bieten geruhte, sogar unentgeltlich, denn hier ging es um ein Ideal, das Vaterland war in Gefahr, die Selbständigkeit der Nation und die Initiative des einzelnen, dieses heiligste Erbe unseres edlen Stammes seit jenen Tagen in alter Zeit, als die Häuptlinge, wenn sie in Geldnot waren, mit ihren Schiffen nach England segelten, kleine Kinder auf Speere warfen, Frauen vergewaltigten und Kühe stahlen.

Diesmal stand Arnaldur Björnsson selbst mit einigen Arbeitern vor dem Eingang zum Fischwaschhaus. Manche von ihnen hatten Brennspiritus getrunken, doch drei stattliche Brüder, die in anderen Marktflecken den Bolschewismus gelernt hatten, waren offensichtlich nüchtern. Sie gehörten zu den entschiedensten Anhängern Arnaldurs und hatten ihn zu sich in das kleine Haus genommen, wo sie bei ihrer Mutter wohnten. Diesmal hatte sich Arnaldur rasiert. Er war sehr blaß, und seine Augen waren ganz schwarz. Die Mütze saß ihm ein wenig schief auf dem Kopf, und er trug einen schmutzigen, abgetragenen Regenmantel, der bis zum Hals hinauf zugeknöpft war. In seiner geballten Faust steckte eine brennende Zigarette, die andere Hand hatte er in der Tasche. Seine Haltung erinnerte an jemanden, der mit dem Rücken zum Wind im Regen steht, und war sehr unmilitärisch. Ab und zu sagte er halblaut ein paar Worte zu seinen Gefolgsleuten und lächelte, doch sein Lächeln war eine Grimasse. Salka Valka war davon überzeugt, daß seine Ruhe vorgetäuscht war und daß er in Wirklichkeit sehr aufgeregt war, vielleicht sogar Angst hatte; vielleicht war er verrückt; genauso sahen auf den Bildern in der Abendzeitung die ausländischen Männer aus, die Dirnen umbrachten und sie dann zu Würsten für die Leute verarbeiteten. Es war, als ob der Haß von vorgestern abend, als er den Schwur tat, auf seinem Gesicht erstarrt wäre.

Hier wird gestreikt, sagte er kalt und tonlos und machte eine kurze Bewegung mit der einen Hand, steckte sie dann aber wieder in die Tasche.

Und wenn arbeitswillige Leute ihm widersprachen und verlangten, er solle den Eingang freimachen, dann wiederholte er nur im selben Ton:

Hier wird gestreikt.

Dennoch fand Salka, daß Männer so und nicht anders aussähen, wenn sie kaltblütig Morde begingen. Sie war nicht die einzige, die berührt war von dem gefährlichen Haß, der aus dem Gesicht dieses weitgereisten, schmächtigen jungen Mannes leuchtete, sondern die Leute bekamen alle dasselbe Gefühl wie große Hunde beim Anblick einer kleinen Katze. Hier hat stets Friede geherrscht, und allen ist es gutgegangen, sagten die Leute gekränkt – keiner hat dich hierherbestellt. Es könnte sein, daß du es noch einmal bereust, hergekommen zu sein.

Aber er hob nur mit dieser fürchterlichen Ruhe des Hasses die Hand und wiederholte:

Hier wird gestreikt.

Die Männer von der Gewerkschaft drängten sich dichter hinter ihm vor dem Eingang des Fischwaschhauses zusammen. Aus allen Richtungen strömten Leute herbei, um zu sehen, wie sich die Sache weiterentwickelte – wettergebräunte Mädchen in blauen Überziehhosen und mit weißen Kopftüchern, philosophische arme Schlucker, denen man seit Jahren auf dem Platz ausgewichen war, so daß ihre Namen wie tote Buchstaben in den Rechnungsbüchern des Geschäfts standen, Greise, die sich auf eine Holzlatte stützten und vor Alter und Trunksucht das Vaterunser vergessen hatten, Jungen mit Äxten und Schwertern, Säufer, die schlecht gewählte Gedichte hersagten, und ausgemergelte Mütter, aus deren Händen die Mühsale des menschlichen Lebens sprachen. Alle schauten in die wie bei einem Wahnsinnigen geweiteten Pupillen Arnaldur Björnssons. Die jungen Mädchen zitterten.

Jetzt erst erkannte Salka Valka zur Gänze das Gesicht, das sie vor langer Zeit nachts lesen gelehrt hatte, genau diesen Ausdruck mußte es im Tagesgrauen haben, wenn die Visionen und die Gedichte vorbei sind: wenn es den Wahnsinn seiner ursprünglichsten Träume in weltpolitische Münze umgewechselt hat; es ist das schönste Gesicht, das es gibt, und das schrecklichste, seine Daseinsberechtigung ist die endlose Qual, die in unheilbarem Wahnsinn nach einer anderen Welt schreit.

Der Geschäftsführer kam und sagte zu Arnaldur Björnsson, daß er das Andenken des alten Jon im Kof schände, der nun schon vor langer Zeit in einem anderen Landesviertel gestorben sei. Er sagte, der Vater Arnaldurs sei ein großer Dieb und Betrüger gewesen und habe im In- und Ausland im Zuchthaus gesessen, außerdem habe er in einem anstößigen Verhältnis mit Arnaldurs Mutter gelebt und obendrein ihre Schwester geschwängert, so daß Arnaldur also von zwei Hurenweibern und einem Zuchthäusler abstamme, was, zum Teufel, wolle er, heh?

Ach was, hier hilft kein leeres Geschwätz, sagte der Vorarbeiter, der etwas von Angantyr Bogesen gelernt hatte und mit seinen zwei blauen Augen, die ihm Salka Valka verpaßt hatte, erschienen war – wir treiben sie vom Eingang weg und nehmen den verfluchten Kerl fest.

Es hieß, daß zum zweiten Mal der Motor eines Bootes angelassen worden sei, in der Absicht, Arnaldur Björnsson in die Ostfjorde zu befördern.

Aber während sich die Streikenden, zur Verteidigung gerüstet, möglichst dicht um Arnaldur scharten, geschah das Unerwartete, das stets in jeder Geschichte geschehen muß.

Alle kennen das Herz des Kleinbürgers, der engelsgleiche Bilder von Fünfundzwanzigörestücken träumt, und die Weltgeschichte zeigt ja auch, daß er immer derjenige ist, der den Gewinn von den Idealen der Menschheit einstreicht, eben aus dem Grund, daß er als solcher Gott so wohlgefällig ist. Vielleicht hatten die Lehren der letzten Tage in Sveinn Palsson genau diese dunklen Ahnungen des Instinkts geweckt, der weiß, daß die Zeit des fetten Ochsen abgelaufen ist – hat man den großen Kaufmann zur Schlachtbank geführt, dann kann es so kommen, daß der Tag des kleinen Kaufmanns anbricht, der jahrzehntelang in heiliger Geduld mit Schnupftüchern und Nähgarn nebst abgestandenem Bier gehandelt hat – ja, es kann so kommen, daß seine Zeit naht; jeder Hai hat seinen Tag.

Wie dem auch sein mochte: Gerade als die Fäuste schwollen wie Blütenknospen und die Ohrfeigen drauf und dran waren, auszuschlagen, da trat dieser beliebte Ehrenmann und Nationaldichter vor die Truppen hin und erhob seine Stimme:

Solange ich der Vorsitzende im Fischerverein als solchem bin, sagte er – dann sagte er längere Zeit nichts mehr. Aber er breitete die Arme aus und hielt die Wange hin zum Zeichen dafür, daß dann, wenn jemand in unserem geliebten Dorf eine Backpfeife bekommen müsse, er dieser Mann sein wolle. Doch im Fischerverein waren nur etwa zwanzig Leute, und über sechzig in der Gewerkschaft, so daß ganz klar war, wenn auf dem Verhandlungsweg nichts zu erreichen war, dann war auf anderen Wegen kaum mehr zu erreichen. Die feindlichen Parteien ließen sich besänftigen und trösteten sich auf isländische Weise mit großen Worten, Flüchen und kaltschnäuzigen Witzen, bis auf zwei betrunkene Männer, die auf dem Platz aufeinander losgingen, weil die Kuh des einen in den Gemüsegarten des anderen eingedrungen war. Schließlich gingen die wichtigsten Leute aus dem Fischerverein aufgebracht zu Johann Bogesen, wurden ins Büro gebeten und bekamen eine Zigarre, waren immer noch aufgebracht und bekamen Kaffee, schrieben dann eine ausführliche Beschwerde an den Bezirksrichter und bekamen zum Abschied ein Gläschen Schmugglerbranntwein, verabschiedeten sich und gingen nach Hause. Später am Tag prügelten sich fünf Männer auf dem Platz, trugen aber keine Verletzungen davon. Betrunkene zerschlugen Fensterscheiben in zwei Häusern, und die Scheiben wurden ersetzt und den Männern in Rechnung gestellt. Am Abend fand ein Treffen zwischen Bogesen und Vertretern der beiden Verbände statt, und es wurde versucht, eine Einigung zu erzielen. Die Leute vom Fischerverein wollten über die Hälfte mit sich reden lassen und den Leuten von der Gewerkschaft auf halbem Wege entgegenkommen, wie Salka Valka schon von Anfang an vorgeschlagen hatte. Aber Johann Bogesen sagte nein. Dagegen erbot er sich, den Bolschewiken seine Fischreederei und sein Geschäft zu guten Bedingungen zu überlassen und selbst aus dem Ort wegzuziehen. Die Bolschewiken sagten nein. Sie verlangten, daß Beinteinn von Krokur wieder das Bein angeschraubt würde. Johann Bogesen sagte nein. Dann wurde die Sitzung geschlossen.

Im Ort wurde gestreikt.

Tags darauf kamen ein paar junge Selbständigkeitsgegner und wollten den Selbständigkeitshelden Katrinus Eiriksson vom Gerüst des neuen Gefrierhauses herunterholen, das Bogesen baute, um dort Köder einzufrieren und im Winter mit einem geringen Gewinn von fünfhundert bis tausend Prozent an den Fischerverein zu verkaufen. Diese jungen Leute sagten, er müsse den Lohntarif der Gewerkschaft unterschreiben, wenn er weiternageln wolle. Katrinus Eiriksson gab keine Antwort, sondern nagelte weiter. Daraufhin fragten sie, ob es wahr sei, daß er von Bogesen zehn Kronen dafür bekommen habe, daß er Beinteinn von Krokur das Bein abschraubte. Sie fragten ihn außerdem, wieviel ihm dafür geboten worden sei, den Vorstand der Gewerkschaft zu verstümmeln, und wieviel dafür, Arnaldur Björnsson umzubringen? Der Mann sagte, Vaterlandsverrätern antworte er nicht.

Nieder mit der Selbständigkeit, sagten sie.

Landesverräterpack, antwortete er vom Gerüst herunter, einige vierzöllige Nägel zwischen den Zähnen. Vom Strand herauf kamen dreißig kleine Jungen, einer schmutziger und abgerissener als der andere. Sie hatten großen Spaß. Alle beschimpften den Selbständigkeitsmann. Hierauf kamen zwei Dienstmädchen und drei Fischarbeiterinnen. Dann kamen ein paar junge Fischer, die in die Fischarbeiterinnen verliebt waren. Der Selbständigkeitsmann nagelte weiter. Einige Jungen kneteten Bälle aus dem salzigen Dreck auf dem Platz und versuchten, den Selbständigkeitsmann damit zu treffen.

Feiglinge, sagte er.

Die Leute kneteten mehr Dreckbälle und machten daraus einen Sport. Manche fanden Holzstücke, und andere warfen Steine, als sich kein Dreck mehr finden ließ.

Nieder mit dem Schurken, schrie man dem Mann zu, der doch keinen geschlagen hatte, auf den es aber alle abgesehen hatten – er war sogar der einzige im Ort, der ein blaues Auge davongetragen hatte, und während seines ganzen Selbständigkeitskampfes hatte er noch nie einen solchen Mangel an Zusammenhalt erlebt wie in Oseyri: Salka Valka und Sveinn Palsson hatten in Wirklichkeit die Sache des Vaterlandes verraten. Es hatte sogar geheißen, daß der Vorarbeiter gedroht habe, den Ort zu verlassen, weil der Fischerverein und das Geschäft nicht eng genug zusammenhielten.

Nieder mit der Initiative des einzelnen, lang lebe der Zusammenschluß der Arbeiterschaft, riefen die Irregeleiteten.

Immer mehr Leute versammelten sich vor dem Gerüst des Hauses, hauptsächlich Landesverräter. Schließlich sah die Initiative des einzelnen keine andere Möglichkeit mehr, als herunterzuklettern, von oben bis unten mit Dreck beschmiert und veilchenblau um die Augen. Er konnte es mit vieren auf einmal aufnehmen, und jetzt war er wütend. Er würde dem Gewerkschaftspack ordentlich die Fresse polieren, doch gerade als er in Berserkerwut geriet, bewahrte das Glück ihn davor, diesen Leuten in die Hände zu geraten, denn auch sie konnten es mit vieren auf einmal aufnehmen. Wäre er nicht daran gehindert worden, hätte es an diesem Tag wahrscheinlich Mord und Totschlag auf dem Platz gegeben. Was geschah? Johann Bogesen stand selbst unter den Leuten, wie ein Geist, der plötzlich zu Fleisch geworden war.

Nein, nein, nein, sagte er und stellte seinen Stock wie eine Mauer zwischen den Helden und den Pöbel. Keine Gewalttaten hier im Dorf! Wer so starrköpfig ist, daß er mit der Arbeit aufhören will, hat das gute Recht, dieser Ansicht zu sein, sagte er – aber darüber, ob es richtig ist, ehrbaren Leuten zu verbieten, daß sie arbeiten, muß das Gesetz entscheiden.

Das Gesetz, tönte es verächtlich zurück – das sind nur Ammenmärchen der Kapitalistengauner. Alle Gesetze werden von den Reichen gegen uns gemacht.

Johann Bogesen: Welche Theorien euch auch immer den Kopf verdreht haben mögen, so kann ich in euch doch nie etwas anderes sehen als meine Kinder, und das, obwohl das Geschäft keine höheren Löhne verkraften kann. Bisher hat jedermann im Dorf über sich selbst bestimmt, und ich habe die Verluste getragen. Nun gut. Laßt mich die Verluste tragen. Ich bin von alters her daran gewöhnt.

Nicht wenige ließen die Ohren hängen und schämten sich vor Johann Bogesens Ruhe und Edelmut. Er streichelte zwei Jungen die Wangen und sagte, sie sollten in den Laden gehen und sich Rosinen geben lassen. Dann ging er um den Neubau herum, sang ein wenig vor sich hin und stocherte da und dort mit dem Stock herum. Er bekam von der Gewerkschaft die Erlaubnis, die Werkzeuge ins Haus tragen zu lassen, falls es regnen sollte. Er trug selber eine Säge. Es war Generalstreik.

Am folgenden Tag kam der Küstendampfer. Die Sonne schien, aber keine Hand rührte sich, um den Fisch auszubreiten, die Fischwaschhäuser wurden nicht geöffnet, und unten auf dem Platz standen die Wachen der Gewerkschaft und paßten auf, daß niemand auch nur den kleinen Finger rührte, um etwas »für Johann Bogesen« aus dem Schiff auszuladen, denn so verblendet waren die armen Leute: Sie verboten, daß die Waren an Land gebracht wurden, die für ihren eigenen Verbrauch bestimmt waren. Arnaldur Björnsson trieb sich in Begleitung zweier bärenstarker Männer auf dem Platz herum und erlaubte allergnädigst, daß Post und Passagiere von und an Bord gebracht wurden.

Es zeigte sich, daß Angantyr Bogesen auf das Schiff wollte, und die gnädige Frau, seine Mutter; sie wollten beide nach Dänemark reisen. Einige Wachen der Gewerkschaft sahen Arnaldur fragend an, ob man diese Leute ins Boot steigen lassen sollte. Angantyr hatte in Kopenhagen wichtige Geschäfte für die Fischreederei zu erledigen; er stand blaß auf der Landungsbrücke und wurde öffentlich mit einem gesengten Schafskopf verglichen. Er hatte eine Leibwache um sich, genau wie Arnaldur. Die gnädige Frau rief auf dänisch den Erlöser an. Arnaldur sagte, es sei das beste, sie reisen zu lassen. Daraufhin sagte Johann Bogesen den Seinen, denen um ein Haar nicht gestattet worden wäre abzureisen, Lebewohl. Das Boot stieß ab, und der alte Herr blieb wie ein hoch aufragender Berg stehen und nahm seinen steifen Hut ab. Er war derselbe Meister, was auch immer geschah, verlor nie die Selbstbeherrschung, gab aber auch nicht um Haaresbreite nach. Am nächsten Morgen war sein Laden geschlossen.

Und der Streik ging weiter.

Dies schien in der Tat ein ganz besonders schöner Streik zu sein, mit täglichen Fortschritten von Bolschewismus und Weltrevolution, mit roter Fahne, ständigen Versammlungen, besonders unter den jüngeren Leuten, mit großartigen Reden, Musik, Frauengeschichten. Familienväter ruderten auf altersschwachen Nußschalen aufs Meer hinaus und fingen ein wenig Fisch für den Kochtopf, »da das Geschäft dazu entschlossen war, die Leute verhungern zu lassen«, und teilten den Fang unter sich auf, getreu den Lehren von Marx und Lenin. Dagegen hatte es selten weniger Vitamin B im Ort gegeben als jetzt. Arnaldur war überall unterwegs und wußte von allem, was geschah. Er wußte sogar auf unerklärliche Weise alles über die Gegenmaßnahmen, die der Streik draußen in der Welt bei den Gläubigern Johann Bogesens und sogar beim König von Spanien erzwang. Er hielt sich häufig im Telegraphenamt auf und stand in Verbindung mit der ganzen Welt. Man hatte ein Schiff aus dem Ausland erwartet mit Öl, Fässern und Salz für die Heringsfischerei, und eine Zeitlang war prophezeit worden, wenn das Schiff käme, würde Bogesen nicht länger der Versuchung widerstehen können, sondern nachgeben, und wenn nicht aus eigenem Antrieb, dann würde der Fischerverein ihn dazu zwingen, denn sie alle waren im Sommer auf den Verdienst bei der Heringsfischerei angewiesen, sie mußten auf Heringsfang fahren, wie immer auch die Löhne waren. Dann kam aus Kopenhagen ein Telegramm von den Gläubigern des Geschäfts, die über eine Bürgschaft Bogesens auch gleichzeitig die Gläubiger des Fischervereins waren, und darin stand kurz und bündig: Schicken keine Güter ohne Banksicherheit ehe Lohnstreik beendet Arbeit aufgenommen stop.

Nun war die Frage, ob Bogesen zu all den anderen Schulden aus den vergangenen Jahren auch noch im voraus eine Bankbürgschaft geben würde, für eine ganze Schiffsladung von Waren, die benötigt wurden für den Heringsfang – den man sonst für diesen Sommer abschreiben konnte? Wenn alles lahmgelegt ist, nicht gearbeitet wird, keine Waren abgefertigt werden, dann braucht ein Fischreeder ganz überdurchschnittliches Stehvermögen, wenn er die Zinsen bezahlen können soll, und sei es, zum Beispiel, nur für eine Million. Tja, was soll man sagen? Wie sind die Aussichten in Spanien? Man sagt, der König von Spanien habe fürs erste den Gedanken an eine Abdankung aufgegeben, und deshalb sei der Markt hervorragend. Und was sagen die Banken in Reykjavik? Sie sagen so gut wie nichts und bitten um genaue Berichte über dies und jenes, Berichte über jeden Dreck, haben aber bisher noch keine endgültigen Anweisungen erteilt.

So war Oseyri am Axlarfjord zu einem großen Punkt im Dasein geworden, es ging ein ständiger Strom von Telegrammen hin und her zwischen diesem Fischerdorf und Reykjavik, Kopenhagen, Spanien und Portugal. Die Welt wartete gespannt auf die Entscheidungen, die man in Oseyri am Axlarfjord fällen würde, die Zeitungen in Reykjavik waren voll von schrecklichen Berichten über den Streik, sogar Beinteinn von Krokur und sein abgeschraubtes Bein kamen auf die erste Seite der Arbeiterzeitung, und zwar unter der Überschrift: Weißer Terror in Oseyri am Axlarfjord. Die Abendzeitung stellte voller Kummer fest, daß der Bolschewismus die kleinen Marktflecken genauso zu zerstören im Begriff sei wie die größeren Städte, Kristofer Torfdal sei dabei, das Land zu ruinieren, und außerdem erschien in ihr ein scharfer Artikel unter der Überschrift: Der Schuldige schweigt – und der Schuldige war der Zeitung nach eben Kristofer Torfdal: Alle wußten, daß er und kein anderer Arnaldur Björnsson ausgeschickt hatte. Das Volk hingegen veröffentlichte eine entsetzliche Geschichte über den Redakteur der Abendzeitung, der gesehen worden war, wie er in Begleitung eines Bankdirektors und mehrerer Sängerinnen neben der Kirche in Thingvellir Schmugglerbranntwein aus einer Flasche getrunken hatte. Die Abendzeitung vertrat die Ansicht, daß bald die Engländer kommen und das Land in Besitz nehmen würden, denn dieser Volksstamm hatte ja den isländischen Banken Unsummen Geldes zur Unterstützung armer Fischreeder geliehen – dann kamen die Arbeiter mit ihren verrückten Lohnforderungen und legten entweder den Fischfang durch Streiks lahm oder trieben die Reedereiunternehmen durch die horrenden Lohnerhöhungen in den Bankrott. Ein großes Reedereiunternehmen nach dem andern ging in Konkurs, und die Nationalbank mußte Forderungen in Millionenhöhe abschreiben, bettelarme Fischreeder, die nichts besaßen, verloren so noch viele weitere Millionen. Die Selbständigkeit des Landes war in größter Gefahr. Die Gewerkschaften handelten nach Anweisungen aus Rußland, und es wurde durch Dokumente bezeugt, daß sie allein im vorigen Jahr vierzigtausend Kronen von den Dänen bekommen hatten. Wie man sich denken konnte, fand die Zeitung kaum Worte, die stark genug waren für einen solchen Skandal.

Eines Tages hörte man von einem Heringsschwarm vor der Küste, und am selben Tag kam das Gerücht auf, daß Johann Bogesen nachgeben wolle, die Spanier böten einen höheren Preis für den Fisch als jemals zuvor, die Arbeit sollte morgen aufgenommen werden, und das Salzschiff würde innerhalb weniger Stunden Kopenhagen verlassen. Aber dies wurde zurückgenommen: Johann Bogesen sei durchaus nicht bange. Ganz im Gegenteil, einer zuverlässigen mündlichen Quelle zufolge habe er in etwa zehn Fjorden Agenten und lasse allen Salzfisch aufkaufen, dessen man habhaft werden konnte, Fisch für Hunderttausende, Fisch für eine Million. Er wolle in diesem Sommer allen Fisch des Landesviertels an sich bringen und schere sich keinen Deut darum, daß seine eigenen Motorboote in Oseyri auf den Strand gezogen waren und sich im sanften Sonnenschein badeten, daß hier im Ort keine einzige Flosse aus einem Stapel ausgebreitet wurde und daß der eingesalzene Fisch in der Lake verfaulte. Es würde also die kleinen Bootseigner treffen. Konnten sie im Herbst ihren Verpflichtungen gegenüber dem Geschäft nicht nachkommen, schien es unvermeidlich, daß ihre Boote zwangsversteigert wurden, vielleicht auch ihre Grundstücke und Häuser. Es wurde gesagt, daß manche aus dem Fischerverein weinend zu Johann Bogesen gegangen seien und ihn gebeten hätten, der Gewerkschaft gegenüber nachzugeben – sah er nicht, wie ungerecht es war, daß es genau sie traf, die Eigeninitiative entwickelt und einen Anteil an einem Boot erworben hatten? Doch Johann Bogesen antwortete mit großem

346

Ernst und sagte, er befolge nur die Anweisungen der Bank, er lebte und bewegte sich demütig nach dem Willen seiner Gläubiger im In- und Ausland, er vermochte nichts, er besaß nichts, kein Mensch war so fest an Händen und Füßen gefesselt wie er. Er wartete nur auf die Befehle, die man ihm gab.

Dann lief ein großes Schiff in den Fjord ein, um Klaus Hansen, den Präsidenten der Nationalbank in der Hauptstadt, hier abzusetzen, der gekommen war, um Johann Bogesen Anweisungen zu erteilen.

10

Klaus Hansen war zweifellos der mächtigste Mann, der jemals seinen Fuß in diesen Ort gesetzt hatte. Vor kurzem noch hätte die Anwesenheit eines solchen Mannes ausgereicht, um jede Brust mit religiösem Schauder zu erfüllen, aber unter den jetzigen Umständen hielt man es nicht für ratsam, ihn auch nur einen Fußbreit weit ohne eine Leibwache, bestehend aus vier Mann nebst Johann Bogesen, gehen zu lassen.

Klaus Hansen war der oberste Führer und Hohepriester aller wahren Verfechter der Selbständigkeit im Lande sowie derer, die die isländische Nationalität hochachten, obwohl er väterlicherwie mütterlicherseits von Dänen abstammte. Er war der unverrückbare Fels, mit welchem die isländische Selbständigkeit steht und fällt, denn er gebot über den größten Teil des Goldes, das die Selbständigkeit des Landes bedeutet, wenn es an die richtigen Unternehmen verteilt wird. Er war der klügste Politiker des Landes und der am weitesten vorausschauende Finanzmann, und er als Bankdirektor bezog denn auch ein Gehalt von einhundertdreiunddreißig Kronen und dreiunddreißig Öre für jeden Arbeitstag des Jahres und hatte diese Stellung aus purer Menschenfreundlichkeit übernommen, als er das letzte Mal seinen Ministersessel freimachte. Außerdem hatte er Bezüge in Höhe von zwanzigtausend Kronen für verschiedene Ämter, die er für die Nation versah. Er war einer der größten Trawlerfischereireeder des Landes, außerdem war er als Rechtsanwalt beim Obersten Gericht zugelassen und betrieb unter dem Namen eines Verwandten ein Anwaltsbüro mit vielen Juristen. Er übernahm es, all denen zu ihrem Recht zu verhelfen, die sich verspekuliert hatten oder in irgendwelche anderen kummervollen finanziellen Transaktionen verwickelt waren, und es hieß allgemein, daß er einer der begabtesten Rechtsanwälte in den nordischen Ländern sei und die meisten Prozesse gewinne, insbesondere in den obersten Instanzen.

Er war der dickste Mann, den man bis dahin in Oseyri am Axlarfjord gesehen hatte, Johann Bogesen hätte bequem in ihm Platz gehabt; so ein Mann mußte unglaublich gut essen. Er hatte jenes schöne und majestätische Aussehen, das für die würdevollsten Säugetiere des Meeres kennzeichnend ist, und trug im Hochsommer einen Pelzmantel, den ihm eine Fischreederei als Zeichen der Bewunderung geschenkt hatte und der dreitausend Kronen wert war. Die besseren Leute in Oseyri hatten noch nie einen so gutaussehenden Mann gesehen. Das Wetter änderte sich mit seinem Erscheinen im Marktflecken. Am Morgen hatte es noch Regenschauer gegeben, doch jetzt brach die Sonne durch die Wolken, und innerhalb kurzer Zeit wurde der Himmel klar. Die Kinder kamen barfüßig in ihren zerrissenen Lumpen vom Strand herauf und sammelten sich zu einer großäugigen Schar, steckten sich die Finger bis tief in den Hals und blickten sprachlos diesen göttergleichen Mann an; irgendein Bolschewik hatte ihnen eingeredet, daß Klaus Hansen Kinder fresse, und wenn das stimmte, dann war es unwahrscheinlich, daß er zum Frühstück jeden Morgen mit weniger als einem gut durchgebratenen siebenjährigen Zwillingspaar auskam, so würdevoll und vornehm sah er aus.

An ebendiesem Tag starb Sveinbjörg, die Frau Magnus Buchbinders, und kam zu Gott. Diese Frau war anderthalb Tage lang gesund gewesen, nachdem die Gewerkschaft gegründet wurde, doch auf längere Sicht hatte dieser Verband keinen günstigen Einfluß mehr auf ihren Gesundheitszustand. Sie war der Meinung gewesen, daß Arnaldur Björnsson einer der wahrhaft großen Menschen dieser Welt sei, von denen im Abriß der Geschichte des menschlichen Geistes die Rede ist. Sie verehrte ihn, wie eine Frau einen Lehrmeister des Menschengeschlechts überhaupt nur verehren kann, und an dem Tag, an dem sie wieder bettlägerig wurde, ließ sie ihn zu sich rufen, um von seinen Lippen zu hören, was der Sinn des Lebens sei. Aber als er ihr das erklären wollte, bekam sie so starke Schmerzen, daß sie ihn bitten mußte zu gehen; Frauen haben es nicht gern, wenn vollkommene Männer Zeugen ihrer körperlichen Qualen werden. Dann schrie sie einige Tage und Nächte lang, und die ältesten Kinder steckten sich nachts Lumpen in die Ohren. Es war sehr traurig. Der Pfarrer kam mit einem guten Buch und wollte die Gelegenheit ergreifen, ihr ein kleines Kapitel vorzulesen, falls sie aufhören sollte zu schreien. Die Kinder in der Küche verwendeten fürchterliche Schimpfwörter, weil sie nicht genug Vitamin B bekamen, sie waren dumm wie Grossisten, häßlich wie Kardinäle, gingen einwärts und hatten O-Beine. Der kleinste Junge schrie mit seltsamer Stimme jene an, die ihm das Mark aus den Knochen gesogen hatten. Viele vertraten die Ansicht, daß es nötig sei, einen neuen Arzt hierher ins Dorf zu bekommen, denn der alte Arzt sei nicht mehr bei Verstand, doch Johann Bogesen sagte, wenn ein neuer Arzt ins Dorf komme, dann würden alle krank. Außerdem seien heutzutage viele Ärzte Bolschewiken – im vergangenen Herbst war hier ein junger Geck von einem Arzt in den Fjorden herumgereist und hatte geglaubt, feststellen zu können, daß achtzig von hundert Kindern in diesem kerngesunden Ort alle nur denkbaren Krankheitssymptome hätten, die auf ungenügende Ernährung zurückgehen sollten, so sei der Bolschewismus schon in alles eingedrungen, sogar in die Medizin.

Nun vergingen einige Tage, und die Frau lag da und lebte von kaltem Wasser, das sie immer wieder sofort erbrach. Der Fisch, den Mangi Buchbinder von einem Mann, der fischte, für seine Kinder geschenkt bekam, wurde aus Mitleid im nächsten Haus gekocht, in der Regel für drei Tage auf einmal. Mangi selbst bekam oft bei einer Jungfer fortgeschrittenen Alters zu essen, weil er ein Verhältnis mit ihr hatte. Der Krebs im Bauch der Frau gedieh weiter. So leben und sterben die Menschen, jeder auf seine Weise, in ein und derselben Familie. Oft dachte Salka Valka darüber nach, weshalb Gott und die Menschen so sehr gegen den einzelnen waren.

Zwar hatte das Mädchen die Freundin eher gemieden, seit die Gewerkschaft gegründet worden war, und das änderte sich auch jetzt nicht, da es so aussah, als ob es bald zu Ende ginge, denn

Salka Valka hatte einen Abscheu vor kranken und sterbenden Menschen, wie es bei unnatürlich gesunden Menschen oft der Fall ist. Dennoch kam es häufig vor, daß sie die Kinder mit Pökelfleisch und Brot versorgte.

Dann stehen zwei dieser o-beinigen, einwärts gehenden Jungen mit herabhängenden Strümpfen im Windfang, fürchterlich schmutzig und zerlumpt, und steckten die Finger tief in Nase und Mund, denn sie waren nicht ganz frei von Schüchternheit gegenüber diesem sonderbaren Mädchen.

Mutter ist die Luft ausgegangen, sagten sie.

Die Luft? sagte Salka Valka, denn sie glaubte zuerst, daß die beiden Spaß machten.

Ja, ganz bestimmt, sagte der eine Junge. Sie bewegte sich auf einmal nicht mehr. Wir haben zugesehen. Es ist etwas in ihr kaputtgegangen.

Ach so, sagte Salka Valka, ging rasch hinein und zog ein Kleid an. Dann ging sie zu Sveinbjörg, und die Jungen liefen neben dem Weg her, denn sie mußten durch so viele Schlammpfützen waten und über so viel Stacheldraht klettern. Auf der Anhöhe beim Fischtrockenplatz sah man Klaus Hansen und Johann Bogesen nebst Leibwache. Sie deuteten mit ihren Stöcken in verschiedene Himmelsrichtungen; das Wetter war schön. Die Leute konnten sich keinen Reim darauf machen, daß Klaus Hansen immer noch hier war, denn das Schiff war abgefahren.

Daheim bei Sveinbjörg war alles so, wie man es erwarten konnte: nichts zu essen, die Hausmutter gestorben, der Ehemann in Tränen; nur die Großmutter sorgte für Gesang. Einige wenige Nachbarn streckten die Köpfe herein und waren sich einig darüber, daß man nichts anderes tun könne, als den Arzt und den Pfarrer zu holen. Draußen in der Küche fand Salka ein wenig kalten gekochten Fisch in einer Holzschüssel; er war eingetrocknet und halb verfault und klebte an dem Gefäß fest. Einige hundert dickbäuchige Schmeißfliegen hielten hier ein Festmahl, und der Saal war erfüllt von der schönen Musik dieser eigenartigen Tiere.

Schläfst du jetzt wohl, du kleines Schwein,
die schwarzen Augen fest geschlossen,

wurde in der einen Ecke geantwortet, das war die Großmutter, die sich, den Säugling im Arm, vor und zurück wiegte. In diesem Haus, zu dieser Stunde, begegneten sich das Leben und der Tod in all ihrer feierlichen Schmutzigkeit, in ihrem alles verschlingenden, alles überragenden Hohn; so interessante Häuser kann es in einem kleinen Dorf geben. Die Frau lag gelb und abgemagert auf ihrem Lager, ihr Mund war offen, doch die Augen hatte ihr jemand geschlossen, denn die Menschen können keinesfalls den Gedanken ertragen, daß die Toten wachen. Dabei ist dem Tod nichts unähnlicher als der Schlaf. Der Ausdruck in dem erstarrenden Leidensgrinsen dieser Totenmaske war geradezu grotesk. Aber wenn man drei, vier Tage auf der Bahre gelegen hat, erschlaffen diese starren Gesichtszüge, und sie können sogar zu einem milden Lächeln werden, als ob alles vergessen wäre. Der Tag ging zur Neige, die Sonne stand schon weit im Westen über dem Land. Zwei schmutzige kleine Mädchen saßen, eng umschlungen, auf der Türschwelle und sagten nichts. Auf dem Hofplatz saßen die Kinder des Hauses und ein paar andere kleine Kinder, die zu Besuch gekommen waren, und aßen Dreck.

Etwas Neues? fragte Salka Valka einen Mann auf dem Weg.

Der Mann: Arnaldur hat gehört, daß Klaus Hansen gesagt haben soll, die Bank werde für Bogesen gesperrt, falls die Löhne erhöht werden. Die Fischreederei könne keine höheren Löhne verkraften.

Salka: Will Klaus Hansen denn, daß hier kein Fischfang mehr betrieben wird?

Der Mann: Er soll gesagt haben, das Pack hier werde in ein paar Tagen aufgeben, wenn die Not größer wird.

Salka: Ich würde nie ein Wort von dem glauben, was Arnaldur von anderen Leuten gehört haben will.

Da ertönte in der Luft ein Dröhnen, ähnlich wie in der Geschichte über die Schlacht von Solferino, so daß alle im Marktflecken den Kopf in den Nacken warfen.

Über dem Axlarfjord erblickte man ein gewaltiges fliegendes Ungetüm, das schwebte hoch über dem Fjord und zog viele Kreise von Berggipfel zu Berggipfel, bis es tiefer herabkam, auf der Wasseroberfläche entlangglitt, zur Ruhe kam und sich als eines der Flugzeuge entpuppte, über die in den Zeitungen geschrieben wird. Alles, was kriechen konnte, strebte begeistert und neugierig auf die Landungsbrücke hinunter. Das Flugzeug war nicht mehr als zwanzig Meter vom Ende der Brücke entfernt, so daß selbst der Pfarrer, der mit einem guten Buch unter dem Arm auf dem Weg zur verstorbenen Sveinbjörg war, es sich nicht versagen konnte, die Richtung zu ändern, und auf die Brücke hinuntereilte, so schnell ihn seine Beine trugen. Der Flugzeugführer richtete sich halb aus dem Ungetüm auf, er trug große Handschuhe, eine enganliegende Mütze und eine riesige Brille.

Die Leibwache bahnte Klaus Hansen den Weg durch die Menschenmenge auf der Landungsbrücke, und Johann Bogesen trabte hinterher wie ein Jüngling im Konfirmandenalter. Alle waren so begeistert von dem Flugzeug und der Kultur, daß sie vergaßen, nieder mit dem Kapitalismus zu rufen, nur zwei Hunde jaulten jämmerlich im Sonnenschein. Klaus Hansen knöpfte den Dreitausendkronenmantel zu, blickte königlich durch seinen Zwicker und zog Handschuhe an. Er reichte Johann Bogesen mit würdevoller Höflichkeit die Hand, und Johann Bogesen verbeugte sich mehrmals und katzbuckelte demütig wie ein Montag vor dem Sonntag. Der Pfarrer durfte Klaus Hansen auch die Hand geben. Dann stieg Klaus Hansen ins Boot hinab, und die Leibwache brachte ihn mit ein paar Ruderschlägen zum Flugzeug hinaus. Der Pilot nahm Klaus Hansen bei der Hand und half ihm in die Passagierkabine des Flugzeugs hinein. Johann Bogesen katzbuckelte weiter. Der Pfarrer erkühnte sich, mit seinem Hut zu winken, auswendig wie inwendig ein einziges Glückslächeln, weil er Klaus Hansen die Hand hatte drücken dürfen. Doch Klaus Hansen gab kein weiteres Lebenszeichen von sich, sondern zündete sich eine neue Zigarre an.

Der Motor des Flugzeugs sprang wieder mit ohrenbetäubendem Lärm an, dann lief es eine kurze Strecke auf seinen Schwimmern über den glatten Fjord, und ehe man sich's versah, war es in der Luft. Nach ein paar Augenblicken war es wieder auf einer Höhe mit dem Axlartindur und schwebte weit drinnen über dem Land. In zwei Stunden konnte es das ganze isländische Hochland mit seinen Heiden, Lavafeldern und Gletschern hinter sich lassen: Hoffentlich kommt Klaus Hansen rechtzeitig zu seinem wohlgedeckten Abendbrottisch in Reykjavik.

Auf Flügeln möcht' ich schweben
im sanften Windeshauch –

Oh, welch schöner und erhebender Anblick, diesen mächtigen Mann am Himmel gen Westen entschwinden zu sehen, geborgen in den Armen der allmächtigen Kultur der Gegenwart, jener Kultur, welche die herrlichsten Träume klassischer Dichter mit noch größerer Herrlichkeit, als diese zu hoffen wagten, hat Wirklichkeit werden lassen. Ist der menschliche Geist vielleicht nicht großartig in Gestalt dieses geflügelten Beförderungsmittels, das mit den vornehmsten Männern der Nation über den Gletschern und Hochflächen unseres Landes nach dem Willen des Herrn durch den Äther schwebt, so daß ihr ehrwürdiges Antlitz vom milden Sonnenlicht des Abends übergossen wird?

11

Es ging ein Murren durch den Saal, als Arnaldur Björnsson an diesem Abend den Gewerkschaftsmitgliedern Johann Bogesens endgültige Antwort, die völlige Ablehnung aller Vorschläge, vorlas. Einige wurden deutlicher und sagten, daß es keinen Zweck habe weiterzumachen. Drei Frauen standen plötzlich auf, verurteilten den Bolschewismus und sagten, sie würden morgen früh wieder mit dem Waschen anfangen, sie sprachen alle gleichzeitig. Sie stellten auch die Frage, wie ein Christenmensch es mitansehen könne, daß haufenweise Fisch verdarb? Aber ehe noch mehr Frauen Gelegenheit bekamen, ihre Meinung zu dieser Sache zu äußern, ergriff Arnaldur das Wort. Er versuchte zuerst, an das Gefühl zu appellieren, und sagte den Frauen, daß der Fisch, der verdarb, weniger Mitleid verdient habe als die Kinder, die hungerten, doch nun sei die Lage so, daß man den Hunger nicht mehr zu fürchten brauche, und zum Beweis dafür zog er aus seiner Tasche Telegramme von Gewerkschaften im ganzen Land, in denen man herzliche Glückwünsche zum Streik aussprach, den Heldenmut der Bewohner von Oseyri bewunderte und mitteilte, daß eine Geldsammlung zugunsten der Familien der Streikenden hier im Ort begonnen habe. In wenigen Tagen schon seien Geldsendungen zu erwarten.

Da stand ein heldenhafter Familienvater auf und sagte wütend:

Ich habe noch nie Armenunterstützung gebraucht. Almosen werde ich nie annehmen.

Das war Hrobjartur Lydsson, ein tüchtiger Seemann, wohlbewandert in den Isländersagas und durchdrungen von Heldenmut, Vater von fünf Kindern. Auch verschiedene andere erklärten, daß sie keine Almosen von unbekannten Leuten in anderen Landesvierteln annehmen wollten. In dieser Situation erwiesen sich die Arbeiter überhaupt als schwankend in ihrer Haltung, im Grunde genommen waren viele von Natur aus Selbständigkeitsleute und wollten auf eigene Verantwortung leben und sterben, wie verwilderte Katzen. Sie konnten für ihr Ideal drei Wochen Hunger ertragen, weil sie so viel Erfahrung darin hatten, alles Gute entbehren zu müssen, auch wenn kein Ideal auf dem Spiel stand. Aber eine Demütigung, die im Widerspruch zu den Heldentaten der Alten und zum Geist der Isländersagas stand, die konnten die Leute nicht ertragen, nicht einmal für eine Lohnerhöhung.

Arnaldur Björnsson sah deshalb keinen anderen Ausweg, als die hartgesottenste, aufwieglerischste Hetzrede zu halten, die man jemals in Oseyri gehört hatte, gewürzt mit Zitaten aus den Werken von Marx; er sagte, daß alle Arbeiter auf der ganzen Welt eins seien, ein Begriff, ein gemeinsames Ziel, und sie müßten sich gegen ein und dieselbe Macht wehren, den Ausbeuter, der seinem Wesen nach ein Kindermörder, Menschenfresser und Blutsauger sei. Hört, hört! Die Unterstützung, die uns von anderen Gewerkschaften gegeben werde, komme nicht nur von Brüdern, sondern von Menschen, die in Wirklichkeit dasselbe Herz in der Brust hätten wie wir – es gibt nur ein Herz in der unterjochten Klasse, und einen Blutsauger, der von diesem Herzblut lebt. Man kann alle Menschen auf der Welt in nur zwei Menschen einteilen, in den, der arbeitet, und in den, der den anderen ausbeutet. Auf der einen Seite steht der Kommunist, der klassenbewußte Arbeiter, der Mann der Genossenschaft und des Gemeinschaftseigentums, der dem Ideal der menschlichen Gesellschaft die einzige vernünftige Existenzgrundlage gibt, nämlich die, daß jeglicher Gewinn abgeschafft wird und nur noch produziert wird, um die Bedürfnisse der Menschen zu befriedigen; auf der anderen Seite steht der Verbrecher, das Konkurrenzungeheuer, das ist der Besitzbürger, das Sinnbild und die Personifizierung der Krankheit im Körper der Gesellschaft, der Krebsgeschwulst, des Mordes. Der Kommunist und der Verbrecher, es gibt nur diese beiden Menschen, diese beiden Meinungen auf der Welt. Nun, liebe Genossen, wenn wir uns darüber im klaren sind, wenn wir ein klassenbewußtes Verständnis dieser Grundwahrheiten erlangt haben – und so weiter.

Dann, als er den Leuten verschiedene anschauliche Beispiele dafür genannt hatte, wie das kapitalistische System und seine tragenden Säulen die unschuldigen Kinder der ausgebeuteten Menschen zu Tode quälten und achtzigjährigen bettlägerigen Greisen das letzte Hemd stahlen, damit die Räuber im Luxus leben, sündteure Huren füttern und in einem viele tausend Kronen teuren Mantel durch die Luft fliegen konnten – da waren die Männer so in Wut geraten, daß sie mit zitternden Fäusten von ihren Sitzen aufsprangen und lieber tot daliegen wollten, als je wieder einen Finger für Johann Bogesen zu rühren, und die Frauen stießen hysterische Seufzer aus. Viele knirschten mit den Zähnen vor Wut über Klaus Hansen und bereuten sehr, ihm nicht den Garaus gemacht zu haben, als er hier war.

Der Wahnsinn hatte noch nie diesen Grad erreicht.

Nach dem Ende der Versammlung zog die Schar mit der roten Fahne zum Haus Johann Bogesens und rief: Nieder mit dem Kindermörder. Andere forderten Brot für ihre Kinder, selbst zwölfjährige Mädchen standen vor den mit Seidengardinen verhängten Fenstern des Kaufmanns und riefen, blau vor Wut und Weinen:

Wir wollen Brot für unsere Kinder.

Es war ein sehr gefühlsbeladener Demonstrationszug, vollkommen in seinem Klassenbewußtsein und der Überzeugung, daß es künftig nichts anderes geben könne als die Diktatur des Proletariats, und daß außer dem arbeitenden Volk keine Klasse eine Daseinsberechtigung habe. Dann wurde die Versammlung in der Volksschule fortgesetzt, und sie endete mit Tanz, Gesang und Herumpoussieren am Strand.

Doch am nächsten Morgen, etwa zu der Zeit, zu der Soziali-
stenführer, die Spätaufsteher sind, aus dem Bett steigen, da
konnte man einiges sehen: Es wurde wieder gearbeitet, sowohl
auf den Trockenplätzen als auch in den Fischwaschhäusern.
Früh am Morgen waren fünf oder sechs Frauen erschienen, und
als die anderen sahen, daß wieder gearbeitet wurde, da kamen
sie auch. Sie bürsteten und bürsteten, als wäre nichts geschehen,
und rissen eifrig die schwarze Haut aus den Fischbäuchen heraus, und auf den Trockenplätzen breiteten sich schöne Fische zu
Tausenden in der Sonne aus. Der neue Vorarbeiter jedoch war
aus dem Dorf verschwunden, und später erfuhr man, daß in
allen Marktflecken, in denen Katrinus Eiriksson für die Sache
der Selbständigkeit gekämpft hatte, die Bolschewiken den Sieg
errungen hätten. Und wer war an seine Stelle getreten? Niemand anderes als Salka Valka – Salvör Valgerdur Jonsdottir – sie
war Vorarbeiter bei Bogesen geworden, mit einem zerfledderten
Notizbuch in der Hand und einem Bleistiftstummel hinter dem
Ohr. Am Abend zuvor war sie in die Häuser gegangen und hatte
die ersten Frauen dazu überredet, die Solidarität der Arbeiterschaft zu durchbrechen.

Und was noch wichtiger war: Vier Boote waren auf Heringsfang gefahren und sollten in Silisfjord anlanden, denn dort gab
es genügend Fässer und Salz. Die Boote waren nicht nur mit
Leuten aus dem Fischerverein bemannt, sondern auch mit Leuten aus der Gewerkschaft, man hatte die Streikenden in der
Nacht, als der Tanz zu Ende war, abgepaßt und augenblicklich
nach dem Tarif des Fischerverbandes angeheuert. Johann Bogesen war selbst mit einem der Boote weggefahren, er wollte nach
Osten in die Fjorde, um Fisch zu kaufen.

Der Streikbruch verursachte unerhörte Verbitterung bei
denen, die zurückblieben, vor allem deshalb, weil sie nicht auch
die Gelegenheit bekommen hatten, den Streik zu brechen.
Arnaldur führte sich im Fischwaschhaus wie eine bissige Katze
auf, als er schließlich aufgestanden war, aber man spritzte ihn
nur mit ein wenig Salzwasser an, da verstummte er. Salka Valka
war ausgesprochen froh über seine Niederlage, denn sie hatte
ihn im Verdacht, in dieser Nacht mit Guja, der Tochter Beinteinns von Krokur, geschlafen zu haben, einem dummen Flittchen im Konfirmandenalter. Dann gingen die treuesten Bolsche-

wiken Arnaldurs ebenfalls an die Arbeit, nach dem alten Tarif. Eines Tages war Arnaldur selbst aus dem Ort verschwunden, niemand wußte, wohin. Vom Bolschewismus war nichts weiter geblieben als die Erinnerung an einige Schlagwörter, und sie erregten nur Abscheu in den Herzen der Leute, wie zerbrochene Flaschen nach einem Saufgelage. Das Geschäft ging wieder von selbst auf, und die Menschen konnten wieder Schulden machen.

Eines Morgens hing Beinteinn von Krokur wie ein Lappen auf seiner Krücke vor dem Eingang des Fischwaschhauses und wollte Arbeit haben.

Was ist denn los, sagte Salka Valka. Bist du auf einem Bein unterwegs?

Ja, sagte er.

Du siehst jämmerlich aus, sagte sie. Hast du getrunken?

Bekomme ich etwas zu tun? fragte er.

Du willst also auch einer der Streikbrecher werden, sagte sie. Und wir hatten schon geglaubt, daß du zum Diktator über uns hier im Dorf ausersehen wärst.

Er blickte sie ratlos und traurig an und zog die Mundwinkel herunter wie ein Kind und sah zu Boden, ohne zu antworten. Da bekam sie Gewissensbisse, daß sie in diesem Ton mit einem so armen Mann, dem Vater von zehn Kindern, gesprochen hatte – auch wenn Arnaldur Björnsson möglicherweise mit seiner Tochter geschlafen hatte.

Ich werde den Geschäftsführer wissen lassen, daß man dir das Bein ruhig wieder anschrauben kann, sagte sie.

Danke, sagte er; trotz allem war in seinem Benehmen, seinen Gesichtszügen und seinen Augen etwas, das an ein denkendes Wesen erinnerte, auch wenn er von Armut, Krankheit und Unglück gepeinigt und geplagt wurde; seine Demut war beinahe rührend. Er war wie ein Affe, der den Versuch macht, aus dem Dunkel des Ursprungs hervorzulugen.

Später am Tag, als er wieder das Bein hatte und bei den Frauen an der Rinne stand, war sein Mundwerk wieder in Ordnung. Er sagte, daß es nur einen glaubwürdigen Mann hier im Ort gebe, und das sei Johann Bogesen. Er sagte, er für seine Person habe eine Zeitlang geglaubt, daß der Bolschewismus eine vernünftige Sache sei und seine Lebensbedingungen verbessern könne, doch wenn man solche Menschen wie Arnaldur Björnsson kennenlerne, dann ändere man seine Meinung. Er sagte, die Bolschewiken seien nichts als Großmäuler, und er würde Arnaldur Björnsson nicht abschneiden, wenn er ihn hängen sehe. Glaubt ihr vielleicht, er habe meine Kinder in Ruhe lassen können? fügte er hinzu.

Wenig später stand in der Abendzeitung in Reykjavik folgende Erklärung:

Bekanntmachung: Es ist nicht wahr, was in den Zeitungen gestanden hat, daß mir das Bein, welches ich vorigen Winter aus Deutschland bekam, im letzten Frühjahr aus politischen Gründen abgeschraubt worden ist. Sondern deshalb, weil hier im Ort ein geringfügiges Mißverständnis aufgekommen war bezüglich der Frage, wer besagtes Bein bezahlen sollte. Nun ist dieses Mißverständnis mehrfach korrigiert worden. Es ist Johann Bogesen und kein anderer, der sich erboten hat, das oft erwähnte Bein zu bezahlen, und dafür verdient er Dank, wie für die meisten großen Wohltaten hier im Ort, so auch dafür, wie er mich und meine Familie unterstützt hat, als ich vergangenen Winter meine heißgeliebte Frau von zehn meist noch unmündigen Kindern verlor. Ich hoffe, wünsche und bitte den allgütigen Herrn darum, daß er es ihm lohnt, wenn er es am meisten nötig hat, in Übereinstimmung mit dem, um was ich den Herrn schon einmal in den Zeitungen gebeten habe. Daß ich eine Zeitlang Freidenker war, hat mit dieser Sache nichts zu tun. Krokur, usw. Beinteinn Jonsson.

Dann kam das Schiff, um den Fisch abzuholen, ein Norweger. Das war im September.

Alles in allem schienen die Aussichten gar nicht schlecht zu sein, der Markt in Spanien war recht gut, und gerade auf ihn setzte man in diesen schwierigen Zeiten seine Hoffnung. Die Leute waren an diesem Morgen in bester Stimmung, man hatte schon seit langem keine Lust mehr, sich über die unglückselige Agitationstätigkeit Arnaldur Björnssons auszulassen, der Schwindel des Revolutionsgiftes, der ihnen den Blick getrübt hatte, war verflogen, und die meisten waren sich einig darüber, daß Johann Bogesen der wirkliche Halt in ihrem Dasein war. Wegen seiner unerschütterlichen Langmut, die einem Menschen begangene Missetaten niemals nachtrug, war er wieder ein Teil des Glaubensbekenntnisses geworden.

Doch gerade als die Boote beladen werden sollten, kam ein fremdes Motorboot in rascher Fahrt auf die Landungsbrücke zu, bemannt mit zwanzig jungen Leuten, die Pullover und Überhosen trugen und Zigaretten rauchten. Mitten in der Gruppe stand Arnaldur Björnsson in seinem schmutzigen alten Mantel, mit einer schäbigen Schirmmütze und seinem Oberlehrergesicht, die Zigarette zwischen den Fingern. Er sprang geschmeidig wie eine Katze auf die Brücke, die anderen hinterdrein. Er fragte, wer die Arbeit hier leite. Salka Valka sagte, das tue sie, und er sah sie mit unpersönlichem Amtsblick an, wie sie in ihren hohen Gummistiefeln zwischen den Fischstapeln auf der Landungsbrücke stand.

Hier wird heute nicht gearbeitet, sagte er und machte eine kleine Bewegung mit der Hand, in der er die Zigarette hielt. Der isländische Gewerkschaftsverband hat allen Fisch Johann Bogesens mit Verschiffungsverbot belegt. Jungs, ihr haltet Wache hier auf der Brücke.

Dann ging er mit einem Begleiter zum Geschäftsführer, um ihm diese Nachricht zu überbringen; Bogesen selbst war noch nicht zurückgekehrt.

Die Einheimischen sahen Salka Valka an und fragten, was sie tun sollten.

Das ist nur eine verdammte Frechheit, sagte sie. Habt ihr Angst vor denen?

Sie trat auf die Fremden zu und beschimpfte sie, doch sie antworteten nur mit unflätigen Bemerkungen über ihre Person und ihre Kleidung. Beinteinn von Krokur stand auf zwei Beinen dabei und gebrauchte ungesetzliche Ausdrücke für Arnaldur Björnsson. Sie antworteten, daß es das beste wäre, einem Arbeiterverräter und verkommenen Kapitalistenknecht wie ihm den Hals umzudrehen.

Dann gab es auf der Landungsbrücke eine Schlägerei. Es war ein sehr sauberer Kampf, denn die Brücke war trocken, und das Wetter war gut. Ein Mann wurde ins Wasser gestoßen, was eine Störung der Prügelei hervorrief, denn nun war man erst einmal damit beschäftigt, ihn wieder herauszufischen. Danach ging die Schlägerei noch eine Zeitlang weiter, und zwar auf dem Platz, wobei die Bewohner von Oseyri den kürzeren zogen, denn viele verloren plötzlich den rechten Glauben an Johann Bogesen und wandten sich wieder dem Glauben an den Sozialismus zu. Nach kurzer Zeit war von dem Streit nichts anderes mehr übrig als ein paar Kinder, die nach nassem Dreck suchten, um damit die Leute zu bewerfen, und denen gesagt wurde, sie sollten verschwinden und hier keinen Unfug treiben. Eine Gruppe junger Mädchen stand auf der Treppe vor dem Laden; sie machten den Fremden schöne Augen, das waren verteufelt stramme Burschen. Arnaldur kam sehr siegesbewußt zu seinen Leuten zurück, und sie versammelten sich in der Mitte des Platzes und sangen; er leitete den Gesang. Viele junge Leute aus Oseyri kamen näher und sangen mit, obwohl sie weder die Melodie noch den Text kannten. Dann wurde um zwölf Uhr mittags auf der Landungsbrücke mit den Mädchen getanzt und auf einer Ziehharmonika gespielt, die die Revolutionäre dabeihatten. Nun war es Zeit, Kaffee zu trinken. Die Revolutionäre hatten genug Kaffee und andere Vorräte im Boot und luden die Mädchen dazu ein. Doch manchen schien es unpassend, sich von seinen Gästen bewirten zu lassen, und sie luden die Revolutionäre zu sich nach Hause ein, zu süßem Kaffee und Schwarzbrot mit Margarine, und wo man eine Handvoll Weizenmehl hatte, wurden Pfannkuchen gebacken; viele schienen sich auf der Stelle verloben zu wollen. Der Norweger wurde unverrichteter Dinge weggeschickt.

Am Abend wurde mit aufwiegelnden Reden, großen Worten über den Kapitalismus und Beschimpfungen der besten Männer der Nation die Gewerkschaft Oseyri aufs neue gegründet. Alles in allem war dies ein wundervoller Tag, und er endete mit Tanz, Spaziergängen in der spätsommerlichen Dämmerung und wundervollen Abschiedsküssen auf der Landungsbrücke mitten in der Nacht. Arnaldur tanzte wie ein Verrückter mit den Mädchen. Dann wurde der Bootsmotor angelassen, und die Revolutionäre fuhren in der windstillen Nacht singend aufs Meer hinaus; ihr Gesang hallte von den Bergen zu beiden Seiten des Fjords wider.

12

Salka Valka hatte vier Kinder bekommen, nämlich die älteren
Kinder Magnus Buchbinders und Sveinbjörgs. Sie hatte dies
ganz gegen den Willen des Gemeinderats getan, denn der Buchbinder wollte nicht um Armenunterstützung bei der Gemeinde
ansuchen, bevor er wieder geheiratet hatte, wohingegen der
Gemeinderat ihm gleich Armenunterstützung gewähren wollte,
um zu verhindern, daß er wieder heiratete, vor allem, weil man
nicht sicher war, ob seine Verlobte wirklich keine Kinder mehr
bekommen konnte. Als Salka am Abend nach Hause kam, balgten sich die Kinder noch immer, und sie gab ihnen zu essen.
Dann packte sie sie wie Hunde im Genick und hielt ihnen die
Arme auf dem Rücken fest, während sie ihnen mit einem feuchten Lappen das Gesicht wusch, schickte sie dann ins Bett und
befahl ihnen, mit allen gegenseitigen Beleidigungen aufzuhören,
bis sie eingeschlafen seien. Sie hatten großen Respekt vor dieser
jungen Frau, denn sie war sehr stark. Die Jungen glaubten, daß
sie es mit sechs Männern aufnehmen könne. Sie schliefen auf
einem Lager auf dem Fußboden in der Kammer neben der
Küche. Dann war alles still.

Anschließend begann sie, sich selbst in ihrem Schlafzimmer
für die Nacht fertigzumachen, zündete ein kleines Licht an und
löschte es wieder. Das Blut des Menschen ist salzig und durstig,
und nur weniges ist wunderlicher als die Unruhe einer Brust,
die sich in verschiedene Richtungen gezogen fühlt und Empfin-
dungen gegenüber vielen auf einmal hegt, aber keine Lösung
findet. Ob er hiergeblieben war, oder ob er abgereist war? Ob er,
wenn man der Sache auf den Grund ging, die richtigen Ansichten hatte, oder ob seine Ansichten falsch waren? Ich wünschte,
seine Ansichten wären richtig. Und ich wünschte, seine Ansichten wären falsch. Ich wünschte, er würde siegen, und ich
wünschte, er erlitte eine Niederlage. Was, zum Teufel, muß er
auch hierherkommen, um allen alles zu verderben; ich wünschte, er bliebe hier, um allen alles zu verderben. Ein so dünner
Mann ist ganz einfach lächerlich, jede dahergelaufene Landratte
könnte ihn zu Brei schlagen, ihn zusammenfalten und weg-
tragen, und trotzdem hat er etwas an sich, das es schwieriger
macht, nicht mehr an ihn zu denken als an andere Männer,

leichter, ihn zu hassen, und verlockender, mit ihm um das eigene Leben zu kämpfen. Weshalb hatte gerade sie diejenige sein müssen, der er das Lesen beibrachte und von dem Land hinter dem blauen Berg erzählte, dieser anderen Welt, an die zu glauben sie nicht fähig war, die es aber dennoch gab: Solange es einen solchen Mann gab, ließ sich die Existenz einer anderen Welt nicht leugnen – ach, ob er abgereist war?

Ich wünschte, er wäre abgereist. Was geht er mich an? Sie versuchte sich einzureden, daß er sie noch viel weniger angehe als alle anderen Männer. Jetzt will ich schlafen. Aber es half auch nichts, daß sie sich fest vornahm, nicht mehr an ihn zu denken, sondern zu schlafen: Die Stärke der Phantasie stand im umgekehrten Verhältnis zur Kraft des Willens. Er, hatte sie plötzlich zu denken begonnen: Dieser gebildete Mann, der sich in großen Städten aufgehalten hat und ein Vorbild für die gewöhnlichen Leute sein sollte, wie kann er nur darauf verfallen, freche, dreckige Konfirmandinnen, die aus den schlimmsten Verhältnissen kommen, zu verführen? Sie hatte nicht die Voraussetzungen, um komplexe Menschen verstehen zu können, sondern sah ihn weiterhin in Gegensätzen vor sich, erregt und gleichgültig, prophetisch und jungenhaft, ohne Meinung und hochpolitisch, ein leichtsinniger Tänzer und gleichzeitig ein ernsthafter Redner – doch vor allem sah sie ihn als einen Mann, der zu einem flammenden Ausrufezeichen geworden ist, das sich von der Finsternis der Welt abhebt.

War es trotz allem denkbar, daß es seinem Gesicht, diesem Gesicht des Glaubhaften und des Unglaubhaften, gelingen könnte, die Macht Johann Bogesens zu brechen, so wie man einen Staubpilz mit einem Fußtritt wegstößt, die Macht des Geschäfts unschädlich zu machen, den schweren ökonomischen Druck aufzuheben, der seinen Schwerpunkt in den kerzengeraden Zahlenkolonnen des Hauptbuches hatte, die Subtraktion und Addition des Lebens hier im Ort zu bedeutungslosen Ziffern zu machen, so wie der ausländische Gelehrte das Gravitationsgesetz außer Kraft setzte, indem er bewies, daß nichts feststand? Welche Ereignisse standen bevor? Wollte er den Herrn über alle Geldmittel zum Bettler machen und ehrliche, wohlsituierte Menschen in ihren Schulden ertränken, Menschen, die sich mit Zielstrebigkeit und Ernst, mit Umsicht, Vernunft, Sparsamkeit und Fleiß eine gute Position im Leben geschaffen hatten? Nein, das darf nicht geschehen. Ein Mann wie er kann nur ein Popanz sein, die Wirklichkeit muß so standhaft, fundiert und sicher sein, daß sie einen Popanz, ein lyrisches Gesicht, ein Ausrufezeichen aushalten kann. Ich glaube an die Wirklichkeit, den Kampf, das Streben des einzelnen, das im Naturgesetz begründet ist und jeden auf den Platz stellt, der ihm zukommt! – so etwa dachte das Mädchen; und dennoch, dennoch; das Zeugnis der Tatsachen war nicht zu widerlegen: Selbst wenn es nur die Tatsache des heutigen Tages wäre, daß er, dieser entwurzelte, mittellose Bücherwurm, ein großes Schiff leer übers Meer zurückgeschickt und Johann Bogesen so beträchtlichen Schaden zugefügt hatte, daß es ohne Beispiel war – dem Mann, dem der Fisch gehörte und der der Inbegriff der Wirklichkeit selbst war zwischen diesen Bergen an diesem Meer.

Doch gerade als die Überlegungen Salkas in salzige Träume hinüberglitten, da wird an ihr Fenster geklopft, und sie fährt erschrocken zusammen. Zuerst vermutete sie, daß es nur irgendwelche verliebten Trunkenbolde seien, wie es manchmal vorkam, aber da war es nur ein völlig nüchterner Mann, er nannte draußen ihren Namen, und sie sah die Glut seiner Zigarette. Gott der Allmächtige sei gelobt, er war also nicht abgereist.

Was willst du? sagte sie heiser und trat ans Fenster, und in ihren starken Kniegelenken war etwas, das nachgeben zu wollen schien.

Ich muß mit dir reden, sagte er. Mach auf!

Es war zwischen Mitternacht und drei Uhr früh. Sie schlüpfte in Hose und Pullover, machte Licht in der Küche, öffnete und erwiderte zögerlich seinen Gruß; dennoch war sie noch nie, nie so froh gewesen –

Ich habe Hunger, sagte er ohne Umschweife.

Du bist also nicht abgereist, sagte sie. Ich dachte, du wärst abgereist.

Nein, sagte er. Laß mich rein!

Na, so etwas! sagte sie und lächelte unwillkürlich, obwohl sie ängstlich und gespannt war, und wiederholte dann etwas dumm:

Ich dachte, du wärst abgereist.

Ich habe heute noch nichts gegessen, sagte er, und es war schwer zu verstehen, daß er derjenige sein sollte, der mit einer ganzen Schar von Männern hier erschienen war, um Leute zu verprügeln und Johann Bogesen zu demütigen.

Warum kannst du uns hier im Dorf nicht in Ruhe lassen, Arnaldur? fragte sie dann.

Aber er war müde, ließ sich auf einen Stuhl fallen, saß mit hängenden Schultern, die Hände auf den Knien, da, sah traurig den blauen Rauch an, der aus seiner Zigarette aufstieg, und seufzte.

»Sein oder Nichtsein – das ist hier die Frage«, murmelte er tonlos vor sich hin wie ein Betrunkener. Ich weiß nicht, ob du das gelesen hast, sagte er dann und sah sie an.

Was gelesen? fragte sie, doch er hatte keine Lust, es genauer zu erklären.

Da fragte sie: Weshalb kommst du zu mir? Warum bittest du nicht deine Parteigenossen um etwas zu essen?

Ich bin müde, sagte er.

Das hast du davon, sagte sie – mit einer ganzen Schar von Leuten hierherzukommen und dich wie ein Wahnsinniger aufzuführen. Was haben wir dir eigentlich getan?

Ach, hör auf damit, bat er mürrisch und voller Lebensüberdruß; das kapitalistische System mit all seinen degenerierten Proletariern und seiner verdorbenen Oberschicht ist ekelhaft genug, auch wenn du nicht genauso daherredest.

Arnaldur, darf ich dich eins fragen: Wie weit wollt ihr noch gehen?

Es besteht Verschiffungsverbot für Bogesens gesamten Fisch, sagte er und blickte plötzlich fanatisch auf. Diesen Herbst wird keine einzige Flosse von ihm exportiert.

Ich glaube, du hast den Verstand verloren, Arnaldur, sagte sie.

Doch er antwortete nicht, sondern bat wieder um etwas zu essen; er saß zusammengesunken da, ließ den Kopf hängen, stützte die Ellbogen auf die Knie, die Hände vor dem Gesicht, müde, schmutzig, glaubte an eine andere Welt und murmelte ausländische Verse vor sich hin.

Salka: Willst du mir eines erklären, Arnaldur? Wie sollen wir unter diesen Bedingungen hier im Dorf leben können? Meinst du, daß wir von ewigen Streiks und Aussperrungen leben? Oder vielleicht von Tanz, Hetzreden und Musik? Der Salzfisch ist es, von dem unser Leben abhängt.

Towarischtsch, sagte er und sah sie begeistert und doch wehmütig an, stand auf und wollte zu ihr hingehen, setzte sich aber wieder. Du bist der wahre *Towarischtsch.* Dir würde nie in den Sinn kommen, diese schreckliche Frage in den Mund zu nehmen, die ich vorhin zitiert habe. Willst du mir erlauben, dir den Kommunismus beizubringen?

Mir?! Meinst du, ich wolle mir euer verfluchtes Gewäsch anhören? Ne-hein.

Sie gab ihm Brei und kalten gekochten Fisch, und er aß eine Weile schweigend; sie sah ihm zu.

Was erwartet uns hier im Dorf, Arnaldur, hast du darüber schon einmal nachgedacht?

Verstaatlichung, kommunale Bewirtschaftung, antwortete er kauend; die Antwort kam wie aus dem Katechismus, automatisch und anscheinend ohne innere Überzeugung.

Sie: Bist du so einfältig zu glauben, daß die Gemeinde jemals höhere Löhne bezahlen würde als Bogesen?

Er: Was ist denn das für ein Gemurmel?

Sie: Das sind die Kinder.

Er: Ach ja, stimmt. Du hast Kinder bekommen. Darf ich sie sehen?

Er stand kauend auf, ging mit einem Licht in die Kammer hinein und hob die Bettdecken von den Kindern. Sie lagen nackt auf zwei Matratzen, die Mädchen auf der einen, die Jungen auf der anderen, und schliefen eifrig mit zerzaustem Haar und offenem Mund, wie Flüchtlingskinder auf einer Station irgendwo im Ausland, wo schon seit langem Kriege wüten.

Die haben alle O-Beine, sagte er. Denen fehlt Kalk.

Sie sind nicht schlimmer als die obdachlosen Kinder in Rußland, von denen neulich ein Bild in der Abendzeitung war, antwortete Salka Valka, die meinte, ihre Kinder verteidigen zu müssen. Aber er schien im Augenblick keine Lust zu haben, sich in einen Streit verwickeln zu lassen, weder über russische Kinder noch über andere.

Weshalb kümmerst du dich eigentlich um diese Kinder? fragte er.

Ich weiß nicht, sagte sie. Ihre Mutter und ich lasen dieselben Bücher.

Was für Bücher?

Von Agust Bjarnason und anderen, sagte sie, und er sah sie verwundert an, ohne ihrem Gedankengang folgen zu können. Dann fügte sie schüchtern hinzu: Und außerdem kommt es mir immer so vor, wenn ich Kinder am Strand sehe, als ob ich das irgendwie selbst sei – ich weiß es nicht. Der arme Mangi, ihr Vater, will keine Armenunterstützung beantragen, bevor er wieder geheiratet hat. Er ist in eine Frau verschossen.

Ich glaube, an deiner Stelle hätte ich sie krepieren lassen, sagte er herzlos, nachdem er sich wieder draußen in der Küche hingesetzt hatte, um weiterzuessen. Es ist nichts als bürgerliche Empfindlichkeit und Heuchelei, einzelnen Menschen zu helfen. Es ist, wie Upton Sinclair sagt, etwa so, als würde man ein paar Tropfen Wasser in die Hölle spritzen. Das, worauf es ankommt, ist die Gesamtheit, die Menschen als Einheit, die Idee der menschlichen Gesellschaft. Und nur eine Revolution gegen das Joch des Kapitalismus kann die Gesamtheit retten.

Wie kannst du dann erwarten, daß man einem einzelnen Menschen wie dir zu essen gibt?

Er: Du brauchst nicht zu glauben, daß du ein Werk der Barmherzigkeit an mir vollbringst. Ich kann für mich bezahlen.

Vielleicht mit Geld aus Rußland? fragte sie, doch er hatte in seine Hosentasche gegriffen und zog Geld heraus, das er sorgfältig zählte und dann auf den Küchentisch legte; es waren insgesamt eine Krone und siebenundachtzig Öre.

Ich möchte betonen, sagte er, daß ich dies für eine sehr reichliche Bezahlung halte, denn der Kochfisch war, gelinde gesagt, nicht gut. Aber um darauf zurückzukommen, wovon wir vorhin sprachen: Auch wenn den Leuten heute durch Werke der bürgerlichen Wohltätigkeit geholfen wird, so kommt doch nur morgen wieder eine neue Not, weil das System durch das Werk der Wohltätigkeit nicht verbessert wurde. Das System, das die Not hervorbringt, besteht ebenso fest wie zuvor. Not entsteht durch eine falsche Gesellschaftsordnung, nicht durch einen Mangel an Werken bürgerlicher Wohltätigkeit.

Salka: Ich habe gehört, daß die Bolschewiken in Rußland sich nicht damit zufriedengeben, Frauen zu verstaatlichen und Kinder zu ermorden, sondern daß sie auch alte Leichen auf den Kirchhöfen ausgraben, um sie zu steinigen, und nimm sofort dein Geld da vom Küchentisch, sonst werfe ich dich hinaus.

Arnaldur: Liest du nichts außer der Abendzeitung? Oder hast du mit Angantyr Bogesen geschlafen?

Halt's Maul, sagte sie.

Er: Ich fragte dich im Sommer nach Steinthor Steinsson, aber du hast nicht geantwortet.

Sie trat wütend auf ihn zu, als wolle sie auf ihn losgehen, tat es dann aber nicht, sondern machte den Mund auf, als ob sie Lust hätte, ihn zu beißen, seufzte aber nur und wandte sich ab; als sie sich beruhigt hatte, antwortete sie:

Steinthor steht weit über dir. Er ist ein Mensch wie ich, wo immer er sich auch herumtreibt. Du bist nur eine Lehre, und obendrein eine Irrlehre. Wann könnte es geschehen, daß du menschliche Gefühle für eine einzelne Seele hegst?

Der Himmel behüte mich davor, sagte er. In dem Augenblick wäre ich ein verlorener Mann. Ich bin nicht von der Masse zu trennen. Ich bin wie ein Vogel –

Das Mädchen: Dann solltest du dort zum Strand hinuntergehen und mit den Seeschwalben schreien.

Er: Du solltest dir die Zähne putzen, Salka. Dann hättest du schöne Zähne.

Doch sie antwortete nur mit einem verächtlichen Schnauben. Da begann er wieder:

Du fragtest mich vorhin, ob ich Geld aus Rußland hätte. Du hast recht, wenn du meinst, daß es keine Privatsache ist, wo man sein Geld her hat, aber du hast nicht recht, wenn du meinst, ich hätte Geld aus Rußland. Dieses Geld, das ich dort auf den Tisch legte, ist der Rest von zwei Kronen, die ich von einem Genossen in Silisfjord geliehen bekommen habe, und es ist nicht sehr wahrscheinlich, daß ich sie zurückzahle, das heißt, falls es mir gelingt, sie auszugeben, worauf im Augenblick nicht viel Aussicht besteht – und er steckte das Geld wieder in seine Tasche. Wenn ich ganz ehrlich sein soll, dann habe ich persönlich in meinem ganzen Leben selten mehr als zwei Kronen auf einmal besessen. Und da ich dir gegenüber jetzt so viele Geständnisse gemacht habe, will ich im Gegenzug eine Frage an dich richten: Welche Bedeutung haben für dich die Geldsendungen, die du von Steinthor bekommen hast? Ist es ihnen zu verdanken, daß du dich dazu imstande siehst, einen Kampf gegen die Ärmsten der Armen hier im Dorf zu führen?

Das ist gelogen, rief das Mädchen wie eine Verrückte, rot bis über die Ohren und wirklich verletzt.

Was ist gelogen?

Du hättest verdient, daß ich dich hinauswerfe, sagte sie – kommst mitten in der Nacht hierher, um zu schnorren, nach allem, was du mir und uns im Fischerverein angetan hast mit deinem Hetzen, und dann bist du auch noch unverschämt. Warum kannst du mich nicht in Ruhe lassen? Ich bin nur ein einzelner Mensch. Was gehe ich dich an?

Ich brachte dir das Lesen bei, Salka. Hast du das vergessen?

Wenn du meinst, daß du dafür immer noch etwas guthast bei mir – tja, kann es da nicht sein, daß ich in Amerika eine Erbschaft gemacht habe; wer weiß, vielleicht habe ich einen Vater gehabt, genau wie du?

Arnaldur: Vielleicht weiß ich genausoviel über deinen Vater wie du selbst, oder noch mehr.

Salka: Was weißt du über ihn?

Arnaldur: Er ist vor vielen Jahren gestorben. Es war ein norwegischer Steuermann.

Woher weißt du das? fragte sie schließlich erschöpft.

Er: Ich kenne alle meine Leute. Das gehört zu meiner Arbeit als Agitator. Versuche nicht, mir etwas zu verheimlichen.

Salka: Da du alles weißt, brauche ich dir nicht mehr zu antworten.

Arnaldur: Fünfzehnhundert Kronen sind hier im Ort viel Geld – das ist die Hälfte von dem, was Klaus Hansens Pelz gekostet hat. Nun ist bekannt, daß du Mararbud für zwölfhundert Kronen gekauft hast. Ich schlage vor, daß du den Rest der Streikkasse gibst.

Salka: Ich habe keine Lust, mir dein Geschwätz noch länger anzuhören. Ich bin müde.

Arnaldur: Rechnest du damit, daß Steinthor eines schönen Tages nach Hause kommt und dich heiratet?

Salka: Es wird schon hell. Guja von Krokur muß es allmählich leid sein, auf dich zu warten.

Er lachte laut und herzlich über diesen kindlichen Versuch Salkas, ihn zu ärgern. Dann wurde er wieder ernst.

Die kleine Guja von Krokur, das gute Kind. In ihrer Armut spendete sie sieben Kronen für die Streikkasse – in der Hoffnung, daß die Kinder später einmal Milch bekommen.

Was für ein Pech für sie, daß du sie noch nicht geschwängert hast, dann könnte euer Kind später einmal Milch bekommen, stieß Salka heraus – denn wenn irgendein Mädchen hier im Marktflecken das Zeug zu einer...

Sie verstummte plötzlich und biß sich auf die Lippen, als ob sie einen Schmerz verspüre, den sie kannte: Es war nur ihre Krankheit. Dennoch genügte dieser Schmerz, um ihr eine andere Seele ins Bewußtsein zu rufen. Er blickte Salka eine Weile an, er kannte sie nicht und kannte sie doch. Es war bewundernswert, was in einem so einfachen Gesicht enthalten sein konnte. Er trat zu ihr, wie sie am Küchentisch saß, und legte die eine Hand auf ihre starke Schulter, mit der anderen umfaßte er ihre Hand. Doch sobald er sie berührte, schlug sie sich die freie Hand vors Gesicht und wandte es von ihm ab; ein kurzes Beben durchfuhr ihren Körper, sie stöhnte mit offenem Mund, dann wurde sie kraftlos, stöhnte wieder, fast als ob sie lache, und plötzlich sank ihr Kopf ermattet nach hinten, wie wenn sie sich ihm hingeben wolle. Dann kam sie wieder zu sich und schob ihn bestimmt, aber nicht unfreundlich von sich, beugte sich dann über den Küchentisch vor und barg das Gesicht in ihren Armen. Und als er die Fingerspitzen auf ihren starken Nacken legte, da schüttelte sie voller Angst den Kopf und bat ihn, sie in Ruhe zu lassen, und er ließ sie in Ruhe und trat, bleich im Gesicht, von ihr zurück.

Jetzt gehe ich, sagte er ruhig und mit leiser Stimme.

Sie schwieg und bewegte sich nicht.

Ich weiß, sagte er, als er schon an der Tür stand, daß es schwierig ist, ein Mensch zu sein – am schwierigsten ist es aber, sich abzugewöhnen, zu denken und zu fühlen wie ein einzelner Mensch –.

Sie schwieg noch immer und bewegte sich nicht.

Es erscheint beinahe unverständlich, fuhr er fort, daß man zwar als einzelner erschaffen ist, aber dennoch als Masse siegen oder eine Niederlage erleiden muß. Es gibt nur eine einzige Geschichte, die noch unglaublicher ist, nämlich die, daß Jesus

Christus die Sünde der Welt getragen und allein gesiegt haben soll – für alle. Nun gehe ich.

Ja, Alli, bat sie.

Er setzte die Mütze auf, zündete eine neue Zigarette an, reichte ihr die Hand. Sie stand auf, sah auf den Boden und fragte:

Hast du Geld für die Übernachtung?

Ich übernachte bei einem Bekannten, sagte er.

Tja ja, sagte sie. Gute Nacht.

Aber erst, als sie ihm Lebewohl gesagt hatte und er schon draußen im Windfang war, spürte sie, daß sie nicht länger damit warten konnte, ihm den Urgrund ihres Lebens zu erklären, sie rief ihm nach und sagte, sie müsse ihm etwas sagen.

Was denn? fragte er.

Das Geld, das man bekommt, sagte sie, das ist nicht nur Geld. Das ist viel mehr.

Wieso?

Das sind viele Jahre – vielleicht auf fremden Meeren und in anderen Erdteilen unter schlechten Menschen. Nur wer es selbst ausprobiert hat, weiß um die Gefahren, die mit Geld verbunden sein können. Stell dir einen Mann vor, niemand kennt ihn, er hat keinen Freund; niemand würde es bemerken, wenn er stirbt. Es kann gut sein, daß er ein schlechter Mensch ist, aber er ist nicht schlechter als andere, wir sind alle schlecht, auch du. Es kann gut sein, daß es daher kommt, wie du sagst, daß jeder von uns versucht, für sich allein zu leben. Hier im Dorf wird immer gesagt, daß er es war, der meine Mutter umbrachte, doch das stimmt nicht, ich war es. Wenn ich ihn weiterhin gehaßt hätte, dann hätte sie weitergelebt. Sie lebte von meinem Haß. Ja, natürlich haßte ich ihn, und ich sagte selbst zu ihm, daß er der Teufel sei. Aber er schenkte mir einen Ring, einen teuren Ring, und es war auch viel mehr als ein Ring, es war soviel wie ein Mensch, es waren viele Jahre, es war ein Opfer, wie die, von denen in der biblischen Geschichte erzählt wird, als man Altäre baute und Opfer brachte; er wurde mit solcher Gesinnung geschenkt. Es stimmt, er soll mich als Kind mißbraucht haben, aber ich habe nie gewagt, genauer nachzuforschen, ob es stimmt. Eines Abends hast du es mir unter die Nase gerieben, und ich ging heulend nach Hause und sagte zu mir selbst: Tja ja, dann soll es bleiben, wie es ist. Ich werde dann immer ihm angehören, er ist nicht schlechter als Arnaldur, er ist stark und hat braune Augen, er kann eigenartig reden, und er kann eigenartig schweigen, sagte ich zu mir selbst. Zuerst pflanzte er mir den Haß ein. Dann riß er ihn wieder aus. Ja, Arnaldur, so war das, und dann verlor ich deine Karte, und vielleicht habe ich sie absichtlich verloren. Dann faßte er mich um die Taille, faßte mich hier und hier, und wenn meine Mutter nicht gekommen wäre, dann bin ich sicher, daß er mich ganz und gar genommen hätte, und ich hätte ihn machen lassen, ganz bestimmt. In diesem Augenblick gab es auf der ganzen Welt nichts als mich und ihn. Und dann ging er fort, damit meine Mutter sterben konnte. Und sie starb. Als ich in der Nacht nach Hause kam, da wußte ich, daß ich ein Dieb und Mörder war. Ich sah sie am Ostermorgen im Sand liegen, sie lag mit einem Tangblatt vor dem Mund da, und ich bezahlte ihre Beerdigung, das waren meine ersten Schulden. Und obwohl ich Mitleid mit ihr hatte, weiß ich, daß ich sie hassen werde, solange ich lebe – genau wie mich selbst –

Wenig später hörte man, daß Arnaldur Björnsson mit dem nächsten Schiff nach Reykjavik fahren wollte; einige Bolschewiken hatten einen kleinen Geldbetrag für ihn zusammengelegt. Er kam nicht zu Salka Valka, um sich zu verabschieden. Bald kam der Winter.

Als er auf dem Weg zum Schiff über die Landungsbrücke ging, kam ihm ein o-beiniger kleiner Junge nachgelaufen und rief: Mann.

Ich sollte dir das geben, sagte der Junge und reichte ihm ein Päckchen, das so klein war, daß es kaum mehr als einen Fingerhut enthalten konnte.

Von wem? fragte der Mann.

Das darf ich nicht sagen, sagte der Junge und verschwand.

Viertes Buch

Der Wahltag des Lebens

13

Eine Männerstimme?

Traf es sich nicht seltsam, daß jetzt wieder Winter war; und daß es gerade zu tauen begann, als diese Stimme wieder zu hören war; doch vom Strand herauf ertönten Hammerschläge. Kleine Bilder, die man aufbewahrt hat, sind nichts im Vergleich zu dieser Stimme, die der Inhalt einer stürmischen Kindheit ist und die man vergessen hat. Und hier stand das Mädchen wie ein Haus, das von einer Melodie erzittert, jener Melodie, in der die Wirklichkeit der Tage in der Zeitlosigkeit der Erfüllung zu ihrem Ursprung zurückkehrt. Es war, als ob nun nichts mehr zu erwarten sei: so hallte diese Stimme in den Schlägen ihres Herzens wider. Und braune Augen blickten sich um, schwer von einer Glut, die nicht dem Reich der Vernunft entstammt, noch weniger dem der Buchstaben, und die man genausowenig wie die Farbe von Träumen in Worte fassen kann.

Doch als sie eine Weile mit ihm gesprochen hatte, kam sie zu dem Schluß, daß diese Augen wie alle anderen braunen Augen waren, mit der einzigen Besonderheit, daß es Menschenaugen und nicht Hundeaugen waren – oder Augen in einem Traum. Es wäre ganz einfach kindisch, ihre Eigenart mit jenem Zauber in Verbindung zu bringen, der in der Erinnerung wächst und gedeiht und im Widerspruch steht zum Salzfisch des Lebens, zu Schwarzbrot, Musik und Politik. Diese Augen waren in Wirklichkeit wie ein Gedicht, das seine Farbe verliert, wenn man es liest und wiederholt. Hier war ein Mann, halb bekannt, halb unbekannt, wie andere Männer. Zum Beispiel war er in ihrer Erinnerung größer gewesen als andere Männer; nun zweifelte sie daran, daß er ganze drei Ellen groß war. War sein Gesicht wirklich nicht poetischer oder brutaler gewesen? Zwar war es schwierig, sich einen massiveren Schädel, kräftigere Backenknochen und eine breitere Stirn vorzustellen – es sei denn beim Kopf eines Stiers, aber dennoch, bei genauerer Betrachtung kam sie zu der Überzeugung, daß nicht dieser Mann, und nicht einmal sein Gesicht, sondern nur ihre Erinnerungen und Einbildungen poetisch und brutal gewesen waren. Wie eitel ist die Wirklichkeit selbst im Vergleich zu unserer Dichtung darüber, wie sich Linien in einem Punkt schneiden!

Guten Tag, Salka, sagte er mit einem Lächeln, das dem eines Hundes ähnelte – es war bissig und unterwürfig zugleich, nur daß er jetzt zwei in Gold gefaßte Schneidezähne hatte. War es dieser Mann mit der groben Haut und den behaarten Handrücken, der von Anfang an über ihr Wachstum bestimmt hatte, seit der Zeit, als sie ein Teil ihrer Mutter war, wie eine kleine Kartoffel, die in einem Beet aus einer Kartoffelmutter herauswächst? Ja, er war es. Und sie starrte weiter wie gelähmt in diese Augen, deren Flucht ihrer Mutter so tiefen Schmerz verursacht hatte, daß sie den Zauber des Vaterunsers vergaß und das Meer wählte; und er reichte ihr die Hand.

Ich kann es kaum glauben, sagte sie. Bist du es?

Ja, er sagte, er sei gekommen, und lächelte wieder, sah sie aber nicht an.

Wa-was willst du hier?

Das ist mein Dorf.

In seinem schwarzen, zerzausten Haar sah man einige graue Haare.

Tja, sagte sie. Damit hat allerdings niemand gerechnet.

Als ob du es nicht immer gewußt hättest! Ich gehe und komme und bin derselbe.

Wir wollen nicht mit so etwas anfangen, Steinthor, sagte das Mädchen. Wir sollten beide wissen, wie man sich auf dich verlassen kann. Ich bin nur ziemlich überrascht, daß du den Mut hast, wieder hierherzukommen. Aber du trägst natürlich selbst die Verantwortung für dein Kommen und Gehen.

Verantwortung? wiederholte er fragend, denn er verstand dieses Wort nicht.

Ach, das brauche ich dir nicht zu erklären, sagte sie. Willst du dich nicht setzen? Ich mache rasch Kaffee. Und willkommen daheim.

Hier ist es richtig fein geworden, sagte er und sah sich um – es gibt Stühle; und ein Bild. Du scheinst vermögend zu sein.

Weshalb hast du mir Geld geschickt?

Geld? Was habe ich damit zu tun? Warum redest du von Geld?

Das Mädchen: Also, ich will dir nur sagen, daß ich es verwendet habe. Und wenn der Teufel selbst mir Geld geschickt hätte, dann hätte ich es verwendet. Ich habe Mararbud dafür gekauft, aber jetzt ist es das beste, du übernimmst sie selbst, es hat ja auch keinen Sinn mehr, daß sie mir gehört, ich bin so gut wie bankrott, wie andere hier auch. Aber eines möchte ich dich fragen: Warum hast du die Geldsendungen nicht unter deinem eigenen Namen geschickt?

Es konnte doch sein, daß du verheiratet warst, sagte er.

Verheiratet? Ich? Warum denn, zum Teufel? Nein, ich will nach Reykjavik. Hier ist alles bankrott. Bogesen hat Fisch für eine Million Kronen oder mehr, den er nicht loswird, und bei den Banken bekommt keiner etwas, bevor das Althing ihnen unter die Arme gegriffen hat, und manche glauben, wenn hier im Winter überhaupt jemand fischt, dann ist es die Bank. Man rechnet damit, daß sie Bogesen alles wegnehmen, und dann nehmen sie gleichzeitig auch uns alles weg. Nun heißt es, die Spanier seien unzufrieden mit ihrem König, und außerdem heißt es, Klaus Hansen habe Bogesen das letzte Geld abgeluchst für eine Trawlerreederei im Südland. So ist der Kapitalismus in der Welt, es ist, als ob nirgends ein Fünkchen Vernunft zu finden sei. Ich kann dir nichts zum Kaffee anbieten, es sei denn, ich hätte noch ein bißchen Schiffszwieback in einer Dose, willst du den?

Na ja, meinetwegen.

Der Primuskocher hatte angefangen zu summen, mit genau demselben Geräusch, das in eigenartigen Gedichten über Wasserfälle von berühmten Dichtern besungen wird; und die Augen dieses Mannes hatten wieder angefangen, in ihrem Leben zu leben. Und er hatte sich wieder wie einst an die Wand gesetzt und dämmerte vor sich hin wie ein Hund, ohne nach Vergangenem oder Zukünftigem zu fragen.

Du erzählst mir gar keine Neuigkeiten, sagte sie. Woher kommst du jetzt eigentlich? – und sie dachte sogar daran, ihn auch zu fragen, wie es ihm ergangen sei, tat es dann aber doch nicht.

Ich komme from the west, sagte er. Andere ausländische Wörter gebrauchte er nicht, doch seine Stimme hatte bisweilen einen fremden Klang.

Hattest du gute Arbeit? fragte sie.

Manchmal, antwortete er und zog eine Pfeife heraus und Tabak, der sauer roch. Seine Hände waren nicht rissig wie die der meisten Leute hier, deshalb konnte sie sich nicht verkneifen zu fragen:

Du hast womöglich das große Los gezogen in Amerika?

Was gezogen?

Ich meine, ob du reich geworden bist?

Natürlich bin ich reich, antwortete er. Sonst wäre ich nicht zu dir gekommen.

Zu mir? Wie meinst du das?

Er: Glaubst du, ich hätte etwas vergessen?

Sie starrte nachdenklich vor sich hin und kam zu folgendem Schluß:

Du hättest nicht viel zu lachen, Steinthor, wenn es so etwas wie Gerechtigkeit auf der Welt gäbe – und wir alle nicht. Mehr will ich nicht sagen.

Ich habe dich acht Jahre lang nicht gesehen, sagte er. Und du kannst nicht abstreiten, daß du angenommen hast, was ich dir schenkte, bevor ich ging.

Wenn du damit anfangen willst, solche Dummheiten aufzuwärmen, dann mache ich den Primuskocher aus, und du kannst woanders hingehen zum Kaffeetrinken. Wenn du Mararbud nicht übernehmen willst, dann hoffe ich, daß ich dir Zinsen zahlen kann für dieses Geld, das ich dir schulde. Aber dummes Gewäsch höre ich mir nicht an.

Was nennst du dummes Gewäsch?

Wir hier im Dorf haben über ernstere Dinge nachzudenken, und ich für meine Person sage, ich denke nicht daran, mir irgendwelche Dummheiten anzuhören. Hier hat es einen Kampf zwischen Sozialismus und Kapitalismus gegeben, und beide Seiten haben ihn verloren, die Kinder haben keine Vitamine im Blut, und keiner tut etwas für die Armen. Ich bin nicht mehr dasselbe dumme kleine Mädchen, das ich vor acht Jahren war.

Jetzt stehe ich von Angesicht zu Angesicht der Gesellschaft gegenüber.

Gesellschaft? wiederholte er verwundert, denn auch dieses Wort kannte er nicht.

Das Mädchen: Ja, richtig, Gesellschaft! Wer nicht sieht, wo er in der Gesellschaft steht, der ist blind und taub. Wer nicht bereit ist, gegen die Ungerechtigkeit in der Gesellschaft zu kämpfen, der ist für mich kein Mann.

Ungerechtigkeit?! wiederholte der Gast und schnaubte verächtlich. Ihr seid vielleicht klug geworden hier in Island – alle reden von Ungerechtigkeit und Gesellschaft. Es würde nicht schaden, wenn ihr erklären wolltet, was ihr meint.

Was wir meinen? sagte das Mädchen. Natürlich die Reichen, zum Beispiel Johann Bogesen, der eine Million nach der anderen von der Bank holt und für den Jungen ein Schloß in Dänemark gebaut hat und außerdem mit Klaus Hansen zusammen einen Trawler finanziert und eine Zeitung in Silisfjord herausgibt, um arme Arbeiter zu beschimpfen und ihnen zu sagen, sie sollen die Dänen hassen und selbständig sein und allen möglichen verdammten Unsinn. Dann kauft er Fisch für eine Million und kann ihn nicht loswerden, nur weil er zu geizig ist, den Armen Lohn zu zahlen. Manche sagen allerdings, daß Klaus Hansen schuld daran sei, und ich für meine Person sage, es ist eine schreckliche Schande, daß so ein Mann überhaupt existiert, man sagt, er habe über hundertdreiunddreißig Kronen Lohn am Tag, und hier sitzen die Kinder am Strand. Und dann wird gesagt, es sei Bolschewismus, gegen den Kapitalismus zu kämpfen und Konsumvereine und Kinderheime und landwirtschaftliche Genossenschaften und sogar eine kommunale Fischreederei haben zu wollen, nein, das nenne ich nicht Bolschewismus, das nenne ich gerechte Denkungsart und Vernunft. Und ich verstehe einfach nicht, wie du, der du überhaupt nichts von der Gesellschaft verstehst, in meinen Gedanken sein konntest, während ich mit vernünftigen Leuten sprach.

Na, so etwas, sagte er. Ich dagegen kenne Bogesen schon, seitdem er mich zum ersten Mal um meinen Lohn betrogen hat und ich mir schwor, ein genauso großer Mann zu werden wie er, auch wenn zeitweilig alles im Branntwein unterging. Nein, liebe Salvör, du warst noch nicht geboren, da wußte ich schon, daß Bogesen von jedem Pfund, das er im Laden abwiegen ließ, und bei jeder Zahl, die er in seine Bücher schreiben ließ, stahl. Wann waren Moral und Gerechtigkeit je für andere als den Pöbel und die Pfarrer gedacht? Ich bin nicht von gestern.

Ja, und du bist außerdem ein mehrfacher Verbrecher, Steinthor.

Ich habe mich noch nie vor etwas gefürchtet, sagte er.

Hat man so etwas schon gehört, sagte das Mädchen – und das wagst du mir gegenüber zu behaupten, die ich schon zweimal mitangesehen habe, wie du vor dir selbst geflohen bist.

Glaubst du nicht, daß mehr Mut dazugehört, im richtigen Augenblick zu verschwinden, als in seinem Haufen sitzen zu bleiben? Die meisten bleiben sitzen, weil sie nichts anderes wagen, die nennt man dann redliche Leute. Ich nenne sie Feiglinge und Esel, auch wenn sie dreizehn Kinder haben.

Und jetzt stand der Mann plötzlich auf, und sie erkannte ihn wieder, wie er so dastand –

Siehst du nicht, daß ich jetzt frei bin, sagte er. Spürst du nicht, daß ich jetzt alles kann?

Dann gewann die Dichtung Oberhand in ihm, er trat ganz nahe zu ihr heran und war derselbe, derselbe:

Salka, jetzt bin ich endlich wieder bei dir, nach allem, was ich getan habe, und das Leben in deinem Gesicht, das ist mir durch das Blut geströmt bei hundert Grad Hitze und fünfzig Grad Frost, im Süden vor Haiti und im Norden an der Hudsonbai, unter Schwarzen, Indianern und Eskimos, ob ich Geld verdiente oder es verlor, du warst die Gesundheit im Blut und das Bild in der Seele – und dann, wenn ich endlich komme, dann fängst du an, von Ungerechtigkeit und Gesellschaft zu faseln und von Kindern, die am Strand sitzen –.

14

Von dem Tag an gab es in diesem vom Glück verlassenen Dorf eine weitere wichtige Persönlichkeit: Hier war ein schuldenfreier Mann in eine Umgebung gekommen, in der ein Ende der Bankrotte nicht abzusehen war, und auch wenn man noch nicht wußte, wo er sein Geld hatte, sondern nur Vermutungen anstellen konnte, so waren die älteren Leute doch voller Bewunderung dafür, welch große Fortschritte im Hinblick auf seine moralische Lebensauffassung Steinthor Steinsson gemacht hatte, seit er aus Amerika zurückgekommen war, zumal er zu verstehen gab, daß er bereit sei, Fisch zu kaufen.

Jetzt, nachdem der Stern Johann Bogesens eine so zweifelhafte Sache geworden war, war die Zeit gekommen, da der Stern Sveinn Palssons zu steigen begann. Er war der einzige unabhängige Fischreeder im Ort und hatte die Absicht, im Winter zwei Motorboote fischen zu lassen. So kann sich das Schicksal wenden, während man eine Prise Schnupftabak nimmt, wenn man so sagen darf; das Geschäft Johann Bogesens stand nicht nur ohne Kaufmann da, sondern auch ohne Waren; die Namen der Leute waren plötzlich in den Büchern von Sveinn Palsson gelandet, und der hatte zum Abwiegen der Haferflocken einen Geschäftsführer vom Land eingestellt, da der Geschäftsführer Johann Bogesens nur mehr eine Art Ehrenmitglied des allgemeinen Zechvereins war, den ratlose Arbeitslose, Familienväter und Flegel hier im Dorf gegründet hatten, um dafür zu sorgen, daß es schon um die Mittagszeit Schlägereien gab und nicht erst um Mitternacht, wie es früher üblich gewesen war, als sich die Sauferei im Rahmen des Üblichen bewegte. Die Firma Bogesen war, wie gesagt, geschlossen; das Weiße Haus in Oseyri war ebenfalls geschlossen, und vor den Fenstern waren Läden angebracht worden, denn die gnädige Frau war in Dänemark, um ihrem Sohn und ihrer Schwiegertochter bei der Einrichtung des großen Schlosses in jenem Land zu helfen, Bogesen selber aber hielt sich, den letzten Nachrichten zufolge, nach seinen Reisen jetzt in Reykjavik auf; es ging das Gerücht, daß er sehr krank gewesen sei, manche sagten, es habe ihn in einer Bank der Schlag getroffen, andere, er habe sein Gedächtnis verloren. Jemand, der aus der Hauptstadt kam, sagte, er sei so mittellos, daß er seinen Mantel habe verkaufen müssen. Die Nationalbank war so gut wie geschlossen, alle Geldquellen waren versiegt, die Leute konnten nur noch einen kleinen Teil ihrer Guthaben abheben, setzten ihre Hoffnung aber auf das Althing, das nach Neujahr zusammentreten sollte, um zu entscheiden, ob der Staat dieser armen Bank unter die Arme greifen oder sie fallenlassen würde. Noch wußte keiner, wie es ausgehen würde, doch im Lauf des Winters schmückten sich die Gesichter der Kinder mit seltsamen Ausschlägen, und alte Frauen saßen daheim, strickten grobes Garn und bereuten ihre Sünden, sprachlos über die Leichtfertigkeit der Jugend, denn während des Streiks im vergangenen Sommer waren vier junge Mädchen schwanger geworden. Nur das Sattlerehepaar hatte Wind in den Segeln, so daß die Frau mitten im November eine Vergnügungsreise machen konnte und in die Hauptstadt fuhr, um sich ein künstliches Gebiß machen zu lassen.

Kommt Johann Bogesen nicht? – wie es in dem weltberühmten Gedicht über die Lange Schlange heißt: Was hält Johann Bogesen auf? Die Fangsaison hatte schon begonnen, und im Zechverein war viel Unschönes über diesen alten Gentleman und Ehrenmann gesagt worden, der alle Leute im Dorf wie seine Kinder geliebt hatte. Wollte er nun seine Kinder an Hunger und Brennspiritus sterben lassen, während seine Speicher bis zum Platzen mit Salzfisch gefüllt waren? Viele Kinder mußten auf jede Bildung verzichten, weil sie keine Kleider hatten, um in die Schule gehen zu können, und sich damit zufriedengeben, singend und fluchend bei den Läusen daheim herumzusitzen, ganz ohne wissenschaftliche Vitamine, im Dunst des Primuskochers.

Dagegen kam zu Beginn der Fangsaison aus Reykjavik einer, der den Leuten ganz besonders verhaßt war, mitten im Winter in einem völlig zerschlissenen Regenmantel, durchsichtig wie ein Glashai, die Zigarette zwischen den dünnen Fingern, mit großen Augen und hohlen Wangen; er wurde im bitterkalten Wind von ein paar jungen Bolschewiken begrüßt, die etwas zum Rauchen von ihm bekamen und ihn an Land brachten und ihm heißen Kaffee gaben.

Nein, er wurde nicht müde, Gutes zu tun, dieser dürre, mittellose Student, der keinen Platz hatte, an den er sein müdes Haupt legen konnte, und nur das wußte, was er aus Büchern gelernt hatte.

Als erstes berief er für den Abend eine Versammlung der Gewerkschaft ein, es kamen aber nur wenige Leute, denn jetzt endlich hatte die Allgemeinheit verstanden, was Sozialismus war, und erkannte, wie wertlos diese Theorie war: in Wirklichkeit war das im Augenblick herrschende Elend nur ihr zu verdanken. Dennoch gelang es Arnaldur Björnsson, die wenigen Seelen, die zu der Versammlung kamen, zu neuem Leben zu erwecken. Er hielt lange Reden, um ihnen deutlich zu machen, daß der Sieg über den Kapitalismus unmittelbar bevorstehe, nun müsse man unbedingt zum entscheidenden Schlag ausholen; nun habe man es fast geschafft, Johann Bogesen zum Teufel zu schicken, doch da erhebe der Kapitalismus wieder sein Haupt, und zwar in Gestalt Sveinn Palssons; nun gelte es, auch diesem Haupt den Garaus zu machen. Man müsse allen den Garaus machen, die sich anheischig machten, den Menschen zu helfen. Er zeigte den Versammlungsteilnehmern eine wacklige Schreibmaschine, die manche für eine Druckerei hielten, und gründete eine Zeitung, die Der Eifer hieß und einmal wöchentlich zur Bekämpfung Johann Bogesens erscheinen sollte; sie sollte die Menschen dazu überreden, Sozialisten in den Gemeinderat und ins Althing zu wählen und die Banken und die Staatskasse zu erobern. Im übrigen berichtete Arnaldur Björnsson, daß Johann Bogesen bei guter Gesundheit in der Hauptstadt lebe, er habe keinen Schlaganfall gehabt, und schon gar nicht in einer Bank, und er habe auch nicht sein Gedächtnis verloren, wie kürzlich behauptet worden sei. Er war vor Weihnachten aus dem Ausland zurückgekehrt, wo er ein Schloß für seinen Sohn errichtet hatte, jetzt betrieb er im Südland Trawlerfischerei, zusammen mit Klaus Hansen und dergleichen Leuten, lebte mit königlichem Aufwand in einem vorzüglichen Hotel in der Hauptstadt und fahre oft im Automobil zwischen Hafnarfjord und Reykjavik hin und her, manchmal mit einer jungen Frau vom Land, die zwar nicht besonders hübsch oder interessant war, aber ansonsten recht gut ausgestattet und in gewisser Beziehung durchaus vielversprechend. Es war auch ein Mißverständnis, daß er seinen Mantel verkauft habe, hingegen sei er nicht schüchtern, wenn es darum gehe, reiche Leute dort in der Hauptstadt einzuladen und ihnen Mäntel zu schenken, es könne sogar bewiesen werden, daß er dem Minister einen Mantel geschenkt habe, denn in der Hauptstadt gelte es anscheinend als besonders höflich, reichen Leuten Mäntel zu schenken. Dann verbreiteten die Versammlungsteilnehmer diese Neuigkeiten im Dorf, und die Leute verfluchten den Kaufmann in Grund und Boden, sowohl dafür, daß er ihnen nicht mehr gestatten wollte, den dummen Fisch aus dem Meer zu ziehen, als auch dafür, daß er angefangen hatte, seine Alte zu betrügen, denn selbst hatten die Männer hier kaum die Möglichkeit, ihre Frauen zu betrügen.

Zuletzt, aber deshalb nicht weniger nachdrücklich, kam Arnaldur auf die Maßnahmen zu sprechen, die den tödlichen Schlag versetzen sollten – nicht nur der Firma Bogesen, sondern auch jeglicher Initiative des einzelnen auf dem Gebiet des Handels hier im Dorf, Sveinn Palsson eingeschlossen, nämlich die Gründung eines Konsumvereins. Er teilte den Leuten mit, daß Kristofer Torfdal ihm im Namen des Verbands der Konsumvereine versprochen habe, daß dem zukünftigen Konsumverein in Oseyri ein Betriebsdarlehen von bis zu viertausend Kronen gewährt werde, wenn der Verein mit einem Kapital gegründet werde, das eine ausreichende Sicherheit für die Hälfte dieses Betrags darstelle. Als das im Ort bekannt wurde, bekehrten sich sogar die unwahrscheinlichsten Leute zu Kristofer Torfdal und trugen ihm die verschiedenen Streiche nicht mehr nach, die er der Gesellschaft gespielt hatte, mit seinen wilden Tieren und so weiter, und sie fingen an zu glauben, daß im Grunde er der wahre Retter der Nation sei, denn es schien klar zu sein, daß auf die Kinder in den Fischerhütten dank seiner Hilfe ein Leben im Überfluß wartete, und daß sie sich Kleider und ähnlichen Luxus würden leisten können.

Einige Abende später wurde die Gründungsversammlung des Konsumvereins abgehalten. Es war eine gut besuchte Versammlung, alle waren sich über die Notwendigkeit eines Konsumvereins einig. Es wurde vorgeschlagen, daß die Leute fünfzig Kronen Aufnahmegebühr bezahlen sollten und daß außerdem jeder für hundert Kronen bürgen solle. Die Leute waren geradezu darauf versessen, beizutreten, und alle kritzelten ihre unleserlichen Namen auf ein Blatt Papier. Salka Valka war auf dieser Versammlung; Steinthor Steinsson auch. Er setzte sich nicht, sondern blieb am Eingang stehen, hoch aufragend und einflußreich, kupferfarben, schwarzmähnig. Die Leute begrüßten ihn mit großer Ehrerbietung, denn er trug nicht nur einen eleganten Mantel mit Achselklappen, sondern auch, inmitten all der Arbeitslosigkeit, einen Kragen. Er beteiligte sich nicht an der Diskussion und schien den Konsumverein auch nicht unterstüt-

zen zu wollen. Salka Valka stand auf und zeichnete hundertfünfzig Kronen, um ihm schwarz auf weiß zu zeigen, daß sie sich für
eine vernünftige und gerechte Denkungsart einsetzte und die
Gesellschaft verstand. Dagegen sah Arnaldur Björnsson sie
nicht an, obwohl sie mit ihrer Unterschrift dieses Bekenntnis
ablegte – er hatte sie seit seiner Ankunft noch nicht begrüßt. Er
schien dazu entschlossen zu sein, sie in der Zukunft als einen
unbedeutenden Teil der Masse zu betrachten, obwohl er sie im
vergangenen Sommer zweimal besucht hatte, einmal am Morgen, das zweite Mal in der Nacht. Es kam ihr so vor, als ob sie
eine Niederlage gegen ihn erlitten habe, als sie unterschrieb.

Doch als es soweit war, daß die Leute ihre Beträge erlegen
sollten, da machten manche ratlose Gesichter, denn keiner hatte
seit irgendwann im letzten Jahr ein Geldstück gesehen. Nun
wollten die Leute Grundbesitz und lebendes Inventar als Sicherheit bieten, manche Fisch, manche Schafe, manche ihre Kuh, ihr
Grundstück oder ihre Anteile an Booten – doch alle waren hoch
verschuldet beim Geschäft, so daß es höchst unsicher war, ob
das, was sie als Pfand anboten, überhaupt noch ihr Eigentum
war. Doch es blieb nichts anderes übrig, als die Pfänder gelten
zu lassen, und Arnaldur wurde beauftragt, einen Wechsel für
den Gesamtbetrag, zweitausend Kronen, zu beschaffen, und
gleichzeitig wurde er zum Vertrauensmann des Vereins bestimmt
und verließ die Versammlung als Leiter des Konsumvereins
Oseyri, beladen mit Pflichten und Verantwortung, aber ohne
Salka Valka angesehen zu haben.

15

Was geschah?
Steinthor Steinsson aus Amerika verschwand aus dem Dorf
und brachte aus dem Osten, Norden oder Süden des Landes
zwei Boote von der Art zurück, die man hier bislang nur vom
Hörensagen gekannt hatte; es waren offene Boote mit einem
kleinen Motor, die so gut wie gar nichts kosteten, höchstens ein
paar Menschenleben. Er war der festen Überzeugung, man
müsse jetzt fischen und fischen lassen, wie es in einer ausländi-

schen Redensart heißt, behauptete, einen Vertrag mit Exporteuren geschlossen zu haben, und erbot sich, alles zu kaufen, was die Leute aus dem Meer zogen, trotz der Unruhen in Spanien und der vielen Meinungsverschiedenheiten zwischen dem dortigen Volksstamm und seinem König. Viele schauderte bei dem Gedanken, auf einem von Steinthors Booten auf Fischfang zu fahren, sie meinten, daß solche Nußschalen nicht viel taugten, wenn die Entfernung zu den Fanggründen so groß sei wie von hier, auch wenn es hieß, daß sie einen Motor hätten, doch was taugte dieser Motor? Steinthor gab zur Antwort, daß er bei den ersten Fahrten selbst als Bootsführer auf einem der beiden Boote mitfahren werde. Es kamen Männer zu ihm und fragten, ob er ihnen Fanggerät, Öl und Salz verschaffen könne, und er gab jedem von ihnen etwas von diesen notwendigen Dingen und ließ es auf ihre Rechnung schreiben; dann zogen sie ihre Boote aus jenem Nirwana, wo sie sich seit dem letzten Jahr ausgeruht hatten, ins Wasser.

Um diese Zeit besuchte er eines Abends wieder Salka Valka.

Es ist sehr einfach für dich, sagte sie, den großen Mann zu spielen, Boote auszurüsten und Fisch zu kaufen; du machst dir nur zunutze, was Leute, die tüchtiger sind als du, erreicht haben. Wer war es denn, der Bogesen in die Knie gezwungen hat? Du brauchst nicht zu glauben, es sei deiner Tüchtigkeit zu verdanken, daß wir jetzt gezwungen sind, auf jedes elende Angebot, das du machst, einzugehen, um ein Boot zu Wasser lassen zu dürfen. Aber warte nur, dem, der Johann Bogesen im Laufe eines halben Jahres den Garaus machte, wird es nicht schwerfallen, auch dich kleinzukriegen.

Wenn du diesen dünnen Jammerlappen von Lateinschüler meinst, der sich hier herumtreibt, dann bildest du dir doch hoffentlich nicht ein, daß er auch nur genug Geld hat für die Zigaretten, die er den lieben langen Tag pafft.

Salka: Wenn er ein Jammerlappen ist, was bist dann du?

Steinthor: Ja, wo sind sie jetzt, die mich vor Jahren einen Jammerlappen nannten? Von Gicht geplagte, fußkranke Familienväter, die nicht einmal Geld für Brennspiritus haben. Wer ist der Anfang und das Ende in diesem Dorf? Das bin ich.

Sie: Wo wärst du, wenn Johann Bogesen nicht fertiggemacht worden wäre?

Er: Johann Bogesen ist dort gelandet, wo er schon immer hingehörte. Und wenn ihn jemand besiegen kann, dann ich.

Nein, der Konsumverein. Und wer hat den Konsumverein gegründet?

Er: Der Konsumverein, das bin ich. Natürlich habe ich diese zweitausend Kronen für Arnaldur Björnsson ausgelegt, um euch alle in der Hand zu haben. Natürlich kenne ich das Leben in kalten wie in heißen Erdteilen. Natürlich lasse ich meinen Traum Wirklichkeit werden.

Es ist immer sehr einfach, mit dem Zufall anzugeben, sagte Salka, die von dieser unerwarteten Neuigkeit ziemlich überrascht war.

Er: Zufall! Glaubst du, das sei ein Zufall? Glaubst du, dieses Dorf sei ein Zufall? Oder dieses Jahr und dieser Tag? Glaubst du, ich hätte nie geschworen, Fisch zu kaufen? Glaubst du, ich hätte nicht gewußt, daß dieses Dorf mein Dorf ist? Und glaubst du, ich hätte nicht auch beschlossen gehabt, deinen Mann aus dem Weg zu räumen, falls du verheiratet gewesen wärst? Natürlich hätte ich ihn auf ein leckes Boot angeheuert –

Ich bin verheiratet – und heure ihn nur auf ein leckes Boot an, wenn du es wagst. Dann wird es sich zeigen. Ich wünschte, es gäbe irgendeinen Gott, der nicht nur Einbildung ist und so gerecht, daß er Mama und mich rächt.

Steinthor Steinsson: Es gibt keinen Gott außer mir.

Sie: Einmal glaubte ich, deine Verbrecherkrallen würden mich mein ganzes Leben lang dirigieren, weil du mich beinahe ermordet hattest. Aber jetzt weiß ich, was es heißt, einem Mann gegenüber Gefühle zu haben, wahre Gefühle, die auf geistigen Idealen bauen –

Geistigen Idealen, was für ein Geschwätz –

Ja, ganz richtig, geistigen Idealen, und dabei bleibe ich. Er hat mir keine Geschenke gemacht, wie ihr sie Huren macht, sondern er hat meine Seele erweckt, und was immer du mir angetan haben magst, als ich ein Kind war, so weiß ich, daß du nie meine Seele berührt hast. Sie gehört ihm.

Heilsarmeegeschwätz, sagte er.

Du kannst gleich heute abend diese Hütte übernehmen, die ich aus Dummheit kaufte für Geld, das du sicher auf der anderen Seite des Erdballs gestohlen hast. Ich bin nicht auf dich angewiesen. Und den Ring, den du mir zum Lohn gabst für das, was du mit mir machtest, als ich klein war, den habe ich meinem Freund geschenkt, als er letztes Mal Lebewohl sagte, damit er ihn verkaufen und etwas Nutzen aus ihm ziehen konnte.

Sein Gesicht verzog sich zu einer Grimasse, er fand seinen Hut, kratzte sich im Nacken und lachte.

Dieser Ring war höchstens zehn Kronen wert, sagte er. Ich stahl ihn an Bord eines Schiffes, oder besser gesagt, ich fand ihn auf dem Offizierslosett. Der dritte Steuermann hatte ihn dort vergessen, als er sich wusch.

Es dauerte lange, bis Salka Valka sich eine passende Antwort auf diese unerwartete Enthüllung ausgedacht hatte, die nicht nur auf einen Schlag ihren Ansichten zur Rechtfertigung der Liebe die Grundlage entzog, sondern auch die Werte zunichte machte, von denen sie geglaubt hatte, sie könnten die – bisherigen wie zukünftigen – Bankrotte des Lebens aufwiegen; zurück blieb nur ein kleines Mädchen, das mißbraucht wurde, nicht bloß eine Märtyrerin, sondern auch eine Närrin. Die Geschenke der Liebe waren also nichts anderes als gestohlener Plunder, und gleichzeitig erwies sich der Versöhnungstod ihrer Mutter als sinnlos, wie der Versöhnungstod des Erlösers. Wenn man es genau betrachtete, war Steinthor Steinsson der Teufel. Sie öffnete den Mund wie ein Idiot; etwas Grobes, Vulgäres, Häßliches bemächtigte sich ihrer Gesichtszüge, und dann gewann die Verzweiflung die Oberhand. Sie schlug beide Hände vors Gesicht und heulte im Falsett, während sie rasch hin und her zu gehen begann.

Ich bin geschändet, geschändet, heute erst bin ich geschändet worden, und nun gibt es nichts, was das auslöschen kann –

Das einzige, was sie bisher zu seiner Entschuldigung gehabt hatte, war doch dies: Er hatte sie geliebt – trotz allem. Jetzt blieb sie vor ihm stehen und schrie:

Lügner.

Das ist ein Mißverständnis, sagte er, doch sie lief weiter hin und her und rief, sie sei geschändet worden, heute geschändet worden, in dieser Stunde.

Leider ist es mir damals nicht geglückt, fuhr er ruhig fort. Er stand neben der Tür, bereit hinauszugehen. Ich gebe zu, daß ich nichts so sehr bedauert habe wie die Tatsache, daß es mir nicht glückte. Ich habe mich deshalb tausend Nächte lang in kalten und heißen Erdteilen geärgert. Ich war nämlich besoffen. Ich hatte es mir oft vorgenommen, denn du warst der Teil deiner Mutter, auf den ich es abgesehen hatte, der Geruch deines Blutes stieg mir Tag und Nacht in die Nase, und manchmal schien es mir ganz unmöglich, auf dich zu warten, denn du warst erst elf oder zwölf Jahre alt. Und dann hatte ich dich dort an jenem Morgen, und du hast gekratzt und gebissen, bis du ohnmächtig wurdest – und er gab ihr, ohne zu zögern, eine genaue Schilderung davon, wie ihm dieses erstrebenswerte Verbrechen mißglückt war – und plötzlich war ich wieder nüchtern, und ich machte mich eilends mit dem Küstendampfer davon, denn ich wußte, daß es ein großes Getue geben würde. Wie gesagt – ich tat dir nichts an. Du wurdest nur ohnmächtig vor Wut. Dein erster Beischläfer, wer er auch sein mag, müßte gemerkt haben, daß ich die Wahrheit sage.

Hinaus mit dir! rief Salka und wollte ihm außerdem eine Ohrfeige geben, hatte aber nicht bedacht, daß sie es nun mit dem zu tun hatte, der in verschiedenen Erdteilen gegen bewaffnete Männer gekämpft und den Sieg davongetragen hatte, denn er packte ihre Faust, als sie zum Schlag ausholte, und hielt ihre beiden Handgelenke mit eisernem Griff fest.

Sie spürte, daß sie nicht stark genug war.

Dann nimm mich, wenn du es wagst, knurrte sie zwischen den Zähnen. Sie begannen, sich zu prügeln, wie man sich hier im Dorf sicherlich noch nie geprügelt hatte. Ihre Leiber preßten sich haßerfüllt aneinander, in wildem, wollüstigem Ringen, als wollten sie einander zu Staub zermalmen, wie zwei Bestien, die einander fressen wollen, jeder Muskel gespannt, Brust an Brust, Bauch an Bauch, so wie das Leben mit sich selbst kämpft, weil es sich selbst haßt und liebt, zu gleichen Teilen und zur selben Zeit: So schön, wie es in Gedichten ist, so ist es tatsächlich. Sie trieben einander quer durch den Raum, von einer Wand zur andern, zertrümmerten zuerst das Geschirr, dann die Stühle, der Primuskocher fiel um, schließlich fiel das Bild des stillen ausländischen Waldes von der Wand, es krachte in allen Balken, der Fußboden schwankte. Zum Schluß hatte er sie in eine Ecke gedrängt. Und er preßte seinen Mund auf ihre Lippen wie ein hungriges wildes Tier, das seine Schnauze auf eine Wunde preßt und mit dem tiefsten und innigsten Wohlbehagen des Lebens das Blut schmeckt. Erst jetzt wurde ihr die Bedeutung dieses Ringkampfes klar, wurde ihr bewußt, was eigentlich geschah. Sie geriet in Berserkerwut. Sie packte ihn an den Schultern und trieb ihn im Nu quer durch die Küche und rückwärts zur Tür hinaus, riß sich von ihm los und versetzte ihm einen Fußtritt in den Unterleib, so daß er mit tierischem Gebrüll aus der Lüsternheit aufwachte, die die Witterung ihres Blutes in ihm erregt hatte.

Sie griff zum Türsturz hinauf, holte ein scharfes Filetiermesser, das dort in einem Spalt steckte, und hielt es ihm drohend entgegen.

Ich bringe dich um, schrie sie, ich bringe dich um, wenn du es wagst, durch meine Tür zu treten.

Diese Tür gehört nicht dir, sagte er. Das ist meine Tür – du verfluchtes Kind, kein Bandit auf der Welt ist so gemein, einen Mann dort zu treten, wo du mich getreten hast –

Sie hörte ihn noch eine Weile mit zusammengebissenen Zähnen stöhnen. Dann nahm sie seinen Hut und warf ihn in die Dunkelheit hinaus. Anschließend schloß sie die Eingangstür seines Hauses ab, blieb aber lange mit dem Messer in der Hand neben der Tür stehen, dazu entschlossen, ihn umzubringen, falls er zurückkommen sollte. Als sie sicher sein konnte, daß er fort war, steckte sie ihre Sachen in einen Sack und bat um Unterkunft in einem anderen Haus.

16

Sie war wieder Schlafgast in Oseyri am Axlarfjord, und zwar in einem recht ordentlichen Haus bei einem Mann aus dem Fischerverein und seiner Frau. Sie bekam eine kleine Dachkammer mit schrägen Wänden. Sie gab keine langen Erklärungen über ihre Lage ab, sondern sagte nur, daß sie ausgezogen sei. Sie bat die Leute, sie allein zu lassen, schloß die Tür, holte ihre Bettdecke aus dem Sack und deckte sich zu; vom Meer her kamen Schnee- und Regenschauer, es war kein Frostwetter, aber kalt. Sie zitterte, wickelte die Bettdecke fester um sich, zitterte aber nur um so mehr.

Bis tief in die Nacht hinein war ihr innerlich, als ob im Dorf ein Sturm tobe, manche Häuser umwerfe und durch andere hindurchfahre, so daß das Leben der Jugend in Gefahr war. So waren die Stützen, die ihre Persönlichkeit trugen, durch ein oder zwei Enthüllungen weggerissen worden; letztlich gehörte sie ihm weder kraft des Bösen noch kraft des Guten, denn es gab keines von beiden. Sein letzter Sieg über sie war, dies zu beweisen. Doch gleichzeitig sah sie, daß das Schicksal gelogen hatte. Die Achse, die es ihrem Leben gegeben hatte, war nur Täuschung; nur ein Wolkengebilde, unten schwarz und oben mit ein wenig falschem Flitter, das sich dann über dem Meer in nichts auflöst. Wer war sie, daß sie gewagt hatte, mehr erreichen zu wollen, als in dieser Masse Arnaldurs, in der wir alle leben und sterben sollen, aufzugehen – in der Gesellschaft, der Allgemeinheit, der Menge, die nichts besitzt, sich aber danach sehnt zu leben?

Sie stand in der grauen Winterdämmerung auf, angezogen, denn sie hatte ihre Kleider nicht abgelegt, zerzaust und zerknittert; sie wusch sich nicht und kämmte sich nicht, sondern wickelte sich in der Kälte den wollenen Schal zweimal um den Hals und fuhr wie ein verwundeter Hund mit der Zunge über die Schrammen an ihren Händen; ihr kam der Gedanke, daß sie vielleicht gestorben und in eine andere Welt gekommen sei.

In Wirklichkeit war sie noch nie so arm gewesen wie an diesem Morgen. Es war, als halte sie sich zum ersten Mal in einem fremden Dorf auf, so seltsam war der Schreck, den sie empfand, als sie aus einem fremden Haus trat und sich umsah: Alles hatte sich verändert, die Häuser waren umgedreht, die Straßen liefen in andere Richtungen, die Berge hatten ihren Standort gewechselt, die Sterne am Firmament spielten eine andere Melodie als die, die sie kannte, wenn sie klein zwischen den großen Hagelwolken hervorleuchteten. Was mag mir wohl in diesem neuen, eigenartigen Dorf bevorstehen, dachte sie, wie ein Mensch, der seinem Heimatland Lebewohl gesagt hat und in einem fremden Land aufwacht. Nun begann für sie ein neues Leben.

Sie war allein unterwegs im Ort. Nur hinter wenigen Fenstern konnte man einen Lichtschein sehen, wo eine schläfrige Hausfrau aus alter Gewohnheit aufgestanden war, um Kaffee zu kochen. Doch die meisten hielten glücklicherweise noch die Augen geschlossen vor jener Mittellosigkeit, die uns alle plagt.

Sie schlenderte zur sogenannten Lageyri hinunter, dem flachen Meeresufer westlich der Landungsbrücke, wo sich so etwas wie das Armenviertel des Dorfes befand, und blieb vor einem Haus stehen, das schmal und lang war wie ein Stricknadelkasten, denn es war im Takt mit den Extremitäten der ältesten Jungen verlängert worden; es war das feinste Haus auf der Lageyri und wurde für gewöhnlich die Flöte genannt, weil die Winde seltsame Töne erzeugten, wenn sie durch das Haus pfiffen. Das Haus lag noch im Schlaf, ach, wie ruhig das Haus im Fäulnisgeruch des Strandes schlief. Sie blieb lange davor stehen, wie eine geheimnisvolle Frau in einem Buch, und betrachtete die Morgendämmerung, sah, wie sie ganz allmählich über ihr neues Leben heraufzog, kalt und traurig unter den Wolkenbänken. Nichts ist trostloser und stummer als ein solcher Wintermorgen, grau und ohne Frost, kälter als jeder Frost; nichts ist heimatloser als ein Mädchen, das an einem solchen Morgen vor einem unerklärlichen Haus steht, barhaupt und zerzaust, mit einem Schal um den Hals, mit zerschrammten Händen, zitternd vor Kälte, nicht hübsch, übernächtigt, vor sich hin starrend, und es ist noch keiner aufgestanden.

Schließlich ging sie zur Tür und hob den Riegel, betrat einen engen Verschlag, in dem es nach Fischschuppen, Tran und dem Firnis von Ölzeug roch, tastete sich weiter, bis sie eine Türklinke fand, und klopfte an die Tür, einmal, zweimal.

Was zum Teufel ist jetzt los? fragte von drinnen eine schläfrige Männerstimme, und es sprang jemand aus dem Bett, lief zur Tür und riß sie auf; auf der Schwelle stand ein junger Mann in wollenen Unterhosen.

Guten Morgen, sagte sie.

Wer ist da?

Ein Mädchen, sagte sie.

Ach, du bist es, Salka. Aber es ist zu spät, mit uns zu sprechen. Wir sind schon im Osten angeheuert.

Ich wollte euch auch gar nicht anheuern. Ich wollte nur fragen, ob Alli nicht bei euch schläft.

Alli? Was willst du von dem?

Ich muß nur eine Kleinigkeit mit ihm besprechen.

Der Mann war ein wenig überrascht, zeigte ihr aber, wo das Bett Arnaldurs war, ganz hinten im Raum, am Fenster. Die Betten standen aufgereiht vor den Wänden, zwei hatten Oberkojen; junge, schläfrige Burschen schauten verwundert unter den Bettdecken hervor, denn sie hatten gerade jetzt im Morgengrauen von Mädchen geträumt.

Weiblicher Besuch, Alli, verkündete der, der an die Tür gekommen war, und kroch wieder unter seine Decke, doch der, der geweckt wurde, richtete sich halb auf in seinem Bett und fragte, was los sei; er war noch ganz benommen, wie es Leute, die bis in die Nacht hinein lesen, häufig sind, wenn sie vor sechs Uhr morgens geweckt werden.

Vor seinem Bett war eine kleine Bank, darauf lagen seine Kleider neben einer kleinen Lampe und einem ausländischen Buch von tausend Seiten. Er tastete nach einem Streichholz und machte Licht. Das Lampenglas hatte einen Sprung und war ganz verrußt, der Docht war oben verkohlt und unten zerfasert und reichte kaum bis in den Petroleumrest hinunter, aber sie konnten einander dennoch sehen in der prosaischen Trübsal dieses Morgens.

Guten Tag, Arnaldur, sagte sie und reichte ihm ihre kalte Hand.

Was treibt dich mitten in der Nacht umher? fragte er; seine Brust leuchtete weiß und mager aus dem dünnen, schmutzigen Hemd hervor – doch sie birgt ein Herz, das für uns alle schlägt –

Ich werde gleich wieder gehen, sagte sie farblos, unberechenbar wie ein Mensch im Anfangsstadium des Wahnsinns, und seltsamerweise schien ihre kalte Hand für immer in seiner warmen Hand liegenbleiben zu wollen – sie ruhte dort willenlos und leidenschaftslos, als ob ihr jede moralische Kraft fehle. Schließlich war er es, der ihre Hand losließ, so daß sie kraftlos herabfiel. Er sah sie an, wie sie neben seinem Bett stand.

Hier gibt es keine Sitzgelegenheiten, wie du siehst, außer der Bettkante.

Sie setzte sich ohne weiteres zu ihm, saß zuerst eine Weile mit den Händen im Schoß da, kratzte sich dann am Kopf und steckte den Fingernagel in den Mund.

Frierst du hier nicht? fragte sie – in einem so dünnen Hemd und so wenig zugedeckt?

Du hast vielleicht die Absicht, mich unter deine große Bettdecke daheim in Mararbud einzuladen? fragte er.

Nein, antwortete sie, ohne rot zu werden oder die Miene zu verziehen. Ich bin nirgends mehr daheim.

Hast du verkauft?

Nein, sagte sie.

Aber was dann?

Ich kann nur nicht verstehen, daß du nie bei mir vorbeigeschaut hast, seit du da bist.

Er sah sie verwundert an.

Das kommt vielleicht daher, daß du herausgefunden hast, daß der Ring Plunder war, nur ein gewöhnlicher Tombakring. Aber ich wußte das nicht. Ich glaubte, er sei teuer gewesen. Ich glaubte, er sei die einzige Kostbarkeit, die ich hatte. Sonst hätte ich ihn dir nicht geschenkt. Es tut mir so leid.

Soso, sagte er. Er war also unecht? – und ich habe ihn der Streikkasse gestiftet, als wir im Winter für die Langleinenfischer im Südland sammelten. Aber um dir auf deine andere Frage zu antworten, so pflege ich keine Mädchen zu besuchen, deren Liebhaber erst vor kurzem von einer harten und langen Auslandsreise zurückgekehrt sind. Ich weiß, daß sie dann anderes zu tun haben, als sich um mich zu kümmern.

Sei still, Arnaldur, sagte sie mit leiser Stimme und sah verlegen vor sich nieder. Sie hatte noch nie in ihrem Leben jemanden so demütig gebeten, still zu sein.

Sie saß dort auf seinem Bett, übernächtigt und bleich und, wie es schien, ganz apathisch, wie eine Närrin, sogar ohne Schamgefühl; es war, als ob ihr Alltagsbewußtsein in die Tiefen ihrer Persönlichkeit hinabgesunken sei und sie hier mit Hilfe ihres Unterbewußtseins handle. Schließlich sagte sie:

Ich bin neulich dem Konsumverein beigetreten, Alli, denn ich bin nicht gegen Zusammenarbeit, wie du glaubst, nein, ich bin mir sicher, daß Zusammenarbeit das beste ist für die Gesamtheit. Aber wie konntest du es über dich bringen, zu Steinthor zu gehen und ihn zu unser aller Gläubiger zu machen, ohne uns zu fragen?

Erstens, sagte er, wurde mir aufgetragen, das Geld zu beschaffen, und zweitens – solltest du dich eigentlich freuen über diese Lösung. Nicht etwa, daß ich eine besondere Schwäche hätte für deinen alten – Stiefvater, aber wir können im Augenblick nicht wählerisch sein, und alle Waffen sind gut, sofern man sie dazu verwenden kann, Johann Bogesen aus dem Weg zu räumen.

Er ist nicht mein Stiefvater und schon gar nicht mein Liebhaber, wie du vorhin sagtest. Das ist alles vorbei. Er ist nichts. Und ich selbst bin auch nichts mehr. Aber eines ist sicher, es ist nicht besser, wenn er statt Johann Bogesen uns beherrscht.

Soso, sagte Arnaldur. Du sagst, du hast aufgehört, Steinthor Steinsson zu lieben. Wenn das so ist, dann werde ich dir sagen, daß Steinthor nie gefährlich wird, er ist nämlich nicht das, was man einen guten Menschen nennt, und es sind nur diese guten Menschen, von denen eine wirkliche Gefahr ausgeht. Nun kann ich dich zum Beispiel davon in Kenntnis setzen, daß unser großer Wohltäter hier, Johann Bogesen, vor kurzem Zigtausende in einen Zeitungsverlag in Reykjavik gesteckt hat, um die Aufmerksamkeit der Leute von den inländischen Großdieben abzulenken, indem gegen Dänen und Russen losgezogen wird. In der Wikingerzeit wurden offizielle Raubzüge unternommen, doch jetzt gilt es als besonders höflich, mit Hilfe der Zeitungen über die öffentliche Meinung zu bestimmen und arme Leute dazu zu verleiten, gegen die Sache ihrer Kinder zu kämpfen. Sie schaffen die öffentliche Meinung, indem sie schmutzige Artikel schreiben lassen über Männer, die sich dafür einsetzen, daß die Kinder einfacher Leute Milch zu trinken bekommen, bessere Wohnungen und eine vernünftige Erziehung. Früher hat sich dieselbe Art von Menschen einen Spaß daraus gemacht, kleine Kinder auf Speerspitzen hin und her zu werfen. Heute haben sie es auf die Eltern abgesehen, damit die in der Politik gegen ihre eigenen Kinder stimmen. Es gibt viele Geschichten über den Großmut der Wikinger. Doch bei diesen guten Menschen der Gegenwart, das heißt bei diesen kapitalistischen Meuchelmördern, da gibt es kein anderes Gefühl als den Menschenhaß des Menschenhasses wegen.

Ich weiß, sagte sie. Ich habe dich das schon früher sagen hören. Es ist einfach schrecklich. Ich kann nicht anders, ich muß immer an arme Kinder denken. – Hör mal, Alli, ich konnte heute nacht nicht schlafen, es geschah nämlich etwas gestern abend, und nun weiß ich, wo ich stehe. Ich bin gekommen, um dir zu sagen, daß ich der Gewerkschaft beitreten will.

Was ist geschehen? fragte er, ohne sie zu ihrer Sinnesänderung zu beglückwünschen oder sie in den Reihen der Kämpfenden zu begrüßen.

Ich habe nichts mehr außer diesem Anteil an einem Boot, der vielleicht weniger als nichts wert ist, sagte sie. Mararbud hat mir nie gehört. Sie war, wie du selbst weißt, für Steinthor Steinssons Geld gekauft. Ich bin ein Proletarier.

Während sie dies sagte, leuchtete zum ersten Mal ein Funken von Begeisterung in ihren Augen auf, aber gleich geriet etwas in ihren Zügen aus dem Gleichgewicht.

Die Burschen in den Betten hatten angefangen, Schnupftabak zu nehmen und ihre Morgenflüche auszustoßen. In der Küche dahinter hörte man, wie an einem Primuskocher gepumpt wurde, denn die alte Frau war aufgestanden.

17

In der Fangsaison, die jetzt begann, ereignete sich eigentlich nichts, und schon gar nichts Erzählenswertes, abgesehen davon, daß eines der kleinen Boote Steinthor Steinssons mit vier Mann an Bord Schiffbruch erlitt, und nur einer konnte sich auf den Kiel retten; dieser eine war Steinthor Steinsson. Er hing vierundzwanzig Stunden lang im Sturm auf dem Kiel, und es galt als große Heldentat, so lange auf einem Bootskiel zu hängen, es wurde in allen Zeitungen darüber geschrieben, am meisten jedoch im Volk, der Zeitung Kristofer Torfdals, die jetzt allen im Dorf, ob lebendig oder tot, gratis zugestellt wurde. Sveinn Palssons Motorboot Meerjungfrau rettete Steinthor bei den Illugischären, da konnte er nicht mehr sprechen, war verletzt und halb erfroren. Seiner Erfrierungen wegen lag er bis in den Frühling hinein, und er wurde sehr bewundert für seine Tapferkeit. Als der Pfarrer früh am Morgen zu einer Frau kam, um ihr die Nachricht zu bringen, daß ihr Mann ertrunken war, da brach sie so schnell in Tränen aus, wie wenn ein irdenes Gefäß unter einem Schlag zerbricht, und ihre bettlägerige Mutter ebenfalls, die kleinen Kinder in ihren Betten aber waren so überrascht, als sie diese jähe und seltsame Veränderung in den Gesichtern ihrer

Mutter und Großmutter sahen, daß sie laut loslachten; ihr Lachen wollte gar kein Ende nehmen. Später erschien der Frau ihr Mann aus einer anderen Welt im Traum und berichtete ihr, daß Steinthor alle seine Matrosen vom Kiel gestoßen habe, um selbst daran hängen zu können. Viele hatten damit gerechnet, daß die beiden kleinen Boote schon auf ihrer ersten Fahrt untergehen würden, doch es kam nicht so; es sank nur das eine. Schwer zu sagen, wie einförmig, trostlos und langweilig es in dieser Fangsaison im Ort geworden wäre, wenn nicht ein neuer, unverheirateter Arzt für den alten Arzt gekommen wäre, der jetzt in einer Anstalt in einem anderen Landesviertel untergebracht war. Der neue Arzt brachte eine Menge Arzneien mit, vor allem Branntwein, und so wurden jetzt alle krank, auch wenn sie kein Geld hatten, insbesondere die Frauen. Alle waren sich darüber einig, daß es höchste Zeit war, daß ein neuer Arzt kam, denn vor kurzem war ein Mann gestorben, weil er den Weingeist aus einem Schiffskompaß getrunken hatte, und ein anderer hatte bei einer Schlägerei ein Auge verloren.

Der Konsumverein richtete sich in einer alten Baracke ein, die ursprünglich ein Trockenschuppen gewesen war, dann ein Schlafplatz für Fischer, dann sowohl Köderschuppen als auch Pferdestall, und man stritt sich seit langem darum, wem sie gehörte; jetzt stellte die Allgemeinheit das Haus sich selbst zur Verfügung für einen Konsumvereinsladen. Hierher kamen Säcke mit Roggenmehl und Grütze, Zucker in Kisten, die neueste Sorte Margarine mit Vitaminen, Tabak in Päckchen, Käse, Rosinen, Kaffee und Petroleum, welch gesegneter Duft. Dies war das Geschäft der Leute selbst; alle wollten kommen und ihr Geschäft besichtigen. Arnaldur hatte genug damit zu tun, Herumlungerer und Trunkenbolde hinauszuwerfen, außerdem freche Kinder, die Rosinen haben wollten, und schüchterne Greise, die taten, als wollten sie Salz kaufen, aber nur gern eine Prise haben wollten. Alle fanden, daß der Laden ihnen gehörte, und wollten sich am liebsten immer dort aufhalten, so daß Arnaldur keine andere Möglichkeit sah, als quer durch den Konsumverein einen Ladentisch zu bauen, wie eine Barrikade, um die Waren vor all diesen Ladeneigentümern zu schützen. Der Geschäftsführer Stephensen kam täglich viele Male, um seine Meinung über die Tätigkeit des Konsumvereins zu äußern, über Kristofer

Torfdal zu schimpfen und eine Prise Schnupftabak zu bekommen. Gerade zu dieser Zeit erfuhr man aus der Hauptstadt die große Neuigkeit, daß Kristofer Torfdal seinen Einfluß geltend gemacht habe, damit das Althing sich weigerte, dem Vorschlag der Regierung zuzustimmen, der Nationalbank eine Staatsbürgschaft über fünfunddreißig Millionen Kronen zu gewähren, und daß er mehrere der hervorragendsten Männer aus der Regierungspartei dazu verleitet habe, sich in dieser Sache gegen die Regierung zu wenden. Es wurde ein Mißtrauensantrag gegen die Regierung eingebracht, und nun war das Althing im Widerspruch zur Verfassung aufgelöst worden, und die Bank ließ man in der Luft hängen, und da stellte sich heraus, nach der Argumentation der Zeitung Das Volk, daß nicht nur das Aktienkapital der Bank aufgebraucht war, sondern auch die Spareinlagen der Leute, und dieses Geld sei brüderlich unter einigen Spekulanten in verschiedenen Landesvierteln aufgeteilt worden. Die Ausdrücke, mit denen Klaus Hansen und andere der besten Männer des Landes im Volk belegt wurden, konnte man nicht wiederholen, doch die Abendzeitung behauptete, Beweise dafür zu haben, daß die Selbständigkeit der Nation noch nie in größerer Gefahr gewesen sei, da abscheuliche Verbrecher wie Kristofer Torfdal die Arbeit des Althings behinderten und den Gesetzgeber durch Bestechung dazu brächten, unser Erwerbsleben in dieser Stunde größter Not im Stich zu lassen. Den Russen und den Dänen wurden in der Abendzeitung deshalb auch die Leviten gelesen, und die Zeitung brachte Sonntag für Sonntag nie weniger als sechs scharfe Artikel über diese bedauernswerten, abwesenden Völker, die keine Möglichkeit hatten, sich zu verteidigen. Die Sowjetregierung in Rußland und der König von Island und Dänemark wurden in Reykjavik zweimal mit Unterstützung der Selbständigkeitspartei und der Regierung mit gewaltiger Kraft niedergebrüllt. Das Volk druckte die Namen und Adressen der besten Männer des Landes ab und gab auf den Öre genau an, wieviel jeder von ihnen gestohlen habe, und die Richter des Landes wurden Banditen oder so etwas ähnliches genannt; daraufhin wurde mit Hilfe ärztlicher Atteste bewiesen, daß Kristofer Torfdal, der Verfasser dieser fürchterlichen Artikel, aufgrund langjährigen Drogenkonsums den Verstand verloren hatte, er war in einem Restaurant in Reykjavik auf einen englischen Geschäftsmann losgegangen und hatte ihn am Hals gewürgt, außerdem hatte er einen Chauffeur geschlagen, dem er auf der Straße begegnet war, des weiteren wurde bekannt und auch durch schriftliche Quellen bestätigt, daß er als Kind böse zu seinen Mitkonfirmanden im Westland gewesen sei. Nun hatte einer der herausragendsten Spezialisten des Landes im Blut Kristofer Torfdals Wahnsinnsbakterien gefunden, und in Oseyri hatte man aus zuverlässiger Quelle erfahren, daß er Tag und Nacht von sieben Männern bewacht werde und sie ihn nur mit größter Mühe bändigen könnten.

Wie auch immer es um Kristofer Torfdals Gesundheit und die Politik überhaupt bestellt sein mochte, es ließ sich nicht abstreiten, daß der Mann den Bewohnern von Oseyri etwa die Hälfte eines Konsumvereins geschickt hatte, trotz einer sehr zweifelhaften Finanzierung der anderen Hälfte. Zwar waren es häßliche Worte, mit denen ihn die bedachten, die ein nennenswertes Guthaben bei Johann Bogesens Firma gehabt hatten, doch manchmal wurde er im Konsumverein auch laut gelobt, wenn die Leute eine Prise oder sonst etwas geschenkt bekamen, sogar so, daß einige Arnaldur baten, in ihrem Namen Dankadressen an ihn zu übermitteln, und hofften, daß der liebe Gott ihn für den Konsumverein aus dem Überfluß seiner Gnade belohnen werde, wenn er es am dringendsten brauche. Beinteinn von Krokur war einer von denen, die mit einer solchen Dankadresse kamen, und er war jetzt aufs neue Bolschewik geworden; er wollte am liebsten, daß der Konsumvereinsleiter bei ihm wohne, und konnte nicht verstehen, daß das Mädchen, seine Tochter, kein Kind von ihm bekam, denn wie man weiß, ist es schwierig, einen Mann zur Heirat zu drängen, wenn kein Nachwuchs unterwegs ist. Andererseits war nicht zu verhehlen, daß im Ort seltsame Gerüchte zu kursieren begannen, die besagten, daß Arnaldur französische Zaubermittel gegen das Kinderkriegen besitze, denn sonst war es ja eine absolut sichere Sache, wenn man ein Mädchen hier im Dorf nur ein bißchen anfaßte, dann brachte sie nach Ablauf der Frist einen Erben zur Welt, und viele meinten, das komme vom Fisch und dem nahrhaften Rogen. Arnaldurs Zaubermittel hingegen stand in keinem guten Ruf im Dorf und galt als unchristlich, es war ganz besonders schlecht angesehen bei Leuten, die neun und bis zu achtzehn Kinder hatten, und galt als sehr unmoralisch, denn obwohl die meisten im allgemeinen sehr schwach im Glauben waren, waren sie sich alle darin einig, daß Männer und Frauen so viele Kinder haben sollten, wie ihnen von Gott zugedacht waren, und eben um diese Zeit war die neue Frau Mangi Buchbinders schwanger geworden, obgleich viele darauf geschworen hatten, daß sie schon so alt sei, daß sie keine Kinder mehr bekommen könne. Alle waren sich einig darüber, daß dies nach dem Willen Gottes geschehe, auch wenn es schwer war, sich damit abzufinden, daß die ganze Sippschaft der Armenkasse zur Last fiel. Wirklich tugendhafte Eltern konnten sich dagegen keinen größeren Kummer vorstellen, als ihre Töchter in Gesellschaft des Konsumvereinsleiters zu sehen.

Doch als die Fangsaison in vollem Gange war, wer kehrte da wieder zurück, erhaben über alles Gerede von Bankrott, Althingsauflösung und Politik – wer anders als unser ewiger, einziger Johann Bogesen, und füllte sein Geschäft wieder mit Waren, die man wieder auf Kredit bekam, nebst einem kostenlosen Exemplar der Abendzeitung und dem vorzüglichen Blatt Der Wind aus Silisfjord. Arme Frauen bekamen auch Schürzenstoffe und Reste ganz umsonst. Alle, die irgendein Unglück erlebt hatten, wie etwa Frauen, die ihren Mann oder eine Kuh verloren hatten, besuchte Bogesen, und vielen machte er schöne Geschenke. Nie hatte sich der gesegnete alte Herr besser befunden als jetzt. Die Leute spürten es am besten, als er wieder unter ihnen war und Sicherheit und Standfestigkeit ausstrahlte, was sie entbehrt hatten, während er fort war. In seiner Abwesenheit war es, als ob sich alle Begriffe in den Köpfen der Menschen auflösten, so daß die Leute nicht mehr ein und aus wußten, doch nun war er wieder da, unser gesegneter alter Kaufmann, Gott sei immer bei ihm. Wie kraftlos die Verleumdungen und die Hetze gegen ihn wurden, wenn man irgendwo von weitem seinen breiten Rücken sah, seine kräftige, kluge Stirn und seine massigen Kinnbacken, den Stolz in seinem Blick, der mit einem gewissen Humor einherging, und den Bart auf der Oberlippe, den er so oft kämmen mußte. Die Leute mußten nur begreifen, daß es ihm, einem alten, armen Mann, nicht möglich war, in diesen schwierigen Zeiten Fischfang betreiben zu lassen, nach all den schrecklichen Verlusten, die er in den vergangenen Jahren erlitten hatte. Er bestätigte mit seinen eigenen Worten die Auf-

fassung, daß das Althing, das im Sommer zusammentreten sollte, wenn Neuwahlen stattgefunden hatten, der Nationalbank
unter die Arme greifen müsse, sonst würde allen wichtigen
Unternehmern des Landes die Schlinge des Bankrotts um den
Hals gelegt, die gesamte Produktion im Lande würde ruiniert,
und die Menschen würden verhungern wie in Rußland. Deshalb
sei es sehr wichtig, jetzt im Sommer richtig zu wählen, die Männer zu wählen, die die Wirtschaft des Landes, und damit seine
Selbständigkeit, retten wollten und der Bank das Betriebskapital
sichern, das notwendig sei, damit die Wirtschaft wieder aufblühen könne. Viele alte Frauen und kinderreiche Leute, die sich
vom Konsumverein hatten verleiten lassen, baten Gott und den
Heiligen Geist, ihre Seele zu erleuchten und sie zu lehren, das
Richtige zu erkennen und zu wählen. Dieses Kopfzerbrechen
verursachte den Menschen keine geringen Seelenqualen, besonders wenn sie den Schnupftabak des Geschäfts mit dem Schnupftabak des Konsumvereins verglichen: Es war nämlich unmöglich zu leugnen, daß der Schnupftabak von Kristofer Torfdal
kräftiger war als der Schnupftabak vom Geschäft. Die Leute
standen stundenlang vor dem Ladentisch im Konsumverein und
diskutierten hierüber, doch Arnaldur war nicht bereit, den Leuten Auskunft über Kristofer Torfdal zu geben, und wich stets
aus, wenn die Rede auf ihn kam, so daß die Leute wieder ins
Geschäft gingen und Kristofer Torfdal erwähnten und dort die
ungeheuerlichsten Geschichten über diesen Bösewicht zu hören
bekamen. Dann gingen die Leute wieder in den Konsumverein,
um die Dinge genauer zu besprechen. Die Leute waren überhaupt sehr unentschlossen, und Betrunkene zogen vor die Häuser der besseren Leute und drohten ihnen mit Kristofer Torfdal.
Dann wurde ein Jugendverein der Selbständigkeitspartei im Ort
gegründet, und der Pfarrer trat sofort ein, ebenso der Arzt,
Johann Bogesen, der Volksschullehrer, der Geschäftsführer und
einige andere, doch Sveinn Palsson sagte, er für seine Person
sehe sich nicht in der Lage, einem Verein für Jugendliche beizutreten, was unterschiedlich ausgelegt wurde. Draußen standen
einige schlecht erzogene junge Burschen, die Zigaretten rauchten, geschmacklose Verse aufsagten und ans Fenster spuckten,
während über die Statuten des Vereins abgestimmt wurde; so
frech war der Pöbel im Dorf geworden.

Salka Valka war, wie gesagt, der Gewerkschaft beigetreten. Es war das zweite Mal, daß sie sich einer Gemeinschaft anschloß, die sich von der menschlichen Gesellschaft durch die besondere Eigenschaft unterschied, einem Zweck zu dienen. Diese wohlhabende junge Frau, die der Rattenplage wegen nicht mehr in ihrem eigenen Haus wohnte, hatte ihre Kommode und das Bett auf den Dachboden bei einem Bootseignerehepaar gebracht, sie hatte dem menschlichen Leben gegenüber die seltsame Einstellung, daß sie jedes Ziel ernst nahm, wenn sie es nur erkennen konnte. Kaum etwas im Leben eines Menschen ist bedeutsamer und entscheidender, als nach einem Sinn im Menschenleben zu suchen und zu glauben, ihn gefunden zu haben. Als sie ihre Meinung änderte, geschah es deshalb, weil in ihrem Bewußtsein neue Aussichten auftauchten. Nun war sie davon überzeugt, daß der Fisch, der aus den Tiefen des Meeres gelockt wird, unserem Leben nur dann einen Sinn gibt, der zu rechtfertigen ist, wenn er jenen Kindern zugute kommt, die schlechte Versorger, aber neun bis achtzehn Geschwister haben. Sie schämte sich, daß sie noch nie daran gedacht hatte, daß auch der Fisch selbst nur Eitelkeit ist und die Suche nach ihm eine Jagd nach dem Wind, wenn die Menschen, die ihn fangen, sich nicht einmal eine Kommode leisten können, während die anderen, die nie eine Gräte aus dem Meer zogen, sich Schlösser bauen, sowohl hier daheim als auch im Ausland. Und da keiner außer den wenigen, denen ein Bootsanteil gehört, es sich leisten kann, seinen Kindern ein ordentliches Kleidungsstück zu kaufen oder sie das erste Heft des Dänischbuches lernen zu lassen, so kann man wohl sagen, daß die Menschen wegen des Fischs zu Dummköpfen gemacht werden und die Erziehung der Kinder nur im Hinblick auf die Verwendung von Flüchen und blöden Obszönitäten Erfolge aufweisen kann. Morgens standen die Frauen wie wütende Berserker, die als Rausschmeißer in Kneipen arbeiten, da und trieben ihre Kinder über die Schwelle; sie befahlen ihnen, zum Strand hinunterzugehen und dort herumzutoben. Was konnten die Frauen machen, wenn die Kinder sie beschimpften und mit Dreck nach ihnen warfen? Auch wenn sie große Lust hatten, den Jungen nachzulaufen und ihnen eine Tracht Prügel zu verabreichen, konnten sie nicht mit ihnen mithalten, denn sie waren schwanger. Das ist die Volkskultur im kapitalistischen System, wiederholte Salka Valka im Einklang mit den Agitationsreden Arnaldur Björnssons.

Manchmal unternahmen die Leute hier im Dorf es, Edelmut größeren Stils zu zeigen, wie etwa dann, wenn es darum ging, Menschen davor zu bewahren, der Armenfürsorge zur Last zu fallen. Zum Beispiel Sesselja von Rodgull, die im letzten Herbst ihren Mann verlor, mit dem sie elf Kinder hatte; er hatte sich an einem Angelhaken verletzt, als er eifrig damit beschäftigt war, für die elf Kinder Fisch zu fangen, und starb an Blutvergiftung. Es wäre nun keine Kleinigkeit gewesen, die ganze Sippschaft der Gemeinde aufzubürden, deshalb wurde wegen der Angelegenheit eine allgemeine Versammlung abgehalten und der Beschluß gefaßt, den Haushalt zu Weihnachten aufzulösen und die Kinder einzeln bei Familien unterzubringen, fünf wurden ins Tal hinauf geschickt, der Rest wurde den besseren Leuten im Dorf ins Nest geschmuggelt, dort gab man ihnen Fischabfälle zu essen, und sonntags wurde den anderen Kindern erlaubt, sie mit Füßen zu treten, weil sie keine Sonntagskleider hatten. Der Gemeinderatsvorsitzende Sveinn Palsson gab der Frau Arbeit beim Fischausnehmen und stellte ihr einen Schlafplatz in seinem Keller zwischen den Saatkartoffeln zur Verfügung, und Johann Bogesen schenkte ihr genug Kattunreste, so daß sie sich schön kleiden konnte; kurz darauf erschien dann auch folgende Dankadresse in der angesehenen Tageszeitung der Großfischreeder in der Hauptstadt:

»Danksagung. Als ich im vergangenen November den Schicksalsschlag erleiden mußte, meinen heißgeliebten Ehemann zu verlieren, den der Tod beim Fischfang von einer großen Kinderschar zu sich rief, nahmen viele Menschenfreunde nah und fern Anteil an meiner Trauer und an meiner schwierigen Lage, nicht nur, indem sie meine vaterlosen Kinder bei sich aufnahmen, sondern auch, indem sie mir Geschenke und andere unverdiente Hilfe unterschiedlichster Art zukommen ließen, die sich im einzelnen gar nicht aufzählen läßt. Gott weiß, wer sie sind, auch wenn ich ihre Namen nicht nenne. Allen diesen meinen Wohltätern drücke ich hiermit meinen innigsten Dank aus, und ich bitte den allgütigen Vater im Himmel darum, es ihnen für mich aus dem Reichtum seiner Gnade zu lohnen, wenn sie es am meisten nötig haben. Oseyri, im Februar. Sesselja Jonsdottir von Rodgull.«

Nachdem Salka Valka in den neuen Verein eingetreten war, saß sie keineswegs mit den Händen im Schoß da. Sie scheute keinen Weg, um das Gewissen der Männer, vor allem aber das der Frauen, wachzurütteln. Denn immer sind es die Frauen, die bei Lohnkämpfen zuerst klein beigeben, sie sind die schlimmsten Barbaren in der Gesellschaft; sie haben keine Ahnung, worum es bei den Auseinandersetzungen geht, und fragen ihre Männer erbost, ob sie die Kinder verhungern lassen wollen? Uns Arbeitern steht der Gewinn zu, den der Fisch erbringt, sagte Salka Valka, denn wir haben die Boote gebaut und das Fanggerät angefertigt, wir haben den Fisch gefangen, ihn ausgenommen, gewaschen und getrocknet – der Gewinn vom Fisch gehört keinem außer uns.

Du hast im letzten Jahr nicht so gesprochen, als es dir gutging, sagten die Frauen.

Darf ich vielleicht jetzt nicht vernünftiger sein als letztes Jahr? sagte sie.

Oft haben dir die Bogesens etwas zugesteckt, als du ein Kind warst. Es gab eine Zeit, da liefst du in den abgelegten Kleidern aus dem Kaufmannshaus herum.

Sie kämpfte energisch dafür, daß Gewerkschaftsmitglieder in den Gemeinderat gewählt würden, um die Armen von ungerechten Gemeindesteuern zu befreien und dafür zu sorgen, daß die besseren Leute gerechte Abgaben bezahlten. Wenn die Bolschewiken die Mehrheit bekämen, wollten sie das Dorf elektrifizieren und einen Bauernhof im Tal kaufen, wie es Arnaldurs Idee war, und dort Landwirtschaft betreiben; die besseren Leute hielten das allerdings für völligen Unsinn, was es auch insofern war, als diese Leute selbst große Lampen besaßen und genug Petroleum, und Bogesen hatte schon seit fünfzehn Jahren einen Stromgenerator in seinem Haus, außerdem hatten die besseren Leute genug Milch für sich und ihre Kinder; wenn ihre Kühe keine Milch gaben, dann wurde ihnen Milch aus dem Tal gebracht, die sie bar auf die Hand bezahlten. Sie kauften auch im Herbst genug Fleisch für sich und die Ihren und aßen jeden Tag Fleischsuppe oder Fleisch mit Kartoffeln in Sauce, so daß sie nichts von einem Bolschewismus wissen wollten. Salka Valka und die Leute

von der Gewerkschaft wollten auch, daß im Dorf eine Wasserleitung verlegt würde und eine Kanalisation für das Abwasser, doch
ein solcher Vorschlag galt selbstverständlich als lächerlich, weil
die besseren Leute genug Dienstmädchen hatten zum Wasserho-
len und Hinaustragen des schmutzigen Wassers. Sie fragten nur:
Ich wüßte gerne, wer die armen Dienstmädchen versorgen soll,
wenn es kein schmutziges Wasser mehr gibt? Vielleicht Kristofer
Torfdal? So sind die, die selbst nichts können und nichts sind,
sie verlangen alles von den anderen, alles soll die Gemeinde
machen, ach, die gesegnete Gemeinde! Die Wahrheit ist die, daß,
wenn die öffentliche Hand es übernimmt, alles für alle zu tun, du
lieber Gott, dann wird alle Tatkraft in der Nation als solcher
abgetötet, jeglicher Wille zur Selbständigkeit, und es kann nur
auf eine Art und Weise enden: mit einer Hungersnot wie in Rußland. Allein die Initiative des einzelnen rettet die Nation als solche und macht sie selbständig. Schauen wir zum Beispiel Johann
Bogesen an, der als armer Ladengehilfe anfing. Hat vielleicht die
Gemeinde seine Wasserleitung gelegt, ihm Elektrizität für das
Haus verschafft oder das schmutzige Wasser für ihn hinausgetragen? »Es ist ein Schandfleck für Oseyri«, so begann ein Artikel
über die Kommunisten in der ausgezeichneten Zeitung Der
Wind in Silisfjord, kurz vor der Gemeinderatswahl – »daß so
etwas geschehen kann, daß es hier einen Kommunistenverein
gibt. Zum Glück läßt sich jedoch sagen, daß die meisten dieser
gedankenlosen Revoluzzer Fremde sind, die es aus unterschied-
lichen Gründen hierher verschlagen hat und die man überhaupt
nicht als Bürger Oseyris bezeichnen kann. Es ist davon auszu-
gehen, daß Menschen, die ein gesundes und ungeschmälertes
Ehrgefühl haben, sich keinesfalls von den Verleumdungen und
der Hinterlist dieser Unruhestifter beeinflussen lassen und das
Ihrige tun, um das Unkraut auszureißen, das sie in die Herzen
der Gesellschaft zu säen versuchen. Diese Revolutionäre *sind und
bleiben in den Augen aller guten Menschen immer verabscheuungswürdig,*
sie sind die giftigen Nattern der Gesellschaft, fanatische Taugenichtse« und so weiter.

Ganz unten in der Spalte stand die folgende Dankadresse von
einem Ehepaar in Oseyri:

»Danksagung. Wir, die Unterzeichneten, sagen all denen in
nah und fern unseren innigsten herzlichen Dank, die Anteil

genommen haben an unserer Lage, als wir im Herbst letzten Jahres durch einen Unglücksfall die Kuh von den Mündern unserer kleinen Kinder verloren. Besonders gedenken wir der ehrenwerten Eheleute, des Sattlers Sveinn Palsson und seiner Ehefrau, die als erste der nicht mit uns Verwandten eine Geldsammlung für uns durchführten, mit einem Gesamtbetrag von 47 Kronen und 50 Öre. Eine große Zahl von Menschen und sogar Kinder hatten Anteil an dieser barmherzigen Tat. Schließlich schenkte uns der allseits bekannte und hervorragende Ehrenmann, der Kaufmann Johann Bogesen, im Winter während der Fangsaison ein neugeborenes Stierkalb, als er wieder aus der Hauptstadt zurückkam, nebst vielerlei Schnittwaren in kleineren und größeren Stücken. Auch wenn hier nicht die Namen aller Spender genannt werden, hoffen, wünschen und glauben wir, daß sie in der Welt der Vollkommenheit unauslöschlich verzeichnet sind. Allen diesen unseren Wohltätern, und besonders dem ehrenwerten Sveinn Palsson und seiner Frau, vor allem jedoch Herrn Kaufmann Johann Bogesen, übermitteln wir unseren besten Dank aus den innersten Tiefen des Herzens, und wir wissen, daß Er, der einen Trank Wasser nicht ungelohnt läßt, es auch ihnen aus dem Reichtum seiner Gnade lohnen wird, wenn sie es am meisten nötig haben. Gislabali, usw. Gudrun Jonsdottir, Sigurdur Jonsson.«

Dann war es plötzlich Frühling.

18

Ja, es war Frühling. Das zierliche Leimkraut lächelte wieder der Sonne entgegen, die mit jedem Tag höher stieg, aber dennoch hatten sie eigentlich noch nicht miteinander gesprochen, sie und er, wenn man von ein paar unpersönlichen politischen Schlachtplänen absieht. Salka zweifelte sogar oft daran, daß sie einander wirklich verstanden, auch wenn sie in seine Gewerkschaft und seinen Konsumverein eingetreten war. Oft schien es ihr, daß er ein anderer war als vor einem Jahr, vielleicht war er einer von denen, die sich von Jahr zu Jahr völlig verändern und im Sieg etwas anderes sind als in der Niederlage, weil ihnen das Ziel mehr wert ist als der Kampf, und vielleicht meinte er jetzt, daß der Kampf nicht viel Erfolg gehabt habe, da nur zwei Bolschewiken in den Gemeinderat kamen. Voriges Jahr war seine Anwesenheit fast wie Sprengstoff, der in Felsen gelegt wird, und außerdem war er voll persönlicher Launen, so daß man gespannt auf jeden Schritt wartete, den er machte. Nun glich er viel eher Alli im Kof, als er Ladengehilfe bei Johann Bogesen war; er war verschlossen, als trage er einen heimlichen Schmerz. Solchen Einfluß hatte es auf ihn, in einem Laden zu stehen, auch wenn es ein Konsumverein war, ein Geschäft, das allen gehörte und das er selbst leitete, gemeinsam mit dem mächtigsten Mann des Landes, Kristofer Torfdal, und dem Verband der Konsumvereine, dem mächtigsten Handelsunternehmen des Landes. Das Mädchen war davon überzeugt, daß diese starken Kräfte in der Gesellschaft, so feindlich sie der Macht der Kaufleute gegenüberstanden, nur darauf warteten, seine Vorstellungen zu verwirklichen und ihm zu großem Ansehen zu verhelfen, selbst wenn er hier zu Hause gegen Trägheit, Uneinigkeit und Unfähigkeit anzukämpfen hatte.

Dies soll nicht heißen, man habe ihm anmerken können, daß er den Kampf für seine Ideale aufgegeben habe, nein, ganz im Gegenteil: Wann immer sie in den Konsumverein kam, war er voll von Schlachtplänen und Winkelzügen, um Leute für seine Sache zu gewinnen, die einen zu überzeugen, die anderen bei der Stange zu halten; er war sehr gut über die Familienverhältnisse der Leute informiert und verstand es ausgezeichnet, allen Überredungsversuchen eine persönliche Note zu geben und das Mißgeschick der Leute dem Feind in die Schuhe zu schieben; es hatte viel stärkere Wirkung als die Lehre von der Diktatur des Proletariats, wenn gezeigt wurde, wie Bogesen verhindert hatte, daß an einem bestimmten Haus Reparaturen durchgeführt wurden, so daß der Hausbesitzer sein Kind verlieren mußte, weil es von der Zugluft krank wurde; oder wie Bogesen diesen und jenen bei schlechtem Wetter zum Fischen aufs Meer hinausgeschickt hatte, so daß keiner von ihnen wieder nach Hause kam. Im Reich des Sozialismus hingegen fuhr man nur bei gutem Wetter und mit vollkommen seetüchtigen Schiffen zum Fischen aufs Meer hinaus. Aber wie kam es, daß er sie nie anhielt, wenn sie sich auf der Straße begegneten, sondern nur ernst vor sich hin sah, rasch grüßte und vorbeieilte, ohne sie nur im mindesten zu necken? Betrachtete er sie nur als einen besiegten Feind und dachte bei sich: Na ja, um die braucht man sich keine Sorgen mehr zu machen. War er vielleicht ein Mensch, dem alle gleichgültig waren außer jenen, mit denen er verfeindet war, und übersah er in Wirklichkeit Leute, die er nicht besiegen mußte? Hin und wieder kam ihr in den Sinn, daß ihm der Sozialismus vielleicht gar nichts bedeutete, sondern nur ein Vorwand war, um Menschen zu bekämpfen, sich an ihnen zu rächen und über sie zu triumphieren. Das Ideal, der Adelsbrief des Schwachen, keiner weiß, wo die Grenze liegt zwischen ihm und jenem Haß, den man gegen den Starken empfindet. Vielleicht trägt man nur dann das höchste Ideal in seiner Brust, wenn man weiß, daß man der Schwächste im Dorf ist. Es gibt keine Begrenzungen für all die göttlichen Visionen von einer besseren Welt, die ein Mensch in einem Dorf haben kann, wenn er nur unglücklich und arm genug ist. Und es gibt keine Begrenzungen für die Ungerechtigkeit unter der Sonne in den Augen eines Menschen, der in seiner Kindheit und Jugend wenig Verständnis erfahren hat; für ihn wird der Traum vom Glück zur Tuberkulose, die immer wieder mit neuen Symptomen ausbricht, bis er stirbt. Je mehr Salka Valka davon überzeugt war, daß hier im Dorf etwas für die Kinder getan werden müsse, desto deutlicher wurde in ihrer Erinnerung das Bild eines Elfengesichts aus einer anderen Welt, das vor vielen Jahren in ihrer Seele geleuchtet hatte, während die Nacht seine Alltagszüge verdeckte und den Rest der Welt in ihrem unergründlichen Schatten verbarg. Sie wagte nie, sich einzureden, daß sie diese Runen deuten könne, aber sie spürte ein immer stärkeres Verlangen danach, sein wahres Gesicht zu sehen, je mehr der Frühling in ihr selbst, im Berg und im Meer zunahm. Nie ist das Verlangen nach dem wirklichen Inhalt des Lebens so schmerzlich in seiner Aufrichtigkeit und Frömmigkeit wie im Frühling, und das kommt vom Leimkraut, das in seiner bescheidenen Freude zwischen den Maischauern oft alle Wahrheit des Lebens auszudrücken scheint.

So sah sie ihn weiterhin im Lichterglanz der ersten und stärksten Kindheitserinnerungen, als er ihr das unrealistische Geheimnis seiner Herkunft anvertraute, das trotzdem wahr sein konnte. Bewunderung, die nicht ausgedrückt werden kann, ist wie heimliche Trauer. Schlank, etwas vornübergebeugt ging er an ihr vorüber, sein Gang erinnerte an ausländische Gedichte oder an Musik in einem fremden Haus, sein Blick sah das Dorf von einem anderen Land, die Welt von einer anderen Welt aus, er grüßte und war schon weitergegangen, im Schweigen ein anderer als im Sprechen, noch ein anderer, wenn er eine Rede hielt, und am schillerndsten in seinen Träumen, seiner Sehnsucht nach Gerechtigkeit und seinem Willen zum Sieg, und gleichzeitig der Mann, der seine seltsamsten Elfenträume in Bildung umgemünzt hat und kraft dieser Bildung das Dorf besiegen und andere sich ähnlich machen wird. Sie sah in ihm den Geist, der dem Fisch einen Sinn gibt und die Menschen im Dorf größer macht; oder zumindest nicht kleiner gegenüber dem Großen. Deshalb beschleunigte auch sie ihre Schritte, und in ihrem unruhigen Blick mußte er die aufrichtige Anerkennung spüren, die langgezogenes Lächeln und voreilige Freundschaftsbezeugungen zwar häufig versprechen, aber selten halten. Sie konnte sich nicht verstellen, sie war eine schlechte Schauspielerin, sie war schon froh, wenn sie sich tarnen konnte, und dann sagte sie oft Dinge, die sie selbst nicht verstand.

Dennoch war es, als ob die Gespräche, die sie während dieses Monats miteinander führten, nach bestimmten Regeln zustande gekommen seien, obwohl auf der Oberfläche alles ganz zufällig schien – das entdeckten sie später. Der große Motor, der das Dorf regiert, auch wenn er hinter den Tagen versteckt ist, er drehte sich weiter und weiter in seiner unveränderlichen Rechtgläubigkeit und Engstirnigkeit. Nichts ließ er unüberlegt oder zufällig geschehen, heute genausowenig wie sonst.

Einmal trat Arnaldur gegen Abend aus einem Haus auf der Lageyri, da steht Salka Valka allein vor einem anderen Haus auf der gegenüberliegenden Seite des Weges, schwer zu sagen, wie sie dort hingeraten war, in einer blauen Latzhose und Gummistiefeln, barhäuptig, in einem dicken grauen Pullover, dessen Kragen ihr bis ans Kinn reichte, die Hände unter den Latz der Hose gesteckt. Er grüßte, ohne die Zigarette aus dem Mund zu nehmen.

Abend, antwortete sie und ging dann einige Schritte am Haus entlang in die andere Richtung.

Er wollte eigentlich seiner Wege gehen, drehte sich aber unwillkürlich um, und da blickte sie ihm nach, so daß er fand, er müsse mit ihr sprechen.

Was machst du hier? fragte er.

Ich habe auf eine Frau gewartet, sagte sie.

Es wird Frühling, sagte er.

Ja, und wie, sagte sie, und ihre Augen legten deutlich Zeugnis davon ab.

Ich habe dich lange nicht gesehen, sagte er.

Na ja, wir sind uns immerhin gestern auf dem Platz begegnet.

Tatsächlich, antwortete er. Ja. Wahrscheinlich ist es gestern gewesen. Aber du hattest es so eilig. Du hast es immer eilig.

Ich? Soll ich es immer eilig haben? Nein, Arnaldur; wenn es jemand eilig hat, dann bist du es.

Er betrachtete sie vom Scheitel bis zur Sohle, dann sagte er:

Ich kenne kein Mädchen, das so bolschewistisch aussieht wie du. In Rußland wärst du bestimmt Kommissar. Was gibt es Neues?

Nichts, sagte sie. Außer, daß ich heute morgen mit einem Mann auf einer Nußschale zum Fischen gefahren bin. Wir haben genug für den Kochtopf gefangen. Aber was ist das schon.

Hast du etwas zu lesen?

Zu lesen, ich? Nein. Ich würde meinen, man hätte jetzt andere Dinge im Kopf, als Bücher zu lesen. Das heißt, ich habe natürlich nie etwas gegen ein gutes Buch, aber das, was es im Leseverein gibt, habe ich schon längst alles durch. Sie schaffen nichts Neues an, ich bin sicher, daß sie nicht einmal genug Geld für Kautabak haben.

Vielleicht kann ich dir etwas leihen, sagte er. Die Genossen in Reykjavik schicken mir oft ein paar Schwarten, aber die sind meistens ausländisch. Neulich bekam ich allerdings ein Buch von einem isländischen Burschen, der im Süden in Italien sitzt, er fängt eben an, die Sache des Volkes zu entdecken, aber man kann nicht sagen, daß er Kommunist sei, er spricht sogar von Gott und dergleichen. Er erinnert mich an eine Krähenbeere, die dunkel zu werden beginnt. Und er hat oft sehr lustige Einfälle. Vielleicht soll ich es dir leihen?

Salka: Dann gehe ich am besten mit. Die Frau, auf die ich gewartet habe, kommt sicher nicht mehr.

Steht Mararbud leer? fragte er dann.

Ich weiß es nicht, sagte sie. Das geht mich nichts an.

Kümmert sich keiner um den Garten?

Nein, der ist sicher nicht einmal umgegraben worden.

Er konnte es sich nicht verkneifen, sie anzuschauen, wie sie neben ihm herging, blühend, vollendet, raschen Schrittes, kräftig und abgehärtet; ihre Hände steckten noch immer unter dem Brustlatz.

Ich muß oft daran denken, wie stark du wohl bist, sagte er.

Ja, sagte sie, ich bin stark – und fügte hinzu, ohne aufzusehen: Aber du bist trotzdem stärker als ich.

Es entstand wieder eine Pause. Dann fragte sie:

Glaubst du, daß Bogesen die Armen hier pfänden läßt, wenn sie im Sommer nicht seinen Abgeordneten wählen? Das sagen manche.

Arnaldur: Laß ihn nur pfänden. Da gibt es nämlich nichts zu holen. Aber mit Drohungen wird sicher nicht gespart. Es ist nur gut, daß der Konsumverein auch drohen kann. Die, die nichts zu verlieren haben, müßten natürlicherweise unseren Abgeordneten wählen. Das soll nicht heißen, daß ich mir Hoffnungen mache, wir könnten einen vernünftigen Althingsmann bekommen; dafür sorgt schon Kristofer Torfdal. Wir sind von ihm abhängig.

Als ob er uns nicht einen vernünftigen Althingsmann verschaffen könnte! Er sollte uns dich verschaffen.

Er hat das tatsächlich schon einmal erwähnt. Aber ich bin sicher, daß er das nicht wagt. Er hat nämlich Angst vor den Bolschewiken.

Er ist doch selbst Bolschewik, sagte das Mädchen.

Kristofer Torfdal Bolschewik? Nein, Salvör, ich hätte nicht geglaubt, daß du so einfältig bist. Der ist alles, alles andere als ein Bolschewik.

Was ist er dann?

Wenn man ihn an einem internationalen politischen Maßstab mißt, tja, dann ist er etwa das, was man einen Linken nennt, das heißt ein altertümlicher Demokrat. Aber diese Einteilung spielt keine Rolle. Im Grunde genommen kann man sagen, daß hierzulande im Augenblick altertümliche Ideen am ehesten auf fruchtbaren Boden fallen. Und Kristofer Torfdal ist in erster

Linie ein Mann, der von einer rätselhaften Leidenschaft für die Macht um der Macht willen erfüllt ist, er wird keine Ruhe finden, bevor er ein ganzes Land beherrscht, und deshalb hat er es sich zur Aufgabe gemacht, die Herrschaft der Reaktionäre über das Erwerbs- und Bankwesen zu brechen, er ist nämlich fest dazu entschlossen, nicht aufzugeben, bis er selbst über alles herrscht. Er ist ein Mann, der kein Mittel scheut, und deshalb hat er ohne Skrupel eine Allianz mit uns Radikalen geschlossen, um eine gemeinsame Front gegen die Partei der Rechten zu bilden. Bisher herrscht eitel Sonnenschein: Er benutzt uns, und wir benutzen ihn. Ernst wird es erst dann, wenn wir uns gezwungen sehen, gegen ihn zu kämpfen, denn sein kleiner Finger ist ein gefährlicherer Feind als die gesamte Selbständigkeitsreaktion.

Warum behauptet dann die Abendzeitung, daß er der fanatischste Bolschewik in Island sei? fragte das Mädchen.

Das ist eine Falle für die Einfältigen, sagte er. Das ist die Fortsetzung der Behauptung, daß in Rußland immer Hungersnot und Arbeitslosigkeit herrschen. Wenn man hier erst einmal die Tatsache zur Kenntnis genommen hat, daß Rußland das einzige Land in der Welt ist, wo es keine Arbeitslosigkeit und Hungersnot gibt, dann hören sie auch auf, Kristofer Torfdal so zu nennen.

Ich wünschte, es würde einem jemand etwas Wahres über diesen Kristofer Torfdal erzählen, bat das Mädchen dann.

Mit ihm ist es ungefähr so, wie sich unser größter bildender Künstler den Bischof Jon Arason vorgestellt hat: Er hat nur ein Auge mitten auf der Stirn. Wir Isländer sind solche Menschen nicht gewöhnt. Wir sind zu stark als einzelne, zu schwach als Volk, um sie zu ertragen. Wir sind nämlich das Volk Ormar Örlygssons, der den Sieg in dem Augenblick, in dem er errungen wird, verachtet, und Thorsteinn Sidu-Hallssons, der keine Lust hatte, bei der Schlacht von Clontarf vor dem feindlichen Heer zu fliehen, sondern sich hinsetzte und seinen Schuhriemen zuband. Kein Volk ist so erbärmlich scharfsichtig in bezug auf die Wertlosigkeit von Sieg und Niederlage. Gegenüber dem Leben ist diese Einstellung negativ, gegenüber dem Tod ist sie positiv, das heißt, sie ist Feigheit gegenüber dem Leben und Heldenmut gegenüber dem Tod. Du hast von Jon Sigurdsson sprechen hören, das war ein Einzelfall in Island, er floh nie vor dem

Sieg. Eine Zeitlang erregte er großes Ärgernis, weil er sich dafür einsetzte, daß die Isländer die Verwaltung ihrer Finanzen wieder selbst in die Hand nähmen und nicht Ausländern überließen. Dasselbe Ärgernis erregt Kristofer Torfdal, weil er gegen die Herrschaft von Spekulanten über die Banken kämpft.

Erleiden wir Isländer denn immer Niederlagen? fragte das Mädchen.

Nein, sagte er, das ist damit nicht gesagt. Es ist viel eher so, daß wir nie wirkliche Niederlagen erleiden, weil wir nie Lust hatten, einen errungenen Sieg auszukosten. Eigentlich sind wir unserem Wesen nach ein Volk, das sich am wohlsten fühlt, wenn es am Schandpfahl steht; der unterscheidet sich vom Galgen dadurch, daß der Delinquent mit den Zehenspitzen den Boden berührt. Selbst Jon Sigurdsson wollte heilen und nicht die ganze Herde schlachten, als unter den Schafen die Räude ausbrach. Manche meinen, wir seien ein gebrochenes Volk – ein Reis von einem großen Baum, das in schlechte Erde gepflanzt wurde und dessen Aufgabe es nicht sei, zu wachsen und zu gedeihen, sondern nur gegen die kalten Winde anzukämpfen.

Das Mädchen: Du bist sicher stark, Arnaldur, ich sah es im vorigen Jahr beim Streik – stärker als Kristofer Torfdal.

Hast du jemals darüber nachgedacht, was das Wort »stark« eigentlich bedeutet?

Es bedeutet, etwas zu Ende führen, antwortete sie.

Soso, sagte er, sind es denn tatsächlich die starken Männer, die etwas zu Ende führen? Ist es nicht eher so, daß genau sie es dabei bewenden lassen, sich in ihrer eigenen Kraft auszuruhen? Zumindest ist stark sein nicht dasselbe wie ein gefährlicher Gegner sein. Ich habe ziemlich viel darüber nachgedacht. Nehmen wir einmal an, Jon Sigurdsson sei stark gewesen. Aber was war es, das 1874 geschah, als unsere Finanzverwaltung von der dänischen getrennt wurde? Im Grunde genommen nichts anderes, als daß die Ausbeutung der Allgemeinheit ins Inland verlegt wurde. Es änderte sich nur die Nationalität der Plünderer. Wenn man es genau betrachtet, dann sind es nicht die stärksten Männer, die siegen. Vielleicht auch nicht die Ideale.

Was dann? fragte sie ungeduldig.

Ich weiß es nicht, sagte er. Möglicherweise, wenn man alles in Betracht zieht, das, was man Volkscharakter nennt – dann überlegte er eine kleine Weile und fügte hinzu: Das, was in alter Zeit Schicksal genannt wurde. Ich meine, daß es den Völkern so ergeht, wie sie es verdient haben.

Ich verstehe dich nicht, Arnaldur, sagte das Mädchen verwirrt. Glaubst du vielleicht nicht mehr so fest an den Sieg der Arbeiterschaft wie im letzten Jahr?

Doch, sagte er, ich bin davon überzeugt, daß alles, was zur Wohlfahrt dieses Dorfes beitragen kann, mit den Lehren von Marx übereinstimmt, und außerdem, daß alles, was dem Dorf geschadet hat und noch schadet, ein Mangel an marxistischer Sozialwissenschaft ist. Aber es gibt noch andere Dinge. Es ist jetzt ein gutes Jahr her, seit ich aus der Welt draußen zurückkam, voller Lehren, die über den Nationalitätsbegriff erhaben sind: Schau, Marx war Jude, er hatte keine Wurzeln in einem an ein Land gebundenen Volk. Salka, manchmal komme ich mir wie ein gewöhnlicher Isländer vor, im Grunde nur wie ein gewöhnlicher Mensch mit zwei Augen anstatt einem, das eine schaut mich selbst an, das andere schaut auf die Gesamtheit. Ich kann mich sehr für Lenin begeistern. Doch manchmal kommt es mir so vor, als ob Kristofer Torfdal, dieser politische Zwitter und Dilettant, mich in Wahrheit besiegt habe. Und es fällt mir schwer, mir selbst gegenüber abzustreiten, daß ich Kristofer Torfdal oft für einen bewundernswerten Mann halte. Obwohl er nur ein Linker ist. Das weiß der am besten, der aus eigener Erfahrung weiß, welch ein Fluch es ist, Isländer zu sein – am Wahltag des Lebens. Und jetzt glaubst du sicher, ich sei nicht mehr ganz bei Trost.

Nein, sagte sie, es ist nur, weil ich so ungebildet bin. Aber eines möchte ich dich noch fragen: Glaubst du denn nicht mehr daran, daß die Gemeinde die Fischreederei betreiben und den Verkauf des Fischs übernehmen und für den Gewinn Arbeiterwohnungen bauen soll?

Er schwieg eine Zeitlang, und sie gingen ein paar Schritte weiter, voller Angst, daß sie einander nicht völlig verstünden. Dann antwortete er farblos und abstrakt:

Doch, die Gemeinde sollte die Fischreederei betreiben und den Verkauf des Fischs übernehmen; und für den Gewinn sollte man Arbeiterwohnungen bauen.

Na also, sagte sie. Ist es dann nicht selbstverständlich, alle zu bekämpfen, die dagegen sind?

Doch, sagte er.

Ja, aber was dann? Möchtest du jetzt aufhören zu kämpfen, genau dann, wenn man anfangen sollte? Nein, Arnaldur, das geht nicht.

Er beantwortete diese Frage nicht direkt, sondern sah sie an und lächelte, wie wenn man einem neugierigen Kind antwortet:

Ich würde gerne tauschen, alle meine Kindheitsträume und alle Bildung, die ich erworben habe, gegen deine gesunden und einfachen Ansichten.

Ich weiß, du machst dich im stillen über mich lustig und findest, ich sei kindisch, sagte sie. Ich habe immer im Fisch gearbeitet, wie du weißt. Aber ich verstehe trotzdem manches von dem, was du voriges Jahr sagtest, wie zum Beispiel, daß es Schwachsinn ist, nur einen Mann im Ort am Salzfisch verdienen zu lassen. Und ich finde, es ist unmöglich, seine Meinung zu ändern, wenn man einmal erkannt hat, was richtig ist. Ich denke vielleicht langsam, aber wenn ich endlich eingesehen habe, was richtig ist, dann bleibe ich dabei.

Ja, Salka Valka, du hast auch nur ein Auge mitten auf der Stirn. Ich habe dich immer bewundert, schon als wir Kinder waren.

Hör zu, Alli, im vorigen Jahr warst du so stark, sagte sie, denn seine Argumentation hatte keine Wirkung auf sie. Ich werde mein Leben lang nicht vergessen, wie du vor dem Fischwaschhaus standest und sagtest: Hier wird gestreikt. Warum bist du jetzt nicht genauso entschlossen wie letztes Jahr?

Ich weiß nicht, sagte er. Es ist natürlich einfacher, sich die Sache des Volkes beim Lesen ausländischer Bücher zu eigen zu machen, als dadurch, daß man es als Leiter des Konsumvereins kennenlernt.

Ist es euch gebildeten Leuten denn unmöglich, uns zu verstehen, wie wir sind? fragte sie mit einer Spur von Ungeduld. Du weißt doch ganz genau, daß wir nichts dafür können, daß es uns an Bildung fehlt.

Bildung! wiederholte er verächtlich. Was, glaubst du, hilft diese sogenannte Bildung beim Klassenkampf? Ein gebildeter Mann in einer bürgerlichen Gesellschaft nimmt gegenüber dem

Volk die Stellung eines Schwindlers ein. Es ist nie mehr als die halbe Wahrheit in seinem Geschwätz, wenn er die Leute zu Taten anspornt und ihnen Ideale predigt, die ihnen zu hoch sind. Der Rest besteht aus Täuschungen und Fallen. Das Leben ist seiner Natur nach ein Trauerspiel, auch wenn es manch einem lächerlich vorkommt. Du glaubst vielleicht, ich sei stolz darauf, gebildeter zu sein als ihr anderen! Nein, ganz im Gegenteil, liebe Salka, ich beneide das Volk darum, daß ihm so unwichtige Dinge am Herzen liegen. Darin liegt sein Reichtum und seine Stärke. Guter Schnupftabak ist ihm wichtiger als die Verwirklichung der Ideale des Sozialismus. Seine Fähigkeit, Mangel zu ertragen, scheint vernünftiger als jede Philosophie, poetischer als jedes Gedicht. Doch hat es auch die Fähigkeit, die Enttäuschungen zu ertragen, die im Kielwasser der Taten segeln – wenn es denn Taten vollbringt? Gebildete Idealisten wollen das Volk reicher und zugleich ärmer machen, als es das seiner Natur nach verdient. Der Teufel hol das Ganze!

Bei diesen Worten begann er, schneller zu gehen, als ob er wütend sei. Sie sah ihn an. Es gab kein Gesicht auf dieser Welt, das sich an Aufrichtigkeit mit dem ihren messen konnte; jeder Doppelsinn war ihm fremd und wahrscheinlich auch unverständlich.

Ich verstehe nicht, was du meinst, sagte sie. Ich dachte, du glaubst an eine bessere Welt, wie voriges Jahr –

Nach einer Weile blieb er genauso plötzlich, wie er zuvor begonnen hatte, schneller zu gehen, auf der Straße stehen. Er umfaßte ihre beiden Handgelenke und bat, mochte es nun im Scherz oder im Ernst sein:

Ich glaube; hilf du meinem Unglauben –

Aber sie zog ihre Hände zurück und wagte nicht zu antworten.

19

Eines Abends kam Salka Valka in die Küche von Oddsflöt, wo Hakon wohnte, Kadett Gudmundur Jonssons Schwiegersohn. Er ging im Frühjahr manchmal auf Fuchsjagd, hatte einmal am selben Tag zwei Baue ausgehoben und für jeden fünfzig Kronen bekommen. Auf dieser Grundlage berechnete er seitdem seinen Tageslohn. Sowohl rückwirkend als auch für die Zukunft. Auf diese Weise hatte er durchschnittlich sechsunddreißigtausendfünfhundert Kronen pro Jahr, in Schaltjahren hundert Kronen mehr. Solange die Färinger hier fischten, half er ihnen, Eis zu holen, und einmal fuhr er auf einem färöischen Schiff ins Ausland und blieb den Winter über auf den Färöern. Er wurde Lehrer beim Häuptling der Inselbewohner. Da geschah es eines Tages, als er gerade unterrichtete, daß sich im Ort großer Lärm erhob, und als er aus dem Fenster des Schulzimmers blickte, sah er auf dem Meer einen großen Wasserstrahl, der senkrecht in die Luft stieg. In einer Ecke des Schulzimmers stand ein Gewehr; Hakon packte sofort das Gewehr, öffnete das Fenster und schoß auf den Wasserstrahl. Wenig später trieb ein riesiger Wal an Land; er war tot. Nun machte sich alles im Ort auf die Beine. Eine Abordnung von Leuten wurde zu Hakon geschickt, um zu fragen, was mit dem Wal geschehen solle, den er auf so kunstvolle Weise erlegt hatte. Hakon sagte, sie könnten den Wal haben und ganz unter sich aufteilen, mit Ausnahme der Nieren, die wolle er als Lohn für seine Heldentat haben. Dann verkaufte er die Walnieren für fünftausend Kronen und brachte dieses Geld auf den Färöern auf die Bank. Nun hatte er mit seiner Frau acht Kinder und war der glücklichste Mensch, fröhlich, gastfreundlich und wohnte in einem Haus aus Grassoden. Seine Kinder waren berüchtigt für ihre Ungezogenheit, und die ältesten Jungen galten als ausgekochte Schlingel, denn sie lernten frühzeitig, im Lebenskampf auf ihren eigenen Erfindergeist zu vertrauen, trotz des sagenhaften Geldes ihres Vaters.

Es war eine Stunde vor Mitternacht, die Küche wie stets voller Gäste, und die Hausfrau stand am Herd und kochte Kaffee. Gudmundur Jonsson saß auf einer Kiste in einer Ecke, Mangi Buchbinder auf einem Dreifuß. Eine unbeugsame alte Jungfer aus dem Nachbarhaus stand auf der anderen Seite des Herdes und tat, als ob sie mit der Hausfrau spreche, mischte sich aber oft in das Gespräch der Männer ein, um sie schonungslos eines Besseren zu belehren. Der Hausherr saß auf dem Küchentisch zwischen Schwarzbrot und Margarine. Zwei junge Bolschewiken saßen auf dem Küchenboden und lehnten sich an die Wassertonne. Die Kinder sollten schon im Bett sein, liefen aber spärlich bekleidet mit Schreien und Ohrfeigen durch das Haus. Aus der Stube hörte man das Krähen eines Säuglings. Da kam Salka, und der Hausherr sprang gleich vom Küchentisch, damit sie sich setzen konnte. Sie trug ein billiges Leinenkleid, einen Regenmantel und gekaufte Strümpfe, dazu graue Turnschuhe, die bei Sveinn Palsson drei Kronen fünfzig kosteten.

Kommt Salka Valka nicht wie eine Galeasse dahergesegelt, sagte der Hausherr, denn wohlgestalte Mädchen erinnerten ihn immer an große Schiffe. Trotz ihres hohen Wuchses ging sie leicht und federnd in den dünnen Schuhen. Sie setzte sich auf den Rand des Tisches und strich sich die Haare aus der Stirn. Man sprach gerade über Beinteinn von Krokur.

Was für eine Ruhmestat hat Beinteinn denn jetzt wieder vollbracht? fragte das Mädchen.

Aber da war er nur tot. Er war heute abend an Lungenentzündung gestorben, und es hieß, Bogesen wolle die Kosten für seine Beerdigung übernehmen, weil Beinteinn in den letzten Tagen während seiner Lungenentzündung begonnen hatte, sich wieder der Partei der Anhänger der Selbständigkeit zu nähern.

Bogesen tut das natürlich, um allein über die Leiche verfügen zu können, bemerkte der eine Bolschewik.

Wie verfügen?

Tja, es wird behauptet, daß das Bein von der Leiche abgeschraubt und nach Deutschland geschickt wird. Es soll noch immer nicht bezahlt sein.

Hübsch, wie diese Mannsbilder immer voneinander reden, sagte die alte Jungfer Gudvör. Ich für meine Person sage, es braucht keinen zu wundern, daß Bogesen nicht ein Holzbein der teuersten Sorte bezahlen wollte für einen Mann, der sich so aufführte wie der selige Beinteinn im vorigen Jahr.

War ihm das Bein etwa nicht für eine Zeitlang abgeschraubt worden? fragte der Bolschewik. Ich kann beweisen, daß Katrinus zehn Kronen dafür bekam, es ihm abzuschrauben. Johann Bogesen hat nie etwas anderes für Beinteinn getan, als die Dankadressen zu bezahlen, die er den Pfarrer für ihn schreiben und in der Hauptstadt drucken ließ.

Ich glaube nie ein Wort von dem, was die Bolschewiken sagen, sagte Gudvör – und auch nicht von dem, was die Männer überhaupt sagen. Solche Gotteslästerer! Ihr solltet euch schämen, wie ihr euch über den Allmächtigen selbst erhebt.

Wie oft gehst du in die Kirche, liebe Gufa?

Mir ist es gleich, auch wenn ich nie in die Kirche gehe, so ist Gott dennoch herrlich, sagte sie.

Es stehen trotzdem viele Lügen in der Bibel, sagte einer der Bolschewiken, um sie zu necken.

Das ist mir ganz gleich, antwortete das späte Mädchen, ich weiß nur eines, das feststeht, nämlich daß ich stets Christus folgen werde, im richtigen wie im falschen.

Wir sind alle gesegnete arme Schlucker, sagte Kadett Gudmundur Jonsson.

Ja, sagte Mangi Buchbinder. Das ist es, was ich immer sage: die Menschen sollten einander mit größerer Anteilnahme betrachten und versuchen, sich selbst zu verstehen.

Ja, sagte der Hausherr Hakon. Du weißt doch so viel, Mangi, ich habe dich schon immer eines fragen wollen: Was hältst du eigentlich vom menschlichen Leben? Womit hat das menschliche Leben deiner Ansicht nach am ehesten Ähnlichkeit?

Das menschliche Leben, sagte Mangi Buchbinder nach einigem Nachdenken, das hat am ehesten Ähnlichkeit mit einem Ameisenhaufen, in dem alle Ameisen versuchen, ans Licht hinaufzugelangen.

Ameisen! wiederholte einer der Bolschewiken verächtlich. Wann um alles in der Welt hast du Ameisen gesehen? Es gibt keine Ameisen in Island.

Das ist völlig egal, ob es sie hierzulande gibt, sagte der Hausherr. Es ist trotzdem völlig richtig, was Magnus sagt. Die Menschen sind genau wie Ameisen. Ich habe oft Ameisen gesehen, als ich im Ausland war. Das sind kleine, ständig zappelnde Tiere, die in kleinen Hügeln leben, es sind eigentlich Vierfüßler mit einer Art Schwanz und winzig kleinen Äugelchen, und die kleinen Biester kommen immer aus ihren Löchern heraus, wenn die Sonne scheint.

Ob Hakon nicht vielleicht Füchse meint? warf einer der Bolschewiken ein.

Nach meinem Verständnis sind es in Wirklichkeit eine Art Fliegen, sagte Magnus Buchbinder.

417

Ja, aber was kannst du dann über den Bolschewismus sagen, Mangi? sagte der Hausherr.

Na, mit dem Bolschewismus ist es natürlich wie mit anderen Dingen auch, es ist immer dieselbe Sehnsucht in der Menschheit; der Bolschewismus ist natürlich ein Ideal für sich. Doch nach meinem Verständnis, da siegt im Bolschewismus wie in anderen Vereinen derjenige, der das Geld aufbringt. Mir ist es gleich, wenn sie es hören, diese jungen Leute von der Gewerkschaft. Die Welt will Geld auf dem Tisch sehen. Nehmen wir zum Beispiel den Konsumverein. Selbstverständlich ist ein Konsumverein immer Bolschewismus. Aber was geschah, als man das Geld aufbringen sollte? Soviel ich weiß, war es Steinthor Steinsson, der es aufbrachte.

Die Bolschewiken widersprachen dieser Meinung, aber Salka hörte nicht, was sie sagten, sondern spürte nur, daß alle auf sie schauten, als der Name Steinthor Steinssons genannt wurde. Der Hausherr ließ die Bemerkung fallen, daß es ein merkwürdiges Frauenzimmer sei, das Steinthor heutzutage abweise, dann sah er zu Gudvör hinüber und sagte:

Jetzt hat Gufa die Gelegenheit, eine Kapitalistenfrau zu werden und ins Ausland zu reisen.

Doch sie war hoch darüber erhaben, auf so unnützes Geschwätz zu antworten, und fuhr mit doppeltem Eifer fort, sich über den Herd hinweg mit der Hausfrau zu unterhalten, während die Bolschewiken Magnus Jonsson die Grundsätze des Sozialismus erklärten.

Es hat allerdings manch einer Geld in der Tasche, auch wenn er nicht so damit angibt wie Steinthor, sagte der Hausherr und meinte damit sein eigenes Geld – ich für meine Person sage, wenn man bis zu zwei Baue pro Tag aushebt und vielleicht durchschnittlich hundert Kronen Tageslohn hat, dann kann es nicht verwundern, daß man es für Eitelkeit hält, wenn Leute mit Geld prahlen, diesem wertlosen Dreck, das möchte ich doch gesagt haben. Möglicherweise gibt es noch einen anderen außer Steinthor, der hier einen Konsumverein hätte gründen können, wenn er Lust dazu gehabt hätte, und der ihn allein hätte haben können, ohne irgendwelche Hilfe von Kristofer Torfdal.

Tja, wenn es stimmt, was alle sagen, sagte Magnus, daß es Steinthor gelungen ist, sich bei ihm selbst einzuschmeicheln, als er neulich in der Hauptstadt war, dann ist überhaupt nicht abzusehen, was aus einem derartigen Menschen hier im Ort noch alles werden kann. Jetzt soll er an die hundertfünfzig Tonnen Salzfisch im Osten gekauft haben, ganz abgesehen von dem, den er hier im Winter bei Sveinn Palsson gekauft hat.

Die Zuhörer wunderten sich über diese Neuigkeiten, denn sie glaubten, daß Kristofer Torfdal ein geschworener Feind aller, die mit Fisch handeln, sei, und sie verstanden nun viel weniger vom Bolschewismus als zuvor, und auch die Bolschewiken selbst konnten nicht erklären, wie es kam, daß Kristofer Torfdal sich mit Männern anfreunden konnte, die diese Ware kauften.

Mir ist es gleichgültig, was die Leute über Kristofer Torfdal sagen, sagte Kadett Gudmundur Jonsson. Er hat uns mit dem Konsumverein geholfen, und davon laß ich mich nicht abbringen, sollen es andere besser machen, die mehr mit ihrem Geld angeben. Ich für meine Person sage, früher, als es hier die Heilsarmee gab, da war es immer so, daß die am meisten über sie sprachen, die noch nie in einer Versammlung gewesen waren.

Dann wurde hin und her geredet über das Verhältnis zwischen Steinthor und Kristofer Torfdal, und man stellte Vermutungen darüber an, ob Steinthor trotz des Fischhandels und anderer wirtschaftlicher Tätigkeit Bolschewik geworden sei, oder ob Torfdal trotz all seines Bolschewismus ein Anhänger der Selbständigkeitspartei und Kapitalist. In dem Augenblick ging die Küchentür auf, und auf der Schwelle stand Arnaldur Björnsson.

Das ist ein Kaffeeduft, sagte er. Man kann ihn bis auf die andere Straßenseite riechen.

Ob das nicht nur Zichorie ist! murmelte Gudmundur Jonsson mißvergnügt.

Arnaldur wurde zum Kaffee eingeladen, und er nahm dankend an; die Frau war gerade dabei, ihn aufzugießen. Er setzte sich zu Salka Valka auf den Küchentisch, und da sah sie, daß ihr Kleid über die Knie heraufgerutscht war, sie beeilte sich, es hinunterzuziehen, und bedauerte, daß sie keine Hosen trug. Ihr wurde plötzlich heiß in den Wangen. Das Gespräch verstummte für eine kurze Weile, doch schließlich raffte sich der Hausherr auf und fragte:

Tja, was ist eigentlich deine Meinung über Kristofer Torfdal, Arnaldur? Du solltest ihn doch kennen!

Er antwortete trocken:

Vom Standpunkt des Kommunismus aus gesehen verkörpert Kristofer Torfdal den Beginn des isländischen Staatskapitalismus.

Sapperment, sagte der Hausherr.

Das steht zu befürchten, sagte einer der Bolschewiken.

Ja, es gibt viel Wunderliches auf der Welt, sagte Mangi Buchbinder.

Dann trat eine kleine Pause ein.

Ach, jetzt wäre es schön, wenn jemand etwas zu schnupfen hätte, sagte Kadett Gudmundur Jonsson sanft.

An Schnupftabak ist kein Mangel, sagte der Hausherr und reichte Magnus Buchbinder als erstem ein Rindshorn mit Holzpfropfen an beiden Enden, und der befühlte es liebevoll, schneuzte sich dann in die Finger und wischte sie am Hosenbein ab.

Es ist nun einmal so, daß der Schnupftabak etwas Dauerhaftes an sich hat, sagte er.

Ja, sagte Gudmundur Jonsson, er ist der Genuß, der keinen auf Abwege führt.

Er schenkt seine Freude eigentlich ohne größere Unannehmlichkeiten, sagte Magnus.

Arnaldur warf Salka Valka einen verlegenen Blick zu und wurde unruhig.

Mit dem Schnaps ist es so eine Sache, fuhr der Buchbinder fort. Wir wissen alle, welche Wirkung er hat, vor allem die gewöhnlicheren Sorten, Glyzerin und Brennspiritus, gar nicht zu reden von dem verflixten Schwarzgebrannten, den sie droben im Tal brauen, manche sagen aus Pferdemist. Na, und der Rauchtabak, man kann nicht sagen, daß der besonders gesund für den Magen sei. Ich für meine Person sage, ich muß so viel spucken, wenn ich rauche. Und der Kautabak ist am besten auf See. Dann gibt es noch die Frauen – ich weiß, ich brauche nicht mehr zu sagen. Aber der Schnupftabak –

Er schnupfte sechs- bis achtmal genüßlich aus dem Horn.

Ja, sagte Kadett Gudmundur Jonsson und nahm interessiert Anteil daran, wie der andere schnupfte – wenn man es genau betrachtet, dann ist es der Schnupftabak, der bleibt.

Arnaldur stand auf und wünschte eine gute Nacht. Nein danke, er wollte nicht auf den Kaffee warten. Hakon, der Hausherr, war etwas verdutzt und hoffte, daß der Konsumvereinsleiter nicht beleidigt sei, weil man ihm keine bessere Sitzgelegenheit angeboten habe oder weil eines der Kinder etwas auf den Fußboden gemacht und der Säugling angefangen habe, ununterbrochen zu schreien. Nein, er war überhaupt nicht beleidigt. Er mußte nur gehen. Und Salka Valka sah sich in der Küche um. Zwei Kinder mit nackten Beinen hingen weinend an den Röcken ihrer Mutter. Die Bolschewiken saßen noch immer an die Tonne gelehnt da und betrachteten die Beine des Mädchens, die wie zwei schöne Fische vom Tischrand herabhingen. Sie war sich sicher, daß die Burschen keine Ahnung davon hatten, was Bolschewismus war. Diese zufälligen Menschen, die hier zusammensaßen, waren wie hilflose Gestrandete in ihrem eigenen Dorf, sie gaben sich mit dem Kaffee und dem Tabak zufrieden, den es an diesem wunderlichen Strand gab; jetzt schenkte die Hausfrau ein. Als Salka ihre Tasse leergetrunken hatte, verabschiedete sie sich und ging. Es hatte zu regnen begonnen.

Einige Tage später wurde Beinteinn von Krokur auf Kosten Johann Bogesens beerdigt, und das Bein wurde wieder nach Deutschland zurückgeschickt. Der Pfarrer sprach über die Siegeswagen des Herrn. Nun hatten diese Wagen unseren hingeschiedenen Bruder in Herrlichkeit auf die Siegeshöhen getragen. Unser hingeschiedener Bruder konnte sich bisweilen irren. Aber er gehörte nicht zu den dummen Menschen, die verstockt werden in ihrem Irrglauben. Das Leben war ihm ein ständiger Lehrmeister. Er versagte es sich nicht, seine Meinung zu ändern, so wie seine göttliche Natur es ihm eingab. Der Gegenwind des Lebens und die Irrlehren der Weltkultur wurden ihm nicht nur ein Siegeswagen, sondern auch ein Schmelztiegel, der in ihm den Stahl der Wahrheit härtete. Viele von uns irren zeitweilig von der Vernunft und der rechten Denkungsart ab, doch die Gnade Gottes währt ewig, bereit für alle, die zu ihr zurückkehren wollen. Von unverantwortlichen Ungläubigen werden viele Lehren verkündet, die darauf abzielen, das Gleichgewicht der Armen im Leben zu stören, doch die Langmut Gottes währt ewig, er wartet geduldig auf seine Freunde, daß sie wieder zu einer gesunden Lebensanschauung zurückkehren, wenn sie die Eitelkeit der Verirrung erkannt haben. Der alte Feind steht stets auf einem Berg und bietet uns alle Reiche der Welt samt ihrer Herrlichkeit an, wenn wir ihm folgen. Unser hingeschiedener Freund war einer von denen, die der Teufel mit falschen Versprechungen zu locken suchte, doch Gott gewährte ihm die Gnade des Sieges im Tod. Der Pfarrer rief Jesus und Habakuk und noch mehr seltsame Ehrenmänner aus grauer Vorzeit als Zeugen in dieser Sache an. Wir wollen den Menschen danken, die unserem hingeschiedenen Bruder eine Stütze auf seinem Lebensweg waren, und für sie beten. Da wäre an erster Stelle unser ehrwürdiger Freund und Wohltäter Johann Bogesen zu nennen –

Nach der Beerdigung gab es Kaffee mit Keks, Schiffszwieback und Kringel sowie zähe Schürzkuchen mit Natrongeschmack, die Beinteinns Tochter aus Anlaß der Feier gebacken hatte. Viele von denen, die am Leichenschmaus teilnahmen, hatten etwas Brennspiritus mitgebracht, und es war hell und warm über den Menschen und ihren Gesprächen. Arnaldur erschien auf der Feier, als das Kaffeetrinken in vollem Gange war, und setzte sich an eine Tischecke. Die Begeisterung wurde um so größer, je länger man zu Tische saß, und die Leute begannen, verschiedene Choräle zu singen, sowohl »Wenn doch zu Milch das Wasser würde« als auch »Nie rühr' ich eine Flasche an«.

Hurra für Beinteinn von Krokur, das war ein Mann, der eine Lippe riskierte – ein Prosit für ihn!

Hoch soll er leben!

Arnaldur sah nicht auf, aber der blaue Rauch der Zigarette, die er zwischen den mageren gelben Fingern hielt, kräuselte sich im Sonnenlicht, während er seinen Kaffee trank, und die Locken seines braunen Haares, des schönsten Haares, das von der Sonne beschienen wurde, glänzten. Er sah Salka Valka nicht an, doch sie sah nichts als ihn. Die älteste Tochter wartete auf, mit heißen Augen, aber schlechten Zähnen, pockennarbig und grau, mit Raucherhusten und dunklem Lachen; die Männer griffen heimlich an ihre Knie, während sie ihnen Kaffee einschenkte. Sie trat zweimal zu Arnaldur, flüsterte ihm etwas zu und fingerte vertraulich am Kragen seiner Jacke herum, ohne daß er aufsah. Dann rief sie laut.

Beeilt euch jetzt und trinkt euren Kaffee aus, dann machen wir Platz und tanzen ein bißchen. Papa stirbt schließlich nur einmal.

Vielen Dank für den Kaffee, sagte Salka Valka. Und auf Wiedersehen, liebe Guja. Aber vorzuschlagen, daß man bei der Beerdigung deines Vaters tanzen soll, das geht entschieden zu weit.

Doch das Mädchen war nur unverschämt und sagte zu Salka Valka, sie könne sich die Mühe sparen, sich um Arnaldur Sorgen zu machen, es sei keineswegs sicher, daß es ihr gelinge, ihn einzufangen, auch wenn sie der Gewerkschaft beigetreten sei.

Na ja, sagte Salka. Du mußt es ja wissen. Du bist vor mir in die Gewerkschaft eingetreten.

Sie bereute es allerdings, ihr überhaupt geantwortet zu haben.

Im Gemüsegarten waren ein paar heldenhafte Männer dabei, die Waisen mit Brennspiritus zu traktieren; die Kinder schnitten fürcherliche Grimassen, wollten aber nicht die Schande auf sich sitzenlassen, daß sie eine solche Köstlichkeit nicht hinunterbrächten. Die Männer lachten.

Am Gartentor kam Salka der Mann mit der Ziehharmonika entgegen.

20

Salka Valka fand in dieser Nacht lange keinen Schlaf. Und als sie ihr Inneres mit jener unhöflichen Selbstkritik durchforschte, die mit der Nacht einhergeht, wenn das menschliche Tun nicht mehr im Licht des Tages erscheint und seine Moral keine störenden Farben mehr auf das Ursprünglichste in den natürlichen Trieben wirft, da mußte sie sich eingestehen, daß das Mißfallen über den Tanz, das sie Guja gegenüber geäußert hatte, keine andere Ursache hatte als ihre Bitterkeit darüber, daß sie selbst nicht tanzen konnte und somit von jeder weiteren Beteiligung an diesem Begräbnisfest ausgeschlossen war. In Wirklichkeit hatte sie in dieser Nacht keinen sehnlicheren Wunsch, als zu tanzen und zu rufen.

Sie eilte in ihrem Zimmer hin und her wie eine Forelle in einem Brunnen, verzog das Gesicht und biß sich in die Fingerknöchel, ohne zur Ruhe zu kommen. Dies ging eine ganze Weile so, bis sie sich ratlos ans Fenster setzte. Die Vögel schwebten herrlich in der Selbstvergessenheit des Lebens über dem spiegelglatten Fjord. Sie stand auf und schlüpfte aus dem Kleid, zog dann ihre Unterwäsche aus, ein Stück nach dem anderen, und legte sich auf ihre Bettdecke; ihr starker und reifer Körper breitete sich vor ihr aus wie eine Landschaft. Niemand außer ihr selbst kannte ihn. Doch wenn sie sich selbst berührte, und war es auch nur ganz vorsichtig, dann bekam sie immer Angst vor sich selbst und vor dem ganzen Leben. So war es auch heute nacht. Zuerst überfiel die Einsamkeit sie wie ein gefrorenes Weinen in jedem Nerv, und als sie sich berührte, da wurde sie von Angst gepackt, es war die Vorahnung des Überpersönlichen, die durch ihre Haut sickerte, sie sprang mit schmerzvollem Seufzen auf und rief unwillkürlich zweimal Arnaldurs Namen. Als sie sich beruhigt hatte, legte sie sich wieder hin, zog die Bettdecke über sich und stöhnte: Nein, nie. Das werde ich nie.

Am nächsten Tag fühlte sie sich sonderbar, vielleicht hatte sie leichtes Fieber, sie stand auf und wusch den Vormittag über Fisch bei Sveinn Palsson, kam dann nach Hause, legte sich ins Bett und schlief ein; sie wünschte sich nichts sehnlicher, als Lungenentzündung zu bekommen und zu sterben. Doch als sie nach zehn Uhr aufwachte, war sie frisch und guter Dinge, ganz im Gleichgewicht, und konnte nicht verstehen, weshalb sie letzte Nacht so erregt und heute morgen so matt gewesen war. Hatte sie vielleicht schon Angst davor, eine alte Jungfer zu werden? Die Sonne war untergegangen, doch die Abendröte und die Morgenröte spiegelten ihre prächtigen Streifen im stillen Wasser des Fjords, wo die Berge auf dem Kopf zu stehen schienen. Jetzt wäre es schön, am Strand entlang einen Spaziergang zu machen, dachte das Mädchen.

Dort auf der Kommode lag Ein Brief an die Allgemeinheit, das Buch, das sie neulich von Arnaldur geliehen bekommen hatte: Sie schämte sich, daß sie es so lange behalten hatte – vielleicht glaubte Arnaldur, daß sie es stehlen wolle. Also nahm sie sich vor, das Buch zurückzugeben, wenn sie ihren Abendkaffee getrunken hatte.

Sie ging zum Konsumverein. Die Tür war offen, aber es war niemand im Laden, es strömte ihr nur der erfrischende Duft der Lebensmittel entgegen. Arnaldurs Bücher lagen in einer Zuckerkiste neben einigen Mehlsäcken, es waren die ausländischen Hauptwerke des Sozialismus, und sie blätterte darin, ohne etwas zu verstehen. Dann kam der Leiter des Konsumvereins.

Ich bin nur hergekommen, sagte sie, um das Buch zurückzugeben. Danke fürs Ausleihen.

Bitte, nimm dort auf der grünen Seife Platz, sagte er und deutete auf ein Fäßchen. Darf ich dir Rosinen anbieten?

Nein, danke.

Und nach kurzem Schweigen:

Ihr habt euch hoffentlich gestern nacht gut amüsiert auf dem Begräbnisball?

Ja, ja, aber es endete damit, daß sie alle Fensterscheiben im Haus einschlugen, so daß ich nach Silisfjord telegrafieren und neue bestellen mußte.

Fein, daß Guja Beinteins ihren Willen durchgesetzt hat.

Ich kann nichts Besonderes daran finden, daß sie tanzen wollten.

Lieber Arnaldur, glaubst du, mir sei das nicht gleichgültig?

Warum hast du dann nicht mitgetanzt?

Ich ging so früh schlafen, sagte sie. Ich habe letzte Nacht ausgesprochen gut geschlafen. Aber ich muß doch sagen, daß ich mir nichts Schändlicheres vorstellen kann, als bei der Beerdigung des eigenen Vaters zu tanzen.

Ganz gegen seine Gewohnheit lachte er schallend.

Das ist nicht schlimmer als vieles andere, sagte er. Ich finde sogar, daß es einem sinnlosen Proletarierleben eine gewisse Bedeutung gibt, daß die Hinterbliebenen ein bißchen tanzen, wenn alles vorbei ist. Das zeugt doch von beträchtlichem Optimismus; ganz zu schweigen von der Geringschätzung des Todes.

Es ist wirklich eine Schande, sagte das Mädchen, doch der Mann begann wieder zu lachen, ihre Empörung hatte diese Wirkung auf ihn.

Außerdem, sagte er lachend, liegt echt volkstümlicher Humor in der Vorstellung, beim Leichenschmaus eines Mannes, der ein Bein verloren hatte, zu tanzen. Das erinnert mich an ein norwegisches Tanzlied, das so anfängt:

Alle Männer hatten Beine,
nur der Meine hatte keine –

und darüber lachte er glucksend weiter wie ein Betrunkener, dabei konnte man sich kaum etwas weniger Komisches vorstellen.

Ach, Arnaldur, hör doch auf damit, sagte sie hochmütig. Du lachst sowieso nicht darüber, weil du es witzig findest.

Dann stand sie auf.

Jetzt gehe ich, sagte sie. Ich will einen Spaziergang am Strand machen.

Wollen wir heute abend zusammen gehen? fragte er.

Sie: Ich weiß nicht. Nur, wenn du es wirklich willst. Ich kann sehr gut allein gehen. Ich habe bisher noch nicht viele Männer gebeten, mit mir einen Spaziergang zu unternehmen.

Aber heute machen wir zusammen einen Abendspaziergang, Salka Valka, sagte er. Ich will nur rasch meinen Mantel holen.

Hör mal, sagte sie, plötzlich von Zweifeln geplagt, als sie schon unter der Ladentür standen, es ist vielleicht nicht recht von mir, dich zu bitten, mit mir spazierenzugehen. Eine Frau sagte mir, daß ein Mädchen nie einem Mann vorschlagen dürfe, daß er einen Spaziergang mit ihm macht –

Du hast mich ja gar nicht darum gebeten, sagte er.

Ich habe aber angefangen, davon zu sprechen, sagte sie und errötete. Doch wenn ich ganz ehrlich sein soll, dann sehe ich keinen Unterschied, ob ein Mann ein Mädchen bittet, auf einen Spaziergang mitzugehen, oder ein Mädchen einen Mann. Von allen vernünftigen Standpunkten –

Er schob sie zur Tür hinaus.

Die Welt war herrlich und schön. Die Abendröte und die Morgenröte waren noch immer eins am Himmel und auf dem Meer. Sie gingen fjordauswärts am Strand entlang, in Richtung Axlartindur, der steil aus dem Fjord aufragt, oben mit Geröllhalden zwischen grünen Grasstreifen, auf denen Lämmer weiden, unten mit senkrecht abfallenden Felswänden, an denen sich die Dünung bricht, ruhig wie sorglose Atemzüge im Schlaf.

Sie folgten den Trampelpfaden der Pferde und Kühe auf dem ebenen Streifen Land am Meer, und am Strand herrschte lautes Treiben, alle Arten von Vögeln waren emsig damit beschäftigt, ihre Wahl zu treffen, und wiegten sich im Frieden der lichten Nacht mit träumerischer Anmut auf den sanften Uferwellen. Die Seeschwalbe mit ihren tausend Flügeln ließ ihre kalten, unmelodischen Triller über der niedrigen Neseyri ertönen, kommunistisch in ihrer Einstellung zu stärkeren Vögeln. Auf den ersten Blick schien es, als ob das ganze Vogelleben durch wunderbare Eintracht gekennzeichnet sei, trotz mancherlei Geschäftemacherei unter den Vögeln selbst und der kapitalistischen Farbenpracht auf dem Meer und am Himmel. Selbstverständlich haben die Vögel Gesetze wie wir; sie bestehen vielleicht nicht aus so vielen Paragraphen. Der Junge und das Mädchen ließen sich auf dem grasigen Sandufer zwischen Schafgarben, Fettkraut und sogar Glockenblumen nieder. Das Gras wuchs jung und frisch zwischen weißgewaschenen Kieselsteinen und welkem Tang, den die Brandung irgendwann einmal an Land getragen hatte; jedes Tangblatt gab der Erde seinen Saft; auch das war im Geist des Kommunismus. Alles war so herrlich kommunistisch; hinter jeder Kleinigkeit verbarg sich der große universelle Bolschewik. Sie saßen einander gegenüber im Gras, und der weiche, dunkle Glanz in den Spiegelungen der Berge erinnerte an seine Augen und sein Haar, aber sie konnte sich nicht dazu bringen, es zu sagen. Eine Gruppe von Eiderenten tummelte sich in einer kleinen Bucht. Schließlich rief ein Erpel zwei Weibchen und machte sich mit ihnen auf den Weg aufs Meer hinaus. Uh, uh, sagte der Erpel und schien die beiden Weibchen, die ihm folgten, mit den Rändern des breiter werdenden Winkels seines Kielwassers bei der Stange zu halten. Arg, arg, sagte er, während er sich immer weiter entfernte. Uh, uh, arg, arg, hörte man gleichzeitig aus verschiedenen Richtungen – leidenschaftliche Versprechungen. So voller Verführungen ist das Leben an Land und auf dem Meer. Der Junge und das Mädchen sprachen nur über die Vögel, und sie sahen nichts außer ihnen, oder besser gesagt, die Vögel allein sprachen über die Natur, ihre Knie berührten sich ein wenig, während sie im Gras saßen, aber es war kaum spürbar, so daß sie so taten, als hätten sie es nicht bemerkt.

Er betrachtete Salkas Profil, wie sie im Gras saß und aufs Meer hinausschaute. Wer ihr Anmut und Schönheit zusprechen wollte, hätte gleichzeitig gegen die Bedeutung, die diese Ausdrücke für gewöhnlich haben, aufbegehren müssen. Sie war häßlich. Aber in ihren starken und urwüchsigen Gesichtszügen waren alle Vorzüge jenes Salzes enthalten, das im Meerwasser ist und bleibt, solange es gegen den Strand schlägt. In ihren Augen und in ihrem Mund war alles Heidentum und alle Ungekünsteltheit eines Landes enthalten, das ursprünglich für graugefleckte Seehunde und die gefühllosen, breitgeflügelten Möwen des Meeres vorgesehen war. Ihr Lachen versuchte nicht, in unbekannte Tiefen vorzustoßen wie die Musik, sondern war mit ihrem Körper verwachsen, war fest und konnte sich nicht lösen, fast ohne jede Biegsamkeit, eine vollkommen fleischliche Bewegung, ohne Kultiviertheit und Inspiration, es begann unvermittelt und hörte auf, ohne vorher allmählich nachzulassen, wie ein plötzlicher, lustvoller Schmerz. Er sah wieder ihr großes, starkes Knie unter dem Rocksaum, und etwas weiter oben schimmerte zwischen Strumpf und Unterwäsche ihre Haut – so eigenartig schneeweiß im Vergleich zu ihren verschrammten Händen und dem wettergebräunten Gesicht. Sie hielt mit der einen Hand ihre Fußgelenke umfaßt, in der anderen hatte sie einen Grashalm, an dem sie kaute; sie schaute aufs Meer hinaus, und ihre Brust hob und senkte sich regelmäßig wie die Dünung, die Landschaft war eins mit ihrer Person, die Natur der Winde eins mit ihren Atemzügen. Er legte sich neben ihren Knien flach ins Gras, und seine Fingerspitzen spielten mit ihrem Handrücken, ohne daß sie ihre Hand bewegte, doch nach einer Weile deutete sie mit dem Grashalm aufs Meer hinaus und sagte etwas, und er antwortete, ohne zu wissen, was es war. Dann sagten sie erst einmal nichts mehr. Sie saß noch lange aufrecht da und kaute weiter an dem Grashalm und blickte aufs Meer hinaus, als wären ihre Gedanken weit weg, und er streichelte ununterbrochen mit den Fingerspitzen ihre Hand. Uh, uh, sagten die Erpel.

Wir wollen aufstehen und ein bißchen weitergehen, sagte sie schließlich, und sie standen auf und gingen weiter.

An einem Bach am Fuße des Berges war eine Stute mit ihrem Fohlen und einigen alten Kleppern, die glaubten, die Väter des Fohlens zu sein. Das Fohlen sprang hochbeinig und geschmeidig zu seiner Mutter hin und begann sicherheitshalber, an ihr zu saugen, doch die Klepper hoben die Köpfe und spitzten die

Ohren, und einige taten sogar, als ob sie scheuten, als sie den Jungen und das Mädchen sahen. Der, der ganz vorne am Bachufer gelegen hatte, stand auf und wieherte.

Warte mal, sagte Salka Valka und ging zu dem Fohlen hin. Sie war so hingerissen von allem, was erst vor kurzem geboren worden war. Das Fohlen sprang rasch auf die andere Seite der Mutter, und Salka lief ihm ein paarmal um die Mutter herum nach, bekam es schließlich für einen kurzen Augenblick zu fassen und liebkoste es.

Liebes kleines Fohlen, sagte sie, als es ihr wieder entschlüpft war. Magst du Fohlen, Alli?

Nein, sagte er. Ich mag lieber alte Pferde.

Aha, sagte sie, das ist seltsam – das Seltsamste war jedoch, daß sie alle seine Antworten ernst nahm und im stillen über sie nachdachte.

Dann gingen sie bergaufwärts.

Sie gingen schräg den steilen Hang hinauf, über Senken und Klüfte, Abschnitte mit großen Felsblöcken und lose Schutthalden, wo alles in Bewegung kam, wenn sie darauftraten, und kleinere runde Steine bis zu den Klippen hinabrollten. Sie ging voraus. Beiden war warm geworden vom Gehen. In den Senken erwachten Mutterschafe mit ihren Lämmern, sprangen erschrocken ein paar Schritte davon, blieben dann stehen, um zu sehen, wie groß die Gefahr sei, schnaubten die beiden an und waren blitzschnell mit ihren Lämmern hinter der nächsten Anhöhe verschwunden. Das windstille Meer unten hallte immer noch vom ungestörten Krächzen der Vögel wider, und die Luft war ein einziges Fest.

Dann setzten sie sich in einer grünen Mulde nieder, die unten mit Gras und oben mit Heidekraut und Thymian bewachsen war, der Duft war stark in der feuchten, kühlen Luft der Nacht, jeder Atemzug vereinte die beiden mehr mit dem Zauber der Erde. Sie setzten sich dicht nebeneinander, heiß und gerötet, mit strahlenden Augen, berauscht vom Frühlingsduft des Berges, und er nahm eine ihrer rauhen, verschwitzten Hände zwischen seine Hände und legte sich hin, mit ihrer Hüfte als Kissen. Er hob seinen Blick zu ihrem Gesicht auf und betrachtete ihren Ausdruck, der halb nah, halb fern war, an der Grenze zwischen Eigenwilligkeit und Unterwürfigkeit, wie in Trance. Sie versuchte nicht, die Hand an sich zu ziehen oder seinen Kopf von ihrem Schoß wegzuschieben, und fand wieder einen Grashalm zum Kauen. Er hielt ihre Hand auf seiner Brust fest. Es wurde nichts gesprochen. So verging die Zeit. Sie vermieden es sogar, sich zu bewegen, aus Furcht, sie könnten die stumme Musik des Lebens unterbrechen. Das Mutterschaf, das sie eine Weile vom oberen Rand der Mulde aus scharf beobachtet hatte, stolzierte jetzt erhobenen Hauptes und energisch mit seinem Lamm davon und stampfte bei jedem Schritt auf, als ob es bis in seine Klauen hinunter entrüstet sei. Arg, arg, arg, hörte man undeutlich aus verschiedenen Richtungen vom Fjord herein, doch von den Heidevögeln wachte nur ein unsichtbarer Regenpfeifer, der einmal in wehmütig bittendem Ton bi sagte.

Jetzt wollen wir noch ein Stück weitergehen, sagte sie schließlich doch und kitzelte ihn mit dem Grashalm, an dem sie gekaut hatte, sanft an der Wange. Jetzt, wo wir schon so weit gekommen sind, sollten wir unbedingt bis ins Dyratal hier hinter der Haöxl gehen; dort ist das Gras so üppig.

Sie gingen wieder weiter, nebeneinander, wo die Breite des Pfades es gestattete, er legte ihr sogar den Arm um die Schulter.

Ich glaube, ich bin eingeschlafen, sagte er.

Das glaube ich auch, sagte sie. Du hattest lange die Augen zu.

Ich dachte, ich würde nie eine so herrliche Nacht erleben, sagte er.

Die Luft ist unglaublich mild, sagte sie. Und bald geht die Sonne auf. Aber daß du nie eine lustigere Nacht erlebt haben sollst, Arnaldur, du verzeihst, daß es mir schwerfällt, das zu glauben, du, der du in großen Städten gewesen bist.

Doch er antwortete nicht direkt auf diese Bemerkung, sondern lehnte sich beim Gehen an sie und fragte:

Ist es nicht seltsam, daß wir in diesem Frühling zusammen spazierengehen?

Doch, antwortete sie leise, ohne aufzusehen.

Salka, sagte er. Ich würde dir zutrauen, daß du das ganze Land regieren kannst. Ich bin sicher, wenn die Revolution kommt, dann gehst du sofort ins Zentralkomitee der Kommunistischen Partei. Du hast nämlich das Zeug zu einem Kommissar.

Es wundert mich wirklich, daß du meinst, es sei der Mühe wert, sich über ein so unbedeutendes armes Mädchen wie mich lustig zu machen.

Es ist mein Ernst.

Darauf gingen sie eine Weile schweigend weiter; dann fragte sie:

Arnaldur, kannst du mir sagen, weshalb du neulich in Oddsflöt keinen Kaffee trinken wolltest?

Wenn du in der Nähe bist, antwortete er, dann kommen mir andere Menschen so nichtssagend vor. Ich bin in Wirklichkeit nie in größerer Gefahr gewesen –

Wie meinst du das? fragte sie heftig, aber er erklärte es nicht näher.

Weißt du, wozu ich dich vorgesehen habe? fragte er.

Vorgesehen, mich? Wieso?

Ich weiß, du glaubst, sagte er scherzhaft, daß ich dich zum Leiter der Gemeindereederei vorgesehen hätte. Doch da irrst du dich. Aber nicht, weil ich es dir nicht zutraue, sondern weil du eine viel schwierigere Aufgabe übernehmen kannst, die ich keinem andern anvertrauen kann – nämlich die Direktion der landwirtschaftlichen Produktionsgenossenschaft im Tal, wo das Kinderheim sein soll.

Soll dort ein Kinderheim sein? fragte sie froh, verhielt sich aber sonst abwartend gegenüber seinen Maßnahmen.

Natürlich, antwortete er. Zumindest im Sommer. Wahrscheinlich brauchen wir Spezialisten, um die wissenschaftliche Seite der Kindererziehung zu übernehmen, doch du sollst das Ganze leiten – die Milchwirtschaft, die Schafzucht, den Ackerbau, die Ingenieure, die Spezialisten –

Er hatte angefangen, ununterbrochen zu reden, um von den leisen Berührungen zwischen ihnen abzulenken oder um der Tatsache, daß er den Arm um ihre Schulter gelegt hatte, den Anschein des Zufälligen zu geben. Er sprach von all den großen kooperativen Unternehmungen, die im Ort entstehen sollten, eine Heringsölfabrik, eine Lebertrankocherei, eine Fischmehlfabrik, eine Kunstdüngerfabrik, ein landwirtschaftlicher Betrieb, eine Schule, eine Arbeitersiedlung – der Speisesaal der Arbeiterschaft war sieben Meter hoch, und im Vorraum sprossen Zierpflanzen in großen Kübeln, in der Küche bereiteten gelernte

Köche gewaltige Braten und berühmte Nachspeisen, und in den Wohnungen der Menschen gab es die besten Stahlmöbel, von der Art, wie sie sich jetzt im Ausland immer mehr durchsetzt, und die Schönheit und Bequemlichkeit in größerem Maße verbinden als alle anderen Möbel, so daß Salka, die in ihrem bisherigen Leben richtige Möbel nur aus dem Haus des Kaufmanns kannte, aus dem Staunen gar nicht mehr herauskam. Selbst in ihren kühnsten Träumen hatte sie noch nie ein Haus betreten, das so vollkommen war wie die Häuser, die in dieser Nacht für die Arbeiterschaft des Dorfes gebaut und auch gleich möbliert wurden. Sie beide bestimmten im Grunde genommen alles im Ort. Doch als sie gerade so weit waren, bog der Pfad um einen Grat und führte dicht an der Kante des Felsabsturzes entlang, und sie traten an den Rand, um in den Abgrund hinunterzuschauen. Vor der Felswand war ein ständiges Hinundherfliegen aller möglichen Seevögel, und außer den Seepapageien, die würdevoll wie Pröpste vor ihren Höhlen hockten, hatten verschiedene große Möwenarten hier ihre Brutplätze; sie wurden durch die Ankunft dieser nächtlichen Gäste von ihren Eiern verscheucht und schwebten unter kräftigem Flügelschlagen über den Abgrund hinaus.

Nein, sieh nur, wie sie auf dem nackten Stein brüten, sagte das Mädchen und zeigte auf die Eier, die weiß auf den Felsvorsprüngen lagen, ohne daß der geringste Versuch gemacht worden wäre, ein Nest zu bauen.

Ob es ihnen nicht kalt vorkommt, ihre Eier so auf dem blanken Fels auszubrüten, und kaum einen Zoll vom Rand des Abgrunds entfernt!

Er sah es sich auch eine Weile mit düsterer Miene und nachdenklich an und antwortete schließlich:

Das sind die Vögel des Winters.

21

Zu dieser Frühlingszeit war im Dorf eine Nacht schöner als die andere; ist es nicht unglaublich, was die Natur in ihrem Schoß birgt? Nichts auf Erden ist so herrlich wie die wahre Liebe zwischen einem Jungen und einem Mädchen bei gutem Wetter in einer Nacht im Frühling, wenn die Pferde auf den Hauswiesen eingeschlafen sind. Eigenartig, daß so etwas Heiliges, und in seiner Himmelsmacht doch so herrlich Irdisches, in einem Dorf geschehen kann, wo in den Schaufenstern der Läden nichts weiter ausgestellt ist als ein Petroleumherd, ein Blecheimer mit einem Bild als Geschenk für Kinder und ein Bild des Königs Edward von England an seinem Krönungstag. In Wirklichkeit gab es nichts mehr außer der Liebe. Bei diesem Klang des Ursprungs verebbten allmählich alle anderen Töne, wie wenn man aus mancherlei Lärm in den herrlichsten Traum gleitet. Und als sie sich am folgenden Abend auf der Straße begegneten, da erschienen viele Gesichter an den Fenstern, blasse Frauen, die zehn Kinder und einen halb gedörrten Fisch besaßen, und alte Jungfern mit Damenbart, die sich zum wahren Glauben bekehrt hatten, weil sie allein schliefen. Alle beobachteten die Liebe.

Abend, sagte er geheimnisvoll.

Guten Abend, sagte sie munter und reichte ihm vor aller Welt die Hand.

Er nahm die Zigarette nicht aus dem Mund, während er ihr anvertraute, daß er den ganzen Tag darauf gewartet habe, sie allein zu treffen, und der Rauch stieg ihm in die Augen.

Bin ich vielleicht nicht hier? sagte sie.

Ein Gesicht, das aufrichtiger war in seiner Liebe, hatte die Sonne nie beschienen.

Wo kann ich dich allein sehen?

Bin ich vielleicht nicht allein? Oder hast du Angst davor, daß uns die Leute sehen?

Wir können doch so vor aller Augen nicht zu dir hinaufgehen.

Zu mir hinauf? wiederholte sie, denn sie war noch so unerfahren als Geliebte, daß sie die Bedeutung der vier Wände nicht verstand. Es macht viel mehr Spaß, draußen spazierenzugehen wie letzte Nacht.

In ihren Augen war die Liebe eine Frühlingsnacht mit endlosem Himmel – eine träumerische Wanderung durch das Land, ein zwitschernder oder stummer Vogel, ein Schaf, das fragend von einem Hügel herabschaut, rieselndes Wasser an moosigen Hängen, ein sich dahinschlängelnder Bach.

Sie konnte noch nicht wissen, wie wichtig die Heimlichkeit für dieses beginnende Abenteuer war, und deshalb wunderte sie sich noch viel mehr als er, als sie um zwei Uhr in der Nacht unter der Brücke, die über den Bach führt, eine alte Frau entdeckten. Es war die alte Steinka von Grisabali, die Mutter zweier Söhne, die zu den schlimmsten Saufbolden im Ort gehörten; Salka kannte die Frau gut von der Arbeit im Fisch.

Sie waren schon über die Brücke und hatten einige Meter von ihr entfernt angehalten, da schauten sie zurück. Sie sahen einen alten Kopf in einem Umschlagtuch unter der Brücke hervorlugen und schnell wieder verschwinden. Sie machten kehrt, um diese Erscheinung näher zu untersuchen. Arnaldur blieb mitten auf der Brücke stehen und stampfte mit dem Fuß auf, als ob er kleine Fische vom Ufer verscheuchen wolle, doch die Frau blieb unbeweglich im Graben sitzen, bis er mit dem Fuß nach ihr stieß. Da kroch sie auf der anderen Seite unter der Brücke hervor, lehmverschmiert und mit nassen Füßen.

Was machst du unter der Brücke? fragte er.

Ach, mir ist nur eine Kleinigkeit durch das Loch hinuntergefallen, sagte die Frau.

Was für ein Loch?

Na, das Loch in der Brücke, Mensch, verstehst du das nicht?

Es ist kein Loch in der Brücke.

Bist du verrückt, mitten in der Nacht im Wasser und Schlamm unter der Brücke zu hocken? fragte Salka Valka und fing an, ihr den Schmutz abzuklopfen.

Ach, hör auf mit dem Herumklopfen, sagte die Frau, diese verdammte Abklopferei ist ja fürchterlich.

Du könntest dir eine Lungenentzündung holen, sagte Arnaldur.

Ach, laßt mich armes, altes Weib in Ruhe, was macht das schon, wenn ich Lungenentzündung bekomme, sagte die Frau und wollte gehen.

Du gehst keinen Schritt, sagte Arnaldur, bevor du uns sagst, was du unter der Brücke gemacht hast.

Na, was soll ich schon unter der Brücke gewollt haben, darf ich vielleicht nicht unter der Brücke sein, sagte die Frau.

Ich gebe dir eine ordentliche Tracht Prügel, wenn du mir nicht sagst, was du unter der Brücke gemacht hast.

Ach, du wirst dich doch nicht an mir vergreifen, einer abgearbeiteten armen Frau, die acht Kinder zu Grabe getragen hat, sagte die Alte. Laßt mich nach Hause gehen.

Nach langem Hin und Her gelang es ihnen schließlich, aus ihr herauszubekommen, daß die Frau des Sattlers und die Frau des Pfarrers sie für ein Pfund Kaffee und ein Pfund Zucker gedungen hatten, um auszukundschaften, wer im Dorf unterwegs sei, denn es hatte sich herumgesprochen, daß Salka und Arnaldur in der vergangenen Nacht draußen gewesen waren. Die Frau des Sattlers und die Frau des Pfarrers hatten wegen dieser Angelegenheit eine Sitzung abgehalten und die alte Steinka zu sich gerufen, denn sie war eine gewiefte Verlobungsspionin und hatte manche Winternacht unter Fenstern hockend zugebracht, um genau auf die Liebe aufzupassen und Zeugin bedeutsamer Abschiedsstunden zu werden. Sie hatte sich mit diesen Aufenthalten im Freien so manches Pfund Kaffee verdient, und auch Zucker.

O ja, der Arme muß sich mit diesem und jenem zufriedengeben bei dieser Arbeitslosigkeit, sagte sie – da die gesegneten Damen einen zu so etwas brauchen können. Aber ihr seid vielleicht verlobt, dann macht es nichts.

Ist es wahr, fragte Arnaldur, daß der neue Arzt immer heimlich bei der Frau des Pfarrers durchs Fenster klettert, wenn der Pfarrer seine Annexkirche betreut?

Ach, was soll der schon klettern, und wenn er klettert, dann meinetwegen, sagte die Frau.

Das Gespräch endete damit, daß Arnaldur ihr zwei Pfund Kaffee und zwei Pfund Zucker dafür bot, daß sie sich in der Nähe des Schlafzimmerfensters der Frau des Pfarrers postierte, wenn der Pfarrer das nächste Mal seine Annexkirche besuchte. Das wurde fest vereinbart, und sie trennten sich in Freundschaft.

In dieser Nacht gingen sie landeinwärts ins Tal hinauf, wo der große landwirtschaftliche Betrieb der Gemeinde entstehen soll mit seinen imposanten, schloßähnlichen Gebäuden. Dies war ein wahrhaft paradiesisches Tal in der verklärten Stille der Frühlingsnacht, sie gingen hier über die grünen Wiesen, in der Stunde, da alle Stimmen zu verstummen scheinen, wie in einer Symphonie, wenn das Crescendo noch unerlöst in den Bogen der Streichinstrumente schlummert. Die Schafe, über Senken und Hänge verstreut, käuten glücklich wieder, und der Fluß strömte im Talgrund abwärts, kalt und klar zwischen moosbewachsenen Ufern, über die das Wasser aus Sumpflöchern und Quellen rann. Sie überquerten den Fluß auf einer Planke unterhalb des Hügels, wo der Hof Kviar, nach rußigem Rauch duftend, sich mit seinem schiefen Giebel und den Blumen auf dem Dach noch schlafend in der Landschaft duckte. Arnaldur erklärte seiner Begleiterin, daß genau hier das Schloß stehen solle, das große landwirtschaftliche Kollektiv, es sollte sich aus diesen Ruinen erheben, wo die Geschichte des unabhängigen Kleinbauern bewahrt war, der hier seit undenklichen Zeiten sein eigener Armer gewesen war, sich mit größerer Dummheit und weniger Annehmlichkeiten als der Pöbel in den Armenvierteln der Großstädte durchs Leben geschlagen hat und bis heute als dem Tode geweiht galt, wenn die Läuse nicht auf ihm gedeihen wollten, und der deshalb ja auch stets ein König in seinem Reich genannt wurde, wenn seine Herrlichkeit in den Zeitungen der Hauptstadt gerühmt wurde.

In dieser Nacht wurde das Tal von den schrecklichen Schädlingen heimgesucht, die die Selbständigkeit der Nation am meisten bedrohen, von den Aufrührern, deren erklärte Absicht es ist, Jukki von Kviar und anderen glücklichen unabhängigen Bauern ihre Höfe wegzunehmen, und die auf einer derartig niedrigen Entwicklungsstufe stehen, daß man kaum weiß, ob man sie mit den Dänen oder mit den Russen vergleichen soll, die kleinen Revoluzzer, die gegen die ererbten Ideale der isländischen Nation kämpfen, gegen die Initiative des einzelnen, die schon seit tausend Jahren unser größter Stolz ist, auch wenn dies schwer zu erkennen ist, die Sklavenseelen, die den isländischen Kleinbauern ihr Königtum wegnehmen und uns auf ewig in russische Knechtschaft führen wollen. »Isländische Bauern erwachet – an Eurer Schwelle stehen Männer, die Euch Eures Bodens und Eurer Rechte berauben wollen und selbst nicht davor zurückschrecken werden, Euch Eure Kinder wegzunehmen«, zitierte Arnaldur feierlich aus der Abendzeitung, während er sich niedersetzte, Papier und Bleistift aus seiner Tasche zog und zu zeichnen begann. Sie sah ihn voller Bewunderung an, während der kleine Hof mit seinen schiefen Balken weiterschlief, nicht ahnend, welch gefährliche Schädlinge in seiner Nähe waren.

Schau, sagte er. In diesem Flügel werden die Kinder wohnen. Hier sind die Schlafräume, dort der Speisesaal; dann kommen die Schulzimmer und die Werkräume. Natürlich werden die Kinder viel im Freien unterrichtet, zumindest in allem, was Ackerbau und Viehzucht betrifft. Es gibt kaum etwas, das so guten Einfluß auf Kinder hat, wie zu lernen, das Vieh zu füttern. Und dann darf man die Spielplätze nicht vergessen. Bei der wissenschaftlichen Kindererziehung ist es sehr wichtig, die Kinder spielen zu lehren. Dagegen müssen die Säuglingsheime und die Kindergärten unten in Oseyri sein. Ich gehe davon aus, daß die Kinder erst im Alter von fünf oder sechs Jahren hierherkommen.

Sie sah begeistert auf die Zeichnung, antwortete aber nicht.

In diesem Flügel, den ich jetzt zeichne, sollen eine Landwirtschaftsschule und eine allgemeine Schule eingerichtet werden, wo Arbeiter, alte und junge, Fortbildungsunterricht in Arbeitswissenschaften und allgemeinen Fächern erhalten; schau hier über die Wiesen und Heiden und stell dir Kolonnen von Pflügen im Herbst und Frühling vor, und von Mähmaschinen und Heuwendern im Sommer, und alle von Traktoren gezogen. So, hier lassen wir diese riesige Scheune bauen, mit einer elektrisch betriebenen Heutrockenanlage nach dem modernsten amerikanischen Vorbild, damit das Heu in Zukunft keine Vitamine mehr verliert, weil es draußen auf der Wiese abwechselnd vom Regen aufgeweicht und von der Sonne geröstet wird, und die Leute sich diese bedeutungsschweren Traumgesichte über das Wetter, die während der letzten tausend Jahre der Hauptinhalt ihres Seelenlebens gewesen sind, sparen, und sich anderen Dingen zuwenden.

Aber obwohl Arnaldur so das Problem der Wettervorhersage in den ländlichen Gebieten mit Hilfe einer amerikanischen Heutrockenanlage gelöst hatte, antwortete das Mädchen immer noch nichts.

Ist das nicht gut, *Towarischtsch?* fragte er.

Sie antwortete kindlich:

Doch, aber wenn der Althingsabgeordnete Bogesens und der Selbständigkeitspartei nun trotz allem bei der Wahl im Sommer gewinnt? Weißt du, daß Bogesen allen armen Frauen auf der Lageyri Stoff für eine Schürze geschenkt haben soll? Und der Pfarrer besucht sie alle und spricht vom Willen Gottes.

Wenn Johann Bogesen ihnen Stoff für eine Schürze schenkt, dann werde ich ihnen Stoff für einen Rock schenken, sagte Arnaldur; und zeichnete weiter.

Sie saß immer noch nachdenklich an seiner Seite, den Arm um seine Schulter gelegt, und ließ sich von seinen Locken im Gesicht kitzeln. Es verging eine ganze Weile. Seine Zeichnung wurde immer schöner, so daß das Mädchen noch nie ein solches Schloß gesehen hatte. Im Tal stiegen Nebelschwaden aus den Sumpflöchern und den Gumpen des Flusses auf und zogen weiß über Vertiefungen und Senken.

Arnaldur, sagte sie schließlich. Erinnerst du dich an die schöne Frau hinter dem blauen Berg? Du hast früher so oft von ihr gesprochen.

Er hörte plötzlich auf zu zeichnen und sah sie beinahe erschrocken an, dann murmelte er so etwas wie, was für einen verfluchten Unsinn sie da rede, es war jedoch deutlich, daß er einen Kampf gegen geheimnisvolle Heerscharen führte, die sein Bewußtsein bedrängten.

Ist sie immer noch dort? fragte das Mädchen.

Ich weiß nicht, wovon du redest, sagte er.

Na ja, sagte sie, das macht nichts. Ich kann nur nichts dafür, daß ich mich an alles im Leben so gut erinnere; ich kann nichts vergessen.

Er gab hierauf keine Antwort, sondern zeichnete weiter und summte dabei eine ausländische Melodie.

Glaubst du, es ist sicher, daß du mich liebhast? fragte sie.

Er nahm ihre Hände und küßte sie eine Weile leidenschaftlich.

Wie kannst du es über dich bringen, so häßliche Pfoten zu küssen? fragte sie.

Ich glaube an sie, sagte er, sie sind die Wirklichkeit.

Arnaldur, sagte sie ernst, willst du mir nur eines versprechen?

Und was?

Willst du mir versprechen, Arnaldur, es mir gleich zu sagen, wenn du meiner überdrüssig geworden bist? Ich könnte es nicht ertragen, wenn du gut zu mir wärst, nachdem du meiner überdrüssig geworden bist.

Er sah sie schweigend an.

Willst du mir das versprechen, Arnaldur?

Er schmiegte sich an ihre Brust wie ein Kind und flüsterte:

Salka, du hast keine Ahnung, wie hilflos ich bin – gegenüber der Liebe. Nimm mich zu dir wie ein kleines Kind, Salka, und laß mich bei dir sein.

Sie schaute mütterlich mit tiefem, aufrichtigem, liebendem Blick auf sein Gesicht, ohne daß er gewußt hätte, ob sie diese Bitte verstanden hatte.

Jetzt wollen wir ein bißchen herumgehen, sagte sie schließlich – und unsere Spur im Tau ansehen, wo wir gehen. Bald geht die Sonne auf und trocknet ihn weg.

22

Am nächsten Morgen hörte man auf der Treppe Schritte, die so schwer waren, daß das ganze Haus zitterte. Es wurde an ihre Tür geklopft, und wer stand auf der Schwelle? Kein anderer als der Volksheld Steinthor Steinsson mit zerzaustem Haar, in seinem grünen, zottigen Mantel.

Guten Morgen, sagte er.

Was willst du hier? sagte sie.

Er grinste und schaute in ihrem Zimmer umher.

Es ist seltsam, daß du hier gelandet bist, sagte er.

Aha, sagte sie.

Es ist schwer abzuschätzen, was sich die Frauenzimmer so alles einfallen lassen können, sagte er.

Ich bin kein Frauenzimmer, sagte sie.

Na, so was, sagte er. Ob manche andere auch dieser Meinung sind?

Hm. Wenn du etwas mit mir zu besprechen hast, dann heraus damit!

Zu besprechen und zu besprechen, sagte er.

Ja, denn sonst werfe ich dich hinaus.

Weniger tut es wohl nicht. Wie du deinen Stiefvater empfängst, wenn er dich endlich einmal besuchen kommt.

Pah, sagte sie. Und was kommt als nächstes?

Hör zu, liebe Salka, wollen wir nicht lieber versuchen, ein vernünftiges Wort miteinander zu reden? Ich bin schon so alt, daß mir das Zanken keinen Spaß mehr macht.

Was willst du? fragte sie.

Tja, zum Beispiel, sagte er zögernd und spuckte zum Fenster hinaus – was willst du eigentlich mit Mararbud machen?

Nichts, antwortete das Mädchen.

Du bist immerhin als Eigentümerin des Häuschens eingetragen, sagte er.

Ich will es nicht haben.

Mir kann es im Grunde genommen egal sein, was damit geschieht, sagte er. Mir gehört sowieso bald das ganze Dorf.

Dir?

Ja, mir, sagte er plötzlich ganz fanatisch. Das ganze verfluchte Dorf gehört mir, sobald ich es will.

Aha, sagte sie. Wohl bekomm's.

Was ich noch sagen wollte, sagte er ruhiger – wie steht es denn mit eurem Boot? Ob es euch wohl noch etwas nützt, so wie die Dinge jetzt liegen, ich meine, wo das Geschäft euch kein Betriebsdarlehen mehr beschaffen kann?

Willst du es kaufen? fragte sie geschäftsmäßig.

Ich weiß nicht, sagte er; das wäre möglich. Diese kleinen offenen Boote scheinen hier nicht zu taugen. Du weißt, wie es im letzten Winter gegangen ist. Hast mich aber trotzdem nie besucht, als ich mit den Erfrierungen im Bett lag. Aber es hat keinen Zweck, zuviel von euch Frauenzimmern zu erwarten –

Mir könnte übel werden, wenn ich dich so reden höre, sagte sie.

Du sollst in letzter Zeit ja sehr feine Gefühle entwickeln, sagte er. Aber um wieder auf das Boot zurückzukommen –

Tja, du weißt, daß es nicht mir allein gehört. Mir gehört nur ein Fünftel davon.

Aber wenn ich nun schon mit den anderen Teilhabern gesprochen hätte, sagte er.

Außerdem hat Bogesen das erste Pfandrecht, sagte das Mädchen.

Na, ich kaufe es natürlich mit den Schulden, die darauf lasten, sagte er. Und was über die Schulden hinaus euch gehört, werde ich bar bezahlen – das ist nicht so schrecklich viel. Boote kosten zur Zeit nicht viel. Auf einer Zwangsversteigerung würde es kaum etwas einbringen. Und wenn ich mich recht entsinne, dann ist es nicht neu, ihr habt es gebraucht gekauft. Um aber von etwas anderem zu reden, wieviel hast du dem Konsumverein versprochen?

Was geht dich das an?

Na, wir könnten vielleicht gleichzeitig auch die Schuld ausstreichen, es könnte gut sein, daß ich in der Zukunft auch etwas in diesem Konsumverein mitzureden habe.

Was glaubst du denn, wer du bist?

Na, du hast vielleicht noch nicht gemerkt, daß die Zeit, als ich mich damit begnügte, meine Welt im Branntwein zu haben, längst vorbei ist, Salvör. Aber weil ich dir mehr zu verdanken habe als den meisten anderen – ja, im Grunde hast du mich damals hier aufgerüttelt, da habe ich immer gefunden, daß ich mich dir gegenüber irgendwie erkenntlich zeigen müßte, nicht zuletzt deshalb, weil ich da im letzten Winter mit dem Leben davonkam –

Sie schwieg und sah ihn an, wie stattlich er war, wie heftig das Feuer in seinem Blick loderte und wie besessen er war von den Urkräften der Erde; sein Leben schien völlig frei von jedem höheren Sinn zu sein. Plötzlich war ihr, als ob sie ihn völlig verstehe, und sie bekam es mit der Angst zu tun.

Welchen Namen, glaubst du, habe ich mir letzten Winter immer wieder vorgesagt, als die Sturzwellen seit mehr als einem Tag und einer Nacht über mich hereinbrachen und meine Finger schon zu Eis gefroren waren? – er zog die linke Hand aus der Tasche und zeigte ihr, daß an zwei Fingern die vorderen Glieder fehlten – im übrigen war die Hand wie früher, behaart und stark. – Ich habe ein Gedicht darüber verfaßt, als ich mit den Erfrierungen im Bett lag.

Da lief sie mit einem Mal zu ihm hin, hielt ihm den Mund zu und rief erschrocken:

Sag es nicht auf, sag es nicht auf – drehte sich dann weg und steckte sich die Finger in die Ohren.

Wollen wir denn diesmal gar nicht von der Liebe reden? fragte er.

Ich muß gehen und Fisch ausbreiten, sagte sie.

Er: Das eilt nicht. Der Fisch, den du ausbreitest, gehört sowieso ausschließlich mir. Die Zeit, die du dafür verwendest, mit mir zu sprechen, ist also keineswegs verplempert. Du solltest nicht versuchen, dir einzureden, daß dieser hysterische Laffe, mit dem du dich nachts herumtreibst, ein besserer Kerl sei als ich –

Du bist es nicht wert, ihm die Schuhbänder aufzumachen. Ein solcher Schuft wie du hat es gerade nötig, ehrliche Männer mit Schimpfnamen zu belegen.

Ich war gar nicht derjenige, der damit angefangen hat, ihn einen hysterischen Laffen zu nennen, es war ein klügerer Mann als ich, kein Geringerer als der klügste Mann des Landes, der ihn in meinem Beisein so genannt hat.

Das ist gelogen, sagte sie. Kristofer Torfdal ist Arnaldurs bester Freund.

Mir ist es gleichgültig, wie oft du dich weigerst, das zu glauben, was ich sage – insgeheim glaubst du doch das, was ich sage, nur das und nichts anderes. Deshalb ist es mir völlig gleichgültig, ob du dich mit Arnaldur Björnsson herumtreibst – ich weiß, daß du insgeheim nie etwas von dem glauben kannst, was er sagt, und eines schönen Tages wirst du auch noch dahinterkommen, daß es alles Lüge war.

Soso, sagte sie mit gespielter Gleichgültigkeit. Ist dann zum Beispiel der Konsumverein Lüge? Wer hat ihn gegründet?

Den Konsumverein haben Kristofer Torfdal und ich gegründet.

Du bist ein solcher Schuft, sagte sie, daß ich fast glaube, daß es stimmt, was die Witwe in Gerdi träumte, nämlich daß du im Winter deine Matrosen vom Kiel weggestoßen hast, damit du dich selber daran festhalten konntest.

Aha, träumte sie das? Wie es dir beliebt, sagte er – einen nach dem andern, und ich schlug auf ihre weißen Fingerknöchel, sobald ich sah, daß sie sich irgendwo festkrallen wollten, trat schnell mit dem Fuß gegen ihre Köpfe, wenn sie aus den Wellen auftauchten, wie es dir beliebt, und rief Salka Valka um Hilfe an, bis sie tot waren! Es schadet nichts, wenn du auch dieses Bild von mir hast. Arnaldur Björnsson hätte sicher nicht den Mut gehabt, Männer zu töten, um selbst zu überleben, auch wenn er so getan hätte, als ob er dich über alles liebe, nein, er hätte sich beeilt, als erster zu ertrinken – für die Gesellschaft.

Am selben Tag wurde ihr die Geschichte erzählt, wie Steinthor Steinsson in Amerika reich geworden sei. Er hatte eine Bank ausgeraubt und einen Mann getötet. Er hatte am hellichten Tag eine dieser großen, modernen Banken in Amerika betreten, war zum Bankdirektor gegangen, hatte ihn erschossen und die Kasse mitgenommen, zehntausend Dollar. Nun ist es in amerikanischen Banken so, daß in der Eingangshalle automatische Kameras angebracht sind, die jeden, der die Bank verläßt, photographieren. Doch was tat Steinthor Steinsson? Er ging rückwärts zur Bank hinaus, so daß nur ein Bild von seinem Nacken gemacht wurde. Aus diesem Grund war es unmöglich, den Mann zu finden.

Ich bin sicher, daß diese Geschichte erlogen ist, sagte Salka Valka. Steinthor ist kein größerer Schurke als alle anderen.

Wie hat er denn deine Mutter behandelt? fragte eine Frau.

War das vielleicht das erste und einzige Mal, daß ein Mann hier im Dorf eine Frau verlassen hat? fragte sie zurück.

Und wie hat er dich selbst behandelt, schon lange, bevor du mannbar warst? Was sagt denn Arnaldur dazu?

Es ist eine Lüge, daß Steinthor mir überhaupt irgend etwas angetan haben soll, sagte das Mädchen – alles nichts als reine, verdammte Erfindung; und ihr solltet euch schämen. Und das kann ich euch sagen, selbst wenn er in Amerika einen Bankdirektor umgebracht hat, so ist das mit Sicherheit eine kleinere Sünde, als in Oseyri am Axlarfjord ein Kind zu bekommen.

23

Die Liebe kann die Menschen auch höflich machen. Alles Schroffe zwischen Salka und Arnaldur verschwand nun vollständig aus ihrer Rede und aus ihrem Benehmen zueinander; es wurde keine Äußerung mehr gemacht, um die Empfindlichkeit zu kaschieren. Wer hätte das von ihm geglaubt, der auf Versammlungen so kämpferisch, beim Streiken so unerbittlich war, daß er auch dieses kindliche Gesicht besaß, das manchmal wie hilflos an ihrer Brust ruhte? Oder sie, die in Gelddingen so besonnen, im Wortgefecht so scharfzüngig und gegenüber dem Fisch so selbständig war, daß ihr Blick so schüchtern werden konnte, wenn sie seine Locken streichelte und wie träumend fragte, ob Gott jemals einen schöneren Kopf geschaffen habe.

Wenn er sie umarmte, stieg aus ihren Kleidern ein Duft von Salzfisch auf; ihre Küsse waren auch sehr salzig. Andererseits war es zweifelhaft, ob sie überhaupt küssen konnte, denn sie machte nur ihren Mund auf und die Augen zu. Die Liebe und der Tod haben so vieles gemeinsam.

Doch an einem Punkt ihrer Liebkosungen wurde sie immer von Angst gepackt. Es war das Unbekannte in ihrem Wesen, vor dem sie sich fürchtete, dieses Geheimnis, das die Ursache ihrer Lebensangst gewesen war, seit der Zeit, als sie zuerst die Natur ihrer Mutter verstehen lernte, der Frau, die so traurig und so schmählich für die Liebe lebte und starb. In der Nähe dieser unbekannten Welt, die das Leben, die Schmach und den Tod umfaßte, regte sich unwillkürlich Widerstand in ihrem Bewußtsein. Dann konnte sie sich plötzlich aus seiner Umarmung losreißen, ohne daß sie wußte, was sie tat, und sich die Hände vors Gesicht schlagen, und ihren Körper durchfuhr ein krampfhaftes Zucken, vielleicht weinte sie. Und wenn er zärtlich fragte, was ihr Kummer bereite, dann antwortete sie:

Ich weiß es nicht. Ich habe nur Angst.

Hast du Angst vor dir selbst, Salka? flüsterte er.

Da nahm sie die Hände vom Gesicht und antwortete erregt:

Nein, nein, nein. Ich habe Angst vor Mama.

Dann schlug sie erneut die Hände vors Gesicht und antwortete wieder:

Doch, Arnaldur. Ich habe Angst vor mir selbst – und nach kurzem Schweigen noch einmal: Ich habe solche Angst, daß ich mich selbst verliere – und mich nie mehr wiederfinde.

Dann drehte sie sich rasch wieder zu ihm hin und drückte seinen Kopf heftig an ihre Brust.

Mein lieber Arnaldur, mein herzallerliebster Arnaldur! Quäle ich dich ganz schrecklich? – und sah ihm begierig in die Augen, voller Angst vor seiner Antwort, wie immer sie ausfallen mochte.

Wie? Arnaldur! Wie? Sag es mir – quäle ich dich ganz schrecklich?

Und wenn er überhaupt nicht antwortete, wurde ihre Angst noch größer, und sie fragte ihn mit tränenerstickter Stimme:

Wie, liebst du mich denn nicht mehr?

Bei einem solchen Auftritt zwischen ihnen antwortete er schließlich folgendermaßen:

Ich spüre immer besser und besser, was ich eigentlich schon längst hätte wissen können, daß du dich insgeheim immer noch als Geliebte Steinthor Steinssons fühlst, auch wenn eure Liebe wahnsinnig und unnatürlich ist –

Arnaldur, fiel sie ihm ins Wort. Wie kannst du das zu mir sagen, wo du weißt, daß es nicht wahr ist?

Jetzt ist Steinthor bald ein feiner Mann, fuhr er fort, ohne sich aus dem Konzept bringen zu lassen – er gehört zu den besseren Leuten, hat nicht nur angefangen, Fisch aufzukaufen, sondern hat auch bei Kristofer Torfdal einen Stein im Brett.

Arnaldur, sagte sie und legte ihm die Hände um den Hals, als wolle sie um Gnade bitten.

Und jetzt kauft er euch allen die Boote ab mit dem, was darauf lastet, und macht euch schuldenfrei – damit ihr wieder anfangen könnt, an die Initiative des einzelnen zu glauben und neue Schulden zu machen.

Mein lieber Arnaldur –

Sie starrte ihm, um Gnade flehend, mit einem Ausdruck demütig verehrender Liebe ins Gesicht.

Mein lieber Arnaldur, vergib mir. Du weißt – nein, ich kann es nicht mit Worten sagen. Aber ich werde es dir irgendwann einmal sagen – anders. Irgendwann einmal bald, Arnaldur, nur nicht jetzt –

Das sagst du immer.

Vergib mir nur jetzt, dieses eine Mal. Ich habe solche Angst, daß ich mich nie wiederfinde, wenn ich mich ganz verliere.

Als er sie eines Sonntags bei Regenwetter besuchte, war er niedergeschlagen; er zog seine Schuhe aus, legte ihr die Füße auf den Schoß, und sie stopfte die Löcher in seinen Socken. Er setzte mehrmals dazu an, etwas zu sagen, was ihm am Herzen lag, sprach dann aber von anderen Dingen, küßte sie zerstreut, stand auf, stellte sich immer wieder ans Fenster und blickte auf den tristen Regen und seine Wolken. Schließlich wandte er sich zu ihr um und fragte hart und klanglos, als müsse er mit Willenskraft gegen sein Gewissen ankämpfen:

Hat Steinthor dir deinen Anteil am Boot ausbezahlt?

Warum fragst du?

Nur so, sagte er. Hab keine Angst.

Trotzdem spürte sie deutlich, daß mehr dahintersteckte, vielleicht bedrückte ihn etwas um so mehr, je weniger er es sich anmerken lassen wollte, und sie wurde von bangen Ahnungen erfüllt.

Du bist also eine richtige Kapitalistin, sagte er und versuchte vergeblich, einen heiteren Ton anzuschlagen.

Es ist alles, was ich besitze, sagte sie.

Hör zu, Salka, sagte er und begann dann ganz schnell zu sprechen, als ob ihm jedes Wort auf der Zunge brenne: Ich will dir sagen, ich bekam neulich einen Brief von einem Mann in Reykjavik, einem guten Bekannten von mir, er hat mir letztes Jahr zweihundert Kronen geliehen, und jetzt muß er das Geld ganz dringend zurückhaben, weil – seine Frau krank ist. Er glaubt natürlich, daß es ein leichtes für mich sei, einen Zweihunderter zurückzuzahlen, jetzt, wo ich Leiter des Konsumvereins bin, aber wie du weißt, ist der Konsumverein noch immer im Versuchsstadium, und ich bekomme so gut wie keinen Lohn. Wenn ich ganz ehrlich sein soll, dann habe ich erst nach den Wahlen Geld, das heißt, wenn es uns gelingt, die Selbständigkeitspartei zu besiegen.

Lieber, sagte sie unendlich froh darüber, daß es nichts Ernsteres war – um alles in der Welt, mach dir keine Sorgen und erlaube mir, dir diese zweihundert Kronen zu leihen!

Aber als sie ihre Kommode aufmachte und daranging, das Geld aus einem kleinen Krug abzuzählen, da schlug er die Hand vors Gesicht und verzog es wie unter einem jähen Schmerz zur Grimasse: Das Geld dieser jungen Arbeiterin wurde etwas um so Heiligeres, je selbstverständlicher die Freigebigkeit war, mit der sie zwei Siebtel davon für ihn abzählte. Sie zählte mit Ernsthaftigkeit, wie Leute, die den Wert des Geldes kennen, doch unbefangen und ohne jede Kleinlichkeit, obwohl in diesen Banknoten ihre Träume steckten, seit sie das schmutzigste und meistverachtete Kind im Dorf war.

Bitte sehr, sagte sie und reichte ihm glücklich diese zweihundert Kronen vom Ergebnis ihrer Bemühungen. Er steckte sie schnell wie ein Dieb in seine Tasche und lehnte lange den Kopf an ihre starke Brust, demütig und verpflichtet.

Du kannst dir gar nicht vorstellen, wie dankbar ich dir bin, sagte er.

Liebster, das ist doch nicht der Rede wert, sagte sie. Wenn du nur wüßtest, wie froh ich bin, dir diesen kleinen Gefallen tun zu können – dir, dem ich so viel zu verdanken habe.

Sie fielen einander mit gerührten, seligmachenden Liebkosungen um den Hals, wie es geschieht, wenn Edelmut und Dankbarkeit sich mit der Liebe vereinen. Selbst unter kommunistischen Liebenden hat das Geld eine eigenartig tiefgehende Bedeutung. Diese Werte sind untrennbar verbunden mit dem Mark im Bein des Armen, ihre Bedeutung ist eins geworden mit dem Pulsschlag seines Lebens, ihr Geben und Nehmen ist womöglich von noch tieferem Ernst gekennzeichnet als die Vereinigung von zweierlei Blut, die den Geboten der Natur folgt. Dieses Symbol enthält das Leben selbst mit all seinem Streben, den schlaflosen Nächten, dem Schweiß und der Mühe bei jedem Wetter; Vergangenheit und Zukunft treffen im Augenblick dieses Geschenks zusammen: das Geschenk der vergangenen Zeit als Versprechen für kommende Tage; und sie wußten es beide; und in dem Augenblick, in dem er ihr Zimmer verließ, liebten sie sich heißer als je zuvor.

Jemand im Fisch erzählte, daß Guja Beinteins krank sei, aber es hieß, es sei nichts Ernstes, und Salka Valka fragte nicht weiter nach. Doch der Zufall wollte es, daß sie am Abend sah, wie Arnaldur aus der windschiefen Hütte herauskam und zwischen den Fischspeichern unten am Meer verschwand. Er bemerkte nicht, daß Salka die Uferstraße entlangging, oder tat er, als sähe er sie nicht? Dies traf Salka sehr, denn sie hatte geglaubt, daß Arnaldur nur sie allein liebe. War es denn möglich, daß er neben ihr noch ein anderes Mädchen als Nebenfrau hatte, obwohl er oft so glücklich zu sein schien, wenn er seinen Kopf an ihre Brust lehnte? War die Liebe womöglich am trügerischsten, wenn ihr Antlitz am reinsten erschien? Die Eifersucht knisterte in ihren Knochen und ließ ihr keine Ruhe. Schließlich war sie so wütend über die vermeintliche Demütigung, die sie durch das Verhältnis Arnaldurs mit diesem Flittchen erlitten zu haben glaubte, daß sie nach Krokur hinüberging, entschlossen, sich Gewißheit darüber zu verschaffen, ob Arnaldur der Liebhaber Gujas war, und dann eine klare Antwort von ihm zu verlangen. Die Eifersucht ist nie heftiger, als wenn man zwischen Hoffnung und Zweifel schwankt über die Treue des Geliebten. Trotz der Heftigkeit ihrer Erregung konnte sie es aber nicht unterlassen, gleichzeitig auch sich selbst zur Rechenschaft zu ziehen. Denn falls er sie in diesen letzten Frühlingstagen und Frühlingsnächten seit der bewußten Nacht im Dyratal betrogen hatte, wessen Schuld war es dann in Wirklichkeit? Mußte sie nicht wissen, wie gewissenlos sie ihn quälte, indem sie ihm immer so nahekam, um ihm dann immer im letzten Augenblick die gesunde Lösung zu verweigern, die die Natur forderte? Immer wieder wechselte ihre Gemütsbewegung ihr Objekt: Haß und Verachtung für Guja wurden zu Bitterkeit gegen Arnaldur und schließlich zu reumütiger Wut auf sich selbst.

Vor der Haustür spielte eine Schar schmutziger, zerlumpter Kinder mit kleinen Steinen, verrostetem Schrott und morschen Brettern aus dem Straßendreck; zwei Jungen knieten in einer Pfütze, von der sie sich vorstellten, sie sei der Ozean, und ließen ihre Schiffe über dieses Meer schwimmen.

Guja lag völlig angekleidet auf ihrem Bett, das fest mit der Wand verbunden war. Sie sah nicht sehr krank aus.

Salka? sagte sie verwundert. Bist du es wirklich? Das ist ja etwas ganz Neues.

Man hat mir gesagt, du seist krank, sagte Salka.

Und wenn schon, sagte das Mädchen. Darf ich vielleicht nicht in Ruhe krank sein, wenn es mir paßt?

Doch, selbstverständlich, sagte Salka. Aber wie ich sehe, geht es dir gar nicht so schlecht, glücklicherweise.

Bitte, nimm dort auf dem Bett Platz. Kaffee habe ich nicht.

Salka: Ich wollte nicht lange bleiben. Ich muß nur ein paar Worte mit dir reden.

Und worum geht es?

Es geht nur um den Mann, den du mir gegenüber im Frühjahr bei der Beerdigung deines Vaters erwähnt hast, sagte Salka Valka, ohne lange um die Sache herumzureden. Ich war so überrascht darüber, daß du ihn mir plötzlich an den Kopf warfst, denn es gab keinen Grund dafür – damals. Inzwischen hat sich das ein wenig geändert: Du weißt natürlich, wie alle anderen auch, was hier im Dorf erzählt wird. Deshalb wollte ich dich gerne fragen, ob etwas zwischen euch ist?

Glaubst du, ich wüßte nicht, daß du die ganze Zeit versuchst, ihn mir wegzunehmen?

Wir sind verlobt, sagte Salka.

Nimm ihn doch! Bitteschön! Du wirst noch einmal dafür büßen.

Ich habe ihn niemandem weggenommen. Er hat mich lieb.

Pah. Willst du versuchen, mir einzureden, daß Arnaldur irgend jemanden liebhat? Glaubst du, ich sei so blöd!

Wie meinst du das?

Ich weiß zumindest, daß Arnaldur keinem Menschen treu sein kann. Er liebt alle und keinen. Er sieht nicht den einzelnen, das hat er mir selbst gesagt. Er ist genauso wie die Vögel.

Ich will nicht anfangen, mich mit dir zu streiten, liebe Guja, weder um ihn noch um etwas anderes. Aber ich kann verlangen, daß du mir eines sagst: Wie lang ist es her, seit er bei dir gewesen ist?

Was geht dich das an?

Ich verlange, daß du es mir sagst, sagte Salka, und in ihren Augen flackerte der Zorn auf.

Er wird dich verraten, sagte das Mädchen und geriet ebenfalls in Wut. Du bist nämlich nicht besser als ich, auch wenn dir ein Anteil an einem Boot gehört haben soll, das will ich dir nur sagen. Und weil du es unbedingt wissen willst, es ist erst drei Tage her, daß er wirklich bei mir war, kann ich dir sagen, auf die Weise, wie du es nicht wagst – und hier fügte sie eine nicht druckreife Beschreibung von Intimitäten an, die ihrer Behauptung nach am letzten Samstagabend zwischen ihr und Arnaldur stattgefunden haben sollten.

Du solltest dich schämen für dein Maulwerk, sagte Salka Valka. Du sprichst ja wie eine Stute.

Er wird dich verraten, wiederholte das Mädchen. Ich schwöre und fluche und bete zu Gott. Denn wenn ich eine Stute bin, dann bist du eine Färse, und nicht nur eine gewöhnliche Färse, sondern ein Zwitterkalb! Als ob es je einem Mann einfallen könnte, sich auf die Dauer mit so einer Witzfigur zusammenzutun! Du kannst nämlich keinen lieben außer dir selbst und denkst immer nur daran, Geld zusammenzukratzen und den Kapitalisten in den Hintern zu kriechen, auch wenn du jetzt so tust, als ob du Bolschewik geworden seist, nur weil du es auf ihn abgesehen hast. Ich meine, du solltest dich lieber an Steinthor, den Mörder, hängen, du Miststück, das ist nämlich ein passender Mann für dich, abgesehen davon, daß er von alters her einen besonderen Anspruch auf dich hat. Er hat dich als erster bekommen, und er soll dich als letzter haben!

Auf beiden Seiten wurden die Ausdrücke allmählich immer schlimmer, während die Logik der Argumentation immer weiter abnahm. Schließlich war der Bogen so überspannt, daß das Mädchen mitten im Satz zusammenbrach und zu weinen begann. Es war, als wolle sie in einigen wenigen Seufzern ganz zerfließen.

Du bist so reich und so tüchtig, stöhnte sie, von ihren Tränen überwältigt – und du kannst alles im Dorf bestimmen. Und dann kommst du zu mir, einem jämmerlichen armen Ding, das nicht einmal etwas zu essen hat, denn Gott weiß, daß wir das nicht haben, ich und meine kleinen Geschwister, und du beschimpfst mich wie einen Hund und nennst mich eine Stute, während ich krank daliege, nach allem, was ich in diesem Frühjahr durchgemacht habe, und von dem keiner weiß außer Gott – und ich bin noch nicht einmal sechzehn.

Dann weinte sie und weinte in ihr armseliges Kopfkissen hinein, und da erst sah Salka Valka, daß sie das Gesicht eines hilflosen Kindes hatte, und im Nu war ihr Zorn verraucht, und sie bekam Mitleid mit ihr. Wie um alles in der Welt hatte sie auf die absurde Idee verfallen können, sich mit diesem armen Kind zu streiten, einer kranken Waise, die ihr Geliebter verführt hatte.

Liebe Guja, sagte Salka Valka. Verzeih mir, ja? Warum sollten wir nicht Freundinnen sein können, obwohl wir ihn beide lieben? Gibt es irgend etwas, das ich für dich tun kann, liebe Guja?

Doch Guja weinte weiter. Es konnte keinen Zweifel daran geben, daß sie sehr unglücklich war, und offensichtlich gab es keine Grenzen für die Grausamkeit, mit der die Welt und ihr Schöpfer dieses junge, arme Herz zu mißhandeln trachteten, so daß Salka Valka sich zu ihr setzte und ihre Hand nahm.

Verzeih mir, daß ich dich so verletzt habe, sagte sie. Die Liebe macht einen so schlecht – das hätte ich eigentlich von früher her wissen müssen. Sag mir nun, meine Liebe, was ich für dich tun kann. Darf ich euch mit ein bißchen Geld aushelfen?

Das Mädchen schüttelte weinend den Kopf und sagte: Nein, nein; und stieß dann zwischen den Schluchzern hervor:

Du hast mir schon mit so viel Geld geholfen, du hast mir schon geholfen –

Was sagst du? fragte Salka Valka, denn sie glaubte, das Mädchen habe den Verstand verloren.

Glaubst du, ich hätte nicht gewußt, daß es von dir kam, das Geld, das er besorgte, damit mir das Kind weggemacht wurde?

Was sagst du da, Mädchen? Nein, das kann nicht sein, du bist nicht bei Trost!

Doch, man hat mir das Kind weggemacht, sagte das Mädchen weinend. Der Arzt wollte es nicht für weniger als zweihundert Kronen machen, weil sie einen dafür ins Zuchthaus bringen können. Es wurde Sonntag nacht gemacht. Arnaldur half ihm dabei. Liebe, du darfst ihm nicht erzählen, daß ich es dir gesagt habe, du weißt, wie erbarmungslos er sein kann.

Ihr Weinen hörte allmählich auf, nachdem sie dieses Geständnis abgelegt hatte.

Es ist am besten, du bekommst ihn, weil du ihn haben willst, sagte sie schließlich, großmütig wie ein Kind, das sein einziges Spielzeug herschenkt. Du bist so stark. Es ist nicht sicher, daß er sich dir gegenüber so zu benehmen wagt. Und es macht nichts, daß er mich weggeworfen hat und mein Leben vorbei ist. Die Menschen sind sowieso nichts wert.

24

Kurz vor Mitternacht am selben Abend schlich er die Treppe hinauf und klopfte an die Tür ihres Zimmers. Sie war gerade dabei, ihre Arbeitskleider in Ordnung zu bringen. Sie antwortete nicht und sah nicht auf, als er zu ihr hereintrat, sondern nähte weiter. Er legte ihr den Arm um die Schultern und wollte sie küssen. Sie schob ihn von sich.

Was ist los, Kind? fragte er. Hast du schlechte Laune?

Nein, nein, sagte sie mit gespielter Gleichgültigkeit, die ebenso unbeschwert klingen sollte, wie wenn die Leute abstreiten, daß ihnen kalt ist oder daß sie sich verletzt haben.

Er setzte sich hin und zündete sich eine Zigarette an.

Ich möchte wetten, daß dir jetzt wieder jemand etwas vorgelogen hat, sagte er.

Sie räusperte sich zweimal, mit einer Pause dazwischen.

Vielleicht bist du gekommen, weil du noch mehr von meinem Geld haben willst, damit du noch ein paar von deinen Mädchen ein Kind wegmachen lassen kannst, Arnaldur? fragte sie dann.

Er legte die Zigarette weg, trat vor sie hin und streckte ihr töricht die Hände entgegen, weiß wie eine Leiche.

Salka, sagte er hilflos.

Und da sie nicht antwortete und sich in keiner Weise anheischig machte, ihm eine helfende Hand zu reichen – da lag er, ehe sie sich's versah, vor ihr auf den Knien, vergrub sein Gesicht in ihrem Schoß, umfaßte ihre Hüften und krallte sich mit seinen Fingern in ihren Kleidern fest, als ob er in Lebensgefahr sei. Dann hob er sein bittendes und verzweifeltes Gesicht zu ihr auf – noch ein Gesicht, das sie nie zuvor gesehen hatte, geradezu angsteinflößend in seinem Elend.

Salka, ist es dir denn nicht möglich zu verstehen, wie hilflos ich bin – gegenüber der Liebe? Ich bat dich doch darum, dich meiner wie eines kleinen Kindes anzunehmen, Salka, du, die du die Tochter der seligen Sigurlina von Mararbud bist – siehst du denn nicht, daß die Menschen der Liebe gegenüber genauso wehrlos dastehen wie gegenüber dem Tod? Ich bin doch auch nur ein Mensch.

Ach so, sagte sie. Ich dachte, du seist aus einer anderen Welt. Wenn ich mich recht erinnere, hast du das im letzten Jahr durchblicken lassen. Stehst du dann so hoch über der Erde?

Sie stand auf und wollte ihn abschütteln, doch er hielt sich an ihren Kleidern fest.

Versuch doch wenigstens, mich zu verstehen, bat er.

Nein, Arnaldur, es hat keinen Zweck. Ich bin so dumm; und außerdem wahrscheinlich ein schlechter Mensch. Um Idealisten verstehen zu können, braucht man mehr Bildung und mehr Herzensgüte, als ich besitze; ich bin nur ein einfaches Fischermädchen. Du hast sicher viele Freundinnen, die dich besser verstehen.

Hör mich an, Salka, ich bitte dich. Als ich dich im Frühling im Dyratal zum ersten Mal küßte, da begriff ich nicht ganz, was geschah. Natürlich bin ich mit sehr vielen Mädchen zusammen gewesen, aber das hat keinen größeren Einfluß auf mich gehabt, als daß ich allen Ernstes zu behaupten begann, ich hätte genausowenig wie die Vögel, die in Scharen fliegen, oder die Fische, die in Schwärmen durchs Meer schwimmen, ein Leben als einzelner. Ich behauptete, mein Dasein sei nichts als das ungebundene Bewußtsein dessen, daß ich einer unübersehbaren Masse angehörte, und wenn ich mit einem Mädchen zusammen war, hatte ich nur das Gefühl, zu kommen und zu gehen. Ich war überzeugt davon, daß ich nicht die Fähigkeit besäße, mich zu einer bestimmten Frau hingezogen zu fühlen. Und ich fand, es sei bürgerlich, ein persönliches Leben zu fordern. Als wir Kinder waren, Salka, da rauften wir manchmal miteinander, und ich wollte dir oft wehtun oder dich bloßstellen, weil du so selbständig und herausfordernd warst. Aber selbst wenn es mir gelang, dich zu verletzen, empfand ich hinterher immer selbst Schmerz, als ob ich die Niederlage erlitten hätte. Du erinnerst dich an den letzten Abend, als wir klein waren, als ich zu dir kam und um Verzeihung bat. Und ich schenkte dir das Bild von mir, das meiner Mutter gehört hatte – als sie starb. Salka, willst du eins für mich tun, willst du dieses Bild von mir dein ganzes Leben lang aufbewahren?

Sie antwortete nicht, sondern starrte entrückt ins Blaue und wünschte nur, er möge weitersprechen.

Als ich im letzten Sommer wieder hierherkam, packte mich wieder das Verlangen, dich zu besiegen; erinnerst du dich nicht daran, wie ich vorigen Sommer zum Kampf gerüstet zu dir kam, mit einer Maske über der anderen? Ich merkte, daß hier keiner stärker war als du, ich glaubte, du könntest ein ganzes Land regieren, und ich stellte dir allerhand Fallen oder verleitete dich dazu, mir Fallen zu stellen. Erinnerst du dich nicht daran, wie ich dich den ganzen Winter hindurch zu meiden schien? Dann kamst du eines Morgens zu mir und wolltest der Gewerkschaft beitreten. Und ich ließ deine Hand los, daß sie kraftlos herabfiel, statt sie, die so stark war, in meiner schwachen Hand ruhen zu lassen. Und solange ich lebe, vergesse ich nicht, wie du auf der Kante meines Bettes saßest und gedankenverloren in die graue Morgendämmerung vor dem Fenster starrtest – und mich fragtest, ob mir nicht kalt sei. Von diesem Morgen an machte ich mir ein Vergnügen daraus, dich zu meiden, in der Gewißheit, daß wir einander nicht mehr entfliehen konnten. Einmal traf ich dich zufällig vor einem Haus. Was hast du vor diesem Haus gemacht? Nein, du brauchst nicht zu antworten, das macht nichts. Von da an sehnte ich mich nur noch danach, daß du deinen Stolz überwinden und dich ganz mir ausliefern würdest. Ich wußte, daß meine Argumente gegen die Macht Bogesens allmählich deine ganze Moral zunichte machen würden, und es kam ja auch so, daß du deinen Glauben an die Existenzberechtigung der Initiative des einzelnen verlorst, dich von ihm lossagtest und dich zu der neuen Lehre bekanntest. Und dann, endlich, kommt unsere selige Nacht im Dyratal, die schönste Nacht meines Lebens, als ich dich in unserem ersten Kuß überwältigte – nur um zu entdecken daß du es warst, die mich besiegt und meinen Glauben daran, daß ich in der Masse lebte und über jedes Privatleben erhaben war, vernichtet hatte; ich spürte, daß ich plötzlich als Einzelmensch dastand, der ein selbständiges Leben für sich allein begehrt, ja, Salka – und für sich allein stirbt. Die Liebe, die zuvor nur in der Physiologie beheimatet zu sein schien, die hast du auf einmal zu persönlichem, individuellem Bewußtsein erweckt und sie gleichzeitig in Fesseln geschlagen. Jetzt bist du es, die gesiegt hat, und du hast mich völlig in der Hand –

Ach, wie gut es die haben, die so wissenschaftlich daherreden können, genauso wie aus einem Buch, sagte sie. Ich weiß nicht, wieviel ich von dem, was du sagst, verstehe. Im Augenblick kommt es mir spanisch vor, aber vielleicht werde ich es später einmal verstehen können. Und eines weiß ich, auch wenn du sagst, daß ich dich besiegt und in Fesseln gelegt hätte, so warst du noch am Samstagabend mit einem anderen Mädchen zusammen, demselben Mädchen, dem der Arzt in der darauffolgenden Nacht mit deiner Hilfe das Kind wegmachte. Und mir scheint nichts wahrscheinlicher, als daß das erste, was du tatest, als wir in der Nacht aus dem Dyratal zurückkamen, war, bei ihr unter die Bettdecke zu kriechen, um dich aufzuwärmen. So habe ich dich in Fesseln gelegt und den Einzelmenschen in dir erweckt!

Da ließ er sie los, stand auf und machte ein paar Schritte von ihr weg.

Es war deine Schuld, sagte er und wurde plötzlich fordernd in seinem Auftreten. Du hast mir nie das selbstverständlichste Geschenk einer liebenden Frau gegeben, das weißt du! Du hast gesagt, daß du mich liebst, und ich habe dem zugehört wie ein Hungriger, der zuhört, wie ihm ein Reicher sagt, daß er ihn liebe. Aber der Hungrige war zu schüchtern, den Reichen um Brot zu bitten, weil er insgeheim dachte, wenn der Reiche ihn tatsächlich liebte, würde er ihm Brot schenken. Erinnerst du dich an eine der Geschichten in dem Buch, das ich dir neulich lieh – sie handelte von einer reichen Frau, die einem hungrigen Künstler Blumen zu fünfundzwanzig Kronen das Stück schenkte. Das ist es, was du mit mir gemacht hast. Doch ein Hungriger kann keine Blumen essen, auch wenn sie fünfundzwanzig Kronen das Stück kosten. Das, was du nicht schenken willst, Salka, muß ich mir anderswo suchen.

Sie wurde sehr nachdenklich über diese Antwort, denn nun hatten sie die Rollen getauscht, er war jetzt der Ankläger, und sie mußte sich verteidigen. Dann sagte sie plötzlich, als ob sie ganz in Gedanken zu sich selbst spräche:

Ich glaubte nicht, daß wahre Liebe so widerlich sein muß!

Hierauf sah sie ihn an und fragte:

Willst du mich unbedingt auch schwanger machen? – Und mich entweder zweihundert Kronen bezahlen lassen, damit es weggemacht wird, oder mich so werden lassen wie meine selige Mutter, ein mittelloses Frauenzimmer, das von einem Hafen zum andern irrt, ein uneheliches Kind im Schlepptau, und die ehelich geborenen Kinder stehen hinter den Häuserecken und werfen mit Dreck und sagen: Hure, Hure.

So etwas ist nur ein Mißgeschick, sagte er. Es war auch ein Mißgeschick, daß Guja schwanger wurde. Ich war einmal unvorsichtig; sonst habe ich immer Schutzmittel dabei, die so etwas verhindern. Außerdem ist nur die Frau eine Hure, ob sie verheiratet oder unverheiratet ist, die ihr Geschlecht berufsmäßig als Einnahmequelle benutzt. Arme Mädchen, die uneheliche Kinder bekommen, sind für gewöhnlich ehrlich, darüber brauchst du dir keine Gedanken zu machen.

Sie sah lange vor sich hin, und ihre Stirn hatte tiefe Falten, ähnlich den Wellen, die der Wind zusammentreibt, wenn er gegen die Wasserströmung weht, denn sie dachte über seine Lehren und sein tiefschürfendes Wissen nach. Schließlich schaute sie ihn wieder an.

Arnaldur, sagte sie. Hast du Guja von Krokur denn nicht gern?

Nein.

Findest du nichts dabei, jemanden unglücklich zu machen, weil er einen gern hat?

Ich habe sie nicht gern, habe sie nie gern gehabt und werde sie nie gern haben.

Glaubst du, du würdest nach einiger Zeit nicht ganz ähnlich über mich urteilen? Du würdest an irgendeine andere denken und zu ihr sagen: Nein, ich habe Salka Valka nie gern gehabt. Es heißt, ein Mann empfinde bald Abscheu vor dem Mädchen, das sich ihm ganz hingibt.

Ich weiß nur, daß ich dich gern habe. Ich liebe dich.

Ja, aber bist du sicher, daß das wahr ist? Glaubst du, daß du jemals etwas Wahres über deine Gefühle sagen – oder wissen – kannst, Arnaldur? Bist du ein solcher Mensch?

Er: Ich weiß, was im Augenblick wahr ist. Wie könnte ich mehr wissen? Die Veränderlichkeit des Lebens ist die Wahrheit. Der Mensch ist der Augenblick, in dem er lebt und sich verändert. Im Leben des Menschen gibt es nur einen Augenblick jener absoluten Wahrheit, die ein für allemal feststeht – und das ist die Todesstunde, der Augenblick, in dem der Mensch aufhört zu leben und sich zu verändern. Und es ist sogar zweifelhaft, ob dieser Augenblick wirklich existiert.

Er war ans offene Fenster getreten und wandte ihr den Rükken zu, sprach zu ihr in den Himmelsraum hinaus:

Mein Verhältnis zu dir hat mich irgendwie gelehrt, mich selbst im Licht dieser Veränderung des Einzelmenschen zu sehen. – Wenn man es genau betrachtet, sind es nur einige wenige, sehr seltene und isolierte Augenblicke, die den Menschen bestimmen und lenken. Diese Augenblicke machen den Menschen zu einem Individuum, zu einer eigenen Welt, zu einer Art Dorf für sich. Irgendwo ist schließlich der Ort, an dem der Mensch im Mutterleib gezeugt wird, auf sehr alltägliche Weise und oft durch einen Zufall oder ein Mißgeschick, und ein zweiter Ort, an dem er auf die Welt kommt, ebenfalls auf sehr unpoetische Art und Weise, und dann der dritte Ort, an dem der Mensch den Geist aufgibt, auch auf sehr wenig feierliche und noch weniger prächtige Weise. An keinem dieser Hauptorte und in keinem dieser Augenblicke ist er ein Teil der Masse, sondern ein einzelner Mensch, der entsteht, sich verändert und vergeht, nach irgendeinem unerbittlichen Gesetz, das nichts, weder in ihm noch außerhalb von ihm, zu erschüttern vermag. An keinem dieser Orte gibt es jemanden, der sein Schicksal verändern kann, weder Gott noch die Masse, nicht einmal die Gewerkschaft, selbst die Revolution nicht. Wenn man es genau betrachtet, dann ist der Mensch allein, einsam, er spürt das, wenn die Todesstunde näherrückt, wenn er weiß, daß er seinen Tod zu sterben hat – allein. Du fragst mich, ob es sicher sei, daß ich dich liebe, und ich antworte: Ja, in diesem Augenblick. Mehr kann ich nicht sagen. Doch dir gegenüber habe ich ein Gefühl, das ich noch nie einem Mädchen gegenüber, und überhaupt noch nie gegenüber irgendeinem lebenden Menschen, gehabt habe, und ich bin sicher, selbst wenn die Erde von schönen Göttern bewohnt wäre, wie sie in der Edda oder bei Homer beschrieben sind, ich würde nie so gegenüber irgendeinem von ihnen empfinden können. Wenn ich dich ansehe, und auch wenn ich an dich denke, dann spüre ich, daß der innigste Wunsch, den ich habe und jemals haben werde, der ist, in deinen Armen sterben zu dürfen, daß du bei mir sitzen wirst, wenn ich meine letzten Atemzüge mache –

25

An diesem Abend preßte sie sich enger an ihn als jemals zuvor, und zwischen leidenschaftlichen Küssen flüsterte sie in sein Haar:

Arnaldur, ich glaube, ich liebe dich mehr denn je. Ich glaube, ich hätte dich nie so sehr geliebt, wenn dies nicht geschehen wäre – mit dem anderen Mädchen.

Und in derselben Nacht setzte sie sich nackt in ihrem Bett auf, beugte sich über ihn und stellte beinahe übermütig fest:

Jetzt bin ich deine Geliebte, wie es in Fortsetzungsromanen heißt.

Selten waren zwei Menschen inniger vereint als sie während der Zeit, die mit diesem Abend begann. Es kamen die Tage, da die Liebe nicht mehr nur ein lyrischer Klang in der Natur war, verflochten mit dem Duft des Frühlings und dem grünlichen Blau des Mittsommerhimmels, wenn die Vögel so herrlich in der Luft wachen und der Sonnenuntergang die Morgendämmerung ankündigt, entschwundene Tage eines schüchternen Liedes, das ungesungen auf seinen Reim wartet.

Das Lied wich, wie der Nebel am Morgen aus den Tälern weicht; von jetzt an war ihre Liebe eine konkrete irdische Tat, bei der sich alle schönsten Eigenschaften mit ihren Gegensätzen berührten; sie konnte sogar mitten im Heiligtum Gott lästern, so sittenlos war ihre Erkenntnis, daß alles vollbracht sei, mit solch siegestrunkenem Überschwang ließ sie sich über die Felswand des Lebens dorthin hinabfallen, wo ihre Glieder herrlich an den gischtumtosten Steinblöcken zerschellten. Es dauerte nicht lange, bis sie ihn als Teil ihrer selbst betrachtete, sie war der Starke in ihrer Beziehung, sie sagte komm, und er kam, sie berührte ihn, und er ließ sich berühren, sie verlangte, daß er ihr zu Diensten stand, und er war ihr Diener. Von nun an lebte und atmete sie im Glanz dieses neuen Feuers; und war ihr Geliebter nicht in der Nähe, dann war es, als ob ihr Leben verebbe, die klarsten Tage sonnenlos würden und die Menschen um sie herum leblose Schatten.

Ihre Zuneigung kannte keine Scheu mehr vor der Umgebung. Wenn sie sich abends auf der Straße trafen und Arm in Arm aus dem Dorf verschwanden, dann sahen sie weder die mißbilligenden Gesichter an den Fenstern, noch hörten sie die Anzüglichkeiten, die ihnen von den Kindern und Jugendlichen des Dorfes oder von den Trunkenbolden nachgerufen wurden. Sie verschwanden so weit weg aus dem Dorf, daß selbst die neugierigsten Gassenjungen es aufgaben, ihnen in der hellen Nacht nachzugehen, und sie küßten sich auch mitten am Tag im Konsumverein, so daß die Kunden richtig ungehalten wurden. So weit ging die Schamlosigkeit, daß sie gar nicht auf den Gedanken kamen, sich zu genieren, wenn die Frau des Hauses sie zusammen im Bett antraf.

Deshalb geschah es eines Nachts, daß sie plötzlich im Halbschlaf mit angsterfüllter Stimme, wie ein Schlafwandler, der an einem Abgrund erwacht, rief:

Arnaldur, was hast du mit mir gemacht? Ich kenne mich selbst nicht mehr. Was wird aus mir, wenn du mich verläßt?

Und als er nicht antwortete, wiederholte sie noch angstvoller: Was wird aus mir, wenn du mich verläßt?

Und als er immer noch nicht antwortete, warf sie sich verzweifelt über ihn und barg ihr Gesicht lange an seiner Brust, wo die Veränderung des Lebens in regelmäßigen Schlägen vor sich ging.

Alles wurde in der Glut dieser Sommertage vergessen – selbst der gute Kommunismus und die schönen Gebäude, die zu Ruhm und Ehre einer tüchtigen Arbeiterschaft sowohl hier im Dorf als auch droben im Tal errichtet werden sollten. Es wurde auch vergessen, die notwendigsten Waren für den Konsumverein zu bestellen, und die Firma Bogesen hätte wahrscheinlich wieder die Namen ihrer alten Schuldner in die Bücher eingetragen, hätte man dort, wo der Konsumverein versagte, nicht auf Sveinn Palsson zurückgreifen können, der allerhand günstige Angebote machte; es wurde auch das Gerücht bestätigt, daß dieser sich, als er kürzlich in der Hauptstadt war, Kristofer Torfdal angeschlossen habe, und man konnte das nicht zuletzt daran erkennen, daß in der Zeitung Das Volk ein Gedicht von ihm abgedruckt worden war, was für großes Aufsehen gesorgt hatte. Übrigens waren die meisten der Männer, die sich nicht mit der Arbeitslosigkeit abfinden wollten, für geringen Lohn beim Straßenbau und beim Legen von Telefonleitungen im Gebirge beschäftigt oder waren den Sommer über in andere Orte gegan-

gen, ausgenommen diejenigen, die zum Heringsfang bei Steinthor Steinsson angeheuert wurden, dessen Flotte rätselhafter-
weise auf drei Boote angewachsen war.

Arnaldur hatte Salka zu verstehen gegeben, Kristofer Torfdal
habe ihm Hoffnungen auf einen Sitz im Althing gemacht und
ihm die Unterstützung seiner Partei hier im Wahlkreis versprochen, doch als dann die Kandidatenliste bekanntgemacht wurde, stellte sich heraus, daß Arnaldur nirgends genannt wurde,
sondern Torfdal hatte eine Vereinbarung mit der Leitung der
Sozialistischen Partei in der Hauptstadt getroffen, nach der
seine Partei den Sozialisten den Wahlkreis unter der Bedingung
überließ, daß diese aus ihren Reihen einen ruhigeren Mann als
Arnaldur Björnsson aufstellten.

Ich dachte, ihr wärt so eng miteinander befreundet, du und
Kristofer Torfdal, sagte Salka Valka, als sie diese Nachricht in
der Zeitung gelesen hatte. Und als mir gesagt wurde, daß er hinter deinem Rücken schlecht über dich spreche, da glaubte ich, es
sei Lüge und Verleumdung.

Kristofer Torfdal hat mir nie etwas anderes fest versprochen
als die Stelle des Leiters des Konsumvereins, falls der Konsumverein hier dauerhaft etabliert werden könne; und falls mir
selbst daran gelegen sei, sagte er. Mir ist allerdings nicht daran
gelegen, Althingsabgeordneter zu sein. Ich weiß nicht einmal, ob
mir etwas daran liegt, Leiter des Konsumvereins zu sein, selbst
wenn ich anständig bezahlt würde. Ich habe dich. Was sollte ich
da im Augenblick noch mehr verlangen?

Sie betrachtete ihn lange, antwortete aber nicht darauf.

Du brauchst einen Anzug, sagte sie schließlich. Und wie ist
das: Hast du gar keine Hemden?

Es war ihr angeboren, ständig Geschenke zu machen.

Sie hatte ihm Stiefel und Socken geschenkt; außerdem eine
Mütze. Nun gab sie ihm Geld für einen Anzug und Wäsche und
sagte, er solle das Beste nehmen, was er bei Sveinn Palsson
bekommen könne. Alles, was er brauchte und was es nicht im
Konsumverein gab, das schenkte sie ihm selbst, für ihr Geld. Sie
schenkte ihm jeden Tag etwas. Er rauchte den ganzen Tag Zigaretten auf ihre Kosten. Zuletzt fing sie auch noch an, ihm zu
essen zu geben, und durfte in der Küche bei der Frau unten für
sich und ihn kochen.

Salka, sagte er, als sie einige Male zusammen gegessen hatten. Tu mir einen Gefallen! Steck nicht das Messer in den Mund! Ich kann es nicht mit ansehen.

Warum nicht?

Es ist so furchtbar häßlich.

Häßlich? wiederholte sie halb ängstlich. Wie kann das häßlich sein? Das habe ich noch nie gehört.

Dennoch war sie blutrot im Gesicht vor Scham.

Das tut keiner auf der ganzen Welt, sagte er. Es gilt als ganz besonders ungehobelt. Verzeih mir, meine Liebe, daß ich so bürgerlich bin, aber ich kann nichts dafür; es gehört mit zum ersten, was einem beigebracht wird.

Danach schwieg sie lange und aß unbeholfen mit der Gabel, was noch auf dem Teller war, ohne daß sie wagte aufzublicken. Schließlich sagte sie:

Vor langer, langer Zeit, als wir klein waren, da hast du mir beigebracht, daß ich nicht verlaust oder schmutzig am Körper sein dürfe. Im vergangenen Jahr sagtest du etwas in der Richtung, daß meine Zähne anfingen, grün zu werden, und daß ich sie putzen müsse. Ich habe mich immer nach dem gerichtet, was du mich gelehrt hast. Jetzt werde ich nie mehr mit dem Messer essen. Sag es mir immer, falls ich etwas Häßliches tue.

Jedesmal, wenn er sie wegen einer ihrer schlechten Gewohnheiten zurechtwies, rief dies ein stärkeres Gefühl der Scham in ihr hervor als sonst irgend etwas in ihrer Beziehung. Sie hatte die Angewohnheit, in der Nase zu bohren und dann den Finger in den Mund zu stecken. Auch kratzte sie sich manchmal am Kopf und nahm anschließend den Nagel in den Mund. Diese und viele andere ähnliche Unarten legte sie nach und nach ab; und wenn sie in ihre alten Gewohnheiten zurückfiel, dann beeilte sie sich, den Finger wieder aus dem Mund zu nehmen, und manchmal schlug sie sich die Hände vors Gesicht wie ein ertapptes Kind, so sehr schämte sie sich.

Nachts begegneten ihnen Mutterschafe mit zwei Lämmern auf den Straßen des Dorfes. In romantischer Scheu liefen die Tiere vor ihnen davon. An der Ecke einer Einzäunung lag ein Lamm und sah sie an, ob spöttisch oder glücklich, wer konnte das wissen; seine Schönheit war ein Lächeln. Als sie näher kamen, sprang es auf und lief um die Ecke zu seiner Mutter, um sie zu warnen. Dann liefen beide davon, als gelte es ihr Leben, blieben jedoch bald wieder stehen und schauten sich um, wie zum Scherz. Auf einer Hauswiese lagen mitten in der Nacht Johann Bogesens edle Reitpferde. Auf einer anderen käuten Kühe wieder und sahen aus, als zerbrächen sie sich die Köpfe über die tiefsten Rätsel der Philosophie. Dann kamen die Blumen mit ihren Hunderten von Namen, Vogelwicke, Fettkraut, Weidenröschen, Glockenblume, Berufkraut und Klee, schließlich Schmiele und gewöhnliches Gras, und alles war gesegnet mit seinem Leben, seinem Sommer, seinem Zweck in diesem Land, seinem Tau in den Nächten. Der Junge und das Mädchen dachten an nichts anderes als an die Liebe, und wenn sie andere Dinge erwähnten, wie das Vieh und die Blumen, oder wenn sie von den anmutigen Bewegungen der Vögel sprachen, dann sprachen sie in Wirklichkeit auch über die Liebe. Uh, uh. Arg, arg, sagte die Eiderente immer noch: Es war aber wahrscheinlich ein unfruchtbarer Vogel, denn jetzt waren alle Brutvögel eifrig mit der Aufzucht ihrer Jungen beschäftigt. Die Seeschwalbe blieb im Zenit stehen und breitete die Flügel aus. Doch wenn ein Falke ans Meer hinunterkam, übernahmen die Seeschwalben die Verteidigung aller geflügelten Bewohner des Strandes wie ein Heer. Und auf den taubedeckten Wiesen flogen Tausende von Schmetterlingen aus ihren Fußspuren auf, weiß und selig wie Engelchen an diesem einen Tag des Lebens. Deshalb geschah es eines Nachts, daß Salka ernster, als sie seit langem gesprochen hatte, sagte:

In diesem Frühling lebt alles. Aber wie wird es im nächsten Herbst? Arnaldur, ich kann nichts dafür, ich habe solche Angst vor dem Herbst.

Wovor denn, Liebes? fragte er und legte tröstend seine Arme um sie, als sie nebeneinander in einer Senke saßen.

Aber sie empfand nichts von dem Trost und der Sicherheit, die ihr seine Umarmung schenken sollten, sondern sagte nach kurzem Schweigen:

Wenn du gehst, Arnaldur, dann sterbe ich.

Ich gehe nicht weg, sagte er.

Nein, aber wenn du dich veränderst, dann kann ich nicht mehr leben.

Wenn ich mich verändere, sagte er, dann veränderst du dich mit mir. Und auf diese Weise leben wir neu füreinander weiter.

Bevor du kamst, Arnaldur, da schlief ich, wie eigentlich alles in diesem Dorf. Dann kamst du und wecktest mich. Und seitdem ich zu dir aufgewacht bin, da bin ich nur ein Teil von dir und nichts selbst. Du bist mein Leben. Wenn du gehst, dann stehe ich an deinem Grab. Es kann gut sein, daß du in einer anderen Welt weiterlebst. Doch ich lebe nie mehr, nachdem du gegangen bist. In dem Augenblick, in dem du mir Lebewohl sagst, gibt es weder diese noch eine andere Welt für mich.

Angenommen, ich würde sterben und begraben werden, sagte er vorsichtig. Würdest du dann nicht weiterleben in der tätigen Erinnerung an das, was ich dir gegeben habe, das Ideal des Sozialismus?

Was ist ein Ideal, Arnaldur?

Ein Ideal nennt man die Forderung des Menschen nach einem besseren Zustand als dem herrschenden.

Aber welchen Wert haben Ideale, wenn man stirbt, ehe sie verwirklicht sind?

Die Ideale stehen über den Menschen, sagte er philosophisch. Menschen können versagen, wenn man es am wenigsten erwartet, genauso wie Götter. Die Individuen verändern sich. Manche sterben, andere werden zu Verrätern. Aber die Ideale, Salka, sie wurzeln tiefer als Gott und das Individuum, sie sind wie Naturkräfte. Sie unterwerfen sich ganze Völkerschaften, die Menschheit mit ihrer Erde und ihrem Himmel, während Götter und Individuen untergehen. Das Ideal nimmt keinen Schaden, wenn Individuen sterben oder zu Verrätern werden. Es sind die Ideale, die die Menschheit lenken, die Menschheit lenkt nicht die Ideale.

Erinnerst du dich daran, was du im zeitigen Frühjahr einmal über das Wesen der Isländer gesagt hast? Sind denn die Ideale stärker als das Wesen eines Volkes?

Die Forderung nach einem besseren Zustand als dem herrschenden hat es bei manchen Völkern sehr schwer – am schwersten bei denen, die dem Tod gegenüber am positivsten eingestellt sind.

Es war zweifelhaft, ob sie diese Bemerkung verstanden hatte, denn sie fragte, ob die Ideale stärker seien als die Liebe:

Ich meine, sagte sie, kann ein Ideal weiterleben, wenn die Liebe stirbt?

Ich bezweifle, daß man die Frage so stellen kann, sagte er. Sicher ist allerdings, daß einen die Liebe oft dazu bringen kann, das Ideal zu vergessen.

Am nächsten Tag erhielt Arnaldur ein Telegramm, das in Silisfjord aufgegeben war. Unterschrift: Kristofer Torfdal.

Torfdal war mit vielen Politikern auf einer Wahlreise. Er bat Arnaldur, so schnell wie irgend möglich zu ihm zu kommen, und Arnaldur machte sich noch am selben Tag mit einem Motorboot, das nach Silisfjord fuhr, auf den Weg.

Salka Valka hatte geglaubt, der Frühling sei noch nicht vorbei, doch am Abend sah sie, daß sich der Sommer seinem Ende zuneigte. Regenschwere Tage begannen, und es schien ihr, als stünde sie ganz allein auf der Welt.

Sie zählte die Tage bis zur Wahlversammlung in Oseyri, denn sie wußte, dann würde Arnaldur zurückkommen. Sie versuchte, sich mit der Einsamkeit abzufinden, indem sie sich darüber freute, daß Arnaldur jetzt für die Sache des Volkes arbeitete, und sie war stolz darauf, daß er von den Politikern so hoch geschätzt wurde und daß Kristofer Torfdal nicht ohne ihn auskommen konnte, wenn es darauf ankam. Sie erlebte in Gedanken diese Versammlungen in den Fjorden mit, wo Arnaldur aufstand und in einem unruhigen Saal das Wort ergriff, und sein Blick loderte vor Idealismus, doch den Dänen- und Russenhassern schlotterten die Knochen, wenn er anfing, die Verhältnisse in den Fjordgemeinden zu beschreiben, die Arbeitslosigkeit und die schlechten Lebensbedingungen der Arbeiterschaft, von denen sie die Leute mit Lügengeschichten über andere Völker abzulenken versuchten. An seiner Seite steht Kristofer Torfdal, ein hünenhafter Mann, glatzköpfig mit Bart, ähnlich wie die Postkarte von Egill Skallagrimsson. Tage und Nächte hindurch träumte sie von Arnaldurs Siegen auf den Versammlungen, und selbst saß sie auch nicht untätig da, während er sich auf dem Schlachtfeld befand, sondern ging unermüdlich vom einen zum andern im Dorf und versuchte, Anhänger für den Sozialismus zu gewinnen.

Ja, es wurde abends wieder dunkel, vor allem, wenn das Wetter trüb war, und sie saß in der Dämmerung an ihrem Fenster und dachte an die Herrlichkeit dieses letzten Frühlings, an die schönsten Nächte ihres Lebens. Die Träume von dem fernen Geliebten sind für gewöhnlich weitaus süßer als seine Anwesenheit. Denn nichts auf Erden ist beglückender als der Traum von der Nähe des Geliebten, wenn er fern ist.

Dann kamen die Politiker; eines der Patrouillenschiffe der Küstenwacht brachte diese Übermenschen in den Hafen. Selbst wenn der Vater, der Sohn und der Heilige Geist auf diesem Patrouillenschiff hätten kommen sollen, hätte man sie im Ort nicht mit größerer Spannung erwartet als diese Männer, die so überaus begierig darauf waren, die Schwierigkeiten der Nation zu lösen, jeder auf seine Weise. Sie stiegen auf die Landungsbrücke, sechs wohlgenährte Männer in Mänteln, mit Hüten und Stöcken, verschmitzt lächelnd und lautstark schwatzend wie junge Burschen auf einem Sonntagsausflug. Salka Valka stand ganz vorn auf der Brücke, bereit, Arnaldur vor aller Augen um den Hals zu fallen. Doch da war er gar nicht dabei. Und keiner außer ihr schien sich an ihn zu erinnern, keiner kam auf den Gedanken, nach ihm zu fragen. Johann Bogesen nahm alle sechs Kandidaten mit zu sich nach Hause zum Kaffee, die Gegner genauso wie die Parteifreunde, während die Leute hinauf in die Schule strömten.

Salka ging nicht hinein, sondern wartete vor dem Eingang der Schule, denn sie wollte herausbekommen, wer von den Gästen Kristofer Torfdal war, damit sie ihn nach Arnaldur fragen könnte. Das Kaffeetrinken und Zigarrenrauchen bei Bogesen brauchte seine Zeit, und die Leute, die an der Versammlung teilnehmen wollten, warteten ungeduldig in der Schule. Salka Valka stand auf der Treppe und sprach mit niemandem. Es regnete. Endlich kamen die Kandidaten. Sie lachten vor Glück und Lebensfreude. Einer von ihnen hatte Johann Bogesen freundschaftlich am Arm gefaßt und erzählte ihm lustige Anekdoten, so daß der alte Herr strahlte vor Vergnügen. Dieser Mann war von mittlerer Größe, ziemlich schlank und blaß, ganz außergewöhnlich liebenswürdig, und seine Zähne waren wie aus poliertem Elfenbein. Er hatte einen Zwicker mit Goldrand auf der Nase und war gekleidet wie ein ausländischer Kaufmann. Es war Kristofer Torfdal, der fanatischste Bolschewik in Island. Die Leute vor dem Eingang wichen ehrerbietig zur Seite, um diesen wichtigen Mann hineinzulassen; sie zogen die Hüte und lächelten. Sollte sie, das ungebildete Fischermädchen, wagen, diesen mächtigen Mann anzuhalten, der vielleicht in wenigen Tagen der höchste Mann im ganzen Land würde, um ihn nach ihrem Geliebten zu fragen? Der Mut verließ sie, als er an ihr vorbeiging, es war, als ob ihr etwas das Herz zusammendrücke, sie wurde blaß. Nun war sein einer Fuß schon über die Schwelle getreten, er trug neue braune Stiefel, und seine Hose hatte messerscharfe Bügelfalten – und dann war auch der andere Fuß über die Schwelle getreten, welche Stiefel, teuer und fein – er war im Begriff, ihr zu entwischen.

Nein, ich muß! Verzweifelt brachte sie ihren Entschluß zur Ausführung, lief ihm durch den Eingang nach, faßte ihn am Arm und sagte: Kristofer.

Er drehte sich rasch um, sah das stattliche, wettergebräunte Mädchen, lächelte und lüftete den Hut.

Bin ich gemeint? fragte er.

Darf ich ein Wort mit dir sprechen, Kristofer, sagte sie atemlos und vergaß, ihn zu siezen. Er ließ Johann Bogesen in der Tür stehen, wandte sich ihr zu und fragte:

Unter vier Augen?

Ja, nur ein Wort, sagte das Mädchen.

Er nahm sie beim Arm und führte sie freundlich vor das Haus.

Ich kenne Sie gut, sagte er, man hat mich vorhin auf der Brücke auf Sie aufmerksam gemacht. Sie sind das Mädchen, das am meisten und am besten gegen die Spekulanten hier gearbeitet hat. Wir sind selbstverständlich Verbündete, und ich hoffe, daß wir es denen heimzahlen können, wenn die Wahlen erst vorbei sind. Also; gibt es etwas Besonderes, das ich für Sie tun kann?

Nein, sagte das Mädchen. Aber Sie kennen Arnaldur Björnsson. Arnaldur und ich sind nämlich miteinander bekannt – ein wenig. Sie haben ihn neulich nach Silisfjord kommen lassen, und seitdem habe ich nichts mehr von ihm gehört. Wo ist er?

Arnaldur, ja, antwortete Kristofer Torfdal und lächelte liebenswürdig, während er das Mädchen unter seinen schweren Augenlidern hervor betrachtete. Es freut mich, daß Sie und Arnaldur gute Freunde geworden sind. Ich habe mich nämlich immer ein wenig für den kleinen Arnaldur verantwortlich gefühlt. Deshalb bin ich so froh, daß er gerade Ihr Freund geworden ist. Ich kenne Sie, wie gesagt, gut und verfolge schon seit einigen Jahren mit, was Sie tun, seitdem Sie damals so entscheidend an der Gründung des Fischervereins beteiligt waren. Das war der erste Schritt, der hier gemacht wurde. Wie gesagt, Arnaldur, ja, vor einigen Jahren gelang es uns, vom Althing ein paar Stipendien für ihn zu bekommen; man muß nämlich lange suchen, um so einen begabten Burschen zu finden; er ist außerordentlich intelligent, dieser junge Mann, und außerdem ist er sehr phantasievoll. Ich habe ihn im Grunde genommen immer für einen zukünftigen Dichter gehalten, auch wenn er sich meines Wissens nie mit Belletristik befaßt hat. Der Junge hat ein so anziehendes Wesen, und einen besseren Charakter kann man sich kaum vorstellen. Die Politik natürlich – es ist sehr zweifelhaft, ob sie das richtige Betätigungsfeld für so empfindsame Seelen ist, ich für meinen Teil sage, ich bin nun schon längst einer von diesen alten Gäulen, die sich nicht aus der Ruhe bringen lassen, auch wenn es auf der Straße etwas holpert, und wenn der Gaul schon seit vielen Jahren schwere Karren über schwierige Wege zieht, dann ist er natürlich kein elegantes Reitpferd mehr; doch das ist ein Schicksal, das ich schwachen Dichterseelen nicht wünschen würde, und nun will ich dir die ganze Geschichte erzählen: Arnaldur ist droben im Hochland. Ich fand, er hätte ein bißchen Lohn für seine uneigennützige Arbeit in der letzten Zeit hier in Oseyri verdient, und falls wir an die Macht kommen, was uns hoffentlich gelingen wird, dann wird man versuchen, etwas Geeignetes für ihn zu finden. Doch ich dachte mir, weil dort in Silisfjord ein paar gebildete Amerikaner herumsaßen, denen ich halb und halb versprochen hatte, ihnen einen guten Führer für einen Ritt durchs Hochland zu besorgen, daß das etwas für Arnaldur wäre, er ist nämlich ein Mann, der sich überall unter gebildeten Leuten zurechtfindet und außerdem gut Englisch spricht; es ist natürlich nicht viel dabei zu verdienen, aber fünfunddreißig Kronen am Tag sind doch immerhin ein schönes Taschengeld für einen Studenten ohne Examen, und ich hoffe, daß es eine vier- bis sechswöchige Reise wird. Wie gesagt, ich kann dafür garantieren, daß es ihm sehr gut geht, und wahrscheinlich kommt er irgendwann im September mit den Pferden wieder nach Silisfjord zurück, denn die Amerikaner rechneten damit, von Akureyri aus mit dem Schiff weiterzureisen.

Das nächste, was sie von sich wußte, war, daß sie irgendwo oben am Berg saß, und der Regen fiel ihr auf die Brust.

26

Früher einmal schrieb Johann Bogesen die Namen der Menschen in seine Kontobücher und erhielt so die Alten und die Jungen eines ganzen Dorfes am Leben, nicht mehr und nicht weniger als vierzig Jahre lang. Aber entscheidend ist das, was Leute an Stellen, die über Johann Bogesen stehen, in ihre Kontobücher schreiben. Und nun war eine Zeit angebrochen, da Schulden wie Guthaben von der Obrigkeit ausgestrichen wurden und die Nationalbank in Konkurs ging. Das neugewählte Althing, das an den letzten Tagen im August zusammentrat, lehnte mit den Stimmen der Mehrheit das Gesuch der Bank ab, ihr eine staatliche Garantie von fünfunddreißig Millionen Kronen zur Deckung ihrer Verluste zu gewähren. Für Oseyri hatte das zur Folge, daß der König einen Mann beauftragte, die Konkursmasse Johann Bogesens und derer, die sich im Schutz seiner Firma über Wasser gehalten hatten, zu untersuchen, Kleines und Großes wurde aufgeschrieben und zwangsversteigert – mit Ausnahme des weißen Hauses und der schönen Einrichtung, die, wie sich herausstellte, schon Frau Bogesen gehört hatten, bevor ihr Mann zahlungsunfähig wurde. Dieses Haus mit seiner ganzen Ausstattung kaufte Steinthor Steinsson gegen Ende des Sommers. Der Abenteurer hatte es verstanden, sein Schäfchen ins Trockene zu bringen, er kam zur rechten Zeit und am rechten Ort in das Fischereigeschäft, und es hieß, er habe in diesem einen Sommer fünfzigtausend Kronen verdient. Einem Gesetz des Althings entsprechend wurde dann in der Hauptstadt eine neue Bank gründet, die Fischereibank genannt wurde und ihr Aktienkapital vom Staat erhielt, und einer der engsten Gefolgsleute Kristofer Torfdals wurde zum Direktor der Bank gemacht, während Kristofer Torfdal selbst an die Spitze der neugebildeten Regierung trat und in der Abendzeitung sogleich als »der schlimmste Reaktionär in Island« und »der Totengräber unserer Wirtschaft« bezeichnet wurde, denn es hieß, er habe das gesamte Wirtschaftsleben des Landes eigenhändig erdrosselt, indem er die Nationalbank schließen ließ. Aber gerade auf Kristofer Torfdals Veranlassung hin wurde dem Konsumverein in Oseyri ein neuer Kredit gewährt; der Konsumverein kaufte die Gebäude von Johann Bogesens Firma für einen Spottpreis, und auf einer Versammlung Anfang September wurde sein eifrigster Vorkämpfer, Steinthor Steinsson, zum Vorsitzenden gewählt und Sveinn Palsson als Geschäftsleiter mit einem guten Jahresgehalt eingestellt. Der Verband der Konsumvereine stellte dem Verein in Oseyri einen ausgebildeten Buchhalter aus der Hauptstadt zur Verfügung. Dann wurden die Namen der Leute beim Konsumverein in große Bücher eingetragen, und die Menschen kauften weiter auf Rechnung, wie bisher, und bezahlten mit ihrer Arbeit, und das Leben ging seinen gewohnten Gang in Oseyri am Axlarfjord.

Dann reiste Johann Bogesen ab, dieser gute und bedeutende Mann. Kein einziger Mensch war unten auf der Landungsbrücke erschienen, um dem alten Herrn Lebewohl zu sagen, als er zum letzten Mal und ohne Mantel davonfuhr. Das ist der Lohn der Welt. Einsam ging er an Bord, in einem Boot des Konsumvereins, und bezahlte fünfzig Öre für die Fahrt hinaus zum Dampfer. Er fuhr nach Dänemark, wo seine Frau sich in den letzten Jahren hauptsächlich aufgehalten hatte. Sein Sohn hatte sich in jenem Land ein großes, prächtiges Haus gebaut, und manche meinten, der alte Mann könnte dort vielleicht ein Kämmerchen irgendwo unter dem Dach bekommen. Später ging das Gerücht, Johann Bogesen habe etwa eine halbe Million Kronen beiseiteschaffen können und in dänischen Banken versteckt, doch dem königlichen Konkursverwalter gelang es trotz wiederholter Nachforschungen nicht, dieses Geld ausfindig zu machen. Sicher war nur, daß es Johann Bogesen an nichts zu fehlen schien, um so zu leben, wie es sich für einen so bedeutenden Mann auf seine alten Tage geziemte, unter den gefährlichen Dänen, die zusammen mit den Russen bei uns so verrufen sind. Deshalb war es vielleicht auch übertrieben, zu behaupten, der alte Herr habe sein Dorf traurigen Herzens verlassen, oder der Grund dafür, daß er keinen Mantel trug, sei seine große Armut gewesen. Man ist so leicht geneigt, das Gewissen der anderen zu überschätzen.

An einem eisig kalten Regentag Mitte September bekam Salka Valka Besuch. Es war der Vorsitzende des Konsumvereins. Kein Mensch konnte einen Stuhl so gefährlich knarren lassen, wenn er sich daraufsetzte, wie er. Wie konnte es sein, daß er ihr im letzten Jahr, als er wiederkam, nicht gefährlicher erschienen war als andere Männer? Heute sah sie, wie riesenhaft seine Schultern waren, und die Unverfrorenheit in seinem Gesicht war mit einem Zauber gemischt, der sich jeder Beschreibung entzog. Seine in Gold gefaßten Zähne blitzten zwischen den vollen, aber wohlgeformten Lippen, und seine Kinnbacken sahen aus, als könnten sie selbst den Tritt eines Pferdehufs aushalten. Und in seinen Augen brannte noch immer jenes amoralische Ungestüm, das sich weder in acht nehmen konnte noch nach den Mitteln fragte, sondern auf beinahe herzergreifende Weise das Kind und den Schurken, das Verbrechen und die Tugend in sich vereinte.

Deinetwegen habe ich mit dem Trinken aufgehört und mich dem menschlichen Leben zugewandt, sagte er wieder einmal.

Es wäre für uns alle besser gewesen, wenn du weitergetrunken hättest.

Aha? Und deine Mutter geheiratet hätte? Und dreizehn hungrige Kinder mit ihr bekommen hätte? Nein, Salka, ich bin im richtigen Augenblick weggegangen und im richtigen Augenblick zurückgekommen. Ich habe auf meine Eingebung gehört. Alles, was ich tue, ist richtig, jetzt sollten wir heiraten können.

Es sieht so aus, als seist du der einzige Mensch hier im Dorf, der nicht weiß, daß ich verheiratet bin.

Arnaldur Björnsson wird hier nie Leiter des Konsumvereins. Er ist hier erledigt. Er ließ sich vor der Wahl aus dem Ort weglocken, gerade als es für ihn darauf ankam, die Stellung zu halten. Er bekam nur einige wenige Stimmen bei der Wahl des Konsumvereinsleiters, es waren außer dir nur zwei oder drei verrückte Bolschewiken, die ihn haben wollten. Er ist überall erledigt.

Du bist es, der ihn verleumdet hat.

Kristofer Torfdal kennt Arnaldur besser als du und ich. Er weiß, daß er nur ein hysterischer Laffe ist.

Er hat ein Ideal, sagte Salka Valka stolz.

Ja, antwortete Steinthor. Er ist ein wirklich jämmerlicher Kerl.

Das ist gelogen, sagte das Mädchen. Und du sollst nicht glauben, ich würde es nicht wagen, dich hinauszuwerfen, auch wenn du den Konsumverein gestohlen hast und den Sieg, den er über die Macht der Firma Bogesen errungen hat, gegen die Leute für dich ausnutzt. Aber du kannst dich darauf verlassen, daß ich bereit bin, alles für Arnaldur aufs Spiel zu setzen, ich bin bereit, den ganzen Tag für ihn zu arbeiten und die Nacht auch, und dreizehn Kinder mit ihm zu bekommen und wieder der Elendeste der Armen hier im Dorf zu werden.

So eine Dummheit wirst du niemals begehen, liebe Salka, schon aus dem einfachen Grund, weil Arnaldur Björnsson dir nie die Gelegenheit dazu gibt. Eher läßt er dich dreizehnmal abtreiben. Du bist nicht Traum genug für ihn. Schau, Salka, jetzt habe ich es so weit gebracht, daß ich die Politik und die Politiker für mich einspannen kann – diese niederträchtigen Menschen sind schließlich zu mir gekommen und wollten etwas von mir. Jetzt bin ich, wie gesagt, der Salzfisch und das Dorf. Jetzt sind das keine Phantastereien eines Betrunkenen mehr. Jetzt gehört Bogesens Haus endlich mir.

Und was ist dein Ideal? fragte sie. Was willst du mit den Leuten im Dorf machen?

Ich glaube, ich mache nicht viel anderes mit ihnen, als sie leben zu lassen, wie sie es gewöhnt sind! Aber ich lade dich ein in meine Zimmer in Bogesens Haus. Und ich lasse dich schon diesen Herbst eine Reise ins Ausland machen.

Ich habe keine Lust, irgendwohin ins Ausland zu fahren, sagte sie. Und ich verachte die Zimmer in Bogesens Haus, das man mir und den Meinen gestohlen hat.

Aha, sagte er, lächelte säuerlich, stand auf, zog eine Tabaksdose aus der Tasche, holte aus ihr ein Stück Kautabak und steckte es sich in den Mund.

Wenn man dich so sieht, sagte sie – sich dieses verfluchte Zeug ins Maul zu stecken!

Ich kann meinen Tabak selbst bezahlen, sagte er, denn er war noch nicht so an den Reichtum gewöhnt, daß er den Stolz des Armen schon völlig abgelegt gehabt hätte.

Aha, sagte sie. Aber das macht mir keinen Eindruck; ich beurteile die Menschen nicht danach, ob sie ihren Tabak selbst bezahlen können oder nicht. Ich habe nämlich bisher selber für mich und meinen Tabak bezahlen können, du brauchst mich deshalb nicht in Bogesens Haus einzuladen. Ich bin nicht käuflich.

Ich werde aufhören, Kautabak zu nehmen, wenn du willst, sagte er kindlich, nahm den Priem wieder aus dem Mund und warf ihn zum Fenster hinaus. Ich werde mich ganz so benehmen, wie du willst – wenn du nur daran denkst, daß Bogesens Haus auf uns wartet.

Du kannst versuchen, meine Leiche in Bogesens Haus zu tragen, sagte sie. Aber lebendig gehe ich nie dort hinein.

Er sah sie einen kurzen Augenblick an, bedrohlich wie das Wetter vor einem Wirbelsturm. Seine Fäuste ballten sich so, daß die Knöchel weiß wurden; der Jähzorn in seinen Augen war nie wilder. Doch er hielt seine Stimme erstaunlich gut im Zaum, als er schließlich zu sprechen begann:

Das sagst du heute, sagte er. Aber was immer du auch sagst, so bin doch ich der, den du liebst. Und du wirst nie einen anderen Mann lieben können. Ehe du dich's versiehst, kommt die Stunde, da du dir das klarmachst und alles andere vergißt. Heute stehst du frech da, aber morgen sollst du vor diesen meinen Knochen kriechen – und er schüttelte drohend die Faust – vor diesen Knochen, die keiner mehr haßt als ich selbst, die das Meer aber nicht hat haben wollen. Ich habe das Leben in hunderttausend Gestalten gesehen, und ich kann dir sagen, es ist mir nicht mehr wert als der Dreck, auf den ich trete. Und ich spucke auf dein und Arnaldur Björnssons ganzes Gefasel von Idealen und Verantwortung. Ich bin der Salzfisch und das Dorf. Es gibt keine Macht im Dasein, die über mir steht. Ich werde dich bekommen – und er schlug auf den Tisch, daß das ganze Haus zitterte.

Mein Freund, antwortete sie stolz, mein Freund hat Augen, aus denen das Ideal der Menschheit leuchtet.

Nun bekam sie endlich einen Brief von Arnaldur, vor vierzehn Tagen im Nordland geschrieben. Da war er gerade aus dem Hochland zurückgekommen und wollte die Pferde eine Woche lang ausruhen lassen, ehe er sich mit ihnen auf den Heimweg nach Silisfjord machte; sie waren alle dort gemietet worden. Außer diesen Nachrichten enthielt der Brief nur noch allgemein gehaltene Liebesgrüße, doch sie schlief jeden Abend, bis Arnaldur kam, mit dem Brief auf der Brust ein und küßte das Papier viele hundert Male, bis es ganz lappig geworden war. Jetzt kommt er bald, dachte sie; ach, kann es denn wahr sein, daß er kommt? Morgens nahm sie den Brief von ihrer warmen Brust und las ihn, um sich davon zu überzeugen, daß es nicht nur ein Traum sei, daß er bald komme. Es war, als ob er viele, viele Jahre lang von ihr fortgewesen wäre.

Ja, sie war fest dazu entschlossen, immer an seiner Seite zu stehen; immer. Sie war davon überzeugt, daß er bei seiner Aufbauarbeit genauso erfolgreich sein würde wie beim Niederreißen – innerhalb eines Jahres hatte er die Macht der Firma Bogesen gebrochen, im kommenden Jahr würden die Genossenschaftsbetriebe aufblühen. Nun mußte man im Althing durchsetzen, daß der Staat der Gemeindereederei und dem landwirtschaftlichen Großbetrieb finanzielle Unterstützung gewährte. Während Arnaldur damit beschäftigt war zu organisieren, wollte sie für sie beide arbeiten, jetzt gab es wieder Geld, der Konsumverein wollte Boote ausrüsten, Sveinn Palsson ebenfalls auf eigene Rechnung, Steinthor Steinsson in großem Stil, und noch ein paar andere, da gab es sicher genug Arbeit, die Spanier waren geradezu wild auf Fisch, denn ihr König saß unerschütterlich fest auf seinem Thron, sie war sicher, daß sie beim Fischwaschen zehn Kronen am Tag verdienen konnte, vielleicht würde man sie zur Vorarbeiterin machen. Aber das war nur ein Übergangszustand. Früher als gedacht würde mit dem landwirtschaftlichen Großbetrieb begonnen, mit den Arbeiterwohnungen mit den Blumen in der Eingangshalle und den Kinderspielplätzen ringsherum. Und sie nähte ihm zwei Hemden aus gestreiftem Baumwollstoff. Sie war sehr sorgfältig bei allem, was sie tat, und gab sich große Mühe beim Nähen, lieh sich eine Nähmaschine, machte Licht und saß bis nach Mitternacht bei der Arbeit und liebte ihn bei jedem Nadelstich.

Er kam an einem hellen Septembertag zurück, und das Dorf duftete nach trockenem Grummet. Sie begrüßte ihn unter der Tür, und ihre Augen leuchteten, sie legte ihm die Arme um den

Hals und sagte, sie könne nicht glauben, daß er wieder da sei. Dann lachte sie vor Freude wie ein Verrückter, und ihre Augen füllten sich mit Tränen.

Erst nachdem sie sich von den ersten Küssen erholt hatten und sie daranging, ihn genauer anzusehen, begann sie daran zu zweifeln, daß dies tatsächlich er war. So hatte sie ihn noch nie gesehen. Er war schön braungebrannt, seine Augen waren glücklicher, seine Bewegungen freier als zuvor, es war, als ob er aus einer Verzauberung erlöst worden sei. Seine braunen Locken glänzten herrlich. Er war wie ein ausländischer Tourist gekleidet, trug einen gut geschnittenen Reiseanzug und Schaftstiefel aus braunem Leder, die bis zu den Knien herauf geschnürt waren, ein blaues Hemd, eine breite Schirmmütze, und hatte eine Pfeife im Mund. Sie konnte nichts dafür, daß sie plötzlich an Angantyr Bogesen denken mußte. Die Hemden, die sie genäht hatte, waren grob und häßlich im Vergleich zu seinem neuen Hemd.

Wie unglaublich fein du geworden bist, sagte sie. Ich erkenne dich kaum wieder.

Er küßte sie, lachte und stand auf.

Willst du mir nicht von der Reise erzählen? fragte sie ein wenig zögernd.

Da gibt es nicht viel zu erzählen, sagte er. Man vergißt alles, sobald es vorbei ist. Wir waren einen Monat im Hochland. Es waren zwei Männer aus Kalifornien und eine Frau. Der eine Mann ist Richter. Der andere besitzt große Obstplantagen und hält sich für einen Naturforscher. Seine Tochter ist Schriftstellerin und von ihrem Mann geschieden, sie ist Chefredakteurin einer der größten Zeitschriften der amerikanischen Tierschutzvereine. Sie ist Kommunistin.

Wie schön für dich, daß sie Kommunistin war, sagte Salka Valka.

Ja, es war sehr interessant, mit ihnen allen zu sprechen. Natürlich läßt sich nicht leugnen, daß gebildete Bürger im kapitalistischen System ein vielfältiges geistiges Leben haben. Wir Kommunisten sind oft zu streng in unserem Urteil, wenn wir alle reichen Leute für Verbrecher halten. Andererseits stimmt es natürlich, daß man lange suchen muß, um einen Bürger zu finden, selbst einen gebildeten Bürger, der genug Verständnis für gesellschaftliche Fragen hat, um die moralischen Grundlagen des Sozialismus zu verstehen – geschweige denn, sich ihnen anzuschließen. Diese Leute haben mir angeboten, mich aufzunehmen, falls ich nach Amerika käme. Sie haben mich sogar dazu gedrängt.

Da stand Salka Valka auf und trat ans Fenster.

Schade, daß du dich von deinen neuen Freunden trennen mußtest, wenn sie so gebildet waren, sagte sie, ihm den Rücken zukehrend. Es gehört sicher eine gehörige Portion Bildung dazu, sich gleichzeitig für den Sozialismus und für den Tierschutzverein interessieren zu können. Du tust mir direkt leid, daß du sie verlassen mußtest und wieder bei uns – Tieren gelandet bist. Ich an deiner Stelle hätte es mir nicht lange überlegt, ob ich mich ihnen anschließen solle.

Tja, das wäre sicher ganz schön gewesen, antwortete er leichthin.

Na ja, ich weiß gar nicht, was ich denke, sagte sie. Ich hatte doch Sveinn Palsson versprochen, ihm zu helfen, das Grummet zusammenzurechen. Er kann jeden Augenblick kommen.

In der Tür legte er ihr den Arm um die Schulter.

Warum bist du so kühl? fragte er. Darf ich nicht einmal eine ausländische Frau erwähnen, ohne daß du eifersüchtig wirst – eine Frau, die auf der anderen Seite des Erdballs wohnt?

Doch, doch, sagte sie. Es ist ja auch nicht das erste Mal, daß du mir gegenüber eine solche Frau erwähnt hast. Jetzt hast du sie hoffentlich gefunden, und ich beglückwünsche dich dazu.

Am Abend versuchten sie, so zu empfinden, als seien sie wieder eins. Aber das war nur ein Täuschungsmanöver. Er war verändert. Er spielte die Rolle des Liebenden, der mit bedingungslosen Beteuerungen und rührender Demut versucht, seine Geliebte von der Grundlosigkeit ihrer Eifersucht zu überzeugen, sie die Rolle der Geliebten, die Einwände erhebt und lange Zeit sagt, nun sei alles zu Ende, alles verloren, sich aber schließlich doch überzeugen läßt und ihn in seliger Wonne umarmt. Doch das war nur ein Schauspiel. In ihrem Inneren spürte sie nur, daß er verändert war. Er war wie eine verstorbene Person, die einem im Traum erscheint, zum Beispiel ihre Mutter, die jahrelang nachts zu ihr gekommen war, fein und gutaussehend, jeder Zug, den die wache Erinnerung an Sigurlina Jonsdottir von Mararbud bewahrte, war in diesem Traumbild ausgelöscht. Genauso war Arnaldur viel stattlicher und weltgewandter als »während er lebte«. Sie konnte zwar genausowenig wie in den Träumen von ihrer Mutter daran zweifeln, daß er es war, aber dennoch verspürte sie eine quälende Ungewißheit und Unzulänglichkeit, die bei jeder seiner Bewegungen sagte, auch wenn er es sei, so sei er doch ein anderer. Sie erkannte nicht einmal seine Küsse wieder. Und er sprach von keinem der Dinge, die ihn interessierten, und machte sich nichts daraus, daß man ihm die Stelle des Konsumvereinsleiters weggenommen hatte. Sie wagte nicht, ihn einzuladen, mit ihr zu Abend zu essen. Und nachdem er gegangen war, versteckte sie die beiden Hemden auf dem Boden der untersten Schublade ihrer Kommode.

In dieser Nacht, nach ihrem beklemmenden, tonlosen Abschied, wollte sich der Schlaf nicht bei ihr einstellen. Dies war eine von jenen Nächten im Leben, in denen selbst das Weinen in der Brust eingefroren ist. Ein Schloß nach dem andern, eine Stadt nach der andern stürzt ein, und es ist kein Laut zu hören. Es ist, als ob die Geschichte der ganzen Menschheit dort in der Stille untergehe. Die Erde wird wieder wüst und leer. Und es wird finster über den Tiefen.

Als er sie am nächsten Morgen besuchen wollte, war sie schon auf und davon. Ihr Zimmer war abgeschlossen. Er erkundigte sich im Haus und Nachbarhaus; er erkundigte sich überall, doch niemand hatte eine Ahnung, wo sie war. Schließlich fragte er mit solcher Angst, daß die Leute ihn beinahe so verstanden, als halte er es für ratsam, den Strand abzusuchen. Aber am Abend erfuhr man, daß sie frühmorgens ins Tal hinaufgegangen sei, um ihren Bekannten dort oben beim Trocknen des gemähten Grases zu helfen, denn es war sehr wichtig, das gute Wetter auszunutzen. Man rechnete damit, daß sie am selben Abend zurückkam. Dennoch vergingen drei Tage, und sie kam nicht zurück. Dann war es Sonntag. Da ging er in seinen feinen Stiefeln ins Tal hinauf.

Man sagte ihm, Salka sei kurz nach Mittag allein am Berg entlang taleinwärts gegangen, um nach Beeren zu suchen, und wies ihm die Richtung, die sie eingeschlagen hatte. Er folgte den stark riechenden Trampelpfaden der Kühe am Hang entlang und hielt immer wieder Ausschau. Er fand sie schließlich an

einem mit Heidekraut und Beerengesträuch bewachsenen Hang.
Sie schlief. Ihre dichten, hellen Locken fluteten über das abge-
weidete Gras. Ihr Mund mit den breiten, starken Zähnen war
geöffnet. Er war blau von Beeren. Der eine Arm ruhte im Gras,
die andere Hand hatte sie in den Busen gesteckt. Sie trug ein
blaugraues Flanellkleid, an dem aufgerauhten Stoff hingen ge-
trocknete Grashälmchen und Moos. Ihre kräftigen Beine in den
löcherigen Baumwollstrümpfen kamen unter dem Saum des
Kleides hervor, und ihre kräftige, gerundete Hüfte paßte hervorragend zur Landschaft, wie sie da im weißen Sonnenschein
des Herbstes schlief. Sie hatte die Schuhe ausgezogen, und sie
lagen neben ihr im Gras, von ihren Füßen geformt, wie zwei
kleine, treue Tiere. An ihrer Seite lagen ein paar zerdrückte
Blaubeeren in einem weißen Kopftuch. Sie atmete ruhig und
tief, als sei sie müde eingeschlafen, und in der Haut ihrer Wangen sah man die roten, feinen Haargefäße. Er saß lange bei ihr,
ohne sie aufzuwecken. Schließlich legte er ihr die Hand auf die
Stirn.

Sie öffnete erschrocken die Augen, hob den Kopf aus dem
Gras und sah sich verwirrt und mit offenstehendem Mund um,
es war, als erkenne sie ihn nicht gleich und wisse noch weniger,
wo sie sich befand. Dann blinzelte sie einige Male.

Gehst du fort? fragte sie hastig und fügte noch erregter und
törichter hinzu:

Bist du gekommen, um mir Lebewohl zu sagen?

Und ehe sie eine Antwort zu hören wagte, packte sie ihn an
der Jacke und vergrub ihr Gesicht an seiner Brust. Ein Zittern
ging durch ihren ganzen Körper.

Nein, Liebes, sagte er sanft. Ich gehe nicht fort. Ich habe nur
dich gesucht.

Arnaldur, stöhnte sie – nichts, nichts als die Wahrheit. Ich
habe vor allem Angst, nur nicht vor der Wahrheit.

Und als er nicht antwortete, sah sie ihm ins Gesicht und fragte:

Sehnst du dich fort von mir? Sag es mir, wie es ist. Denn es ist
tausendmal besser, daß ich allein bin, als wenn ich dich bei mir
unglücklich mache. Ich bedeute dir sicher sowieso nichts. Wenn
du es mir nur sagen wolltest. Keine Wahrheit kann schrecklicher
sein als diese Ungewißheit.

Ich fürchte so sehr, daß du mich nicht verstehst, Salka, sagte er. Ich liebe dich. Und ich weiß, du bist die einzige wahre Liebe in meinem Leben, und mehr als Liebe: Du bist das Sinnbild der Wirklichkeit selbst, des Lebens selbst, wie es ist, und dennoch, Salka, dennoch – ich kann nicht leugnen, daß ich mich fort- sehne. Ich bin nur ein armer Bücherwurm und bin mein ganzes Leben lang hin und her gestoßen worden, und jedesmal, wenn ich glaubte, ich könne etwas Selbständiges vollbringen, machte mir das Schicksal einen Strich durch die Rechnung. Du weißt selbst, daß man mir in Oseyri alles zunichte gemacht hat. Ich bin heute dort ebensowenig zu Hause wie damals, als ich in der Hütte meines Großvaters im Kof meine ersten dummen Träume hatte. Und jetzt, nachdem alle Brücken hinter mir abgebrochen sind und ich in Wahrheit keinen Platz mehr habe, an den ich mein müdes Haupt hinlegen kann, da bietet sich mir die Mög- lichkeit, ins schönste Land der Erde zu reisen und dort zu bleiben.

Er zog aus seiner Brusttasche ein paar Photographien von einem prächtigen Haus, umgeben von schön gewachsenen Pal- men, Bambusrohr, Kakteen und anderen tropisch anmutenden Gewächsen. Auf einem der Bilder stand vor dem Hauseingang eine schlanke Frau, modisch gekleidet, mit einem Hut, Hand- schuhen und einem Hund an der Leine.

Ja, Arnaldur, sagte das Mädchen, ohne den Blick von dem Bild zu wenden – zu dieser schönen Frau, nach der du dich dein ganzes Leben lang gesehnt hast.

Du kannst dir nicht vorstellen, wie hilflos ich bin, Salka. Obwohl ich mich fortsehne, obwohl es mir vorkommt, als riefe mich eine unwiderstehliche Stimme, so weiß ich doch, daß du die Wahrheit in meinem Leben bist, das Zeichen, das nur der Tod zerstören kann. Es ist vielleicht dumm von mir, zu erwar- ten, daß du mich verstehst – oder überhaupt jemand –, aber so ist es nun einmal: Diese unruhige Kraft, dieser unsichtbare Magnet, der mich zieht, ist stärker als ich selbst, stärker als das, was in mir selbst am stärksten ist, stärker als du. Mir kommt es vor, als ob nichts mich halten könne, und trotzdem weiß ich, wenn ich gehe, dann gehe ich und rufe, rufe nach dir, Salka, und bitte: Laß mich gehen, laß mich bleiben, hilf mir, o hilf mir, damit ich gehen kann, damit ich hierbleiben kann, damit ich von dir gehen und leben kann, damit ich zu dir kommen und sterben kann! Salka, was kann ich?

Wenn du gehst, Arnaldur, dann will ich mir vorstellen, du würdest sterben. Laß mich dich lieben, bis du stirbst.

Sie umarmte ihn plötzlich und ließ ihn genauso plötzlich wieder los, stieß ihn von sich und ließ sich vornüber ins Heidekraut fallen, krallte die Finger in die Grasnarbe und biß in eine Krüppelbirke. Und als er ihre Verzweiflung sah, verlor er den Mut, versuchte, sie in seine Arme zu nehmen und sie zu trösten – nein, sagte er, das waren nur Hirngespinste, er bat sie inständig, ihn nicht allzu ernst zu nehmen, selbstverständlich komme es nicht in Frage, daß er auch nur einen Schritt fortgehe, er rede nur Unsinn. Auch wenn sein Geld für die Fahrt nach Kalifornien reichte, so fehlten ihm doch mindestens fünfhundert Kronen, um in den Vereinigten Staaten an Land gehen zu dürfen, außerdem war er Kommunist, und allein schon aus diesem Grund war es fraglich, ob er in ein solches Kapitalistenland einreisen dürfe. Sie ließ sich schließlich von seinem Redestrom beruhigen, und er durfte wieder ihren Kopf in seine Arme nehmen und sie streicheln. Sie bat:

Arnaldur, darf ich mir vorstellen, daß du nur noch ein paar Tage zu leben hast? Nun bitte ich dich nur um das eine: dich nur diese wenigen Tage lieben zu dürfen, bis du stirbst; und dich zum Richtblock begleiten zu dürfen, wenn sie ihn mir wegnehmen, den schönsten Kopf, den Gott je geschaffen hat. Sag ja, Arnaldur – nur ein Ja, sonst nichts.

Ja, sagte er.

Dann dürfen sie dich morgen köpfen –

So war ihre Liebe, so war ihre Qual im weißen Sonnenschein des Herbstes.

Am Abend, als es zu dämmern begonnen hatte, gingen sie talabwärts ins Dorf. Sie überquerten den Fluß auf der Planke unterhalb des Hügels, wo sie den landwirtschaftlichen Großbetrieb mit all seinen Maschinen errichtet hatten, dann gingen sie über die fahlen Wiesen. Hier waren sie eines Nachts im Frühling gegangen und hatten ihre Spur im Tau gesehen. Ihre Liebe war wie eine Spur im Frühlingstau gewesen.

Jetzt gingen sie hier wieder Hand in Hand, schweigend und dem Schicksal ausgeliefert in der herbstlichen Dämmerung, und vermieden es, in die Richtung des Schlosses zu blicken.

27

An einem Herbstmorgen – rötliche Sturmwolken über dem Meer – drückte sie ihm den letzten Kuß auf die Lippen, gab ihn dann aus ihrer Umarmung frei und sagte:

Jetzt werde ich deine Fesseln lösen.

Dann stieg sie aus dem Bett und begann sich anzuziehen. Die Erinnerung an die eben vergangene Nacht war noch zu frisch in ihren Körpern, um Worte für sie finden zu können; es wurde nichts gesagt. Er lag immer noch im Halbschlaf da, sie zog sich weiter an, trat dann halb angekleidet an ihre Kommode, öffnete sie und suchte in der Schublade herum, wobei sie ihm den Rücken zukehrte.

Das Schiff kommt heute; und es fährt heute abend ab, sagte sie mit unpersönlich klingender Stimme, als habe sich ihre Beziehung in das Büro einer Dampfschiffahrtsgesellschaft verwandelt. Hier sind die fünfhundert Kronen, die du brauchst, und vierzig Kronen dazu. Mehr habe ich nicht.

Was meinst du damit? fragte er und war plötzlich ganz wach.

Dieses bißchen Geld, das du brauchst, wiederholte sie, um in das Land hinter dem blauen Berg zu gelangen – und sie lächelte unbeschwert, als ob nichts von Bedeutung geschehe, als ob sie nur einen Vers aus einem allgemein bekannten Gedicht aufsage.

Bist du verrückt, Salka? sagte er und richtete sich auf die Ellbogen auf. Ich habe mir die Reise längst aus dem Kopf geschlagen. Ich bleibe bei dir.

Nein, du reist fort, mein Lieber. Nur das mußt du tun; und nur darum bitte ich dich.

Für dein letztes Geld! Nein, das siehst du doch selbst, um so etwas Unsinniges kannst du mich nicht bitten. Das ist völlig ausgeschlossen.

Du tust es – für mich.

Du bist nicht bei Trost.

Doch, Arnaldur, das ist meine Aufgabe im Leben: dich zu bitten, fortzureisen – heute. Dazu bin ich geboren; damit du fährst, bevor es Winter wird.

Er schwieg. Nachdem sie wieder angefangen hatte, sich mit ihren Kleidern zu beschäftigen, fügte sie hinzu:

Wenn man es genau betrachtet, dann besteht das Glück doch vor allem aus gutem Wetter, besserem Wetter als hier im Dorf, einem schönen Haus, das in einem Obstgarten steht, bequemen Möbeln und guten Freunden, die schöner und gebildeter sind als ich. Es ist sicher wahr, was ich dich oft habe sagen hören, daß der Traum vom Glück der Menschen erst dann in Erfüllung gehen kann, wenn sie in einer besseren Umgebung leben.

Salka, ich habe es nie so deutlich gespürt wie in den letzten Tagen und Nächten, daß ich, wenn ich von dir fortgehe, von mir selbst fortgehe. Und was sollte aus dir werden? Salka, du machst nur Spaß!

Denk nicht an mich, Arnaldur. Es spielt keine Rolle, was mit mir geschieht. Mir sind keine Gaben in die Wiege gelegt worden, die den Anspruch auf sogenanntes Lebensglück rechtfertigen könnten. Ich bin nur ein Mißgeschick; ich entstand durch Unvorsichtigkeit, wie du es einmal nanntest – weil meine Mutter nichts von Geburtenkontrolle wußte oder kein Geld hatte, um es sich wegmachen zu lassen. So entstand ich, Arnaldur. Und jetzt habe ich dich bei mir haben dürfen, als ob du mir gehörtest, deine Bewegungen betrachten und deinen schönen Kopf streicheln dürfen, und das ist ein größeres Glück, als sich die Vorsehung je für mich hat träumen lassen, es war einfach ein merkwürdiges Glück im Unglück. Jetzt bitte ich darum, von dir Abschied nehmen zu dürfen wie von einem guten Freund, der stirbt. Du gleitest hinüber in das schöne Sommerland. Ich bleibe weiter das Stück Treibgut am Strand, das ich schon immer war.

Er wollte sie noch einmal an sich ziehen und umfaßte ihre Hand, doch sie war plötzlich leidenschaftslos und kalt. Sie beugte sich nicht mehr zu ihm nieder, um ihn zu küssen. Da vergrub er sein Gesicht im Kissen, stumm und ohne weinen zu können.

Sie begleitete ihn aufs Schiff hinaus, bevor es dämmerte. Sie saßen zusammen auf derselben Ruderbank vorne im Boot, und alle sahen sie an. Manche flüsterten miteinander.

Der Seegang scheint ziemlich stark zu werden, sagte er.

481

Die Wellen im Fjord sind immer am schlimmsten, sagte sie.

Auf der Öxl ist heute nacht etwas Schnee gefallen, sagte er.

Ja, sagte sie, das ist der erste Schnee.

Dann blickte sie auf seine Stiefel, die sie heute selbst geputzt hatte, und fragte:

Hast du auch daran gedacht, deine Schuhcreme einzupacken?

Ja.

Bist du sicher, daß du nichts vergessen hast? Hast du das ausländische Buch mitgenommen, das du vorgestern abend in meine zweitoberste Schublade gelegt hattest?

Nein, das habe ich vergessen. Aber das macht nichts. Es ist sowieso nicht richtig marxistisch.

Aha, sagte sie. Aber du hättest es trotzdem mitnehmen sollen, dann hättest du auf der Fahrt nach Reykjavik etwas zu lesen gehabt.

Er sah sie an, wie sie neben ihm saß; sie näherten sich dem Küstendampfer, und wenn man zum Land hinüberblickte, erschien das Dorf gleich so unpersönlich, zusammengekauert und bedeutungslos unter den hohen Bergen, fast nichts anderes als ein Begriff. Aber sie wich seinem Blick aus und sah geradeaus vor sich hin, kalt, konzentriert und stark.

Was hast du da um den Hals? fragte er und griff nach einer kleinen silbernen Kette, die hinten aus dem Halsausschnitt ihres Pullovers hervorguckte. Er zog die Kette mit einem Finger aus dem Halsausschnitt heraus, und da zeigte sich, daß ein kleines Medaillon daran hing.

Was ist das? fragte er. Etwas Neues? Damit habe ich dich noch nie gesehen.

Das ist ein altes Medaillon, sagte sie. Ich habe es viele Jahre lang nicht getragen. Aber jetzt werde ich es tragen. Du hast es mir geschenkt, als wir das letzte Mal auseinandergingen – und sie lächelte.

Da fragte er nicht weiter und schaute vor sich auf den Boden. Er hatte nicht den Mut, sie zu bitten, es zu öffnen. Und sie steckte es wieder in den Halsausschnitt ihres Pullovers, ohne daß noch mehr darüber gesprochen worden wäre.

Das Schiff hatte schon zweimal getutet. An der Schiffsseite war ziemlicher Wellengang, und es war eine willkommene Ablenkung, zu versuchen, sich am Fallreep festzuhalten. Sie half ihm, sein Gepäck an Bord zu schaffen. Alle sahen die beiden an – er so weltgewandt, nicht zuletzt dank seines fast neuen Sportanzugs und der Stiefel, außerdem ein berühmter Bolschewik, dessen Name im ganzen Land bekannt war, der Mann, der die Macht der Firma Bogesen gebrochen hatte – sie viel zu groß, grob, wettergebräunt und körperliche Arbeit gewöhnt, barhäuptig, in einem braunen Wollpullover, mit breiten Hüften und einer rauhen Stimme. Einige lächelten über sie oder ließen zweideutige Bemerkungen über sie fallen. Die feineren weiblichen Passagiere fanden es ganz einfach unnatürlich, daß Arnaldur Björnsson, der doch trotz allem ein gebildeter Mann war, ein Verhältnis mit so einem derben, ungehobelten Frauenzimmer haben konnte.

Sie trug mit ihm das Gepäck in seine Kabine hinunter. Dort saßen schon ein paar betrunkene Männer und tranken im Tabaksqualm eine Flasche Brennspiritus. Sie wollten sie kneifen und ihr Unanständigkeiten sagen, doch sie beachtete sie nicht. Da tutete das Schiff zum dritten Mal, und wer nicht mitfahren wollte, beeilte sich, in die Boote hinunterzukommen.

Sie sagte ihm am Fallreep, mitten in der Menschenmenge, Lebewohl. Sie küßten sich flüchtig, und er legte ihr die Hand auf die Schulter und flüsterte ihr dann etwas ins Ohr. Sie sah ihn einen Augenblick lang verwundert und fragend an, und es schien fast, als wolle sie ihm noch einmal die Arme um den Hals legen, doch sie hielt sich zurück, als sie sein Gesicht und die Qual darin sah, dieselbe Qual, die einst aus dem Gesicht ihres kleinen Bruders, der starb, gesprochen hatte – die Qual des Lebens. Vielleicht hatten sie sich nie inniger geliebt als in diesem Augenblick. Einen Augenblick. Dann eilte sie das Fallreep hinunter und war gleich darauf im Boot, setzte sich ins Heck, so daß sie ihr Gesicht dem Land zuwandte. Die Ruderer ergriffen die Riemen und entfernten sich mit einigen wenigen Schlägen vom Dampfer, doch sie schaute nicht zurück.

Sie ging durch die Lageyri hinauf, an der Oddsflöthütte vorbei, und dort liefen einige Frauen umher, denn das neunte Kind des Ehepaares wurde eben an diesem Abend geboren. Am Gartentor stand der Kadett Gudmundur Jonsson und schaute nach dem Wetter; er zog die Mütze vor dem Mädchen.

Guten Abend, sagte sie.

Jetzt können die froh sein, die einen guten Pullover haben, sagte er.

Ja, sagte sie und ging in ihrem Pullover an ihm vorbei.

Kaltes Wetter für die, die jetzt geboren werden, sagte der Kadett Gudmundur Jonsson, aber sie antwortete nicht, denn sie war bereits einige Schritte weitergegangen.

Es war schon fast dunkel, der Wind war eisig kalt, und es fing an zu hageln. Vermutlich war ein Sturm im Anzug. Sie setzte sich an den Felsen unterhalb der Hauswiese von Mararbud unter einen überhängenden Steinblock und starrte eine Zeitlang wie gelähmt auf den Hagel, der prasselnd auf den Strand niederging. Der Küstendampfer fuhr fjordauswärts und verlor mit wachsender Entfernung schnell jedes persönliche Aussehen, er war fast nur noch ein Begriff, so daß sie es selbst kaum glauben konnte, vorhin noch auf seinem Deck gestanden zu sein. Dann nahm sie sich das Medaillon vom Hals und öffnete es. Dieses Kinderbild war kein Bild mehr, es war fast völlig verblaßt, in Wirklichkeit war es nur die Erinnerung an ein Bild, ein Sinnbild der Veränderlichkeit, und dennoch: Sie besaß nichts anderes mehr als dieses Bild, das kein Bild mehr war – und diese Worte, die ihr ins Ohr geflüstert worden waren:

Ich rufe nach dir, wenn ich sterbe.

So arm war sie, so allein war sie.

Es war im Frühling, als die Wiesen anfingen, grün zu werden, oder war es im letzten Jahr im Frühling, oder war es vielleicht irgendwann vor langer Zeit, da tanzten die Kinder hier und sangen.

> Der Vogel am Strande
> ist der Bruder dein,
> ich kann nicht mit dir tanzen,
> ich kann nicht mit dir tanzen,
> Kurzfuß mein –

War es nicht merkwürdig, daß die Kinder keine richtige Melodie zu diesem Vers gekonnt hatten?

Und jetzt sind die Seeschwalben fortgezogen, der Strand liegt öde da, als ob ihre anmutigen Bewegungen nie gewesen wären. Die Eiderenten sind auch auf und davon, diese heißblütigen, daunenweichen Vögel, die sich kostbare Nester bauen. Uh. Uh. Uh. Arg. Arg. Sie sind verschwunden. Geblieben sind nur einige breitflügelige, zerzauste Möwen, die umherschweben, die Vögel des Winters, dieselben, die im Frühling ihre Eier auf die nackten Felsvorsprünge legten.

(Leipzig – Paris – Grindavik, Sommer 1931)